흔들리는 사이 언뜻 보이는 푸른빛

흔들리는 사이 언뜻 보이는 푸른빛

정홍수 평론집

문학동네

책머리에

2007년, 아이들을 데리고 동경에 간 적이 있다. 돌아오기 전날이었다. 우에노 공원과 동경대 캠퍼스를 둘러보고 나니 2월의 해는 많이 남아 있지 않았다. 아침부터 걷느라 지친 아이들은 그만 호텔로 돌아가고 싶은 눈치였다. 욕심 부릴 계제가 아니었다. 혼고 산초메 역이었나. 동경대 앞 지하철역에서 숙소가 있는 고탄다 쪽으로 갈 노선도를 살피고 있는데, 역명 하나가 눈에 들어왔다. 오차노미즈 역. 바로 다음 역이었다.

나는 이 역을 안다. 도심 한복판을 흐르는 강을 끼고 서 있는 역. 붉은색 아치형 철교 아래로 자그마한 터널이 있고, 다시 그 옆을 가로지르는 또하나의 철길까지 모두 세 개의 노선이 겹치며 흘러가는 곳. 히지리바시(聖橋)라는 다리에 서면 강과 함께 색색의 전철들이 겹치며 흘러가는 풍경이 한눈에 들어온다. 철교 아래로, 누군가가 토해낸 듯 문득 터널을 빠져나와 다시 시간의 저편으로 사라지는 전철의 흐름을 보고 있노라면 거기 세상의 비의 한 자락이 잠시 그렇게 나타났다 사라지는 것 같지 않던가. 그 흐르고 흐르는 풍경은 대도시 교통의 질서가 빚어낸 한갓 우연일 테지만 왠지 살아간다는 것은 그와 같은 것일지도 모르겠다는 막막한 목멤을 주지 않던가. 그런데, 그런데 말이다. 난 거기 다리 위에 서보긴커녕 오차노미즈 역에도 가본 적이 없지 않은가. 허우 샤오시엔의 영화 〈카페 뤼미에르〉(2003)는 그렇게 실제보다 먼저 어떤 공간의 풍경을 내 마음속에 완성해놓고 있었다.

안국동 풍문여고 담을 따라 아트선재센터로 가는 길 중간에는 수령이 꽤 오래되어 보이는 커다란 나무 한 그루가 있다. 지금쯤 신록의 푸르름이 서럽게 올라오고 있으리라. 난 그곳을 지날 때면 그 나무 아래에서 〈동년왕사〉(1985)의 소년 아효(유안순)를 보곤 한다. 수수깡 같은 것을 빨고 있었던가. 아버지와 어머니, 그리고 할머니의 죽음을 차례로 겪으며 소년은 세상의 시간 속으로 성장해가고 마을 동구의 그 크고 푸르른 나무는 다만 거기 그렇게 비와 바람 속에 서 있었다. 그 아효가 사랑했던 소녀 우수메이(나는 이 역을 맡은 배우의 이름을 좋아한다. 辛樹芬. 난 아무 때고 그냥 이 이름을 종이에 쓰곤 한다)는 〈연연풍진〉(1986)에서 우편배달부와 결혼하여 또 한 소년을 울게 만들지만, 〈비정성시〉(1989)에서는 누구보다도 강하게 그 많은 세상의 슬픔을 받아들이고 견딘다. 한밤중 남편 문청(양조위)으로부터 오빠의 체포 소식을 전해들은 뒤, 잠시 울음을 미루고 아이에게 마저 밥을 먹이는 모습을 난 어떤 부끄러움 없이 떠올릴 수 없다. 만일 있다면, 그런 것이 삶이리라.

피곤해하는 아이들을 끌고 히지리바시 다리 위에 서니 바람이 세찼다. 신기하고 멋지지 않으냐고 혼자 흥분해 떠들었지만 아이들은 별 반응이 없었다. 그저 사진이나 몇 장 찍을밖에 더 할 일도 없었다. 오전 열시 몇 분인가, 하루에 한 번 다섯 대의 전철이 동시에 오차노미즈 역을 지나간다고 한다. 그것은 기적일까. 흐르고 흐르는 전철의 풍경 위로 엔딩 크레디트가 오르고 여주인공 요코(히토토 요)가 부르는 주제가가 〈카페 뤼미에르〉의 마지막을 길게 이끈다. DVD로 다시 영화를 보다보니 전에 흘려버렸던 가사 한 대목이 귀에 들어온다. "흔들리는 사이로 언뜻 보이는 푸른빛/ 흘러가버린 게 누구였더라/ 기쁨과 외로움이 하나가 되는/ 집으로 가는 길에 생각에 잠긴다/ 좋은 일 같은 거 없어도 좋아/ 있으면 좋겠지만". 흔들리는 사이로 언뜻 보이는 푸른빛, 그렇다. 허우 샤오시엔 영화는 그 순간의 기록이다. 난 〈남국재견〉(1996)에서 두 대의 오토바이가 남국의 산등성을 오르는 장면을 떠올린다. 머릿속이 환해진다.

문학동네는 내 전 직장이다. 많은 분들을 만났고 많은 것을 배웠다. 마시기만 했다. 그래도 받아주었다. 책까지 만들어주었다. 갚을 방도는 없지만 깊이 감사드린다. 한 친구가 있었다. 그가 이 책을 보면 웃을 것 같다.

2014년 8월

정홍수

차례

3부 / 한 번도 말해지지 않은 고독을 위하여

4부 / 노래는 저 너머에 있다

| 서문 |

문학의 가난을 생각하며
— 허우 샤오시엔과 안국동 길의 추억으로부터

2003년 무렵으로 기억한다. 그때 내 일터는 인사동에 있었다. 틈이 나면 안국동 북촌 주변을 걸으며 시간을 보냈는데, 풍문여고 옆길이 특히 좋았다. 그 길의 중간쯤, 수령이 꽤 된 듯한 큼직한 나무 밑을 지나다보면 세상이 조금 견딜 만해지곤 했다. 아트선재센터는 그 길의 끝에 정독도서관을 대각선으로 보며 자리잡고 있었다. 시네마테크인 서울아트시네마가 거기 있는 줄 처음 알았다. 개관한 지 얼마 되지 않았다고 했다. 그때까지 난 그다지 열성적인 영화 관객은 아니었다. 예술영화로 분류되는 작가주의 영화들을 가끔 보기는 했지만, 아마도 허영심 때문이었을 것이다. 산책길에 발견한 서울아트시네마에서 기획전 형식으로 상영중인 영화들도 대개 처음 들어보는 감독의 낯선 작품들이었다. 비교적 시간을 자유롭게 쓸 수 있던 때라서 시간이 맞는 영화를 한두 편 보기 시작했다. 관객들은 많지 않았고 스크린의 세계는 많이 낯설었다. 영화가 끝나고 지상으로 나오면 서울의 일상이 아무렇지도 않게 흘러가고 있는 게 당혹스러웠다.

거기서 대만 감독 허우 샤오시엔의 특별전과 만난 게 계절로 치면 이맘때였다. 〈비정성시〉를 본 게 90년 초였던가. 명절을 맞아 미아리 대지극장에 걸려 있던 그 영화를 나와 친구들은 홍콩 누아르인 줄 알고 들어가서 보았다. 당연히 감독의 이름도 몰랐다. 영화를 보는 내내, 뭔가 심각한 이야기가 펼쳐지고 있는 듯한데, 맥락을 따라갈 수 없었다. 화면은 정지해 있을 때가 많았고 너무 멀었다. 영화를 보고 나오며 다들 '이게 뭐지' 하고는 말문을 닫았다. 한참 뒤 대만 뉴웨이브와 허우 샤오시엔 감독의 이야기를 여기저기서 조금씩 듣게 되었고, 비디오로 출시된 〈비정성시〉도 다시 보았다. 눈을 비비며 보았고, 가슴이 쿵쾅댔다. 그러나 또 그러고는 그만이었다. 80년대는 돌아보고 싶지 않은 시간으로 내 속에서 가파르게 공동화되고 있었고, 새로 생긴 가족들을 건사하기엔 내 밥벌이도 내 삶의 의지도 다 시원치 않았다. 문학을 '하고' 싶다는 막연한 생각만이 무너지기 직전의 나를 겨우 지탱해주고 있었다. 문학을 '하다'니? 도대체 문학이 무엇이기에?

허우 샤오시엔 특별전에서는 최신작 〈밀레니엄 맘보〉까지 모두 열두 편의 영화가 상영되었다. 그중 아홉 편을 보았다. 하루에 세 편을 본 날도 있었다. 정말 행복했다. 그 행복을 어떻게 설명할 수 있을까. 성장기 4부작으로 일컬어지는 〈펑퀘이에서 온 소년〉 〈동동의 여름방학〉 〈동년왕사〉 〈연연풍진〉을 보며 난 단번에 내 안에 흐르고 있던, 혹은 흐르고 있는 시간을 회복하고 있다는 느낌이 들었다. 적어도 영화를 보고 있는 동안은 그랬다. 삶의 궤도가 툭툭 끊어지고, 뭉턱뭉턱 돌아보고 싶지 않은 시간의 공동(空洞)이 생겨버릴 때 사람들은 행복의 느낌을 가질 수 없다. 내 경우 서울에서 대학을 다닌 80년대가 그러했다. 사실 이상의 유치한 심리적 과장이 많이 개입했겠지만, 그 시절 곳곳은 꼭 불에 덴 흉터처럼 남았고 어느 날 고개를 들어보니 이제 할 일은 밥을 벌어 이 도시에서 살아남는 것뿐이었다. 무언가가 사라졌다. 그러면서 삶을 돌아본다는 게 너무 쓰라린 일이 되어버렸다. 그 와중에도 과거로부터 흘러온 시간은 나에게 머물렀다 쌓이고 다시 어떻게든 흘러가고 있었겠지만, 마음은 그 흐름에서 너무 멀어져 있었고, 삶은 서걱이는 모래알처럼 되어 있었다. 그러한 단절과 파편의 시간이 누구도 피할 수 없는 근대적 삶의 현실이라는 지적은 이 경우 공허한 책상의 언어이기 쉽다. 그런데 허우 샤오시엔의 영화는 그 책상의 언어를 외면하지 않으면서도 그 자신 대만의 역사와 현실 속에서 부대끼고 상처입으며 살아온 시간을, 나로선 처음 본 태도로 껴안고 있는 것처럼 보였다. '처음 본 태도'라고? '태도'가 아니라면 '시선'일까? 그때의 그 느낌을 다시 붙잡아보려니 적절한 언어가 잘 떠오르지 않는다. 허우 샤오시엔 감독이 지나간 시간으로 돌아가 자기 자신 혹은 '그/그녀'를 그 세상 속에 다시 놓아두는 태도에는 뭔가 설명하기 힘든 어른스러움이 있었다. 영화 속 한 장면 한 장면은 '살아간다는 것'의 흔들리지 않는 엄연함과 비애, 설렘과 경이를 묵묵히 뿜어내고 있었는데, 소년과 소녀 들은 실패와 좌절이 예비된 힘겨운 미래의 시간(결국은 현재의 시간이 되고 다시 지나간 시간이 될 것이다) 속으로 '다시 한번' 혼자서 걸어가고 있었다. 영화는 그들을 지켜볼 뿐 손을 뻗지 않았다. 다만 멀리서 말없이 감싸고 있었다. 거기엔 시간의 선들이 숨어 있었다. 가지 못한 선, 갈 수 있었던 선, 혹은 가야만 했던 선. 그 선들은 '살아간다는 것'에 대한 더없이 절실한 질문처럼 내겐 느껴졌다. 순간적이나마 뭉텅뭉텅 사라진 내 삶의 시간을 회복한 느낌이 든 건 그 때문이었을 것이다. 그러고 보면 허우 샤오시엔 영화에 자주 등장하는 철로와 기차는 그 선들의 생생한 상관물이 아닐 것인가. 난 훗날 〈카페 뤼미에르〉에서 감독의 카메라가 다섯 개 전철 노선이 겹쳐 지나가는 도쿄 오차노미즈 역 풍경을 바라보고 있을 때, 거대도시 교통의 질서가 우연히 빚어낸 그 놀라운 물질적 상관물에 전율할 수밖에 없었다.

허우 샤오시엔 영화와는 그렇게 만났다. 그랬다. 그의 영화에는 시간과 삶을 한덩어리로 성찰하는 시선이 있었다. 그 성찰의 시선은 시간이 삶으로 모이고 삶에서 시간이 흘러나가는 순간을 붙잡으려 하고 있었는데, 바로 그 순간이야말로 내가 어설프게나마 문학에서 찾고 있었던 것이다.

그리고 무엇보다 그의 영화는 인간과 세계의 관계에 대한 겸허한 질문이었다. 〈비정성시〉 〈희몽인생〉 〈호남호녀〉로 이어지는 대만 현대사 3부작과 대만의 현재에 대한 또다른 응시인 〈남국재견〉에는, 부서지고 상처입고 쫓겨나고 떠돌고 부당하게 죽음에 이를지라도 인간의 유일한 근거인 이 세계, 혹은 그 무심하고 가혹한 역사에 대한 믿음을 복구하려는 집안의 큰형, 그 너른 구릿빛 등판 같은 삶의 낮은 움직임들이 있었다. 〈비정성시〉의 그 둥근 식탁이 떠오르고, 두 대의 오토바이가 산을 오르는 〈남국재견〉의 그 환한 장면이 떠오른다. 그런데 인간과 세계의 관계라고? 기실 영화든 문학이든, 현대에 와서는 인간과 세계의 단절이나 세계에 대한 믿음의 불가능성을 이야기하고 표현하는 데 바쁘지 않았던가. 물론 그렇게 해야 할 만큼 세계는 충분히 나빴다고 할 수 있고, 그 부정성에 담긴 지양의 계기를 모르는 바 아니다. 그러나 어느 때부터 단절과 믿음의 부재는 하나의 클리셰가 되지는 않았을까. 이런저런 종언론이 득세하기 시작하고 거대 담론이 급격하게 빠져나갔던 한때의 정황은 지금 돌아보면 어떤 알리바이이자 회피의 과정이었는지도 모른다. 진정한 예술적 부정성이라면 바로 그러한 때 인간과 세계의 관계를 자신의 사유와 새롭게 대면시키면서 선택하고 결단하는 실존의 차원을 열어야 했을 것이다. 이런 일은 앎이나 이론의 문제와 무관한 것은 아니되, 그것들만으로는 결코 가능한 것이 아니리라. 내게 허우 샤오시엔의 영화는 비슷한 시대에, 외롭게 수행해온 그런 고투의 결실로 보였다. 그리고 동아시아의 이웃, 대만은 뜻밖에 아주 가까운 나라였다. 일제 식민지 경험, 대륙과의 분단, 미국의 압도적 영향 아래 진행된 압축적 근현대화 등 공유하고 있는 역사의 좌표축도 너무 많았다. 그런 만큼 영화 속 풍경과 이야기에 쉽게 들어갈 수 있었고, 내가 살아왔고 살아가는 시간이 자연스럽게 겹쳤다. 아마도 그 친연성과 쉬운 동일시의 가능성이 크게 작용했던 것이겠지만, 허우 샤오시엔 영화는 그 무렵 내가 살고 있는 '지금-이곳'의 실패, 예술적 결여로 더 크게 느껴졌다.

운동-이미지로부터 시간-이미지로의 이행 과정을 통해 현대 영화의 사유 가능성을 새롭게 묻고 있는 들뢰즈의 『시네마Ⅱ』를 읽다보면, 다음과 같은 구절이 나온다.

> 우리는 백치들을 웃게 할, 어떤 윤리학 혹은 신앙을 원한다. 그것은 어떤 다른 것을 믿고자 하는 욕구가 아니라, 여기 이 세계를 믿고자 하는 욕구이며, 이 세계는 백치들을 포함한다.[1)]

믿음이란 여러 가능한 선택지들 중 하나를 선택하여 그것을 믿는 행위가 아니라, 선택하는 행위를 선택하는 필사적인 실존적 기투 속에서 거꾸로 그 근거가 사후적으로 확보된다고 한 사람은 파스칼이었다. 이 경우 파스칼의 강조점은, 믿음이 자신의 존재 전부를 거는 실존의 내기라는 데 있을 것이다. 그렇다면 인간과 세계의 관계를 믿는다는 것, 그리고 이 세계를 믿는다는 이야기는 무엇일까. 그것은 일차적으로, 인간 혹은 세계가 아무리 참을 수 없는 상태라 할지라도, 지금 이 세계 말고는 다른 아무런 길도 없다는 사실을 수긍하는 일이 아닐 수 없다. 그렇다면 그 세계는 당연히 백치들을 포함하는 세계일 테다. 이렇게 말할 때, 적어도 우리는 세계 전체를 사유할 수 있다고 생각하는 위험에서 벗어날 수 있다. 그리고 적어도 인간 주체의 자리에서 세계를 표상으로 전유하고픈 유혹을 거절할 수 있다. 사정이 이렇다면 "백치들을 웃게 할, 어떤 윤리학 혹은 신앙"은 기적의 윤리학이나 신앙이 아니다. 그것은 세계를 있는 그대로 바라보려는 윤리학이며 믿음이다. 그러나 조금만 생각해보면 이것처럼 어려운 일이 어디 있겠는가.

가령, 알튀세르가 스피노자를 "사실을 사실성(facticite) 속에서 사고

---

1) 질 들뢰즈, 『시네마Ⅱ : 시간-이미지』, 이정하 옮김, 시각과언어, 2005, 340쪽.

한 사람"이라고 일컬으며, "기원도 종말도 없는 〔그의〕 사상보다 더 유물론적인 것은 없다"고 단정하고, 이로부터 훗날 "역사와 진리를 목적(미리 설정된 종말론적인 목적지)도 없고 주체(모든 의미에서 근원적인 인물, 창시자로서의 주체)도 없는 과정"으로 본 자신의 명제를 끌어내게 되었다고 고백하는 대목[2]을 보면, 그가 전개했던 반인간주의 마르크시즘의 철학적 투쟁 역시 그 근본적 지점에서는 바로 이 같은 난경을 의식한 세계 인식의 영도(零度)에 과녁이 있었던 것인지도 모르겠다. 그러나 실제 그의 철학적 투쟁의 전모를 헤아릴 능력이 없는 나로서는, 스피노자를 좇아 '사실을 사실성 속에서 사고하려' 했던 알튀세르 철학이 이른바 '있는 그대로의 세계'에 어떻게 이르렀는지 알지 못한다. 다만 나는 아내 엘렌느를 교살한 뒤 정신병원 감금이라는 사실상의 법적 실종상태에서 그가 스스로를 정신분석하며 쓴 자서전의 한 대목을 기억한다.

> 그후, 나는 사랑하는 것이 무엇인지 알게 되었다고 생각한다. 즉, 그것은 자신을 부풀리고 '과장'하는 주도권을 쥐는 것이 아니라, 상대방에 대해 주의를 기울이고 그의 욕망과 그의 리듬을 존중하고 아무것도 요구하지 않는 것, 그러나 받아들이는 것을, 하나하나의 선물을 인생의 기쁨으로 받아들이는 것을 배울 줄 아는 것, 그리고 전혀 자만하지 않고 전혀 강요하지 않은 채 똑같은 선물을, 똑같은 기쁨을 상대방에게 줄 줄 아는 것이다. 요컨대 단순한 자유다. 세잔느는 무엇 때문에 생트-빅투아르 산을 매 순간 그렸겠는가? 그것은 매 순간의 빛이 하나의 선물이기 때문이다.
>
> 따라서 삶이란 그 모든 비극에도 불구하고 여전히 아름다울 수 있다. 나는 지금 예순일곱 살이다. 그러나 나는 마침내 지금, 나 자신으로서 사랑받지 못했기 때문에 청춘이 없던 나로서는 그 어느 때보다도 지금, 곧 인생이

2) 루이 알튀세르, 『미래는 오래 지속된다』, 권은미 옮김, 돌베개, 1993, 246~247쪽.

끝나게 되겠지만, 젊게 느껴진다.

그렇다, 미래는 오래 지속된다.(311쪽)

평생을 극심한 우울증에 시달렸던 이 철학자는 전율스러울 정도의 집요한 자기 대면, 스스로에 대한 처절한 정신분석 끝에, 아내까지 파괴하기에 이른 자신의 퇴행적 우울증이 어머니와의 뒤틀린 관계에서 발원한 무의식의 자아 파괴 욕망이었음을 확인한다. 그리고 이 깨달음을 가능하게 했던 한 여인과의 사랑을 고백한 뒤, 그의 사후에 출간된 자서전을 위의 인용 대목으로 끝맺고 있는 것이다. 그러니까, '단순한 자유'였던 것이다. 매 순간 세계가 선사하는 빛을 하나의 선물로 받아들이고 기뻐하며, 그 기쁨을 상대와 나누는 자유. 생각해보면, 세계를 믿는다는 것은 바로 이런 자유에의 참여가 아니고 무엇이겠는가. 세기의 석학들을 길러낸 파리고등사범학교의 위대한 교사였고, 무엇보다 그 자신 뛰어난 철학자로서 20세기 세계 현실과의 사상적 정치적 투쟁을 멈추지 않았던 치열한 마르크시스트 루이 알튀세르. 이 책의 고백대로라면, 그는 평생 자신의 존재를 이 세계에서 지우고 파괴하려는 강박관념에 시달려왔으며, 자신의 삶 전체가 "인위적인 술수와 속임수의 존재 이외에 아무것도 아니라"는 생각을 떨치지 못했다는 것이다. 그렇다면 한번 물어볼 수 있겠다. 세계가 선사하는 빛을 온몸으로 받아들이고 나누는 '단순한 자유'는 왜 그렇게 누리기 어려운가.

'불행한 의식'이 세계에 대한 부정성과 함께 근대 예술의 근거가 되어왔음은 여러 사람이 지적한 바다. 행복 전도사의 구호와 근대 예술 사이에는 메울 수 없는 간극이 있다. 이 문제를 포함해 '예술의 희미한 메시아적 힘'에 대해서는 최근 김홍중의 훌륭한 글이 나와 있다.[3] 그 글이 지적

3) 김홍중, 「행복의 예술, 그 희미한 메시아적 힘」, 『문학동네』 2009년 봄호.

한 대로 "행복을 직접적으로 주어질 수 있는 무엇으로 표상하는 것은 언제나 가짜 행복의 복음이었"음을 우리는 안다. 조금만 더 인용해보자.

> 근대 예술은 키치이자 이데올로기이자 대중의 판타지인 행복을 자신의 내적 원리로 수용할 수 없었다. 또한 행복이 움트는 일상과 세속과 생활의 영역을, 오직 그것들을 승화시킨다는 원칙하에서만 재현하거나 자신의 소재로 활용할 수 있었다.(332쪽)

그런데 속화되고 판타지로 전락한 행복의 약속과 결별하고 "현실적 삶의 욕구들이나 행복의 열망들과는 무관한" 심오한 '구원'의 자리로 '상승'한 근대 예술은 김홍중이 말한 대로 "비극의 형상"이 될 수밖에 없었다. 그런 만큼 거기에는 언제나 난해와 고립의 위험이 있었다. 그곳은 원리적으로 너무 높은 자리였다. 그렇다면 예술의 부정성이 거짓 행복의 약속을 타기하면서도 어쩔 수 없이 행복의 시간을 구하는 우리 속되고 진부한 삶에 세잔이 그렸던 '매 순간의 빛'을 선사할 수는 없는 것일까. 김홍중은 벤야민을 인용하며 "단지 약간"의 차이로 존재하는 "희미한 메시아적 힘"을 그러한 예술의 가능성으로 제시하고 있거니와, 인상적인 것은 이 경우 '희미한 메시아적 힘'은 "전적인 무능"도 아니며 "그런 무능 뒤에 은폐되어 있는 전능에의 호소"도 아니라고 설명하는 대목이다.

생각해보면 문학을 포함한 근현대의 예술은(더 정확히는 그것들에 대한 담론은) '무능'과 '전능' 사이를 오가며, 스스로의 알리바이를 만들어온 측면이 없지 않다. 개개 역사적 정치적 상황의 제약을 이해하더라도, 우리는 문학이나 예술에 너무 많은 기대와 실망을 반복 주입해온 것은 아닌가. 그런 가운데 우리는 문학 혹은 예술에 구원이나 혁명 같은 상상의 기대지평을 조급하게 설정해버린 것인지도 모른다.

근대소설의 발생기였던 18세기 영국소설에 대한 제한적 분석이라는 점을 충분히 고려할 수만 있다면, 이언 와트의 『소설의 발생』은 이른바 문학의 '거창한' 국면을 진정시키는 데 많은 도움을 줄 수 있는 책이다. 가령, 이언 와트는 『톰 존스』의 작가 헨리 필딩에 대해 대니얼 디포와 새뮤얼 리처드슨에 의해 확립되기 시작한 인물의 내면묘사나 행동의 리얼리티 같은 형식적 리얼리즘의 규범으로부터 벗어난 점을 지적한 뒤, 소설 장르에 대한 그의 기여를 따로 챙기면서 다음처럼 말한다.[4)]

> 필딩은 서사 기법보다 궁극적으로 훨씬 더 중요한 것을 소설 장르에 가지고 왔다. 그것은 인간사에 대한 책임감 있는 지혜로, 그의 소설 속 행위들과 인물들에 작용한다. 아마 그의 지혜는 최상의 수준은 아닐지 모른다. 그것은 그가 사랑하는 루키아노스의 지혜처럼, 약간 태평스럽고 때로 기회주의적으로 되기도 한다. 그럼에도 불구하고 『톰 존스』의 끝에 가면, 독자는 가공의 인물에 대한 흥미로운 이야기를 읽은 것만이 아니라 인간이 관심을 가지는 거의 모든 화제에 대해 자극적일 정도로 풍부한 제안과 도전도 접하게 되었다고 느낀다. 그것뿐이 아니다. 그 자극은, 자기 자신이나 인물들 혹은 인간 운명 전체에 대하여 결코 속거나 속이지 않고, 인간 현실을 진정으로 파악하고 있는 정신으로부터 나왔다.

근대소설이 기왕의 문학 형식에 도전하여 자신의 입지를 새로이 구축하기 위해서는 표현의 영역과 관계된 리얼리즘의 형식적 자질 못지않게, "문명적인 가치의 전통 전체와 접촉"할 때 생겨나는 "평가의 리얼리즘(realism of assessment)" 또한 필요하다는 점을 이야기한 뒤에 나온 위의 인용에서 눈길을 끄는 대목은 '인간사에 대한 책임감 있는 지혜(wisdom)'라는 말이다. 요즘이라면 조금 더 근사한 표현이 쓰였을 법한

---

4) 이언 와트, 『소설의 발생』, 강유나·고경하 옮김, 강, 2009, 431쪽.

자리에 있는 '지혜'라는 말은, 언제부터인가 공리적인 차원으로 격하되어 문학 담론에서는 그다지 환영받지 못하고 있는 느낌이다. 그러나 더 세련되고 더 폭넓게 되었을 수는 있을망정, '지혜'는 단지 18세기 필딩의 시대에만 문학의 선물이었던 것은 아니다. 그 지혜가 "인간 현실을 진정으로 파악하고 있는 정신"의 산물인 한, 그리고 "인간사에 대한 책임감"(이 책임감은 진정성의 중요한 기반일 것이다)을 갖추고 있는 한, 우리는 문학이 줄 수 있는 혜택의 하나로 '지혜'를 꼽는 데 인색할 이유가 없다. 그것은 적어도 구원이나 혁명(요즘에는 문학의 과장된 무능 속에 그 흔적이 남아 있다)과 같은 과부하로부터 문학을 구하고, 인간과 세계의 관계를 계속 문학의 질문으로 붙잡아둘 수 있는 실질적 근거가 될 수 있을 것이다. 그리고 문학에서의 '지혜'란, 기존의 규범과 기대의 상징적 공동체를 깨뜨리는 노력 없이 가능한 것도 아닐 것이다.

디포, 리처드슨, 필딩에 대한 분석을 끝내면서 이언 와트는 이들 세 작가가 이후 소설의 전성기를 이끌었던 제인 오스틴이나 발자크, 스탕달에 비해 "명백한 기술적 약점들"을 가지고 있었다는 점을 인정한다. 그리고 이 세 작가가 지금 돌아보면 아주 제한적인 전망 속에서, 그들 눈높이의 인간 현실을 파악하고 묘사했다는 점도 분명한 사실일 것이다. 그런데 바로 그렇기 때문에 이 긴 저술을 맺으며 들려주는 이언 와트의 다음과 같은 지적은 깊은 울림을 준다.

> 이들은 또한 우리에게 단호하게 주장한다. 다른 어떤 문학 장르에서보다 더, 소설에서는 삶의 질이 예술적 결점을 보상한다는 것이다.(450쪽)

우리가 소설을 읽는 이유는 무엇일까. 아마도 거기, 삶의 진실이 있기(혹은 있다고 믿기) 때문일 것이다. 많은 예술적 결함에도 불구하고 18세기 영국의 세 작가는 삶에 대한 자신들만의 느낌 속에서 그 진실을 표현하고자 했고, 결국 문학적으로 살아남았다. 소설 장르에 국한한 고찰이라는 점을 감안하고서, 우리는 이언 와트의 다소 흥분된 목소리에 귀를 기울여볼 필요는 없을까. 삶의 진실은 복합적이고 불투명해서, 아이러니 속에서 겨우 그 모습의 일부를 드러낼 때가 많다. 삶의 실재(the real)는 상징계 너머, 상징계가 균열되고 부서지는 틈새의 심연, 그 접근 불가능한 지점으로 드러난다는 이야기도 있다. 문학의 경우 언어의 물질적 제약을 포함해서 이런 진실에의 접근과 표현이 간단할 이치가 없다. 예술적 결점이 단지 형식적인 문제에 그치지 않는 것도 그 때문일 것이다. 그럼에도 "삶의 질[5]이 예술적 결점을 보상한다"면 그것은 일차적으로 소설 장르의 특성을 고려한 이야기로 볼 수 있다. 그러나 소설을 넘어 삶의 미메시스로서의 문학 혹은 예술 일반에 적용되는 것으로 이 이야기를 확장해볼 수는 없을까. 최근에 보았던 영화 한 편에 이 문제를 잇대어 생각해보면서 이 어수선한 글을 맺을까 한다.

'지하전영 세대'로 불리는 중국의 젊은 감독 지아장커(賈樟柯)는 2008년 〈24 시티〉라는 다큐멘터리 영화를 선보인 바 있다. 중국식 사회주의 건설의 기치를 내건 대약진운동의 일환으로 1958년 청두에 건설되었던 군수공장 '팩토리 420'. 당의 명령을 좇아 대륙의 많은 인민들이 자신의 고향을 떠나 이 공장에 배치되었고, 수십 년간 쉼없이 노동했다. 50년이 지난 지금 이곳에는 '24시티'라는 현대적 주거타운이 들어설 예정이다. 지아장커 감독은 철거가 한창인 '팩토리 420'을 찾아 그곳에서 일했던 많은 노동자들을 인터뷰하고, 사라져가는 역사의 현장을 자신의 카메라에 담았다. 그렇게 만들어진 다큐멘터리 〈24 시티〉는 여덟 명의 노동자가 카메라 앞에서 '팩토리 420'에 얽힌 자신의 기억과 이야기를 들려주는 아주 단조로운 형식으로 되어 있다. 물론, 청두의 '팩토리 420'에 배치받아 오

5) 여기서 '삶의 질(qualities of life)'을 이들 세 작가가 소설에서 말하고자 한 '좀더 나은 삶'의 의미로 이해할 수 있다면, 이를 '삶의 진실'로 바꾸어 불러도 큰 무리는 없을 성싶다.

던 중, 부두에서 아이를 잃어버린 하오다리라는 중년 여성 노동자의 사연을 포함해서 그들의 청춘이나 수십 년의 고단한 삶이 그대로 녹아 있는 그곳에서 여러 세대의 남녀 노동자들이 들려주는 이야기는 어느 하나 만만한 것이 없다. 그런데 놀랍게도 이야기를 들려주는 사람들 중 적어도 두 사람은 내가 아는 중국의 현역 배우였다. 맨 마지막에 이야기를 들려주는 젊은 여성 수나는 지아장커 영화의 페르소나라 할 만한 자오 타오였고, 또 한 명의 여배우 조안 첸을 몰라보기도 힘든 노릇이었다. 영화를 보고 나서 알게 된 정보에 의하면, 그 두 사람을 포함해서 모두 네 명의 현역 배우가 다큐멘터리 〈24 시티〉에서 '팩토리 420'의 노동자 역할을 맡아 자신의 이야기를 들려주는 양 연기를 했다고 한다. 사정이 이렇다면, 지아장커는 적어도 카메라 앞에서 여덟 명의 노동자(혹은 배우)가 들려주는 구술 인터뷰가 진실을 담는 그릇으로 한계가 있다는 점을 명백히 의식했다고 할 수 있다. 하긴, 격랑의 중국 현대사 속에서 수십 년의 고단한 노동이 각인된 그 시간의 진실이 어떻게 카메라 앞에서의 몇 마디 말로 전해질 수 있겠는가. '팩토리 420'의 노동자들은 그 시간을 몸으로 살아낸 사람들이며, 그들에게 진실의 표현 수단은 말이라기보다 오히려 침묵이 아니겠는가. 기억을 더듬어 몇 마디 말로 그 시간을 돌이킨다고 하더라도, 정작 진실은 그 말로 뱉어지지 않고 그들의 늙은 육신에 남아 있을 것이다. 그러니 노동자 역을 맡은 배우들이 인터뷰에서 보인 상대적인 유창함은 바로 그 진실의 배출되지 않는 잔류를 가리키는 표지로 연출되었던 것이다.

이 다큐멘터리의 첫 구술자인 정비공 허시쿤은 공구 하나도 아껴가며 열심히 일했던 젊은 시절을 돌아보며, 자신이 존경했던 공장의 조장 '왕'에 대한 이야기를 들려준다. 우리는 이어지는 장면에서 아내의 병실에 우두커니 앉아 있는, 왕조장이라고 짐작되는 노인을 보게 되고, 잠시 뒤 허시쿤과 왕조장이 식탁에 마주앉아 이야기를 나누는 장면과 만난다. 왕조장은 옛 기억을 더듬어 한두 마디 말을 하긴 하지만, 대개는 신음소리만을 내뱉을 뿐이다. 노쇠한 인간의 육신이 들려줄 수 있는 마지막 언어인 듯한 그 신음소리. 두 사람은 그저 식탁 위로 손만 잡고 있다. 이 장면에 대해선 영화평론가 허문영의 뛰어난 글이 있다.

> 카메라는 왕조장의 얼굴에서 허시쿤의 연민에 가득찬 얼굴로 패닝한 뒤 멈춘다. 놀랍게도 더이상의 리버스 쇼트는 없다. 이 장면의 쓰라림을 어떻게 말해야 할지 모르겠다. 노인은 긴 구술의 시간을 할당받은 8명의 노동자 중 한 사람이 아니다. 아마 그는 정말 죽도록 일했다는 것 외엔 어떤 것도 기억하지 못하고 있을 것이다. 지아장커는 노인을 기록하지 않았고 기록할 수 없었을 것이다. 지금 그는 이름도 나이도 경력도 새기지 못한 채, 프레임 밖에서 처량한 신음소리로만 존재한다.
>
> 이 장면에서의 카메라의 결단을 찬미하지 않을 도리가 없다. 노인의 리버스 쇼트를 생략할 때(초기의 지아장커라면 그의 침묵을 롱테이크에 담았을지도 모른다), 그리하여 그를 프레임 밖의 신음소리로 내버려둘 때, 지아장커의 카메라는 자신의 무능력을 위장하지 않고 수긍한다. 다큐멘터리 혹은 영화의 무능력을 수긍한다. 그리고 우리에게 말해진 것뿐만 아니라 말해지지 않은 것, 보이는 것뿐만 아니라 보이지 않는 것, 그리고 명료한 음성뿐만 아니라 뭉개지고 짓눌린 웅얼거림에 귀기울이기를 권유하는 것이다. 프레임 밖 노인의 신음소리는 그러니까 아무리 많이 말해도 끝내 말해지지 않을, 언제나 결국 말해진 것보다 훨씬 더 거대한 중국 인민의 삶의 환유이다.[6)]

허문영은, 지아장커의 카메라가 자신의 무능을 수긍함으로써 오히려

---

6) 허문영, 「우리 시대 가장 위대한 다큐멘터리」, 『씨네21』 689호(2009. 2. 3~2. 10).

더 큰 진실을 개시하는 순간을 본다. 이언 와트가 보기에 디포나 리처드슨, 필딩은 그 수다한 예술적 약점들에도 불구하고 삶의 질, 혹은 인간 진실을 붙잡으려는 담대한 용기에 의해 문학적 불멸을 얻었다. 그렇다면, 우리 시대의 문학은? 무능의 수긍과 인간 진실의 보상…… 나는 지금 우리 시대의 문학이 가난해지는 길을 생각해보고 있다. 백치의 웃음과 매순간 생트-빅투아르 산을 찾는 세상의 선물도 함께. 그리고 〈동년왕사〉의 아효가 놀던 그 푸르른 나무를.

1부

과거를 일깨우는 소설의 힘

과거를 일깨우는 소설의 힘
— 황석영, 김원우

1. 과거로부터 온 난외주

카프카의 「가장(家長)의 근심」에는 '오드라덱'이라는 이상한 사물이 등장한다. 납작한 별 모양의 실패 같지만, 별의 한가운데 튀어나온 막대가 있어 전체 모양은 두 다리로 곧추서 있는 것처럼 보이는 기이한 형상. 벤야민은 카프카에 관한 글에서 오드라덱을 "사물들이 망각된 상태 속에서 갖게 되는 형태"라고 말한다. "그 사물들은 흉하게 일그러져 있다." 벤야민은 카프카의 작품에서 일그러진 사물의 계보를 추적하는데, 「변신」의 흉측한 해충을 포함하는 그 일련의 형상들 끝에는 기형의 원형으로 꼽추가 있다. 그의 분석에 따르면 카프카의 세계에서 "부담이 지워지는 것은 등"이다. 그런데 등과 망각은 무슨 관련이 있는가. 카프카의 초기 일기는 잠들기 위한 좋은 방법으로 "등에 짐을 진 군인처럼 누워 있는" 자세를 이야기한다. '짐을 지고 있다는 것'과 '잠자는 사람의 망각'은 여기서 하나의 상징으로 합치된다. 벤야민은 계속해서 쓴다. "이와 동일한 상징이 〈작은 꼽추〉라는 민요에서도 나타나고 있다. 이 꼽추는 일그러진 생활 속에서 삶을 영위하는 자이다. 그는 메시아가 오면 사라질 것이다. 어느 위대한 랍비가 말했던 것처럼, 폭력으로 세계를 변경시키려고 하지 않고, 다만 세계를 조금 바로잡게 될 그런 메시아가 오면 꼽추는 사라지게 될 것이다." (발터 벤야민, 「프란츠 카프카」, 『발터 벤야민의 문예이론』, 반성완 편역, 민음사, 1983)

따라가기 쉽지 않은 논리지만, 한 가지는 분명해 보인다. 무언가를 일그러뜨리는 망각 뒤에는 일그러지고 힘든 삶이 있다. 「가장의 근심」은 이렇게 끝난다. "그(오드라덱—인용자)는 명백히 그 누구에게도 해를 끼치지 않는다. 그러나 내가 죽은 후까지도 그가 살아 있으리라는 상상이 나에게는 거의 고통스러운 것이다." 오드라덱이 망각의 피해자인 한에서, 오드라덱의 존재는 그 어떤 실패와 일그러짐을 증언한다. 가장의 근심이라고 하기에는 너무 심오해 보이기는 하나, 실패의 기억으로 계속 출몰하는 오드라덱이 사라지기를 우리도 바라게 된다.

조금만 더 이야기를 진행시켜보자. 벤야민에게 과거는 잃어버린 미래의 원천이었다. 그는 이미 도래해 있지만 망각하고 잃어버린 미래를 되찾기 위해 과거의 기억 속을 헤맨다. 과거는 소망과 약속의 시간으로 미래와 결속되어 있다. 미래는 이미 지나간 과거 속에 있다. 「역사철학테제」에서 벤야민은 "과거는 구원을 기다리고 있는 어떤 은밀한 목록을 함께 간직하고 있다"고 말하면서 거듭 묻는다. "우리들 스스로에게도 이미 지나가버린 것과 관계되는 한줄기의 바람이 스쳐지나가고 있는 것은 아닐까? 우리들 귀에 들려오는 목소리 속에서는 이제 침묵해버리고 만 목소리의 한 가락 반향이 울려퍼지고 있는 것은 아닐까? 우리들이 연연하는 여인들은, 그녀들이 미처 알아채지 못했던 누이들의 모습을 하고 있는 것은 아닐까?" 그렇다면 카프카의 오드라덱에 새겨진 망각은 힘겨운 과거로부터 울려나오는 소망 혹은 약속의 시간을 듣거나 보지 못하는 세상의 무능인 셈이다. 그럴 때 이미 미래는 와 있지만 과거의 잔해 속으로 공허하게 사라질 터이다.

구원이라는 말에 담긴 비의적이고 종교적인 함의가 이해를 어렵게 하는 지점이 없는 것은 아니지만, 지나간 것에서 이미 도래해 있는 미래를 보는 벤야민의 시간관 혹은 역사관은 향수적 과거의 회복과 진보의 질주 사이에서 버려지고 망각되는 것의 의미를 새롭게 되짚어보는 데 충분히 계시적이다. 벤야민의 생각은 어떤 기다림의 차원을 품고 있지만, 그 기다림은 과거에 멈춰 있거나 미래의 어느 지점에 유보되어 있는 것이 아니다. 그 기다림은 현재적인데, 지금 이 순간이 지나간 과거이며 도래해 있는 미래이기 때문이다. 그렇다면 과거를 잊는다는 것은 지금 우리의 현재를 부분적으로만 경험한다는 이야기가 된다. 망각 속에서 과거뿐 아니라 현재 역시 파편화된다. 우리는 과거로부터 전송되어온 '난외주(欄外注)'를 읽지 못하며, 현재는 불완전한 텍스트가 된다. 경험의 빈곤과 상실은 그렇게 우리로부터 과거와 미래의 결속과 유대를 끊는다. 아마도 문학이 우리 시대의 경험의 빈곤과 상실에 저항해야 한다면 바로 이 지점에서 그러해야 하는지도 모른다.

최근 황석영 최인호 박범신 김원우 최인석 등 오랜 연륜의 작가들이 연이어 장편소설을 내놓았다. 각기 1960년대와 1970년대, 1980년대부터 작품 활동을 시작한 작가들이다. 반세기 가까운 시간부터 30년 어름의 시간까지 한국소설의 전개와 연혁이 이들 작가들의 이름에는 새겨져 있다. 새삼 이들의 소설 언어가 감당해온 짧지 않은 시간을 생각해보게 된다. 물론 지금 우리가 마주하고 있는 현실의 지층을 탐사하고 망각된 과거를 일깨우는 일이 특정 세대의 몫일 수는 없겠지만, 이들 작가들이 어떤 방식으로 그 자신들이 경험해온 시간이기도 한 과거의 한국 현실과 새롭게 대면하고 있는지 살펴보는 일은 여러모로 각별한 의미를 띨 수밖에 없다. 거기서 우리는 이즈음 젊은 세대 작가들의 작품이 그려 보이는 지극히 우울하고 비관적인 세상의 연원과 만날 수도 있을 것이다. 마침 황석영의 『낯익은 세상』(문학동네, 2011)과 김원우의 『돌풍전후』(강, 2011)는 공교롭게도 공히 30년 저쪽 80년대 초반의 한국사회를 소설의 시간적 배경으로 하고 있는바, 이 글에서는 이 두 작품을 통해 과거를 일깨우는 성숙한 소설의 힘을 생각해보기로 한다.

2. 우리가 버리고 온 것, 또다른 세상의 가능성—황석영 장편소설 『낯익은 세상』

난지도는 원래 한강 하류의 범람원으로, 샛강을 통해 지류로 갈리면서 생겨난 작은 섬이었다. 꽃이 많이 피어 꽃섬으로도 불렸다. 사람들은 이곳에서 땅콩과 수수를 재배했고 우거진 갈대숲으로는 철새들이 날아들었다. 1970년대 후반 난지도는 서울 시민의 생활쓰레기와 산업폐기물, 하수 슬러지 등을 처리하는 쓰레기 매립지로 바뀌었다. 80년대 후반 난지도는 매립된 쓰레기로 포화 상태에 이르렀고 백여 미터 높이의 평평한 쓰레기 산이 두 개나 생겼다. 1993년 폐쇄될 때까지 15년간 대도시 서울의 쓰레기를 받아냈다. 쓰레기 매립지는 김포군 검단면으로 옮겨갔고 지금 그곳에는 생태공원이 조성되어 있다.

인터넷에서 난지도의 역사를 찾아야 하는 세대가 있다면, 어떤 세대 어떤 작가에게 그곳은 몸이 아는 땅일 것이다. 굳이 『모랫말 아이들』(문학동네, 2001)의 기억을 거론하지 않더라도 작가 황석영에게 난지도는 강 바로 저편의 '낯익은 세상'이었으리라. 황석영은 『낯익은 세상』에서 80년대 초반 난지도 꽃섬의 시간으로 우리를 데려간다. 그때 그곳에는 쓰레기 더미에서 쓸 만한 쓰레기를 찾아 고물상이나 재생공장에 넘기는 일로 나름대로 생계를 꾸려갔던 2천여 가구 6천여 명의 오두막동네 사람들이 살고 있었다. 소설 서두에는 서울 변두리 산동네에서 살다가 조금이라도 나은 돈벌이를 찾아 쓰레기 트럭 화물칸에 실려 꽃섬 쓰레기 동네로 이주하는 한 모자 일가의 행로가 놓여 있다. 강변을 달려온 차가 샛강을 따라 쓰레기가 산을 이루어가는 동네 한가운데로 진입하면서 초등학교를 5학년까지 다니다 그만둔 딱부리라는 별명의 열네 살 아이 정호는 이제 어머니와 함께 또다른 세상을 만나게 된다. 소설은 이 아이를 초점화자로 해서 진행되는데, 순진한 성장기 소년의 눈에 열리는 쓰레기 동네 속의 또다른 숨어 있는 세상 이야기야말로 이 소설의 핵심 전언이 담긴 곳이다.

매일매일 산더미처럼 버려지는 쓰레기, 그리고 그 쓰레기와 함께 사는 내몰리고 버려진 사람들. 쓰레기 매립장을 둘러싼 이 80년대적 풍경은 그 자체만으로도 오늘의 세상 꼴을 충분히 선취하고 있다 할 만하다. 사회학자 지그문트 바우만이 오늘의 세상을 두고 "유동적 현대는 과잉, 잉여, 쓰레기 그리고 쓰레기 처리의 문명"이라고 단언한 것은 잘 알려진 사실이다. "쓰레기가 되는 삶"은 이제 더이상 하나의 은유가 아니다. 작가 역시 '작가의 말'에서 쓰고 있다. "이 작품에 드러나 있는 풍경은 세계의 어느 도시 외곽에서도 만날 수 있는 매우 낯익은 세상이다. 지옥 또는 천국처럼 낯선 게 아니라 너무도 일상적으로 낯익게 되어버린 것이다." 아마도 비슷한 진단은 좀더 이어질 수 있을 것이다. 그러나 그 적실성과 상관없이 문학은 언제든 이러한 사회학적 진단으로 환원될 수 없는 한에서만 작으면 작은 대로 자기의 소임을 수행한다. 가령 정호 모자는 견딜 수 없는 악취와 파리떼에 금방 익숙해진다. 툭툭 건너뛰는 듯하면서도 요점을 잡아채며 쓱쓱 꽃섬의 삶 속으로 들어가는 작가의 손길에는 놀랍게도 은근한 활기와 감흥이 있다. 쓰레기 더미 옆에서 이른바 '꿀꿀이 꽃섬탕'을 끓여먹는 대목을 보자. "남자들은 쓰레기장에서 모아온 플라스틱 요구르트병의 모가지를 툭툭 쳐내어 흙이나 오물을 대충 털어내고 소주를 돌려 마셨다." 작가의 명편 「돼지꿈」(1973)에 나오는 공터의 술추렴 장면이 떠오른다. 작가는 밑바닥 삶의 피폐한 현실을 그대로 보여주면서도 살아간다는 일의 엄연한 활력을 놓치지 않는다. 우리 삶이 사회경제적 규정의 강고한 틀 속에 갇혀가고, 개인의 이야기는 무력한 소외와 단절의 음조에 지배되면서 왠지 이러한 활력을 말한다는 것은 한국소설 전반에서 어색하고 철 지난 일이 되어버린 느낌이다. 그러나 이것은 무슨 민중적 전망의 문제도 아니고 낡은 휴머니즘으로의 회귀도 아니다. 썩은 내에 파리에 쓰레기 천지라고 투덜거리는 아들에게 어머니는 말한다. "여기도 사람 사는 동네란다." 이 단순하지만 엄연한 진실을 놓치지 않음으로써 『낯익은 세상』은 사회학적 유비나 알레고리의 바깥에서 소설적 탐구를 개시한다.

근대적 계몽의 목표가 세계의 탈마법화 혹은 탈주술화를 통해 인간을 세계의 주인으로 내세우려 한 것임은 주지하는 대로다. 그러나 계몽의 자기파괴는 자연과 인간을 착취하는 또다른 야만의 신화를 낳았다. 정령을 뿌리 뽑으면서 계몽은 인간과 자연의 진리를 실증주의의 도그마 속에 가두어버렸다. 이때 눈에 보이는 것을 맹목적으로 특권화하는 실증주의는 신화의 또다른 명칭이다. 이른바 계몽과 신화의 변증법이다. 『계몽의 변증법』의 저자들은 계몽의 자기반성을 촉구하면서 쓴다. "이러한 과제는 과거의 보존을 위해서가 아니라 과거에 약속된 희망을 이행하기 위해서다. 그러나 오늘날 과거는 과거의 파괴로서 지속된다." 과거로부터 울려나오는 소망의 시간과 현재와 미래를 결속시키려 한 벤야민의 호소는 여기서도 반복되고 있다.

『낯익은 세상』의 정호는 오두막동네 한쪽에서 '푸른 불'과 조우한다. '푸른 불'은 밤이면 들판이나 강둑 등지에서 생겨나는 불빛의 명멸 현상, 그러니까 속칭 도깨비불의 일종일지도 모른다. 그러나 그런 불에서 어떤 정령이나 망자의 존재를 느껴온 것은 전근대의 과거인들만이 아니다. 그 심성의 진실을 추방하면서 우리가 잃어버린 것은 없는가. 정호는 오두막동네에서 생긴 동생 영길과 함께 '푸른 불'의 세계 속으로 들어간다. 그 '푸른 불'의 세계에는 쓰레기 매립지가 되기 전 꽃섬에 살던 사람들이 있다. 섬의 서쪽 여울목 근처에 남아 있는 버려진 당집과 수백 년 묵은 버드나무 고목의 당나무는 옛 주민들의 삶의 흔적이다. 거기서 섬의 주민들은 굿을 하고 기원을 올렸으리라. 그곳에서 만물상 할아버지와 그이의 딸, 그러니까 '버드나무 할미'의 혼이 빙의된 여인과 함께 아이들은 '푸른 불'의 사람들을 만난다. 꽃섬의 오래된 임자인 김서방네 삼대 20여 명의 식구들. 추석날 메밀묵을 쑤어 당집에서 올리는 조촐한 제의는 꿈인 듯 환영인 듯 옛 꽃섬 사람들과의 만남으로 이어지는데, 작가가 전작 『바리데기』(창비, 2007)에서도 보여준 바 있는 것처럼 환상의 개방은 자연스럽게 소설적 리얼리티의 경계를 확장하고 있다. "우리하고 똑같이 생겼잖아" 하고 묻는 정호에게 김서방네 아이의 환영은 말한다. "너희들 곁에 늘 같이 살구 있으니까." 술과 본드로 몽롱해진 딱부리의 의식이 환각 속에서 만나는 김서방네 할아버지의 말도 있다. "온 세상의 산 것들과 물건들이 너와 그물처럼 연결되어 있다는 걸 잊지 마라. (……) 우리 동네는 언제나 너희 곁에 함께 있는 곳이다. 너희들이 있어서 우리가 있게 되고 너희가 없어지면 우리도 없어지는 거야." 『화엄경』에 나오는 인드라망 이야기로 이해될 수도 있겠지만, 작가가 방점을 두고 있는 곳은 분명하다. 폐기되고 망각된 과거는 사라진 것처럼 보이지만 늘 우리와 함께 있다. 다만 그것을 불러내는 일은 지금 이곳의 몫이다. 과거의 소망과 약속은 누군가를 기다리고 있다. 그 누군가가 할아버지가 말하는 "너희들"이다. 그러니까 "너희가 없어지면 우리도 없어지는 거"다. 소설에서 과거로부터 울려오는 목소리를 듣는 사람들은 만물상 할아버지 부녀와 정호와 영길 형제다. 오두막동네에 먼저 들어와 살던 영길은 할아버지 집을 혼자 찾아가곤 했다. '빼빼네 집'으로 불리는 그곳에는 열 마리쯤 되는 불구의 버려진 개들이 모여 있다. 정호 역시 영길을 따라 그 개들을 돌보는 일을 거든다. 버려진 생명을 거두는 곳, 그렇게 빼빼네 집은 쓰레기 매립지 오두막동네 사람들과 섬의 옛 주민들 사이를 잇는 웜홀(worm hole)이 된다. 아마도 갈등과 대립이 괄호 쳐진 듯한 이 과도하게 선량한 장소와 사람들에 대해서는 일정한 비판이 있을 수 있을 것이다. 나무 한 그루, 풀 한 포기, 오리 한 마리의 생명과 함께하는 세상의 거대한 연관을 내세워 인간의 병든 욕망의 매트릭스를 반성하고자 하는 작가의 시선에 대해서도 관념성의 혐의를 걸 수도 있겠다. 이 소설에 작가가 의도했건 그렇지 않건 얼마간 건너뜀이 있다는 것은 분명하다. 물론 이런 지점과 관련해서는 작가의 전작 『손님』(창비, 2001) 때부터 본격화되기 시작한 기존 리얼리즘 형식에 대한 반성, 그러니까 "삶의 흐름에 가깝게 산문을 회복"하려 하면서 그 일환으로 추구된 "시적 서사"의 미학을 고려에 넣어야 할 것이다.

그런데 쓰레기로 뒤덮인 땅에서 가스 폭발과 함께 큰불이 일어나고, 오두막동네를 포함해서 여울목의 당집과 무성한 억새밭까지 섬 전체가 거의 잿더미로 변한 뒤 찾아오는 소설의 결말에는 인상적인 삽화가 놓여 있다. 닷새나 계속된 화재로 '땜통'이라는 별명으로 불리던 동생 영길이를 비롯해 많은 사람이 죽고, 쓰레기 수집꾼들은 일시에 거처를 잃어버린다. 그러나 쓰레기차는 날마다 몰려들고 다시 꽃섬의 일상은 시작된다. 그리고 우리가 보게 되는 것은 '푸른 불', 정령들과 환영들의 정체다. 만물상 할아버지의 딸 빼빼엄마는 불에 타 허물어진 당집 근처 마른 샘 안에 어떤 물건들을 보관해두고 있었는데, 그녀는 그것들을 당집 마루판자 아래 어둠 속으로 옮기며 말한다. "어디루 떠나지 말구 우리 같이 살자. 이렇게 헤지지 말구." 그렇다면 그 물건들은 무엇인가. "나뭇결이 갈라지고 터진 절굿공이, 끝이 모두 닳아버린 수숫대 빗자루, 뒤축이 떨어져나간 남녀 고무신 한 짝씩 (……) 옻칠 벗겨진 실패, 귀퉁이 떨어진 밥주걱" 등이다. 이 물목은 꽃섬 옛 임자들의 생활 도구이며, 그녀는 섬 이곳저곳에서 이것들을 주워 소중히 모아두었을 것이다. 이제는 못쓰게 된 부러지고 망가진 물건들이지만 여기에는 버려진 쓰레기장 물건들의 섬뜩한 낯섦이 없다. 이유는 빼빼엄마가 말해준다. "서루간에 정들어서 그러지." 아마도 정호와 영길이 만났던 정령들과 환영들의 정체는 이 물건들일 것이다. 이것은 과거의 소망과 약속을 기억하는 소박한 방식이지만, 과거로부터의 단절과 소외를 구조화하고 있는 낯익은 세상의 풍경에 맞서 다른 세상의 풍경 쪽으로 우리의 시선을 돌려세운다. 정호는 영길이 아끼던 야구모자를 그 물건들과 함께 보관해두기로 마음먹는데, 소설의 마지막에 영길은 모자를 쓴 환영으로 돌아와 '푸른 불'이 되어 사라진다. 정호가 섬의 언덕에 앉아 바라보았던 그 '푸른 불'의 세상은 지금 우리의 현실 어딘가에 하나의 약속으로 새겨져 있을 것이다. 황석영의 『낯익은 세상』은 우리가 버리고 망각해버린 것에서 지금 우리가 잃어버린 또다른 세상의 가능성을 보고 있다.

3. 타락한 시대의 진실과 어두운 기억의 심연—김원우 장편소설 『돌풍전후』

김원우 소설의 문체는 그 자체로 현실 비판적이다. 김원우 소설은 과장과 축소와 왜곡이 횡행하는 부실하고 부정확한 언어의 범람에서 우리 시대의 망가진 현실을 본다. 그런 만큼 김원우 소설은 제멋대로 뒤엉키고 주저앉은 현실을 성찰하고 분석하는 사유의 끈질김과 복잡성을 자신의 소설 언어에 요구하고 그 소임을 감당해왔다. 모종의 꼬임을 버티고 견뎌내는 긴 호흡의 문장, 적실성을 향한 거듭되는 언어의 개성적 탐색, 상투성과 타협하지 않으려는 특유의 조사(措辭)는 이제 누구나 아는 김원우 소설의 인장이 되었다.

최근에 나온 장편 『돌풍전후』에서도 그 문체의 힘은 이른바 '말 안 되는 세상'을 가차없이 저작한다. 그런데 우리는 이 소설에서 황석영의 『낯익은 세상』과는 조금 다른 맥락이기는 하나 30년 저쪽의 시간, 80년대 초반의 한국 현실과 만난다. '서울의 봄'이라는 희망 섞인 조어와 함께 시작되지만, 광주에 대한 무자비한 폭력을 정점으로 해서 신군부의 공식적인 집권으로 급속히 마무리된 역사적 퇴행의 시간이 지금은 은퇴한 임중근이라는 교수의 회고담(특정한 청자 한 사람에게 들려주는 이야기라는 의미에서 그는 회고'록'이 아닌 회고'담'이라는 명칭을 고집한다)을 통해 펼쳐진다. 액자소설의 형태로 작품 안에 들어와 있는 그 회고담은 지방 사립대의 교수사회라는 한정된 공간을 좁게 파고들면서 공적인 역사 기록이 전할 수 없는 시대의 공기와 개인의 진실을 포착한다. 그러나 그 진실은 일정한 반성의 대상으로서 제한적이라는 의미에서만 그러하다. 실은 이 소설에서 임교수가 쓰고 있는 회고담이라는 형식 자체가 반성의 기제다. 우리 시대의 전기류 산문이 노정하고 있는 과장과 허위의 분식에 대해서는 말할 것도 없지만 작가의 페르소나라 할 만한 임교수라는 인물의 비판과 냉소는 기본적으로 소설을 포함하는 서사물 일반을 향해 있다. 그러나 '실경'과 동떨어진 유사 현실의 허술한 재생을 거듭 경계하며 한때 직장의 동료였던 후배 한교수의 컴퓨터로 날아드는 이메일 회고담 '돌풍전후'가 과연 그러한 스스로의 비판의식에 값하는지 결정할 수 있는 최종 심급을 찾는 일은 쉽지 않다. 문제는 결국 『돌풍전후』가 수행하고 구조화하고 있는 전체적인 소설적 진실의 몫으로 돌아온다. 액자소설 바깥에서 행해지는 한교수의 논평 역시 최종적인 정리가 아니라 반성의 한 가지 계기일 뿐이다. 물론 『돌풍전후』의 이러한 중층적인 반성의 기제는 현실의 재현 가능성을 회의하고 진리의 상대성을 유희하는 포스트모던풍의 메타소설적 문제틀과는 거리가 멀다. 『돌풍전후』의 겨냥점은 오히려 전기든 허구적 서사물이든 현실의 재현 능력을 '제대로' 회복하자는 쪽에 있기 때문이다. '회고담'을 쓰게 된 임교수의 문제의식과 그 실행으로서 '돌풍전후'라는 회고담의 실제, 그리고 이를 받아 읽는 한교수의 논평이 서로 얽히고 경합하는 가운데 소설 『돌풍전후』는 80년 '서울의 봄'과 그 이후 일련의 시간을 지방 대학사회에서 겪어냈던 한 인물을 통해 개인적 진실과 시대 현실의 충실한 재현 가능성을 타진한다.

그런데 『돌풍전후』의 이러한 소설적 좌표는 어느 면 낡은 느낌마저 주는 리얼리즘의 목소리를 반복하는 것은 아닌가. 탈현실과 반휴먼의 상상력이 미학적 자율성에 대한 강박 속에 전면화된 최근 한국소설의 특정한 경향들은 규범적인 리얼리즘의 프레임과 설명력을 어느 정도 무력화시켜온 것도 사실이다. 그리고 여기에는 재현에 대한 회의와 반성을 포함해서 현실 그 자체와 언어, 소설의 자리를 다른 차원에서 규정하고 구성해보려는 나름의 맥락과 이유도 있었다고 할 수 있다. 그러나 그런 지점들을 인정한다고 해서, 『돌풍전후』의 임교수가 말하는 바와 같은 현실의 충실한 재현으로서 '서사물' 혹은 소설에 대한 기본적인 요구가 밀쳐질 이유는 전혀 없다. 작가는 임교수의 언어를 빌려 짐짓 "실물과 그것을 문자로 형상화한 후의 실적"이나 "실경"과 같은 소박한 개념으로 이 문제를 제기하고는 있지만, 그 실적 혹은 실경의 어떠함은 회고담 '돌풍전후'가 여실히 보여준다.

사실, 회고담 '돌풍전후'는 그 자체만으로도 뛰어난 소설이다. 거기서 우리는 80년 한 지방대학 캠퍼스 주변에서 벌어졌던 신뢰할 만한 현실과 만난다. 그런데 여기에는 권력의 돌풍 아래 자기보신의 눈치놀음에 골몰했던 당시 대학사회의 이러저런 행태에 대한 신랄한 보고뿐만 아니라 그 와중에 기혼자인 임교수가 미혼인 동료 여교수와 벌인 짧은 연애사가 함께 들어 있다. 그리고 교수사회에도 곧 해직 돌풍이 불어닥칠 거라는 소문이 나도는 가운데 임교수가 스스로 묘사해 보이는 불안과 들뜸의 그 기묘한 상황에는 딱히 좁은 캠퍼스 테두리에만 국한되지 않는, 당시 한국사회 전반의 어떤 증상에 조응하는 심리적 실재가 어른거린다. "마음자리가 한쪽은 살얼음 위를 걷는 듯이 조마조마한데 다른 한쪽은 핫바지를 껴입고 군불 땐 안방의 아랫목에서 다담상을 받아놓고 있는 것처럼 푹하다니. 말이 안 되는 소리였다." 정말 말이 안 되는 소리였을까. '서울의 봄'이 왔다고 언론이 무책임하게 떠들어대고 물밑으로는 신군부의 정권 탈취가 착착 진행중이던 그해 3월과 4월 무렵, 임용 1년째를 맞은 마흔 줄의 늦깎이 교수 임중근의 주요 일과는 도서관 정기간행물실로 향하는 신문 읽기 순례였다. 그는 대학생과 재야 세력의 민주화 열기가 폭발하든 신군부가 자중지란과 망조로 주저앉든, 돌풍 전야의 감질 나는 상황이 일순간에 깨지기를 기대하며 그 매일의 순례길을 오갔다고 고백한다. "그 조마조마한 기대감은 감미로워서 나는 한사코 무슨 괴변이든 어서 터지라는 성원에 갑시면서 (……) 열람실로 올라가는 계단을 차곡차곡 힘주어 밟아갔다. 참으로 수상한 아집이었고, 심각한 중독 증세였다." 그 수상한 집착과 설렘이 난생처음 겪는 동료 여교수를 향한 색다른 성적 기대감과 별반 다르지 않았으리라는 임교수의 착잡한 자기 분석을 우리는 어떻게 받아들여야 할까. 여교수로부터 광주에 무슨 일이 났다는 이야기를 처음 전해 들었을 때, 구체적 정황은 캐물을 생각도 않고 곧장 들떠 올랐던 그의 즉각적인 반응은 섬뜩하기까지 하다. "흔히 쓰는 '쾌재를 부른다'는 상투어가 그때 내 심정을 제법 근사하게 맞췄다면 결코 과장이 아니다." 물론 그 직후 광주의 참상에 대한 구체적인 전언을 듣고 경악과 분노, 극심한 자조에 빠지지만, 임교수의 이러한 심리가 그 증상을 통해 가리키고 있는 지점은 무엇인가. 그는 자신이 겪은 일련의 심리적 갈등에서 그즈음의 신문과 신군부, 신군부와 일반 대중의 눈치놀음이 비슷한 형태로 반복되고 있음을 간파하지만, 그게 다일까. 당시 그의 진단도 그렇고 실제 상황도 그러했지만, 신군부의 권력 장악이 명백한 사실이고 '서울의 봄'으로 명명된 민주화의 열기란 언제든 진압되고 허물어질 수 있는 "허황한 사상누각"이었다고 한다면, 임교수를 포함한 다수의 구경꾼들이 숨죽여 안달하며 기다리고 있던 어떤 "괴변"은 차라리 실제 도래했던 그대로 역사의 참극은 아니었을까. 그들은 이 기다림의 실체를 알고 있었지만, 감당할 수 없는 윤리적 파탄 속으로 굴러떨어지지 않으려고 그것을 극구 부인하고 있었던 것은 아닌가. 임교수의 회고담이 정작 고백하고 있는 것은 바로 이 '물신주의적 부인'의 어두운 기억인지도 모른다. '광주사태'가 '광주민주화항쟁'으로 이름을 바꾸며 역사의 성스러운 제단에 올려지는 동안 집단적인 망각 속에 묻어버린 어두운 심리적 실재.

임교수의 회고담 '돌풍전후'가 그 자신의 거듭되는 경계(警戒)에도 불구하고, 시정의 자서전이나 회고록, 혹은 소설의 상투적이고 타락한 플롯을 근본적인 수준에서는 반복할 수밖에 없는 이유도 여기에 있다. 임교수 스스로가 요약하고 있기도 한 그 플롯은 이렇다. "어느 날 느닷없는 돌풍이 몰아닥쳐서 온갖 곤욕을 다 치르다가 결국은 시궁창 속으로 굴러떨어지지 않고 살아남았다"는 것. 회고담을 보건대 학자나 교수, 한 명의 생활인으로서 임교수의 삶은 대체로 염결하고 자기 원칙에 충실한 것이었는지 모른다. 그러나 그의 회고가 집중되고 있는 1980년이라는 시간은 개인의 사담(私談)을 역사라는 공적 담론의 장에서 가혹하게 시험한다. 자기보존의 간계(奸計)는 집요하게 숨을 곳을 찾았으나 거기에는 망각 속으로 다시 한번 숨겨야 하는 역사의 얼룩이 남았다. 바로 이 지점에서 소설『돌풍전후』는 임교수 자신이 시정의 사사화(私事化)된 소설을 비판하며 말했던 '사담'과 '공담(公談)'의 균형 감각을 하나의 성숙한 아이러니로 실현한다. 아마도 그 균형 감각은 소설의 발생적 기원에 기입되어 있는 사회역사적 상상력의 다른 이름일 것이다. 소설은 우리가 생각하는 것 이상으로 시대의 산물이다. 그것은 작가의 자리에서도 그러하지만, 소설의 인물들에게는 더더욱 결정적인 구속이다. '살아남았다'로 끝나는 임교수의 상투적인 플롯은 임교수의 시대가 그에게 허락한 몇 안 되는 플롯의 가능성이었고, 이 타락한 플롯의 아이러니한 재생술이야말로 소설『돌풍전후』의 성숙한 리얼리즘이라 할 만하다.

작가의 첫 장편이기도 한『짐승의 시간』(민음사, 1986)은 대통령 시해 사건이 일어난 1970년대 말의 서울을 배경으로 쓰였거니와, 소설의 마지막에 극심한 육체적 경련 끝에 침몰하듯 "꿈도 꿀 수 없는" 깊은 잠 속으로 잦아드는 주인공의 모습은 '짐승의 시간'을 살아야 했던 당대적 삶의 깊은 상징으로 남아 있다. 그는 가물거리는 의식 속에서 말한다. "이 경련의 시대가 어디로 굴러가더라도 어쩔 수가 없듯이, 내가 잠에서 깨어나지 않더라도 나와는 상관이 없는 노릇이었다." 그러고 보면『돌풍전후』의 회고적 서사가 시작되는 시점이 바로 그 '경련의 시대'에 잇대어 있는 80년 봄의 시간이라는 것은 한갓 우연일까. 긴 시간을 우회해서 진행된 이 연속된 회고의 서사에서 김원우 소설이 우리에게 건네는 전망은 거듭 우울하고 어둡다. 여기에는 직접적으로 발화된 어떤 희망의 전언도 없다. 그렇긴 해도 이 신랄하고 정직한 패배의 기록, 어두운 기억의 심연을 헤집는 망각과의 싸움이 우리 시대의 정신적 빈곤을 얼마간 치유해줄 수 있으리라는 기대는 품어볼 수 있으리라. 그리고 그것은 우리가 우리 시대의 소설에 요청해야 할 당연한 책무이기도 할 것이다.

4. 망각의 역사와 가장의 근심

『낯익은 세상』은 30년 전 꽃섬의 이야기에서 한국의 근대가 버리고 땅에 묻고 망각해온 오드라덱을 보고 말을 건넨다. 그리고 빼빼엄마의 노래처럼 "살지도 못하고 죽지도 못하"는 그것들을 향한 뒤늦은 애도의 제의를 치른다. 작가는 이렇게 요약한다. "지금의 세계는 우리와 더불어 살아온 도깨비를 끝없이 살해한 과정이었다." 영길을 비롯한 여러 오두막동네 사람들의 죽음과 빼빼엄마의 실성은 아픈 후일담이지만, 소설은 꽃섬에서 다시 쓰레기를 분류하고 수집하는 분주한 일상이 시작된다는 보고를 잊지 않는다. 잿더미를 뚫고 솟아나는 풀꽃의 이야기보다 아무렇지도 않게 툭툭 털고 일어나는 사람들의 이야기에서 황석영 소설은 그만의 인장과 감각을 남긴다. 근심과 우울을 단박에 끊어버리는 이 낙천의 감각이야말로 황석영 소설의 진정한 힘인지도 모른다.

『돌풍전후』는 1980년이라는 한국 현대사의 암흑기로 돌아가 결국은 자기 모멸에 이르고 말 개인의 운명과 시대의 초상을 움켜잡는다. 초점은 서슬 푸른 권력 앞에 우왕좌왕했던 지방 사립대의 지식인 군상들에 모여 있지만, 신랄하게 밀어붙이는 김원우 소설의 언어는 자기 모멸의 예외적 지대를 거의 허용하지 않는다. "니나 나나 다 사람이다 이거지?" "정말 우리가 이렇게 살아도 되는 거예요" 같은 탄식의 지워지지 않는 울림은 우리가 거쳐온 '야만의 시대'가 그리 멀지 않은 곳에 여전히 똬리를 틀고 있다는 섬뜩한 실감을 남긴다. 김원우 소설은 다른 세상을 꿈꾸지 않는다. 그의 소설은 집요하게 세속의 시점을 고집하고 부실한 환상이나 감당할 수 없는 꿈과 타협하지 않는다. 『돌풍전후』의 회고담 역시 타락한 시대의 비루한 생존기일 뿐이다. 이러저러한 우여곡절 끝에 '살아남았다'는 것. 그런데 바로 이 지점에서 자기 모멸의 궁지는 윤리적 질문이 되고 1980년은 망각될 수 없는 시간이 된다. 그것은 또한 타락한 시대의 글쓰기가 봉착한 윤리적 궁지이기도 하다. 『돌풍전후』는 소설로 쓴 우리 시대의 소설론이다.

우리는 변화를 말하는 데 익숙하지만, 변화하지 않거나 서서히 변화하는 것도 많다. 역사적 시간에는 급속한 변화의 시간성만 있는 게 아니라 그 변화를 감지하기 어려운 '장기 지속'의 시간성도 있다는 것은 잘 알려진 사실이다. 게다가 역사의 연속성을 끊을 수 있는 마법은 누구에게도 없다. 버려지고 망각되는 것조차 어딘가에는 그 흔적을 남긴다. 현재는 과거와 결속된 채 우리의 현실이 된다. 비동시적인 것의 동시성은 긴 단위의 역사에서도 보이지만 우리의 몸과 기억에서도 쉽게 확인된다. 인간의 실존에는 영속적이거나 동일성의 차원에 남아 있는 부분이 많다. 우리가 마주하고 있는 현실은 당연히 이 뒤엉킴 속에 있다.

생각해보면 소설은 변화하지 않거나 서서히 변화하는 인간 현실에 더 많은 감각의 촉수를 드리우고 있는 장르인지도 모른다. 이는 소설이 현실의 움직이고 변화하는 측면을 외면한다는 이야기가 아니다. 우회이고 역설일 수 있는데, 그 움직임을 그려내기 위해서라도 소설은 그렇게 한다. 그리고 좀처럼 변화하지 않거나 아주 서서히 변화하는 인간 현실의 여러 측면, 인간 실존의 반복되는 정황을 움직이는 세계와 함께 숙고하면서 소설은 단순한 세태의 관찰자를 넘어 보다 심오하고 복잡한 인간 진실의 탐구자로 자신의 위상을 만들어왔다.

그리고 소설은 기본적으로 회고의 서사다. 소설은 시간을 거슬러 의미를 회복하려고 한다. 그런데 잘 알려진 대로 서사시와 달리 근대의 공허한 시간을 내적 형식으로 하는 소설은 이러한 의미의 회복을 불가능한 목표로 만든다. 이른바 소설의 본질적 아이러니이다. 그러나 이 과정에서 인생이 거절하고 시간이 앗아가버린 것들을 소설은 보여줄 수 있다. 실패한 의미에 대한 기억의 서사는 하나의 역설로서 인생의 충만함이나 세계의 온전함을 비춘다. 새삼스러운 이야기겠다. 그렇긴 하나 급변과 망각이 일상화된 세상의 질주에 맞서는 소설의 자리를 생각해보려 할 때 시간과 변화에 대한 소설의 본래적 감각과 개입 방식은 시사해주는 바가 적지 않다.

아마도 소설은 벤야민이 어느 위대한 랍비의 말을 통해 보여준 구원의 상상력을 지니지는 못할 것이다. 소설의 손에 쥐여 있는 것은 우리가 현실이라 부르는 초라한 환상뿐인지도 모른다. 그 당장의 환상을 방어하고 그려내기에도 소설은 버겁다. 그렇지만 카프카가 들려주는 '가장의 근심'에는 소설이 감당해야 할 근심도 있다. 가장은 물어본다. "너 대체 이름이 뭐냐?" 그러자 "오드라덱이에요" 하고 대답한다. "그럼 어디에 사니?" "아무데나요" 하면서 그가 웃는다. 그것으로 대화는 대개 끝난다. 카프카의 가장은 생각한다. "대관절 그가 죽을 수 있는 걸까? 죽는 것은 모두가 그전에 일종의 목표를, 일종의 행위를 가지며, 거기에 부대껴 마모되는 법이거늘 이것은 오드라덱의 경우에는 해당되지 않는다." 가장은 오드라덱에게도 휴식의 시간이 오기를 간절히 바란다. 이때 우리는 어쩔 수 없이 가장의 등을 짓누르고 있는 세상의 무게를 보게 된다. 그리고 가장의 근심은 불행히도 틀리지 않았다. 그의 우려대로 오드라덱에게는 죽음조차 허락되지 않았다. 우리는 더욱 가속화되고 있는 망각의 역사와 계속되는 가장들의 근심을 보고 있다.

(『자음과모음』 2012년 봄호)

현실의 귀환, 그리고
— 김사과 소설을 중심으로

1

한동안 2000년대 한국소설을 두고 '현실'의 결여나 과소를 지적하는 이야기가 많았다. 물론 여기서 지적된 부족분의 현실은 현실의 여러 층위 가운데서도 사회적 현실을 일컫는 말일 것이다. 소설의 왜소화나 사사화에 대한 우려와 함께 제기된 이러한 비판은 근대소설의 핵심 역량이랄 수 있는 사회역사적 상상력의 행방에 대한 깊은 근심으로 이어지기까지 했다. 그러나 이로부터 사회역사적 상상력의 거세나 실종을 예단한 일각의 논의는 사태의 일면만 본 단견일 가능성이 높다. 흔히들 구제금융사태를 분수령으로 많이 거론하지만 자본의 전 지구적 제패가 사람들의 일상을 강력하게 틀어쥔 이후, '사회'라는 개념을 탈락이나 배제의 두려움 더 나아가 무력감 없이 떠올리기가 쉽지 않아졌다는 점은 두루 아는 사실이 아닌가. 사정이 이렇다면 개인 각자의 삶에서나 소설의 공간에서나 사회적 지평과 관련된 상상의 행로가 예전과 같은 양태를 보이지 않으리라는 점은 충분히 이해할 수 있는 일이다. 거기에는 상당한 굴절이 있을 수밖에 없다. 사회적 지평에 대한 외면이나 빈정거림, 무력한 회피가 두드러진다 하더라도 일단 이러한 굴절을 셈에 넣고 따져볼 필요가 있는 것이다. 문제는 그 굴절의 벡터가 한국소설의 미학적 갱신이나 진실의 확장과 관련하여 얼마만큼 유의미한 방향을 취하고 있느냐 하는 점일 것이다. 비슷한 맥락에서 "2000년대 문학을 활보하고 있는 빈곤하고 왜소한 주체"의 "자기방어와 자기 위안의 미학" "탈현실의 포즈"를 그 주체가 맞서고 있는 세계의 불안과 폐쇄성으로부터 이해하려는 비평적 시각[1]이 있었음도 아는 대로다.

"문제의 뿌리들은 우리 손이 닿을 수 없는 곳으로 멀리 옮겨간 것처럼 보인다. 그리고 그러한 뿌리들 중 가장 조밀하고 빽빽하게 얽힌 뿌리 더미는 국립지리원의 지도 어디에서도 발견할 수 없다."[2] 사회로의 진입과 안정적 성원권을 보장해줄 그 어떤 신뢰할 만한 끈도 찾을 수 없는 '액체근대(liquid modernity)'의 한없이 일시적이고 유동적인 세계를 분석하면서 내린, 한 사회학자의 비장한 진단이다. 여기서 잠시 시간을 되돌려보자. 찰스 테일러는 17세기 이래 서구에서 새로운 사회적 상상이 부상하는 과정을 추적하면서 근대성을 재조명한다.[3] 그는 서구 근대성의 핵심을 사회의 도덕질서(moral order)에 대한 새로운 개념화에서 찾고 있는데, 자연법 전통을 잇는 그로티우스와 로크의 철학에 기원을 두고 있는 그 새로운 아이디어에서 사회는 평등한 개인들 간의 상호이익과 상호봉사, 개인들의 권리 수호를 위해 존재한다. 물론 이러한 사회적 상상이 서구 근대 나름의 자명한 질서에 도착하기까지는 저자가 "오랜 여정(long march)"이라 일컫는 3백여 년의 역사가 존재하고, 그 이상적 기준과 실제 사이의 괴리 중 상당 부분은 여전히 사회적 실천의 과제임을 저자는 명기해두고 있다. 그

---

1) 김영찬, 「2000년대, 한국문학을 위한 비판적 단상」, 『비평극장의 유령들』, 창비, 2006, 74쪽.

2) 지그문트 바우만, 『쓰레기가 되는 삶들』, 정일준 옮김, 새물결, 2008, 40쪽.

3) 찰스 테일러, 『근대의 사회적 상상』, 이상길 옮김, 이음, 2010.

거야 어떻든 위계적 상보성을 원칙으로 하는 전근대의 도덕 질서와 질적으로 구분되는 도덕 질서의 상상, 평등한 개인들의 상호이익을 위해 존재하는 사회에 대한 구상이 서구 근대의 진입로를 열었다는 저자의 통찰은 토대 결정론적 근대 이해를 보충하는 측면에서도 경청할 만하다. 그리고 이 근대의 도덕 질서는 그 어두운 측면을 포함해서 우리가 소위 '문명'과 쉽게 등치시키는 것이기도 하다. 이 대목에서 우리는 근대의 사회적 상상이 뿌리내리는 데 기여한 근대소설의 몫을 생각해볼 수도 있다. 그 몫과 관련해서는 베네딕트 앤더슨이 지적한 것처럼 민족이라는 상상된 공동체를 재현하는 소설의 특별한 기술적 수단[4]을 생각할 수도 있지만, 평등한 개인을 사회의 중심에 놓는 근대 개인주의의 모럴이 근대소설의 기본적 세계 이해라는 점을 상기하는 것도 무방할 것이다. 그러나 무엇보다 중요하게 언급해야 할 점은 근대소설의 발생과 성장이 근대의 사회적 상상 혹은 근대사회의 진전과 그 방향을 함께했다는 사실이다. 그런 만큼 소설의 사회적 상상력은 사회의 모순과 도덕 질서의 허위를 비판하고 적발하면서도 그 사회와 전망을 나누었다고 할 수 있다. 불행의식을 첨예화한 근대문예의 또다른 측면을 강조한다 하더라도 개인과 사회 혹은 근대소설과 근대사회 사이에는 의미 있는 긴장이 존재했다.

그러나 상호이익과 상호봉사의 조화는 기대도 하지 않더라도, 사회적 생존을 유지하는 데 필요한 최소한의 자존심과 자원조차도 항시적 박탈의 공포 앞에 놓여 있는 바우만의 '쓰레기가 되는 삶'에서 직면하고 있는 당대 사회의 실체를 감지하는 작가들이 늘어나고 있다면 문제는 달라

4) 베네딕트 앤더슨, 『상상의 공동체』, 윤형숙 옮김, 나남, 2002, 45~63쪽. 앤더슨은 18세기 유럽의 근대소설이 '동질적이고 공허한 시간' 안에 있는 동시성의 표현 구조를 통해 각기 만나지 못하지만 서로의 존재를 세속적 달력의 시간 속에서 확인하는 민족이라는 공동체를 믿고 상상하는 데 크게 이바지했다고 본다. '세속적 시간'에 대한 강조는 테일러가 이야기하는 근대의 사회적 상상에서 특히 중요한 부분이기도 하다.

질 수밖에 없다. 앞서 그 굴절을 이야기하기도 했거니와, 개인과 사회 사이에 생긴 메우기 힘든 간극을 생각할 때 지금 한국소설에서 사회역사적 상상력의 전통적 귀환과 복귀는 기대하기 힘든 상황이 아닐까. 바우만은 "유동적 현대(성)는 과잉, 잉여, 쓰레기 그리고 쓰레기 처리의 문명"이라고 단언한다. 물론 이때 쓰레기는 '인간쓰레기'를 포함하는 것이며, 이들 쓰레기는 재활용의 트랙이 아니라 폐기와 처리의 트랙 위에 올라선 것이다. 혹자는 이야기를 너무 극단으로 몰고 간다고 할지 모르겠는데, 이쯤에서 최근 한국사회에 대해 참을 수 없는 분노의 언어를 던지고 있는 김사과의 소설을 떠올려보는 건 어떨까. 김사과의 경우, 세상의 끝장을 신랄하게 선언하고 있는 소설의 시선에서 세계에 대한 거의 돌이키기 힘든 단절과 적대의 느낌을 확인하는 것은 어려운 일이 아니다. 뿐더러 그의 소설에는 폐기되고 삭제되는 인간의 이야기가 그득하다. 김사과의 소설을 두고 누가 현실의 결여를 말하겠는가. 오히려 사회적 현실은 참혹한 얼굴로 넘치게 귀환했다. 그러나 이 넘치는 사회적 현실은 그것이 유래한 사회 속으로 반성적으로 통합되기를 기대하는 것이 아니라 마치 바우만 진단 속의 '쓰레기'처럼 폐기될 운명을 감내하려는 것처럼 보인다. 오히려 그 폐기의 운명 속에서만 말하려고 하는 것처럼 보인다. 사회적 상상력의 향방과 관련해서 지금 한국소설을 이야기하려면 일단 이 폐기의 미학과 시선을 경유해야 할 듯하다.

2

김사과는 지금 우리가 살고 있는 세상을 출구 없는 지옥으로 그린다. 그 지옥의 세상에서 대개 미성년의 어린 주체들은 심하게 찢기고 분열되어 있다. 툭툭 끊어지는 단문의 소설 언어는 즉자적이고 파편적인 생각들 위를 질주하며 그 분열을 반영하고 과장한다. 그 과장된 분열 속에서 욕과 폭력이 난무하고, 아무렇지도 않게 살인이 저질러지는 김사과 소설의 악몽을 지켜보기는 쉽지 않다. 그런데 악몽의 실체는 의외로 단순한지도 모르겠다. 이 세상이 참을 수 없는 상태에 있다는 것. 하고 보면 '죽고 싶다'와 '죽이고 싶다'는 김사과 소설의 악몽에서 우리가 가장 자주 접하는 발언이다. 김사과 소설의 테제를 스스로 정리하고 있는 듯한 작품 「매장(埋葬)」에서 '나'는 아주 간명하게 말한다. "세상을 죽이자." 여기에는 "인류를 유지할 것인가, 언인스톨할 것인가"의 선택 앞에서 박민규의 아이들이 흘리던 눈물과 머뭇거림이 없다. 다시 말해 김사과의 소설에는 비감한 유머가 없다. 『핑퐁』의 소년들이 언인스톨한 것은 세계의 한 차원인 '탁구계'였지만 김사과의 아이들[5]이 끝장내려고 하는 것은 그냥 이 지긋지긋한 세계 그 자체이다. 그것은 정색하고 할 일이지 유머와는 무관한 것이다. 여기에는 비등점을 초과한 분노의 정념만이 그득하다. 그렇다면 우리는 「움직이면 움직일수록 이상한 일이 벌어지는 오늘은 참으로 신기한 날이다」의 화자 '나'가 자문하는 것처럼 물어볼 수밖에 없다. "도대체, 이 모든 분노는 어디에서 오는 걸까." 일단 소설 화자의 자답은 이렇다. "주위의 모든 것이 내 분노의 원인이다." 세상 그 자체라는 말일 텐데, 기실 이 문제에 대해서는 연전에 제출된 김사과론에서 세련된 분석이 가해진 바 있다.[6] 권희철은 이 글에서 김사과 소설의 세계관을 "세계는 파괴적인 쾌락주의 자체이다. 나는 세계를 증오한다"로 정리한 뒤, "누구도 파괴적 쾌락주의의 외부에 있지 않으므로 (……) 분노는 뚜렷한 목표를 찾지 못하고 자기 파괴적으로 분출된다"는 점을 지적한다. 그런데 권희철이 버지니아 공대 총기살인사건의 조승희 선언문과 김사과 소설을 조심스럽게 연결지으면서 찾아낸 '파괴적 쾌락주의'라는 용어는 물론 상당

---

5) 물론 김사과 소설에는 「정오의 산책」이나 「움직이면 움직일수록 이상한 일이 벌어지는 오늘은 참으로 신기한 날이다」처럼 직장생활을 하는 성인이 등장하는 작품도 있다. 그러나 성장을 인정하지 않거나 무화하려는 그들의 의식은 '아이들'의 자리에서 멀지 않다.

6) 권희철, 「인간쓰레기들을 위한 메시아주의」, 『문학동네』 2009년 겨울호.

히 적실해 보이지만, 결코 김사과 소설의 세계관을 규정하는 최종 판본은 될 수 없을 것이다. 거기에 무한경쟁, 무한진보, 욕망, 신자유주의 등등의 어휘를 조합해 그럴싸한 대체 개념을 넣어본다 해도 사정은 마찬가지리라. 가령 장편 『미나』에는 아이들을 죽음의 자리로 내모는 병든 속물들의 도시 P시에 대한 나름의 예리한 논리적 진단이 넘쳐나지만, 그 진단으로부터 세계를 새롭게 정초하는 길을 찾아내기는 어렵다. 김사과의 소설에서 세계는 논리적으로 파탄나 있는 것이 아니기 때문이다. 더 정확히는, 이성적 복구 가능성으로부터 차단되어 있는 것이다. 예컨대 세상에서 쾌락주의가 사라진다고 해서 김사과 소설의 아이들이 행복해지지는 않을 것이다. 김사과 소설에서 증오나 분노의 기원은 결정 불가능한 지대 저 너머에 있는 듯 보인다. 김사과는 한 산문에서 "나는 목표를 알 수 없는 분노를 가지고 있으며 그것이 나의 문장과 글을 구성한다"[7]고 쓰기도 했지만, 분노의 기원이 결정되지 않는데 분노의 목표를 알 수는 없는 일이겠다.

김사과 소설은 치유할 수 없는 세계의 병듦 이후에 도착했다. 김사과 소설의 아이들은 그 세계의 병듦에 책임이 없다. 혹은 그렇게 생각한다. 그 아이들이 쉽게 무구한 악마로 돌변할 수 있는 것도 그 때문이다. 그런 만큼 그 아이들에게는 증오나 분노를 통해 세계의 파탄을 절망적으로 증언하고 세계의 끝장을 반복해서 선언하는 일만이 남아 있을 뿐이다. 그리고 김사과 소설의 힘이 실패와 파탄의 증상이라고 할 수 있는 아이들에게 지금껏 한국의 어떤 소설도 주어본 적 없는 리얼리티를 부여함으로써 비롯되었음은 아는 대로다. 세상의 호명에서 거부된(혹은 호명을 거부한) 아이들의 분열과 타락, 절망과 분노를 놀라운 실감 속에 담아낸 김사과 소설 언어의 충격은 낯설고 불편한 것이었다. 물론 충격은 그 타협 모르는 날것의 형식에 그칠 수 없었다. 거리의 아이가 된 십대 후반 소녀들의 이

7) 김사과, 「뒷문」, 『문장웹진』 2007년 6월호.

야기를 담고 있는 「나와 b」에서 그들은 스스로를 이렇게 규정한다. "이제 나와 b는 더이상 어린이가 아니다. 어른도 아니고 엄마도 아니다. 아빠도 아니고 선생님도 아니고 대학생도 아니다. 우리는 아무것도 아니다." 그러니까 차라리 이것은 규정이 아니다. '아무것'도 아닌 존재. 상징계도 대타자도 전혀 무력한 세계. 이것은 실패한 아이들의 자포자기 선언이 아니다. 세계의 실패 그 자체다. 그렇게 볼 수밖에 없는 것이 그들은 무지한 것이 아니라 세상에 대해 너무 많이 알고 있기 때문이다. '나'는 b에게 말하지 않는가. "결국 다 똑같아질 거야. 결국엔 모두 다 똑같이 좆같아진다. 노력해도 소용없어. 너도 알잖아. 그러니까 너도 노력하지 마. 일도 하지 마. 아무것도 하지 마."

비슷한 자기 규정과 세계 인식은 김사과 소설에서 반복해서 출현한다. 이로부터 "권력과 규정의 구속으로부터 벗어날 수 있는 가능성"을 읽고 "인간쓰레기들을 위한 메시아 없는 메시아주의"의 "희미한" 가능성을 보는 비평적 견해[8]가 나온다. 혹은 "김사과에게 현시대는 메시아 없는 차연으로 일관된 시대고, 혁명 주체가 사라진 유사 사건으로 점철된 시대"[9]라는 분석도 제출된다. 후자의 분석에서 현시대에 대한 김사과 소설의 인식은 "진보의 질주, 상시적인 비상사태"로 요약되는데, 김사과의 소설은 "상시적인 비상사태에 진정한 비상사태를 일으키"고자 하는 것으로 평가된다. 그러나 문학이나 예술이 으레 현실에 대한 강력한 부정을 동반한다는 점을 감안하더라도, 김사과의 경우 그 부정의 충격을 높이려는 의도적인 글쓰기의 전략이 작동하고 있다는 점을 이해한다 하더라도, 김사과의 소설이 제시하고 있는 현실이 부분적이고 과장된 텍스트라는 점을 지적

---

8) 권희철, 같은 글. '메시아주의에 대한 김사과의 애착'과 관련해서는 「정오의 산책」이 중요한 논거로 이야기된다.

9) 김남혁, 「차연의 윤리와 사건의 정치—신경숙과 김사과 소설 읽기」, 『문학과사회』 2010년 가을호.

하는 일을 마다해서는 안 된다. 알코올중독자 아빠가 마침내 폭발한 엄마의 분노 앞에 피투성이 황갈색 개가 되어버리는 한 집안의 풍경(「영이」)이 그 분열적이고 환각적인 기법 속에서 우리 시대 중산층 가정의 붕괴와 파탄에 대한 충격적인 알레고리가 된다고 할 때, 우리가 보고 있는 것은 현실의 부분적 초과를 통한 과장되고 추상화된 병적 징후의 단면이지 한 사회의 자기 보존과 선의의 노력을 포함하는 복합적 연관 속의 현실은 아니다. 나는 지금 영이가 마주하고 있는 끔찍한 현실을 축소하려는 것도, 세상 밖으로 폐기되고 있는 '나'나 'b'가 먼 세상의 이야기라고 주장하려는 것도 아니다. 『미나』의 수정을 그 극단적이고 왜곡된 자의식 속으로 밀어넣은 것은 지금 이 세상이며 바로 우리 자신일 것이다. 덧없는 욕망의 양파 껍질을 벗기도록 끊임없이 부추기는 물신의 도시에서 가난한 집안의 명문 사립대 여성이 느끼는 추락의 불안과 공포를 살인충동의 환상과 함께 섬뜩하게 보여주는 「이나의 좁고 긴 방」은 그 "두부공장"의 어두운 예감만으로도 많은 이들의 공감을 살 것이다. 아마도 자기기만 없이 김사과 소설이 보여주는 참혹하고 불편한 세계의 외부에 자신의 자리를 마련할 수 있는 사람은 많지 않을 것이다. 그러나 충분한 공감을 주는 이나의 불안과 공포에 대해서도 이나를 궁지에 몰아넣는 물신적 세계의 모습이 자동화된 비판의 대상으로 고착되어 있다는 점을 지적해야 한다. 그 세계에는 소설의 인물들이 개입할 여지가 거의 없다. "저 멀리 있는 수천 개의 아파트들 그것들도 곧 버려"질 것이다. 이나가 그토록 갖고 싶어하는 화려한 상품들이 그렇고 이나의 삶이 그러한 것처럼. 이것은 자본주의 세계 현실에 대한 너무 단순한 비판이 아닌가. 뿐더러 김사과 소설의 아이들은 스스로의 분신 같은 인물들을 제외하고는 타자와도 거의 만나지 않는다. 사실 김사과의 아이들이 보기에 세계는 복잡한 연관과 사회적 매개의 긴 회로를 굳이 탐사하지 않더라도 충분히 나쁘고 이미 파탄나 있다. 그 조급성으로부터 우리가 돌려받는 것은 세계의 병적 징후에 대한 충격적 보고이긴 해도 거기에 연관과 매개를 견디며 좀더 복잡하게 이야기되어야 할 현실의 여러 측면은 사상되어 있다. 그렇다면 우리는 김사과의 소설에서 반복 출현하는 세계의 파탄을 그 부분적 증상이나 징후 이상으로 과장하지 말아야 한다. 선언적 충격의 강력함은 그것대로 구분되어 이야기되어야 한다. 메시아주의와 관련하여 김사과 소설을 해석하는 일이 조심스러워야 한다면, 그것은 일차적으로 김사과 소설의 미숙하고 조급한 세계진단을 과장해서는 안 되기 때문이다. 그리고 최근 많이 이야기되고 있는 "희미한 메시아적 힘"[10]이 사적 유물론과 유대교 신학을 결합하려 한 벤야민의 난해하고 신비적인 역사철학에 근거를 두고 있다면, 더욱 그러해야 하지 않을까. 역사의 진보를 잔해 위에 잔해를 쌓아가는 파국의 연속으로 보고, 섬광처럼 스쳐 지나가는 과거의 진정한 상(像)을 메시아적 '지금-시간(Jetztzeit)'에서 붙잡아 구원하려 한 벤야민의 역사철학은 어떤 아포리아의 사유로 남겨두어야 할 것은 아닌가. 김사과의 소설에 스스로를 '아무것도 아닌 인간쓰레기'로 살아가는 인물들이 나오고, 이들로부터 "구제를 가능하게 하는 유일한 정치적 주체"인 "남겨진 자들"[11]의 형상을 이끌어낼 수 있다고 하더라도 이때 구제나 구원은 현실의 차원일 수 있는가. 게다가 공허하고 동질적인 시간을 중단시키는 메시아적 구원의 시간은 원리적으로 자연사의 종말을 의미하는 것인데, 세속적 시간에 뿌리내리고 있는 소설이 감당하기에는 너무 막막한 이야기다. 김홍중이 해석한 대로, "덧없는 목숨으로서 행복을 추구할 운명을 갖고 있으며, 이 운명의 제한 속에서만 초월을, 구원을, 혁명을 꿈꿀 수 있는 우리 속물들과 동물들의 삶을 '단지 약간' 변화시키는 예술"[12]에 대한 '기다림'으로 벤야민의

10) 발터 벤야민, 「역사철학테제」, 『발터 벤야민의 문예이론』, 반성완 편역, 민음사, 1983, 344쪽.

11) 권희철, 같은 글.

12) 김홍중, 「행복의 예술, 그 희미한 메시아적 힘」, 『마음의 사회학』, 문학동네, 2009, 473쪽.

"희미한 메시아적 힘"을 이해하는 것이 온당하지 않겠는가. 그리고 "구원은 일상의 자기 자신과의 미소한 차이 그 자체"[13]라는 이 해석을 받아들일 때, 우리는 지금 우리 앞에 있는 세계를 단순히 믿는 일에서 출발할 수밖에 없다. 그것은 지금 이 세계가 아무리 참을 수 없는 상태라 할지라도, 지금 이 세계 말고는 다른 아무런 길도 없다는 사실을 수긍하는 일이 아닐 수 없다. 물론 이 말은 김사과의 소설을 향해 참을 수 없는 세계에 대한 부정과 거부, 항의를 중단하라는 이야기가 아니다. 타협을 모르는 김사과 소설의 강렬한 부정성은 보존되어야 하고, 김사과 소설은 계속 현실의 불편한 악몽을 일깨워야 한다. 그러나 이때 세계는 그 실패와 파탄이 선언된 채 돌이킬 수 없는 지점에 고정되어서는 안 된다. 지금 김사과 소설은 어떤 갈림길에 서 있는지도 모른다. 현실에 대한 급진적 비판과 강력한 대결 의지는 지금껏 김사과 소설을 이끌고 온 중요한 동력이었다. 그러나 그 비판이 너무 조급하게 세계의 실패와 파탄을 선언하는 것으로 계속 나아간다면 세계는 그 실패와 파탄 뒤로 사라지고 비판의 대상이 되는 현실은 복잡한 매개와 연관을 잃은 추상의 유령이 될 수도 있다. 그때 김사과 소설의 악몽은 충격의 전시에 그칠지도 모른다. 그러지 않고 김사과 소설의 악몽이 차이의 생산과 각인을 통해 세계의 곤경과 교섭하는 길을 찾을 수 있다면 한국소설은 사회적 상상력의 창조적 갱신과 함께 강렬한 부정의 미학을 제대로 얻을 수 있을 것이다.

3

모든 작가는 삶에 대한 자신들만의 느낌을 가지고 전체로서의 인간 사회와 마주한다. 작가의 세계관을 포함하고 있는 그 느낌은 그러나 부분적이고 어느 정도는 편파적일 수밖에 없다. 그런데 작가들마다의 고유한 미

---

13) 같은 글, 472쪽.

적 충동과 함께 이 부분적이고 편파적인 시선은 종종 어떤 중립적이고 논리적인 사회학도 가닿지 못하는 인간 현실에 대한 창의적인 발견으로 이어지기도 한다. 그 절망과 분노의 뿌리를 짐작하기는 어려우나 김사과 소설이 지극히 편협되게 발굴하고 보고하는 인간 세상의 가망 없는 황폐는 할 수만 있다면 부인하고 외면하고 싶은 인간 현실이다. 그 세상에서 아이들은 도저히 자랄 수 없다. 버려지고 폐기되는 쓰레기의 삶, 그 절망의 절규만이 가득하다. 비슷한 절망은 가령 인간 짐승들의 참혹한 생태기를 계속 발굴해내고 있는 김이설의 일련의 소설이나 성장서사가 불가능한 도덕적 타락의 세계로 당대 한국사회를 진단하고 있는 신인작가 최진영의 장편 『당신 옆을 스쳐간 그 소녀의 이름은』(2010, 한겨레출판) 등에서도 확인할 수 있다. 최진영의 소설에서 유일한 평화는 이 세상에 태어나기 전 엄마의 뱃속에서만 가능했던 것으로 그려진다. 문제는 이들 절망의 서사를 부인할 만한 현실의 또다른 지평이 쉽게 보이지 않는다는 점일 것이다. 한국소설에 현실은 귀환했지만 그 현실은 비판적 교섭의 대상이 아니라 파국과 재앙의 이미지로 귀환한 느낌이다. 그러나 소설이라는 속된 장르는 묵시록의 시간에 어울리는 물건은 아닐 것이다. 묵시록적 파국과 재앙의 이미지를 세속의 삶, 그 현실의 복잡하고 다단한 마디로 바꾸는 상상력의 갱신은 의외로 시급한 문학적 과제일지도 모르겠다.

생각해보면 문학은 언제나 세계는 살 만한가 하는 탄식의 질문을 놓은 적이 없었다. 그러나 인간을 둘러싼 숱한 제약과 구속의 현실이 인간 진실의 체념할 수 없는 현재이며 가능성이기도 하다는 역설을 잊지 않으면서 그렇게 해왔다. 벤야민이 근대의 참을 수 없는 형상을 "동질적이고 공허한 시간" 속에서 보고 메시아적 구원의 순간을 지나간 시간, 잃어버린 시간과의 진정한 교류에서 꿈꾸었을 때, 우리는 거기에서 돌이킬 수 없는 실패의 서사, 과거의 글쓰기로만 자신의 형식을 채워나가는 근대소설의 운명 한 자락을 겹쳐볼 수도 있다. 이 경우 소설이 그 '동질적이고 공허한 시간'의 발견에 중요한 공헌자 중 하나였다는 사실은 소설의 불행인가 행복인가. 이 질문에 답하기는 어려운 대로, '동질적이고 공허한 시간' 속에서나마 세계의 의미를 재구성보려는 노력은 '현실의 귀환'과 마주한 한국소설의 포기할 수 없는 역능이 되어야 하리라.

(『문예중앙』 2010년 겨울호)

소설의 정치성, 몇 가지 풍경들
— 김연수, 권여선, 공선옥

1. 정치의 귀환

서양문학에서 현실 재현의 역사를 다루고 있는 에리히 아우어바흐의 『미메시스』를 읽다보면, 역사와 사회의 변화하는 움직임 속에서 구체적인 인간 현실을 포착하는 리얼리즘의 소설적 출현에 이르기까지 얼마나 많은 우발적이고 의식적인 진퇴의 시간이 필요했는지, 자못 아연한 느낌마저 든다. 저자는 호메로스의 『오디세이』와 구약성서 창세기를 대비시키며 그의 독서를 시작해 중세와 르네상스를 거쳐 발자크 스탕달 졸라 등 19세기 유럽문학에서 그 정점에 이른 리얼리즘의 발전을 장구한 시간 속에 검토한다. 특히 그의 동시대 문학이며, 흔히 모더니즘의 대표적 작업으로 이해되는 버지니아 울프의 『등대로』와 마르셀 프루스트의 『잃어버린 시간을 찾아서』까지 분석 대상에 넣어 그 작품들을 '시간'과 '의식'의 심층에 문을 연 리얼리즘의 새로운 전개로 이해하는 대목은 인상적이다. 물론 분리에서 혼합으로 나아간 스타일의 변화에 집중하고 있는 그의 분석은 '사실주의'의 협애한 시야는 분명 벗어나 있지만, 모더니즘과의 대결을 거치며 그것의 극복까지 지향하게 된 보다 창조적인 '리얼리즘 문학'의 세계를 감당하기에는 한계가 뚜렷한 것도 사실이다. 그럼에도 불구하고, 그가 장구한 시간 속에 추적하고 있는 스타일의 역사가 단지 형식적인 차원의 굴곡진 전개에 그치는 것이 아니라 현실을 좀더 깊고 넓은 시야에서 파악하게 된 인간 인식의 확대와 발전의 역사이며, 동시에 민주주의를 포함하는 인간 현실의 역사적 진전 그 자체이기도 하다는 점에서, 리얼리즘으로서의 문학의 원천과 역사를 확인하는 감흥은 전혀 만만한 것이 아니다. 특히 그 역사의 흐름이 근대에 이르러 소설문학의 자기 확립으로 집중된 점을 상기할 때, 소설의 발생과 전개에 힘들게 기입되고 뿌리내린 리얼리즘의 지향을 우리 자신의 망각의 정치로부터 방어하는 일만으로도 그의 기여는 되풀이 참조할 만하지 싶다.

한참 해묵은 이야기를 서두에서 꺼낸 이유는 다른 게 아니다. 근자 문학의 정치성을 둘러싼 논의가 활발하고, 지금 이 자리도 그에 이어져 '소설과 정치' 혹은 '소설의 정치성'을 생각하며 최근 소설들을 검토해보라는 요청 속에 마련된 것이다. 물론 최근의 이런 문제 제기는 한가롭게 문학 원론적 과제를 되새기다 나온 것이 아니다. 논의의 한가운데 민주주의의 퇴행이라는 당장의 한국 정치현실이 있고, 외부를 생각하기 힘든 신자유주의의 숨막히는 세계현실이 있다. 그리고 그 현실의 한복판에서 시와 정치를 한몸에 담고자 하는 한 시인의 간곡한 물음이 있었다.[1] 이후 이 글에서 제기된 문제와 관련해 많은 비평적 논의가 펼쳐졌음은 아는 대로다. 특히 지난호 『창작과비평』 지면에서 신형철은 그간의 논의들을 다시 검토하면서, 진은영 시인이 처음 제기했던 질문의 급박함이나 시적 모험의 현재성이 '시와 정치'라는 원론적이고도 '사변적인 논의'에 막혀버린 것은 아닌가 하는 아쉬움을 피력하기도 했다.[2] 시에서 '정치적인 것'과 '정

1) 진은영, 「감각적인 것의 분배—2000년대의 시에 대하여」, 『창작과비평』 2008년 겨울호.
2) 신형철, 「가능한 불가능—최근 '시와 정치' 논의에 부쳐」, 『창작과비평』 2010년 봄호.

치학적인 것'을 구분하자는 그의 제안은 그 질문의 긴박성과 대면하기 위한 비평적 고민의 산물이며, 유념할 만한 이야기라고 생각한다. 그러나 '정치학적인 것' 다음에 '정치적인 것'이 오는 식으로 시의 '정치성'이 순차적이거나 계기적으로 실현될 수는 없는 일이고 보면, 이 방법적인 구분 이후에도 시와 정치의 절합(節合)은 여전한 난문으로 남는다. '시와 정치의 제휴'를 '가능한 불가능성'의 시각에서 사유하자는 글의 결론이 그 어려움을 웅변하는 듯하다.

이 질문을 소설 쪽으로 가져온다고 해서 명쾌한 답이 주어질 리는 만무하다. 서두에서 소설의 역사에 새겨진 리얼리즘의 지향을 『미메시스』의 특별한 노고와 통찰에 기대어 환기해보고자 했지만, 당장의 한국소설에서 현실과 창조적으로 교섭하는 미학적 경로를 '소설의 정치성'과 관련지어 찾아보는 일은 또다른 과제일 수밖에 없다. 가령 그 리얼리즘의 지향을 리얼리즘 문학의 정치적 함의와 도덕적 정열을 의식하는 차원에서 되새기려고 하는 경우에도, 그 양상은 모더니티의 본격적 전개와 다양한 차원에서 부딪치고 교섭한 20세기 한국소설의 다단한 전개를 고려할 때, 한층 복잡한 인화(印畵)의 과정을 거칠 수밖에 없으리라는 점은 분명하다. 멀리 갈 것도 없이, '80년대 한국문학'의 시간으로부터 세 번의 10년밖에 지나지 않았지만 이제 한국소설을 80년대적 의미에서 '정치'를 의식하며 읽고 쓰는 일은 드문 경우가 되었다. 리얼리즘 문학의 실천적 지향이 포괄하려 한 인간해방의 '정치'는 문학의 자리든 삶의 현장이든 적잖이 힘을 잃었다. 인간해방의 정치가 그 대문자 지위를 상실해가는 과정은 수많은 '정치'가 발견되고 호명되고 생겨나는 과정이기도 했다. 인간해방의 정치는 어느 면 억압의 자리로 전도되었고, 이 역사의 아이러니 앞에서 많은 사람들이 길을 잃었다. 말할 것도 없이 이 아이러니를 주도한 것은 담론이나 문학의 장(場)이 아니라 불패의 지위에 오른 자본주의 세계체제의 역사현실 그 자체였다. 신자유주의의 한국 점령을 실질적인 수준에서 완수한 구제금융사태 이후 우리 모두는 경제적 동물의 불안을 경쟁적으로 내면화하지 않으면 안 되었다. 대문자 정치의 실종과 함께 삶의 미시적인 차원에서 많은 억압의 기제가 발견되고 호명되었지만 그 '작은 정치들'이 일종의 무력감을 동반할 수밖에 없었던 것도 좀더 근본적인 적대의 전선은 요지부동이었고 오히려 강화 일로였던 작금의 상황과 무관하지 않을 것이다. 지그문트 바우만은 해방적인 대문자 정치가 사라지고 공공의 아고라가 텅 빈 자리에 들어선 '생활정치(life-politics)'의 성세(成勢)에서 개인의 자율과 자유를 추구할 자원과 수단이 제약되고 제거되는 역설을 보고 있기도 하거니와,[3] 대문자 정치와 공공의 아고라를 새로운 차원에서 회복하는 일은 '작은 정치들'의 정치성을 제대로 보존하고 실현하기 위해서라도 점점 더 중요한 과제가 되고 있는 느낌이다. 그리고 이것은 촛불과 '애도의 정치'가 열어젖힌 아고라의 새로운 공간, 그 낯선 가능성을 생각할 때, 현실의 긴절한 요청이기도 한 것 같다. 소설과 정치의 관계가 새삼 문학적 화두가 되어야 한다면, 아마도 이러한 맥락 어름일 것이다. 문제는 지금 한국소설의 현장일 텐데, 김연수 권여선 공선옥의 몇몇 작품을 떠올려보게 되었다. 산만하고 단편적인 논의일망정, 지금 문제되고 있는 맥락에서 '소설과 정치'를 생각하는 작은 단초라도 찾을 수 있기를 바랄 뿐이다.

2. 쉽게 발화되지 않는 정치성—김연수

진은영 시인이 시의 미학과 정치적인 전언 사이의 불편한 서걱거림을 고민하면서 시와 정치의 문제를 제기했음은 두루 아는 바다. 그런데 소설가 쪽에서도 비슷한 맥락의 고민이 토로된 적이 있다.[4] 김연수는 작년

---

3) 지그문트 바우만, 『액체근대』, 이일수 옮김, 강, 2009, 77~83쪽 참조.

4) 이어지는 인용에서 알 수 있듯, 표면적으로 김연수는 미학 이전에 '사실'이라는 벽을 문제삼고 있다. 그러나 결벽성이나 작가적 겸손을 접고 보면, 정치성의 직접적 수용을 힘들게

말 한 좌담에서 자신의 단편 「당신들 모두 서른 살이 됐을 때」(소설집 『세계의 끝 여자친구』, 문학동네, 2009)를 두고 다음과 같은 이야기를 털어놓았다.

> 「당신들 모두 서른 살이 됐을 때」 같은 경우에는 용산이 불타는 걸 보고 처음에는 의욕적으로 시작을 했죠. 저 일에 대해서 소설을 한번 써야 되겠다, 사회적 자아로서 가지고 있던 여러 가지 생각들도 있고 또 감정적 분노도 있고 그랬으니까. (……) 쓰면 쓸수록 그걸 쓸 수 없다는 걸 절실하게 느끼게 돼요. 왜 쓸 수 없냐 하면, 내가 아는 사실들이 진짜 그 사람들이 경험한 바로 그 사실들일까 하는, 엄청나게 큰 벽이 생기거든요……[5]

이 말을 문면 그대로, 자신의 경험 바깥에서 사실 그 자체를 직접적으로 온전하게 느끼고 안다는 게 가능하기는 한 것인가, 하는 다분히 근원적인 인식론적 무력감이 토로된 것으로 받아들이는 것도 물론 가능하다. 그러나 조금은 과장된 그 인식론적 결벽성 이면에서 문학의 윤리를 고민하고 있는 작가의 목소리를 읽어내기는 어렵지 않다. 그것은 이 비극적인 동시대의 사건을 대상화하는 소설적 거리(距離)에 대한 질문, 또는 그 질문 앞에서의 곤경에 다름아니기 때문이다. '사회적 자아'는 쉽게 비판하고 분노할 수 있지만, '소설 쓰는 자아'는 그 비판과 분노의 대상에서 자기를 분리하기 힘들다. 실체적 사실을 온전히 느끼고 알 수 없다는 무력감이 문제가 아니라, 대상과 나의 관계를 묻는 질문을 스스로에게 면제할 수 없는 문학적 진실의 자리가 문제인 것이다. 물론 이런 질문은 다루려는 대상이 무엇이든 진지한 소설이라면 감당해야 하는 일차적인 시련이

하는 소설 미학의 문제로 김연수의 발언을 읽는 것도 가능할 것 같다. '비슷한 맥락'이라고 한 것은 이 때문이다.

5) 좌담 「문학은 배교자의 편이다」(김훈 · 김연수 · 신수정), 『문학동네』 2009년 겨울호, 61쪽.

라고 해도 좋을 것이다. 그러나 용산참사와 같은 사건을 다룰 경우, 대상과의 소설적 거리를 질문하는 일은 훨씬 예민한 윤리적 성찰로 이어질 수밖에 없다. 그러면서 이 질문이 '안다고 가정된' 소설의 시선을 근본적으로 회의하게 만드는 데까지 나아갈 때 "쓸 수 없다"는 과장된 절망적 무력감을 낳았던 것 같다. "아무것도 쓸 수 없는 상태가 되어서…… 실은 그 상태에서야 뭔가를 쓰기 시작하는 거지요."(김연수, 같은 쪽)

그렇다면 김연수는 그 절망적 상태에서 어떤 소설의 길을 찾은 것일까. 먼저 눈에 띄는 것은 서른번째 생일을 쓸쓸하고 막막한 청춘의 마지막 장을 넘기듯 통과하고 있는 여성 일인칭 화자의 도입이다. 아마도 작가 스스로 감당하고 용인할 수 있는 소설적 거리가 그쯤이라고 본 듯한데, 이 여성 화자 '나'의 '마음의 풍경'을 가로지르고 있는 것은 기본적으로 단자적인 고립감이라 할 만한 어떤 것이다. 대학 시절 광고 동아리에서 남자친구와 함께 영화에 대한 꿈을 키우기도 했지만 지금은 홍보대행사에서 피 말리는 수주 전쟁을 벌이느라 영일이 없는 그녀에게 서른이 되는 해 다섯번째 달에 북미대륙을 횡단하겠다는 꿈 따위는 사라진 지 오래다. 그 꿈의 동반 기획자였던 헤어진 남자친구 종현은 영화판에서 최저임금을 받으며 일하다 지금은 택시운전을 하며 서울 시내를 돌고 있다. 택시 안의 상황을 인터넷으로 생중계하며 한 번 탄 승객이 다시 자신의 택시에 탈 확률을 두고 게임을 벌이고 있는 종현의 유별난 '희망 프로젝트'가 역설적으로 웅변하듯 "약육강식의 확률로만 움직이는 거대하고 비정한 도시 서울에 맞서" 소설 속의 이들 젊은 세대가 운용할 수 있는 인간적 연대와 소통의 기획은 잘 보이지 않는 것 같다. '70,000분의 1'과 같은 허수에 가까운 확률을 만지작거리고 있는 모습에서 그 '단자적인 고립감'의 집약적 표현을 발견하기는 어렵지 않다. 그렇다는 것은 이 여성 화자 '나'가 소설의 시점으로 필요했던 이유가 단지 형식적인 차원의 소설적 거리 때문만은 아니라는 이야기가 된다. 기실 여기에는 노동자나 민중과 같은 집단적 표상을 더이상 정치의 자원이나 동력으로 상상하기 힘든 세상이나 세대의 역사적 전개가 하나의 실감으로 전제되어 있다. 그러나 인간 유대의 감각을 개발하고 상상하게 만들었던 집단적 표상이나 공동체적 전망이 약화되었다고 해서 더 나은 삶을 향한 꿈꾸기가 사라질 리는 만무하며, 가령 이 작품의 화자 '나'의 경우라면 '70,000분의 1'로 표현되는 기적 같은 우연의 연대는 새로운 차원의 어떤 정치적 발화일 수도 있지 않겠는가. 그것을 '단자의 정치학'이라 부르든 다른 어떤 이름으로 부르든, 2009년 겨울 세상과 고립된 불타는 망루의 절망 다른 한쪽에 또다른 연대의 시간을 갈구하는 우리 시대 희망 없는 젊음의 초상을 하나의 시선으로 배치하려 한 김연수의 '소설 쓰는 자아'의 선택을 감상적 무력감의 발로로 볼 수 없는 것은 이 때문이다.

그렇다면 작가가 제목에 두드러지게 내세운 '서른 살'은 하나의 기표로서 정치적 주체의 호명 과정일 수도 있다는 말인가. 계급 환원의 화석화된 혁명적 정치 관념이나 인간 본성의 본질주의적 환원에 토대한 보수적 정치 관념 모두를 거부하는 입장에서라면 우리는 조심스럽게, 사회적 뿌리를 찾지 못하고 부유하는 고립된 '서른 살'의 시간을 특정한 현실적 맥락을 통해 정치의 지평에 새롭게 올려볼 수도 있을 것이다. 가령 수십만의 촛불 인파 사이에서 그 시간, 주변에서 택시를 몰고 있을 종현을 떠올리며 모종의 '그리움'을 토로하는 '나'의 모습은 아마도 우리 시대 '서른 살들'이 생성시키고 있는 낯선 아고라의 풍경일 수도 있지 않겠는가. 그런데 자명한 길을 거부하며 힘들게 찾아낸 소설적 우회로의 개시에도 불구하고 「당신들 모두 서른 살이 됐을 때」는 용산의 시간과의 소설적 긴장을 충분히 품어내지는 못한 느낌이다. 소설의 결말, 1년여 만의 만남에서 이제 막 서른 살이 된 두 연인이 용산참사를 가운데 두고 그간 자신들이 겪은 시간을 나누는 장면이 간접화법의 보고성 설명에 그치고 만 것은 두 사람이 말하는 '울음'과 '고독'과 '참혹'과 '두려움'이 소설에 '내속(內屬)'되지 못한 방증이라는 점에서 일견 안타까운 소설적 실패의 지점처럼 보인다. 더구나 '나'의 고백 속에 용산참사 때 숨진 윤용헌씨의 장남 윤현구군의 편지를 삽입 인용한 대목은 작가가 차라리 소설 미학의 어떤 균열을 감수하려 한 것이 아닌가 하는 생각마저 불러일으킨다. 종현의 택시 안 카메라가 그날 새벽의 불붙은 현장을 우연히 담고, '희망 프로젝트' 사이트에서 '나'가 그것을 우연히 보게 되는 '허구적' 설정에 암시되어 있듯 이 소설의 관건은 그 가깝고도 먼 타자적 거리감을 소설적 긴장으로 끝까지 유지해내는 데 있었던 것이 아닌가. 그러나 앞서 인용한 작가의 고백이 아니라 하더라도, 이 부분적인 소설적 균열과 실패는 이해할 만한 것이다.[6] 이것은 작가가 생각하는 소설이라는 우회로와 현실의 정치적 긴급함이 만나고 길항한 흔적이기 때문이다. 물론 「당신들 모두 서른 살이 됐을 때」는 그 균열을 통해 정치성을 발화하는 소설의 미학적 모험을 적극적으로 추구한 작품은 아니다. 오히려 김연수 소설의 고유한 화법을 지키면서 쉽게 발화되지 않는 정치성, 그 균열을 감수하고 용인하고 있다는 느낌이 강하다. 그러나 그 미학적 균열로부터 소설과 정치의 긴장을 새로운 차원에서 되돌려받을 수 있다면, 이 지점은 김연수 자신의 소설 세계에도 그렇고 지금 한국소설에도 시사하는 바가 많은 의미 있는 소설적 모험의 시작이 될 수 있을지도 모른다.

---

6) 공교롭게도 김연수의 좌담이 실린 『문학동네』 같은 호에는 소설가 황정은의 용산참사 보고문 「입을 먹는 입」이 실려 있다. 읽는 이를 말할 수 없는 분노와 부끄러움 속으로 몰아가는 이 글의 강력한 정서적 파장은 무엇보다 글쓴이의 몫이고 사건의 민감성과도 관련되어 있겠지만, 르포 형식의 글이 주는 직접성의 힘도 무시하기 어려울 것이다. 현실의 창조로서 '허구적 변용'의 미학적 교섭을 견뎌야 하는 소설의 자발적 구속을 생각해보게 되는 대목이다. 게다가 지금 문제되고 있는 것은 용산참사라는 당장의 민감한 정치적 사건이기도 하다.

3. 적대와 모욕의 인간학—권여선

권여선의 소설은 정치를 소설의 서사적 표층에서 직접 발화하지 않으면서, '제거되지 않는 존재론적 갈등과 적대'로서의 '정치적인 것'(샹탈 무페)을 소설의 물질적 육체로 감각화하는 아주 특별한 예인 것 같다. 권여선의 소설은 인간들 사이에는 우리가 상상하는 것 이상으로 메워질 수 없는 모멸과 모욕의 골이 패어 있다는 사실을 끊임없이 환기시키는데, 정상성의 인간 가면 너머로 짐승의 적의와 비천함을 끌어내고 대면시키는 집요함은 소설의 문체와 언어에 끈적한 점액처럼 달라붙어 있어 떨치기 힘든 불편과 불쾌를 읽는 이들에게 준다. 그렇다고 그 적의나 공격성의 맥락이 명료한 것도 아니다. 권여선의 소설에서 인간들은 느닷없이 물어뜯고 한참 뒤에 모욕당한다. 「반죽의 형상」(『분홍 리본의 시절』, 창비, 2007)에서 화자 '나'가 말하듯 "모욕이 즉각 교환되지 못하고 시간의 회로 속에서 길을 잃는" 일은 다반사다. 이상한 일인데, 그럼에도 이 모두는 말할 수 없는 실감을 준다. 간단히 말해, 권여선의 소설은 우리에게 인간의 실패와 세계의 실패를 수긍하라고 '모욕적'으로 유혹하고, 우리는 그 유혹에 기꺼이 굴복한다. 항의는커녕 모욕을 향유하면서 우리는 인간과 세계의 진창에 고개를 박는다. 그 진창은 '세계와의 불화' 같은 고상한 문학의 정치학이 발을 들여놓을 수 있는 곳이 아니다. 그곳은 해소될 수 없는 적의와 적대가 "이마와 뺨에서 터져 흐른 진물"처럼 고여 있고, "으깨진 밥알과 국건더기가 가래침처럼 국그릇에 주룩 떨어"지듯 삭제될 수 없는 분노가 입에서 흘러내리는 지옥도의 땅이다. 그 지옥도의 주민인 「가을이 오면」(같은 책)의 여성 로라는 생각한다. "마지막으로 조금만 더 증오를 불태워보기로 했다. 아등바등 발버둥쳐봐야 어차피 늦었다. 그녀는 또 한번 제대로 버려졌고 그리하여 모든 것은 제자리를 찾았다. 황금이 녹아 끓을 만큼의 시간이 흘렀다. 세상을 천국으로 만드는 가장 좋은 방법은 그녀 내부를 불지옥으로 만드는 것이었다. 지옥의 눈으로 보면 세상은 그지없이 평온하고 아름다웠다."(40쪽) 이 지독한 불지옥의 시선은 권여선의 소설을 특이한 층위에서 정치화한다. 이 점을 같은 소설집에 수록된 「문상」이라는 작품을 통해 조금 살펴보기로 하자.

1975년 4월 9일 대법원 선고 18시간 만에 여덟 명의 목숨을 사형에 처한 박정희 유신독재정권의 대표적인 폭압정치의 사례, '사법살인'이라고도 불리는 제2차 인혁당사건. 2005년 국정원 과거사위원회는 이 사건이 당시 중앙정보부에 의해 조작되었다는 조사결과를 발표했고, 2007년 1월 서울중앙지법은 재심에서 여덟 명 전원에게 무죄를 선고했다. 「문상」에 나오는 삼십대 중후반의 여주인공 우정미는 물론 허구의 인물이지만, 다섯 살 때 아버지가 정치범으로 사형당한 그녀의 가족사는 즉각적으로 한국 현대정치사의 가장 참혹했던 사건을 떠올리지 않을 수 없게 한다. 그런데 「문상」은 이 사건을 소설의 후경에 무심하게 놓아둔 뒤, 아주 기이한 방식으로 소설의 정치성을 전유한다. 소설은 사형당한 정치범의 딸 우정미를 이상하게 뒤틀린 병리적인 인물로 격하하며 불편하기 짝이 없는 타자로 조소(彫塑)해가는데, 그러면 그럴수록 그 격하의 시선은 내부에서 봉합될 수 없는 실패의 지점을 드러내며 괴물 같은 죄의식으로 전도되고 만다. 그렇다면 이 전도의 의미는 무엇인가.

소설의 초점화자 '그'는 시인으로, 3년 전 허접한 시창작교실 강의 시간에 우정미라는 여성을 알게 된다. 그의 기억 속 우정미는 어떤 인물인가 하면, "머릿속에 살짝 떠올리는 것만으로도 은밀한 접촉을 당한 듯 불쾌해지는 질감의 소유자"다. 3년 만에 불쑥 큰아버지의 죽음을 알리며 문상을 청하는 전화가 그녀로부터 걸려온다. "우리 큰아버지, 한평생 독신으로 사시면서, 아버지 사형당한 후로 어머니랑 저를 쭉 돌봐주셨던 분이잖아요." 사형당한 아버지 이야기는 그녀가 시 합평회 자리에서 자신의 시를 변호하며 꺼낸 말이기도 한데, 이런 떠벌림은 통상적인 감각으로는 이해하기 힘든 언행이 아닌가. 기실 관습적인 소통의 맥락을 무시하는 폐쇄적이고 유아적인 우정미의 언행은 그녀를 병리적으로 보이게 하기 충분하며, 우정미에 대한 '그'의 혐오감의 표면적 근거이기도 하다. 그런데 소설은 그녀의 이상한 언행을 통해 아버지의 사형 뒤 모녀가 겪었을 끔찍한 시간을 유추하게 하는 감상적 접근 따위에는 아예 관심이 없다. 대신 소설은 우정미를 불편한 타자로 구축해가는 '그'의 내면에서 무언가 회피하고 있는 진실을 은근히 추궁한다. 진부한 표현이긴 하지만, 사실 우정미는 속죄양의 자리에 있다. 생명정치의 패러다임이 말하는 호모 사케르가 배제-포함의 비식별역 속에 있듯, 전통적인 의미의 속죄양 역시 배제와 포함의 구조를 통해 공동체의 한계 속에 기입되어 있음은 잘 알려진 바다. "인간은 속죄양에게 자신의 죄를 전가하면서 자신의 취약성을 인정하는 동시에 부인한다. (……) 여기에는 동정과 공포, 동일성과 타자성이 모두 관련된다. 속죄양은 너무 낯설어도 안 되고 너무 친숙해도 곤란하다."[7] 우정미 가족이 겪은 수난은 법적 정치적 구제로 종결될 수 있는 게 아니다. 우정미는 정확히 그 종결될 수 없는 잔여의 형상이다. 심지어 소설 화자 '그'는 우정미를 전혀 모르는 상태에서도 그녀의 시를 읽고 말할 수 없는 불편함을 느끼지 않았던가. 「문상」은 죄 없는 속죄양의 자리를 둘러싼 긍정과 부인, 연민과 혐오의 아이러니를 아주 신랄하게 묻는다. 흥미로운 것은 딱히 '낯설게 하기'라고도 말하기 어려운 기묘한 소설 화법의 전개를 통해 그 아이러니의 심문을 수행한다는 사실이다. 가령 술자리의 뒤끝, 우정미의 눌린 허리와 살찐 엉덩이를 맹렬하게 쫓아가는 '그'의 느닷없는 행동은 '방어'의 실패를 보여준다는 점에서 우스꽝스럽지만 이해할 만하다. 그런데 여관에서의 잠자리 뒤, 그녀는 묻는다. "너무 잘하세요, 선배님. 누구한테 배웠어요?" 맥락을 잃고 미끈거리는 말의 외설적 어조와 뉘앙스가 차라리 무섭지 않은가. 제거 불가능한 모욕의 잉여가

7) 테리 이글턴, 『우리 시대의 비극론』, 이현석 옮김, 경성대학교 출판부, 2006, 481쪽.

'그'에게 달라붙는 순간이다. 죄 없는 우정미의 자리가 이 치명적인 얼룩을 가능케 한 관계의 좌표임은 물론이다. 두 사람의 음모로 엮어 만든 기괴한 털뭉음을 화해의 꽃다발인 양 내미는 우정미의 행동은 또 어떤가. 그리고 집요하게 그녀는 다시 묻는다. "기술이 좋으시던데요, 선배니임." "어떤 여자한테 배웠어요?" 결국 '그'는 토사물을 쏟아내며 완전히 무너져내린 채 환청을 듣는다. "나를 봐요! 당신들은 모조리 죄인이에요! 나를 봐요! 당신들의 죄가 만들어낸 이 괴물을 좀 보라고요!" 물론 우정미는 그런 말을 할 리 만무하다. 그녀는 백지상태의 무구함 그 자체가 아닌가. 그런 의미에서 환청의 노출이 이 소설의 특별한 긴장에 도움이 되었는지는 의문이다. 소설의 결말에서 화자 '그'는 망설이던 끝에 우정미의 상가(喪家)에 가지 않기로 작정한다. "언젠가는 가겠지만 아직은 아니다. 살 수 있을 때는 나쁘게라도 사는 게 미덕이다. 나쁘게도 살 수 없을 때 착하고 순하게 우정미에게로 가겠다. 그녀는 그에게 안온한 사형대가 되어줄 것이다." 이 진술을 모욕당한 자의 위악이라고 쉽게 넘겨버릴 수 있을까. 윤리에 제압되지 않는 자기 보존의 정치는 정확히 이 지점에 토대하고 있는 것은 아닌가. 무섭다.

요약건대, 권여선이 「문상」에서 보여준 모욕의 인간학은 그 착목의 심도나 소설 언어의 독특한 운용 모두에서 최근 한국소설에 내속될 수 있는 정치성의 의미 있는 한 가능성으로 보인다. 이 경우 소설의 정치성을 어떻게 규정할 것인가 하는 난문이 그대로 남아 있는 셈이지만, 이 장의 서두에서 언급한 '정치적인 것'의 함의를 염두에 두는 것도 한 방법일 수 있다면 말이다.

4. 세계의 공유, 공감의 언어—공선옥

소설의 정치성을 가능케 하는 미학적이고 윤리적인 장치로 공감의 힘을 생각해볼 수 있다면, 공선옥의 소설은 그 점에서 거의 특권적이라 할 만한 세계를 구축해가고 있는 것 같다. 공선옥 소설 안팎에서 공명하는 공감의 힘이 가난하고 헐벗은 타자의 삶에 대한 '자기 응시'의 체험적 진실을 기반으로 하고 있음은 잘 알려진 대로다. 최근 백지연은 『명랑한 밤길』(창비, 2007)을 비롯한 공선옥의 근작에서 타자에 대한 관심과 공감의 심화를 읽어내면서, 그 타자와의 조우의 순간이 "신체의 온기, 노래, 울음" 등 인물들이 나누는 "감각적인 체험" 속에 드러나는 지점에 주목한 바 있다.[8] 이 비평적 언급을 존중하면서, 여기에 더해 공선옥 소설이 소설의 화법이나 문체의 수준에서 규범적 구속이나 세련성을 무시하면서 돌파 혹은 전유하고 있는 감각적인 것의 개방, 특별한 공감의 지평을 이야기해볼 수는 없을까.

가령 백지연도 그 울음소리를 인용으로 옮겨놓았지만, 「영희는 언제 우는가」에서 공감을 일으키고 '사이'를 만드는 "감각적인 체험"은 운다는 사실 그 자체가 아니라 "아이고오 아이고오"로 이어지는 그 울음소리의 낯선 소설적 발화에서 비롯된다. 그런데 공선옥 소설의 이런 발화는 입말이나 날것의 목소리를 전통적 이야기성의 복원 차원에서 전략적으로 도입한 성석제 소설의 인식적 충격과는 다른 지점에서 감각적인 것의 열림으로 이어진다. 나는 이 열림이 공선옥 소설의 경우 삶과 소설 사이에 개입할 수밖에 없는 미학적 변용의 최소화 혹은 거스름과 무관하지 않다고 생각한다. 소설은 반규범적이고 형식에 개방적이기도 하지만, 나름의 완강한 미학적 규범을 포기한 적도 없다. 멀리 갈 것도 없이 한국 단편소설의 미학을 두고도 특정한 규범적 이해가 있음을 우리는 안다. 그러나 생각해보면 거기서 말하는 언어의 밀도나 구성의 긴장, 묘사의 기율 등등은 얼마나 숨막히는 것인가. 그에 대한 반발이 또한 '언어학적 전회'를 포함

---

8) 백지연, 「타자의 인식과 공공성의 성찰—전성태와 공선옥의 소설을 중심으로」, 『창작과비평』 2009년 겨울호, 69쪽. 백지연은 한나 아렌트의 입론에 기대어 이 감각의 소통행위로부터 존재의 '사이'가 구성하는 공공영역의 창출로 논의를 확장하고 있다.

하는 소설의 미학적 모험의 역사를 이루는 것이겠지만, 공선옥 소설에서 우리가 느끼는 것은 그런 미학적 반발이라기보다는 그저 무심한 거스름이 아닌가. 「영희는 언제 우는가」에서 또 한 명의 울음의 주체인 소설 화자 '나'는 이렇게 자신의 내면을 고백한다. "나는 운다. 기가 막혀 운다. 무엇이 기막힌가. 웃기는 내 감정이 기막히다고 하기가 싫다. 그래서 그냥 운다. 아무 말도 못 하고, 그냥 서럽게. 울면서 나는 내 울음의 이유를 부지런히 찾는다. 이유가 있는 것 같기도 하고 없는 것 같기도 하다. 그래서 맘껏 울어젖혀지지가 않는다. 맘껏 울지 못할 울음 우는 게 창피해진다." 전혀 정제되지 않은 날것의 문장이 이어지는데도 그 감정의 충실함은 소설 안에서 열리고 밖으로도 열린다. 물론 소설가의 미학적 통제는 어떤 형태로든 작동하고 있는 것이겠지만, 적어도 소설적 작위성을 느끼기는 힘들다. 여기에는 소설 속 인물에게 소설의 미학이나 규범을 거쳐 배달된 언어의 느낌이 적다. 다시 말해 삶의 자리와 소설의 자리 사이에 미학의 빗금이 잘 보이지 않는다. 우리는 통상 그 빗금을 지나야 좀더 복합적인 진실이 개시된다는 문학의 약속에 익숙하지 않은가. 그런데 공선옥 소설은 그 미학의 빗금을 무시하는 듯하면서 그것이 가리거나 놓치는 인간 진실의 누수를 환기시킨다. 그리고 그 누수는 궁핍이나 소외의 물질적 현실이 좀더 착실하게 소설적으로 보고된다고 해서 쉽게 메워질 성질의 것도 아니다. 공선옥 소설이 개방하는 인간사의 감각적이고 구체적인 진실은 소설 미학의 규범을 무심히 거스르는 만큼, 상투적인 인간 이해의 여러 장벽을 허위의 부유물과 함께 시원스레 깨뜨리기 때문이다. 「명랑한 밤길」에서 간호조무사로 일하는 스물한 살 시골처녀 연이는 자신을 농락한 '글 쓰는' 남자를 "또한 그러한 날 밤에, 내 가슴에 머리를 처박고 한 말들을 잊었냐고"라는 단 한마디로 마음속에서 정리해버리는데, 바로 그 대상의 행동에서 아무런 문학적 처리 없이 그대로 꺼내놓은 듯한 '처박고'의 생생한 뉘앙스가 쓸어버리는 허위의 진폭은 소설 속 남자 개인을 훨씬 넘어선다. 이것은 혹 우리 소설이 잊은 생(生)언어는 아닌가. 공선옥 소설의 문제성은 이 날것의 감각이 부분적인 돌출을 넘어 소설 전체를 틀어쥐고 있다는 사실이다. 그러면서 그것은 그 전체에서 소설의 인물이 발하는 진실된 인간 감정과 만나게 해준다.

그러고 보면 이 특별한 공감의 언어는 작가 개인의 사유지를 모르는 듯하다. 표현의 허세를 찾기 힘든 공선옥의 소설에도 물론 나름의 완미(婉媚)한 문학적 수사(修辭)가 없는 것은 아니다. 전교조 해직 경험이 있는 갱년기의 여성 화자는 20년 만에 다시 만난 운동권 선배와의 인연을 이렇게 들려준다. "그가 내 집에 올 때면 들고 오는 냉동생선처럼 그와의 기억들이 내 생애 어딘가에 냉동저장되어 있었다는 사실을 나는 까맣게 모르고 있었다. 그가 한밤중에 내 집에 왔을 때, 그와의 기억의 편린들이 해동되어 온밤을 흥건히 적시는 동안".(「폐경 전야」, 『명랑한 밤길』) 이 진부하되 투명한 수사가 주는 낯선 해방감을 어떻게 설명할 수 있을까. 나는 방금 공선옥의 소설 언어가 사유와 독점의 영토를 모르는 듯하다는 말을 했거니와, 이러한 언어는 우리가 그냥 함께 맞잡고 들어올려야 하는 것이 아닌가. 공선옥에게 소설의 언어는 우리가 공유하고 감당하고 있는 세상의 현실, 그 좁고 초라하고 얼크러진 세계의 일부일 뿐이다. 그 언어는 결국 속되고 고단한 대로, 그렇게 살아갈 수밖에 없는 그 현실의 지평으로 되돌려주어야 하는 것이다. 공선옥 소설의 언어와 문체가 그 자체로 비판적일 수 있다면, 바로 이 지점에서다. 지금 우리에게 소설의 정치성이란 화두가 문제가 된다면, 소설의 언어는 무엇보다 우리가 공유하고 있는 세계에 대한 관계 혹은 믿음을 복구하는 데 쓰여야 한다. 공선옥의 소설은 무엇보다 그 언어로 이 점을 강하게 환기시킨다. 남자의 집에서 돌아오는 비 내리는 밤길, 「명랑한 밤길」의 연이는 뒤를 따르는 듯한 남자들의 기척에 정미소 안으로 뛰어들어 몸을 숨긴다. 거기서 연이는 그 '남자들', 그러니까 네팔과 방글라데시에서 온 이주 노동자 깐쭈와 싸부딘의 가슴 아픈 망향가를 듣는다. 그리고 소리 낮춰 함께 노래한다. 잠시 뒤, 놀라운 순간이 도래한다. 그 결말의 몇 문장을 여기 옮긴다. "사랑했나봐 잊을 수 없나봐 자꾸 생각나 견딜 수가 없어 후회하나봐 널 기다리나봐…… / 나는 정미소를 나섰다. 나는 빗속에서 악을 썼다. 눈에서는 눈물이 쏟아졌다. 그러나 나는 노래 불렀다. 저기, 네팔의 설산에 떠오른 달이 보인다. 나는 달을 향해 나아갔다. 비를 맞으며 천천히, 뚜벅뚜벅, 명랑하게."

5. 새로운 '정치성', 난문을 남겨두고

소설의 정치성은 어느 면 동어반복의 개념인지도 모른다. 근대소설이 인간사의 여러 국면을 사회적이고 정치적인 지평 속에서 그려낼 수 있게 되면서 참다운 자기형성의 계기를 마련했음은 두루 아는 바다. 근대소설의 영예에 주어졌던 총체성이나 전체성의 지향, 혹은 객관 진실의 추구라는 무거운 짐은 타고난 바탕으로서 근대소설의 정치성이나 사회성을 생각하지 않고는 이해될 수 없는 것이기도 하다. 그런데 소위 '근대문학 종언론'의 한 요체가 근대소설이 감당했던 정치성이나 사회성의 측면이 대폭 약화될 수밖에 없었던 작금의 상황을 가리키고 있는 것처럼, 최근 한국소설 역시 표면적으로는 정치성과의 직접적 관련을 이야기하기 어려운 것이 사실이다. 그러나 2000년대 소설을 두고 여러 평자들이 지적한 것처럼, '무중력의 공간'에서 쓰이는 듯이 보이는 소설들 역시 나름의 현실 연관을 의식/무의식적으로 맥락화하고 있으며 그런 만큼 거기서 '정치적'이고 '사회적'인 층위를 적극적으로 읽어낼 수 없는 것은 아니다. 이 점을 전제로 하고서, '소설의 정치성'이 새삼 문제가 된 당장의 현실적 맥락에 대해서는 글의 서두에서 간략히 언급한 바 있다. 사정이 이렇다면, 제대로 된 논의의 출발은 그 '정치성'의 의미를 새롭게 묻는 것이어야 할 터이다. 그러나 이 경우 "삶과 정치가 실험되지 않는 한 문학은 실험될 수 없다"[9]는 진은영 시인의 뜨거운 화두를 피해갈 수 있을까. 다시 말해, 이 화두를 통과하지 않고 새로운 '정치성'의 의미를 이야기할 수 있을까. 감당하기 힘든 화두 앞에서 나는 우회의 길을 택했다. 김연수의 딜레마는 지금 한국 소설 미학의 어떤 보수성 앞에서의 곤경은 아닌가. 권여선의 적대와 모욕의 인간학은 '정치성'의 새로운 테마일 수 있는가. 공선옥의 '반미학의 미학'으로부터 참조할 수 있는 '정치성'의 미학적 경로는 없는가. 그러나 질문은 가닥을 잡지 못했고, 새로운 '정치성'의 난문은 그대로 남았다. 질문의 희미한 윤곽이라도 그렸기를 바랄 뿐이다.

(『창작과비평』 2010년 여름호)

---

9) 진은영, 같은 글, 84쪽.

세상의 고통과 대면하는 소설의 자리
— 김애란, 조해진, 공선옥

1. 배제되고 고통받는 다수의 세상

사회적 약자의 이야기를 민중이라는 집단적 표상과 관련지어 형상화하려는 문학적 움직임 속에는 그 민중의 자리를 역사적·사회적으로 주체화하려는 의지가 중요한 동력으로 자리잡고 있다. 그리고 여기에 역사의 변화를 이해하고 기획하는 커다란 밑그림이 전제되어 있다는 것은 다 아는 대로다. 그러나 세기말의 세계사적 격변, 한국 민주주의의 새로운 국면, 유동적 근대의 상황, 다원적이고 복합적인 정체성의 현실 등과 마주치게 되면서 종래의 민중 표상으로 사회적 약자의 이야기를 담아내기는 어렵게 되었다. 그런데 민중 정체성과 관련된 세상의 변화를 굳이 언급하지 않더라도 집합적 실체로서 민중의 표상이나 개념에 일정한 관념화의 여지가 있었다는 점은 분명하다. 그렇다면 선재하는 우월한 개념이나 표상의 도움 없이 현실의 모순과 마주해야 하는 지금의 상황이 문학적으로 특별히 답답할 이치도 없지 않을까. 문제는, 언제든 문학이 그 자신의 질문을 찾아내게 마련인 당대의 구체적 현실이 사회적 경제적 고통의 양을 확대하고 숱한 공공의 슬로건에도 불구하고 그 고통의 전선이 사회적 약자를 배제하는 쪽으로 움직이고 있는 반면, 그 반대의 상황을 기대하고 상상하기 힘들어진 오늘의 상황에 있을 것이다.

2000년대 한국소설의 현장에서 공동체나 사회의 조력 바깥에 놓인 무력한 개인의 고립과 관련된 이야기를 발견하는 것은 이제 너무도 흔한 일이 되었다. 반지하방이나 고시원 쪽방에서 임시직으로 희망 없는 나날을 이어가는 젊은이들의 일상이 소설의 유력한 배경이 된 지도 오래다. 강제적 명퇴나 실업으로 아버지의 자리는 비어 있기 일쑤고, 그 아버지가 모자가 되어 벽에 걸려 있다 한들 놀랄 사람은 많지 않다. 가족 서사는 공동체적 유대와 사회적 지속의 상상력을 잃고 붕괴와 해체의 이야기를 통해서만 그 자신의 존재를 역설적으로 보여준다. 무한 경쟁사회의 압력이 고스란히 전이된 학교의 황폐화와 학원 폭력의 현실 역시 이즈음의 소설에서 자주 인용되는 암담한 세상의 상징이다. 그리고 재앙의 상상력, 종말론적 세상을 암시하는 서사에 이제는 다들 얼마간 익숙할 정도다. 그러나 그간 정치적 민주화의 진전이나 시민운동의 성장, 개개인의 의식의 열림 등에서 한국사회의 현실을 자본이나 시장으로부터의 일방적인 패주로 설명할 수 없듯이, 일견 무력하고 암울한 색채가 지배적인 한국소설의 분위기 역시 '사회적인 것'에 대한 새로운 세대의 감각과 이해를 반영하는 한편, 그 개별의 구체적 자리에서는 주눅들지 않는 상상력으로 불우한 세상을 견디고 타자의 아픔을 향해 고단한 자아를 개방하는 공감의 순간들을 찾아내왔다. 민중 현실을 다룬 지난 연대의 소설에서 많은 헤아림에도 불구하고 민중을 대상화하는 작가-지식인의 시선이 종내 일정한 관념적인 편향을 드러내온 게 부인할 수 없는 사실이라고 한다면, 사회적 약자의 전선이 특정 계급이나 계층의 영역을 넘어 전면화하고 있는 현실에서 어쩌면 오늘의 작가들은 그들 자신을 포함해서 그 전선의 실체를 매번 새롭게 의식하고 그려갈 수밖에 없다. 2000년대 한국소설에 부각되었던 탈현실의 상상력에 대해서도 괴물스러운 현실 그 자체를 새롭게 정의하려는 미학적 모험의 측면과 함께 이성적 인식이나 조절 가능성으로부터 벗어난 듯한 신자유주의 세계의 고통스러운 현실과 마주한 작가들의 곤경을 고려에 넣어야 할 것이다. 테리 이글턴은 전 지구적 자본주의 현실에 맞서 새로운 비극론의 수립을 이야기하는 가운데 인상적인 통찰을 전해준 바 있다. 그것은 시스템에서 배제되고 있는 것은 소수가 아니라 다수라는 사실이다. "사회 체제가 일정한 소수집단을 경멸하고 배제한다는 생각은 우리에게 이미 친숙할 뿐만 아니라 우리의 눈으로 이러한 배제의 장면을 얼마든지 직접 확인할 수 있는 반면, 계급 분석을 해보면 놀랍고 충격적이게도 사회 체제가 언제나 눈에 보이지 않게 다수를 배제해왔다는 사실을 알게 된다. 우리가 이 사실에 대해서 별다른 충격을 받은 바 없다는 것은 참으로 이해하기 힘들 뿐 아니라 역설적이기도 하다."(『우리 시대의 비극론』, 이현석 옮김, 경성대학교출판부, 2006, 509쪽) 2003년의 보고서다. 그런데 2000년대를 사는 많은 한국인들이 이 점에 대해 별다른 충격을 받지 않는다면, 그건 계급 분석 이전에 나날의 현실에서 이미 넘치도록 체감하고 있는 사실이어서 그렇지 않겠는가. 그러고 보면 우리가 소설에서 만나는 사회적 약자의 이야기는 바로 그 배제되는 다수의 자리에서 쓰이는 다수의 현실인 셈이다. 그리고 앞서도 이야기했듯 최근 한국소설에서 이 같은 고통의 현실을 읽는 것은 전혀 특별한 일이 아니다. 김애란, 조해진, 공선옥의 근작들 역시 예외가 아닌 듯하다. 물론 우리가 주목하려고 하는 것은 세상의 고통에 감응하는 가운데 이들 작품이 힘겹게 찾아낸 개성적이고 창조적인 소설 언어의 자리가 될 것이다.

2. 세계의 실패를 떠맡는 무력한 개인의 자리—김애란 소설집 『비행운』

김애란의 장편 『두근두근 내 인생』(2011)은 조로증을 앓는 아들과 그 아들의 급속한 노화와 죽음을 지켜보아야 하는 젊은 부모를 등장시켜 아주 특이한 슬픔과 고통의 서사를 전개한다. 그런데 소설의 초점은 "가장 어린 부모와 가장 늙은 자식"이라는 기막힌 운명의 비극에 있지 않다. 김애란은 육친 간에도 엄연히 존재하는 타자적 거리를 사이에 두고 슬픔이라는 인간의 특별한 능력이 발휘할 수 있는 공감의 가능성과 한계를 묻는다. 그 질문은 아들 한아름의 일인칭 시점으로 발화되는 장편의 서사 전체에 기이한 질병을 앓고 있는 열일곱 소년의 그것으로 보기에는 믿기 힘들 정도의 조숙하고 명랑한 시선과 어조에 아이러니의 형태로 새겨져 있지만, 열일곱 젊은 부모가 처음 몸을 섞는 원초적 장면을 상상하며 써놓은 한아름의 소설 속 소설 「두근두근 그 여름」에 가장 압축적으로 담겨 있다. 그 여름의 이야기는 이른바 '타자-되기'라는 소설 상상력의 가장 기본적인 용처가 슬픔과 기쁨을 포함하는 타자의 전 존재를 향한 도약임을 보여준다. 물론 그 도약이 제거되기 힘든 타자성에 대한 부분적인 외면을 대가로 이루어진 것은 아닌지 심각하게 물을 수도 있겠지만, 여기서는 이 이야기가 한아름이 죽음으로 건너가기 전 남긴 유고라는 점을 이해할 필요가 있다. 죽음의 순간에 부여되는 이야기의 권위 속에서 한아름은 죽음을 거슬러 자신의 탄생 지점으로 가고, 거기서 차후 진행될 비극조차 어찌해볼 수 없는 순수한 사랑의 환희를 복기함으로써 그 자신을 포함한 부모의 운명을 감싸고 위로하는 어떤 순간을 찾고 있다. 장편 『두근두근 내 인생』에 담긴 특별한 가족의 이야기를 우리 시대의 보편적 불행과 슬픔으로 바로 연결짓기는 어려울지 모른다. 그러나 상호부조와 연대의 공간으로서 사회의 공적 영역이 붕괴되는 지점에서 개개인들에게 박탈되고 있는 것은 자기 자신을 보존할 수 있는 최소한의 물리적 자원만이 아니다. 탈락과 배제의 불안, 공포 앞에서 심화되는 개인의 고립은 유대와 연민, 공감과 관련된 마음의 영토 자체를 앗아가고 있다. 김애란의 『두근두근 내 인생』은 그런 상황에 대한 강력한 항의이면서, 연민이나 공감의 능력과 관련된 소설의 기본적 책무를 새삼 돌아보게 만든다.

장편에 이어 출간된 김애란의 세번째 소설집 『비행운』(2012)은 바로 그 공감의 시선으로 고달프고 막막한 세월을 지나가고 있는 우리 시대의 현실을 다양한 지점에서 발굴해낸다. 소설집의 제목인 '비행운'은 이륙하는 비행기의 뒤에 생겨나는 구름을 가리키는 것으로, 직접적으로는 「하루의 축」에서 오십대 중반의 공항 청소 노동자 기옥씨의 벗어날 길 없는 고단한 나날에 대비되는 막연한 동경과 탈출의 이미지로 제시되지만, 그 기옥씨의 이야기를 포함해서 소설집에 나오는 많은 이들이 겪고 있는 불행의 이야기와 관련지어 의미를 새겨보는 게 더 낫겠다 싶을 정도로 여기에는 '행운'과 너무도 무연한 사연들이 넘쳐나고 있다. 이 편재한 불행의 이야기들에서 아픔의 정도를 가릴 수는 없는 일이겠지만, 두번째 소설집 『침이 고인다』(2007)에 실린 「자오선을 지나갈 때」를 기억하고 있는 독자라면 시간의 간격을 생각하며 「서른」에 그려진 악화되고 있는 우리 시대 젊은이들의 현실에 더 깊이 전율하게 될 것 같다. 「자오선을 지나갈 때」는 서른 번에 이르는 취업 낙방 경력을 가진 스물여섯 살의 대졸 여성이 학원 강사 취업 면접을 마치고 재수학원 시절의 추억이 어린 노량진을 지나며 "7년이 지난 2005년 지금도 나는 왜 여전히 그곳을 '지나가고 있는 중'인 것일까" 하고 자문하며 '나아짐'을 모르는 청춘의 시간과 아프게 대면하는 이야기다. 노량진 재수학원 시절 함께 기거했던 독서실의 선배 언니에게 10년 만에 쓰는 편지 형식으로 되어 있는 「서른」은 「자오선을 지나갈 때」와 비슷한 시선의 구도를 갖고 있지만, 소설 화자 '나'가 겪은 그 10년은 '지나감'이나 '나아짐'과 같은 말을 떠올리기조차 무망하게 젊은 세대의 참혹한 추락의 현실을 증언한다. 열몇 개의 아르바이트를 하며 7년 만에 대학을 졸업하기까지 "보통의 기준에 다다르기 위해 안간힘"을 썼지만 그 "언저리에 금이라도" 밟을 기회는 주어지지 않았고, 결국 다단계 판매조직에 발을 들이면서 파탄의 수렁으로 빠져들어갔던 '나'의 지난 10년이 세목에 바탕한 뛰어난 사실감의 언어로 고백되고 있는 이 소설에서 무언가가 되고자 했고, 무언가가 되리라 믿었던 청춘의 시간은 이제 "아무것도 아닌 것이 되어가고" 있거나, "어쩌면 이미 아무것도 아닌 것보다 더 나쁜 것이 되어 있는지도 모르고요"라는 탄식이 보여주는 것처럼 참담하게 소진되어 있다. '나'의 물음은 "어찌해야 하나"와 "내가, 무얼, 더" 사이에서 길을 잃었고, 다단계 조직에서 벗어나기 위해 마지막으로 끌여들었던 보습학원 제자 혜미가 자살 시도 끝에 식물인간으로 누워 있는 병원으로 가야 한다는 최소한의 윤리적 요청 앞에서도 '나'는 한없는 죄의식 속에 그저 망설이고 있을 뿐이다. "샘 여기 분위기 쩔어요. 원래 이런 건가염. 샘 배고파요. 밥 사주세염. 샘 왜 제 문자 씹어요. 샘 전화 좀. 샘 어디세요. 샘 전화 한 번만. 샘 저 좀 꺼내주세요……" '나'의 휴대전화에 저장되어 있는 혜미의 문자 메시지다. '나'는 이 절박한 호소를 외면했거니와, 뒤늦은 참회의 응답이 지금 선배 언니에게 쓰고 있는 고백과 고해의 편지인 셈이다. 그러나 이 편지 역시 조그만 자취방에서 공책만한 크기의 열리지 않는 창으로 저 바깥의 침묵하고 있는 도시의 새벽을 바라보며 쓰고 있는 간절한 구원의 호소라는 점에서는 혜미의 그것과 다르지 않다. 고립무원의 단절감은 창의 풍경을 지구로부터 멀어지는 우주선 스푸트니크호의 유리벽에 코를 박은 개의 시선에 겹치는 '나'의 상상 속에 절실히 표현되어 있는데, 우리를 더욱 아프게 만드는 것은 이 편지가 부쳐지더라도 수신인인 선배 언니가 할 수 있는 응답을 떠올리기 어렵다는 사실이다. "언니, 앞으로 저는 어떻게 될까요. 마흔의, 환갑의 나는 어떤 얼굴로 살아가게 될지, 어떤 말을 붙잡고 어떤 믿음을 감당하며 살지 모르겠어요." 8년 만의 임용고시 합격 소식을 알리며 선배 언니가 어렵게 주소를 알아내 보내온 엽서와 소포에는 노량진 시절 선배 언니에게 합격을 기원하며 건넨 만원짜리 빵집 카드와 그 선물에 대한 오래 묵힌 고마움의 언사가 함께 들어 있었는데, 그 응답으로 쓰이고 있는 이 편지에서 작은 희망 속에 선의를 나누던 그때 그 시간의 온기를 다시 기억하기에 '나'의 '서른'은 너무 멀리 와버린 것이 아닌가. 그런데 "잘 지내요, 언니. 언니가 정말 잘 지내었으면 좋겠어요"라는 말미의 평범한 인사말이 더없이 아프고 간곡하게 들리는 이 편지에 응답해야 하는 자리는 선배 언니도, 아마도 편지의 진짜 수신인일 혜미도 아니다. 누구나 아는 대로 그 자리는 '나'가 빠져든 다단계 조직의 구조에 암시되어 있는 것처럼 누군가의 몫을 빼앗고, 누군가를 배제하지 않으면 작동하지 않는 실패한 시스템으로서 우리 사회 전체다. 그러나 사회는 그 실패를 떠맡지 않는다. 실패를 감당하는 것은 '나'나 혜미와 같은 무력한 개인들일 뿐이다. 더 끔찍한 것은 피해자-가해자의 연쇄를 강요하는 구조의 환상 속에서 '나'에게는 혜미에 대한 죄의식을 온전히 떠안을 자리마저 주어지지 않는다는 사실이다. '나'가 살아남기 위해서라면 망각과 부인, 회피의 환상은 불가피하다. 혜미의 병실 방문을 주저하고 망설이는 대목에서 소설의 편지를 끝낼 수밖에 없는 사정이 여기에 있었을 것이다. 그러나 뒤집어 생각하면 이것은 하나의 타협이 아닌가. 그럴 때 누군가는 「서른」의 편지가 그 내용의 참혹함에 비해 너무 세련되고 매끈한 화법으로 쓰여 있지 않느냐고 물을 수도 있을 것이다. 그렇지만 고립무원의 상황에서 세상에 대한 분노와 죄의식, 스스로에 대한 절망으로 찢겨져나가고 있을 '나'의 현실은 언제든 소설의 자리에서 보면 과잉의 실재일 수밖에 없을 테다. 재앙의 현실을 얼마간은 알레고리의 힘을 빌려 그려낸 또다른 노작 「물속 골리앗」의 방식이 차라리 쉬웠을 수도 있겠다는 생각마저 드는 이유다.

3. 타자의 고통, 공감과 연민의 윤리—조해진 장편소설 『로기완을 만났다』

언젠가부터 한국사회의 불편한 타자가 되어버린 탈북인들의 이야기는 이미 여러 차례 소설로 다루어졌다. 그중 강영숙의 장편 『리나』(2006)가 암시적으로 탈북의 소재를 취하면서도 경계 넘기를 통한 정체성의 탈주라는 현대적 주제를 펼쳐 보였다면, 정도상의 연작소설 『찔레꽃』(2008)은 충심이라는 여성의 탈북에서 남한 정착에 이르는 험난한 여로를 치밀한 리얼리즘의 시선으로 보여준 바 있다. 조해진의 근작 장편 『로기완을 만났다』(2011)는 탈북 후 중국 연길에서 어머니가 사고로 죽자 어머니의 시신을 불법 장기밀매 조직에 넘기고 손에 쥔 얼마간의 돈으로 벨기에 브뤼셀로 밀입국을 감행, 기적적으로 난민 지위를 얻은 로기완이라는 북한 젊은이의 행적을 방송작가인 여성 화자 '나'가 따라가는 이야기다. 그런 만큼 소설의 일차적인 초점은 유령 같은 존재로 낯선 유럽 땅에 스며든 스무 살 북한 청년이 브뤼셀에서 겪은 고립무원의 불안과 공포, 굶주림의 시간을 3년 뒤 그곳으로 찾아간 화자가 그가 남긴 일기를 들고 하나하나 되짚어보며 그의 아픔에 공감하려고 노력하는 데 맞추어져 있다. 그런데 작가는 일기를 토대로 로기완의 시간을 꼼꼼하게 복원하는 데 주력하는 것 이상으로, 소설 화자 '나'의 이야기를 통해 타자의 아픔에 공감하고 그 아픔을 전면적으로 껴안는 일이 도대체 가능하기나 한 일인지 집요하게 캐묻는다. 그러니까 소설은 사회적 이방인이자 타자인 로기완이라는 탈북인 '이니셜 L'의 이야기이면서 타자의 아픔 바깥에서 스스로를 이방인의 시련 속에 두게 된 방송작가 '이니셜 K'의 이야기가 된다. 그리고 화자인 방송작가 '나'의 고뇌와 자문에서 우리는 어쩔 수 없이 우리 시대 소설의 윤리를 둘러싼 작가 조해진의 물음을 겹쳐 보게 된다. 소설 제목은 '로기완을 만났다'이지만 정작 소설은 '왜 로기완을 만나야 했는가'를 묻고 있는 셈이다.

사정은 이렇다. 오른쪽 얼굴에 커다란 혹이 있는 열일곱 살 여고생 윤주(병을 앓던 아버지는 죽었고, 어머니는 가족을 떠났으며, 여동생은 행방불명 상태로 그녀는 반지하 원룸에서 혼자 살고 있다)의 사연을 방송으로 다루는 과정에서 스스로의 과욕으로 윤주의 치료 시기를 놓쳐버렸다는 자책에 빠진 소설 화자 '나'는 타인의 아픔을 적당히 대상화하고 자기만족의 도구로 사용하는 세상의 어떤 흐름에서 그 자신도 예외가 아니라는 심각한 회의에 부딪친다. 이 무렵 '나'는 벨기에에서 유령처럼 떠도는 탈북인 로기완의 기사를 접하고, 거기서 자신을 벨기에로 향하게 한 로기완의 한마디를 만난다. "어머니는 저 때문에 돌아가셨습니다. 그래서 저는, 살아야 했습니다." 자신이 겪고 있는 것보다 훨씬 더 심각한 자책과 자학의 상황을 삶의 의지로 돌려놓은 누군가의 사연을 직접 확인하는 게 절실히 필요했다는 이야기이다. 그러나 브뤼셀에서 로기완의 시간을 하나하나 되짚는 동안 '나'는 자신의 벨기에행이 정작 대면해야 할 아픔과 진실로부터의 도피를 대가로 이루어진 것임을 깨닫게 된다. 말할 것도 없이 그것은 악화된 윤주의 현실이고, "가식적인 연민"이라는 외면하고 싶은 자신의 맨얼굴이다. 그리고 여기에 벨기에에서 은퇴한 한국인 의사 박의 사연이 덧붙여진다. 로기완이 난민 지위를 얻는 데 큰 도움을 주기도 한 박은 모종의 정치사건에 연루되어 한국을 떠나 유럽에 정착한 인물로, 5년 전 말기암에 걸린 아내의 안락사를 사실상 자신의 손으로 집행해야 했던 아픔을 품고 있다. '나'는 박을 통해 다시 한번 타인의 고통 앞에 선 인간의 한계와 윤리적 난경을 본다.

간단히 요약해본 대로, 작가는 단순히 로기완이라는 탈북인의 고통을 재현하기보다는 그 재현과 공감을 가능케 하는 근본적인 윤리의 자리를 다양한 지점에서 묻고 있다. 그러나 '나'의 회의와 좌절이 보여주는 것처럼 그 윤리는 근본적으로 인간 존재의 한계 안에 있는 것이어서 쉽게 해답을 얻을 수 있는 문제는 아닐 것이다. 사실 중요한 것은 추상적 윤리의 해답이 아니라 공감과 연민의 윤리가 실패하는 지점에서 무엇을 발견해내느냐 하는 점이겠다. 로기완이 숙소에서 들고 온 빵을 무료 화장실 변기에 앉아 몰래 먹어야 했던 상황을 일기에서 읽은 '나'는 그 상황을 재연해보려고 시도한다. 그러나 몇 번 씹지도 못하고 입안의 것을 토해내고 만다. 이 대목의 결벽증적 강박이 로기완의 고통을 향한 '나'의 진심을 절실하게 보여준다는 점은 분명하지만, 소설은 전체적으로 이 '진심'의 언저리에서 크게 벗어나지 못한다. 그보다는 베를린 공항에 홀로 남은 로기완이 브로커로부터 브뤼셀이라는 낯선 행선지를 받아드는 순간을 이야기하는 장면에 등장하는 다음과 같은 진술에서 새길 점이 더 많은 듯하다. "그런데 로의 어깨를 잡아주던 브로커의 그 손은 따뜻했을까. 로에게 순간적인 위로라도 주긴 했을까. 그러나 더이상은 이야기를 만들 수 없다. 내가 상상할 수 있는 범위는 여기까지다." 이 상상의 한계를 수락하는 이면에 타자의 대상화라는 연민의 타락 가능성과 싸우는 '나'의 치열한 자기 성찰이 진행되고 있음을 짐작하기란 어려운 일이 아니다. 그리고 이로부터 우리 시대 소설의 윤리를 둘러싼 의미 있는 반성을 이어갈 수도 있을 것이다. 로기완의 일기를 따라가며 로기완의 시간을 다시 쓰는 '나'의 작업이 한 탈북인의 행로에 대한 사실적 보고를 넘어 '나'의 자기 치유의 시간과 섬세하게 겹치는 점이야말로 『로기완을 만났다』의 소설적 미덕이라고 할 수 있을 텐데, 수술 과정에서 잃게 된 윤주의 오른쪽 귀를 세상의 아픔을 듣는 '나'의 귀로 보존하려는 환각의 결의는 아마도 작가 조해진의 그것이기도 할 것이다. 기실 "살아야 하는 이유를 부정하는 고통 역시 살아가는 과정에 포함되는 이상한 아이러니를 이미 알아버린" 사람들이 윤주나 로기완만이겠는가. '나'가 아프게 깨달은 것처럼 세상의 고통에 무지하거나 그저 눈을 닫는 것만으로도 "무심한 폭력"에 가담한 셈이 된다면, 세상의 고통에 대해 문학이 견지해야 할 공감과 연민의 윤리는 '진심'을 넘어선 더 가혹한 시험대를 필요로 하는지도 모른다.

4. 작은 연대의 가능성, 위로의 서사—공선옥 장편소설 『꽃 같은 시절』

공선옥의 소설에는 언제든 고단하고 억울한 삶의 사연들이 그득하다. 장편 『꽃 같은 시절』(2011) 역시 육십대가 젊은 축에 속하고 이주 여성들이 새로운 구성원으로 등장한 오늘의 농촌 현실을 배경으로 석재공장의 불법 가동에 맞서 업체 및 관청과 힘겨운 싸움을 벌이는 시골 주민들의 이야기다. 그런데 소설의 주인공이라 할 수 있는 영희와 철수 부부는 재개발 사업으로 제대로 된 보상도 받지 못한 채 생계수단인 식당과 살 집을 잃고 어쩔 수 없이 시골 마을의 빈집에 들어와 살게 된 도시 철거민 출신의 뜨내기 외지인이다. 승인받지 않은 쇄석기의 가동으로 소음과 먼지의 피해가 심각해지자 삶의 터전을 지키기 위해 마을 주민들이 반대 시위를 벌이게 되고, 처음엔 어정쩡한 동조자로 시위에 참여하던 외지인 영희는 점차 주민들의 싸움을 앞장서 이끌게 된다. 영희는 대책위원회의 위원장까지 맡아 열성적으로 투쟁을 주도하지만 종내에는 과로가 겹쳐 의식을 잃고 사경을 헤맨다. 공장과 관청을 상대로 한 주민들의 싸움 역시 아무 소득 없이 끝나고, 주민들은 업무 방해 혐의로 재판에 회부되어 벌금형을 받는다. 작가의 말대로 "순하고 약한 사람들의 순하고 약한 항거"는 너무도 간단하게 무시된다. 어떤 거창한 대의나 신념과도 무관한 지점에서 도시 출신의 평범한 젊은 주부가 칠팔십대 노인들이 주축이 된 시골 주민들의 절실한 호소가 짓밟히고 무시되는 모습을 보고 분노와 서러움의 싸움에 뛰어드는 과정이 공선옥 특유의 핍진한 언어로 그려지는데, 가령 다음과 같은 대목에서 영희의 마음의 흐름은 아주 자연스럽게 전달된다. "왠지 모를 낯선 서러움 때문에 방문을 닫고 바람벽에 등을 대고 앉아 있자니, 속이 상할 때면 늘 그렇듯이 눈물이 나온다. 참 희한한 일이다. 지금까지 자신의 일 말고, 혹은 가족의 일 말고 타인들의 '고난' 때문에 서럽다거나 눈물이 날 만큼 속이 상한 적은 없다. 그런데 지금, 이장의 땀에 밴 후줄근한 남방이, 휘청거리는 힘없는 걸음걸이가 영희를 울리고 있다." 주민들의 시위 모습이나 경찰에 소환된 주민들의 신문 장면 등에서 상황의 부당함과 부조리를 우스꽝스러운 현실로 만들어버리는 농민들의 천진하고 의뭉한 웃음의 순간에는 삶 그 자체에서 포착한 공선옥 문학 고유의 활력이 뚜렷하다. 작가는 용산참사의 현장인 남일당 이야기나 사대강 공사와 관련된 삽화를 중심 서사와 이으며 시대 현실의 전체상 속에서 외면당하는 주민들의 싸움을 조망하려고 한다. 실패한 싸움이었을망정 낯모르던 이들과 따뜻한 연대를 이루고, 세상에 처음 자신들의 목소리를 알렸던 주민들에게 소설의 제목처럼 '꽃 같은 시절'의 화관을 얹어주려 한 작가의 작의도 납득이 간다. 영희가 사는 집에서 60년 넘게 살다 세상을 떠난 집주인 무수굴댁의 시선과 목소리는 작가가 가장 공을 들인 지점으로, 마을의 역사와 주민들의 사연을 넘나들며 신산한 삶의 비애를 폭넓게 감싸고 있다. 가령 무수굴댁이 옛 시절의 기억을 더듬는 가운데 산밭에서 이웃 여인네와 함께 나누는 대화에는 '거미 소리'가 등장한다. "무수꿀 성님, 칡낭구 가지 새로 내려오는 거무가 닝꽁닝꽁닝공니잉, 안 허요이?" "자네 집 밭에 거무는 닝꽁닝꽁닝꽁니잉 헌가? 우리집 밭에 거무는 지꾸지꾸지꾸지잉 허그만." "소리없는 것들의 온갖 소리"를 듣는 이 대목이 소설 전체에서 가지는 상징적 함의와는 별도로 우리는 공선옥이 옮겨주는 언어만으로도 어떤 감흥에 이른다.

그러나 전체적으로 익숙한 소설적 구도다. 우리는 주민들의 억울한 사연에 쉽게 공감하고 분노한다. 삶의 형편에서는 전혀 나을 게 없는 외지인 영희가 주민들의 싸움에 자신의 힘을 보태는 모습에서 인간 유대의 작은 가능성을 확인하는 일은 가슴 뭉클하다. 그런데 주민들은 패배하고 영희는 쓰러지지만 그이들의 눈물을 닦아줄 '조선 어미' 무수굴댁의 품이 있다. 무수굴댁은 '혼엄마'들의 목멘 노랫소리로 영희의 아픔을 위로하고 그이를 세상으로 다시 돌려보내게 될 것이다. 그렇다면 이제 우리는 분노와 슬픔을 안은 채로 얼마간 안심해도 되는 것인가. 그러나 이 위로의 소설적 처리는 익숙한 서사적 관습은 아닌가.

사회적 약자의 이야기를 발견하는 일은 언제든 우리 시대의 소설이 감당해야 할 중요한 몫이다. 그러나 다 아는 대로 그 이야기를 단순한 사실의 지시나 보고 이상으로 만드는 일은 쉽지 않다. 『꽃 같은 시절』과 관련해서 말한다면, 작가는 남도의 한 시골 마을에서 평생을 뿌리내리고 살아온 주민들에 대해 이미 일정한 문학적 답을 마련해둔 가운데 소설을 진행시킨다. 그리고 그 문학적 답은 우리도 얼마간 예상할 수 있는 범주의 것이다. 단순화된 대립 구도에 대해서도 말할 수 있을 것이다. 이로부터 현실 연관의 복잡하고 꼼꼼한 추적이나 인물들에 대한 탐사의 깊이는 제약될 수밖에 없다. 『꽃 같은 시절』에서 우리는 석재공장의 소음이나 먼지로부터, 그리고 힘겨운 싸움으로부터 놓여난 주민들의 평온한 삶을 바라게 되지만, 사실의 보고 차원을 넘는 인간 진실의 깊은 시련들에 전율하고 반응하면서 그렇게 되는 것 같지는 않다. 민중문학의 전통 안에서도 소외되고 밀려난 힘겨운 삶들에 대한 애정과 관심에서 공선옥 문학이 보여준 강도는 특별한 바가 있었다. 정형화된 인물형이나 소설 화법에 대한 반발 속에서 공선옥 소설이 들려준 그 개개의 아픈 사연들을 기억하는 만큼, 익숙하고 소박한 삽화적 보고에 그친 듯한 『꽃 같은 시절』의 소설적 탐구에는 아쉬움이 남을 수밖에 없다. 생각해보면 어떤 고착된 심상을 현실에 투사하려는 손쉬운 유혹을 거절하는 가운데 인간 현실의 구체를 좀더 복잡하고 폭넓은 연관과 맥락 속에서 비판적으로 검토하고 발견하는 일은 이즈음 한국소설에 더 절실히 요구되는 리얼리즘의 요청인지도 모르겠다.

5. 증언 불가능한 공백을 생각하며

김애란의 「서른」에서 우리는 무언가가 되리라고 믿었지만 아무것도 되지 못했으며, 어쩌면 그보다 더 나쁜 것이 되어 있는지도 모르겠다고 탄식하는 서른 살 여성의 편지와 마주한다. 우리 시대의 청년 현실을 반영하는 그 참혹한 편지에 대해 마땅한 응답을 떠올리기가 쉽지 않다는 것은 가슴 아픈 일이다. 조해진은 『로기완을 만났다』에서 낯선 유럽 땅을 유령처럼 떠돌아야 했던 한 탈북인의 시간을 뒤따르는 가운데 타자의 고통과 대면하는 공감과 연민의 윤리를 집요하게 묻는다. 그리고 공선옥의 『꽃 같은 시절』은 삶의 터전을 지키기 위해 일어난 시골 주민들의 투쟁기를 전하면서 약자의 목소리를 외면하는 불의의 세상을 고발하는 한편, 작지만 따뜻한 공동체적 연대의 가능성을 확인하고 민중적 생명력의 너른 품을 환기한다. 말할 것도 없이 세상에 만연한 고통에 눈을 돌리고 발화되기 힘든 약자들의 목소리에 자신의 상상력과 언어를 내어주는 것은 문학 본연의 자리다. 가령 김려령의 장편 『우아한 거짓말』(2009)을 보면, '청소년 문학'의 영역에서도 우리 시대의 그늘진 현실과의 심각한 대면이 이루어지고 있음을 알 수 있다. 이 소설에 나오는 '천지'라는 한 여중생의 충격적인 자살은 그 아이의 착하고 여린 심성으로는 감당하기 힘들었던 '화연'이라는 친구의 악의적이고 교묘한 괴롭힘이 일차적인 원인이지만, 가해 아이의 경우를 포함해서 붕괴되고 있는 우리 시대의 가족 현실과 떼어놓고는 생각할 수 없는 일이다. 작가는 아이들이 그 나이에 빠지기 쉬운 과장된 자기 연민이나 자기기만의 심리적 미궁을 섬세하게 보여주면서도 아이들의 고립을 가정이나 학교를 둘러싼 어둡고 착잡한 현실의 맥락에서 이해하게 만든다. 천지는 세상을 떠나면서 엄마와 언니, 그녀를 힘들게 했던 두 친구에게 각기 편지를 남기는데, 그 편지들에 적힌 '용서'라는 단어를 읽는 일은 참으로 괴롭다. 김애란의 「서른」에서 '나'는 새벽부터 밤까지 학원가를 오가는 아이들을 보며 생각한다. "너는 자라 내가 되겠지…… 겨우 내가 되겠지." 천지를 떠나보내고 남은 『우아한 거짓말』의 아이들은 어떠할까?

소설의 사사화나 왜소화에 대한 일각의 우려에 이유가 없는 것은 아니지만, 이 글에서 살펴본 것처럼 이즈음의 한국소설에서 현실과의 긴장을 유지하며 상상력과 서사의 영토를 넓히기 위해 분투해온 흔적들을 발견하는 것 역시 어렵지 않은 일인 듯하다. 돌아보면, 그간 다양한 개성적 스타일이 분출하는 가운데 '현실' 그 자체를 욕망과 환상의 구조를 통해 재구성하는 지점부터 '사회적인 것'에 대한 환멸과 거부, 내면성에 대한 반발, 혼종성, 반인간의 시선, 만화적 우주적 상상과 묵시록적 비전, 파편적 알레고리와 판타지 등에 이르기까지 다양한 시야와 감각을 동반한 소설 미학의 실험이 있었다. 다른 한편 이 글에서 살펴본 작가들의 경우처럼 상대적으로 전통적인 소설 미학에 충실하면서도 세상의 고통에 감응하는 서사와 상상력의 심화를 일구어온 흐름 역시 여전히 한국소설의 중요한 축을 이루고 있다. 물론 소설 미학의 다양한 모험은 단순히 형식적인 실험과 모색에 그치지 않고 그 자체 현실의 또다른 발견과 인식에 이어질 가능성이 있는 만큼, 그 물신화를 경계하면서 언제든 장려되어야 할 부분이다. 그러나 예컨대 김애란의 「서른」이 일견 특별한 서사적 실험을 수반하지 않으면서도 사실에 충실한 내면의 고백을 이어가는 가운데 무력한 개인들이 감내하고 있는 존재의 찢김이나 현실의 어둠을 무섭게 환기해내고 있다는 점은 시사하는 바가 없지 않다. 생각해보면 이 소설의 서사적 모험은 편지의 도착을 유예시키고 그 응답의 자리를 윤리적 난문으로 만드는 바로 그 지점에 있을 텐데, 이때 소설의 화자 '나'가 고백하고 있는 사실들은 이미 그 자체 회피와 망각의 환상과 힘겨운 싸움을 포함하고 있는 것이다. 조해진이 『로기완을 만났다』에서 연민과 공감의 윤리에 대한 질문을 서사의 내용과 구조로 함께 밀어붙이는 지점에 대해서도 주목할 필요가 있을 것이다. 그리고 관습적 상상력의 개진이라는 혐의가 없진 않은 대로 공선옥이 이승과 저승을 넘나드는 무수굴댁의 시선 안에서 남도 사투리의 가락을 최대한 살려내며 『꽃 같은 시절』의 서러운 싸움을 감싸는 대목에는 특별한 언어적 활력이 있다.

그런데 여기서 조금은 근본적인 질문을 던져볼 수도 있다. 조르조 아감벤은 『아우슈비츠의 남은 자들』(정문영 옮김, 2012, 새물결)에서 유대인 집단학살의 생존자들이 남긴 증언의 기록들을 검토하는 가운데 '증언'의 윤리학과 관련하여 중요한 사실을 지적한다. 증언의 아포리아는 증언할 수 없는 것을 증언해야 한다는 점에 있다는 것이다. "증언은 깊은 곳에 증언될 수 없는 무언가를, 살아남은 이에게서 자격을 내려놓게 하는 무언가를 담고 있다. '참된' 증인, '온전한 증인'은 증언하지 않았고 증언할 수 없었던 사람들이다. 그들은 "맨 밑바닥에 떨어졌던 사람들, 즉 이슬람교도들, 그러니까 익사한 자들이다."(51쪽) 그런 만큼 증언은 "공백으로부터 생겨나는 소리, 고독한 이가 말하는 비언어, 언어가 그것에 응답하고 언어가 그 속에서 생겨나는 비언어이다."(58쪽) 아우슈비츠라는 극한의 상황에 대한 논의의고, 쉽게 인용하여 전유하기 힘든 맥락을 품고 있는 게 사실이지만, 이 증언의 아포리아를 단서로 삼아 세상의 고통과 대면하는 우리 시대 소설의 자리를 좀더 근본적으로 성찰해볼 수도 있다. 가령 증언의 언어가 비언어의 공백과 맺고 있는 한계상황을 소설과 관련지어 극단적으로 밀어붙일 경우 소설의 의사소통은 불가능해진다. 알아들을 수 없고 무의미한 중얼거림만이 남을 수도 있다. 당연히 이것은 소설이 감당할 수 있는 자리가 아니다. 그러나 그 중얼거림의 공백이 존재한다는 사실을 좀더 강력하게 환기하는 소설의 언어와 상상에 관해서라면 논의의 여지는 있다. 「서른」에서 문자 메시지로 남아 있는 혜미의 절규는 '나'의 자리에서 보면 그 문자 바깥의 '비언어'의 영역을 넘치는 고통으로 공백화하고 있다. 이때 「서른」의 편지가 어쩌면 너무 매끄럽게 쓰여지고 봉합되어 있는 것은 아닌지 묻는 것은, 바로 그 또다른 소설 언어의 가능성을 향한 질문이 될 것이다.

(『창작과비평』 2012년 겨울호)

'대기실'에서 본 세상

— 역사의 시간과 함께 머무는 문학의 자리: 황석영, 복거일

1. '대기실의 사유'—끝에서 두번째 세계

20세기 독일의 사상가 크라카우어는 유작이 된 책에서 역사라는 탐구의 영역에 '대기실의 사유'라는 이름을 붙인다.[1] 그가 보기에 역사적 현실을 탐구해서 얻어지는 통찰은 단순한 의견보다는 낫지만, 철학이 지향하는 궁극적 진실에는 못 미친다. 역사적 현실의 재료가 본질적으로 잠정적이듯, 이러한 재료의 기록·탐구·통찰 역시 잠정적이라는 것이다. 그곳은 일종의 중간계다. 철학의 시각에서 본다면 역사의 자리는 대기실에서 멈추는 것이나 마찬가지다. 보편과 궁극의 진실은 아마도 그 대기실 너머에 있을 것이다. 그는 짐짓 묻는다. "끝에서 두번째 세계에 머물며 시간을 허비하기보다 맨 끝 세계를 직접 공략하는 편이 낫지 않겠는가?" 1889년 독일에서 태어난 크라카우어는 건축학으로 박사학위를 받고 건축가로도 잠깐 활동했지만, 그의 지적 편력은 전방위적이었다. 그는 십대의 아도르노에게 철학을 가르친 철학 교사였고, 프랑크푸르트학파와 교유한 사회

1) 지그프리트 크라카우어, 『역사: 끝에서 두번째 세계』, 김정아 옮김, 문학동네, 2012.

학자이자, 문화비평가, 영화이론가였다. 토마스 만과 작곡가 알반 베르크의 극찬을 받은 두 편의 소설을 쓴 작가이기도 했다. 말하자면 그 자신 다양한 지점에서 '맨 끝 세계'를 직접 공략했던 인물이다. 그런데 그가 마지막으로 열정을 쏟은 영역은 뜻밖에도 '끝에서 두번째 세계' '대기실의 사유'라고 이름 붙인 '역사'였다.

그렇다면 '대기실의 사유'란 무엇인가. 제대로 이해했는지는 모르겠지만, 크라카우어가 보편적이고 엄밀한 철학적 진실의 세계, 혹은 그런 세계를 향한 인간의 지향 자체를 부정하는 것 같지는 않다. 그는 세계의 총체성에 대한 사변들이 필요하다고 본다. 그러나 아무리 정교한 매개 개념을 동원한다 하더라도 보편 혹은 일반자는 특수자를 온전하게 아우를 수 없다. 어느 수준에서는 일반자와 특수자가 그저 병렬공존하는 틈새가 있을 수밖에 없다. 시간의 문제도 있다. 불가역적으로 진행하는 연대기적 시간의 흐름이 있다는 것을 부정하기는 어렵다. 균질적이고 연속적인 시간의 흐름 말이다. 그러나 조금만 더 찬찬히 생각해보면 시간은 앞뒤와 상하를 알 수 없는 덩어리로 우리에게 주어진다. 그 덩어리 앞에서 연속과 균질, 진보의 관념만으로 시간의 전체적 진실을 아우를 수는 없다. 연속과 불연속, 균질과 불균질, 진행과 역진 사이에는 병렬공존하는 틈새가 있다. 시간의 상대성과 절대성의 문제를 생각해볼 수도 있다. 그는 말한다. "영원성은 시간성의 흔적을 완전히 지울 수 없으며, 시간성은 영원성을 완전히 삼킬 수 없다." 이 두 측면 역시 병렬공존하는 지점을 가지고 있다. 그러니까 궁극적이고 보편적인 진실의 세계로 가자면 이 틈새, 이 이율배반과 하나하나 마주치지 않으면 안 된다. 대기실이란 이 이름 없는 틈새들과 함께 머물며 사는 공간이다. 그냥 쉽게 말하자. "우리가 숨쉬고 움직이고 살아가는 곳은 바로 이 '대기실'이다." 그러면서 그곳의 진실은 일상의 생활세계 쪽과도 철학 쪽과도 어떻게든 경계를 접하고 있다는 점에서 애매함의 영역인 중간계, 끝에서 두번째 세계라고 할 수도 있다. 크라카우어는 말한다. "중간계의 거주민은 모퉁이를 돌 때마다 마주치는 상충하는 필요들을 충족시키고자 지속적 노력을 경주해야 한다. 심지어 그들은 절대자들, 즉 보편적 진실에 대한 온갖 돈키호테적 이념들과 도박을 해야 할 정도로 불안정한 상황에 놓여 있다." 크라카우어는 르네상스기 인본주의자 에라스뮈스가 종교개혁파와 기존 교단 사이에서 보인 애매하고 타협적인 태도에서 진실이 교리가 됨으로써 진실의 표지인 애매성을 잃어버리는 순간에 대한 두려움을 본다. 에라스뮈스의 자리는 전통을 통해 확립된 가톨릭의 독트린과 신교도들의 딱딱해지는 교리들 사이의 빈틈이었다. 19세기 문화사가 부르크하르트는 구체적인 사건들과 인물들을 저마다 나름의 고유한 현상으로 규정하는데, 그 구체들은 그의 일반적 관점을 예시하기도 하지만 어긋나는 경우도 많다. 크라카우어가 보기에 '고정된 것에 대한 두려움'을 가졌다는 점에서 부르크하르트는 에라스뮈스와 닮은 대기실의 사유가였다. 독일 역사학의 엄격한 시간관과 체계화에 맞서 네덜란드적 느슨함을 옹호했던 하위징아는 흔히 단점으로 지적되는 느슨함에 대해 다른 설명을 내놓는다. 그 느슨함은 사태를 체계적인 추상적 개념으로 이해하기보다 사태의 그림을 그려보려는 충동이라는 것이다. 하위징아는 프랑스의 문학사가 이폴리트 텐의 "역사란 대개 옛날 사람들을 구경하는 것"이라는 주장에 대해 논하면서, 여기서 중요한 것은 '대개'라는 단어라고 말한다. 하위징아에 따르면 역사는 "부활이되 꿈에서의 부활이고, 보는 것이되 안 보이는 모습을 보는 것이고, 듣는 것이되 제대로 이해하지 못한 말을 듣는 것이다." 크라카우어는 이 대목을 인용하면서 이념 영역으로 침투하는 역사가에 대한 최고의 정의 중 하나라고 치켜세운다. 대기실의 사유를 따라온 사람이라면 크라카우어의 방점이 '꿈' '안 보이는' '제대로 이해하지 못한 말' 등의 표현에 찍혀 있다는 것을 어렵지 않게 알 수 있다. 그는 말한다. "중도에서 중단하는 것이야말로 대기실의 궁극적인 지혜인지도 모른다." 물론 중단하면 궁극적이고 보편적인 진실의 나라, 맨 끝의 세계에는 도달하지 못할지도 모른다. 그러나 미묘함과 어림셈을 존중하면서 모퉁이마다의 틈새에서 인식되기만을 기다리고 있을 '이름 없는 가능성들'을 조금이라도 찾아내는 일은 대기실에 머무는 중단의 지혜를 필요로 할 것이다.

잘 알지도 못하는 사상가의 사유에 기대어 너무 긴 서두를 삼았는지도 모르겠다. 그러나 크라카우어가 철학과 비교하여 중간계, 대기실, 끝에서 두번째 세계 등으로 일컬은 역사라는 진실의 영역은, 문학의 그것이기도 하다. 보편적이고 궁극적인 진실을 지향하지 않는 것은 아니지만, 문학이 주로 머무는 자리는 개별적이고 특수한 인간 경험의 영역이다. 그곳의 주민들은 골목길 모퉁이를 돌 때마다 상충하는 요구와 방향 앞에서 난감해하며 주저하고 망설인다. 어떻게 보면 그렇게 해서 한 걸음 나아가는 모퉁이마다의 진실이 다일 수도 있다. 그 하나하나의 진실은 그렇지 않았더라면 어떤 이름도 얻지 못하고 그냥 어둠 속에 묻혀 있었을 것들이다. 그것들은 기다림인 줄도 모르는 기다림들이다. 문학은 안다. 틈새의 진실을 추구하는 동안, 더 많은 틈새가 그저 어둠 속에 남아 있다는 것을. 어쩌면 문학은 일반자가 특수자를 온전히 아우를 수 없다는 한계의 인식으로부터 자신의 일을 찾아온 것이라고 해도 과언이 아니다. 시간의 이율배반을 받아들이는 문제에서도 문학의 자리는 대기실이라 할 만하다. 작은 예로, 소설의 플롯이 그 본질적 욕망에서 현상적 시간의 불가역성에 맞서 덩어리진 시간의 진실을 회복하려는 노력임은 널리 알려진 이야기다. 소설에는 결말 혹은 끝이 있지만, 그 끝이 기실 '중도에서의 중단'이라는 것도 새삼스러운 이야기가 아니다. 적어도 내가 알기에 문학은 궁극적인 진실의 자리를 참칭하지 않으며, 또 그럴 힘도 없다. 문학은 대개 하위징아가 강조하는 그 '대개'의 세계를 깊이 받아들이는 한에서 자기 진실의 영역을 찾는다. 그곳은 어정쩡함과 어림셈, 미묘함, 우유부단의 망설임, 잠정적 중단을 인정하는 세계다. 그렇다는 것이 맨 끝 세계의 진실에 대한 부정이나 배척, 포기가 아니라는 것은 말할 필요도 없다. 다만 문학은, '역사'라는 영역에 선사한 크라카우어의 아름다운 호칭을 잠시 빌린다면, '대기실'에 '좀더' 머물러 있어야 한다는 사실을 알고 있을 뿐이다. 그리고 이때 '대기실'은 겉으로 보이는 것처럼 위계적 지위의 한 계단 밑이 아니다. 그 자리는 맨 끝 세계의 고유성만큼이나 중요한 또하나의 고유성일 뿐이다. 문학은 철학의 통찰을 사후적으로 예증하는 하부의 계단이 아니다. 문학과 역사, 그리고 철학은 세계의 모순, 이율배반, 틈새를 대면하는 각자의 방법과 언어, 영역을 가지고 있다. 우리 시대의 작가들은 저마다 마주친 골목길 모퉁이 틈새에서 기다리고 있는 '이름 없는 가능성들'을 발굴하며 현재와 과거, 미래가 뒤섞인 시간의 덩어리와 씨름하고 있다. 이 글에서는 근과거와 근미래 한반도의 역사적 시간을 다룬 두 편의 소설을 통해 이처럼 틈새의 진실을 찾는 문학의 풍경을 들여다보기로 한다. 그러니까 여기에는 역사와 함께하는 문학의 대기실이 있는 셈이다. 두 작품은 황석영의 장편소설 『여울물 소리』(자음과모음, 2012)와 복거일의 장편소설 『내 몸 앞의 삶』(문학과지성사, 2012)이다. 시인 이성복은 "반여, 뒷개, 뒷모도/ 그 뜻 없고 서러운 길 위의/ 욿말처럼,/ 비린내 하나 없던 물결,/ 그 하얀 물나비의 비늘, 비늘들"[2]이라고 노래했다. '뜻 없고 서러운 길'이라는 표현이 유독 눈을 찌른다. 그 '뜻 없고 서러운 길'은 숱한 대기실의 주민들이 걸어왔고, 또 걸어갈 길일 터이다.

2. 끊어진 자리, 빈자리—황석영 장편소설 『여울물 소리』

『여울물 소리』는 외세의 개입으로 자생적 근대의 길이 좌절된 19세기 말 한반도의 역사를 배경으로 이신통이라는 이야기꾼의 생애를 따라가는 소설이다. 이 시기의 전문적 이야기꾼이라면 방각본 고전소설을 읽어주는

---

2) 이성복, 「죽지랑을 그리는 노래」, 『래여애반다라』, 문학과지성사, 2013.

전기수(傳奇叟)와 재담을 곁들여 이야기를 풀어내는 강담사(講談師)가 있는데, 소설에 나오는 이신통의 모습에서 보듯 둘의 역할은 나뉘기도 했지만 때로는 섞이기도 했던 듯하다. 그러면서 이들은 방각본 소설의 생산자가 되기도 했다. 황석영은 이들 이야기꾼의 운명에 한국 현대사의 격동기를 '근대의 이야기꾼-소설가'로 살아낸 작가 자신의 운명을 포개면서 그 둘을 아우르는 한국적 서사의 맥을 회복하고자 한다. 그런데 이러한 작가적 야심은 단순히 파행과 고초의 역사 전환기를 살아간 이야기꾼의 일생을 복원하는 차원을 넘어서고 있다. 물론 어린 시절 이신통이 장터 책전에서 방각본 이야기책을 처음 접하고 차츰 이야기꾼의 재능에 눈을 뜨는 대목에서부터 중인 서얼의 신분적 한계를 알고 과거 공부를 접은 뒤 한양에서 전기수로 밥을 벌게 되는 경위서껀, 이윽고 연희패와 어울려 세상을 떠돌며 천지도(동학)의 일꾼으로 뜻을 펼치는 과정은 그 자체만으로도 전근대 황혼기의 이 땅에서 펼쳐진 이야기꾼의 운명과 그 주변에 얽힌 민초들의 삶을 생생하게 톺아보게 만든다. 그러나 정작 작가가 한 세기 전 이야기꾼의 본령을 잡아채어 전근대와 근대를 잇는 이야기꾼의 보편적 운명을 역사적 울림 속에 돋을새기는 지점은 그 생애 서사 자체라기보다는 그것을 풀어내는 형식에 있지 않나 싶다. 서사의 조형술과 문체, 묘사의 차원에서 구축된 그 형식은 모종의 느슨하고 어슷어슷한 소설의 리듬으로 표현되고 있는데, 앞서 소개한 '대기실의 사유'를 떠올리게 만든다. 빈틈없이 꽉 짜인 엄밀하고 숨막히는 세계가 아니라, 어림셈과 '대개'의 세계 말이다. 이 점을 조금 살펴보기로 하자.

『여울물 소리』가 이신통이라는 이야기꾼의 일생을 보여주는 방식은 말 그대로 '추적', 곧 뒤를 쫓아가기다. 그리고 이신통의 뒤를 쫓아가는 인물인 소설의 화자는 지방 양반과 기생 첩 사이에서 태어난 연옥이라는 여인이다. 첩살이를 그만두고 어미가 차린 전주의 색주가에서 술청 심부름을 하며 자라던 연옥은 객으로 찾아온 이신통을 만나 마음을 빼앗기고 평생의 정인이 된다. 그러나 이들은 정식 부부로 살아갈 운명은 아니어서, 이 때부터 이야기꾼으로, 천지도(동학)의 일꾼으로 세상을 떠도는 이신통과 정인을 기다리며 행적을 찾고 수소문하는 연옥의 추적 서사가 펼쳐진다. 갑오농민전쟁을 전후한 근대 여명기의 시간이 질주하는 가운데 이신통은 혹간 다치고 지친 몸을 연옥의 품에서 다스리기도 하지만, 대개의 시간을 직업적 이야기꾼이자 새로운 세상을 꿈꾸는 천지도의 일꾼으로 길에서 보낸다. 그러니, 말하자면 이런 식이다. 이신통의 행적은 대개 전언이나 풍문으로 먼저 연옥에게 도착한다. 연옥이 그 전언이나 풍문이 알려주는 곳을 찾아가면 이신통은 또 어딘가로 떠나고 없다. 그러나 그곳에는 뚝뚝 잘린 채 전해지는 이신통의 삶이 자취로 남아 있다. 그 자취 역시 '대개' 전언의 방식으로 연옥에게 전해진다. 작가는 전지적 작가의 시점으로 이신통의 행로를 서술하는 장을 따로 두어서 연옥이 듣는 이신통의 파편적 생애와 행적을 보충하기도 하지만, 소설의 여로는 기본적으로 이신통의 삶을 뒤쫓아 듣는 연옥의 길을 따라 나아간다. 그러니까 『여울물 소리』는 입에서 입으로 전해지는 구비(口碑)의 형식을 서사 전개의 기본 구조로 품고 있다. 구비의 형식에 이야기와 이야기꾼의 원형이 있다는 점을 생각해보면, 이 형식의 함의를 이해하기는 어렵지 않다. 즉, 이신통이라는 근대 여명기 이야기꾼의 운명은 이 구비의 형식과 내속되면서 소설의 진정한 의미층을 이룬다고 할 수 있다. 생각해보면 이신통이 단지 구전의 이야기꾼에 그치는 것이 아니라 활자화된 방각본 소설을 읽어주고 필사하는 전기수의 자리를 겸한다는 점 역시 연옥이라는 '청자-화자'의 기억을 옮겨 적는 '작가-황석영'의 자리에 투사되어 있다. 그러면서 이 전언과 구비의 느슨한 형식이 근대소설이 추구하는 엄격한 인과율의 세계에 대한 반성의 공간을 연다는 점도 부기해둘 만하겠다.

알려진 대로, 엄격한 인과율이나 객관적이고 정치한 묘사는 근대소설의 암묵적 기율에 속한다. 그것은 알게 모르게 유기적 전체를 상정한다.

'승화의 리얼리즘'이라는 말이 쓰이는 것도 그래서다. 그런데 『여울물 소리』에는 꼼꼼히 따지거나 하지 않고 어딘가 비어 있는 듯, 어슷어슷하게 소설을 끌고 가는 지점이 있다. 연옥이 이신통과 처음 몸을 섞게 되는 대목을 보자.

> 문득, 돌아눕다가 잠이 깼다. 가까운 곳에서 부엉이 우는 소리가 들렸는데 아마 그것 때문에 잠이 깼는지도 모른다. 밥 해줄게 부헝, 떡 해줄게 부헝, 울지 마라 부헝, 가지 마라 부헝. 옆자리에서 엄마는 가끔 입맛을 다시며 열심히 자는 중이었다. 나는 다시 돌아누웠는데 어느 결에 눈가를 흘러내린 눈물이 베개를 적셨다. 저놈의 부엉이 멀리 쫓아버려야 해. 나는 살그머니 방문을 열고 마루로 나섰다. 그믐이라 마당도 안 보일 만큼 캄캄했고 바로 옆에서 나직하게 코 고는 소리가 들려왔다. 고쟁이에 속곳 차림에 맨발인 나는 으쓱해서 얼른 들어간다는 게 건넌방 미닫이문을 살짝 열고 들어섰다. 그러고는 주춤 섰는데 코 골던 소리가 갑자기 그쳤고 내 숨도 멎었다. 어둠 속에서 손이 쑥 솟아올라 내 발목을 잡았고 두 팔로 나를 주저앉혀서는 이불 안으로 끌어들였다. 나는 어느 결에 그의 품안에 들어가 있었다.(32쪽)

섣달그믐을 하루 앞둔 이날 이신통은 연옥네 술집을 두번째로 찾았다. 설 지나면 연옥은 부잣집 재취 자리로 가게 되어 있고, 연옥 모는 연옥이 듣는 데서 이신통에게 착잡한 마음을 토로한다. 이제 모녀는 안방에서 잠이 들었고, 객인 이신통은 건넌방에서 잠을 자고 있다. 돌아보면 이신통이 처음 연옥네 술집을 찾았던 날의 이야기가 이 소설의 서두이기도 한데, 객담과 소리가 어우러진 그날의 술자리에서 딱히 연옥의 마음을 짚어볼 수 있는 대목은 겨우 이렇게 표현되어 있을 뿐이다. "내가 마치 이신통이 이야기책 쓰듯 이렇게 길게 늘어놓은 것은, 언제 생각해봐도 그를 만나던 첫

날의 그 술자리가 잊히지 않기 때문이다." 그러고는 두번째 만난 것이 바로 인용문의 상황이다. 그런데 인상적인 것은 '부사들'이다. '문득' '어느 결에' '살그머니' '살짝' '주춤' '쑥'. 왜 이런 부사들이 쓰여야 했을까. 이 부사들은 '나'(연옥) 스스로도 자신의 마음을 잘 알지 못하며, 더욱이는 그 마음을 어쩌지 못하겠다는 정황의 표현이 아니겠는가. 느닷없이 부엉이 소리를 핑계삼는 대목도 비슷하다. 김윤식은 박경리의 『토지』에서 극적인 위기나 절체절명의 순간에 반복적으로 등장하는 뻐꾸기 울음에 주목하고, 이로부터 산천의 사상, 곧 자연과 생명에 대한 경외라는 『토지』의 참주제를 이끌어낸 바 있다. 이때 뻐꾸기 울음으로 표상되는 산천의 세계란 인간의 앎이나 이성의 경계를 인정한 뒤 펼쳐지는 영역일 텐데, 인간사의 굽이굽이마다 출현하는 불가항력의 국면이라고도 할 수 있겠다. 전근대/근대의 이분법으로는 해소되지 않는 세계가 여기에는 있다. 그런데 『여울물 소리』의 연옥이 핑계삼는 부엉이 소리는 크게는 『토지』의 뻐꾸기 울음에 이어지면서도 조금은 더 인간사의 안쪽으로 당겨져 있다. "밥 해줄게 부헝, 떡 해줄게 부헝, 울지 마라 부헝, 가지 마라 부헝"의 노래는 아득한 산천의 지평을 여염집 부뚜막의 온기로 버팅기려 하지 않는가. 이제 여기서 부엉이 소리는 어떤 알지 못할 정인을 향할 어쩌지 못하는 마음이 된다. 부엉이 소리를 쫓아버리겠다는 말도 안 되는 핑계가 펼쳐지는 소이다. 그러니까 지금 우리 앞에는 말로 풀어낼 수 없는 마음의 이야기가 있고, 그것을 어떻게든 옮기려는 또다른 이야기가 있는 셈이다. 이때 이 두 이야기 사이에는 어림셈과 어림짐작이 개입할 수밖에 없다. 이른바 '대개'의 세계. 그러니 마루로 나섰다가 한기를 느끼고 방으로 들어간다는 게 안방이 아니라 엉뚱한 건넌방 미닫이문을 열고 들어서는 일이 벌어지는 것이다. 그러고는 어둠 속에서 손이 쑥 올라오고, 어느 결에 그의 품에 들어가 있는 상황. 이것은 촘촘한 인과의 사슬이나 정제된 묘사로는 풀어낼 수 없는 이야기의 세계다. 그런 만큼 잘 모르면 모르는 대로, 틈과 여백의 구멍을 내버려두고 어슷어슷 더듬듯 나아가는 이 독특한 서사의 방식은 『여울물 소리』의 참주제와 연결된 또다른 중요한 숨은 형식이 된다.

중인 서얼 출신의 이신통에게는 동생의 재능을 시기하는 이준이라는 이복형이 있다. 그는 이신통과 누이동생 덕이가 외갓집 교전비의 소생임을 들어 외가의 노비송사를 부추기는 등 갖가지 패악을 일삼아온 인물이다. 동학도들을 마구잡이로 잡아들이던 시절, 청주목 관아에서 비장직으로 있던 이준은 동생의 뒤를 밟아 동학 접주 서일수 대행수와 함께 있던 이신통을 체포하려 한다. 결국 서일수 대행수는 체포되지만 이신통은 가까스로 도망을 친다. 이준은 서일수만 끌고 나타난 군교에게 같이 있던 사내는 어찌되었는지 묻는다. 놓쳤다는 군교의 대답을 듣고 난 뒤 이준의 마음을 소설은 이렇게 짧게 전한다. "이준은 어쩐지 섭섭한 가운데도 마음이 놓이는 것 같았다." 이때 체포된 서일수는 이신통이 중심이 된 동학 조직의 힘으로 가까스로 목숨을 구하지만 결국 이준에 의해 다시 붙잡혀 교수형에 처해진다. 손천문 대행수 역시 이준에 의해 같은 운명을 맞는다. 이신통은 활빈당 장정들을 이끌고 형 이준의 집을 급습하여 죗값을 치르게 한다. 형의 죗값을 받아낸 이신통의 마음을 소설은 이렇게 전한다. "신통은 박도희에게 이복형을 죽인 전말을 이야기하고는 참으로 가슴속에 쌓였던 모든 것을 쏟아내려는 듯이 실컷 통곡했다고 한다." 그러니까 이 기구한 형제의 운명 사이에도 선악이나 옳고 그름의 분별이 개입하기 힘든 참으로 어정쩡한 지대가 있겠거니와, "어쩐지 섭섭한 가운데도 마음이 놓이는" 지점과 "통곡"은 그 불가항력적 중간계의 막막한 표현일 것이다.

이 대목에서 『여울물 소리』가 세상의 개벽을 꿈꾼 동학의 이야기이기도 하다는 점을 새삼 떠올릴 필요가 있겠다. 사람이 곧 하늘이라는 시천주(侍天主) 사상이 동학의 핵심이지만, 그 사상을 풀어내는 데 중요한 실마리가 되는 게 '불연기연(不然期然)'의 사유다. "사람이 식견으로 판단하여 알 수 있는 것이 기연(期然)이라면 사람이 일반적인 식견으로 이해할 수 없는 것이 불연(不然)이라, 기연이 없이 어찌 불연에 도달할 수 있으며 불연이 없다면 어찌 기연이 있을 수 있는가. 불연기연이 하나임과 같이 하늘과 사람은 하나이니 시천주(侍天主)가 가하도다."(378~379쪽) 이러한 생각에는 논리의 매개가 생략되어 있어 일견 선문답식 구름 잡기로 치부될 지점이 없는 것은 아니다. 가령 불연과 기연이 하나라는 것은 불교의 공즉시색이 그러한 것처럼 어떤 비약이나 도약 없이는 정언 명제로 받아들이기가 쉽지 않다. 그러나 기연과 불연의 영역이 있다는 것은 삶이나 세계를 조금만 깊이 들여다보면 누구나 수긍하지 않을 수 없는 이야기며, 끝에서 두번째 세계의 진실은 아마도 아직 하나가 되기 전인 불연과 기연 사이 어딘가에 있을 것이다. 그리고 문학이 감당할 수 있는 영역도 바로 여기일 것이다. 말하자면 형을 죽인 뒤 쏟아내는 이신통의 "통곡"의 지점 같은 것 말이다. 그러고 보면 『여울물 소리』의 소설적 성취는 이 구멍 뚫린 대기실의 자리를 '자기 연민' 없이 받아들이는 담담한 시선에 있다고도 할 수 있겠다. 이제 그 담담한 시선을 통해 전해지는 『여울물 소리』의 깊이에 대해 말할 때가 된 것 같다.

이신통의 행적을 수소문하고 뒤따르던 연옥은 마침내 천지도(동학) 2대 신사를 모시고 관의 눈을 피해 임시 거처를 떠돌고 있던 정인과 어렵게 상봉하게 된다. 연옥의 어머니, 그러니까 장모의 안부를 묻는 이신통에게 연옥은 말한다. "돌아가셨어요. 작년에……" 그리고 이어지는 대목을 보자.

> 그때에 나는 그의 유일한 혈육인 자선이를 만난 얘기며 그가 광대로 떠돌 적에 함께 살았던 백화를 만난 얘기도 모두 가슴에 묻어두기로 결심했다. 나는 오래 참고 스스로 수행한 사람처럼 속내를 감추고 아무렇지도 않게 말했다.
>
> 팔도의 백성들이 다들 그렇게 죽는대요.(441~442쪽)

사실 연옥이 '가슴에 묻어두기로 한 이야기'에는 산기슭에 애장한 이름도 없는 아기의 죽음도 있다. 물론 이신통은 연옥이 자신의 아이를 가졌던 줄도 모른다. 이 개개의 이야기들을 누르고 마음에서 중단시킨 뒤, 연옥은 말한다. "팔도의 백성들이 다들 그렇게 죽는대요." 그러니까 여기에는 '사이' '중간'이 있다. 발화되지 않은 말과 발화된 말의 사이. 이 사이에는 이신통을 찾고 그리며 보낸 한 세월이 있는데, 거기에는 개인사의 시간과 시대의 시간이 뒤얽혀 있다. 그 뒤얽힘 안에서 인간의 마음, 뜻, 의지가 온전히 펼쳐지는 영역은 얼마나 될까. 받아들일 수 있는 것과 그렇지 않은 것은 또 무엇인가. 아마도 숱한 시간들이 이름도 없이 애장된 아기의 운명처럼 그렇게 가뭇없이 사라져갔을 것이다. 그렇게 기연과 불연을 향한 막막한 질문들이 있었기에 조선 팔도의 다른 운명들에 대해 이야기하는 연옥의 말은 추상적인 일반, 보편의 자리로 건너뛰는 것이 될 수 없다. 여기에는 연옥 자신의 기다림과 이신풍의 떠돎을 포함해서 당대 무명씨들 개개의 삶과 죽음을 어떻게든 껴안으려는 마음이 있다. 물론 그 껴안음이 온전한 것인지, 불연과 기연이 하나가 되는 자리로 갈 수 있는지 여부는 답을 얻을 수 있는 질문이 아니다. 아마도 그 시대의 연옥'들', 이신통'들' 역시 끝에서 두번째 세계의 주민들로 살다 갔으리라. 『여울물 소리』는 그 '어림셈'의 역사를 '이야기의 이야기'로 전하고 있을 뿐이다.

앞서도 이야기했듯 '대기실의 사유'는 일반자와 특수자의 이율배반과 함께 절대적이고 영원한 시간과 균질적이고 공허한 시간의 이율배반을 인정한다. 두 쌍의 대당은 어느 수준에서는 병렬공존할 수밖에 없다. 산간의 임시 처소에 이신통과 같이 있던 대행수 서일수는 집과 고향을 떠나 산하를 헤매고 다니는 숱한 사내들의 이야기를 전한 뒤, 진심을 담아 연옥을 위로한다. "언젠가 좋은 날이 오면 지금 고생을 옛말하듯 하면서 오순도순 사십시오." 다음은 이어지는 대목이다.

나는 아무 말도 하지 않았지만 속으로 묻고 있었다. 언제요, 그런 날이 언제 오는데요? 그러나 입 밖으로는 간신히 이렇게 말해버린다.

저에게는 오늘도 좋은 날입니다.(444쪽)

그렇다, '간신히 말하는 것이지만' 오늘도 좋은 날이다. '오늘'과 '언젠가'의 병렬공존. 그날 밤 연옥은 이신통의 팔베개를 베고 눕는다. 그러자 언젠가의 밤처럼 먼 데서 부엉이의 울음이 들린다. 그때 연옥은 부엉이의 울음에서 어떤 영원의 시간을 감지했을까. 알 수 없다. 그러나 하룻밤을 더 보낸 뒤 연옥은 떠날 결심을 한다. 이 대목에서 보이는 연옥의 마음은 깊고 깊다. 그래서는 아름답다.

내 생각에는 기왕에 사방으로 거처를 옮겨다니는 신사의 도소를 따라가지 못할 바에야 신통의 짐이 되어서는 안 되겠다는 것이었다. 불승들처럼 단칼에 마음의 집착을 확 베어낼 수야 없겠지만, 내 몸이 먼저 떠나면 마음은 타래에서 풀린 실처럼 서서히 따라오다가 모르는 결에 어디선가 툭 끊어져나가게 될 것 같았다. 혹시 누가 알까, 그이가 끊어진 실의 끄트머리를 잡고 내가 간 길을 되짚어 돌아오게 될지. 그이에게 역겨움을 주기보다 내 빈자리를 그의 곁에 남겨두고 싶었다.(450쪽)

여기에 무슨 말을 덧붙일 수 있겠는가. 다만 『여울물 소리』가 '이야기의 이야기'를 그 사유와 형식 모두에서 밀어붙이고 있다는 점을 거듭 환기하기로 하자. 그때 '이야기의 이야기'는 이신통에게서 연옥으로 이어지는 것일까, 아니면 그 역일까. 그 '이야기의 이야기'는 근대 여명기 떠돌이 이야기꾼의 자리에서 황석영이라는 근대소설의 작가의 자리로 이어지고 옮겨지는 것일까. 혹은 그 이야기꾼의 이름 없는 자리가 지금 이곳의 누군가를 불러내고 있는 것일까. 알 수 없다. 어떻든, 어디선가 그 양자를 잇는 실이 툭 끊어진다 하더라도—대개 그러하겠지만—그 끊어진 자리에서 누군가는 실의 끄트머리를 잡고 길을 되짚을지도 모른다. 끊어진 자리, 빈자리. 『여울물 소리』는 그 이름 없는 빈자리들을 향한 간곡한 호명이다.

3. 육신 혹은 늙음이라는 타자—복거일 장편소설 『내 몸 앞의 삶』

황석영이 한 세기 전 지나온 역사의 시간에서 미처 이야기되지 못한 진실의 틈새를 찾고 있다면, 복거일의 장편 『내 몸 앞의 삶』은 2049년부터 2074년에 걸쳐 있는 아직 오지 않은 역사의 시간에서 발화를 기다리는 인간의 이야기를 발굴해낸다. 게다가 소설의 공간 또한 분단된 반도의 북쪽, 조선인민공화국이다. 이러한 이색적인 상상력의 발동은 등단작인 대체역사소설 『비명을 찾아서』(1987)나, SF소설에 남다른 관심을 가져온 작가의 이력을 살필 때 자연스러운 것이기도 하다. 그런데 20세기 후반의 한반도가 여전히 일본의 식민 통치를 받고 있다는 가상의 역사를 전제하고 써내려간 『비명을 찾아서』가 그 '가상'을 의식하기 힘들 만큼 정교한 역사적 인과의 설정이나 정밀한 디테일의 구축을 통해 사실주의 소설로도 전혀 손색없는 세계를 보여주었던 것처럼, 이번 작품에서도 근미래의 북한을 그려나가는 복거일의 특별한 상상력은 소설의 사실적 실감을 거의 훼손하지 않으면서 작품이 말하고자 하는 바에 기여한다. 가령 소설에 등장하는 뇌이식을 통한 '육신교환술'은 'SF적 상상력'의 핵심이라 할 만한데, 이 믿기 힘든 이야기를 작가는 'SF적' 개연성이 아니라 통상의 소설적 사실주의의 개연성 속에 자연스럽게 안착시킨다. 작가가 지닌 이 방면의 해박한 지식이 이음새를 숨기는 데 기여하기도 했겠지만, 소설의 시작부터 충분히 그럴 법한 사실적 정황과 디테일들을 축적하며 근미래의 세상을 그려나간 정교한 서사의 논리와 리듬이 이러한 개연성을 크게 떠받치고 있음은 물론이다. 흔히 'SF적 상상력'의 전유는 손쉬운 알레고리적 장치에 그치기 쉬운데, 『내 몸 앞의 삶』이 투명하고 명징하게 자신의 서사와 소설적 전언을 밀어붙일 수 있었던 것도 이 같은 리얼리티의 장악 덕분일 것이다. 그렇다고는 하나 언제나 좋은 소설이 그러한 것처럼, 일견 명징해 보이는 이 소설 역시 겹의 의미층을 품고 있음은 물론이다. 어쨌든 이러한 소설적 설계 위에서 작가는 무엇을 말하려고 한 것인가.

복거일의 『내 몸 앞의 삶』은 엄청난 상실을 겪은 사내의 이야기인데, 소설이 시작되자마자 그 상실의 내용이 드러난다. 윤세인이라는 소설 화자 '나'는 스물다섯 해의 시간을 차압당한 뒤 이 소설에 등장한다. 소설의 설정에 따르면 윤세인이 함흥의 김정일혁명대학 영문과 1학년이었던 2049년 무렵 북한은 사실상 중국의 반식민지 상태였는데, 윤세인은 불법적인 독서 동아리 모임에 가담해 남조선 비밀 조직과 연계된 반중국 독립운동을 했다는 이유로 체포되어 7년 징역형에 무기 보호관찰에 처해진다. 그는 중국 시창 자치구 나그추라는 곳으로 보내져 '칭하이-시창 자치구 고속철도 운영 군단'이라는 일종의 죄수 군단에서 기약 없는 강제노동을 하던 중, 자유화의 바람을 탄 북한 정권의 조치로 25년 만에 석방된 것이다. 열아홉 살의 전도유망했던 청년은 이제 마흔넷의 중년이 되었다. 죄수 군단에 배치되었던 다른 동료들은 다 죽었다. 어쨌든 그는 살아남기는 한 것이다. 그러나 사실 그는 단지 살아남기만 했을 뿐, 너무 많은 것을 잃었다. 체포되었을 때 그는 함흥 김정일혁명대학교 영문과를 다니는 유망한 청년이었고, 부모님도 살아 계셨다. 소설이 진행되면서 이야기가 나오지만 동아리 선배인 두 살 연상의 박민히라는 연인도 있었다. 그가 시창 고원의 가혹한 겨울을 넘기며 살아남기 위해 버티는 동안 미래는 사라졌다. 부모님은 돌아가셨고, 그의 아이를 가졌던 연인은 미혼모로 지내다 다른 남자의 아내가 되었다. 어찌 보면 그 25년은 그의 삶 전체를 앗아간 것이다. 그의 동아리 활동이 다분히 대학 신입생의 지적 호기심에 의한 것이었고, 비밀 조직에 연루된 동아리의 실체도 알지 못했다는 점을 고려해본다면, 북한이라는 사회의 특수성을 감안하더라도 그가 받은 처벌과 시련은 너무도 과도하다. 이럴 때 억울함과 자기 연민의 수렁에 빠지지 않기는 어렵다. 그런데 석방되어 고향으로 돌아가는 열차 안에서 윤세인이라는 사내의 마음을 채우고 있는 것은 억울함이나 자기 연민이 아니라, 어쨌든 살아남았다는 자부심이며 이제라도 살날이 많이 남았다는 어떤 안도감이다. 그는 열차간에서 만난 초라한 행색의 노인에게 경멸 어린 동정을 느끼기까지 한다.

> 하긴 노인에 비기면 나에겐 살날이 많이 남아 있었다. 젊은 날을 이곳에서 강제 노동으로 보냈지만, 아직 몇십 년은 버틸 수 있었다. 내가 노인에 대해 경멸을 품은 것은 좀 부끄러운 일이지만 부자연스러운 일은 아니었다. 고국에서 나를 기다리는 삶이 봄날의 환한 꽃밭처럼 눈앞에 떠올랐다.(13쪽)

인용문에서 알 수 있듯, 그는 견결한 이성의 소유자다. 그는 노인에게 느낀 '경멸'이라는 뜻밖의 감정을 차분히 분석하고 있다. 이 견결한 이성의 인물은 어느 면 자기 연민과의 싸움을 이미 치러낸 뒤, 이 소설에 도착한 것처럼 보인다. 그렇다면 소설 속의 한 인물이 정확히 표현한 것처럼, 그는 "자기 연민이 없는 조용한 영웅"인 것인가. 이 대목에서 복거일 문학의 지난 행보를 돌아보면, '자기 연민과의 싸움'은 등단작 『비명을 찾아서』부터 거의 일관된 주제가 아니었던가 하는 생각이 든다. 『비명을 찾아서』는 식민지인이라는 자기 정체성을 자각한 한 지식인이 자기 모멸과 자기 연민을 떨치고 일어서는 이야기이며, 『마법성의 수호자, 나의 끼끗한 들깨』(2001) 역시 사랑과 젊음의 상실을 받아들이는 한 중년 사내의 정신적 고투의 기록이었다. 그 사내가 상실을 수용하면서 현세에서는 더이상 진행시킬 수 없는 사랑을 '천오백 년 뒤의 해후'로 마법의 성에 보존하고자 하는 대목은 참으로 아리다. 그 밖의 다른 작품에서도 비슷한 지점을 찾아내기는 어렵지 않다. 겉으로는 이미 그 싸움을 치러낸 것처럼 보이는 『내 몸 앞의 삶』의 윤세인 역시 여기서 예외는 아니다. 사실 그는 자기 연민과의 싸움을 끝낸 것이 아니다. 앞의 인용문에서 보듯 그는 수시로 이성의 불을 밝혀가며 그 싸움을 치르고 있다. 이번 소설에서 그 싸움의 양상에 차이가 있다면, 거기에 더 많은 절제와 견인(堅忍)이 동원되고 있다는 점이다. 시창 고원의 강제 노동에서 살아남은 윤세인은 스스로를 '운이 좋았다'고 말한다. 그러나 이 말이 하나의 역설임은 그 자신이 잘 안다. 그 살아남음은 그의 인생에서 '이반 데니소비치의 하루'일 뿐이다. 고국으로 돌아온 뒤 그는 계속 이렇게 되뇔 수밖에 없는 상황과 부딪친다. "이번에도 나는 운이 없었다." 그는 틈만 나면 자신에게 이른다. "불가능한 것은 불가능한 것이다. 받아들여야 할 것은 받아들여야 한다." 그러나 실은 어땠을까. "물론 효과는 없었다." 사실 이 두 평행선 사이에서 그가 설 곳은 없다. 한순간만 방심하면 그는 무너질 것이다. 자기 연민의 구렁텅이로. 이 평행선 사이에서 버티기. 이 소설에서 그 버티기를 문학적으로 수행하고 있는 것이 작가가 윤세인이라는 사내에게 준 더없이 명징하고 간결한 언어다. 그리고 그것은 단지 차갑기만 한 이성의 언어가 아니다. 거기에는 안간힘으로 막아내고 있는 욕망과 감정의 봇물이 있다. 가령 25년 만에 다시 만난 연인 앞에서 그는 느닷없이 욕정에 휩싸인다. 그것은 정확히 아랫도리, 그러니까 몸의 반응이다. 그러나 두 사람 사이에는 이제 '절벽'이 있다.

> 내 욕정이 문득 꺾였다. 아쉬움의 물결이 가슴을 시리게 씻었다. 그녀는 이제 내가 닿을 수 없는 곳에 있었다. 그녀는 내 여인이 될 수 없었다. (……) 내가 민히의 사랑을 내 것이라고 주장할 근거가 전혀 없다는 사실은 절벽처럼 내 앞에 서 있었다.(60쪽)

복거일 소설의 많은 주인공이 시인인 것처럼, 윤세인도 시인이다. 그는 강제 노동 기간 틈틈이 시를 써왔다. 『내 몸 앞의 삶』은 많은 부분에서 가혹한 산문적 현실을 시적인 견인불발의 언어로 견딘다.

윤세인은 존재조차 몰랐던 딸 신지의 결혼에 도움을 주기 위해 자신의 몸을 팔기로 결정한다. 마흔네 살 자신의 육신을 예순네 살 중국인의 몸과 바꾸기로 한 것이다(이 중국인은 그전에 육신교환 수술을 한 적이 있는 사람으로, 그때 그는 서른 살 조선인 젊은이의 몸을 샀다). 그리고 여기서부터 서사의 흐름이 급물살을 타면서 '자기 연민'의 테마는 '늙음' '몸'이라는 소설의 참주제로 육박해 들어간다. 표면적으로 이야기할 수 있는 상황의 아이러니는 "반중국 독립운동 혐의로 체포된 젊은이"가 "이제 중국의 늙은 부호에게 중년의 몸을 팔려 하고 있"다는 것이다. 그러나 여기서 윤세인에게 또 한번 엄청난 상실이 일어난다는 것이야말로 문제의 핵심이다. 육체교환은 뇌를 이식하는 방법으로 진행되는데, 한마디로 뇌와 몸이 분리되는 것이다. 그러니까 수술 후, "나는 육십사 세의 늙은이로 병원을 걸어 나올 터였다. 내 삶에서 스무 해가 문득 사라진 채." 다시 한번 20년이 사라진다. 그리고 윤세인의 뇌는 다른 사람의 몸과 결합된다. 자신의 몸을 잃고 낯설고 늙은 몸을 물려받는 것이다. 그렇다면 이때 다른 몸속의 '나'는 '나'인가. 기억과 정체성은 어디에 귀속되는가? 뇌인가, 몸인가? 얼핏 이 질문은 SF적 상상력이나 뇌과학, 생체과학의 영역에 속하는 듯 보인다. 실제 소설에서도 육신교환술을 중개하는 전세훈이라는 인물을 통해 그쪽의 논의를 소개하고 있기도 하다. 그러나 이것은 일종의 소설적 위장술이라 할 만한데, 기실 소설의 주인공 윤세인에게 닥친 두번째 상실의 서사는 정확히 '육신의 늙음'이라는 타자와 어떻게 대면할 것인가 하는 소설의 진짜 질문에 이르기 위한 우회였기 때문이다. 육십사 세 늙은이의 몸은 그러니까, 중국인 부자(원래는 조선의 어떤 젊은이)라는 '다른 사람'의 몸이 아니라 윤세인 그 자신에게 미구에 닥칠 '늙음'이라는 '타자'의 몸이 아니겠는가. 그렇게 본다면 '육신교환술'은 그저 인간 누구에게나 닥치는 '늙음'이라는 육체적 상실을 강력하게 유비하고 있을 가능성이 높다. 젊은 육신의 자리에서 본다면 '늙은 육신'은 너무도 낯설고 이질적인 '타자'다. 다시 말하자. 작가 복거일은 지금 자신의 늙어가는 육체와 싸우고 있는지도 모른다. 자기 연민과의 가장 힘든 싸움 말이다. 소설의 주인공 윤세인이 겪는 모든 상실의 서사가 결국 이르는 곳, 거기에 늙은 육신의 이야기가 있다.

자, 마지막 질문을 할 때가 되었다. 그렇다면 늙은 육신이라는 그 낯선 타자를 바라보는 '나'의 의식과 기억은 어디에 있어야 하는가. 그가 원래 속해 있던 젊은 몸인가, 아니면 새롭게 입게 된 늙은 몸인가. 육십사 세의 늙은이가 된 윤세인은 이제 '리진효'라는 새 이름으로 해주에 마련된 거처에서 노년의 삶을 살게 될 것이다. 그는 해주로 내려가기 전 마지막으로 자신의 몸의 원주인에 대해 알고 싶다고 생각한다. 그는 중개인인 전세훈에게 말한다. "사람의 몸은 나름의 내력과 기억이 있고 그것을 물려받은 사람은 그런 내력과 기억을 존중해야 하지 않을까요?" 그 몸 주인의 고향은 함북 김책시이고, 그곳에는 젊은 날 집을 떠난 남편을 기다리며 혼자 살아가고 있는 늙은 아내가 있다. 주소를 들고 김책시에 도착한 윤세인은 어느 골목에서 텃밭에 물을 주고 있는 늙은 여인을 본다. 그때 문득 어떤 느낌이 인다. 두 사람이 만나는 장면이다.

> 내 마음 뒤쪽에서 다급한 목소리가 거세게 속삭였다. 빨리 여기를 떠나야 한다고. 그녀 눈에 뜨이기 전에 떠나야 한다고. 그러나 내 몸은 그 말이 들리지 않는 듯했다. (……) 엄청난 힘으로 내 몸을 끌어당기는 듯한 무엇에 끌려 내가 길을 반쯤 걸었을 때, 그녀가 문득 허리를 펴면서 돌아보았다. 그녀가 그대로 얼어붙었다. (……) 원시적인 무엇이, 뜨겁고 강렬한 무엇이, 내 살을 가득 채웠다.

"당신이, 당신이, 당신이……" 그녀가 내 벌린 팔 안으로 달려들었다. 아득해지는 정신 속으로 생각 한 줄기가 스쳤다, '다 운명이다.'(209쪽)

이 '운명'의 수락은 진정 느껍고 아름답다. 여기에는 길고 긴 자기 연민과의 싸움 끝에 '조용한 영웅'에 이른 한 인간의 감동적인 행로가 있다. 이 선택 혹은 이끌림이 옳은지 그른지는 아무도 모른다. '운명'이라는 말밖에는 할 수 없는 지점. 어떤 중단의 지점. 작가 복거일은 젊음과 늙음 사이의 상실을 사유하면서, 우리 안의 가장 힘든 타자와 대면한다. 이때 의식과 몸, 기억과 몸의 이분법적 대당은 생체적 진실을 넘어 인간 진실의 틈새와 만난다. 이것은 아마도 '대기실의 사유' '끝에서 두번째 세계'의 이야기일 것이다.

(『문학선』 2013년 봄호)

‘다른 세상’에 대한 물음
—‘창비적 독법’과 리얼리즘론

1. ‘창비적 독법’과 리얼리즘론

‘창비적 독법’이란 존재하는 것일까. 물어놓고 보니 우문 같다. 1966년 창간되어 50년 가까운 세월을 이어온 계간 『창작과비평』의 존재감이나 지속적 영향력을 ‘창비’가 일구고 지켜온 문학론이나 현실에 대한 태도와 분리시켜 생각한다는 것은 불가능할 테다. 위기의 민족현실에 대한 온당한 인식과 실천적 관심을 촉구하며 출발한 창비의 ‘민족문학론’이 한국문학의 주체적 시야를 정립하는 간단치 않은 과제를 감당하는 가운데 한국문학의 내적 긴장과 민중적 활력을 파수하고 북돋았음은 두루 아는 이야기다. 그것은 문학의 이름으로 수행된, 인간다운 삶의 실현을 가로막는 세력과의 역사적 싸움의 도정이었다. 창비의 문학관에 동의하건 동의하지 않건 간에, 이 사실을 부인할 사람은 없을 것 같다. 창비의 민족문학론은 문학 내적으로는 ‘리얼리즘론’으로 구체화되고, 현실인식의 차원에서는 ‘분단체제론’으로 깊이와 폭을 넓히면서 비단 문학의 영역에 국한되지 않는 실천이론으로 한국사회의 진로 모색에 중요한 방향타 역할을 해왔다. 그것은 아마도 문학의 사회성을 ‘근원적 진리’의 자리에서 사유하고 점검해온 가장 뜨겁고 치밀한 비평담론이 아니었을까. 그러나 '인간해방'이나 '역사발전' 같은 대의에 대한 회의가 유행처럼 번진 90년대를 지나 2000년대로 넘어오면서 한국사회뿐 아니라 한국문학의 창작 현실에도 많은 변화가 있었으며(그 변화가 집단/개인, 이념/탈이념, 해방적 정치/욕망 등등의 손쉬운 이항구도의 일방적 진행으로 설명될 수 있는 것은 아니었다 하더라도), 그런 변화에 맞선 민족문학론의 이론적, 실천적 대응력에 의문이 제기된 것도 사실이다. 근자에 와선 창비 내부의 문학담론에서조차 '민족문학'이란 단어를 보기가 쉽지 않다. 그러나 민족문학론을 제기하고 그것을 여전한 문학적 역사적 실천의 과제로 삼는 문제의식에 변화가 있는 것 같지는 않다.

90년대 중반 이후로는 처음부터 민족문학론의 핵심적 관심사이던 한반도 분단의 현실을 '분단체제'라는 관점에서 이해하는 노력이 성숙해감에 따라, '민족문학'이라는 틀이 '문학이란 무엇인가'라는 물음을 실행하는 데 제약이 많다는 인식이 커지게 되었다. 분단체제의 극복이 '민족문제'임은 분명하지만 동시에 세계체제 변혁작업의 일환이요, 또한 남한사회 내부의 딱히 '민족적'이랄 수만은 없는 여러 모순들을 해결하는 개혁과 직결된 사업이니만큼, 민족문학론의 일정한 상대화가 불가피해진 것이다. 하지만 이는 애초 민족문학론을 제기할 때의 초심을 견지한 데 불과하며, 민족문학의 깃발이 전면에 나부끼지 않는다고 비통해할 이유도 없고, '문학이란 무엇인가'라는 물음과 더불어 "역사를 묻고 역사에 대한 스스로의 책임을" 동시에 묻고자 하는 민족문학론의 초심마저 버리라고 다그치는 것도 우스운 짓이다.[1)]

1) 백낙청, 「문학이 무엇인지 다시 묻는 일」, 『문학이 무엇인지 다시 묻는 일—민족문학과 세계문학 5』, 창비, 2011, 40쪽.

사실 민족문학론이 하나의 이론이기에 앞서 문학과 역사를 대하는 실천적 자세와 태도의 문제라는 점을 상기한다면, '민족문학의 깃발'이 전면에서 나부끼느냐 그렇지 않느냐 하는 것은 부차적일 수밖에 없을 테다. 인용문에서 '민족문학론의 초심'으로 표현된 물음("'문학이란 무엇인가'라는 물음과 더불어 "역사를 묻고 역사에 대한 스스로의 책임을" 동시에 묻고자 하는")은 '동시에'라는 표현이 말해주듯 하나의 물음이라고 보아도 무방하다. 적어도 1966년 『창비』 창간호 권두논문 「새로운 창작과 비평의 자세」 이래로 창비 문학론의 실질적 대표자인 백낙청의 비평에서 이 두 물음을 하나의 물음으로 '동시에' 묻는 일은 중단된 적이 없는 듯하다. 그리고 이미 여러 평자들이 지적했지만, 여기에 '민족문학론'조차 방편으로 만드는 창비(정확히는 백낙청) 문학론의 핵심이 있는 것 같다. 그 문학론은 인간해방으로 나아가는 역사 창조의 도정과 문학의 길이 다르지 않다는 신념을 바탕으로, 그 하나의 길을 표현하고 드러내고 창조하는 '진리'의 자리를 참된 문학예술의 몫으로 생각하는 데서 출발한다. 그런 만큼 '역사적 인간'과 '시적 인간'의 근원적인 동질성이 천명되고, "진정한 시의 새로움은 곧 역사의 새로움"[2)]이 된다. 소외의 표현에서 이룬 나름의 예술적 업적에도 불구하고 역사에 대한 일정한 체념과 퇴각, '삶에 대한 뿌리깊은 불신과 두려움'을 기초로 하고 있는 모더니즘이 대결과 극복의 대상이 될 수밖에 없는 이유도 여기에 있다. 그렇다고 해서 종래 서구의 리얼리즘론이 쉽게 따라야 할 길이 되지도 않는다. 객관현실의 미학적 반영을 강조한 루카치(G. Lukács)의 리얼리즘론은 서구 형이상학의 한계를 벗어나지 못한 '관념적 실체론'의 약점을 드러낸 것으로 비판되는데, '진리의 구현'이라는 '시적 창조'의 과정이 빠져 있기 때문이다.

---

2) 백낙청, 「역사적 인간과 시적 인간」, 『민족문학과 세계문학』, 창작과비평사, 1978, 193쪽.

리얼리즘이 (……) 독자적 명칭을 요구하는 근거가 바로, 인간의 세계는 '현실'로서 인간이 체험하는 그것 이외에 따로 없지만 이 현실의 정확한 인식은 '시적' 창조의 과정에서만 가능하며 따라서 진정한 '사실성'에는 이상주의가 가세할 필요도 없이 자동적으로 비이상주의적이며 철저히 현실적인 전투성이 주어진다는 세계인식이 그것이다.[3)]

여기서 "'시적' 창조의 과정에서만 가능한" "현실의 정확한 인식"이 곧 '진리'의 드러냄(드러남)과 구현일 텐데, 지식(알음알이)과 본질적으로 구별되는 '근원적 진리'의 자리를 상정하고 그 진리의 구현에서 '시적' 차원의 계기를 강조한다는 점은 백낙청 문학론의 중핵이라 할 만하다. 후에 '시의 경지'로 더 많이 표현되는 이 진리의 자리는, 로런스(D. H. Lawrence)의 소설관을 이야기하면서 소개한 'being'의 차원[4)]과도 맥을 같이하는 듯하다. 그러므로 그러한 차원에 미달해 있는 한에서는 "사회적·역사적 총체성을 강조하는 루카치의 사상도 삶의 진실에서 한걸음 물러서 있는 셈이 된다".[5)] 그런데 그 차원이 "실존의 과정에서 도달하지만 도달하는 그 순간 이미 실존의 차원, 유·무의 차원에서 벗어나 있는 것"이라고 한다면, 동양적 '도(道)'의 깨침이나 종교적 각성의 순간과 방불한 것일 테다. 기실 '사람이면 누구나 타고나는 본마음' '양심(良心)과 양지(良知)'의 차원에서 역사와 문학의 문제를 사유한 것은 백낙청 문학론의 일관된 입장이었다. 이 점에서 초기 평론의 한 각주[6)]는 시사하는 바

3) 백낙청, 「리얼리즘에 관하여」, 『민족문학과 세계문학 II』, 창작과비평사, 1985, 373쪽.

4) "로런스의 being이란, 사람이든 또는 다른 무엇이든, 사람답게 또는 다른 무엇답게 그것임의 경지를 뜻하는바, 그 경지는 실존의 과정에서 도달되지만 도달되는 그 순간 이미 실존의 차원, 유·무의 차원에서 벗어나 있는 것이다." 백낙청, 「D. H. 로런스의 소설관」(1977), 『인간해방의 논리를 찾아서—민족문학과 세계문학 1』, 창비, 2011, 279쪽.

5) 백낙청, 같은 글.

6) 백낙청, 「역사적 인간과 시적 인간」, 같은 책, 170쪽.

가 많다. 이 각주는 '존재'라는 추상화된 개념이 아니라 인간의 가장 보편적이면서도 구체적인 체험을 뜻하는 것으로서 독일어 'Sein(이다-있다)'을 서구 형이상학의 망각과 소외의 역사로부터 구해내려 한 하이데거(M. Heidegger)의 철학을 소개하는 가운데, 'Sein'의 역어로 '임'을 선택하게 된 이유를 설명하고 있다. 그러면서 다음과 같이 말한다. "여기서 '임'이라는 낱말이 최선의 번역이 못 될지는 몰라도, 종전의 존재론과 사물관을 그대로 담은 '존재'라는 말을 경계해야 할 필요성은 이 글의 논리전개를 위해 긴요한 것이다." 당시로서는 자명하게 받아들여지던 서구 형이상학의 시각을 비판적으로 극복하려는 의지가 핵심 개념어를 둘러싼 고심에 뚜렷하다. 분명한 것은 백낙청의 문학론이 과학과 이성, 계몽의 신화 위에 구축된 근대 서양의 지배적 진리관을 비판하고 그것과는 다른 차원의 진리관[7]을 모색하는 작업과 하나로 이어져 있다는 점이다.

그 진리관을 제대로 간추릴 능력은 없지만, 요체는 진리란 객관적 대상적 인식으로 주어지는 것이 아니라 인간의 창조적 실천 과정에서 그때그때 '드러나고' '이룩된다'는 생각이 아닌가 한다. 그런데 여기서 인간의 창조적 실천은 역사발전이라는 목적론적 대의에 봉사하는 것이라기보다는, 그것이 '사람이면 누구나 타고나는 본마음' '양심(良心)과 양지(良知)'를 통해서 일어나는 일인 한 자연스럽게 역사발전(인간해방)의 흐름으로 나아갈 수밖에 없다고 본다. 그리고 이 과정에서 일정한 한계를 지니는 서양 근대의 진리관, 과학적 진실(지식)의 범주는 (단순히 부정되고 폐기되는 것이 아니라) 바로 그 창조적 실천의 장에서 드러나고 이룩되는 '근원

---

7) 백낙청의 진리관을 이해하는 데는 다음 두 글이 도움이 된다. 김영희, 「진리와 이중과제—백낙청의 과학과 예술 논의를 중심으로」, 『지구화 시대의 영문학』, 설준규 · 김명환 엮음, 창비, 2004; 김명환, 「리얼리즘, 인간해방과 진리구현의 역사적 싸움—백낙청 리얼리즘론의 이해를 위하여」, 같은 책.

적 진리' 속으로 지양되고 합류되어야 한다는 것이다. 여기서 가장 쟁점이 될 수밖에 없는 게 '본마음'에 대한 물음일 텐데, 기본적으로는 삶의 도리와 관계된 만인공유의 인간적 바탕이면서도 좀더 구체적으로는 기왕의 역사전개에서 확인된 다수 민중의 각성된 의식을 가리킨다고 보아야 하겠다. 그러나 그런 마음의 바탕조차도 근원적 진리가 드러나는 역사적 실천의 장과 분리되어 존재할 수 없는 것이고 보면, 결국 하나의 고정된 실체라기보다는 구체적 실천 속에서 확인되고 생성되는 것인 듯하다.[8] 인간과 역사에 대한 강력한 믿음을 바탕으로 하는 진리관인 셈이다. 물론 '근원적 진리'가 또다른 형이상학적 위계의 설정은 아닌지, 동양적 관념론의 한계를 진정 넘어서고 있는지 등등 다양한 의문이 제기될 수 있는 대목이다. 그러나 여기서 그에 대한 면밀한 이론적 검토를 수행할 능력도 없거니와, 애당초 '전통적인 형이상학의 테두리'에서 해결되지 않는 '진리'에 대한 물음이란 근대과학의 이론적 검증만으로는 해결될 수 없는 지점을 품고 있다고 보아야 하지 싶다. 그것은 어쩌면 이론에 앞선(혹은 이론을 넘어선) 존재적 실감, 신념의 문제인지도 모른다. "근원적인 진리를 인식의 정확성이 아니라 우리가 끊임없이 물으며 걸어야 할 '길'로"[9] 비유하게 되는 것도 그래서일 것이다.

그리고 이러한 근원적 진리의 모색과 관련해서 문학예술이 중요한 몫을 담당한다는 생각이 백낙청 문학론의 또다른 핵심임은 잘 알려진 대로다. 사실 개념적 언어나 명제적 진술로 제시될 수 없는 것이 근원적 진리라 한다면, 그것이 문학예술의 형태로 표현되고 체험된다고 보는 것은 자

---

8) 그렇다고 해서 백낙청의 진리관이 진리와 인간의 역사적 실천 사이의 변증법에 만족하는 것은 아니다. 백낙청은 초월적인 진리가 부정된 자리에서도 진리에 대한 물음은 남는다고 본다. "인간의 실천이 진리를 만든다고 할 때일수록 실천이 진리에 근거할 필요 또한 절실해진다." 백낙청, 「작품 · 실천 · 진리」, 『민족문학의 새 단계—민족문학과 세계문학 3』, 창작과비평사, 1990, 372쪽.

9) 백낙청, 같은 글, 374쪽.

연스럽다. 백낙청은 과학적 진실보다 예술적 진리가 우위에 있다는 점을 살핀 뒤, 문학예술이 그 자체로 탁월한 진리 탐구의 양식임을 밝힌다. 그렇게 해서 "최고의 예술에서 우리가 얻는 기쁨"은 "단순히 '심미적' 쾌락이라거나 개인적인 감동이 아니고 바로 '진리'를 깨닫고 '도'에 이르는 순간과도 견줄 바 있는 것"[10)]이 된다. 이것은 백낙청의 리얼리즘론이 최상의 예술적 창조가 이룩되는 '시의 경지'를 이야기할 수밖에 없는 이유이기도 할 터이다. 가령 세부의 진실성과 전형성의 구축을 통해 현실반영의 미학적 충실성을 따지는 종래의 리얼리즘론에서는 객관적 현실인식의 층위를 넘어서는 '근원적 진리'의 차원은 건드릴 방법이 없다. 따라서 객관적 총체적 현실인식을 아우르고 관통하는 "투철한 참여정신과 엄정한 객관정신이 조화롭게 결합된 지공무사의 경지" "참된 의미의 중도(中道)" "사무사(思無邪)의 경지"[11)]가 예술적 창조의 관건이 된다. 한 편의 시도 그러하지만, 소설의 경우도 궁극적으로는 이러한 경지가 예술적으로 구현되는 '시의 경지'에 이를 때만 '근원적 진리'의 드러남에 기여한다는 생각인 것이다.

그런데 다양한 이론들과의 비판적 대화를 거친 치밀한 이론적 실천적 모색의 산물이라는 점을 모르는 바는 아니나, 백낙청 문학론의 난점은 '근원적 진리'나 '시의 경지'라는 말에 압축되어 있는 것처럼 그 자체로는 명료하게 설명되기 어려운 지점을 포함하고 있다는 사실에서 비롯된다. 기실 인식과 실천이 하나인 '깨달음'이라는 높은 수준의 인간 행위를 상정하는 순간, 이 '곤혹'은 예비된 것이라고 할 수 있다. 더군다나 이 진리와 깨달음의 영역을 문학이 감당할 수 있는가 하는 물음으로 넘어오면 당

10) 백낙청, 같은 글, 374쪽.

11) 백낙청, 「시와 리얼리즘에 관한 단상」, 『통일시대 한국문학의 보람—민족문학과 세계문학 4』, 창비, 2006, 427쪽.

장의 회의적인 시각을 이겨내기가 그리 쉽지 않아 보인다.[12] 회의적인 시각의 뿌리를 서구 형이상학의 한계나 모더니즘과 포스트모더니즘 등이 암암리에 조성해온 왜소하고 패배적인 문학이념에서 찾는다고 해서 문제가 쉽게 해결될 것 같지는 않다. 최근 한국문학 비평에서 쉽게 발견할 수 있는 키워드 중 하나가 '실패' 혹은 '불가능'이 아닌가 하는데, 여기에 유행하는 서구 담론의 영향이 없는 것은 아니겠지만, 그보다는 한국문학의 현장에서 나름 하나의 실감을 통해 구체화되어온 문학과 현실에 대한 중대한 태도 변화가 있는 것 같다. 백낙청 문학론에서 말하는 '근원적 진리'가 인간의 본마음이나 역사발전에 대한 믿음과 강력하게 결합되어 있다면, 적어도 그런 차원의 '대문자 진리'의 추구는 더이상 가능하지 않다는 생각이 그것일 테다. 그리고 그럴 때 문학은 가능성의 자리가 아니라 불가능성, 혹은 실패의 자리에서 드러나는 '진실'에 충실함으로써(이 '진실'은 오인이나 오작동 혹은 뒤틀린 증상으로 드러나기 십상이어서 이에 대한 미학적 정신분석학적 해명이 비평의 관건으로 떠오른다) 역설(아이러니)의 방식으로(만) 기왕의 세계현실이 강요하는 것과 다른 시선, 다른 목소리를 발견할 수 있다고 보는 듯하다. 이것은 그저 정신분석학 담론의 위세를 업은 모더니즘적 문학이념의 회귀에 불과한 것일까. 이 문제에 관한 한, 그것이 회통(會通)이든 흡수든 극복이든 리얼리즘과 모더니즘의 대립 구도가 생산적인 논법이 아님은 이미 여러 차례의 논쟁에서 확인된 바 있다. 그렇다고 해서 필자에게 별다른 관점이나 준비된 방법이 있는 것도 아니다. 구체적인 작품을 놓고 전개된 비평의 언어를 통해 이른바 '창비적 독법'을 대표하는 백낙청 문학론의 실질적 양상을 알아보고, 최근 강력한 흐름을 이루고 있는 또다른 '비평적 독법'과의 차이를 생각해보고자 한다.

---

12) '최상의 예술'이라는 전제에서도 확인되는 것이지만, 이것은 결국 하나의 이념형적 모델에 가까운 것이 아닌가 한다. 작품을 읽고 받아들이는 독자에게도 '사무사'에 방불한 열린 마음이 요구된다는 점을 생각해볼 때 그 도달의 어려움은 배가되는 듯하다.

2. 리얼리즘론의 현재성—'2교시'의 가능성에 대한 물음

연전에 있었던 한 대담[13]에서 이야기를 시작해보자. 박민규 소설에 대한 백낙청의 애정 어린 독법을 두고 대담자인 황종연은 이렇게 말한다. "박민규 소설처럼 사실주의의 기율을 고의로 저버린 작품을 흥미와 애정을 가지고 읽고 있는, 더욱이 거기서 시적 기법을 발견하는 백낙청의 독법이 내겐 조금 신기하기까지 했다. 비평가로서 그의 감각이 내가 평소 짐작하던 것 이상으로 유연하고 활달하다는 것을 인정하지 않을 수 없었다."[14] 아마도 이것은 이른바 '창비적 독법'에 대한 외부의 시선을 거의 표준적으로 보여주는 언급이 아닐까 한다. 그런데 앞서도 부분적으로 소개했지만 백낙청은 자신의 리얼리즘론이 사실주의를 넘어서서 모더니즘조차 비판적으로 극복한, 심화된 리얼리즘의 재구성임을 여러 차례 밝힌 바 있다. 이것은 일종의 '이중과제론'으로 설명된다.

> 백낙청은 사실적 인식의 중요성을 강조하면서도 그것이 결코 예술적 창조성의 핵심은 될 수 없음을 분명히 못박는다. 자연주의는 물론이고 사실주의와도 구별되는 리얼리즘을 주창해온 것도 바로 이런 인식에서이며, 기왕의 리얼리즘 문예론의 근간인 반영론을 한편으로 끌어안으면서 궁극적으로 넘어서는 일종의 '이중과제'를 리얼리즘론 갱신의 관건으로 삼은 것도 마찬가지다. 물론, 반영은 예술의 핵심이 아니라는 것과, 그럼에도 불구하고 역시 중요한 요소이기도 하다는 한 쌍의 명제 중 어디에 역점을 둘지는 주어진 역사적·문화적 맥락과 과제에 따라 달라진다. 모더니즘에 맞서 리얼리즘을 옹호하는 일이 시급했던 70년대의 상황에서는 반영의 중요성에 좀더 방점을 찍었다면, 다양한 리얼리즘론이 각축한 80년대 이후로는

13) 백낙청·황종연, 「무엇이 한국문학의 보람인가—문학평론가 백낙청과의 대화」, 『창작과비평』 2006년 봄호.

14) 같은 글, 『백낙청 회화록 5』에 재수록, 창비, 2007, 263쪽.

반영론의 극복에 더 무게를 두어왔다. 리얼리즘의 근본적 갱신이 필요하다는 생각은 그에게 처음부터 분명했지만, 근자에 올수록 그런 지향이 더욱 전면화되고 있는 것이다.[15)]

그런데 이론적으로는 명료하게 정리되지만, 외부에서는 끝없는 오해와 시비의 대상이 되는 이유가 '리얼리즘'이라는 용어를 둘러싼 혼란 때문만은 아닐 것이다. '리얼리즘의 갱신'을 일반이론의 차원에서가 아니라 한국문학의 현장과 밀착된 구체적 작품비평을 통해 검토하고 모색하는 과정이 그다지 충분치 못했던 것도 중요한 이유일 수 있다. 그런 맥락에서도 일견 리얼리즘적 전통에서 멀리 떨어져 있는 것처럼 보이는 박민규 소설을 백낙청이 높이 평가하고,[16)] 『핑퐁』과 『죽은 왕녀를 위한 파반느』에 대한 작품비평(본격적인 작품론은 아니지만)에서 자신의 '독법'을 보여준 대목은 살펴볼 필요가 있을 듯하다.

사실 2000년대 한국소설의 현장에서 박민규 소설이 그 특이한 어법과 문체, 혼종적 상상력을 통해 성취해낸 소설적 모험의 활력에 대해 이의를 다는 평론가는 없는 것 같다. 그러나 좀더 구체적인 지점으로 들어가면 박민규 소설만큼 그 평가가 엇갈리는 경우도 드물지 않나 싶다. 앞서 인용한 대담에서만 해도 박민규의 단편들이 긴밀한 "언어적 표현의 연쇄를 통해 작품의 짜임새를 갖"는다거나 "좋은 시에서와 같은 굉장한 언어의 에너지"를 통해 "현실에 대한 일깨움을 준다"는 백낙청의 평가에 대해 황종연은 의견을 달리한다. "박민규 소설은, 특히 단편은 양식상으로 보면

15) 김영희, 「진리와 이중과제」, 같은 책, 135~136쪽.

16) "박민규의 경우는 『삼미 슈퍼스타즈의 마지막 팬클럽』(한겨레출판, 2003), 『지구영웅전설』(문학동네, 2003) 그리고 『핑퐁』(창비, 2006)이 모두 문제작들인데, 『죽은 왕녀를 위한 파반느』(예담, 2009)는 더욱 원숙한 경지에 이른 걸작이라고 생각한다." 백낙청, 「우리 시대 한국문학의 활력과 빈곤」, 『문학이 무엇인지 다시 묻는 일』, 창비, 2011, 139~140쪽.

한마디로 우화가 아닐까? 어떤 현실의 그럴듯한 가상을 만들어야 한다는 압력에서 자유로운, 그러면서 재미와 교훈을 주려고 재치를 발휘한 이야기가 그의 단편의 특징 아닐까? 어떤 경우 박민규 단편은 내게 대중소비사회의 이솝우화처럼 보인다." 박민규 단편을 우화로 보느냐 그렇지 않느냐는 별도의 문제이겠지만, '재미'와 '교훈', 그리고 '재치'라는 표현에는 일정한 가치 평가가 담겨 있다고 보아야 한다. 특히 '교훈'은 박민규 단편의 '우화'적 특성을 강조하기 위한 수사적 표현일 수도 있겠지만, 어쨌든 제대로 된 문학작품이라면 일차적으로 피해야 할 상투성의 다른 이름이라는 점에서 꽤 부정적인 평가를 담고 있는 셈이다. 이에 대해 백낙청은 박민규 소설을 교훈과 연결 짓는 시각에 동의하지 않는다고 하면서 박민규 소설이 '이야기 위주의 구성'이 아니라는 점을 지적한다. 그런 만큼 줄거리나 메시지를 '요약하기'가 어렵다는 것인데, 소설을 짜나가는 기법이 기본적으로 '시의 특성'을 가지고 있다는 점을 다시 한번 강조한다. 흥미로운 대립각이라고 생각된다. 박민규 소설이 언어의 연쇄, 비유의 연쇄를 이용하여 독특한 소설적 효과를 발생시킨다는 점은 잘 알려진 사실이다. 그런데 한쪽은 이 독특한 언어 운용술이나 기법에 그다지 높은 점수를 주지 않고 오히려 소설이 어떤 메시지로 쉽게 요약되고 환원되는 측면이 있다고 보는 반면, 다른 한쪽은 바로 그 기법으로 말미암아 그 같은 요약과 환원을 어렵게 만드는 소설의 복합적 층위가 생성되고 있다고 보고 있기 때문이다. 여기서 그 소설언어의 운용을 '시의 특성'과 관련지어 설명하는 백낙청의 독법이 궁극적으로는 '시의 경지'에서 일어나는 예술적 창조성을 통해 재현이나 반영의 한계를 넘어서는 '리얼리즘론'과 어떤 접점을 가지고 있는지도 모르겠다는 생각은 들지만, 짧은 대담의 내용만으로 예단하기는 어렵다.[17] 전위적 소설 미학에 좀더 개방적인 문학관을 가

17) 물론 한 소설작품에서 '언어의 시적 사용'이 두드러진다고 해서 그것이 '시의 경지'와 직접 연결될 수 있다는 의미는 아니다.

지고 있는 것으로 알려진 황종연이 대중문화나 여타 하위 장르의 키치적 이질적 상상력을 독특하게 변형하고 재구성하면서 번져나가는 박민규 소설언어의 운용에 박한 평가를 내리는 이유에 대해서도 제한적인 대담의 발언만으로는 더 살피기가 쉽지 않다. 그런데 언어의 연상작용을 교묘하게 활용하면서 황당한 비약처럼 보이는 서사의 흐름에 나름의 내적 긴장을 확보하고 곁가지 서사의 자유를 방치하는 듯하면서 조율하는 박민규식 소설 기법은 그 적절한 통제의 수준을 놓칠 때 언제든 언어유희적 재담에 그칠 위험을 안고 있다. 성공적인 작품에서는 백낙청이 언어의 '시적 사용'이라고 부른 측면이 최대한 확보되면서 소설의 다층적 울림을 만들어내는 반면, 그렇지 않을 때 소설의 알레고리적 양상이 확대되고 '재치'와 '교훈' 수준에 머무는 것으로 보인다. 박민규 소설의 '은유적 단일 코드'가 노출하는 문제점에 대해 그간 여러 비판적 접근들이 있었던 것도 그 때문이 아닌가 한다.[18]

백낙청 역시 이러한 문제를 간과하고 있는 것 같지는 않다. 가령 『핑퐁』에 대해 "반면에 그런 기본적인 건강성에도 불구하고 '2교시'에 대한 탐구에 치열성이 부족하기 때문에 '1교시'를 서술하는 과정에서도 다분히 습관화된 재담으로 흐르는 대목이 있다는 비판도 가능할 것이다"[19]라고 말하는데, 여기서 '다분히 습관화된 재담으로 흐르는 대목'은 일차적으로 언어의 '시적 사용'이 실패한 지점을 가리킨다고 보아야 할 테니까

18) 김영찬, 「개복치 우주(소설)론과 일 인용 너구리 소설 사용법—박민규론」, 『비평극장의 유령들』, 창비, 2006; 신형철, 「만유인력의 소설학—김영하, 강영숙, 박민규의 장편을 통해 본 '소설과 현실'」, 『몰락의 에티카』, 문학동네, 2008; 권희철, 「아름다운 영혼이여, 안녕!—박민규론」, 『당신의 얼굴이 되어라』, 문학동네, 2013 등 참조. 특히 뒤의 두 글은 박민규 소설에서 이원론적 대립구도의 단순성을 비판적으로 독해하는데, 거기서 어떤 '종교성'의 측면을 감지한다는 점이 인상적이다.

19) 백낙청, 「문학이 무엇인지 다시 묻는 일」, 『문학이 무엇인지 다시 묻는 일』, 창비, 2011, 59쪽. 이하 『핑퐁』에 대한 백낙청의 언급은 같은 글에서 가져온다.

말이다.[20] 한 작가의 작품 세계를 어떤 '단일한 비평적 코드'로 정리하고 평가하는 일이야말로 백낙청 비평이 극구 피해온 일이기도 한데, 문학에 대한 물음을 '개별 작품에 대한 개별 독자의 반응을 토대로 진행해야 한다'는 그의 지론에 따르더라도 한 작가의 작품들 역시 그 개별적 성취를 낱낱이 따지는 일이 우선될 수밖에 없겠다. 그러나 이 대목에서조차 그러한 소설적 성취의 미흡을 "'2교시'에 대한 탐구에 치열성이 부족"한 데서 찾는 점에서 그 자신의 비평적 입장을 선명히 한다. 사실 이 '2교시'의 문제는 백낙청의 『핑퐁』 평가에서 이중의 날이기도 하다. '은유적 단일 코드'로서 『핑퐁』의 '탁구계'가 소설의 질문을 단순화해버렸다는 일각의 비판에 대해 백낙청의 의견은 다른 것 같다. "탁구로 대표되는 공상적인 세계는 알레고리나 상징이라기보다 소설의 주제를 추동해가는 일종의 수사적 장치"라는 것이다. "현존하는 인류의 세계—'못'과 '모아이' 두 중학생 입장에서는 왕따와 폭력배에 의한 일상적 구타 및 갈취 그리고 무의미한 공부에 시달리는 학교생활에 더해 '다수인 척'하며 살아가는 다수 인간들의 절망적인 이 세계—에 숨통을 열어주고 다른 가능성을 생각하게 해주는 하나의 방편일 뿐이다."(55~56쪽) 한 '쎄트' 왕따인 '못'과 '모아이'가 치수 패거리로부터 늘 두드려맞던 학교 뒷산 근처의 벌판에서 우연히 발견한 게 탁구대다. '탁구계'라는 황당무계한 공상의 입구인 셈인데, '못'과 '모아이'가 처한 절망의 무게로부터 이어지는 '생략된' 연상을 감안하고 보면 그 '방편'의 의미가 오히려 더 절실하게 다가오는 측면이 있다. 그러기에 치수의 심부름으로 치수의 여자친구인 마리의 집에 들렀다 겪는 곤혹스런 상황에서 뜬금없이 "탁구를 쳐야 해"(작은 글씨체로 되어 있다)라는 말을 내뱉고, 그 직후 '2교시'가 한창일 학교로 돌아가는 버스를 기다리며 "행복할 수, 있을까? 인류에게도 2교시란 게 있을까" 하고 물을 때,

20) 단편에서도 성취의 편차가 있을 수 있으나 아무래도 기법의 특성상 박민규 소설은 장편에서 이러한 실패를 야기할 가능성이 높은 것 같다.

그 질문에 우리도 깊이 동참할 수 있게 된다. 적어도 이 질문의 무게를 제대로 사주었다는 점에서("정작 중요한 것은 바로 그 물음이다", 56쪽) 백낙청의 독법은 가급적 어떤 편견이나 이론적 틀에 갇히지 않고 작품을 그 자체로 읽는 일의 중요성을 강조해온 평소의 생각을 이행하고 있는 것으로 보인다. 그러므로 논란 많은 『핑퐁』의 결말을 두고 다음과 같은 의견을 피력하는 것은 자연스럽다.

> 인류를 '언인스톨'하기로 하는 것을 두고 작가의 반지구적 태도라고 비판하는 것은 너무 고지식한 알레고리적 독법이다. 아니, 인류의 1교시가 얼마나 무의미한 시간인지를 풍성한 사실묘사와 날카롭고 발랄한 수사법으로 제시해온 이 소설의 맥락에서 인류의 '유지'를 선택하는 일이야말로 더 깊은 의미로 반인류적이고 반지구적이었을 것이다.(56쪽)

백낙청이 문제삼는 것은 최종선택 이후에 제시되는 마지막 장면의 모호함이다. 사실 '컴온, 쎌러브레이션!'이라는 제목을 달고 있는 짧은 마지막 장은 이상한 사족의 성격이 강하다. 최종선택에 앞서 세끄라탱이 '인류 제거' 이후의 상황을 자세하게 설명해준 바 있으므로, 특별한 반전이 준비되어 있는 것이 아니라면 바로 그 앞장의 "우리는 고개를 끄덕였다"라는 대목에서 소설이 끝나도 별문제는 없다. 오히려 그것이 '언인스톨'의 상황에 대한 상상력을 증폭시키는(세끄라탱의 설명과는 또다른 차원에서) 더 강력한 결말이었을 수 있다. 바로 그랬다면, '반지구적 태도'라는 비판이 '알레고리적 독법'으로서도 얼마간 설득력을 더 얻지 않았을까? 마지막 장의 존재는 '언인스톨'의 선택을 포함해서 그때까지 이어진 『핑퐁』의 서사가 벌판에서 두 사람이 꾼 꿈이었을 가능성을 남긴다. "우리는 함께 벌판에서 깨어났다"라는 표현을 생각해보자. "탁구대도 소파도 보이지 않아, 우리는 탁구계가 사라졌다는 사실을 알 수 있었다"라고 했지만, 처음부터 탁구대도 소파도 꿈의 한 부분이었을 수 있다. 사실 그러지 않고는 "학교를 열심히 다녀볼까 해"라고 말한 뒤 학교를 향해 걸어가는 '나'의 마지막 행동은 백낙청이 지적한 대로 "사람은 다 없어지고 물질만 남은 학교를 향해 걸어가는" "괴기적 상황"이 된다. 그러나 그럴 개연성을 염두에 둔다 하더라도(물론 이전의 진행이 '꿈'으로 '확연하게' 드러나는 방식은 손쉬운 상투형이 될 테다), 『핑퐁』의 서사가 처음부터 공상이나 꿈의 경계를 설정하는 방식으로 조직되지 않고 기본적으로는 사실주의적 호흡을 바탕으로 하면서 공상적 상황을 박민규 소설 특유의 비약적 기법으로 뒤섞으며 진행되어온 만큼, 마지막 장도 쓰인 그대로 '인류 제거' 이후의 상황으로 읽어주는 게 온당할 수도 있다. 백낙청의 독법은 후자다. 그는 일단 그렇게 하면서 결말의 모호성을 받아들이는 방식을 취한다. "하지만 이 대목에서도 그런 괴기적 상황을 재현하려는 기미는 없으며 오히려 일상의 회복과 쇄신을 기대하게 만드는 분위기다. 그것이 '인류의 2교시'라는, 저자가 「작가의 말」에서도 거듭 언급하는 문제의식에 더 어울리기도 한다." (57~58쪽) 그러나 이러한 모호한 결말이 작품의 미덕인지에 대해서는 유보적인 평가를 내린다. '2교시'의 문제의식이 양날의 칼로 바뀌는 대목이다.

> 그렇다고는 해도 결말의 모호함이 '인류의 2교시'에 대한 성찰의 치열성에 부합하는 미덕이라고는 보기 어렵다. 아니, '1교시'의 (……) 한 부분에 대한 인식을 자의적으로 확대했다는 혐의도 걸린다. '1교시'의 인류도 처음부터 "그냥, 사는 게 이런 것 같다"는 식으로 살았던 건 아니지 않았을까. '자기 의견'을 내세우고도 '깜박'해버림을 안 당한 수많은 선수들이 있었기에 세상이 그나마 여기까지 왔고 지금 같은 말기국면에서도 '2교시'를 꿈꿀 수 있는 것 아니겠는가.(58쪽)

『핑퐁』의 비교적 단순한 구도 속에 이 같은 성찰의 여지가 얼마나 있는지는 별도로 따져볼 문제겠지만, 요는 '인류의 2교시'에 대한 물음이 '인류의 1교시'에 대한 탐구와 별개의 것일 수 없다는 문제의식일 테다. 그런데 너무도 당연해 보이는 이런 지적이 새삼스럽게 느껴지는 이유는 뭘까. 그것은 언제부턴가 '2교시'에 대한 물음을 중단해버린 듯한 우리의 상황과 관련이 있지 싶다. 눈앞의 현실에 대한 탄식과 비판은 증대하고 개선의 목소리도 높지만, 거기에 우리 삶의 체제가 근본적으로 바뀌리라는 기대가 들어 있는 것 같지는 않다. 다 아는 대로 문학 쪽의 상황도 비슷한 것 같다. 재난서사를 비롯해서 현실의 부정적 양상에 주목하는 작품들은 늘어나고 있는데, 『핑퐁』의 '언인스톨' 수준까지는 아니라 하더라도 절망과 체념의 시선이 상당하다. 그 함의가 단순한 것은 아니겠지만, 실패, 불가능성, 몰락 등등이 비평의 관용어가 된 지도 오래다. "'자기 의견'을 내세우고도 '깜박'해버림을 안 당한 수많은 선수들이 있었기에 세상이 그나마 여기까지 왔다"라는 성찰이 『핑퐁』에 빠져 있다면, 그게 오히려 지배적인 세상의 실감이기에 그런 게 아닌가 하는 반문마저 가능하지 싶을 정도다. 각자도생(各自圖生)의 마음만을 챙기도록 만드는 현실 앞에서 '2교시'의 가능성에 대한 물음은커녕 '1교시'에 대한 정당한 평가나 인식이 자라나기를 기대하기는 어려울 것이기 때문이다. 그리고 이러한 간극은 일상의 나날에서 이루어지는 역사 참여의 감각이 개인과 사회 모두에서 누적되지 않고는 회복되기가 쉽지 않아 보인다. 문학이 갖는 근본적인 가능성과 잠재력에도 불구하고 작가들 역시 이러한 상황에서 예외이기는 어려울 것이다.

그런데 백낙청 문학론이 현재성을 가지는 지점이 바로 여기가 아닐까 한다. 적어도 백낙청의 문학론, 리얼리즘론에서라면 그 '2교시'의 가능성에 대한 물음은 빠질 수 없고 중단된 적이 없기 때문이다. '리얼리즘의 갱신'이 애초에 그러한 물음을 통해 제기된 것이기도 하지만, '분단체제론'은 예의 이중과제론의 형태로 그 '2교시'의 가능성에 대한 탐구를 구체화한 것이었다. 분단체제론의 구체적인 현실인식과 미래전망에 동의하지 않는 사람도 '다음에는 무엇?'(로런스)이라는 문제의식을 이 땅에서 문학하는 사람의 온당한 물음으로 지속시켜온 리얼리즘론의 기여를 외면할 수는 없지 않을까. 그러나 그 물음을 구체적인 작품 속에서 묻는 일은 어떤 일목요연하고 명쾌한 과정일 수는 없을 테다. 『핑퐁』만 하더라도 '2교시'에 대한 물음이 '왕따'의 현실에 대한 고민과 인식을 기본으로 하면서 박민규 특유의 소설적 상상의 문법, 예술적 탐구 속에서 지금과 같은 꼴을 갖추었을 텐데, '성찰의 치열성'을 그 통합적 과정과 분리하기는 어렵기 때문이다. 그것은 현실인식의 문제이면서 그것을 넘어서 있다. '리얼리즘론'에서 '예술적 진리'의 영역, '시의 경지'가 계속 난문으로 남는 이유이기도 할 것이다.

3. '다른 세상'에 대한 물음과 예술적 진리의 드러남

박민규의 또다른 장편 『죽은 왕녀를 위한 파반느』에 대한 백낙청의 독법에는 감동적인 대목이 있다. 그 대목을 살펴보는 것으로 두서없는 글을 마무리짓자. 백낙청은 이 작품에 대해 "더욱 원숙한 경지에 이른 걸작"이라는 높은 평가를 내리면서 논의를 시작한다.[21] 물론 이 작품이 "대중적 통속문학에 가깝다는 유사한 혐의를 받을 수 있는" 요소도 많다는 점 등 일견 과소평가될 수 있는 여지를 인정한다. 특히 자신이 꼼꼼히 그 의미를 캐내는 소설 막판의 독특한 반전에 대해서도 "단순한 재주자랑이나 심지어 혼란 조성으로 읽힐 우려가 없지 않다"(140쪽)라고 말한다. 그러나 작품 전체적으로는 그러한 우려를 이겨냈다고 보는 듯하다. 이 작품에 대한 비판적 입장으로는 권희철의 경우, "『죽은 왕녀를 위한 파반느』가 단순히 '외모지상주의'에 대한 반박에 그치는 것은 물론 아니지만, 부끄러움과 부

21) 백낙청, 「우리시대 한국문학의 활력과 빈곤」, 같은 책, 140쪽. 이하 같은 글 쪽수만 표기.

러움의 변증법이 우리를 자발적인 노예로 전락시키며 권력에 전원을 공급한다는 요한의 깨달음이 선포될 때 이 소설은 영지주의-민주투사의 노선에 충실하다"[22]라며 소설 전반에 스며 있는 독단적 계몽의 목소리를 염려한 바 있기도 하다. 그러나 백낙청은 좀더 자세히 들여다보면서 "실제 작중사건들이 요한의 냉소주의를 거듭 수정하곤 한다는 사실"(144쪽)을 지적한다. 그런데 더 문제가 되기로는 두 주인공의 13년 만의 해후라는 행복한 결말일 텐데, 'Writer's cut'의 반전이 그 '낭만적 판타지'를 객관화하면서 소설의 울림을 증폭시켰다는 것이 백낙청의 판단이다. 'Writer's cut' 앞에서 끝난 소설 전체가 요한이 쓴 일종의 액자소설로 밝혀지면서 여러가지 미묘한 효과가 발생하는데, 그중 소설의 첫 장면을 마감하는 문장("그것이 내가 본/그녀의 마지막 모습이었다")이 "겹겹의 울림을 갖게 된다는"(147쪽) 점을 강조하고 되새기는 백낙청의 독법은 인상적이다. 작품을 작품 자체로 읽는 일이 쉽지 않다는 예이기도 하겠거니와, 최근의 소설비평이 그 '이론적 정치함'에 비해 간과하고 있는 지점이 아닌가 한다. 그러나 'Writer's cut'의 마지막이 '그리고, 그의 이야기'로 끝나고 이것이 실제 『죽은 왕녀를 위한 파반느』의 최종 결말이라는 점에 주목한 것이야말로 값진 독법일 것이다. 융프라우요흐에서 하산열차를 기다리는 이 마지막 장은 요한이 쓴 소설의 결말(액자소설의 결말)에서 빠진 것을 추가한 대목일까, 아니면 요한의 후일담까지 포함한 소설의 또다른 결말로부터 생성되는 제3의 무엇일까. 실제 이 마지막 장은 전자인 것처럼 쓰여 있지만, 그 배치의 효과에 의해 다른 소설적 울림을 선사한다. 그것은 간절함(그런데 이 간절함은 누구의 것일까? 두 주인공과 요한은 물론 우리 독자까지도 거기 가세하는 간절함일까?)의 증폭이라고도 말할 수 있을 것 같은데, 단순히 '낭만적 판타지'의 제동이나 승화의 차원에서만 이루어지는 일은 아닌

---

22) 권희철, 같은 글, 372쪽. 이 글은 백낙청의 평문보다 나중에 발표된 것이다.

듯하다. 백낙청은 이 마지막이 '완전한 재반전'도 아니고, 진실의 불가지성을 과시하는 장치도 아니라고 말한 뒤 여기서 두 주인공의 행복을 "'비현실적'으로 만드는 '현실'을 유일한 것으로 인정하지 않으려는 작가의 의지"를 읽는다. "'다른 세상이 가능하다(Another world is possible)'는 그 나름의 신앙고백"(148쪽)이라는 것이다.[23] '다른 세상' 혹은 '2교시'란 무엇일까. 그것은 정말 거창하기만 한 시대 전환의 이야기일까. 『죽은 왕녀를 위한 파반느』는 '추녀와의 사랑'이라는 쉽게 생각하기 어려운(어쩌면 너무 통속적일 수 있는) 테마를 통해 우리가 발 딛고 있는 속물적 현실로부터 어떤 질문을 만들어내고 있는 소설이다. 그 질문에 대한 답이 간단하게 주어질 수 없다는 것이야말로 이 소설의 결말이 웅변하고 있는 소설적 진실일지 모른다. 그 '진실의 발생'에 독자의 자리에서 공감하고 참여하는 마음, 그것이 아마도 백낙청 리얼리즘론의 독법이 아닐까. 만일 있다면, 예술적 진리, '시의 경지'는 『죽은 왕녀를 위한 파반느』의 두 주인공이 다시 액자소설 바깥으로 걸어나와 모습을 드러낸 마지막 장의 '신비'와 같은 것일 테다. 그 절실함의 협동과 창조가 일어나는 순간 말이다. 다른 세상에 대한 물음(그것은 동시에 지금 이곳에 대한 물음일 것이다)을 문학을 통해 묻는다는 의미, '구체적인 작품의 창작과 수용을 통해서만' 그 물음이 이행될 수 있다는 의미는 바로 여기에 있을 것이다.

(『창작과비평』 2014년 여름호)

---

23) 권희철은 'Writer's cut'이 낭만적 판타지에 대한 제동장치로 기능한다는 백낙청의 독법은 "경청할 만하다"라고 하면서도, 거기서 이같은 '작가의 의지'까지 읽는 해석에는 "약간의 무리가 따르는 것 같다"라고 본다. "교통사고 이후 생사의 갈림길에서 살아나느냐 그렇지 못하느냐 하는 운명의 반전을 다룬 'Writer's cut'이 후기 자본주의적 현실로부터의 반전이라는 주제에 합류하는 것처럼 보이지는 않는다."(같은 글, 373쪽) 그러나 단순히 '운명의 반전' 그 자체의 문제가 아니라 '중단되고 실패한 사랑(혹은 죽음)'과의 대면과 연대의 공간을 다시 한번 열기 위한 시도로 'Writer's cut'이 존재한다는 점을 생각해보면 거기서 당장의 현실을 유일한 것으로 인정하지 않고, '다른 세상(부와 아름다움이 지배하는 다수결의 세상과는 다른 세상)의 가능성에 대한 의지'를 읽는 것이 '무리한' 독법은 아닌 것 같다.

'이념의 시대'로부터 '2000년대 소설'까지

— 1988년 이후의 한국소설

1. 이념의 시대를 돌아보며

'1988년 이후'의 시간을 받아드는 순간, 한국소설에 대한 논의는 자연스럽게 역사적 지평 속으로 들어간다. 이 경우 연대기의 분절과 국면(conjuncture)의 분할이 중요해질 수밖에 없는데, 문제는 그 '분절과 분할'(사실은 중층적으로 얽혀 있는 것이겠지만)의 심급에서 시대 현실의 규정성이 실제 이상으로 과도한 지위를 부여받기 쉽다는 점이다. 미적 대응의 차원에서 진행되는 논의든 좀더 현실 연관적 차원에서 제기되는 논의든 연대기적 기술의 영역으로 들어가는 순간, 한국사회 혹은 세계 자본주의의 실체가 추상적인 대타자의 자리로 상승하면서 한국소설의 공간을 왜소화해버리는 예를 우리는 자주 목도하지 않았나. 그럴 때 우리는 현실이라는 보이지 않는 대심문관 앞에 소환된 결여의 주체로서 한국소설의 연대기를 마주할 수밖에 없다. 그러나 한편으로는 시대 현실의 제약 속에 있으면서도 그 주어진 현실의 자명성을 회의하고 부정하는 동시에, 개인의 실존적 진실을 포함하는 좀더 깊고 넓은 구체적 현실의 반성적 인식에 소설의 험난한 행로가 있다는 점을 인정한다면, 우리는 적어도 자명한 현실과의 대차대조표 속에서 한국소설의 결여를 판정하는 자의적인 판관의 법복은 벗어야 하지 않을까. 유사한 판관 중에는 현실에 대한 인식적이고 도덕적인 충격과 열림의 장으로서 소설의 역할은 거의 끝났다는 엄중한 진단의 목소리도 있다. 그러나 '근대문학'의 패러다임 안에 소설의 가능성을 가두는 가라타니 고진식 종언론에 대해서는 이미 많은 비판이 제출되기도 했거니와, 재래의 총체성 개념은 물론이고 소설의 사회성이나 정치성에 대해서도 고착된 개념적 틀을 벗어나 한국소설의 변화된 상상력과 적극적으로 교섭하는 가운데 좀더 유연한 접근이 필요하다는 논의가 설득력을 얻고 있지 않은가.

물론 '88년 이후'로만 한정하더라도 한국소설은 안팎으로 많은 변화의 움직임을 겪어왔다. 그 변화의 움직임에서 과장되고 상투적인 문학 위기론에 편승하지 않더라도, 한국소설의 위축이나 왜소화를 지적하기는 쉽다. 그리고 그 비판적 지적에는 상당한 정도의 진실이 담겨 있는 것도 사실이다. 가령 삶의 전체성에 대한 관심의 약화나 주체성의 위축, 문학의 자율성 손상 등과 같은 일반적 지적을 그간 한국소설에 관심을 가져온 독자라면 큰 틀에서 동의하지 않기는 어렵다. 그러나 1990년을 전후한 세계사적 변화의 소용돌이와 함께 한국사회의 전 부면을 빠른 속도로 장악해 들어온 거의 무소불위의 최종심급으로서 '자본'의 위력을 강조하고 거듭 확인하는 통념화된 진단의 시각은 한국소설의 주체성을 근본적으로 제약하고 있는지도 모른다. 왜냐하면 그러한 세계 진단은 이미 그 자체로 한국소설의 구체적 행로에 대해 언제나 너무 과도하고 추상적인 대립의 자리를 강요할 수밖에 없기 때문이다.

여기서 잠시 이야기를 뒤로 돌려보자. 1980년대의 급진적 변혁운동의 이론적 철학적 바탕에 마르크시즘의 기획이 자리하고 있었던 것은 누구나 아는 사실이다. 그것은 신군부에 맞서 일어난 1980년 5월항쟁의 역사 위에서 당대 한국인의 삶을 정치적 경제적 질곡으로부터 해방시키려는 정당한 열망에서 출발한 한편, 좀더 긴 전망에서는 한국사회를 노동계급 중심의 새로운 사회 체제로 변혁하려는 기획이었다. 문학 쪽에서도 사회주의 리얼리즘에 대한 참조를 포함해서 당파성에 입각한 혁명적 노동문학에 대한 요구까지 급진적인 문학 담론이 제기되었다. 80년대를 이념의 시대라고 부르는 소이이다. 그러나 사회적 경제적 소외계층에 대한 관심과 민주주의에 대한 보편적인 요구를 제한다면 사적 유물론에 기초한 이념적 기획이란 당대 한국사회의 정치적 특수성에서 발원한 일종의 '초역사적' 열망이 아니었을까. 박노해 백무산 박영근 등, 시에서 특히 빛을 발한 80년대 노동문학의 성취가 당대 현실에 대한 산문적 탐구를 수반할 수밖에 없는 소설의 영역에서는 제한적이었던 이유도 거기에 있을 것이다. 집단적 착시 현상이 생겨나는 지점도 바로 이곳이다. 90년을 전후하여 구소련이 해체되고 동구 사회주의권이 붕괴하자 기다렸다는 듯이 한국사회 전반을 탈이념의 시대로 규정하는 언설들이 넘쳐나기 시작했는데, 묻건대 '이념의 시대'는 정말 있었던가. 물론 그 '이념의 시대'에 투여된 소수의 헌신과 열정, 한국사회의 전체상에 대한 진전된 인식은 한 세대의 시간이 흐르는 동안 더러는 왜곡되고 굴절되기도 했으나 전체적으로 한국인의 의식을 일깨우고 사회를 민주화하는 데 상징적이면서 실질적인 자원들을 일구어냈다고 봄이 마땅할 것이다. 그러나 앞서 언급했듯이, 그 이념의 전체는 세계사적 차원에서든 한국 현대사의 차원에서든 현실화되기 힘든 역사적 전망이었다. 정의와 자유, 최소한의 생존권이 짓밟히는 현실에 많은 이들이 분노하고 변화를 열망했지만, 그 분노와 열망이나 현실의 가능한 변화로부터 이념의 기획은 너무 멀리 나가 있었다. 이 간극을 좀더 냉정하게 돌아보면, 이념을 둘러싼 80년대의 많은 논의는 다분히 담론의 차원에서 과장된 것이었다. 그리고 지금 그 과장을 의도적으로 확인해볼 필요가 있는 것은 저 특수한 80년대적 이념적 열정의 예고된 좌절 혹은 실패와 함께, 세계에 대한 부정성의 파토스와 의지 역시 한꺼번에 사라져버린 것은 결코 아니기 때문이다. 마찬가지로 이념의 퇴장 뒤에 그전에는 '없던' 일상이나 욕망이 갑자기 사람들의 시야에 포착된 것도 아니다. 생각해보면 이후 일정한 조정 기간을 거쳐 착잡하면 착잡한 대로 한국사회는 전진과 우회, 퇴행을 뒤섞으면서 나름의 역사적 경로를 밟아나갔고, 90년대 초반 '세계화'의 관제 구호가 역설적으로 입증했듯 급속히 자본주의 세계체제의 '주변 없는 중심'으로 편제되어 들어갔다. 여기서 누구나 아는 그 현실의 어떠함을 이야기하는 것은 말의 낭비가 될 것이다. 다만 80년대를 세계의 모순이나 자본의 진군에 저항한 마지막 연대인 것처럼 기억하면서 90년대 이후의 시간을 '예외적이고도 특별하게' 바깥 없는 전일적 자본의 세상으로 '탈역사화'하고 있지는 않는지 돌아볼 필요는 있을 것이다.

근현대 한국소설은 시대 현실과의 얽힘이나 긴장 속에서 한국인의 상처와 좌절, 꿈을 서사화하며 나름의 미학적 상상적 공간을 구축해왔다. 그 얽힘이나 긴장이 80년대적 '이념'의 축이 해체되었다고 해서 사라질 수는 없는 일이다. 물론 그 얽힘과 긴장의 양상에 많은 변화가 있어온 것은 누구나 아는 대로다. 그 변화 속에는 한국소설이 그간 한국사회에서 감당해온 위상의 저하 혹은 조절이 포함되어 있을 텐데, 문화의 각 영역 및 사회정치 시스템의 분화가 가속화되는 가운데 지식과 정보의 생산 및 소통체계에 일어나고 있는 거의 혁명적인 변화를 생각해본다면 이는 너무도 당연한 일이다. 문제는 소설 그 자신의 존재 위상까지 포함된 이러한 일련의 변화를 한국소설의 결여로 쉽게 환원하지 않으면서 세계에 대한 부정성과 가능성, 창조적 질문의 공간으로서 한국소설의 시간을 껴안고 의미화하는 일일 것이다. 그리고 세계의 격변과 함께 당도한 작금의 형세가 한국소설의 존재 방식과 존재 이유에 대한 더없이 무거운 압력이 되고 있는 만큼, 그 의미화는 어느 때보다 절박한 과제가 되고 있다. 그런데 '88년 이후' 한국소설의 시간을 지켜본 개략적인 기억과 느낌으로 말하더라도, 그간 한국소설이 불리한 형세 속에서도 새로운 인간 이해와 낯설고 이질적인 감각의 발견, 창조적 서사의 개발, 상상력의 확장, 소설 언어의 쇄신 등을 통해 자신의 영토를 재정의하면서 놀라움을 선사했던 순간들이 적지 않았던 것 같다. 물론 이 시간에 대해 '근대소설'의 자원과 형질이 소진되고 해체되는 과정에 주목하거나 전일적 시장 시스템 속으로 급속히 진입한 제도화된 문학 현실을 강조하면서 비관적인 시각을 내보일 수도 있겠지만, 이 문제도 '사회'와 '정치' '문화' 전반의 지형 변화가 '이미' 각인된 새로운 상상력이나 리얼리티의 창안과 발견 쪽으로 초점을 옮겨 생각해볼 여지는 충분하지 싶다. '88년 이후의 소설'을 전체적으로 조망할 힘이 내게는 없다. 더구나 2000년대 소설의 현황에 대해서는 기왕에 많은 논의가 있었고 현재도 진행중인 만큼, 이 글은 그 전사(前史)를 복기하고 떠올려보는 자리 정도가 될 듯하다. 생각해보면 문학이 그 자신의 지위를 포함해 제약과 한계 속에 있지 않은 적은 없다. 한국소설의 짧지 않은 역사 역시 그러할 것이다. 전망 없는 길에서 힘겨운 모색 끝에 도달한 한국소설의 '순간들'을 돌아보기로 한다.

2. 후일담의 시간

후일담의 시간이 도래했다. 80년대 말 90년대 초반 한국소설의 후일담은 동력을 급격히 상실해간 변혁운동의 현실을 토대로 생겨났다. 정화진의 「쇳물처럼」(1987), 방현석의 「새벽 출정」(1989)과 같은 노동소설이 변혁적 전망의 제시보다는 오히려 당시 노동운동의 현실적 수준 안에서 일정한 성취에 이를 수 있었다는 데서 알 수 있듯이 '운동으로서의 문학'은 '민족문학 주체 논쟁' 같은 급진적인 비평 담론의 도식 속에서만 가상의 좌표를 설정할 수밖에 없는 상황이었다. '운동으로서의 소설'의 자기 변신은 불가피했다. 그리고 이러한 현실은 어느 면, 상황의 정상화를 뜻하는 것이기도 했다. 물론 이 정상화는 80년대 문학의 중요한 흐름 하나가 일방적 해소의 길로 들어섰다는 의미는 아니다. 여러 한계와 편향에도 불구하고 그들 문학이 보여준 역사와 현실에 대한 실천적 관심과 도덕적 열정은 그 자체 언제든 한국문학의 소중한 기억이자 자원으로 남게 될 것이었다. 어쨌든 이 변화의 과정에서 추상적 당위나 급박한 호흡에서 벗어나 일정한 거리를 두고 80년대라는 열정과 연대의 시간을 소설적으로 성찰할 계기가 마련되었다.

그 첫머리에 김영현 소설이 있었다. 변혁운동의 전망이 흐려져가는 가운데 운동권 내부에서 생겨나기 시작한 회의와 피로의 정서를 배경으로, 그럼에도 모종의 희망의 끈을 놓지 않으려는 운동권 지식인의 착잡한 내면을 고백하듯 담담하게 기술해놓은 그의 소설은 기존 '운동권 소설'이 보여주지 못한 유연성과 문제의식으로 주목을 끌었다. 단편 「벌레」(1989)는 70년대 긴급조치 위반으로 투옥된 소설 화자 '나'가 0.7평의 '먹방(징벌방)'에서 겪었던 참혹한 징벌 체험을 돌아보는 이야기인데, 입에는 방성구가 손에는 수정(手錠)이 채워진 채 짐승처럼 먹고 싸면서 한 마리 벌레로 변해갔던 시간을 아이러니한 어조로 들려준다. 여기서 소설의 기법으로 동원된 아이러니는 카프카적 벌레의 '관념'을 비판했던 '유물론자' '나'의 자기 분열을 응시하는 소설 내적 시선으로 기능함으로써 파시즘적 폭력에 대한 비판을 넘어 좀더 복합적이고 깊이 있는 인간 이해의 가능성을 열어놓고 있다. 80년대의 '이념' 혹은 '사회과학적 인식'이 역설적이게도 그 '유물론'의 이름으로 억압하고 관념화했던 인간의 누추한 진실이 "개처럼 질질 흘려대고 있는 침"이나 "질펵하게 오줌을 싸놓은 옷"으로 다시 돌아온 '소설적' 순간이었다. 암으로 죽어가는 동료에게 분신자살을 권하는 노동운동가의 이야기를 회고적 시선으로 다루고 있는 「멀고 먼 해후」(1989) 역시 당시의 분위기에서는 제기되기 힘들었던 '도스토옙스키적' 질문을 통해 '절대적 정의'의 이면에 깃들 수 있는 악마성, 죽음 앞에 선 인간 존재의 나약함, 상황의 비극성을 조롱하는 듯한 인간 욕망의 낙차 등을 그려내어 도덕적 윤리적 강박으로부터 자유로운 복합적인 소설적 성찰의 공간을 열어 보여주었다. 이렇게 보면 김영현 문학의 기여는 현실 비판의 시선을 잃지 않는 가운데 인간 내부의 모순에 대한 복합적 천착으로 운동권 체험의 소설적 좌표를 이동시킨 데 있다고 할 수 있다. 그리고 이러한 좌표의 이동은 기실 소설이 감당해야 할 본원적 국면의 환기라는 점에서 '운동'이라는 이념에서 풀려난, 이후 한국소설의 다양한 전개를 예고하고 있었다. 한편 공동체적 연대와 열정의 기억을 '신성한 기원'으로 재구성하면서 자본제적 욕망의 타락한 현실을 상실의 현재로 낭만화하는 후일담 소설들의 관념적 양상이 노출된 것도 사실인데, 이는 그 반대편에서 80년대에 대한 과장되고 주관적인 환멸을 토대로 한 탈역사적이고 탈정치적인 개인 욕망의 서사와 하나의 거울상으로 만난다. 그리고 이 지점에서 후일담 소설은 1990년을 전후한 좁은 시기의, 운동권 체험과 관련된 특정한 문학적 현상을 넘어 '80년대적 시간'에 대한 대타의식을 의식적이든 무의식적이든 품게 된 한국소설의 좀더 폭넓고 장기적인 양상 속에서 해명되어야 할 여지를 남긴다.

이런 가운데 70년대 유신 치하에서 젊은 시절을 보낸, 김영현과 동세대이기도 한 최윤의 등장은 신선한 충격을 안겼다. 등단작인 중편 「저기 소리없이 한 점 꽃잎이 지고」(1988)는 실성한 듯 보이는 한 소녀의 떠돌이 삶을 다중시점으로 추적해 들어가는 작품인데, 소녀의 일인칭 독백을 포함해서 시점에 따라 다양한 문체를 구사하는 복잡한 소설의 미로를 따라가다보면 소녀와 소녀의 가족에게 닥친 참혹한 '늦봄'의 사건이 조금씩 윤곽을 드러낸다. 죽은 아들을 찾아 나섰다가 시위대에 휩쓸려 총을 맞고 쓰러지는 엄마, 그리고 그 죽어가는 엄마의 손을 뿌리치고 도망쳐야 했던 공포의 시간이 소녀의 혼란스러운 내면에서 흐릿하게 반복 상연되는 가운데 우리는 1980년 5월 광주의 역사를 일종의 원죄적 비극의 공간에서 다시 체험하게 된다. 이것은 투쟁 주체의 시선에서 5월항쟁의 계급적 의

미를 부각시킨 홍희담의 「깃발」(1988)과는 다른 차원에서 비극적 현실을 형상화하는 한국소설의 가능성을 폭넓게 열어놓았다(물론 이 대목에서 80년대 내내 다양한 소설적 상상력을 통해 지속되었고 마침내 다섯 권 분량의 장편 『봄날』(1998)의 증언으로 일단락된, 임철우의 '5월 광주'와의 거대한 문학적 싸움을 잊을 수 없다). 70년대 반체제 지하조직 활동과 관련된 한 가난한 여대생의 20년 전 기억을 회상하고 있는 「회색 눈사람」(1992) 역시 정형화된 현실인식의 상투성이나 인물형을 깨뜨리면서 모종의 아련함 속에 놓아둘 수밖에 없는 인간 진실의 회색 지대를 소설 문체의 힘으로 환기시켜 세련된 후일담 소설의 영역을 개척했다. 비평 담론의 영역에서는 90년대에 들어서서도 어느 정도 진영 논리에 기반한 리얼리즘/모더니즘의 이분법적 시각과 논쟁이 이어졌지만, 한국소설의 창작 현장에서는 더 이상 그 같은 논의가 무색할 정도로 다양한 소설적 상상력과 시야의 열림, 기법의 세련과 쇄신이 개시되고 있었는데, '5월 광주'나 70년대의 암울했던 정치적 상황뿐만 아니라 분단과 이산의 현실(「벙어리 창(唱)」(1989), 「아버지 감시」(1990))을 다룬 작품까지 시대 현실과의 문학적 긴장을 놓지 않으면서 소설 미학의 세련된 가능성을 보여준 최윤 소설의 도착은 그런 맥락에서도 다분히 상징적인 좌표를 갖는다고 할 수 있겠다.

한편 80년대 노동문학의 기수였던 방현석이 2000년대 초반 「존재의 형식」과 「랍스터를 먹는 시간」을 통해 발견한 베트남이라는 후일담의 우회로는 80년대적 가치에 대한 그리움과 회복의 열망이 상실된 '진정성'의 형식으로 존재하는 상황을 끈질기게 보여주면서 타락한 시대 현실에 대한 새로운 반성의 공간을 열기도 했다. 그러나 이들 소설이 베트남 민족해방 전사들에 대한 이상화나 그곳 현실의 타자화를 부분적으로 수반했던 점은 한계로 기록될 수밖에 없다. 그리고 90년대 중반 장편 『먼 길』(1995)로 실존적 패배를 껴안는 후일담 소설의 섬세한 경지를 보여준 김인숙이 그 자신의 80년대적 상실감을 내면화하고 심화하는 가운데 인간 실존의 다양한 층위에서 상처의 심연을 소설적으로 형상화하면서 스스로의 작가적 갱신을 이루고 2010년대 현재에도 여전히 문제적인 작가로 남아 있다는 점은 한국소설의 지난 25년, 후일담의 행로와 성숙과 관련해서도 특히 부기해둘 만한 사실일 것이다. 90년대 중반에 등단했지만 이른바 '386세대'에 속하는 권여선의 소설도 후일담의 맥락에서 짚어둘 대목이 적지 않다. 단편 「내 정원의 붉은 열매」(2007)나 최근 발표된 장편 『레가토』(2012)처럼 후일담의 형식이 명시적으로 드러나 있는 작품도 있지만, 그렇지 않은 경우에도 권여선 소설의 시선과 문체에 끈적한 점액처럼 달라붙어 있는 자기모멸과 적의의 감각은 모종의 기원적 트라우마를 맥락화하는데, 그 기원의 자리에 놓여 있는 것은 제거되거나 승화되기 힘든 인간 진실의 비루한 잔여물들이다. 말하자면 80년대를 상실의 기원으로 상상하게 만드는 관성에 저항하면서 권여선 소설은 후일담 소설에 알게 모르게 스며 있는 실낙원의 구도와 결별한다. 권여선의 후일담에서 80년대는 기원으로 종결된 것이 아니라 시도 때도 없이 흘러내리는 상처의 진물처럼 현재진행형인 듯하다.

3. 내면성의 행방

90년대로 넘어오면서 한국소설은 80년대의 리얼리즘적 기율로부터 부쩍 자유로워진다. 이는 어떤 전체성의 구도 속에서 현실을 인식하고 재현하기 힘들어졌다는 시대적 상황과 일차적으로 관련된 것이겠지만, 그 전체성이 특정한 이념의 향도에 의해 현실의 복잡성을 도식화한 측면이 없지 않았다는 점을 고려하면 시야의 한계나 제약은 불가피한 대로 개개인의 의식이나 상상력, 감각적이고 체험적인 진실로부터 새롭게 현실과의 교섭을 시작하게 된 90년대적 상황은 소설의 창조성의 자리에서는 그다지 불리할 것도 없는 형세였다고 하겠다. 원리적으로 보아도 소설에서 추구하는 전체성의 이상은 구체와의 변증법 속에서 추구하고 찾는 것이지 미리 주어지는 것은 아니지 않은가. 그런데 딱히 특정한 이념적 성좌의 문제가 아니더라도 포스트모더니즘의 위세까지 더해진 가운데 거대 담론의 성층권이 무너져내린 저간의 상황은 이제 의미의 거점을 스스로가 만들어내야 한다는(의미의 해체 쪽으로 방향을 잡는 경우를 포함해서) 요구와 압력 앞에 90년대의 작가들을 마주세웠다고 할 수 있겠다. 물론 이 요구와 압력은 스스로를 펼칠 수 있는 자유의 가능성이기도 했다. 대문자 정치의 자리를 대신한 생활 정치, 정체성의 정치가 새로운 발언권을 얻고, 문화적 개방의 분위기와 대중문화의 성세 속에서 욕망의 모더니티가 한국사회의 안팎을 빠르게 변화시켜간 상황이었다. 90년대 후반 구제금융 사태 이후 상시적 배제와 탈락의 공포 앞에 선 무력한 개인의 조건이 유동적 근대와 신자유주의의 실상으로 전면화되기 전까지 이제 '개인'은 적어도 자기 정체성을 써나가는 진실의 입법자로서 스스로를 상상해나갈 수 있었다. 이런 가운데 개인 내면의 진실에 대한 탐구를 한편으로 하고, 기성의 관습적이고 제도화된 모럴이나 정체성에 대한 위반과 전복을 다른 한편으로 하는 90년대 문학의 흐름이 태어났다.

내면성의 복원 혹은 내향화의 흐름과 관련해서는 신경숙과 윤대녕이 특히 개성적인 소설 미학을 구축했다. 신경숙은 단편 「풍금이 있던 자리」(1992)에서 이기적인 사랑의 욕망에 갇혀 있던 자아가 타자에 대한 연민과 배려라는 더 넓은 지평으로 스스로를 개방하기까지, 사랑의 결단 앞에 선 화자의 주저와 망설임, 자책과 자기 성찰을 마음의 미세한 진동과 함께 그려낸다. 이 작품에서도 확인할 수 있지만 연약하고 고통받는 존재들에 대한 사랑과 돌봄의 마음, 인륜성에 대한 공감을 일깨우는 섬세하고 예민한 도덕적 시선은 신경숙 문학 전반을 관통하는 뚜렷한 자질이다. 일견 본격적인 후기자본주의 사회로 진입한 한국 현실에서 그 실효성이 의심되고, 휴머니즘에 대한 다양한 현대 철학의 공격으로부터도 자유롭지 못한 것처럼 보이는 지점에서 한 개인의 자아 깊숙이 숨겨져 있는 내면의 진실을 필사하듯 탐사하여 현대적 실존이 잃어버린 인간성의 정화를 일깨워주는 신경숙 소설은, 어쩌면 그 휴머니즘이나 자아의 이야기와 관련해서 풍문과는 달리 아직 소설의 책무가 소진되지 않았다는 증거인지도 모른다. 낯선 타자와의 조우를 통해 잃어버린 자아의 진본을 향한 내향적인 모험의 여로를 개척한 윤대녕의 소설은 '강물을 거슬러오르는 은어의 모천회귀'라는 득의의 이미지가 보여주듯 낭만적이고 원형적인 자아 탐색의 드라마를 무의미와 허위의 사막으로 변해버린 현대의 일상과 강렬하게 대비한다. 그런데 윤대녕 소설의 힘은 무엇보다 그 자아의 서사에 현현의 가능성을 열어놓는 초월적 경계에 대한 감각으로, 시적이고 회화적인 이미지와 상상력, 파격과 모순을 담아내는 문체를 통해 그 감각을 다채롭게 구체화한다. 『은어낚시통신』(1994)에서 인상적으로 모습을 드러낸 그의 소설 세계가 세상의 시간과 일상에 대한 또다른 수용의 태도를 보이며 상대적으로 시속(時俗)의 현안으로부터 자유로운 지점에서 인간사의 한 지평을 꾸준히 천착해가고 있는 것은 이제 그 자체 한국소설의 의미 있는 균형이 되어주고 있다는 느낌이 든다.

전체적으로 90년대의 내면 지향의 문학은 내성적 독백과 나르시시즘으로의 경사에 대한 일부의 우려에도 불구하고 이념적 호명의 주박에서 놓여난 시대적 분위기를 반영하면서 소설의 권능을 개인 주체의 자리, 진정성의 이상을 기반으로 하는 근대적 자아의 창조적 권역으로 복귀시켰다고 할 수 있다. 비슷한 맥락에서 이야기하자면, 90년대에 특히 급속히 성세를 이룬 여성적 경험의 소설화는 가부장적 가족 질서의 해체라는 커다란 사회적 변화의 흐름을 배경으로 여성의 자리에 덧씌워진 관습적 정체성으로부터 벗어나 새롭게 자기를 정의하는 탈주의 미학을 보여주는데, 여성 자신의 의식과 욕망에 진실하게 스스로를 정의하고 구성하려는 그 정체성의 모험은 90년대의 내면성의 문학이 추구했던 길과 만난다. 이와 관련해, 이혜경의 장편 『길 위의 집』(1995)은 일기 형식으로 전달되는 딸 은용의 침묵하는 시선을 통해 남성 중심 가부장제의 폭력적 실상을 면밀하게 그려내는 가운데, 가족 해체의 불행 앞에서 연민하고 배려하고 갈등하는 여성적 내면의 섬세함을 보여준다. 그 내면성의 깊이는 붕괴하고 있는 가족 현실과 여성적 경험의 형상화에 도달한 소중한 문학적 성취이기도 하거니와, 작품의 말미에서 남자 형제들을 향해 은용이 마침내 터뜨린 분노의 외침("이 개새끼들아!")은 잊기 힘든 문학적 순간으로 남아 있다. 한편 비슷한 여성적 경험의 형상화라 하더라도 은희경은 『새의 선물』(1995)과 『타인에게 말걸기』(1996)에서 자아의 위장이라는 현대적 실존의 아이러니를 탐구하면서 개인의 고립과 고독을 둘러싼 자본주의 모더니티의 진실을 방법적인 '냉소'의 시선을 통해 투명하게 객관화하는데, 비범하고 지적인 심리 관찰자 한 명을 얻은 이상으로 작위적인 연출 공간으로서 자아의 내면을 이중화하는 그 자리에서 90년대 '내면성의 문학'은 어떤 방법적 전회의 가능성을 보았을 수도 있다. 이런 맥락에서 이야기꾼 혹은 허황된 거짓말쟁이의 자리에 있던 전통적 소설가의 권능을 돌아보게 만든 성석제의 연기술 또한 주목할 만하다. 성석제는 구연성(口演性)이나 전(傳)과 같은 재래적인 서사 양식의 전통을 활용하고, 문제적 개인의 행로와 관련된 종래 한국소설의 엄숙한 재현의 위계에서 비껴나 깡패나 도박꾼, 기벽의 인간들 같은 변두리 방외인들에 주목하는 한편, 언어의 유희성을 키우고 상황의 희비극성을 고조시키는 아이러니와 위트의 미학을 구사하면서 내성적 개인 자아의 이야기에 경사되고 있던 한국소설의 흐름에 제동을 걸었다. 허접한 지방 깡패가 차를 몰다가 다리 난간을 뚫고 추락하는 4.5초의 시간을 허공에 붙잡아놓고 그의 인생 이야기를 들려주는 방식으로 진행되는 「내 인생의 마지막 4.5초」(1995)는 그 짧은 추락 시간에 대비되는 인공적 서사의 길이를 천연스런 농담과 기발한 각주 등으로 채워가는데, "엄마, 무서워"라는 마지막 말로 끝나는 깡패의 '내면' 보고 앞에서 한국소설의 엄숙한 '내면'은 자신을 돌아보지 않을 수 없었으리라.

4. 새로운 감각의 도래

80년대 후반 대중문화 시대의 키치적 감수성과 상상력을 자신의 시에 적극적으로 도입하면서 미학적 규범 파괴자로서 자신의 이름을 알렸던 장정일은 90년대 들어 『아담이 눈뜰 때』(1990), 『너에게 나를 보낸다』(1992) 등으로 이어진 일련의 소설을 통해 기성의 체제와 문화에 대한 조롱과 야유의 시선, 위반과 전복의 상상력을 한층 더 과격하게 밀어붙인다. 남근적 권력에 대한 맹렬한 적의와 반문화적 충동을 내장한 그의 미학적 모험은 문학적 글쓰기로서 소설에 요구되는 규범을 거의 의식하지 않는 지점까지 나아갔다. 그 반문화적 글쓰기에서 역설적으로 계몽의 목소리가 탐지되고, 작가의 의도가 선언적으로 전면화하는 등 몇몇 한계에도 불구하고 장정일 문학이 보여준 파격적 이단성은 이후 한국소설의 전위적 모험에 중요한 참조점이 되었다고 할 수 있다. 그리고 장정일 문학에서 이미 그 흐름이 예시되기도 했지만, 90년대 중후반에 들어서면서 이른바 고급/대중문화의 위계적 구분을 넘어선 문화적 반엄숙주의와 유희적 활력에 친숙하고 다양한 문화 장르나 매체간 혼종성에 개방적인 새로운 세대의 문학이 등장하는데, 이들의 문학에서는 문화적 기호로 생산되고 소비되는 현실의 허구적 가상적 측면에 대한 예리한 감각과 함께 또다른 허구의 공간으로서 소설적 글쓰기의 성격이 부각되기 시작했다.

김영하는 장편 『나는 나를 파괴할 권리가 있다』(1996)와 소설집 『호출』(1997)로 이러한 세대의 도착을 인상적으로 알렸다. 김영하는 고전적 회화에서 대중 영화에 이르는 풍부한 문화적 참조물을 활용하는 가운데 나르시시즘이나 죽음 충동을 현대인의 뒤틀린 욕망의 구조와 정밀하게 연결시키고, 가상과 실재, 환상과 현실의 경계가 의문시되는 후기 자본주의 세계를 첨단의 감각으로 유영하면서 현란하다 싶을 정도로 다양한 모더니티의 이야기를 90년대 중반 한국인의 시간에서 끌어낸다. 김영하는 90년대 초반 운동권 후일담 소설과 세대적 경험을 어느 정도 공유하고 있지만, 그의 소설은 '이념에서 욕망으로'라는 전선의 변화를 명확히 하면서 보편적 모더니티의 세계로 진입한 한국의 현실을 돌이킬 수 없는 현재로 선언했다. 그런데 김영하 소설이 첨단의 감각과 화법에도 불구하고 소설 미학에서는 급진적인 형식 실험 대신에 정제되고 통일된 서사를 추구했다면, 판자촌의 궁핍한 하층 생활에서 자라나온 새로운 문화 세대의 감각과 경험을 기괴한 상상력, 극단적 환상과 악몽의 연쇄로 토해낸 백민석의 소설은 내용과 형식 모두에서 기성의 체제와 질서에 대한 부정성을 격렬하게 표출했다. 『헤이, 우리 소풍 간다』(1995), 『내가 사랑한 캔디』(1996)에서 컬러텔레비전의 화면이나 만화방에서 비루한 현실의 환몽을 발견해야 했던 아이들의 반성장의 이야기로 처음 모습을 드러낸 백민석의 세계는 『목화밭 엽기전』(2000)에 이르면 자기 세대의 환상을 개발한 고딕소설이나 호러 무비의 장르적 관습들을 거침없이 참조하면서 극단적인 반인간 반문명의 악몽을 완성한다. 백민석의 문학은 그 스타일의 철저함에서 90년대 문학의 가장 급진적인 미학적 모험으로 기록될 만한데, 이후 2000년대 문학에서 좀더 예각화될 반인간의 상상력을 선취하고 있었다. 김영하의 문학도 허구적 글쓰기의 공간에 대한 자각이 뚜렷하지만, 백민석의 문학 역시 종래의 현실 지향적 소설과는 기본적으로 그 궤를 달리하고 있었다. 백민석 소설의 악몽은 현실과 마주보고 거기에 직접적으로 대응하는 과정에서 만들어진 것이라기보다는 이데올로기적 가상으로서 '현실'의 어떤 측면을 의식하는 가운데 그 바깥을 향한 언어와 상상의 새로운 미적 충동과 더 긴밀히 관련되어 있었다. 이렇게 볼 때 『7번 국도』(1997), 『스무 살』(2000) 등, 갑자기 막을 내린 이념의 시대와 도래한 탈이념의 세상 사이에서 길을 잃은 세대의 실존적 혼란으로부터 출발한 김연수의 문학이 현실의 존재적 지위에 대한 복합적인 성찰을 경유하고 진실이나 의미의 구성적 성격, 언어의 비재현적 국면, 세계의 불확정성과 차이의 생산 등 현대의 철학적 의제들을 자기화하는 가운데, 소설이라는 허구의 영토에서 현실에 비껴선 또다른 세계의 심미적 질문 가능성을 발견하고 바로 거기에서 자기 세대의 존재론을 거듭 다시 써나가게 된 과정 또한 겉으로 보이는 미학적 구도 이상의 치열한 인식론적 단절의 투쟁을 포함하고 있었다고 하겠다.

다시 말해 거대 담론을 둘러싼 상징계의 균열과 붕괴가 세계의 실재성에 대한 인식론적 회의로 이어지는 가운데 문학의 상징계에서도 현실과 언어에 대한 다른 감각의 이야기가 태어나고 있었다. 이와 함께 세계의 무의미를 중얼거리는 반성적 사유의 연쇄 속에서 필연과 의미의 강박을 헤치고 언어의 무의미와 세계의 무의미가 겹치는 지점까지 구축과 해체의 반복적인 이야기 사슬을 밀어붙인 정영문의 작업이나, 지극히 이질적인 감각과 화법으로 현실의 낯선 차원을 열어가며 궁핍의 이야기든 고독의 이야기든 집단적이고 제도화된 의식의 바깥에서 새로운 소설적 사유의 형식과 문법을 찾아간 배수아의 작업 등이 또다른 소설적 모험으로 주목을 받고, 이념형적 민중에 대한 반성을 토대로 소외되고 배제되는 사회적 약자들의 진실을 좀더 생동하는 인간 이해 속에서 포착하려 한 김소진, 한창훈, 전성태 등의 작업이 리얼리즘의 갱신과 관련되어 새롭게 부각되는 가운데 2000년대 소설은 이미 다양한 층위에서 시작되고 있었다.

5. 오래된 질문들

지금까지 개략적으로 살펴본 것처럼, 80년대 문학에 가해졌던 특별한 정치적 열망과 이념적 중압으로부터 벗어나오는 과정에서 한국소설의 주체성은 그 자신의 조건과 가능성을 원점에서부터 다시 모색하는 시간을 가졌던 것으로 보인다. 그런 가운데 내면성의 회복이나 반문화적 충동에 집중되었던 소설의 흐름은 새로운 세대적 감각을 동반한 다양한 미학적 스타일을 열어간다. 사실주의적 기율에 무심한 다기한 서사의 문법, 환상의 개방, 반인간의 시선, 만화적이고 우주적인 상상력의 확장 등 적어도 그 스타일의 진폭에서 새로운 세기로 진입한 한국소설은, 이전 역사에서 보여주지 못했던 다양한 개성을 구가한다.

물론 이 '개성들'에 대해서는 단지 긍정과 격려의 시선만이 있었던 것은 아니다. 2000년대 소설에 도착한 새로운 소설 문법의 개진에서 외부 세계의 현실과 대면하기보다 그 압력을 비껴가는 "무력한 자아의 개인주의"(김영찬, 「2000년대, 한국문학을 위한 비판적 단상」)를 본 김영찬의 시각은 반대편의 우려라 할 만하다. 그러나 같은 글에서 김영찬도 이야기하고 있듯, 이들의 새로운 소설 문법이 "개인을 압도하는 세계의 비정한 모더니티에 대한 감각을 나름의 개인적인 방식으로 대처하고 소화하려는 노력" 가운데 나온 미학이라는 사실을 이해할 필요가 있다. 그렇다면 그 '무력한 자아의 개인주의'는 외부 없는 현실의 정직한 껴안음이며, 그럴 때 '비껴감'의 미학은 방법적이지만 절실하기도 하다. 가령 우리는, 고립된 개인들 사이에 스며드는 기적 같은 연대를 믿게 만드는 윤성희 소설의 쾌활한 질주, 불우한 현실을 뒤집는 김애란의 명랑한 상상, 황당무계한 상상과 언어유희 속에 현실의 비애를 응축하는 박민규의 자유로운 비약 등에서 공히 그 표면의 유머를 넘어 세계의 불행에 깊이 감응하고 있는 소설의 시선을 만날 수 있지 않았는가.

그런데 이 같은 소설 미학에 대한 동의 여부와는 별도로 2000년대를 지나오면서 한국소설에 세계의 비참과 불행에 대한 감각이 극단화되고, 과도한 비관의 상상력이 움직일 수 없는 전제처럼 되어버린 상황은 어떠할까. 종말 혹은 재난의 상상력이 한국소설에서 일련의 관습적 흐름을 형성한 지도 꽤 되었지만, 이제는 굳이 그런 상상력의 도움 없이도 많은 소설에서 오늘의 현실은 그 자체의 건조한 재현만으로도 어딘가 끝장의 분위기를 느끼게 한다. 그리고 사실, 끔찍하기로는 이쪽이 더하다. 그렇다면 세계에 대한 이러한 감각 위에서 어떤 의미 있는 소설의 서사가 가능할까. 개선 가능성이 잘 보이지 않는 불행과 황폐의 세상을 한쪽에 둔 몇 가지 소설적 대응의 예를 떠올려보자.

김사과는 시스템의 폭력을 내면화한 텅 빈 주체의 자기 파괴적 분노를 극단적으로 밀어붙인다. 최진영은 폭력적인 세상으로의 진입을 거부하는 반성장의 서사를 택한다. 한유주는 아예 다른 길로 간다. 한유주는 의미 있는 서사의 가능성을 회의하면서 그 서사 불가능성을 글쓰기의 전략으로 삼는다. 김태용에게도 의미를 추구하는 개인의 탐색담으로서의 소설적 영역보다는 이질성을 도입하는 글쓰기의 다양한 가능성을 실험하는 일이 중요하게 부각되고 있는 것 같다. 황정은의 예도 있다. 가령 황정은의 단편 「낙하하다」(2011)에서 소설 화자 '나'가 "어디든 충돌했으면 좋겠다고 생각한다. 삼 년째 떨어지고 있으니 슬슬 어딘가 충돌해도 좋을 것이다. 부서지더라도 충돌하는 것이 좋을 것이다. (……) 누가 누가 누가 없어요 나와 나와 나와 충돌해줘"라고 간절하게 호소할 때, 이 고립감은 정치적 약속이나 사회적 구제로부터 너무 먼 곳에서 울리고 있다는 느낌이 든다. 그러나 황정은의 소설은 이 고립감을 절대화하지 않는다. 홀로 끝없이 떨어지고 있다는 느낌이 극단으로 치닫는 가운데 그 고립감의 증폭은, 견딜 수 없는 상황에서 나오는 언어의 유희 같기도 하지만, 무언가 틈새를 연다. 앞의 인용문 뒤에 갑자기 '나'는 '상승'의 느낌에 휩싸인다. "올라가고 있는지도 모른다. 상승하고 있는지도 모른다. 상승 상승 이거 봐 거듭 말하자 속도가 빨라진 듯한 느낌이 든다. 낙하 낙하 낙하보다는 빠른 속도로 떠오른다. 점점 더 빠르게 떠오른다." 이 상승의 느낌이 낙하의 반복과 권태가 빚어낸 환상인지 그렇지 않은지는 소설의 마지막에 이르러서도 확정되지 않는다. 소설의 끝은 이렇다. "삼 년 전과 같은 속도로 떨어진다./ 농담이 아니다./ 떨어지고 있다./ 상승하고 있다." 물론 상승한다고 해서 "지옥적"이라고 묘사된 이곳의 외부(외부가 있는지도 알 수 없다)로 나갈 수 있다는 의미인지도 분명하지 않다. 다만 우리는 전철역에서 소설 화자 '나'와 어떤 아주머니 사이에 출구를 물어보고 가르쳐주며 일어났던 전혀 대단할 것도 없는 "환대"의 사건을 이 상승의 이미지와 연결지어 곱씹으며 소설 속 우화에 나오는 "개수구멍도 없고 문도 없는 방"의 바깥을 생각하게 된다. 비유컨대 쉽게 눈에 보이는 '낙하'와 쉽게 떠올리기 힘든 '상승' 사이에서 "개수구멍도 없고 문도 없는 방"의 외부를 골똘히 상상하는 한 인물에게서 비단 황정은에 국한되지 않는, 우리 시대 많은 작가들이 처한 어떤 궁지가 엿보이는 듯도 하다. 그러나 이 궁지야말로 2000년대 소설이 스스로를 껴안고 타개해나가야 할 가능성의 지점이기도 할 것이다.

1985년에 태어난 작가 박솔뫼는 단편 「그럼 무얼 부르지」에서 '5월 광주'를 역사책이나 시를 통해 접한 세대의 내면을 보여준다. 소설 화자 '나'에게 '5월 광주'는 '캔커피의 쓴맛'처럼 확실하게 감각되는 세계가 아니다. 그것은 몸이 모르는 시간이다. 사람들의 이야기를 듣고, 김남주와 김정환의 시를 읽고, 역사의 현장을 거닐어도 '나'와 그 시간 사이에 드리운 장막은 제거되지 않는다. 30년 전 한반도 남쪽에서 벌어진 민중학살의 이야기는 여전히 남미 작가의 소설이나 아일랜드 해방투쟁을 다룬 영화보다 멀다. 그러나 박솔뫼의 소설은 버클리와 교토 그리고 광주라는 세 장소에서 비슷하게 반복되는 그 장막의 경험을 전하는 가운데 문학이 인간의 한계와 결핍을 자신의 언어에 반성적으로 기입하는 순간을 보여준다. 이제는 얼마간 관습적인 감정의 호출에 지나지 않게 된 '5월의 노래'를 두고 광주의 술집에서 오가는 대화를 지켜보면서 '나'는 자기도 모르게 그들의 말을 따라 중얼거린다. "그럼 무얼 듣지?" 김남주와 김정환의 시를 읽을 때, '나'는 그 시의 문장 아래로 검지손가락을 밀고 나간다. 이 중얼거림과 검지손가락의 작은 노동에는 장막의 존재를 포함하는 '5월'에 대한 다른 문학적 호명의 가능성이 꿈틀거리고 있다. 은희경의 근작 단편 「스페인 도둑」(2012)에도, 한국이 32년 만에 본선에 진출한 1986년의 멕시코 월드컵 때 태어났고 2002년 월드컵의 열기를 성장기에 겪은 비슷한 세대의 이야기가 나온다. 4강전을 함께 보았던 그 2002년 이후 '소영'과 '완'이라는 두 남녀 동창생이 각기 달리 겪은 9년의 세월을 대비하며 '뿌리내림'과 '이식' 혹은 '떠돎'에 대한 작가 특유의 사유를 펼치고 있는 이 작품에서 고등학교 때 유학을 떠나 외국에서 9년을 보내고 귀국한 '완'이 자신의 그 떠돎과 이식의 경험으로부터 들려주는 세계인식은 인상적이다. "어쩌면 세계란 처음엔 잘 열리지 않는 방문과 탁자와 침구와 쓰레기봉투, 그리고 여행 가방을 기본 단위로 이루어져 있는지도 모른다. 공동 공간으로 나가면 화장실과 텔레비전이 있다. 그것들이 시간과 장소에 따른 형식으로 복제, 재생되고 그 세계들을 단계별로 하나하나 재편해가는 과정이 되풀이된다." 민족, 이념, 역사, 가족 등등의 이야기가 까마득히 후경으로 밀려난 자리에 그저 언제든 자신이 딛고 있는 자리로부터 떠날 준비를 해야 하는 연약한 '개인'이 조그만 무대 앞에서 서성이는 게 보인다. 그의 여권에는 유효기간이 있고, 그의 정체성을 둘러싼 많은 서사는 잠정적이다. 그 세대적 경험에 주목할 때 특별히 유동적 근대의 현실로부터 자라나온 것처럼 보이는 한 젊은이의 조숙한 허무는, 그러나 시속(時俗)과 세태를 넘어 세계라는 벽 앞에 홀로 선 개인의 고독을 상연하고 있다. 그리고 이것은 우리가 짐작하는 것 이상으로 오래된 인간의 이야기인지도 모른다. 2000년대 한국소설은 새로운 실재들의 도전에 부딪치는 가운데 계속 오래된 질문들을 찾아내고 있다.

(『문학과사회』 2012년 겨울호)

종언의 폐허에서 문학을 사랑하다
— 신형철 평론집 『몰락의 에티카』

1

어지간하다. 동시대 한국문학에 대한 애정이. 어지간하다. 비평적 사유의 성실과 명석이. 그리고 참 단단하다. 비평가의 자의식이. 신형철의 첫 평론집 『몰락의 에티카』 이야기다. 그런데 방금 탄복을 숨기지 못하고 거론한 신형철 비평의 세 측면은 어떻게 그의 비평 속에 기거하고 있을까. 당연히 한몸이다. 여기 그것을 증거하는 인상적인 사례가 하나 있다.

신형철은 그 자신 '뉴웨이브'라 호명한 2000년대 한국 시의 새로운 흐름에 대해 여러 편의 지지와 옹호의 글을 쓴 바 있다. 그 글들에는 "70년대 산(産) 2000년대 발(發)" 신형철 비평의 세대적 자의식이 다른 어느 자리에서보다 선명하며, 자신의 비평이 그 동지적 시들과 연대해 생성하고 정초하고자 하는 새로운 미학적 윤리적 척도의 탐구가 뜨겁게 들끓고 있다. '뜨겁게'라고 했거니와 그의 논지 전개는 차라리 지나치다 싶을 정도로 차분하고 유연하며 애정의 성마른 표출이 야기하기 쉬운 논리적 결락과 성급한 비약을 발견하기 어렵다. 뜨거움은 자신의 비평 언어 한 단어 한 단어에 근거를 부여하고 책임을 지려는 사유의 성실함과 비평 대상에 대한 온전한 파악과 등을 맞대고 있는 명징함, 그리고 드문 재능으로 보이는 유연한 소통의 수사학에 감싸여 있어 차라리 경쾌하고 삽상한 기운마저 준다. 그러면서 그것은 시학과 정치, 윤리를 하나로 밀고 나가려 했던 저 김수영의 '온몸의 시학'에 대한 야심을 숨기지 않고 있다고 하는 것이 좀더 사태의 진상에 가까울지 모르겠다.

그런데 이 글들에 대해 "성급하게 새로움을 강조한다"는 비판이 있었던 모양이다. 그 비판은, 자신이 기다리고 있는 시의 새로움에 대한 당위적 요구로 신형철이 사용했던 "파천황의 감각과 미증유의 언술"이란 표현을 문맥에 대한 배려 없이 인용하면서 거친 언어로 신형철의 글들을 공격한다. 이 비판에 대한 답변을 겸해 작성된 글(「시인들이 거기에 있을 때 우리는 무엇을 해야 하는가」)에서 신형철은 충분히 자신의 입장을 개진한 다음, "파천황이니 미증유니 하는 수사가 거슬린다면 바꾸면 그만" 아니겠냐고 말한다. 그리고 그는 평론집을 만드는 과정에서 "불필요한 오해를 피하기 위해"서라며 그 표현을 수정한다. 이것은 쉬운 일인가. 정당한 비판이라 하더라도 자신의 표현을 수정하는 것은 쉽지 않은 일인데, 하물며 맥락을 무시한 거친 공격임에야. 그러나 적어도 신형철에게 이런 일은 그다지 큰 문제가 되지 않는 것 같다. 왜인가. 그에겐 보다 긴급하고 절실한 과업이 있기 때문이다. 그러니까 한국시의 어떤 현재와 가능성이 점멸하는 진실로 자신의 비평적 호명을 기다리고 있었던 것이다. 평론집 2부에 실린 두 개의 보유를 포함한 여덟 편의 정치하고 열정적인 글들이 그 증거다.

'자아의 시'에서 '주체의 시'로 넘어가는 자정의 시간, 그 1초의 비평적 좌표 위에서 쓰이고 있는 그 글들은 '차이(새로움)'를 감지하는 비평적 책무를 스스로에게 부과하고 그 책무를 성실하고 명석하게 수행한, 한국 시의 새로운 가능성에 대한 더없는 애정의 시론이다. 그의 비평적 시각에 입장을 달리할 수는 있을지언정, 그 뜨거운 애정을 거절하기는 어렵다.

그리고 그 뜨거운 애정은 서정적 자아의 세계가 개시하지 못하는 점멸하는 진실의 세계를 새로운 시의 미학-윤리학으로 열어보려는 치열한 사유의 투쟁을 동반하고 있다(비슷한 맥락의 논의가 문학사에서 여러 차례 반복되었다는 사실이 신형철이 제기한 비평적 논점을 격하하는 이유가 될 수는 없다. 그 불가피한 반복을 매번 새롭게 틀짓고, 매번 더 정확하게 고쳐 쓰는 일은 차라리 비평의 운명이다. 문제는 당대의 세계이해와 감각이며, 그 작은 차이가 아니겠는가). 신형철은 '책머리에'에서 각기 '정신의 투쟁'과 '비평의 애정(감동)'을 강조한 발터 벤야민과 고바야시 히데오의 두 비평관(批評觀)을 자신의 글이 동시에 감당하고 싶다는 소망을 피력하고 있거니와, 아무리 박하게 이야기하려 해도 이 2부의 글들을 비롯해서 그는 이번 비평집 전체에서 그 소망에 어느 정도 접근해 있는 듯하다.

2

'21세기 문학 사용법'이라는 부제를 달고 있는 프롤로그 「몰락의 에티카」는 신형철 비평의 출사표라 할 만하다. "문학은 불가피하다"라는 문장을 첫머리로 삼은 이 출사표는 신형철 개인의 고유한 언어이기도 하지만, 현실 대신 실재를, 자아의 도덕 대신 주체의 윤리를, 정치의 윤리 대신 윤리의 정치를, 반영과 재현의 문학 대신 점멸하고 출몰하는 진실의 현시와 개시로서의 문학을, 아니 차라리 '사건'으로서의 문학을 이야기하며 한국문학을 새롭게 읽고 쓰고자 한 2000년대 일군의 비평세대의 그것이기도 하다. 그들은 대개 90년대 초중반에 대학에 들어와 알튀세르를 통해 마르크스를 읽기 시작했고, 무엇보다 정신분석학에 의해 다시 사유된 서양 근대철학의 인간 이해와 세계 이해를 비평의 철학적 토대로 삼고 출발했다. 그리고 이것은 이들 세대의 '불가피성'이었을 것이다. 프랜시스 후쿠야마가 『역사의 종언과 최후의 인간』을 출간한 것이 1992년이었다. 그 두 해 뒤 윤대녕은 저 「은어낚시통신」을 통해 한국소설에 도착한 새로운 시간을 알리지 않았던가.

신형철은 쓰이지 않은 김소진론 「울음 없이 젖은 눈—김소진에 대해 말하지 않기」(그는 이 글을 비평집의 에필로그로 삼았다)에서 이렇게 쓴다. "당시(1997년—인용자) 나는 문학이란 관념의 성채이거나 실존의 기미 같은 것이라고 믿었다. 철학이 아니면 시(詩)여야 했다. 그 중간에 어정쩡하게 끼여 있는 '이야기'들을 나는 혐오했다. '고아떤 뺑덕어멈'이나 '장석조네 사람들'과 같은 유의 제목에는 미동도 하지 않았다." 그러니 다시 한번 이것은 이들 세대의 불가피성이며 동시에 신형철 비평의 불가피한 기원의 연표를 이룬다. 이들에게 '현실(이야기)'은 한때 어떤 이들에겐 아무리 곱고 설레는 것이었다 하더라도 이젠 지겨운 '뺑덕어멈' 이상일 수 없었다. 사랑은 불가능했고, 거절은 불가피했다.

그러니 이들이 프로이트 라캉 지젝이 열고 그려준 인간 욕망의 심연, 그 상세 지도 앞에서 숨을 죽이지 않았다면 그거야말로 이상한 일이었으리라. 이들은 들뢰즈-가타리의 '천 개의 고원'을 지리산 세석평전보다 더 사랑하지 않을 수 없었다. 물론 이들은 김윤식을 읽고 김현을 읽고 백낙청을 읽고 김우창을 읽고 유종호를 읽었을 것이다. 그러나 이 성좌들은 너무 멀지 않았을까. 아마도 황종연이었을 것이다. 영미비평의 전통과 교양을 숙지한 위에서 현대성의 담론을 한국문학의 현장에 심도 있고 폭넓게 맥락화한 황종연 비평이 한국문학에 도착한 때가 바로 이들이 비평 공부를 시작했을 90년대 초반이었다. "문학 특유의 자질과 역사"에 대한 풍부한 식견과 감각이 실려 있는 황종연 비평의 매혹은 모방하기 힘든 품격의 비평언어에도 있었지만, 한 비평가가 "참고문헌의 은하계"라 부른 그 무수한 이론적 문헌적 전거 그것이기도 했다. 거기서 얻어낸 뛰어난 균형감각으로 황종연 비평은 90년대 문학에서 자아의 윤리학과 진정성의 관념을 현대적으로 재해석하는 길을 찾고 있었다. 그것은 훗날 신형철 세대의 비평이 출발할 때 더없이 든든한 디딤돌이 될 것이었다. 그러니 90년대 초반 황종연 비평의 조용한 도착이 하나의 사건임을 신형철 세대는 대번에 알아차렸을 것이다. 세상 밖에서의 위세와는 상관없이 비평은 이제 해볼 만한 일이 되어가고 있었다. 그렇다면 이들에겐 '비평'을 한다는 것 역시 불가피한 일이었는지도 모른다.

그렇게 이들 세대는 한국문학이 비평의 역사를 쓴 이래 이론적으로 가장 단단히 무장한 세대가 될 준비를 하고 있었고, 그것이 이들 세대의 진정성이었다. 평론집 『몰락의 에티카』는 각주를 통해 신형철 개인 및 이 세대 비평이 도움을 받았던 숱한 이론적 지평을 정직하게 보여주고 있거니와, 그 목록 하나하나가 감동적인 이유도 그래서다. 그것은 '종언'의 시대에 던져져 비평을 시작해야 했던 세대가 자신의 현실과 문학을 발견하고자 몸부림쳤던 뜨거운 고투의 흔적이 아니고 무엇이겠는가. 신형철은 '책머리에'에서 쓴다. "나는 문학을 사랑한다. 문학이 나를 사랑하지 않아도 어쩔 수 없다." 그러니 프롤로그의 부제는 이렇게 고쳐져야 할지 모르겠다. '21세기 문학 사랑법'이라고.

사정이 이러할진대, 신형철 비평은 그 태생에서부터 가라타니 고진의 종언론에 굴복할 수 없는 것이었다. 그 종언론의 프레임은 마땅히 거부되어야 하는데, 그와 그의 세대의 비평은 그 종언론의 폐허에서 문학에 대한 자신들의 사랑을 구하며 태어났고, 그런 만큼 그들의 비평은 지금껏 그래 온 대로 앞으로도 "종언의 종언"을 "선언"하고 매번 새롭게 "몰락 이후의 첫번째 표정"을 찾는 데 바쳐질 터이다. 그 절박한 운명의 기원과 향방에 대해 신형철이 썼던 '사랑' 이상의 적절한 표현을 나도 찾지 못하겠다.

3

'그는 76년생이고 나는 63년생이다.' 그러니까 한 사람은 이제 입에 담기에도 뭣한 386세대다(적어놓고 보니 새삼 참 고약한 명명이란 생각이 든다). 그러나 누구도 자기의 시대를 선택해서 태어나지 못하는 일이니 어쩌겠는가. 그런데 난 왜 뜬금없이 몇 년생 운운하며 이런 한탄을 하나. 그가 먼저 말했기 때문이다. 사정은 이렇다.

『몰락의 에티카』는 수록된 개개의 글들도 그러하지만 평론집 전체의 구성 또한 치밀하기 그지없다. 그 치밀함은 '잘 기획된' 같은 상투어를 넘어서는 어떤 열정의 소산이다. 그런데 단 한 편의 글은 예외다. 에필로그 「울음 없이 젖은 눈」이 그렇다. 이 글은 김소진에 대해 쓰고자 했으나, 쓸 수 없었던 사정의 기록이다. 그러니까 쓰이지 않은 평문이다. 정신분석학의 지휘를 받아 말하면, 비평가 신형철 혹은 『몰락의 에티카』의 시스템을 '오작동'시키는 글이다. 아니 시스템의 '오작동' 그 자체다. 신형철이 프롤로그에 쓴 대로, 신형철 비평의 "진실은 그 오작동 안에 있을 것이"다(하긴 이렇게 쓰고 보니 에필로그의 오작동 역시 저 '치밀함' 안에 있다).

신형철 비평은 왜 쓸 수 없었나. 신형철은 쓴다. "그의 소설은 삶 안으로 깊숙이 들어가 있는데, 나는 그의 소설들을 삶 바깥으로 끌어내려 하고 있었다." 신형철 같은 명민한 평론가가 '삶 안과 바깥'이라는 이런 범박한 덫에 걸릴 수도 있나. 그럴 수도 있는 모양이다. 그는 세대론으로 달아난다. "그에게는 진솔한 트라우마가 있었고 부드러운 초자아가 있었다. 우리 세대는 어떤가. '아버지'라는 상처도 없고 '어머니'라는 가난도 없다." 이런 가짜 대립이 어디 있나. 신형철 비평은 지금 무언가를 회피하고 있는 것 아닌가. 이제 그는 지나치다 싶을 정도로 나간다. 신형철은 쓴다. "피 끓는 증오도 애타는 동경도 없는 삶이다. 그런 삶에 무슨 성공과 실패가 있겠는가. 나는 인간을 모른다. 인간을 모르기 때문에 김소진을 모르고 있다. 김소진을 모르기 때문에 나의 문학은 너무 편안하다." '피 끓는 증오와 애타는 동경……' 그런 삶이 어디 있겠는가. 한 번이라도 있었겠는가. 인용문 '나'의 자리에 라캉을 놓고 들뢰즈를 놓는다고 사태가 달라지겠는가. 그들은 그저 '너무 많이 아는' 사람들에 지나지 않는 것 아닌

가. 이름 없이 죽어간 혁명가들은 어떨까. 봄나무 위에 "울음 없이 젖은 눈을 굴리면서" 앉아 있다 날아간 새를 불러온다 해도 사정은 마찬가지일 것이다. 그런데 기실 이런 소박한 반문은 반문이 될 수 없는 것이, 이 오작동의 지점을 포함해야만 『몰락의 에티카』 전체가 가까스로 문학의 윤리와 비평의 윤리를 말하는 지점으로 나아갈 수 있다는 것을 신형철 비평이 너무나 잘 알고 있기 때문이다. 그리고 이렇게 정리한 다음에야, 우리는 겨우 물을 수 있을지 모른다. 당신의 에티카는, 정말 몰락을 원하는가? 아니, 욕망하는가?

(『문학동네』 2009년 봄호)

'밤의 시간'에 개시되는 문학을 위하여

— 권희철 평론집 『당신의 얼굴이 되어라』

2010년 여름의 시들을 읽는 권희철의 「식물성의 꿈」이라는 글은 "『비탈의 사과』를 너무 빨리 읽지 않기로 하자"라는 문장으로 시작한다. 그러면서 "시와 현실을 너무 빨리 접속시키려는 성급함"(136쪽)을 경계하며 천천히 시 속으로 들어가려 한다. 그런데 권희철에게 이런 경계는 애당초 성립되지 않는다. 그는 시를 '빨리' 읽을 수 없는 사람이다. 편혜영의 장편 『서쪽 숲에 갔다』를 읽고 있는 「세계의 일식이 지나고……」는 이 소설에 대한 예상되는 독법을 '~가 아니다' 방식으로 언급한 뒤, 마찬가지로 예상되는 반박을 호출하면서 글을 시작한다. "그렇게까지 복잡하게 읽어야 할 필요가 있을까?"(442쪽) 물론 그럴 필요가 있다. 아니, 그렇게 읽을 수밖에 없다. 적어도 권희철이라면.

에두르지 말기로 하자. 권희철은 뛰어난 비평가다. 문학비평은 무엇보다 작품을 섬세하고 꼼꼼하게 읽는 일에서 출발한다. 그는 이 일을 시종 놀랄 만한 명석함과 성실함으로 해낸다. 그 명석과 성실은 폭넓은 독서의 시간에서 자아낸 풍부한 맥락의 씨줄과 날줄로 감싸여 있다. 특히 그의 '시 읽기'에서 더 돋보이지만, 말이 데려오지 못한 모종의 그늘에까지 그의 감각과 맥락의 독서는 열려 있다. 그러나 그의 평문은 그 읽기가 어떤 번쩍이는 발견의 경이와 환희의 순간들을 모아놓은 것이 아니라, 감각과 사유를 서서히 익히고 데우면서(혹은 식히면서) 텍스트와 공명하려 한 수고로운 노동의 시간임을 보여준다. 윤진화의 시 「모녀의 저녁식사」를 읽는 비평가의 눈길을 따라가보자.(「궁극의 리듬을 위한 프렐류드—윤진화의 『우리의 야생 소녀』」) 그는 우선 온통 푸성귀뿐인 이들 모녀의 가난한 식탁이 '김치-풀밭-말-아마조네스'의 이미지들을 따라 펼쳐지는 것을 가만히 지켜본다. 그리고 자문한다. "유방암으로 한쪽 유방을 절제해야 했던 어머니에 대한 딸의 애틋한 시선 아래서 "젖가슴 하나 달린 여자들"과 그녀들의 말이 아니고서 어떤 동물과 어떤 부족이 초대될 수 있겠는가" 하고. 그는 괄호 속에 생각을 덧붙인다. "저 식물성 만찬 또한 어머니의 유방암 때문에 강제된 식이요법인 것일까. 그렇다면 이 시를 출발시키는 농담은 또 얼마나 슬픈 것인가."(127쪽) 그러나 그의 귀는 '히잉' 하고 세 번 반복되는 말 울음소리로 열리며 거기서 늙고 병든 어머니가 아마존의 여왕 히폴리테로 다시 태어나는 생명의 리듬을 듣는다. 그리고 한 번 더 남았다. 윤진화의 시집으로부터 남성/여성의 이중부정 위에 태어난 '야생 소녀'의 특별한 '공격성'을 읽어온 비평가의 맥락적 독서는 이 시에서 "'아마존'의 기호 속에 굳어진 '전사'(공격성)의 이미지"가 "무엇인가를 먹는 행위의 안락함과 함께 나눠먹는 행위의 따뜻함으로 침식되고 변질"되는 지점을 포착한다. 이제 그는 윤진화 시의 '공격성'에 대해 말할 수 있게 된다. "그것은 단순한 찢기가 아니라, 심연에 대한 침투이자 굴착이며 출산에 가깝다. 이 공격성은 나르시시즘을 경유하지 않고 존재 생성의 꿈을 꾸려는 것처럼 보인다. 이것이 빛의 시침질이고, 여자 사냥꾼의 초경이며, 아마존의 만찬이다."(128쪽) 같은 시인의 「기차」를 읽으며 '물결치는 머리카락'이 만들어내는 '궁극의 리듬', 그 전주곡에 동참하는 대목 역시 그의 비평이 텍스트에 스미고 겹치며 만들어내는 울림의 생성을 상연한다. 그것은 비평이 문학 텍스트와 나누는 공명의 아름다운 예라 할 만한데, 비평가 자신의 말을 일부 빌리자면 여기에는 시의 '심연'에 대한 부드럽고 겸손하지만 예리한 '침투'와 '굴착', 그리고 '출산'이 있는 것 같다. 그는 그의 비평에 소요되는 말들을 대개 텍스트로부터 조심스럽게 가져오지만 그것들을 어떻게 돌려줘야 하는지 안다. 그리고 그때 그의 비평 역시 어떤 '존재 생성'의 순간을 만들면서 '은폐-개진' '짜임-풀림'의 '이중운동'에 이르는지도 모른다.

물론 권희철의 비평이 우리에게 신뢰감을 주는 것은 그 섬세한 공명의 읽기가 이른바 '문학적 섬세'의 좁은 울타리에 갇혀 있지 않고(하긴 이럴 경우 제대로 된 공명의 읽기가 가능하지도 않겠지만), 세상의 형편과 이치에 대한 숙고, 사려 깊은 윤리적 성찰과 함께 구축된 것이기 때문일 테다. 그 숙고나 성찰이 세련되고 맞춤한 이론이나 사유에 지나치게 기대어 일종의 '과도한 읽기'(나는 「인간쓰레기들을 위한 메시아주의—김사과론」이 권희철의 글답지 않게 바울-벤야민-아감벤으로 이어지는 '메시아주의'의 사유에 너무 조급하게 기댔다고 생각한다. 이들이 말하는 '메시아주의'의 시간관이나 구원의 관념은 지금-이곳의 이야기로 옮겨지기에는 너무 멀고 아득하다. 여기에는 정말 많은 숙고가 필요한 것 같다)에 이르는 경우가 없는 것은 아니지만, 권희철의 비평은 대개 세상에 대한 두터운 공부의 흔적을 지니고 있다. 이 공부는 책상에서도 오는 것이겠지만, 생각의 시간에서도 오는 것 같다. 가령 편혜영의 단편 「저녁의 구애」를 꼼꼼히 따라 읽으며, 소설 마지막에 나오는 조등(弔燈)에서 "죽음의 안식과 지루한 일상 중 어느 한 곳에 안착하려는 우리 삶의 형식 그 자체"(「죽음과 함께 있는 것은 여기까지」, 67쪽)를 감지하는 비평가의 눈은 그 생각의 시간에서 비롯되었을 힘으로 우리를 설득해낸다. 니체의 '영원회귀' 사상을 적절한 맥락에서 활성화하며 최은미 소설(『너무 아름다운 꿈』)의 염세와 비극을 그 염세와 비극 바깥에서 정당하게 읽어낼 때(「살아가기 위해서 우리는 비극을 읽는 것입니다」), 우리는 철학과 이론을 세상의 삶 속에서 되풀이 저작(咀嚼)해온 비평가의 시간도 함께 읽는 느낌을 받게 된다. 돌연 '습니다'체로 종결되는 이 평문이 다소간 감동적이라면 그래서일 테다. "비극을 읽는다는 것, 허무주의에 감염된 슬프고 무력한 순간들을 의욕에 찬 기쁨의 순간들로 되돌려놓으려 한다는 것, 다시 말하자면 삶을 살아낸다는 것. 살아가기 위해서 우리는 비극을 읽는 것입니다."(297쪽)

그러나 결국 권희철의 비평에서 문학은 밤의 시간에 개시된다. 여기서 '밤'은 비평가 자신 누차 인용하고 밝히고 있는 것처럼 모리스 블랑쇼의 그 '밤'이다. 범박하게 옮기자면, 인간 이성과 노동의 세계 바깥에 있는 그 밤의 시간에 세계는 밀쳐지고 고정된 의미나 진리는 존재할 수 없다. 그 시간-장소는 세상 속에 자리할 수 없는 비현실성, 불가능성의 황야다. 사물들은 말들로부터 벗어나 있으며, 낮의 시간으로 회수될 수 없는 텅 빈 이미지, 익명의 중얼거림만이 있다. 사유는 불가능하다. 블랑쇼는 이 불가능성을 불가능성 그대로, 낯선 것을 낯선 것 그대로 우리와 접촉하게 하는 데 문학의 '불가능한 어법'이 있다고 말한다. 너무 어렵다. 블랑쇼의 친구이자 깊은 이해자였던 레비나스의 도움을 받자. "고전 미학과는 달리 블랑쇼에게도 하이데거에게도 예술은 세계 배후의 어떤 다른 세계, 현실 세계 배후의 이상적인 세계로 이끄는 것이 아니다. 예술은 빛이다. 하이데거에게 이 빛은 위로부터 내려와 세계를 만들고 거주처를 구축하는 빛이다. 반면 블랑쇼에게 이 빛은 지하로부터 올라온 밤의 어두운 빛으로 세계를 해체하고, 그 세계를 기원으로, 되풀이됨으로, 중얼거림으로, 끊임없이 딸깍거리는 소리로, 어떤 깊은 옛날, 아주 먼 옛날로 인도한다. 비현실에 대한 시적 탐구란 실재의 맨 밑바닥을 탐구하는 것이다."(에마뉘엘 레비나스, 『모리스 블랑쇼에 대하여』, 박규현 옮김, 동문선, 2003, 31쪽) 이번 평론집의 프롤로그로 놓여 있는 「우글거리는 밤의 시간들」은 바로 이 블랑쇼의 문학론에 기대어 '철학적 성찰이나 정치적, 윤리적 과제에 환원될 수 없는 문학 본래의 고유한 자리'를 더듬고 확인해보려는 비평가의 고심을 보여준다. 그리고 '밤, 바깥, 이미지'라는 제목이 붙은 1부의 평문들은 바로 그 밤의 시간으로 들어가 텍스트가 지새우는 불면의 밤을 함께하며 '이해 불가능한 비가시적 동요' '익명의 중얼거림' '시간의 바깥' '죽음이라는 낯섦' '꿈의 존재론' '세계의 유령적 분비물' '밤과 그림자의 범람' 등을 탐사한 기록이다. 그 탐사의 기록에는 비평가가 '책머리에'에서 고백한 "즐겁고 행복한 떨림"(6쪽)이 있고, 공감과 해석의 풍요가 있다. 그 떨림이나 풍요는 단지 작품이나 비평의 그것만은 아닌 것이, 그 기록을 따라 읽으며 우리 역시 세계와 존재의 확장된 지평을 얼마큼은 생각해보게 된다. 비평가가 배수아의 『북쪽 거실』을 읽으며 쓴 것처럼, '현실'이라고 부르는 좁은 가능성 너머에 우리 존재의 '다른 있음의 방식과 풍요로움'이 있다면 우리가 그 너머—밤의 시간—와의 연관을 포기할 이유가 어디 있겠는가. 다만 비평가 자신 너무나 잘 의식하고 있을 테지만, 그 '밤의 시간'이란 결국 '낮의 시간'과의 긴장 속에서만 겨우 희미하게 존재할 수 있다는 사실을 스스로에게 부단히 일깨워주길 바랄 뿐. 그리고 그 밤조차도 계속 또다른 밤을 부르며 그치지 않는 '한에서' 밤인 다음에야. 이렇게 말해도 될까. 이제 한국문학은 권희철이라는 또 하나의 깊고 뚜렷한 비평의 얼굴을 가지게 되었다고.

(『문학동네』 2014년 봄호)

2부

세계를 긍정하는 고독의 속도

세계를 긍정하는 고독의 속도
— 윤성희 소설에 대하여

1. 빠르게, 그리고 느리게

모든 소설 서사에는 틈이 있게 마련이고, 그 틈은 우리의 능동적 독서 행위를 통해 다양한 방식으로 메워진다. 윤성희 소설에 대해 말하기로 한다면, 그 서사의 틈은 크고 잦다. 물론 이 말은 윤성희 소설의 서사가 연결과 짜임새에서 느슨하고 허술하다는 의미가 전혀 아니다. 정반대의 이야기다. 윤성희 소설에서 서사의 틈은 그 자체 서사의 조직 원리라 할 만하다. 치밀하게 의도된 틈의 리듬을 통해 윤성희 소설은 자신만의 고유한 목소리를 낸다. 보통의 경우라면 설명이나 보충 진술이 기대되는 지점에서 윤성희 소설은 단어를 줄이고 문장을 아끼면서 틈을 만든다. 그리고 살짝 건너뛴다. 혹은 그냥 넘어간다. 가령 2011년 황순원문학상 수상작이기도 한 「부메랑」(『웃는 동안』, 문학과지성사, 2011)의 서두에서 소설화자인 '그녀'가 6년 전 겨울에 재활용 쓰레기장 앞에 버려진 선풍기를 주워 온 대목을 보자.

그래서인지, 하얀 눈을 맞으며 버려진 선풍기를 보자 그녀는 갑자기 눈물이 돌았다. 내가 이런 사람이 아닌데. 선풍기를 들고 계단을 올라오면서 그녀는 자신도 모르게 중얼거렸다. 전원을 연결한 뒤, 1단을 누르자, 거실 한가운데로 눈이 날렸다.(124쪽)

무심코 읽어나가던 독자는 "거실 한가운데로 눈이 날렸다"는 문장 앞에서 잠시 멈칫할 수밖에 없다. 판타지라고 생각할 수도 있다. 그러나 잠깐의 착시는 '눈' 앞에 '선풍기에 쌓여 있던'이라는 간단한 설명이 빠져 있기 때문에 일어난 것이다. 거실 한가운데로 날리는 눈의 풍경이 좀더 긴 울림을 남기는 것은 그래서다. "내가 이런 사람이 아닌데" 하는 중얼거림 앞뒤 침묵의 틈새를 건너뛰는 특별한 속도감도 덧붙여 이야기할 수 있다. 그런데 문제는 이런 작은 틈들이 소설 작법상의 단순한 기술에 그치는 것이 아니라, 윤성희 소설 전반의 서사적 리듬으로 확고히 자리를 잡으면서 세계를 이해하고 서사화하는 윤성희 소설의 기본적 태도를 이루고 있다는 점이다.

많이 알려진 대로, 윤성희 소설의 문장은 묘사에 무심하다. 세상을 정태적으로 묘사하고 시적 은유로 주관화하기보다는 세상과 사람들이 움직이고 들려주는 이야기를 객관적으로 받아 적고 싶어한다. 따라서 부사나 형용사는 가급적 억제되고 동사 위주의 간결한 문장이 주를 이룬다. 기본적으로 문장에 속도감이 생길 수밖에 없다. 여기에 서사의 틈을 의도적으로 빚어내면서 그 속도는 더 빨라진다. 한 사람의 곡절 많은 인생유전이 몇 개의 문장, 하나의 문단에 압축 표현되기도 한다. 두번째 소설집 『거기, 당신?』(2004)부터 집중적으로 드러나기 시작해 이제는 윤성희 소설의 주요한 인장 중 하나가 된 이러한 속도감은 그러나, 앞의 예에서 본 것처럼 반드시라고 해도 좋을 정도로 중지와 지연의 시간을 품고 있다. 윤성희 소설이 쉽게 읽히지 않는 것은 이 때문이다. 빠르게 건너뛰는 듯 보이는 곳에서 윤성희 소설은 실상 거기 그 자리에 멈추라고 우리에게 요청한다. 거기에, 보이지 않지만 이야기가 있다. 그 이야기는 지워진 단어 하나의 울림일 수도 있고, 지그시 눌러버린 발화되지 않은 인생사의 긴 사연일 수도 있다. 그 틈을 상상하는 만큼 윤성희 소설의 내재적 시간은 길어지고, 우리의 독서는 연장된다.

그리고 무엇보다 윤성희 소설의 서사는 우회하고 우회하며 이야기의 사슬을 만든다. 속도의 문제는 여기서 다시 한번 지연의 요구에 부딪힌다. 서사는 많은 곁가지의 이야기들을 거치고서야 조금씩 전진 진행한다. 「부메랑」은 한 여인이 10여 년 전에 쓰던 휴대폰을 찾는 이야기로 시작한다. 그녀는 왜 갑자기 이제는 쓰지 않는 낡은 휴대폰 생각이 난 것일까. 소설에 따르면 그것은 고장난 선풍기 때문인데, 두 물건 사이의 연관을 알게 되기까지 우리는 전체 소설 서사의 4분의 1지점까지 따라가야 되며 그사이에 그녀의 일생에 대한 많은 소소한 이야기를 듣는다. 그리고 11년 전 그녀가 돈을 빌리려 찾아온 동창 친구를 모욕한 일이 있다는 것을 알게 된다. 이 소설의 중심서사가 표면 위로 떠오르는 순간이다.

그렇다면 여기서 잠시 그 서사를 요약해보자. 틈틈이 자서전을 쓰면서 자신의 인생을 돌아보고 있던 50대 여인은 뒤늦은 죄책감에 사로잡히고 휴대폰을 찾아내 알아낸 친구의 번호로 전화를 건다. 어렵게 통화가 되지만 그녀는 자신이 누구인지 밝히지도 못하고 사과의 말도 건네지 못한다. 그 통화는 꽃을 사러 들른 꽃집에서 이루어지는데, 말없이 전화기를 끄고 꽃집 여자로부터 꽃다발을 건네는 순간 여인은 자기도 모르게 울고 있다. 이 결말의 대목은 특별히 인용해둘 만하다. 흩어져 있는 것처럼 보이던 소설의 언어들이 의미의 고정점이라는 결말의 권위 속으로 모여드는 지점이어서 그러하기도 하지만, 더 중요하게는 윤성희 소설이 자기도 모르게 누설하는 창작원리의 핵심이 여기 있는 듯 보이기 때문이다.

우는 동안 그녀는 온몸이 뿔뿔이 흩어지는 느낌을 받았다. 어깨가, 허벅지가, 눈동자가, 귀가, 종아리가 그리고 손가락과 발가락이 공중에 떠다녔다. 어느 추상화 화가의 작품을 보는 듯한 느낌이 들었다. 이걸 손으로 그린 거야. 발로 그린 거야. 그렇게 빈정거리던 자신이 부끄러워졌다. 그제야 그녀는 자서전의 시작이 잘못되었다는 것을 깨달았다. "나는 가을에 태어났다. 태몽은……" 그녀는 집으로 돌아가거든 그 첫 문장을 지울 것이다. 그리고 이렇게 쓸 것이다. "내가 죽은 지 일 년이 지났다." 그래 거기서부터 다시 써야 해. 꽃집 여자가 그녀에게 손수건을 건네주었다. 그녀는 눈물을 닦았다. 손수건에서 생선 비린내가 났다.(147~148쪽)

누추하고 어긋난 인생을 자서전의 '진실'을 통해 회복해보려는 여인의 꿈은 번번이 좌절할 수밖에 없었다. 회복해야 할 '진실'이 있다면, 그것은 살아버린 삶과 살고 싶었던 삶, 그 사이 어디쯤에 있을 것이다. 자서전 쓰기가 살아온 삶을 고쳐 쓰고 다시 쓰는 '부메랑'의 역습이자, 또다른 허구의 꿈꾸기라는 것을 깨닫기는 어렵지 않았을 것이다. 자신의 유년에 "봄이면 사과나무 아래 돗자리를 펴고 누워 하늘을 보"는 시간을 선사하기로 하자, 부모님은 어쩔 수 없이 사과농장 주인이 되어야 했다. 그런데 여인에게 허락된 이 자유를 누가 탓할 것인가. 그리고 기실 이 대목은 정확히 '소설'이라는 또다른 허구의 글쓰기가 가닿고자 하는 불가능한 진실의 국면을 은유하고 있지 않은가. 그러나 삶에서 자서전의 허구를 향해 허용되어 있는 듯 보이는 이 자유는, 삶 그 자체의 실제적 교정에서는 무력할 수밖에 없다. 삭제될 수 없는 부채의 청산이 회고적 서사를 통해 가능해지는 것은, 벤야민의 혜안을 빌리자면, 죽음이 이야기꾼에게 허용하는 결말의 권위뿐일지도 모른다. 진정한 자서전은 죽음 앞에서 죽음과 함께 쓰여야 한다. 사르트르가 자서전 『말』에서 "나는 나 자신의 부고장이 되었다"고 한 것도 같은 맥락일 것이다. 인용한 결말에 보이듯이, 그녀의 자서전은 이제 다시 시작되어야 한다. "'내가 죽은 지 일 년이 지났다.' 그래 거기서부터 다시 써야 해."

그러나 인용한 결말 부분을 다른 시각에서 읽어볼 수도 있다. 그녀는 눈물을 흘리는 동안 "온몸이 뿔뿔이 흩어지는 느낌을 받"는다. 뿔뿔이 흩어진 사지를 그린 어느 추상화가의 그림을 빈정댔던 자신을 부끄러워하기도 한다. 꿈꾸기의 형태로나마 삶을 봉합해보고 싶었지만, 그 안간힘의 실들이 한순간 끊어지고 풀어진 상황이라고 할까. 그런데 그렇게 해서 공중으로 뿔뿔이 흩어지는 어깨와 허벅지, 눈동자, 귀, 종아리, 손가락과 발가락은 그동안 윤성희 소설이 지속적으로 보여온 분산되고 산포되는 서사, 전체로의 통합을 거부하는 '부분들'의 운동하는 그림이기도 하다. 윤성희 소설이 작은 이야기들의 환유적 연쇄를 즐기며 가지에 가지를 쳐나가는 서사의 운동에 몸을 실어온 것은, 중심과 주변, 전체와 부분의 이분법적 위계를 그 자신의 세계 이해로 품고 있지 않다는 강력한 증거일 것이다. 그러니 윤성희의 소설은 어쩌면 중심 없는 주변, 전체 없는 부분들의 이야기인지도 모른다.

비슷한 예를 또다른 근작 「느린 공, 더 느린 공, 아주 느린 공」(『웃는 동안』)에서도 확인할 수 있다. 이 소설에서 고교 시절에는 제법 괜찮은 투수였지만, 이런저런 사업에 실패한 뒤 지금은 술로 노년의 세월을 외롭게 보내고 있는 '형'은 동생에게 말한다. "술에 취하면 생각이 머리에서 나오는 것 같지 않아. 발뒤꿈치나 엉덩이에서 생각이 나오는 것 같아." '머리'가 아니라 '발뒤꿈치'나 '엉덩이'의 생각과 이야기로 빚어지는 소설, 그것이 윤성희의 소설이다. 하긴 윤성희 소설을 읽어온 독자라면, 여기에 비유 이상의 함의가 들어 있다는 것을 금방 알 것이다. '하다 만 말'이 소설이 되고, '무릎'과 '부분들'만으로도 하나의 세계가 열리는 곳, '재채기'와 '감기'가 '이어달리기'를 하며 만드는 세상, 그곳이 바로 우리를 웃고 울게 해온 '윤성희 월드'가 아니었나. 우연과 작은 기적에 관대한 이곳의 규칙은 단 한 가지다. '정말이야?'라고 묻지 않기. 그러면 이 모든 '부분들'의 이야기에 고개를 끄덕이고 싶은, 이상한 긍정이 우리를 감싸지 않던가.

「느린 공, 더 느린 공, 아주 느린 공」의 형제는 소설의 결말에서 야구 놀이를 한다. 글러브도 공도 없이 형은 던지고 동생은 받는다. "형의 최대 무기는 느린 공이었다. 너무 느려서 아무도 치질 못했다. 형이 공을 던졌다. 나는 그 공이 날아오는 것이 선명하게 보였다. 느린 공이었다. 아주 아주 느린 공." 우리는 앞에서 윤성희 소설의 속도를 말했다. 윤성희의 소설에는 건너뛰며 내닫는 서사의 빠른 속도가 있지만, 거기에는 동시에 지연과 멈춤, 우회하고 우회하는 느림이 함께 있다(느림에 비교급을 도입한 제목처럼, 세번째 소설집 『감기』(2007) 이후 최근의 작품들에서 '빠름'의 속도는 상대적으로 좀더 제어되고 있는 듯하다). 이 빠름과 느림은 아마 같은 이야기일 것이다. 우리의 삶이 그러하듯이. 윤성희 소설이 한국소설에 준 선물 중 내가 제일 먼저 꼽고 싶은 것은 이 속도다. 한없이 느리면서 한없이 빠른 공. 그런데 이 이상한 공은 어떻게 받아야 하는 것일까. 포수인 동생이 우리에게 가르쳐준다. "나는 손바닥이 아픈 것처럼 엄살을 피웠다. 그러고는 말했다. '볼이야.'" 이 따뜻한 유머.

2. 고독의 이어달리기

많이 알려진 대로, 윤성희 소설에는 웃음이 있다. 그런데 그 웃음은 풍자나 해학의 자리에서 발생하지 않는다. 그 웃음에는 비판이나 저항의 기제가 없으며 자기 비하의 전략도 없다. 윤성희 소설의 웃음은 감정의 투명한 기술이 주는 작은 해방의 느낌에 가깝다. 가령 「구멍」(『감기』)에서 결혼 30주년을 맞은 부모님에게 해외여행을 보내드리기 위해 딸인 소설화자 '나'가 방송국에 보낸 사연의 한 대목을 들여다보자. 여기에는 국밥집 종업원인 어머니와 바퀴공장에서 일하는 아버지가 만나던 스물두 살 무렵의 이야기가 나온다. 아버지를 짝사랑하던 어머니는 주인 몰래 국에 고기를 더 넣어주는데, 너무 용의주도하게 고기를 그릇 바닥에 깐 나머지 아버지조차도 이를 눈치채지 못한다. 아버지가 보고 있었던 것은 바닥에 깔린 고기가 아니라 어머니의 손이었다.

> 설거지를 하느라 퉁퉁 부은 어머니의 손을 볼 때마다 아버지는 돼지오줌보에 바람을 불어넣어 공처럼 가지고 놀던 어린 시절이 떠올랐다. 그러면 한바탕 운동을 하고 난 뒤처럼 온몸이 나른해졌고, 두 손을 가랑이 사이에 집어넣고 몸을 동그랗게 말아 잠을 자고 싶다는 생각이 들었다. 어느 날 혼자 밥을 먹던 아버지는 깍두기를 가져다주는 어머니의 손을 잡고는 말했다. "같이 잡시다."(8~9쪽)

윤성희 소설 특유의 속도감 뒤에 돌연히 나타나는 "같이 잡시다"라는 단도직입적 발언 앞에서 우리는 웃음을 머금지 않을 수 없다. 윤성희 소설의 유머를 두고 김영찬은 프로이트에 기대어 "감정지출의 경제"를 그 원리로 제시하기도 했는데, 윤성희 소설의 유머에 감정을 포함해 언어의 절약이 있는 것은 분명하다. 그것은 또한 슬픔과 고통의 압력을 비껴 간접화하는 인물들의 태도를 말해주는 것이기도 하다. 그러나 다른 측면에서 언어와 감정의 투명하고 표면적인 사용을 이야기해볼 수도 있을 것이다. 우리는 화자가 전하는 이야기를 따라가면서 아버지가 자기감정의 전개에 충실하다는 느낌을 받는다. 그리고 이 감정은 아무런 관념에 기대지 않고 수사적 의장 없이 발화된다. 실제 한 청년이 국밥집에서 일하는 처녀를 보고 느낀 감정의 다발은 그렇게 단순한 것이 아닐 수도 있다. 그럴 때 우리는 대개 그 복합적인 감정의 다발에 대응하는 언어의 표현을 기다린다. 깊이와 이면을 가진 언어를 기대하는 것이다. 그러나 윤성희의 소설 언어는 종종 그 깊이를 삭제한 채 투명해지려는 듯 보인다. "같이 잡시다"는 그저 "같이 잡시다"이다. 이 말은 퉁퉁 부은 손에서 환기된 감정의 유물론에 충실한 만큼 투명하게 말의 표면에 스스로를 멈춰 세운다. 그것은 결국 청혼의 기표가 될 수도 있겠지만, 그 말이 발화된 순간에는 그 속과 너머를 모른다. 이 투명한 말의 표면은 규범적이고 관습적인 감정의 행로를 살짝 비껴가며 작은 해방감을 선사한다. 이때 우리의 얼굴에 웃음이 머금어진다면, 그것은 우리의 정신이 그 말들의 표면보다 우위에 있기 때문이 아니다. 그 순간 우리는 아마도 그 표면의 투명함을 그리워하고 있을 것이다.

그런데 이 표면의 언어들은 작은 웃음의 생성과 함께 만남과 연대라는 윤성희 소설 특유의 서사적 활력에 기여한다. 사람들 사이의 위계나 거리감이 일순 사라진 듯 도래하는 수평적이고 친밀한 만남의 시간은 두번째 소설집 『거기, 당신?』부터 집중적으로 나타나기 시작한 윤성희 소설의 중요한 특징 가운데 하나인데, 여기서 낯모르던 사람들은 어느새 (유사)가족이 되거나 친구가 된다. 이른바 윤성희 소설에서 고독이 공명하는 순간들이다. 「길」(『거기, 당신?』)에서 소설화자 '나'는 어린 시절에 생긴 다섯 명의 이모 이야기를 들려준다. 장사가 안 되는 어머니의 만둣가게에 일주일이면 서너 번씩 찾아와 맛있게 만두를 먹고 가는 여자가 있었다. 키 작은 어머니 대신 가게 형광등을 갈아주기도 하던 그 여자는 어머니 가게의 유일한 단골이 되었다. "이모라고 불러라. 나는 어머니가 시키는 대로 그 여자를 이모라고 불렀다. 명절날이면, 우리 셋은 가게 문을 닫고 화투를 쳤다." 첫번째 이모의 탄생기는 이렇게 짧게 요약되어 있다. 나머지 네 명의 이모가 합류하는 모습도 이와 비슷하다. 그림자 없이 투명하게 사태와 감정의 표면에 스스로를 일치시키는 언어는, 깊이와 이면에 대한 강박 없이 삶을 받아적는 윤성희 소설의 특별한 기술이다.

물론 표면의 언어만으로도 가능한 만남의 마법에는 고독과 결핍의 인생들은 서로를 알아보기 마련이라는 윤성희 소설의 중요한 묵계가 있다. 성장한 「길」의 여성화자 '나'는 출근길 버스를 잘못 타는 바람에 출근을 포기하고 대형 쇼핑몰에서 하루를 보낸다. '혼자 쇼핑 온 사람들을 위한 밥집'에서 거울로 된 벽을 마주하고 점심을 먹는데, 옆자리의 한 여자는 김치볶음밥을 먹으면서 거울에 비친 자신에게 밥을 먹이는 장난을 치고 있다. 얼마 뒤 경매 행사장에서 두 사람은 다시 마주친다.

> 진주 귀고리를 한 아주머니가 사십오만원을 부르자 선글라스를 쓴 여자가 주춤했다. 사십오만……백원. 백원, 이라는 말이 나오자 사람들이 웃음을 터뜨렸다. 나는 목소리가 난 쪽을 돌아보았다. 식당에서 내 옆에 앉아 밥을 먹던 여자였다. 사십오만……이백원. 나는 한참을 뜸을 들인 다음 이백원을 말했다.(151~152쪽)

이 가슴 뭉클한 '백원'과 '이백원'의 대화가 식당에서부터 시작된 고독의 공명, 그것의 증폭임은 말할 것도 없겠다. 그리고 대개는 이 지점에 윤성희 소설이 우리에게 주는 작은 웃음이 함께 있다.

기실 윤성희 소설은 처음부터 고독과 결핍의 이야기였다. '고독의 의무'를 짊어진 인물들, 그들이 '이어달리기'를 하며 윤성희 소설을 이끌어왔다. 그런데 등단작 「레고로 만든 집」(1999)이 그렇듯이 초기 윤성희 소설의 고독의 이야기에는 자폐적이고 자기 파괴적인 어두운 그림자가 짙게 드리워져 있었다. 굴뚝 속에 떨어진 고양이를 향해 벽돌 조각들을 마구 밀어넣거나 레고로 만든 집을 부숴뜨리는 '나'의 행동에서 유형화된 여성소설의 어떤 구도를 떠올려봄직도 했다. 그러던 것이 고독과 고독 사이에 희미한 공명의 길을 찾으면서 윤성희 소설이 그 공명의 길에 어울리는 고유의 문체와 개성적인 서사를 발견하고 발전시켜온 것은 주지하는 바다. 그런데 어느 지점부터 윤성희 소설에서 그 공명은 일대일의 구도를 벗어나 다수의 인물들 가운데서 울려나오기 시작한다. 단편소설의 좁은 틀 안에서 서너 명의 인물들이 무리를 지어 몰려다니는 서사의 구도. 두 번째 소설집 『거기, 당신?』에 실린 「잘 가, 또 보자」 「유턴지점에 보물지도를 묻다」부터 모습을 드러낸 이 구도는 이후 윤성희 소설의 가장 특징적인 국면을 이루게 된다. 이 구도에서 윤성희 소설의 인물들은 좀더 수다스럽고 씩씩하게 고달픈 세상 한가운데를 걸어간다. 종내 개인이 감당해야 할 고독의 의무는 해소되지 않을지언정, 그 압력은 조금 분산된다.

네 명의 여고 동창생들이 한 해의 마지막 날 떠났던 여행에서 한 친구 W가 자살하고, 나머지 세 명은 또 각자 그들 나름의 고단한 삶을 살아간다. 「잘 가, 또 보자」 이야기다. 그중 K는 사람들이 짊어진 슬픔의 그림자를 계속 보게 되고 결국 정신병원에 입원한다. 병문안을 간 O와 H는 K와 함께 병원 잔디밭에서 밥을 먹는다. 그러면서 그들은 무엇을 하는가.

> 갑자기 O가 쪼그려뛰기를 시작했다. 쪼그려뛰기를 백 번 하고 나자 잔디에 엎드려 팔굽혀펴기를 했다. 미친년, 재수 없게 죽고 지랄이야. 팔을 굽혔다 폈다를 반복할 때마다 O는 마구 욕을 해댔다. 죽으려면 아무도 없는 데 가서 혼자 죽지. 미친년! 팔굽혀펴기가 끝나자 O는 다시 잔디에 누워 윗몸일으키기를 했다. O의 이마에 땀이 맺혔다. H와 K가 O의 옆에 나란히 누웠다. 그러고는 윗몸일으키기를 따라 했다. 미친년, 죽고 지랄이야. 미친년, 죽고 지랄이야. 윗몸일으키기를 한 번 할 때마다 욕을 한 번씩 했다. H와 K의 이마에도 땀이 맺혔다. (……) 이제 배고프다. 윗몸일으키기를 끝낸 다음 그들은 남은 음식을 마저 먹기 시작했다.(253~254쪽)

말하자면 이것은 윤성희식 이별의 제례이다. 쪼그려뛰기와 팔굽혀펴기, 윗몸일으키기 그리고 열심히 욕하기. 그러자 배가 고파져 밥 먹기. O와 H와 K는 지금 절하고 음복하며 죽은 W와 대화를 나누고 있다. 문제는 이런 떠들썩한 제사는 혼자 지낼 수 있는 것이 아니라는 점이다. H처럼 누군가는 음식을 준비해야 하고, 제례를 주도적으로 이끄는 O와 같은 인물도 필요하다. 그리고 K처럼 죽은 자의 그림자를 보는 영매도 있어야 한다. 그래서는 모두들 땀을 흘리며 열심히 절을 하고 또 절을 해야 한다. 혼자서는 감당할 수 없는 이별의 제례가 있는 법. 이별의 끝, 윤성희 소설은 지극히 단순한 몇 개의 동사와 명사만으로 잊을 수 없는 풍경을 남긴다.

> 처음 만났을 때처럼 H는 K의 오른손을 잡고 O는 K의 왼손을 잡았다. 그러자 K가 힘차게 손을 흔들었다. 잘 가, 또 보자.(255쪽)

슬픔을 감싸는 이 투명한 환함. 다시 한번, 이것이 혼자 만들어낸 풍경이 아니라는 것을 기억해둘 필요가 있다. 근대소설은 문제적이고 고독한 개인의 행로를 다룬다. 벤야민의 언어를 빌린다면 그때 소설가의 자리 역시 '도움을 받을 수도 도움을 줄 수도 없는' 처지에 놓여 있다. 윤성희 소설은 그 숨막히는 고독의 무게를 슬쩍 비껴, 친구들과 나눈다. 혼자서 들기 힘들다면, 여럿이 함께 들 수는 없을까. 고개를 갸우뚱거리며 윤성희 소설은 친구들을 불러 함께 길을 떠난다. 내면에 무심한 윤성희 소설의 표면의 언어는 이 동행의 여로에서 수다스럽게 빛난다. 윤성희 소설은 이에 이르러 자기만의 규칙을 가진, 고유한 장르가 된다. 이 장르에서는 죽은 자 또한 산 자의 여행에 동반한다. 「하다 만 말」(『감기』)의 네 식구는 아버지의 사업 실패로 살고 있는 아파트를 내줘야 할 처지지만, 꽃게를 먹으러 서해안 여행을 떠난다. 할아버지, 아버지, 어머니, 아들로 이루어진 네 식구는 여행중 둘씩 편을 나눠 탁구를 친다. 그런데 이 소설의 화자는 병으로 세상을 뜬 막내딸이다. 딸은 여행 내내 이들과 함께 있다. 할아버지와 오빠네 팀이 한 판도 이기지 못하자 죽은 딸은 입으로 바람을 불어 탁구공을 움직인다. 허공에 공을 멈춰 세우기도 한다. "여보, 틀림없어. 우리 애가 왔어." 음료수 네 개를 뽑아온 오빠는 "치사한 놈"이라는 어머니의 지청구를 듣고 음료수 하나를 더 가져온다. 빈 의자에 음료수 하나를 올려놓고, 왁자한 윤성희식 이별의 제례는 다시 시작된다. 그런데 이러한 유령 화자의 등장과 현실 개입은 소설의 규칙 위반일까. 적어도 윤성희 소설에서라면, 이번에는 우리 독자 측에서 유령의 등장과 동행을 적극적으로 돕고 싶은 마음마저 든다. 윤성희 소설 역시 근본적으로는 고독의 의무를 수행하는 개인 경기일 수밖에 없겠지만, 윤성희 소설은 그 고독의 한편에서 탁구의 복식이나 육상의 이어달리기처럼 단체 경기를 꿈꾼다. 윤성희 소설의 인물들이 말없이 감내하고 있는 조용한 슬픔을 아는 우리에게 그 꿈은 외면하기 힘든 꿈이다. 우리는 기꺼이 응원석에 앉을 준비가 되어 있는 것이다. 죽은 친구의 소파를 들고 길거리를 오가는 세 친구의 모습(「웃는 동안」, 『웃는 동안』)이 우리를 한없이 위로한다면, 그것은 그 소파에 죽은 친구가 앉아 있기 때문일 것이다. "'누가 소파에 앉아 있는 것 같아.' (사실 나는 계속 소파에 앉아 있었다. 가끔 뛰기도 했고.)" 그러고 보면 떠난 자, 없는 자의 무게까지 감당하는 이런 세 친구의 '소파 들기'야말로 윤성희 소설의 자기 은유가 아닌가. 우리는 '불행한 의식'이 세계에 대한 부정성과 함께 근대예술의 포기할 수 없는 원천이 되어왔음을 안다. 그런데 윤성희 소설은 행복의 약속을 떠들지 않으면서도 세상을 긍정하는 길을 찾고 있는 것은 아닐까. 한 친구의 옥상에 도착한 소파 앞에 화분과 널빤지로 탁자를 만들고 세 친구는 잡채와 동태전과 고사리무침을 먹는다. 그리고 그들은 웃는다. '웃는 동안' 그들은 아직 오지 않은 시간 속으로 여행을 떠나고, 마흔을 넘기지 못하고 죽은 자신과 만나기도 한다. "성민의 눈에서 눈물이 흘렀다. 하지만 성민은 여전히 웃고 있었다." 윤성희 소설과 함께 '웃는 동안' 우리 역시 그러하지 않을까. 이 따뜻한 긍정을 놓고 싶지 않다.

3. 이야기가 태어나는 자리

'다 말하기'는 가능할까. 윤성희의 장편 『구경꾼들』(2010)은 그 불가능한 질문을 아이러니의 형식으로 제출한다. 삼대 아홉 명의 가족이 살아가는 이야기는 소소한 길목마다 마주치고 이어지는 사연들에 일일이 귀를 기울이면서 가지에 가지를 치며 나아간다. 그러나 보이지 않던 사슬들이 인연과 사연의 이야기로 발화될수록, 더 많은 이야기는 발화되지 않은 채 남는다. 우리는 무수한 여백의 행간을 생각하면서 책을 덮을 수밖에 없다. 그러고 보면 어느 누구도 전체의 이야기를 알 수 없다는 점에서, 『구경꾼들』의 세계는 그 제목의 뜻에 충실하다. 그 구경꾼의 운명을 수락하면서, 윤성희의 소설은 철저히 '작은 이야기' 혹은 '부분들'이 되고자 한다. 여기에는 사람과 사람 사이, 사람과 사물 사이, 사물과 사물 사이, 일어난 일과 일어날(일어나지 않은) 일 사이, 이야기와 이야기 사이를 골똘히 상상하는 '만년 소년들'의 눈동자가 있다. '만년 소년들'은 그 '사이'에 개입하는 부분과 전체의 변증법, 혹은 여타의 선행 지도를 모른다. 그들이 보기에 그 '사이'에는 너무 많은 갈림길이 있고, 끝내 봉합될 수 없는 균열이 있다.

『구경꾼들』의 가족은 여행길에 교통사고를 당하지만, 다들 가벼운 부상만 입고 '기적처럼' 죽음을 면한다. 그러나 큰삼촌은 병원 마당에 서 있다가 전신화상을 비관해 병원 옥상에서 투신한 여성의 몸에 깔려 믿기 힘든 죽음을 맞는다. 비슷한 시각, 지구 저편에서는 큰삼촌이 겪은 것과 흡사한 사고가 일어난다. 다만 지구 저편의 남자는 '기적처럼' 죽음을 피했을 뿐이다. 『구경꾼들』의 서사는 이 우연들 사이에 숨어 있는 사연의 갈림길을 부지런히 찾고, 각각의 사연들을 감싼다. 그러나 이때 윤성희 소설은 '사이'를 인과의 율(律)로 봉합하지 않는다. 그것은 또다른 사연과 더 많은 '사이'에 열려 있다. 윤성희 소설의 '부분'과 '우연'의 이야기는 이 지점에서 세계를 그 자체로 믿고 긍정한다. 물론 이 개방과 긍정은 쓸쓸함과 고통, 상처를 포함하는 이야기다. 큰삼촌이 사고를 당한 자리를 찾아간 소설 화자 '나'는 땅바닥에 귀를 댄다. 지나가던 사람이 뭐하냐고 묻자 "물소리가 들려요" 하고 거짓말을 한다. 그러다 희미하게 남아 있는 핏자국 위에서 단추 하나를 주워 주머니에 넣는다. 그 순간, 병뚜껑 하나가 굴러온다. '나'는 큰삼촌의 책상에 "큰삼촌과는 전혀 상관없는 단추와 병뚜껑"을 넣어둔다. 이것이 정확히 윤성희 소설의 인물들이 살아가는 방식이다.

그리고 그 단추와 병뚜껑은 당장 어떤 이야기로 점화되지 않더라도, 언젠가는 반드시 또다른 이야기로 윤성희 소설에 돌아올 것이다. 「부메랑」의 그녀에게는 재활용 쓰레기장 앞에 버려진 선풍기로부터 이야기가 시작되고, 비슷한 자책의 이야기가 「느린 공, 더 느린 공, 아주 느린 공」에서는 밭 한가운데 버려진 흰색 변기로부터 시작된다. '형'은 말한다. "거기 앉아 있으면 안 보이는 게 보인다"고. '버려진' 자리에서 시작되는 그 이야기들에서 뒤늦고 갚을 길 없는 자책의 마음은 쉽게 씻기지 않겠지만, 윤성희의 이야기들은 어떻게든 '선물'의 순간들을 찾아내게 될 것이다. 게다가 그들은 혼자가 아니다. 「부메랑」의 그녀에게는 백합과 손수건을 건네주는 꽃집 여자가 있고, 「느린 공, 더 느린 공, 아주 느린 공」의 형에게는 보이지 않는 공을 받아주는 동생이 있지 않은가. 필요하다면, 여럿이서 함께 '보물지도'를 찾아 떠날 수도 있다.

윤성희 소설은 어디로 가고 있는 것일까. 분명한 것은, 그 이야기들이 계속 태어나는 자리다. 「무릎」(『감기』)의 아이가 꿈꾸는 것은 "가장 쓸모없는 것들만 모아놓은 박물관"이다. 그런데 핵심은 "쓸쓸한 느낌이 들지 않으면" 안 된다는 것. 『구경꾼들』의 아버지는 어머니에게 사랑을 고백하며 말한다. "초등학교 일학년 때 부모님이 소년소녀세계문학전집을 사주셨죠. 그 책들을 읽다 쓸쓸하다, 라는 단어를 처음으로 보게 되었는데, 전 단번에 그 뜻을 이해할 수 있었어요." 윤성희 소설에서 '쓸쓸하다'의 동의어는 '아름답다'이다. 「구름판」(『웃는 동안』)의 고3 아이는 자신을 괴롭혀온 급우에게 말한다. 윤성희 소설에서는 드물게 분노가 가득하다. "냄비뚜껑이 들썩이는 걸 본 적이 있어? 넌 그런 게 얼마나 아름다운지도 모르는 새끼야." 3미터 줄자가 생긴 뒤로 제자리멀리뛰기에서 3미터 기록을 달성하는 게 목표가 된 그 소년은 안다. "하얀색 구름판"이 얼마나 아름다운지. 그 구름판을 딛고 윤성희 소설의 '만년 소년들'은 "폴짝, 팔짝, 그리고 펄쩍" 뛰어오를 것이다. 기적 같은 이야기들을 찾아 지구 저편을 떠돌던 『구경꾼들』의 어머니는 알게 된다. "수많은 여행지에서 수많은 기적들을 보았지만 늘 똑같은 곳에 달력이 걸려 있는 가게에서 홀로 늙어가는 어머니보다 더 놀라운 것"은 없다는 것을. 그렇게 해서 소년들은 지금 앉아 있다. 버려진 발, 버려진 흰색 변기 위에. 이제 그 '쓸쓸하고 아름다운' 자리에서 이야기가 태어날 것이다.

(『제11회 황순원문학상 수상작품집』, 문예중앙, 2011)

비인간의 세상, 끝나지 않은 기다림
— 권여선 소설에 기대어

권여선의 단편소설 「약콩이 끓는 동안」(『분홍 리본의 시절』, 창비, 2007)에는 이상한 인물들이 들끓고 있다. 정년을 앞두고 사고로 하반신이 마비된 노년의 음대 교수를 가운데 두고, 대학원생 연락조교 윤서영, 마흔 가까운 교수의 두 아들, 가정부 순천댁 그리고 남자 대학원생까지 모두 여섯 명의 인물이 등장하는 이 소설에서 우리가 보는 것은 하나같이 뒤틀리고 깨지고 오그라든 인간의 형상이다. 그것은 차라리 비인간의 풍경에 가깝다. 아니나 다를까, 작가는 노교수의 차남 상욱을 통해 그 '비인간'이라는 단어를 발설해놓기까지 한다.

> 상욱이 이제껏 지켜봐온 노인이나 폐인 들은 집요하게 현재적이었다. 죽음에 가까울수록 그들은 현재에만, 오직 찰나에만 집착했다. 그렇게 기억의 보따리가 지나치리만큼 가벼워져 거의 비인간에 가까워진 종족을 일컫는 이름을 상욱은 얼마전 책에서 발견했다. 그 이름은 보보끄 또는 보보보끄였다.(102~103쪽)

그러나 죽은 자의 의식이 문득문득 깨어나 부패된 시신의 자리에서 내뱉는다는 무의미한 소리 '보보끄, 보보보끄'(작가는 이를 "삶 너머에 있는, 아니 어쩌면 삶 내부에도 있을지 모를 처절한 무의미의 빈터"라고 부른다)의 세계는 "발정난 돼지" 같은 벌거벗은 욕망만 남은 채 여자 제자를 학대하며 "반죽음의 시간"을 살고 있는 노교수에게만 해당되는 이야기는 아니다. 아버지의 집에 들어와 술에 절어 살며 개 짖는 소리를 내는 상욱이나 그런 동생을 상대로 허접한 이야기를 늘어놓으며 동생마냥 대학원생 윤서영의 방문만 기다리고 있는 형 상섭 역시 비인간에 근접한 종족이기는 마찬가지다. 그리고 거의 자폐의 삶을 사는 윤서영에게 세상과의 통로로 마련된 유일한 일터라 할 수 있는 노교수의 집은 정확히 그녀의 삶 내부에 있는 '처절한 무의미의 빈터'에 다름아니다. 그렇기에 노교수와 두 아들의 성적 모욕에 시달리다 아파트를 뛰쳐나온 그녀가 뺑소니 사고로 척추를 다쳐 노교수와 비슷한 육체적 곤경에 처하게 되는 것은 외부 없는 막다른 세계를 보여준다는 점에서 다분히 상징적이기도 하다. 내면이 깡그리 제거된 채 노교수의 명령을 기계처럼 주워섬기는 남학생 역시 "사내들이란 늙으나 젊으나 다람쥐 새끼 한가지"라는 순천댁의 말처럼 노교수와 "찍어낸 듯 비슷한" 종족일 뿐이다. 다만 노교수의 발정난 심화를 가라앉힐 작정으로 새벽이면 순천댁이 달여내는 약콩의 처방만이 이 우스꽝스러운 비인간의 풍경을 자연의 시선으로 바라보고 있다. 어쩌면 작품 전체가 인간이 삭제된 '처절한 무의미의 빈터', 인간-동물의 소실점을 향해 달려가고 있다고 보아도 무리가 없을 듯하다.

그런데 놀랍게도 이 비인간의 풍경은 상당한 소설적 실감을 준다. 말할 것도 없이 그 실감의 원천은 소설 속 비인간의 풍경이 환기하는 지금 우리 안의 어떤 지점일 것이다. 그러니까, 권여선의 「약콩이 끓는 동안」이 우리 앞에 대면시키는 이물스러운 타자는 어느 때든 '인간'의 경계를 침탈할 수 있는 인간-동물의 영역이랄 수 있겠는데, 그 앞에서 우리가 느끼는 현재적 무력감이야말로 문제의 핵심일지 모르겠다. 생각해보면 '인간'이라는 경계가 자명하게 주어진 때는 없었다. 인간의 역사는 인간 내부의 동물의 영역과의 투쟁의 역사였다. 헤겔에 기댄다면, 이 투쟁의 핵심은 부정성(否定性)이다. 이 부정성의 변증법이 창출해내는 공간만큼 인류는 인간의 영역을 확보해왔고, 그 공간은 언제나 유동적일 수밖에 없었다. 좀더 엄밀히는, 부정성의 변증법이 작동하는 동안만 우리는 인간-동물의 영역을 넘어선다고 해야 하는지도 모른다. 이 경우 부정성은, 범박하게 말하면, 더 나은 삶 혹은 더 나은 사회에 대한 인간의 열망이며, 세계와 불화하는 의식일 것이다. 그 열망과 불화하는 의식이 사라진 세계가 곧 '보보끄, 보보보끄'의 세상, 그러니까 '처절한 무의미의 빈터'가 아니고 무엇이겠는가. 벌거벗은 자기 보존의 막다른 강제만이 남은 세상 말이다.

우리는 언제 이 '보보끄'의 세상으로 내던져진 것일까. 헤겔의 사도인 알렉상드르 코제브는 1948년 미국을 여행하며 헤겔적 의미의 역사가 끝난 세계를 보았고, 그 세계의 삶을 '동물적 삶'이라고 불렀다. 1956년 일본 방문에서 그가 본 것은 또다른 유형의 역사 이후의 삶, 곧 '속물'의 세계였다. 1980년대 후반 현실사회주의의 붕괴 이후 전 지구적 차원에서 자본의 물신적 지배가 가속화하면서 코제브의 진단은 일견 거부하기 힘든 예언적 지위에 오른 느낌이다. 자본의 지배를 부정하고 그 외부를 상상하는 길이 인간 개개인의 자유와 해방의 기획이자 동시에 공적 연대의 과제로 역사적 가능성의 지평에 놓여 있던 세계를 우리는 기억한다. 가깝게는 지난 80년대의 한국사회가 그러하지 않았는가. 그런데 그 지평은 지금 잘 보이지 않는다. 사람들의 가슴을 뜨겁게 지피던 연대의 감정은 상당한 정도로 불씨를 잃었다. 물리적 고난과 마음의 가난을 껴안던 인간적 고양감이나 자존감은 속물적 생존의 냉소에 자리를 내준 지 오래다. 그것들은 다 어디로 사라졌는가.

최근 사회학자 김홍중은 '마음의 레짐(regime)'이라는 개념을 제안하면서 1980년 광주항쟁부터 1987년 민주화대항쟁을 거쳐 1997년 외환위기에 이르는 약 20년간의 한국사회를 '진정성'이라는 마음의 체제가 지속적 헤게모니를 발휘한 시기로 호명한 바 있다.[1] 그의 분석에 따르면 이 '진정성 체제'는 한국사회가 신자유주의적 세계 질서에 전면적으로 노출된 외환위기 시기를 거치면서 급격하게 와해되었고, 그 과정에서 한국사회는 '포스트-진정성 체제'로 진입했다는 것이다. 그리고 이 포스트-진정성 체제에서 진정성의 자리를 대신하며 새롭게 들어선 삶의 태도가 신자유주의적 '스노비즘(snobbism)'과 '동물성'이라는 게 그의 진단이다. 특히 포스트-진정성 체제에서 스노비즘의 대두, 스놉적 주체의 형식에 대한 비판적 성찰은 김홍중의 분석이 가장 공들이는 대목이기도 하다.[2] 경제나 정치의 제도적 차원을 배제하지 않으면서 그러한 차원으로 단순하게 환원되지 않는 사회심리의 체제에 주목하고 있는 '마음의 체제론'은 무엇보다 지난 30년간 한국사회가 겪은 심층적인 변화를 한국인 개개의 '주체'의 자리에서 반성적으로 살필 수 있는 근거를 마련하고 있다는 점에 각별한 의미가 있는 것같다. 그리고 이러한 의미에서라면 '마음의 체제론'은 자아나 개인 주체에 대한 거의 전면적인 반성적 진술을 그 출발점으로 하고 있는 문학의 자리와 상당 부분 겹친다. 아마도 문학은 '마음의 체제론'이 탐사해야 할 가장 예민한 심성의 장소일 것이다.[3]

물론 '마음의 체제론'과 문학은 겹치기만 하는 것은 아니다. 가령, 전자가 개인 주체를 말하되 결국에는 집합적으로 표상되는 마음의 좌표에 집중할 수밖에 없다면, 문학은 그 집합적 표상과 교섭하지 않는 것은 아니지만 결국 개인 주체의 자리로 돌아와야 한다. 사회적 층위에서 마음의

1) 김홍중, 「진정성의 기원과 구조」, 『마음의 사회학』, 문학동네, 2009, 22쪽.

2) 「스노비즘과 윤리」, 같은 책.

3) 기실 『마음의 사회학』에 수록된 글들은 문학과 예술에 대한 담론을 주요한 자원으로 삼고 있기도 하거니와, 그 자체 뛰어난 문학비평이기도 하다.

체제로서 진정성 에토스의 종언을 이야기할 수는 있지만, 문학이 감당하고 있는 개인 주체의 자리에서라면 진정성 에토스는 그 작동의 실효성 여부와 무관하게 일종의 '선험적' 지평에 남아 있을 공산이 크며, 또 남아 있어야 한다. 적어도 문학이 인간의 '자기-언급적(self-referential)' 장치로서 수행해온 근본적 역능에 최종적 마침점이 찍어질 때까지는 말이다. 주어진 세계의 실정성을 거절하고 삶의 가치와 의미를 스스로의 힘으로 구축해나가려는 자아 구성의 기획을 '진정성'의 그것이라고 할 때, 근대적 자아의 허구적 지위에 가해진 숱한 비판에도 불구하고 그 진정성의 기획을 폐기하기는 쉽지 않다. 우리 안의 숨겨진 진짜 타자가 속물이든 동물이든, 그것은 우리가 인간의 자리를 사유하고 상상하는 한에서 그러하기 때문이다. 분열된 주체의 자리에서든 욕망하는 기계로서든 우리는 어떻든 그 비인간을 응시하는 인간의 자리를 포기하기 힘들다. 세계의 조건이 아무리 가혹하다 하더라도, 우리에겐 그러한 세계 말고는 달리 꿈꿀 곳이 없기에 더욱 그렇다. 비인간이 창궐하는 2000년대 한국문학의 자리 또한 그렇지 않겠는가.

권여선의 소설로 돌아가보자. 그녀의 소설이 문제적인 것은 당연히 비인간의 세계를 다룬다는 사실 때문이 아니다. 그러기로 한다면 권여선의 소설은 2000년대 한국사회에 만연한 동물성이나 속물성의 사회학적 사례집 이상이기 힘들 것이다. 더욱이 '인간'의 위상학적 좌표에 미달하거나 그것을 초과하는 다양한 균열과 파탄의 인간 지리지는 2000년대 한국소설의 보편적 징후라 할 만큼 특별히 어느 한 작가의 상상적 영토에 국한되지도 않는다. 우리가 권여선의 소설에서 놀라는 것은 그 비인간을 감각화하는 언어다. 인간과 세계에 대한 지독한 혐오감이 그 자체 하나의 물질로 감각되는 불쾌하고 외설스러운 언어들의 산포. 진물이 뚝뚝 떨어지는 추(醜)의 감각. 쩍쩍 입을 벌리고 있는 무의미의 크레바스. 물론 이 언어는 「약콩이 끓는 동안」을 예로 들면, "저분을 쪽쪽 빨고" "떼내버린 불알" "딱딱하게 굳은 변" "아랫도리" "추잡한 희열" "개소리" "입에서 사타구니까지를 단숨에 꼬치처럼 꿰어버리고 싶은 야만적인 충동" "입을 쫑긋거리며 동물의 앞발처럼 주름진 손" 등등 특정한 표현을 활용하지 않는 것은 아니지만, 전체적으로 세계를 응시하고 감각하는 소설 내부의 시선에 기입되어 있어 강렬함이 더하다. 그리고 그 강렬함은 수다스런 소설적 장치 없이 일상 언어의 낯선 제시와 배치에 집중하는 권여선 소설의 건조한 미학에 의해 다시 한번 증폭된다. 판타지나 엽기의 상상력이 배제된 곳에서 무의미의 빈터와 인간의 균열은 좀더 적나라한 실재에 다가간다. 권여선의 소설 언어는 세태나 인간 심리의 풍속도에 봉사하기를 거절하고 그 자체 하나의 증상으로 인간과 세계를 앓고 있다는 느낌을 준다. 그리고 거기 지독한 혐오의 정념이 불타고 있다.

그런데 이 황폐하기 그지없는 자연주의적 혐오의 시선-언어에는 우리 존재의 일관성에 심각한 균열을 야기할 수 있는 어떤 '앎'에의 초대가 있다. 그 앎은 인간이라는 실정성이 억압하고 있는 비인간의 영토를 드러낼 수밖에 없다는 점에서 다분히 외설적이다. 이때 이 외설적 앎 앞에서 당신은 어떤 태도를 취할 것인가. 권여선 소설이 우리에게 던지는 윤리적 질문은 정확히 이것이다.

「약콩이 끓는 동안」을 포함해 '혐오 3부작'이라고 불러도 좋을 만한 작품들이 같은 소설집에 수록된 「가을이 오면」과 「문상」이다. 두 작품의 여성 주인공 로라와 우정미는 세상에 대한 증오를 자기혐오와 자학으로 바꾸어 앓고 있는 병리적 인물들이다. 그 병리적 자학의 언어와 행동에는 통상의 인간적 균형감이 심각하게 결여되어 있어서 우리는 우스꽝스러운 부조리극의 인물들과 마주하고 있다는 당혹감을 느낀다. 로라의 경우 어머니의 위선적이고 뒤틀린 자식애가, 우정미의 경우 정치범으로 사형당한 아버지의 죽음이 각각 병리의 외상적 기원으로 제시되어 있긴 하나 언제나 그렇듯 권여선의 소설은 세태에 저항하는 것만큼이나 정신분석적 환원에 굴복하지 않는다. 그녀들의 행동은 너무도 태연한데, 마치 처음부터 그러했던 자립적인 사물처럼 제시되어 있다. 거기에는 거의 변경 불가의 느낌이 있다. 그 느낌은 주체와 세계 양쪽 모두에서 완강하다. 희망의 원리가 삭제된 자리에 놓여 있는 것은 타는 듯한 증오와 자기혐오, 그리고 세계의 진부와 실패를 폐허의 잔해를 수집하듯 옮겨놓은 사물의 언어들이다.

뜨거운 여름 한낮 시장통 콘크리트 바닥에 쓰러진 「가을이 오면」의 로라는 "뜨거움과 조잡함이 우윳빛으로 뒤엉긴, 이를테면 순댓국 같은 풍경"을 보며 "이 여름의 언젠가부터 자신이 이 순간을 절실히 기다려왔다"고 생각한다. 알레르기 발진으로 붉게 뒤덮인 얼굴을 하고 시장통을 헤맨 이유가 오로지 시장 바닥에 쓰러져 "이글이글 노란 햇빛"을 받으며 "사방이 막힌 듯 조밀한 대기"에 스스로를 가두기 위한 것이었다고 고백할 때, 우리는 자신을 사물의 자리에서 느끼고 싶어하는 퇴행의 감각과 만난다. 인간과 세계의 실패를 증언하는 이 마비된 감각을 통해 로라는 모든 인간적 감각과 사회적 약속의 언어를 조롱한다. 그녀를 병원까지 업어다준 남자의 느닷없는 방문을 받고 펼쳐지는 옥탑방 김치볶음밥 오찬의 대화는 그 조롱의 절정에서 불가능한 사랑의 감각을 암시한다. "기름 없어. 기름?/ 네./ 참기름 들기름 식용유 다 없어?/ 네./ 김 없지?/ 네./ 깨도 없지?/ 네./ 계란도 없고, 응?/ 냉장고가 없어서……/ 흥! 겨울이면 있었을까?/ 남자의 가벼운 코웃음이라니. 집에 남자 없이 자란 그녀가 일찍이 들어본 적이 없는 경이로운 소리였다." 로라는 지금 스물일곱 해 인생에서 처음 '인간'을 느끼고 있다. "도대체 어떤 남자가 그녀에게 한 대 피웁시다라든가, 통째로 놓고 다같이 먹는 거야라든가, 매우면 물 떠먹고 같은 경이로운 말을 할까." 그녀에게 사랑이란, 기만적인 '여성적 우아'를 강요한 어머니의 그것처럼, "사랑을 망치는 사랑"이며 "사랑이라는 베일 뒤에 가려진 살아 꿈틀거리는 해초의 흡반"이며 "우아하기 짝이 없는 고문"에 다름아니었다. 그렇다면 '우아'를 던져버린 사내의 김치볶음밥과 거침없는 막말이 유일한 가능성인 것일까. 사실 인간적 '경이'에 대한 로라의 비상(非常)한 감각은 타자에 대한 치명적 불신이나 환멸과 다르지 않다. 사내는 결국 일개 노숙자일 것이며, 로라의 지갑에서 돈을 빼내간 인간일 것이다. 세상은 온통 그녀에게서 "몰래 무언가를 빼내갈 궁리만" 하고 있지 않던가. 그러니 "사람들은 어찌 감히 사랑 같은 것을 갈망할 수 있는가."

그렇게 해서 전철역 승강장에 혼자 남은 로라가 "조금만 더" 무언가를 기다려보기로 하는 이 소설의 마지막 대목은 최근 한국소설이 도달한 가장 처절한 풍경 가운데 하나가 아닐 수 없다.

> 마지막으로 조금만 더 증오를 불태워보기로 했다. 아등바등 발버둥쳐봐야 어차피 늦었다. 그녀는 또 한번 제대로 버려졌고 그리하여 모든 것은 제자리를 찾았다. 황금이 녹아 끓을 만큼의 시간이 흘렀다. 세상을 천국으로 만드는 가장 좋은 방법은 그녀 내부를 불지옥으로 만드는 것이었다. 지옥의 눈으로 보면 세상은 그지없이 평온하고 아름다웠다. (……) 그녀는 아픈 발목을 주무르며 조금만 더 기다려보기로 했다. 떠난 남자를, 끊어진 막차를, 등록도 못한 가을학기를, 그녀에게는 결코 주어지지 않을 여대생 기숙사 입주권을, 상상의 전령사가 보내올 또다른 가공할 소식을, 조금만 더, 조금만 더.(40~41쪽)

우리는 안다. 이 기다림 뒤에 아무것도 도래하지 않을 것임을. 그녀는 다시 한번 버려지고, 세상은 또다시 제자리를 찾을 것이다. 상상의 전령사가 온들, 이 이상 가공할 소식이 달리 무엇이 있겠는가. '불지옥의 시선'과 '조금만 더'는 더없이 가슴 아픈 절망의 수사학이다. 그런데 이마와 뺨에서 터져 흐르는 진물처럼 일종의 '폐기물' 혹은 '비루한 것(the abject)'의 운명을 떠올리게 만드는 로라의 자기 모멸적 형상에는 90년대 한국소설에서 "비루한 영웅"들이 떠맡았던 "위반과 전복"[4]의 활력이 없다. 하긴 그녀에겐 '아버지의 법'을 공격할 의지나 능력이 애초부터 없지 않았나. 그녀의 악다구니가 향하는 곳은 고작해야 '여성적 우아'의 불쌍한 자기기만을 가면처럼 덮어쓰고 살아온 어머니이며, 번듯한 생김새 말고는 손톱의 때조차 숨기지 못하는 하층의 사내며, 몸도 못 가누는 지하철 계단의 취객일 뿐이다. 직장생활을 하다 뒤늦게 전문대생이 된 스물일곱 살 여성 로라. 양철통 같은 옥탑방에 세들어 사는 밑바닥의 가난과 흉한 외모, 자폐와 자기 모멸, 피해망상과 자학의 심성밖에 가진 것 없는 이 여성은 지금 자신의 내부를 불지옥으로 만들며 세상에 대한 증오를 불태우고 있지만, 정작 그 증오는 세상 어디 한 군데도 무너뜨리지 못한다. 사내로부터 "학을 떼겠네"라는 반응을 받아낸 순간, "그녀는 자신의 스물일곱 해 인생이 남자를 이만큼이라도 미동시키기 위해 존재해온 것만 같은, 미칠 듯한 쾌감을 느꼈다"고 한 진술에 이 무능한 증오는 정확히 대응된다. 게다가 그녀의 증오는 '우아한 종족' '우아한 것들'이라는 호명 외에 자신의 대상을 모른다. 더 정확히, 그녀는 버려졌을 뿐 패배한 것도 아니다. 세계와의 싸움이 개시된 적도 없기 때문이다. 그녀는 자신의 자아를 거의 자멸의 형식으로 사용하고 있으며 세상으로부터의 방기를 자명한 것으로 받아들이고 있다.

2000년대 한국소설의 "탈내면의 상상력"을 말하는 자리에서 김영찬이 "자기 자신의 현실적·정신적 무력함을 일종의 운명으로 내면화하고 있는 자아"나 "의지와는 상관없이 강제된 고단하고 주변부적인 삶의 횡포에 적극적으로 반발하기보다는 그것을 이미 주어진 변할 수 없는 것으로 감내하는 (……) 빈곤하고 왜소한 주체"[5]에 대해 지적한 바 있기도 하

4) 황종연, 「비루한 것의 카니발」, 『비루한 것의 카니발』, 문학동네, 2001, 17쪽.

5) 김영찬, 「2000년대, 한국문학을 위한 비판적 단상」, 『비평극장의 유령들』, 창비, 2006, 73쪽.

거니와, 권여선이 제출해놓은 로라의 형상은 그 진단에 이어진다고도 할 수 있다. 그러나 권여선이 로라라는 인물을 통해 강렬하게 보여주는 증오의 무능은, 앞의 진단에서 그 '탈내면의 상상력'들이 현실의 압력을 처리해나간 주요한 방향, 그러니까 '분산' '일탈' '산포'의 그것과는 다른 듯하다. 로라의 무능은 처리의 방향을 알지 못하는 무능이며, 그런 의미에서 "행동과 감정의 불가능"으로서의 '멜랑콜리'[6] 그 자체인지도 모른다. 여기서 상실의 대상을 경험적 지평에서 확인할 수 없는 선험적이고 항구적인 상실의 정조로 멜랑콜리를 이해한다면, 자기기만적 우아의 뒤틀린 사랑이 빼앗아갔다고 믿는 로라의 낙원은 처음부터 존재하지 않았던 것이라고 해야 옳다. 그렇다면 문제는 상실감 그 자체일 텐데, 앞서 거론했던 「약콩이 끓는 동안」을 비롯하여 「반죽의 형상」 「분홍 리본의 시절」 등 권여선의 많은 작품에서 그 강도와 정황의 차이는 있지만 상실의 질병으로서 멜랑콜리를 앓고 있는 인물들을 만나는 것은 그리 어려운 일이 아니다. 이 말은 마치 선배의 어린 여자가 엉망으로 꽂아놓은 시집을 "내 관념의 질서에 맞게 다시 꽂"는 「분홍 리본의 시절」의 작중 화자 '나'처럼 그 인물들 각자에게는 헝클어짐을 견딜 수 없는 '관념의 질서'가 강박적으로 존재했다는 이야기이기도 하다. 그리고 그 관념의 질서란 어느 수준에서든 대타자와 상징계가 인간 주체의 형성에 관여했던 시절의 흔적일 것이다. 상실의 멜랑콜리는 결국 그 시절의 음화가 뒤늦게 도착한 것일 가능성이 높다. 그런 만큼 시대착오의 증오는 무능 말고는 자신의 거처를 알지 못한다. 로라에게 "앎이나 깨달음은 늘 그렇게, 한발짝 늦게" 찾아오고, "삶과 그녀의 박자도 그렇게 어긋"날 수밖에 없었던 것도 그러고 보면 당연한 일이라 해야겠다.

창작교실의 강사인 소설화자 '그'와 가진 성교의 자리에서 "누구한테

---

6) 김홍중, 「멜랑콜리와 모더니티」, 같은 책, 215쪽.

배운 거죠? 그렇죠, 선배님?" 하고 집요하게 물어대는 「문상」의 우정미는 '비루한 것'이 유발하는 구토 그 자체인 인물이다. 그녀는 침대에 떨어진 두 사람의 음모로 "작고 흉측한 꽃다발"을 만들어 화해의 선물인 양 내민다. 그리고 다시 묻는다. "기술이 좋으시던데요, 선배니임." "어떤 여자한테 배웠어요?" '그'의 토사물이 그녀의 벌거벗은 하체로 쏟아져내릴 때, '그'는 말없는 외침을 듣는다. "나를 봐요! 당신들의 죄가 만들어낸 이 괴물을 좀 보라고요! 사형당한 정치범의 딸인, 추악하고 막무가내인 노처녀의 오물 묻은 다리 사이에서 이런 외침이 진액처럼 쏟아져내리는 것 같았다." 어쩌면 우정미는 너무 노골적인 수준에서 그려진 우리 안의 근본적 결핍과 더러움의 환유인지 모른다. 우리가 여기서 환기하고 싶은 것은 이 외설적 거래에 작동하는 널리 알려진 공모의 정치가 아니다. 우정미의 상가(喪家)에는 아무도 가지 않을 것이고, 영안실에서의 그녀의 기다림은 로라의 그것처럼 또다시 헛되이 끝날 것이다. 우리는 그 점을 잘 알고 있다. 구역질나는 그녀의 증오 역시 무능하다.

그런데 로라와 우정미는 그 증오의 무능, 바닥 모를 상실의 멜랑콜리를 통해 한 세계의 끝장을 지연시키고 있는 것은 아닌가. 테리 이글턴은 성 바울을 인용하며 히브리 기록들이 '아나빔(anawim)'이라고 부르는 빈곤한 추방자들의 이야기를 전한다.[7] 성 바울이 "지상의 오물"이라고 부른 아나빔은 사회의 찌꺼기이자 쓰레기, 비극적 속죄양이라는 것이다. "그들은 역사에서 표류해 나온 잡동사니로서 이미 자신을 상실한 존재들이기 때문에 갱신을 위해 자신을 포기할 필요도 없다." 로라와 우정미가 우리 시대의 비극적 속죄양인지는 분명치 않으나, 그들이 '이미 자신을 상실한 존재들이고 갱신을 위해 자신을 포기할 필요도 없다'는 것은 어느 정도 사실일 것이다. 적어도 우리가 보기에 그들은 '역사에서 표류해' 나

7) 테리 이글턴, 『우리 시대의 비극론』, 이현석 옮김, 경성대학교 출판부, 2006, 478쪽.

왔다. 「문상」의 화자는 소설 속 그의 행실로 보아 그다지 믿음이 가지 않는 소리이긴 하지만, 우정미를 향해 마음속으로 뇌까린다. "그녀는 그가 건너야 할 늪이고 품어야 할 빛이다. 그가 씻어야 할 죄이며 얻어야 할 구원이다." 정말 그럴까. 알 수 없는 이야기다. 그러나 로라와 우정미가 '역사의 종언'과 '비인간의 시대'의 전면적 도래 사이에 끼여 있는 불편하고 기괴한(uncanny) '반죽음'의 형상인 것은 분명한 것 같다. 테리 이글턴의 이야기는 계속된다. "속죄양은 너무 낯설어도 안 되고 너무 친숙해도 곤란하다. 그것은 라캉의 용어로 '내부와 외부 사이에 존재하는' 것이어야 한다. (……) '파르마코스'에 대한 동정은 그것과 하나가 되는 것, 그래서 그것을 문제시하는 것이 아니라 그것이 상징하는 사회 체제의 실패를 문제시하는 것이다. 이 경우 말과 사회성을 초월한 존재인 속죄양은 그 존재 자체가 기존 체제에 대한 비판이 된다. 속죄양은 기존 체제가 배제하는 것을 대표하며, 그 체제가 독처럼 기피하며 추방하고자 하는 인간들의 상징이 된다. 이런 의미에서 속죄양의 수동성 자체가 혁명적 행위의 씨앗이 된다고 할 수 있다. (……) 속죄양의 침묵만이 총체적 문제 제기를 감당할 수 있다."[8] 우리 시대에 누가 '혁명'을 믿겠는가. 다만 로라와 우정미의 무능이 세계의 실패를 감당하는 '속죄양의 침묵'일 수 있다면, 혹 그럴 수 있다면, 하고 바랄 수는 있지 않을까. 만일 그렇다면, 세계는 아직 끝나지 않았고, 로라와 우정미의 기다림도 아직 끝나지 않았을지도 모른다. 그러니 조금만 더 기다려보기로 하자. "상상의 전령사가 보내올 또다른 가공할 소식을, 조금만 더, 조금만 더."

(『작가와 비평』 2010년 상반기)

---

8) 같은 책, 482쪽.

시대의 빈곤을 응시하는 가난한 언어
— 황정은 소설에 대하여

1

최근 젊은 세대의 소설에서 세상에 대한 참을 수 없는 분노를 읽는 것은 흔한 일이 되었다. 그들 소설 속에 그려진 세상은 더이상 나빠질 수 없는 상태에 있는 듯하다. 이때 분노의 대상이 되는 그 세상은 구체적으로 지금 한국사회겠지만, 어떤 경우 그런 규정조차 별 의미 없는 그저 악몽으로서의 세계가 움직일 수 없는 전제처럼 제시되기도 한다. 종말 혹은 재난의 상상력이 한국소설에서 일련의 관습적 흐름을 형성한 지도 꽤 되었지만, 이제는 굳이 그런 상상력의 도움 없이도 많은 소설에서 오늘의 현실은 그 자체의 건조한 재현(물론 이 재현은 선택적이고 특정한 미학적 차원을 품고 있다)만으로도 어딘가 끝장의 분위기를 느끼게 한다. 그리고 사실, 끔찍하고 섬뜩하기로는 이쪽이 더하다. 도저히 어떻게 해볼 수 없는 폭력적이고 비정한 세상의 시스템이 있고, 거의 항시적인 박탈과 배제의 공포 속에 살아가는 무력한 개인이 있다. 이 시스템과 개인 사이에 마땅히 있어야 할 '사회'라는 매개항은 거의 보이지 않는다. 가족이나 학교는 오히려 시스템의 폭력이 압축적으로 상연되는 무대일 뿐이다. 그리고 여기에 별다른 개선의 여지도 없다. 혹은 아무도 그런 기대를 갖지 않는다. 이즈음 한국소설에서 자주 보게 되는 지극히 암울하고 비관적인 현실 진단이다. 그렇다면 이런 현실 진단 위에서 어떤 의미 있는 서사가 가능할까. 논의를 위해 거칠게 단순화하자면 이렇다. 가령, 김이설의 소설은 여성의 몸에 집중되는 폭력의 자연주의적 재상연으로 방향을 잡는다. 김사과는 시스템의 폭력을 내면화한 텅 빈 주체의 자기 파괴적 분노를 극단적으로 밀어붙인다. 최진영은 폭력적인 세상으로의 진입을 거부하는 반성장의 서사를 택한다. 한유주는 아예 다른 길로 간다. 그는 의미 있는 서사의 가능성을 원천적으로 부인하면서 그 서사 불가능성을 글쓰기의 전략으로 삼는다. 김태용에게도 이제 남아 있는 질문은 세계와 대결하는 개인의 탐색담으로서의 소설이 아니라 글쓰기 그 자체의 미미한 가능성인 것으로 보인다.

물론 이들 소설에 담겨 있는 폭력, 분노, 파괴의 서사, 또는 서사적 절망은 문학적으로 표현된 것이라는 사실을 잊어서는 안 된다. 성급하고 단순한 현실 환원은 경계되어야 한다. 그러나 그런 점을 감안하더라도 이들 소설의 배면에 앞에서 말한 암울하고 비관적인 현실 진단이 작동하고 있다는 점은 부인하기 힘들 듯하다. 그리고 그럴 때 우리는 한편으로 그들이 그려내는 막다른 출구 없는 세계상에 어느 수준에서는 동의하면서도, 그 진단에 과도함은 없는지 묻게도 된다. 이들 절망과 분노의 서사가 그려내고 있는 세계상의 구도는 지나치게 추상화되어 있는 것은 아닌가. 여기에 과도한 실재에의 열정이 작동하고 있는 것은 아닌가. 그리고 그럴 때 그 추상화 과정에서 삭제되는 것이 현실의 사회적 차원이라는 생각이 든다. 퇴출과 배제의 무한경쟁터로 화한 사회, 그리고 개인과 사회 사이의 메우기 힘든 간극을 떠올려보면 전통적 의미의 '사회'를 이야기한다는 것이 쉽지 않다는 것은 사실이다. 그러나 그 실상이 어떠하든 우리에게 주어진 많은 문제의 연원이 사회에 있고, 그것들을 해결할 수 있는 영역 역시 '사회'밖에 없다는 것 또한 분명하다. 전통적 의미의 사회적 상상력을 복원하고 가동하기 어렵다고 하더라도, 사회적 상상력을 오늘의 상황에 맞게 재맥락화하면서 그 차원을 새롭게 활성화하는 일은 절실하다. 황정아의 「재앙의 서사, 종말의 상상」(『창작과비평』 2012년 봄호)에는 이런 대목이 나온다. "악몽 같은 현실 위를 '그림 그리듯' 뛰어다니는 예술가의 이미지는 재앙을 매개로 이어진 예술과 현실 사이의 어떤 착종 혹은 과잉 향유의 아이러니를 암시한다. 이를 재앙의 서사에 존재하는 위험으로 볼 수 있지 않을까." 어떤 징후라고 생각하는데, 비슷한 위험이 '사회'의 차원이 삭제되고 진행되는 실재와의 강박적 대면에서도 생겨날 수 있다고 본다. 조금 맥락이 다르긴 하나, 랑시에르가 미학적 정치성을 이야기하면서 말한 '정치(la politique/감각적인 것의 배분)'와 '치안(la police/현실 정치)'의 구분에 대해 이 둘을 불가분의 상호관계로 보는 인식이 그 구분 못지않게 중요하다는 지적도 생각난다. 제대로 된 문학이라면 '치안'의 수준에 머물지 않고 랑시에르가 말한 '정치'의 영역까지 나아가야 하겠지만, 이 경우 '치안'을 고민하거나 포함하지 않는 순수한 '정치'의 영역이 따로 있을 수는 없을 것이다.

그런데 문제는 단순하지 않다. 앞에서 '사회적 차원의 삭제'라는 표현을 썼지만, 이는 특정한 소설적 편향을 적시하기 위해서 그렇게 했을 뿐이다. 문제를 폭넓게 살피려면 사회라는 영역의 존재 방식은 물론이고 그것을 느끼고 상상하는 방법에도 많은 변화가 일어나고 있다는 점을 고려해야 한다. 지그문트 바우만식으로 말하자면 고체근대가 상정해온 전통적인 사회의 개념은 이제 상당한 정도로 재조정되어야 하는지도 모른다. 결속과 유대의 해체, 개인적 고립이 가속화되는 한편에서 IT 기술은 거듭 새로운 소통의 공간과 방법을 발명해내고 있다. 이런 과정에서 냉소와 체념의 자리로 밀쳐진 것으로 알았던 현실 정치의 영역에서도 새로운 공론장의 형성과 함께 변화의 동력이 만들어지고 있다. 그리고 이러한 동력은 상당한 정도로 주체적인 것이기도 하다. 한마디로 우리의 현실은 그렇게 극단적이지 않다. 그러나 조금 더 긴 전망으로서의 세계는 많은 사람들에게 여전히 불투명하게 다가오는 듯하다. 이면과 보이지 않는 심연으로부터 세계의 진실을 구성하려는 문학 본연의 성향 때문인지도 모르겠으나, 작가들은 훨씬 더 비관적인 것 같다. 이즈음의 많은 한국소설에서 불안과 무력감, 고립의 느낌은 거의 공기처럼 깔려 있다.

가령 황정은의 「낙하하다」(『파씨의 입문』, 창비, 2012)에서 소설 화자가 "어디든 충돌했으면 좋겠다고 생각한다. 삼 년째 떨어지고 있으니 슬슬 어딘가 충돌해도 좋을 것이다. 부서지더라도 충돌하는 것이 좋을 것이다. (……) 언젠가는 어딘가에 닿을 것이라 희망을 품었다가도 이렇게 떨어져서야 가망이 없다는 낙담뿐이다. 누가 누가 누가 없어요 나와 나와 나와 충돌해줘"(77~78쪽)라고 간절하게 호소할 때, 이 고립감은 정치적 약속이나 사회적 구제로부터 너무 먼 곳에서 울리고 있다는 느낌이 든다. 그러나 황정은 소설은 이 고립감을 절대화하지는 않는다. 홀로 끝없이 떨어지고 있다는 느낌이 극단으로 치닫는 가운데 그 고립감의 증폭은, 견딜 수 없는 상황에서 나오는 언어의 유희 같기도 하지만, 무언가 틈새를 연다. 앞의 인용문 뒤에 갑자기 화자는 '상승'의 느낌에 휩싸인다. "올라가고 있는지도 모른다. 상승하고 있는지도 모른다. 상승 상승 이거 봐 거듭 말하자 속도가 빨라진 듯한 느낌이 든다. 낙하 낙하 낙하보다는 빠른 속도로 떠오른다. 점점 더 빠르게 떠오른다." 이 상승의 느낌이 환상의 방어기제가 만들어낸 착각인지 그렇지 않은지는 소설의 마지막에 이르러서도 확정되지 않는다. 소설의 끝은 이렇다. "농담이 아니다./ 떨어지고 있다./ 상승하고 있다." 물론 상승한다고 해서 "지옥적"이라고 묘사된 이곳의 외부(외부가 있는지도 알 수 없다)로 나갈 수 있다는 의미인지도 분명하지 않다. 다만 우리는 전철역에서 화자와 어떤 아주머니 사이에 출구를 물어보고 가르쳐주며 일어났던 전혀 대단할 것도 없는 "환대"의 사건을 이 상승의 이미지와 연결지어 곱씹으며 "개수구멍도 없고 문도 없는 방"의 바깥을 생각하게 된다.

비유컨대 쉽게 눈에 보이는 '낙하'와 쉽게 떠올리기 힘든 '상승' 사이에서 "개수구멍도 없고 문도 없는 방"의 외부를 골똘히 상상하는 황정은 소설의 한 인물에게서 비단 황정은에 국한되지 않는, 우리 시대 많은 작가들이 처한 어떤 궁지가 엿보이는 듯도 하다. 중요한 것은 이즈음 일각의 편향처럼 이런 궁지를 폐쇄적인 소설 미학의 알리바이로 과장하거나 관념화하지 않는 태도일 텐데, 그런 의미에서도 황정은의 소설 세계는 주목할 만하다는 생각이 든다.

황정은은 무엇보다도 언어의 운용이나 화법, 상상력에서 독특하고 개성적인 소설 미학을 갖고 있다. 작가 자신이 소설 속에 직간접적으로 그 영향을 쉽게 알아볼 수 있게 해놓기도 했지만, 초기 소설들에서 두드러지는 기발한 환상의 돌출과 난센스의 언어유희에는 분명 루이스 캐럴의 그림자가 어느 정도 드리워져 있다. 그러나 황정은이 앨리스의 동화에서 정말 제대로 배운 것은 관습적이고 경직된 언어나 사고에 대한 비판과 거부의 정신이었던 듯하다. 그리고 그 비판과 거부의 정신에 부분적으로 유희적 지향이 없는 것은 아니겠지만, 작가가 그 관습과 경직의 이면에서 힘주어 보고 있었던 것은 현실 세계의 폭력 혹은 폭력적 시스템이라는 사실을 황정은 소설은 보여준다(이 폭력에 대한 감각은 황정은 소설 곳곳에서 확인할 수 있다. 『백의 그림자』에 나오는 '슬럼' '가마' 등의 예가 구체적인 언어의 화용론에 스며 있는 폭력을 비판하는 직접적인 경우라면, 모자로 변하는 아버지나 오뚝이로 변하는 은행원의 경우는 그 환상 속에 현실의 폭력이 간접적으로 기입되어 있다고 볼 수 있다). 황정은의 소설 언어는 건조하다. 화려한 레토릭을 거느린 밀도 높은 묘사체의 문장과는 거리가 멀다. 황정은은 언어를 더하기보다는 언어를 덜어내고 조금씩 비운다. 여기서 덜어내고 비우는 것은 언어에 스며 있는 상투성이나 이데올로기, 상징적 폭력 등일 수 있다. 혹은 표준적인 언어의 질서를 살짝 비틀기도 한다("유도씨는 무척 음주한 상태로 부엌에 누웠다."). 일상어에서 거의 쓰지 않는 한자어나 낯선 의성어를 슬쩍 끼워넣기도 한다("소변을 소량 누고 힘이 빠져 그대로 앉아 있었다." "희박해지려는 나를 모아서, 유도씨에게 점착했다." "잔, 잔, 잔, 잔, 하고 냉장고가 돌아갔다." "책. 책. 책. 책." "팽이 팟, 귀를 텁니다." "팟. 착. 착. 착." "킥, 킥, 킥" "파각, 얼음이 뚫립니다."). 그리고 인물들의 대화에서 황정은식 언어의 여백과 낯설게 하기는 특히 두드러진다(「야행」「디디의 우산」 참조). 문장의 호흡 역시 그러하다. "책, 책, 책, 책" 같은 의성어의 사용이 그러하지만, 의미와 별개로 언어의 물성(소리, 형상)에 대한 예민하고 낯선 감각도 있다. 부분적으로는 시적인 언어 구사라고도 할 수 있겠다.

그렇게 해서 황정은 소설은 서사나 소설적 전언의 어떠함 이전에 그 소설언어의 낯선 미학만으로도 개성적인 소설 세계를 구축해냈다고 할 수 있다. 그런데 그 미학에서 우리가 느끼는 것은 다르게 보고, 듣고, 말하려는 의지다(물론 이 의지가 개별 작품의 텍스트 전체에 얼마나 성공적으로 구조화되었는지 하는 문제는 작품별로 좀더 세밀하게 분석되어야 할 것이다). 황정은 소설 특유의 환상에 대해서도 비슷한 이야기가 가능할 것 같다. 그것이 환상으로 명명되는 것은 통상적인 감각의 관습에서 그러할 뿐이라고 말할 수도 있다. 가령 「옹기전(甕器傳)」에서 소녀가 주워 온 항아리는 "서쪽에 다섯 개가 있다"고 말을 하고, 어느 순간부터 인간의 얼굴처럼 변하기 시작한다. 그러나 이 환청 혹은 환상은 항아리와 소녀가 맺고 있는 특별한 관계 안에서는 엄연한 리얼리티라는 느낌을 준다. 사정이 이렇다면, 황정은 소설언어의 독특한 미학은 지배적이거나 표준적인 감각의 체계와는 '다르게 보고, 듣고, 느끼고, 말하려' 한다는 점에서, 지배적인 감각 체계에 스며 있는 이데올로기적 환상을 적발하고 그것을 걷어내려고 한다는 점에서 랑시에르가 이야기하는 '감각적인 것의 배분'을 어느 수준에서는 실천하고 있는 것인지도 모르겠다. 다시 말해, 황정은의 소설 언어나 미학은 그 자체로 자립적이거나 폐쇄적이지 않다. 이 점은 황정은 소설의 중요한 가능성이라고 생각한다.

알레고리의 얇음, 서사성의 부족, 다소 평면적인 인물의 형상화 등 황정은 소설에 보완되어야 할 부분이 없는 것은 아니다. 그러나 희미하고 연약한 듯 보이는 황정은 소설의 밑바닥에는 이름 붙이기 힘든 에너지가 들끓고 있는 것 같다. 나는 그 에너지를 표제작이기도 한 「파씨의 입문」에서 본다. '자전소설'이라는 이름을 달고 쓰인 「파씨의 입문」에는 고통스러운 가난의 경험이 소설로 그려져 있다. 그 가난의 경험에서 분출되는 분노의 밀도도 놀랍지만, 그 뒤에 숨어 있는 연민의 뜨거움은 더 놀랍다. 작가는 이를 겨자씨만한 파씨의 발생이라고 했지만, 우리 독자의 입장에서는 어떤 커다란 파도의 규모를 기대해도 좋지 싶다.

2

황정은은 용산참사에 대해 르포 형식의 산문 「입을 먹는 입」(『문학동네』 2009년 겨울호)을 발표한 바 있다. 같은 제목이 그녀의 장편 『백의 그림자』(민음사, 2010)의 세번째 소제목에도 나온다. 2009년 8월 23일, 남일당 분향소 앞을 지나가던 한 경찰은 분향을 요구하며 막아서는 유족의 입을 주먹으로 가격한다. 그리고 아무도 사과하지 않는다. 황정은은 르포에서 쓴다. "사람은 입을 맞으면 아프다." 『백의 그림자』의 세번째 장 '입을 먹는 입'에서 유곤이라는 인물은 아파트 건설현장에서 일하다 죽은 아버지의 이야기를 들려준다. 그의 아버지는 타워크레인의 추에 깔려 압사했다. 아버지의 죽음 이후 어머니는 말을 잃어간다. "나는 그 입도 보았습니다. 더없이 무기력한 입, 그림자에게 압도당하고 만 입, 그림자가 들락거려 혀가 검게 물드는 것도 모르고 조그맣게 벌어졌다 닫히곤 하는 그녀의 입을 보고 있었습니다." 황정은에게 입은 '먹는 입'이면서 '말하는 입'

이다. 생존과 인간적 존엄의 최저선. 그 입을 '먹는' 또다른 입이 반드시 눈에 보이는 명백한 폭력의 형태로만 존재하지 않는다는 것을 그간 황정은 소설은 부단히 증언해왔다. 황정은 소설은 입을 본다. 정확히는 입을 검게 물들이는 그림자를 응시한다. 그 검은 그림자와 싸우면서 매번 처음처럼 입을 떼고, 입에서 말을 꺼낸다. 그 안간힘의 태어나는 말은 "가마와 가마와 가마가 아닌 것"을 가려내고, "슬럼"이라는 단어에 담긴 언어적 폭력에 질문을 던진다. 때로 그 말은 모자나 모기씨, 곡도나 오뚝이, 묘씨 고양이와 같은 억눌리고 이지러진, 배제된 '살아 있는 죽음'의 몸에 붙어 그들의 입을 열고 나온다. 황정은 소설에서 종종 환상적이고 동화적인 화법이 발견되는 것도 이와 무관치 않다. 황정은 소설에는 사람들이 보는 것을 멈추고 떠난 자리에서 계속 무언가를 보고 있었다는 느낌을 불러일으키는 대목이 많다. 유곤씨가 보는 검게 물드는 어머니의 입이 그런 예의 하나일 것이다. 이때 그 시간의 증언으로서 황정은 소설을 생각한다면 일상의 화법이 낯설어지는 순간은 불가피하다. 거기에는 상징적 재현의 좌표를 얻지 못한 이름 없는 사물과 형상, 발화되지 못한 말의 파편과 잔해들이 있다. 그 사물과 형상들을 하나하나 처음으로 명명하고, 말의 파편과 잔해 들로부터 훼손되지 않은 새로운 말의 질서를 상상하는 무구한 소녀의 눈. 황정은 소설의 환상과 동화는 그 자리에서 태어나고 있다.

3

황정은 소설 속 인물들이 그들을 옥죄고 일그러뜨리는 기이한 세상에 대해 지나칠 정도로 무심하거나 단순한 태도로 반응한다는 것은 잘 알려진 사실이다. 가령 아버지가 모자로 변하고, 아내가 오뚝이로 변해도 가족이나 주위 사람들은 그런 사태를 그저 덤덤하게 받아들인다. 말하자면 그들은 그런 일이 전혀 놀랍지 않은데, 그보다 더한 일이 일어나도 이상할 게 없는 세상에 '이미' 그들이 들어와 있기 때문이다. 환상 혹은 우화적 맥락의 과장을 전제하더라도, 여기에 세상에 대한 막막한 비관 혹은 절망이 반어적 시선으로 깔려 있다는 것은 말할 필요도 없다. 첫번째 소설집 이후 장편 『백의 그림자』와 두번째 소설집 『파씨의 입문』에 실린 작품들로 미루어보건대, 황정은 소설에서 환상의 노출은 그 빈도와 강도가 조금 억제되고 있는 대신, 세계에 대한 절망적 진단과 분노의 항의는 조금 더 직접적이고 강렬해지고 있는 느낌이다. 그러면서 절망적 풍경의 틈새에서 미미하게 숨쉬고 있는 어떤 선의(善意) 혹은 윤리의 황정은식 풍경은 전과는 또다른 소설적 간곡함을 우리에게 전해준다.

어딘가로 한없이 떨어지고 있는 죽은 자(혹은 죽음을 상상하는 자)가 일인칭 화자로 등장하는 「낙하하다」에는 근자 황정은 소설이 도달한 세계상(世界像)을 압축적으로 보여주는 삽화가 나온다. 예전에 화자가 읽은 어떤 이야기에 나오는 방. 사방이 널빤지로 덮인 궤짝 모양의 방 안에 늙은 남자가 의자에 앉아 있다. 방에는 식은 난로와 양철 컵이 놓인 탁자, 그리고 시멘트 개수대가 있다. 그런데 개수구멍이 없다. 늙은 남자는 오후의 외출을 기다리며 누군가가 만들어놓은 "저 망측한 구조물"에 대한 근심에 잠겨 있다. 이른바 카프카적 상황. 그런데 화자는 생각한다. 그 방엔 문이 없지 않은가. 시계도 없는 듯하다. 그렇다면 오후가 와도 오후가 온 줄 어떻게 알겠는가. "오후는 이미 그 방의 바깥에서 수천 번 수만 번은 왔다가 가버리지 않았을까. (……) 더는 오지 않는 게 아닐까." 화자의 생각은 이어진다. 방의 바깥엔 무엇이 있을까. "아무도 아무것도 세계랄 것도 없는 진공이나 아닐까." 그렇다면 그런 진공에 갇힌 방은? "그건 지옥일지도 모르겠다고 생각했다." 이 방이 일종의 우화 속 공간이라면, 조금 더 리얼리티를 갖춘 비슷한 공간이 「뼈도둑」에도 나온다. 교외의 허허벌판에 서 있는 낡은 집 한 채. 「야행」의 파산한 한씨 가족이 쫓겨 들어간 시골마을 장곡의 그 집처럼, 사방 벌판으로는 식용견 개장을 대문으로 삼은 이웃집 하나뿐인 그곳. 사랑하는 남자가 죽은 뒤 「뼈도둑」의 남자가 찾아 들어간 그 빈집의 부엌 겸 욕실은 외양간을 개조한 곳인데, 거기 개수대에도 개수구멍이 없다. "물은 고인 채 어디로도 움직이지 않았다." 인간세계의 무자비한 폭력에 노출된 채 죽어가는 고양이가 화자로 등장하는 「묘씨생(猫氏生)」에서 고양이를 거두어준 곡씨 노인이 사는 상가 꼭대기의 창 없는 방도 있다. 개수대야 말할 것도 없고 전기나 가스도 연결할 곳이 없는 그 좁은 방. 곡씨 노인은 상가 사람들이 길가에 내놓은 식판에서 남은 음식을 거두어 먹으며 살다 사라진다.

이 반복되는 방의 형상에서 우리는 구조화된 항상적인 예외 상태, 최소한의 안전판마저 무너져내리고 있는 우리 시대 벌거벗은 생존의 현실을 떠올리게 된다. 우리가 여기서 최근 황정은 소설의 세계이해, 현실인식의 어떤 측면을 짐작해본다고 해도 그다지 무리는 아니리라. 그러나 개수구멍 없는 개수대라는 기이한 구조물은 황정은 소설의 고유한 미학의 전개와 관련해서도 우리에게 시사하는 바가 있다. 그것은 기형(畸形/奇形)이라는 점에서 모자, 곡도, 오뚝이, 모기씨 등으로 몸을 바꾸어온 괴이한 사물의 계보를 잇는다. 그러나 여기에 개인적 불행에서 말미암았든 사회적 압력에서 연원했든 견딜 수 없는 정신적 외상의 차원에서 객관화된 환상의 자리는 잘 보이지 않는다. 개수구멍 없는 개수대의 형상은 환상의 개입 없이도 현실의 극명함을 떠맡는다.

작은 방에서 이렇다 할 희망 없이 사는 우리 시대 젊은 장삼이사들의 이야기를 평이하게 들려주는 「양산 펴기」에 눈길이 머무는 것도 이 때문이다. 대학을 나왔지만 안정적이지 못한 직장에서 저임금의 생활을 이어가고 있는 젊은이가 「양산 펴기」의 화자다. 그는 동거하는 연인에게 일인분 3만원 하는 장어를 사주려고 바자회 아르바이트를 한다. 일당 5만원을 받고 양산과 스카프를 파는 일이다. 바자회장 앞 구청에서 노점상과 철거민들의 집회가 열리면서 바자회 매장의 물건 파는 소리와 집회의 구호가 섞인다. "로베르따 디 까메르노 웬 말이냐 자외선 차단 노점상 됩니다 생존 양산 쓰시면 물러나라……" 일이 끝나고 집으로 돌아가는 버스 안에서 화자는 보리개떡을 파는 트럭을 본다. "보리갯 떡 보리갯 떡 보리 떡 보리 떡 보릿 떡……" 확성기 소리와 운전석에 앉은 남자의 피로한 모습은 화자의 눈에 눈물이 맺히게 한다. 집에 돌아와 잠든 화자는 바자회장에서 물건 파는 소리를 잠꼬대로 내뱉는다. 동거하는 연인 녹두는 묻는다. "그거, 시(詩)야?" "노래"라고 화자는 잠결에 대답한다. 녹두의 장어를 포함해서 먹고살기 위해 입에서 나오는 말들이 돌아갈 곳을 잃고 떠도는 세상의 풍경이 여기에 있다. 그 말들이 낯설게 분절되며 시와 노래로 몸을 바꾸는 지점만으로도 황정은 소설은 세계의 불행과 일그러짐을 조용히 포착한다. 이 소설의 인물들은 이미 충분히 '오뚝이들'이다.

그렇다면 이 불행한 세상을 바꿀 길은 없을까. 「묘씨생」의 고양이는 다섯 번 죽고 다섯 번 살아난 뒤 다시 쓰레기 더미 위에 버려져 자신의 죽음과 함께 "이 몸을 더럽히는 세계가 완파되기를" 기다리고 있다. 「낙하하다」의 계속되는 외롭고 절망적인 떨어짐처럼 묘씨의 눈으로 그려진 인간의 세계에는 좀처럼 구원의 빛이 보이지 않는다. 그러나 그런 가운데에서도 고양이에게 입김을 불어넣고, 버려질 줄 알면서도 이웃들에게 필사한 노래가사를 선물하는 곡씨 노인의 행동은 한 점 미미한 울림을 남긴다. 「낙하하다」의 화자가 떨어지면서 떠올리는 "완고한 얼굴"의 이야기도 있다. "입을 꽉 다문 얼굴, 말이 졸아붙은 듯한 얼굴, 더는 꿈꾸지 않는 듯하고 실제로 꿈꾸는 데 익숙하지 않은 얼굴, 더는 꿈꾸지 않아 나도 보지 않고 남도 보지 않는 얼굴." 전철역에서 어떤 아주머니가 출구 방향을 물어왔고, 화자가 길을 가르쳐주자 그 '완고한 얼굴'의 아주머니는 "문득 울 듯한 얼굴을 하고" 화자의 팔을 잡고 "친절하게 대답해줘서 고마워요" 하고 말한다. 화자는 그 "뜻밖의 환대"에 놀라는 아주머니의 '완고한 얼굴'에서 그 자신의 것이기도 한 쓰라린 소외의 얼굴을 보며 끝도 없는 허공을 "외롭고 두려운" 마음으로 떨어져내린다. 황정은 소설은 이 지점에서 이

웃이라는 타자에 대한 우리의 윤리적 취약성을 절망적으로 증언하지만, 이웃의 얼굴을 소생시키는 작은 환대의 순간을 잊지 않으려 한다.

「디디의 우산」의 디디는 상고를 졸업하고 식자재센터에서 매달 계약을 갱신해야 하는 계약직 점원으로 일하고 있다. "터무니없는 방"에서 디디와 동거하고 있는 초등학교 동창 도도는 화물센터에서 식판 세척일을 하고 있는데, 세척액 때문에 만성적인 발진에 시달리고 있다. 등록금을 마련하기 위해 거리에서 행상을 시작한 또다른 동창 비비는 학교로 돌아가지 못하고 있다. 비비를 만나 얻은 한 권의 책, 제목의 마지막 두 음절 '혁명'을 소리내어 읽다 디디는 깜짝 놀란다. 디디는 '돈'의 세상에 분노하지만, 그녀의 '혁명'은 집들이에 찾아온 친구들의 우산을 챙겨주는 일에 깃든다. "어쨌든 모두가 돌아갈 무렵엔 우산이 필요하다." 『백의 그림자』에 나오는 전구점 오무사의 이야기를 덧붙일 수도 있다. 오무사의 할아버지는 전구에 불량품이 있거나 들고 가다 전구가 깨질 경우를 생각해, 덤으로 전구 하나를 더 넣어준다. 그리고 전자상가가 철거되는 과정에서 부근 상점들과 함께 오무사는 사라진다. 우리는 이 선의의 목록들이 개수구멍 없는 개수대의 방으로 상징되는 끝없는 추락의 현실 한편에서 희미하게 전송되고 있음을 잊어서는 안 된다. 그 행위들은 미약하고 종종 무능하다. 그러나 여기에는 벤야민이 카프카를 두고 말했던 "좌절한 자의 순수성과 아름다움"을 떠올리게 하는 것이 있다. 벤야민은 썼다. "카프카에게는 적어도 다음의 것들은 분명하였다. 첫째로, 도와주기 위해서 누군가 한 사람은 바보가 되어야 한다는 점이다. 둘째로, 어떤 바보의 도움만이 진정한 의미의 도움이라는 점이다."(발터 벤야민, 「좌절한 자의 순수성과 아름다움」, 『발터 벤야민의 문예이론』, 반성완 편역, 민음사, 1983)

「옹기전」에서 "서쪽에 다섯 개가 있어"라고 중얼거리는 항아리의 목소리를 듣는 것은 어린 소녀다. 버려지고, 묻히고, 폐기되고, 망각되는 것들의 목소리. 그러나 세상이 보기에 항아리의 목소리를 따라 서쪽으로 가는 행위는 "헛짓"이고 "뒤처"지는 일이다. 소녀는 항아리의 형상에서 어느 전시장에서 본, 태어나지도 못하고 죽은 기형의 태아들을 떠올린다. 소녀는 나침반을 들고 서쪽으로 간다. 그러나 소녀가 할 수 있는 일은 별로 없다. 항아리를 묻으려는 사람들을 피해 달아나는 정도다. 거듭 "안 묻을 건데요"라고 대답하기. 벼랑 위에 도착한 소녀는 저편 도시를 바라본다. 도시의 불빛들이 삐걱거리며 주저앉고 멀리서 독 터지는 소리가 연이어 들려오는 가운데 소녀는 절벽 끝에 앉아 있다. 항아리를 옆에 두고. 여기가 서쪽이다. 그러나 이제 겨우 기다림이 시작된 것이다. 막막하지만 순수한 기다림의 형상. 우리는 묻게 된다. 소녀는 항아리를 지키며 이 도시에서 살아가고 성장할 수 있을 것인가.

4

황정은 소설은 언어를 적고 좁게 사용한다. 인물들의 대화가 특히 그러하지만, 상황의 묘사나 서술에 쓰이는 언어도 일반적으로 이해되는 문학적 풍성함과는 거리가 멀다. 그러나 여기에는 과잉을 경계하고 절제하는 미니멀리스트의 손길보다는 자명한 것으로 간주되는 언어의 화용론(話用論)을 억눌리고 배제된 자들의 현실과 관점에서 새로이 작성해보려는 의지가 있다. '자전소설' 형식으로 제출된 「파씨의 입문」에서 '파도'라는 말을 처음으로 듣고 기억하고 그것을 사람의 형상을 한 생물로 상상하는, 파씨 최초의 기억이자 질문, 최초의 정서가 시작된 지점이 황정은 소설에서 언제든 반복되는 원풍경이 되는 것도 이 때문이다. 파씨의 군 위문편지는 '세계 평화' 대신 '추위'를 묻는다. "어제저녁에 추웠습니다, 오늘 저녁에도 추울 예정입니다, (……) 거긴 춥습니까, 세계는 춥습니까, (……) 아저씨가 너무 추워서 지금 울고 있다면 세계는 빌어먹게 나쁜 곳입니다." 황정은 소설 고유의 환상 역시 이 언어적 상징계의 재구축 시도와 무관하지 않다. 이때 환상은 현실에 존재하지 않는 것이 아니라 말해지지 않은 것일 따름이다. 이 언어들의 낯선 배열과 질서는 미학적이기보다 윤리적이다. 문학적 언어의 가난은 감수되어야 한다. 곰과 밈, 검정, 유도, 녹두, 디디, 도도, 파씨 등 인물의 명명조차 어느 정도 탈인간의 분위기를 띤다. 적은 것으로 견디며 어떻게든 새로이 시작해보려는 결의가 황정은 소설에는 있다.

이미 주어져 있는 배열과 질서의 체계로는 환원되지 않는 잉여적 부가물의 발생을 '사건'(알랭 바디우)이라고 한다면, 「뼈도둑」은 불사의 존재로 우리를 사유하고 실천하는 사랑의 사건을 보여준다. 죽은 연인의 뼛가루를 갖기 위해 대피령이 내린 혹한과 폭설의 세상 속으로 2백여 킬로미터를 걸어가는 한 남자의 결단은 그를 이전과는 다른 지평 위에 펼쳐놓는다. 이들의 사랑이 세상으로부터 비난받고 거부당한 동성애라는 점은 중요하면서도 결정적인 것은 아니다. 우리는 그 남자의 기록을 눈 속에서 발견할 수도 있겠지만, 남자가 내디딘 한 발 한 발은 그가 그러면서 꿈꾸었던 것처럼 "완전"을 향한 걸음이다. 개수구멍 없는 개수대의 "가망 없는" 현실은 이제 다른 가능성의 숨소리에 열려 있다. "하, 후, 하, 후." 이 숨소리와 함께 우리도 상상한다. "문이 열리고, 텅 빈 납골당으로 들어서는 사람, 눈사람과도 같은 거인"을. 황정은 소설은 우리 시대의 빈곤을 가난한 언어로 응시한다. 그러나 그 가난은 무언가를 개시하는 가난이다. "하. 후. 하." 이 숨소리를 오래 기억해두고 싶다.

(『창작과비평』 2012년 봄호)

이야기와 여백, 다시 태어나는 소설
— 이기호 소설에 대하여

이기호의 단편 「밀수록 다시 가까워지는」[1](3)은 어떤 '결함'에 대한 이야기다. '결함'이란 제대로 갖추어져 있지 않아 흠이 되는 부분을 가리키는데, 가령 자동차나 컴퓨터 같은 기기의 경우 정상적으로 작동시키자면 그 결함을 손보지 않으면 안 된다. 그다지 심각한 결함이 아니면 수리를 미루고 불편한 대로 쓸 수 있는 데까지 써보는 사람들도 없지는 않겠지만, 결국 어떤 결정을 내려야 하는 시점이 오게 마련이다. 어쨌든 실용적인 목적의 기기를 두고 부러 결함이 생기게 하는 사람은 없을 것이다. 그런 의미에서 18년간 애지중지하며 몰고 다니던 프라이드 승용차를 남겨두고 사라져버린 '삼촌'은 기이한 인물들로 '충만'한 이기호의 소설에서도 특별히 기이한 인물이라 할 만하다. 그도 그런 것이, 삼촌의 프라이드는 후진 기어가 작동되지 않는 심각한 결함을 갖고 있는 것으로 밝혀지는데, 멀쩡한 차에서 후진 기어의 패킹을 빼버림으로써 그 '결함'을 만든 것

1) 1: 『최순덕 성령충만기』, 문학과지성사, 2004; 2: 『갈팡질팡하다가 내 이럴 줄 알았지』, 문학동네, 2006; 3: 『김박사는 누구인가?』, 문학과지성사, 2013. 이후 인용할 때에는 번호와 쪽수만 표기한다.

이 바로 그 자신의 의지이자 결정이었기 때문이다.

그런데 이 기행을 소설 속의 맥락, 1987년 가을 할머니가 삼촌에게 마련해준 그 고유한 '프라이드'의 자리에서 바라본다면 어떠할까. 그러니까 누구나 아무런 지도 없이 감당해야만 하는 유일한 삶의 자리, 그 '갈팡질팡'할 수밖에 없는 인생의 행로에서 바라본다면 말이다. 1987년 그때 서른 살 노총각 삼촌의 인생행로는 정확히 그가 근무하고 있던 서울 구로동 대동피혁이라는 공장과 '구로동일꾼노동자회'라는 모임을 중심으로 돌아가고 있었다. 그리고 '프레스기' '학출' '전태일' '단발머리에 뿔테안경 쓴 여자' '진주낭군' '프락치' 등등, 그 시대의 '결함'을 증언하고 환유하는 단어들 속에서 삼촌의 삶과 사랑은 길을 잃었다. 소설이 진행되면서 조카인 작중화자 '나'가 이러저러한 탐문을 통해 손에 쥐게 되는 사실의 조각들에 따르면, 후진 기능을 제거한 프라이드는 삼촌에게 자기 처벌의 자존심(프라이드)이었던 것으로 드러난다. 다 아는 대로 삶에서 생겨난 어긋남이나 '결함'은 기계의 그것과 달리 그때그때 수선될 수 있는 것이 아니며 치유의 매뉴얼도 없다. 소설 속 삼촌은 자신에게 닥친 '결함'을 밀쳐내거나 외면하지 않고 스스로 납득할 수 있는 방법으로 껴안고 살아갔던 것이다. 그가 후진되지 않는 프라이드를 손으로 "밀수록" 어딘가에 "다시 가까워"졌다면, 그곳은 오해된 프락치 사건과 폭행으로 훼손되기 이전 그의 사랑이 있던 자리일 수도 있다. 그러나 모든 주행 기록이 꼼꼼히 적혀 있는 삼촌의 차계부에 손으로 민 거리가 포함되어 있는지 아닌지 알 수 없는 것처럼, 가까워진 그 자리야말로 영원한 공백 혹은 '결함'으로 남게 될 것이다. 지금 돌아보면, 1980년대 노동운동이라는 만만찮은 사회사적 배경을 끌어들이면서 질주하던 시대의 너울에 휩쓸려간 무력한 개인의 진실에 '후진 기능이 제거된 프라이드'라는 참신한 상상력으로 접근한 이 작품은 소설적 재기(才氣)의 과잉에 대한 일각의 우려를 불식시키며 이기호 소설의 스펙트럼을 넓힌 분수령이 되지 않았나 싶다.

그런데 이 작품이 이기호 문학에서 갖는 상징적 위상은 조금 다른 측면에서 살펴볼 수도 있다. 알다시피 이기호는 한국소설의 지배적 문법을 도발적으로 거스르면서 자신의 문학적 행보를 시작했다. 그의 등단작 「버니」(1999)는 욕설이 난무하는 랩과 신음 같은 비트박스를 거의 전면적인 수준에서 한국소설의 언어적 자원으로 활용하는 대담한 발상을 보여주었다. 「최순덕 성령충만기」는 성경의 편집 체제와 문체를 고스란히 패러디하면서 온갖 글쓰기 형식을 식민화하며 자신의 영토를 불려온 '소설의 제국주의'(마르트 로베르)가 2000년대 한국소설에서도 여전히 현재진행형임을 입증했다. 여기서 문제적인 것은, 이기호의 도발적 실험이 단순히 한국소설의 형식적 외연을 넓히며 서사적 자유를 구가하겠다는 차원에서만 진행된 것은 아니라는 점이다. 이기호는 그 도발의 과정에서 그의 소설이 '미달(未達)'의 인간과 세상을 이야기하려고 한다는 사실을 분명히 했다. 미달, 그러니까 뭔가 모자라는 인간과 세상의 구석. 선생을 폭행하고 고등학교를 때려치운 뒤 보도방이라는 매춘여성 중개업을 하는 「버니」의 '골빈 화자' '나'나 성경 밖의 세상사에는 백치나 마찬가지인 「최순덕 성령충만기」의 최순덕, 그리고 '아무 생각 없이 사는' 이기호 소설의 대표적 페르소나 '시봉'(「햄릿 포에버」에서 본드에 중독된 고교 중퇴자로 처음 등장한 뒤 여러 작품에서 조금씩 신원이 변주되면서 나온다)의 존재가 바로 그러하거니와, 기실 이기호의 첫번째, 두번째 소설집은 21세기 한국사회가 요구하는 정상성의 기준에 한참 못 미치는 인물군의 '한심한' 이야기로 채워져 있다고 해도 과언이 아니다. 물론 이 미달형 인물들과 그들이 펼치는 한심한 인생의 이야기는 그 표면적 진술과 행동을 되비추는 아이러니의 시선으로 감싸여 있고, 바로 거기서 이기호 소설 특유의 진진한 위트와 뭉근한 페이소스가 생겨난다. 그렇게 해서 이기호의 인물들은 그 미달과 한심함으로 흥미롭고 개성적인 반성의 공간을 열지만, 거기에 근대소설의 '문제적 개인'이 드러내는 비극적 좌절의 아이러니는 없다. 이기호의 인물들은 어떤 조화로운 가치 추구의 과정에서 세상과 영웅적으로 불화하지 않는다. 그들에게 어떤 때묻지 않은 순수함이나 맹목의 열중과 같은 미덕이 없는 것은 아니지만, 그것은 대개 무지나 일차원적 사고의 소산이어서 그 자체로 의미 있는 가치를 형성하지는 못한다. 그들은 쉽게 말해 근대적 가치 추구의 세상에서 탈락한 자들이다. 그들은 패배하는 것이 아니라 무시당하고 외면당한다. 어떤 때는 그냥 이유도 없이 그저 시종 두드려맞는다. 윤리적 시련이라고 하기에도 그렇고, 그저 지독히도 가진 것 없고 운은 좀더 심하게 없는 인물들의 수난기가 '뭐, 이렇게까지' 싶을 정도로 이어진다. 그런데 이기호의 소설은 이런 인물들을 좋아하고 그들의 편에 선다. 연민일까, 바뀔 것 같지 않은 강자의 질서에 대한 깊은 환멸 때문일까. 꼭 집어 이유를 묻는다면 우문이 되겠지만, 적어도 한 가지 사실은 분명한 것 같다. 이런 허접한 인물들의 삶을 보여주고 그들에게 말할 기회를 주려고 할 때, 기왕의 소설 양식이나 문법에 대한 반발은 어느 정도 자연스러운 수순이었으리라는 점 말이다.

이와 관련해서 이기호가 근대소설과 그 '이전'을 가르는 기준으로 통상 말해지는 '우연의 배제'나 '내적 필연성의 확립'에 비판적 시선을 내보인 것은 주목할 만하다. 과장된 자기 희화의 아이러니가 작동하고 있긴 하나 '아무 이유 없이 운 나쁘게 얻어터지기만 한' 십대 시절의 경험에 치를 떨고, 이후에도 느닷없는 불운의 급습에 어쩔 줄 몰라 했던 「갈팡질팡하다가 내 이럴 줄 알았지」의 작중화자의 자리에서 보면 문제는 '근대소설'이나 '리얼리즘' 이전에 '도무지 말이 안 되는 세상'이 아닐 수 없다. 여기서 '근대소설'이 추구하는 내적 필연의 문제가 바로 그 '말이 안 되는 것처럼 보이는 세상'을 이해하고 설명하려는 노력의 일환임은 굳이 부연하지 않아도 되리라. 이기호의 문제 제기는 부분과 전체를 오가는 심미적 이성의 경화가 소설적 기율(discipline)과 관습(convention)으로 타성화된 지점이었을 테니 말이다. 그렇긴 해도 소설이나 세계에 대한 시선 모두에서 이기호가 근대성의 우세 영역이나 진보 일반에 대한 냉소 혹은 환멸[2]을 어느 정도 내장하고 있었음은 부인하기 힘든 사실인 듯하다. 생래적 관심이나 애착이든, 나름의 치밀한 작가적 기획이든, 이기호 소설은 그 인물이나 서사의 운용에서 일종의 '미달의 지점'을 적극적으로 끌어들이며 한국 소설이 놓치고 있던 현실의 외곽 혹은 사각지대를 파고들었다. 그리고 여기서 근대적 삶의 소설적 포착에서 주변화되어온 미달의 형식으로서 '이야기'에 대한 이기호 특유의 관심이 전면화되었음은 두루 아는 대로다. 해서, 계몽과 내성의 권위로 소설을 통어하는 강력하고 단성적인 화법 대신 아무런 매개 없이 직접 소설의 자리에 불려나온 듯한 생각 없는 인물들의 날목소리가 다채롭게 패러디되면서 독자를 청자의 자리로 끌어들이는 능란한 이기호식 이야기의 화술이 펼쳐졌는데, 이때 '이야기'가 그 기술적(技術的/記述的) 차원을 넘어 소설의 존재론에 대한 질문으로 시종 맥락화되고 있다는 점에 이기호 소설의 개성적 성취가 있는 것 같다.

너무 돌아온 감은 있지만, 「밀수록 다시 가까워지는」의 '결함'이라는 모티프를 이기호 소설의 전체적 의미망과 관련지어 조금 다른 각도에서 살펴볼 수 있다면, 거기에 '이야기'와 '소설'을 새롭게 연동시키려는 이기호 특유의 문제의식이 담겨 있기 때문이다. 다음 인용은 삼촌과 프라이드의 숨겨진 이야기를 추적하던 화자가 그때까지 미처 생각지 못하고 있던 '고모부'라는 이야기의 '여백'을 떠올리는 대목이다.

> 사람들은 저마다 이야기 속에 한 가지씩 여백을 두고, 그 여백을 채우려 다른 이야기들을 만들어내는 법인데, 그게 이 세상 모든 이야기들이 태어나는 자리인데, 그때의 나는 그것을 미처 알지 못하고 있었던 것이다.(3:85)

2) 「밀수록 다시 가까워지는」에서 '후진'의 모티프가 나오기 이전에 이미 첫 소설집의 「백미러 사나이」에 '뒷걸음질로 뛰는 인물'의 이야기가 나온다. 역시 첫 소설집에 수록된 「발밑으로 사라진 사람들」의 경우는 세상의 시간을 거스르는 사람들의 이야기이기도 하다.

'이야기'의 여백이란 무엇일까. 알다시피 이야기는 구전되는 것이다. 이야기는 이야기꾼과 청자를 계속 바꾸어가며 유동하는 기억의 바다에서 베를 짜듯 짜인다. 기실 「밀수록 다시 가까워지는」의 이야기도 그 시초는 함께 살게 된 할머니로부터 "10년도 넘게 삼촌에 대한 이야기를 듣고 듣고 또 듣게 되"(3:44)면서 비롯된 것이다. 우리는 이 이야기꾼 '할머니'를 "나는 이 세상에 존재하는 많은 이야기들을 책이 아닌, 할머니를 통해서 처음 알게 되었다. (……) 글을 깨치기 전, 오직 목소리만으로 말이다"(「할머니, 이젠 걱정 마세요」, 2:237)에서 이미 만난 바 있거니와, '이야기'와 '목소리'에 대한 이기호 소설의 특별한 친화력이 의식/무의식에 젖줄을 대고 있는 기원의 풍경을 짐작해볼 수 있는 대목이다. 그런데 전승 과정에 일어나는 이야기의 변형과 재생산은 단지 구전과 기억의 한계 때문일까. 불가피하게 남을 수밖에 없는 이야기꾼의 욕망, 그 개인적 흔적 때문일까. 그러기도 하겠지만, 이야기 안에는 근원적으로 '이야기되지 않는/이야기될 수 없는' 여백이 있을 수밖에 없고, 바로 그 때문에 그 여백을 메우기 위한 또다른 이야기가 태어난다고 볼 수도 있을 것이다.

발터 벤야민은 이와 관련해 흥미로운 비유를 들려준 바 있다. "한 이야기는 다음의 이야기와 서로 연결된다. 각자의 이야기 속에는, 이야기 밑천이 다할 때이면 언제나 새로운 얘기를 생각해내는 아라비안나이트에 나오는 인도왕의 아내 셰에라자드와 같은 이야기꾼이 살고 있다. 이것이 바로 서사시적 기억이며 또 이야기의 예술적 요소다."[3] 벤야민은 서사시를 가능하게 했던 이야기의 근원적인 통일성을 상정한다. 서사시적 기억이 떠받치고 있는 그 통일성의 그물망 안에서 끊임없이 이야기를 생산하고 변형하는 이야기꾼의 예술적 자유가 가능했다면, 서사시의 몰락과 함께 기억 속에서 이야기의 근원적인 통일성이 사라지면서 개인의 회상

---

3) 발터 벤야민, 「얘기꾼과 소설가」, 『발터 벤야민의 문예이론』, 반성완 편역, 민음사, 1983, 182쪽.

(Eingedenken)이라는 '지속적 기억'이 소설의 예술적 요소로 새로이 나타났다는 것이다. 다시 말해 서사시의 기억 안에서 이야기의 '여백'은 언제든 채워지며 다른 이야기로 이어져갈 수 있었다. 그러나 누구나 아는 대로 삶의 의미가 그 자체로 환하게 드러나고, 공동체의 온기와 기억을 타고 응축된 지혜와 경험의 이야기가 누대에 걸쳐 서서히 퍼져나가던 시대는 사라졌다. 다시 한번 벤야민에 기댄다면, 경험의 가치가 하락하고 경험을 주고받을 수 있는 능력을 박탈당한 세상에서 온전한 의미의 '이야기' 혹은 이야기체 예술은 성립되기 어려울 것이다. 그런데 놀랍게도 이기호의 소설에는 아직 그 '이야기' 세대의 기억과 경험, 혹은 마법이 '할머니'의 자리를 통해 전수되고 있지 않겠는가. 이런 식으로 말이다. "엉뚱하게도 할머니의 이야기가 바로 내 이야기로 연결되고 말았다. 내가 '갸'가 되어버린 이야기. 아무리 세월이 흘러도 내가 '갸'가 될 수밖에 없는 이야기……"(2:251) 그러나 놀랄 것도 없는 것이, 역사철학적 의미에서 소설과 이야기를 구분하는 것과는 별개로 실상 이야기가 여전히 소설의 원사(原史)이자 중요한 육체적 현재로 남아 있음을 우리는 안다. 다만 이기호의 경우 '이야기'에 대한 친화력이나 반성적 자의식이 좀더 뚜렷하고, 거기서 소설적 문제의식과 추동력을 상당 부분 얻고 있는 것은 분명한 것 같다. 그렇다면 그 할머니의 또다른(사실상 같은) 손자인 「밀수록 다시 가까워지는」의 화자가 모든 이야기가 태어나는 자리로 가리키고 있는 '여백'은 이기호의 소설에서 어떻게 메워지고, 어떻게 다시 다른 이야기로 태어나는가.

물론 여기서 말하는 '여백'이 '이야기'의 차원이든 소설의 차원이든 단순히 서사의 인과적 결여나 공백을 의미하지는 않을 것이다. 그런 '여백'이라면 「밀수록 다시 가까워지는」에서도 얼마만큼은 해결된다. 대신 그 '여백'이 이야기가 존재하는 데 불가피한 결여이고 결함이라는 것을 이기호의 소설은 그 '여백'을 통해 환기한다. 그 여백은 이야기를 부르면서 또다른 이야기로 미끄러지지만, 끝내 이야기되지 않고 질문으로 남는다. 가령 고모부에 의해 삼촌의 행적에 얽힌 수수께끼가 어느 정도 풀린 뒤, 후일담처럼 붙어 있는 소설의 결말 부분을 떠올려보자. 손자인 화자는 더이상 시동이 걸리지 않는 프라이드의 조수석에 할머니를 태우고 차의 보닛을 두 손으로 밀면서(그러니까 할머니의 얼굴을 보며 차를 후진시키면서) 동네를 한 바퀴 돈다. 그러자 논일을 끝낸 뒤 자신의 얼굴을 바라보며 꼭 그렇게 리어카를 밀던 삼촌에 대한 할머니의 회상이 이어진다. 이 순간 우리는 삼촌과 프라이드라는 이야기의 여백을 거쳐 할머니라는 또다른 이야기의 여백으로 돌아와 있다는 것을 깨닫게 된다. 그리고 소설은 다음과 같이 끝난다.

> 나는 허리를 더 아래로 깊숙이 숙인 채, 프라이드를 밀었다. 나는 할머니의 얼굴을 보지 않으려고 노력했다. 그러면서 또 생각했다. 삼촌은 이렇게 직접 민 것 또한 노트에 적어놓은 것일까, 그렇다면 그 거리는 과연 어떻게 잴 수 있는 것일까.(3 : 96)

할머니의 얼굴을 보지 않으려고 허리를 숙인 '나'의 태도는 아마도 그 '여백' 앞에서의 부끄러움이자 두려움일 것이다. 삼촌이 차계부에 손으로 차를 밀며 후진시킨 거리를 적어놓았다고 한들 사정이 달라질까. 부지런히 이야기의 여백을 메운다고 메워왔지만 종내 더 큰 여백 앞에서 망연해지는 순간, 이기호의 아이러니는 화법의 차원을 넘어 소설의 존재론으로 가닿는다.

돌아보면 이기호의 소설은 일관되게 '삶은 이야기되어야 한다'고 말해왔다. "이해되지 않고, 알 수 없는 것들을 이해하기 위해선, 우선 그것들에 대해서 차근차근 이야기해야 한다. 그것이 내가 알고 있는, 유일한 윤리이다. 오직 그 윤리 때문에 이야기는 존재하는 것이다."(「내겐 너무 윤리적인 팬티 한 장」, 3:339) 이기호의 소설이 랩이나 성경의 문체, 진술서나 자기소개서 같은 다양한 말의 양식을 패러디하면서 한국소설의 익숙한 조망권 밖에 버려져 있던 인물들에게 발언의 마당을 돌려주려 했던 이유도 거기에 그들의 삶이 이야기될 수 있는 가능성이 있다고 보았기 때문일 것이다. 그리고 두 권의 소설집과 장편 『사과는 잘해요』(현대문학, 2009)에 이르기까지 이기호식 위트와 페이소스로 충전된 그 작업에 상당한 성과가 있었음은 아는 대로다. 그러나 최근 나온 세번째 소설집에서 집중적으로 드러나거니와, 이기호 소설의 문제의식은 삶은 이야기되어야 한다는 명제로부터, 그럼에도 거기에는 '이야기되지 않는/이야기될 수 없는' '여백'이 존재한다는 쪽으로 이동하고 있는 것으로 보인다. 삶의 결함이 이야기의 여백과 결함으로 구조화되는 지점, 더이상 이야기가 불가능한 한계 지점을 응시하며 지금 이기호 소설은 아주 무겁게 서성이고 있다.

이와 관련해 세번째 소설집의 표제작이기도 한 「김박사는 누구인가?」는 이야기의 여백과 불능이 자기기만의 무의식과 연루된 양상을 아이러니하게 보여주는데, 이야기를 둘러싼 작가의 문제의식이 결국 보다 근본적인 윤리적 질문과 맞물려 있음을 암시한다. 욕설 강박에 시달리는 임용고시 수험생이 받는 심리 상담을 문답 형식으로 옮겨놓은 이 소설에서 피분석자 최소연의 심리적 외상의 경로와 그에 대한 분석가 김박사의 진단과 처방으로 전개되는 나름 흥미진진한 서사는 종내 일종의 맥거핀이었음이 드러난다. 상담을 받고 있던 최소연의 마지막 질문은 갑자기 욕설로 바뀌면서 다음과 같이 끝난다.

> 김박사님, 김박사님…… 김박사님께서 해주신 이야기 잘 들었어요. 하지만 김박사님…… 이 개새끼야, 정말 네 이야기를 하라고! 남의 이야기를 하지 말고, 네 이야기, 어디에 배치해도 변하지 않는 네 이야기 말이야! 나에겐 지금 그게 필요하단 말이야, 김박사, 이 개새끼야.(3: 130)

이 느닷없는 욕설과 항변이 나오기 직전, '다섯번째 Q&A'에서 최소연은 상투적이고 정형화된 상담의 언어를 거절하고 그녀처럼 어머니로부터 상처받은 경험이 있다는 김박사 자신의 개인사를 들려달라고 호소한다. 그리고 소설은 김박사의 대답란을 텅 비운 채 독자에게 그걸 채우라고 요구한다. "이제 다들 아셨죠, 김박사가 누구인지? 자, 그럼 어서 빈칸을 채워주세요." 그러니까 앞서 인용한 최소연의 마지막 질문은 그 빈칸의 이야기에 대한 반응인 셈이다. 김박사는 누구일까? 마지막에 그 대답의 자리가 누구나 들어올 수 있게 비어 있었다는 점을 고려하지 않더라도, 처음부터 그 자리는 없었다고 보아야 하지 않을까? 말하자면 이 소설은 'Q&A'의 형식을 빌린 최소연의 독백일 가능성이 높으며, 그럴 경우 자신의 이야기를 하지 않고 남의 이야기를 늘어놓은 '개새끼 김박사'는 최소연 자신일 것이다. 이 소설이 그 형식의 아이러니를 통해 우리에게 알려주는 진실은 최소연의 고백이 정신분석학적 상담의 틀 안에서 꼭 그만큼만 발화된다는 사실은 아닐까. 사정이 그렇다면 최소연의 이야기는 '나의 이야기'가 아니라 '정신분석학적 담론'이라는 타자의 요구에 응하여 스스로를 입증하려는 '남의 이야기'가 될 수밖에 없다.[4] 이제 최소연의 고백은 자기기만이 폭로된 지점에서 '김박사'의 자리를 삭제하고 다시 발화되고 쓰여야 할 텐데, 우리가 마주하는 것은 한번도 발화되지 않은 이야기의 '여백'일 뿐이다. 그리고 이때 작가 이기호는 그가 소설이라는 이름으로 써놓은 자기 텍스트의 무능 혹은 한계와 마주하고 있는 것은 아닌가. 다시 말해 '김박사'라는 호명이 최종적으로 가리키는 것은 이야기의

4) 소설집 해설에서 김동식은 「내겐 너무 윤리적인 팬티 한 장」의 주인공이 보이는 이상한 행동에 대해 "그의 삶은 타인의 다양한 이야기들에 의해 중층적으로 규정되고 있으며, 자신의 이야기가 아닌 외부의 이야기들에 의해서만 스스로를 입증할 수 있는 상황에 놓여 있다"고 말한다.(3:373) 김동식은 '입증에의 요구와 삶의 고유함에 대한 욕망'이 충돌하는 '이름'의 무의식에 주목하면서 '삶-이야기의 여백'을 활성화하려는 이기호 소설의 욕망을 정치하게 읽어낸다.

여백 앞에서 실패하고 좌절하는 이기호 소설 그 자신인지도 모른다. 그리고 그 실패와 좌절의 풍경은 이기호의 세번째 소설집에서 반복적으로 나타나고 있는데, 타자에 대한 소설의 발언권 혹은 이야기에 대한 소설의 소유권을 근본적인 자리에서 의문에 부치며 치열한 자기 성찰을 밀어붙이고 있는 것 같다. 그런데 흥미로운 것은 바로 그 회의와 성찰을 밀어붙일수록 이기호 소설에서 '이야기'와 '여백'의 관계는 때론 섞이고 때론 역전되면서 그 경계가 희미해진다는 점이다. 그리고 그렇게 해서 남게 되는 질문과 대답의 잔여물로부터 인간과 세상, 소설을 다시 생각하는 어떤 준거점들이 생겨나고 있다면, 그간의 다채로운 서사적 실험 이후 새로운 모색기에 들어간 듯 보이는 이러한 이기호 소설의 행보는 특별한 주목에 값한다 하겠다.

「행정동」의 주인공인 오재우라는 인물은 대학의 학적부 전산화 작업에 투입된 임시직 직원이다. 그는 정규직으로 전환될 수 있을까 하는 실낱같은 희망에 목을 매며 퇴근도 하지 않고 일터인 행정동 건물에서 매일 밤을 지새운다. 그는 수기로 된 옛날 학적부의 내용을 컴퓨터에 입력하면서 문득문득 학적부 속 이름이나 연도에는 담길 수 없는 한 인간의 여백에 대해 생각한다. 그러나 그가 진정 알지 못했던 인간의 여백은 바로 그와 한 조로 마주보며 일하는 동료 여성이 견뎌내고 있던 어떤 모멸감이었다. 물론 그 모멸감은 기실 그 자신의 가슴속에도 이미 임계점까지 차올라 있던 것이기도 하다. 어느 눈 내리는 날, 출근길이 걱정된 그 여성은 새벽 눈길을 밟아 행정동으로 나왔다가 신분증이 없어 출입구에서 경비원들과 실랑이를 벌이고 성희롱에 가까운 수모를 겪는다. 층계참에서 몰래 이 광경을 지켜보고 있던 오재우는 출근에 실패하고 돌아가는 여자를 뒤쫓아가 경찰서에 신고하라고 권유하지만 거절당한다. "남자 새끼가 치사하게 같은 조 사람 흠이나 잡으려고 들고……"(3:37) 그들은 단 하나의 정규직 자리를 놓고 경쟁하는 사이였던 것이다. 그러나 그는 마치 그 자신이 피해자이기라도 한 양 혼자 파출소로 찾아간다. 그때 여자가 쫓아와 그의 팔을 붙잡고 제지하며 무슨 말인가를 한다.

—그게 아니고…… 저기, 나…… 차비 좀 꿔줘요.

여자는 고개를 옆으로 돌린 채 말했다. 오재우는 여자의 코트 끝자락이 파르르, 떨리는 것을 보았다. 바람 없이 눈만 내리는 밤이었다. 오재우는 한참 동안 여자의 보풀이 인, 눈송이들이 포도알처럼 잔뜩 매달린, 낡고 오래된 회색 코트를 내려다보았다. (……) 오재우는 그제야 자신이 지금 무언가 오타를 내고 있다는 것을 깨닫게 되었다. 그건 명백한 오타였다.(3:39)

생각해보면 우리의 삶 자체가 이처럼 도저히 어쩌지 못하는 여백과 오타(결함)로 이루어진 것이 아닌가. '이야기'는 애초부터 '차비'와 '보풀이 인 낡고 오래된 회색 코트' 등속에서 시작될 수밖에 없는 것인지도 모른다. 그것이 한 개인의 진정한 '이야기'를 여백으로 만들어버린다고 하더라도 말이다. 마침 같은 소설집에 수록된 「화라지송침」의 화자는 이렇게 말하고 있다. "그저 모르는 척 다른 이야기를 하는 마음들, 강의 그림자를 바라보면서 하는 짐작들. 나는 지금 그것을 하려고 하고 있다."(3:263) 그리고 그럴 수밖에 없다면, 이제 '이야기'와 '여백'의 뒤섞이고 지워진 경계 위에서 이기호의 소설은 무언가를 꿈꿀 수 있을 것이다. 학적부에 수기로 적힌 이름들은 삶의 자리에서 본다면 이미 그 자체로 오타일 것이다. 그 이름들을 밤을 새워 한 자의 오타도 없이 입력하려 했던 오재우의 노동은 혹 소설가라는 신분을 입증하기 위해 봉인된 교보문고의 시멘트 벽을 깨부수던(「수인(囚人)」) 그 '수인'의 노동에 대한 자기 은유는 아닐까. 이기호 소설은 스스로를 '나쁜 소설'의 자리로 희화하기도 했지만, 우리는 그것이 소설의 진정성에 대한 역설적인 추구였음을 안다.

문예창작과 교수이자 소설가인 「탄원의 문장」의 화자는 구속된 제자 P의 전 여자친구 '최'가 쓴 탄원서를 통해 지금 이기호 소설이 버티고 서서 잊지 않으려 하는 자리를 암시한다. P의 과실로 죽은 박수희의 고향으로 찾아간 그녀는 그 시골집 꺼끌꺼끌한 담벼락을 손바닥으로 쓸면서 계속 오간다. 그러다 담 너머 집안에서 들려오는 소리에 담벼락 아래 무릎을 감싼 채 쪼그려 앉는다. 거기서 그녀는 외동딸을 잃은 부모가 밥상을 놓고 나누는 온통 '여백'으로 이루어진 대화를 듣는다. 「화라지송침」의 결말에서 화자는 화장실 좌변기에 옷을 입은 채 앉아 아내의 육촌 남동생 기종 씨가 겪었을 모멸의 시간을 떠올리며 그가 그토록 두려워했던 '두루마리 휴지'(기종 씨는 혼자 얼마나 울었을까?)를 쳐다본다. 화자는 지금 무언가를 참아내야 한다고 생각하지만 자꾸 두려움이 앞선다. 두 경우 모두 입을 틀어막은 울음이 있다. 그러나 여기에는 이기호 소설이 자랑하는 그 어떤 아이러니의 시선도, 패러디의 유희도 없다. 울음들은 그저 참을 수 없는 울음들일 뿐이다. 눈을 뜨고 '사람이 사람처럼 걸어가는' 광경을 보는 꿈을 꾸려면, 소녀가 뱉은 비린내 나는 침을 닦지 않고 내버려두어야 한다고 지금 이기호 소설은 생각하고 있다(「저기 사람이 나무처럼 걸어간다」). 소녀에게는 침을 뱉을 권리와 윤리가 있다. 지금 이기호 소설은 타자의 자리에서 다시 태어나는 이야기, 그 여백과 오타로부터 다시 쓰이는 소설을 생각하고 있다.

(『문학과사회』 2013년 가을호)

확실성의 붕괴, '놀라운 회의론자들'의 세상

—이승우 소설집 『신중한 사람』

이승우의 소설은 일견 '사변적'이거나 '관념적'이라는 인상을 준다. 경험의 구체를 즉자적으로 묘사하기보다는 문제가 되는 경험 세계를 사유의 질료로 거듭 곱씹으며 하나의 인식 대상으로 정립해가는 집요한 의식의 투쟁기가 두드러져 보이기 때문일 테다. 물론 그런 과정에서 현실의 구체가 건조해지는 측면이 없지도 않은 만큼, 다소간의 부정적 뉘앙스를 지닌 대로 관념적이거나 사변적이라는 인상은 정당화될 수도 있을 것이다. 그러나 이승우 소설에 제대로 부딪쳐본 사람이면 다 아는 사실이겠거니와, 이승우 소설이 가장 강력하게 저항해온 것이 현실에 대한 피상적이고 모호한 접근이다. 궁극의 지점에 남게 될 모호함이나 복잡성을 일깨우고 환기하기 위해서라도 이승우 소설은 우선 최소한의 명석판명한 진실의 지대를 확보하려고 한다. 이때 일종의 정념의 수사학이 절제되고, 당면한 사태의 논리적 해명이 앞으로 나온다. 오해하지 말아야 한다. 이승우 소설의 '논리' 역시 이성의 영토 안에 있지만, 계몽과 지배의 힘을 모른다. 이렇게 말할 수 있다면, 그것은 최소한의 방어적 이성이고 논리다. 세상의 질서와 인간 욕망의 심연이 뒤엉키며 만들어진 부조리와 불합리,

억지와 막무가내의 현실로부터 최소한의 인간 진실을 지켜내려는 안간힘이 거기에 있다. 그러나 이승우 소설은 그러한 방어조차 순수한 상태로 수행될 수 없다는 것을 안다. 그 방어와 저항의 언어 역시 세상의 질서나 인간 욕망의 심연에서 벗어나 있는 것은 아니기 때문이다. 그리고 이 지점에서 이승우 소설은 엄격한 자기 성찰의 윤리학을 불러들인다. 아마도 그 윤리학의 다른 이름이기도 한 죄의식의 뿌리에는 이승우 소설의 기원적 풍경이 있을 테지만, 그 풍경은 감춤과 드러냄의 변증법 속에서만 조금씩 점멸하듯 모습을 드러낸다. 그렇게 해서 삼엄한 윤리적 자기 성찰과 한몸을 이루는, 주저하고, 우회하고, 되돌아가는 사유와 논리의 집요한 저작(咀嚼)은 이승우 소설의 뼈대이자 육체가 된다. 그러나 아무리 그렇게 해도 사태의 진상은 온전히 드러나지 않고 결락과 공백은 남는다. 미궁을 헤쳐나올 아리아드네의 실은 끝없이 유보된다. 결국은 '미궁에 대한 추측'이 될 수밖에 없는 소설의 운명. 그러나 이승우 소설은 그 운명을 받아들이는 한에서 미궁과의 싸움을 멈추지 않아왔다. 1981년 중편 「에리직톤의 초상」으로 작품 활동을 시작했으니, 햇수로 35년 가까이 된다. 이승우의 작가적 성실은 호가 나 있지만, 더 놀라운 것은 소설적 영역의 폭넓음이다. 신과 인간의 관계를 탐사하는 초월적 주제에서부터 신화적 세계를 경유한 다양한 물음들이 한국소설의 형이상학적 폭과 깊이를 넓히고 심화해왔다면, 카프카적 불안과 인간 욕망의 만화경이 교차하는 일상의 풍경을 인간 진실에 대한 예리한 물음으로 뒤바꾸는 이승우 소설의 다채로운 발견술 또한 그에 못지않은 폭과 깊이를 보여왔다. 소설의 주제가 갖는 무게 때문에 자칫 가려진 측면이 없지 않지만, 사실 작가 이승우는 뛰어난 이야기꾼이다. 이야기에 대한 장인적 통제술에서도 그러하거니와, 도무지 이야기가 있을 법하지 않은 곳에서 이야기를 찾고 발굴해낸다는 점에서 더욱 그러하다. 『오래된 일기』(창비, 2008) 이후 6년 만에 펴내는 신작 소설집 『신중한 사람』에서 '이야기'의 발굴은 주로 인간 심리의

미로, 욕망의 어두운 지대를 겨냥하고 있다. 물론 그 미로의 맞은편에는 편집증적 망상(妄想)과 자기기만을 강요하는 막무가내의 부조리한 현실이 있다.

앞서 주저하고 우회하며 사태의 진상을 향해 나아가는 이승우 소설의 집요한 사유에 대해 언급했지만, 바로 그러한 의미에서라도 이승우 소설의 중심인물은 '신중한 사람'일 수밖에 없다. 그러나 이번 소설집의 표제작을 비롯하여 여러 곳에서 모습을 드러내는 그 '신중함'에 대해서는 조금 자세히 살펴볼 필요가 있다.

우선 그 신중함은 기본적인 의사소통의 수준에서 제기된다. 세상의 연속성을 언어의 불연속성이 따라갈 수 없다는 근본적 한계는 차치하고라도 이번 소설집의 화자들이 사태의 진술에서 보이는 극도의 신경증적 의심과 강박은 얼핏 과도하다 싶을 정도다. 살아왔던 시간의 무의미('이미')와 도래하지 않는 미래의 영원한 유보('어디')를 대비시키며 '어디에도 없는 존재'(이 테마는 소설집의 다른 작품 「어디에도 없는」에서 좀더 사실적으로 반복된다)로 살아가는 현대인의 실존적 불안을 한 폭의 추상화처럼 보여주는 「이미, 어디」의 서두를 보자.

그는 무슨 일인가를 해야 하지만 무슨 일을 해야 할지 모르는 사람처럼 행동한다. 무슨 일인가를 해야 하지만 무슨 일을 해야 할지 모르기 때문에 어떤 행동도 하지 않는 사람처럼 행동한다. 무슨 일을 한다고 할 수도 없고 하지 않는다고 할 수도 없다. 아무 일도 하지 않는 것은 아니지만 어떤 일을 하는 것도 아니다. 어떤 일인가를 하지만 그가 하는 일은 아무 일도 하지 않는 사람이 하는 일이다. 그러니까 그는 아무 일도 하지 않는 일을 하고 있는 셈이다. 그렇지만 그것은 놀라운 일도 아니고 특이한 일도 아니다. 이곳에 있는 대부분의 사람이 무슨 일인가를 해야 하지만 무슨 일을 해야 할지 모르는 사람처럼 행동하거나 무슨 일인가를 해야 하지만 무슨 일을 해야 할지 모르기 때문에 어떤 행동도 하지 않는 사람처럼 행동하기 때문이다. 이곳에 있는 대부분의 사람들이 무슨 일을 한다고 할 수도 없고 하지 않는다고 할 수도 없는 일을 한다. 아무 일도 하지 않는 것은 아니지만 어떤 일을 하는 것도 아니다.(114쪽)

이렇게 쓸데없이 말을 길게 늘여놓는 것을 흔히 '요설(饒舌)'이라고 한다. 통상의 서술로 하자면, '그는 대부분의 이곳 사람들처럼 딱히 하는 일도 없이 지낸다' 정도면 될 것을 작가는 이 소설의 화자 '나'를 통해 부연하고 부연하며 길게 늘여놓았다. 그런데 정말 인용한 소설의 서두는 의미 없는 말의 늘임에 불과한 걸까. 가령 '딱히 하는 일도 없이 지낸다'는 말은 얼마나 부정확한가. 그는 정말 아무런 일도 하지 않는 건가. 일이라고 할 것까지는 없더라도 무언가를 하지는 않는가. 이렇게 하나하나 빈틈을 메우며 따져가다 보면 "그러니까 그는 아무 일도 하지 않는 일을 하고 있는 셈이다"라는 진술에 도달하지 않겠는가. 그런데 이 진술조차 상황의 정확한 기술에 미치지 못한다면? 다시 하나하나 진술의 여백을 채워갈 수밖에 없다. 그렇게 해서 화자는 나름의 결론에 이르게 된다. "이곳에 있는 대부분의 사람들이 무슨 일을 한다고 할 수도 없고 하지 않는다고 할 수도 없는 일을 한다. 아무 일도 하지 않는 것은 아니지만 어떤 일을 하는 것도 아니다." 물론 이 결론 역시 잠정일 수밖에 없다. 아마 아무리 길게 늘여 상황을 재기술해도 마찬가지일 테다. 작가 역시 이러한 한계를 잘 안다. 그래서 문단을 바꾸어 이렇게 쓸 수밖에 없는 것이다. "이를테면 그는 아주 천천히 걸어 다닌다." 이야기가 앞으로 나가려면 말이다.

물론 작가가 이 대목의 기술을 이처럼 미세한 수준까지 계속 수정하면서 이루려고 했던 효과는 소설의 주제와도 긴밀히 연결되어 있다. 소설의 무대로 제시되는 호수가 있는 마을은 〈고도를 기다리며〉의 나무 하나 달랑 서 있는 황량한 무대를 떠올리게도 하는 곳으로, '어디'로의 출발은 끝없이 연기되는 가운데 무의미한 기다림의 시간만이 지속된다. '그'가 '이미'를 떠나 이곳에 오기 이전에도 누군가가 비슷한 행로를 밟았고, 그 사람 역시 무의미한 기다림 끝에 호수의 안개 속으로 사라져간 터였다. 작가는 그 무의미한 기다림의 장소, 호수가 있는 잔디공원의 묘사(한 페이지가 넘는 분량이다)를 소설 속에서 글자 하나 틀리지 않게 반복하거니와, 소설의 결말에서 개와 함께 안개 속에 삼켜지는 '그'의 모습이 더 섬뜩하게 느껴진다면 그건 바로 그 반복이 생성하는 보이지 않는 '차이' 때문일 것이다. 같은 맥락에서 '그'가 마을에서 보내는 시간은 그 무의미의 증폭을 위해서도 미세하게 기술될 필요가 있었다고 할 수 있다. 인용한 서두를 비롯, 손톱을 물어뜯는 버릇을 거의 한 페이지에 가깝게 분석하는 대목 등은 어쩌면 그 자체 공허하고 무의미한 시간의 재현이자 반복일 수도 있다. 다시 말해 편집증적 재현의 글쓰기는 헛된 기다림의 불안과 실패를 상연하고 있는 것인지도 모른다. 그것은 불안을 감염시킨다.

> 그는 불안을 없애기 위해서 손톱을 물어뜯고 손톱을 물어뜯어 물어뜯을 손톱을 제거함으로써 다시 불안을 만들어낸다. 손톱을 물어뜯는 버릇이 있는 사람에게는 물어뜯을 손톱이 없으면 없어서 불안하고 있으면 있어서 불안하다. 손톱을 물어뜯는 모습을 보는 사람은 그가 손톱을 물어뜯기 때문에 불안해진다. 손톱을 물어뜯는 사람은 손톱을 물어뜯음으로써 자신의 불안을 만들고, 의도와는 상관없이 다른 사람의 불안도 만든다.(121쪽)

그런데 이번 소설집 전체의 맥락에서 이 과잉(그러나 그 목표에 도달할 수 없다는 의미에서 과소일 수밖에 없는) 기술의 의미를 살펴본다면 어떠할까. 그때 우리는 소설의 화자들이 하나같이 의사소통의 불안에 시달리고 있다는 사실과 마주하게 된다. 물론 여기서 '불안'은 의사소통의 실패를 예감한 불안이다. 그들은 그 실패의 예감 때문에 필사적으로 말하려고 한다. 어떤 말도 다 말할 수는 없다. 바로 그렇기 때문에 계속 더 말해야 한다. 그러나 말은 언젠가 중단될 수밖에 없고 실패는 도착할 수밖에 없다. 그래서는 종종 그들은 처음부터 말하기를 포기하기도 한다. 여기서 불연속적일 수밖에 없는 언어의 근본적 한계 말고도, 대화는 동일한 언어 규칙을 공유한 사람들 사이에서 이루어지는 것이 아니라 규칙을 공유하지 않는 사람들 사이의 비대칭적 관계 속에서(가르치기-배우기) '필사적인 도약'을 통해 겨우 가능하다고 한 가라타니 고진의 통찰(『탐구 1』, 송태욱 옮김, 새물결, 1998 참고)을 함께 생각해볼 수도 있겠다. 고진에 따르면 동일한 언어 게임은 자기 대화 곧 '내성'의 영역이며, 타자의 타자성을 전제하는 순간 대화는 서로 다른 언어 게임 속에 들어가게 된다. 따라서, "타자는 비트겐슈타인의 '놀라운 회의론자'로서 나타나게 될 것이다. 그것은 나 자신이 믿고 있는 확실성을 붕괴시켜버린다".

사실 이승우의 이번 소설집 『신중한 사람』에 임립하고 미만해 있는 것은 이 괴물스러운 타자들이다. 그 타자들은 '놀라운 회의론자'이기에 앞서, 아예 상대의 말을 듣지 않는다. "어떤 대답도, 그가 바라는 대답이 아닌 한 대답으로 간주되지 않는다. 그러니까 아무리 대답해도 대답하지 않은 것이 된다."(「하지 않은 일」, 269~270쪽) 타자와의 '대화'라는 불가능한 거래에서 벌어지는 기이한 양상은 질문과 대답의 자리를 바꾸어서도 일어난다. 가령 질문을 한 자는 그저 상대의 대답이 나올 때까지 느긋하게 기다리면 되는 걸까. 그 대답을 무시하든 무시하지 않든 말이다. 이승우 소설은 그게 그렇게 간단한 문제가 아니라는 것을 보여준다. "질문을 받은 자가 의무를 진다는 생각은 피상적이다. (……) 대답이 돌아올 때까지 질문자는 아무런 권리도 갖지 못한다. 질문했기 때문이다."(「딥 오리진」, 153쪽) 대답이 돌아온다면 상황이 달라질까. "질문에 대한 대답을 들었으므로, 대답까지 들었으므로, 질문자는 대화를 끝낼 수 없다. 기대한 대답을 들었다면 기대한 대답을 들었기 때문에 끝낼 수 없고, 기대한 대답을 듣지 못했다면 기대한 대답을 듣지 못했기 때문에 더욱 끝낼 수 없다."(153쪽) 생전 처음 보는 여성(결말에 이르면 이 여성이 화자인 '그'의 망상 속 인물일 가능성이 암시되기는 하지만)이 한 소설가에게 자기 때문에 커피집에 나타난다는 억측을 늘어놓을 때, 말도 안 되는 상황을 종결시키려면 아예 질문을 하지 말아야 했던 것이다. 그녀는 이제 자기가 하고 싶은 말을 마음껏 늘어놓게 된다. 그러니, "그는 신중했어야 했다".(153쪽) 그러나 타자와의 관계에서 '신중함'은 종종 문제를 더 꼬이게 만든다.

「신중한 사람」은 그 '신중함' 때문에 곤경의 늪으로 한 발 한 발 빠져들어 가는 사람의 이야기다. 'Y'가 신중한 성격이 된 것은 자신의 의견을 표출했을 때 일어날 수 있는 시끄러움과 번잡함을 피하려는 마음 때문이다. "신중한 자는 보수주의자여서가 아니라 신중하기 때문에 현상을 유지하며 산다. 현상이 유지할 만한 가치가 있기 때문이 아니라 현상을 유지하지 않으려 할 때 생길 수 있는 시끄러움을 피하기 위해 어쩔 수 없이 현상을 받아들이고, 그 때문에 때때로 비겁해진다. 그럴 때 먹은 것이 얹힌 듯 가슴이 답답해서 가끔 쿵쿵 소리나게 가슴을 때렸다. 그것이 그가 할 수 있는 전부였다."(47쪽) Y는 그 신중함 탓에 아내와 딸의 자기주장 앞에서 거듭 물러설 수밖에 없었고, 오랫동안 구상하고 준비해온 전원생활의 꿈도 계속 유보할 수밖에 없었다. 3년간의 해외 지사 근무 후 Y는 기러기아빠 신세로 홀로 귀국하는데, 이제 그는 딸의 유학 자금을 위해서라도 조기 퇴직은 생각도 할 수 없게 된다. 아내 역시 딸과 함께 남겠다는 의사를 비치는바, 그 '대화'의 메커니즘은 신중한 사람이 게임의 패자가 될 수밖에 없는 사정을 잘 보여준다. "자기가 더 힘들 거라고 우길 수 없었으므로 그는 침묵으로 아내의 뜻을 수용했다. 불편을 드러내는 수단인 그의 침묵은 그의 아내에게는 불편을 견디지 않아도 되는 구실이 되었다. 그가 한국에 혼자 돌아오게 된 사연이었다."(54쪽) 이 대화 게임에서는 침묵조차 자신의 것이 아니다. 그러나 Y가 겪게 되는 본격적인 곤경은 지금부터다.

그는 지사 근무를 떠나며 단월에 마련한 전원주택 관리를 마을의 이웃 남자(장팔식)에게 부탁했고 그 대가로 매달 약간의 돈을 부쳐주었던 터였다. 그런데 돌아와보니 자신의 전원주택에는 낯선 사람이 살고 있고, 정성껏 가꾸었던 정원이며 집안 이곳저곳은 엉망이 되어 있었다.

> 그는 늘 억지와 불합리와 막무가내를 거북해했다. (……) 못 견뎌 하면서도 견뎌낸 것은 견뎌내지 않을 때 닥쳐올 또 다른, 어쩌면 더 클 수도 있는 억지와 불합리와 막무가내에 대한 예감 때문이었다. 부자연스러운 것을 꺼려하는 사람이, 꺼려하면서도 부자연스러운 것을 내치지 못하고 받아들이게 되는 공식이 그래서 성립한다. 부자연스러운 것을 꺼리는 사람은 그렇지 않은 사람보다 부자연스러운 상황을 더 잘 받아들이는데, 그것은 부자연스러운 상황을 거부하는 자신의 태도가 혹시 만들어낼지도 모를 더 부자연스러운 상황을 끔찍해하기 때문이다.(56~57쪽)

결국 자기 집을 남의 집처럼 기웃거려야 하는 상황이 벌어진다. 그는 자신이 '집주인'이라는 사실을 설명하기 위해 진땀을 흘린다. 결국 그는 자기 집의 다락방에 들어가 사는 대가로 하루에 만원씩 숙박비(한 달 치 일시불)를 내는 희한한 임차 계약을 맺게 된다. Y의 전원주택을 점유하고 있는 이상한 세입자가 사라져버린 장팔식과 맺은 계약서를 들이밀며 장팔식이 나타나면 그때 따지라고 막무가내로 버텼기 때문이다. 그는 '신중한 사람'이므로 그렇게 하기로 한다. 이승우의 소설은 이제 그 '신중한 사람'의 내부에서 일어나는 의식의 전도(顚倒)를 무섭게 보여준다. "Y는 남자의 심기를 건드리지 않으려고 조심하는 자신을 의식하지 않으려고 조심했다."(69쪽) 그는 틈나는 대로 망가진 집을 손본다. "집의 소유권을 되찾는 일의 복잡함을 피하기 위해 집의 원형을 회복하는 것이 더 중요하고 우선하는 일인 양 움직이기도 했다."(72쪽) 억지와 불합리와 막무가내의 세상, 실패를 강요하는 타자와의 소통은 '신중한 사람'인 그의 말과 행동의 표출을 가로막아왔거니와, 그 가로막힌 말과 행동은 그의 내부(의식과 무의식 모두)에 쌓이면서 왜곡되고 뒤집힌 방어기제를 만들어내고 있었던 것이다. 그것은 심각한 어지럼증으로도 나타난다. 오래되었고, 상당히 심각한 수준의 병인데도 병에 익숙해져 증상을 못 느끼고 있었던 것뿐이었다. "가끔 세상이 기우뚱했지만 그럴 때면 몸을 반대 방향으로 약간 기울여서 중심을 잡았다."(76쪽) 해서는 소설의 마지막, 우리는 흉측한 해충으로 변해버린 또 한 명의 그레고르 잠자를—어쩌면 더 충격적인 모습으로—지켜보게 된다.

> 방은 여전히 좁고 어둡고 더럽고 악취가 났지만 그 방에서 잠을 잘 잤다. 그는 자주 '자기 집'처럼 느꼈다. 그것은 굉장한 일이었다. 아내가 아주 가끔 전화를 걸어오면 Y는 복잡하고 시끄럽고 먼지투성이이고 안하무인이고 철면피한 도시를 피해 완벽한 공간인 전원에 자신의 왕국을 꾸민 오십대 중반 남자의 행복과 평화에 대해, 혹시 안방의 남자와 여자가 들을까봐 신경을 쓰며 아주 작은 목소리로 이야기했다. 그 때문에 흡사 속삭이는 것 같았다.(77쪽)

「리모컨이 필요해」는 취업강의차 지방 도시에 내려온 한 사내가 투숙한 여관에서 겪는 이상한 곤경을 다룬 소설이다. 소설 화자 '나'는 새벽이면 저절로 켜지는 텔레비전 소리에 잠을 설치게 되고, 뒤늦게 그게 리모컨으로 설정된 알람 기능 때문임을 알게 된다. 그러나 여관방에는 설정을 해제할 리모컨이 없고, 여관 주인은 리모컨 문제에 태무심하게 반응한다. 여기에 자신을 초청한 선배가 보이는 부담스럽고 불편한 행동이 가세하면서 '나'는 뭔가 가닥을 알 길 없는 수렁 속으로 걸어들어간다. 그러니까 여기서도 문제는 리모컨이 아니라, '나'란 인물의 신중함이자 소심함이다. '나' 또한 타자와 맞서기에도, 타자를 견디기에도 턱없이 허약한 '신중한 사람'이다. 이틀째 밤 여관 주인에게 리모컨 이야기를 꺼내는 장면을 보자.

> 그냥 엉거주춤 선 채로 저기, 방에 텔레비전 리모컨이 없어요, 하고 말하는데 무엇 때문인지 좀 치사하다는 생각이 들었다. 방안의 불이 꺼짐과 동시에, 원래 없어요, 하는 말이 들려왔다. (……) 나는, 새벽 5시에 텔레비전이 켜지더라는 말도 해야 한다고 생각했지만, 이미 이불 속으로 들어가버린 남자를 귀찮게 해선 안 된다는 생각이 뒤이어 쳐들어왔기 때문에 커튼이 쳐진 유리문을 잠시 바라보다가 뒤돌아섰다. 무언가 억울했지만 무엇이 억울한지는 선명하지 않았다.(22쪽)

대학에 자리잡을 가능성이 사라지고, 선배의 부담스런 호의에 기대어 밥벌이를 할 수밖에 없는 처지가 '나'를 이런 소심하고 소극적인 사람으로 만들었을 테다. 그러나 「신중한 사람」의 Y에게 그랬던 것처럼, 우리는 '나'에게도 어렵지 않게 공감하게 된다. 그러고 보면 여기에는 어떤 사회학적 분석이나 정신분석학적 진단의 개념에 앞서 지금 우리가 피부로 호흡하는 공통의 삶의 감각이 있는 것 같다. 가령 이 소설에 등장하는 선배는 공무원으로 안정적인 지위에 있는데, 바로 그 때문에 '나'는 심한 콤플렉스를 느끼고 선배의 행동 하나하나를 이면에서 따져보고 계산하느라 더 소심한 사람이 된다. "과도하게 미안해하는 제스처를 앞세움으로써 의도와는 달리 자신과 나의 처지의 차이를 부각시키는 선배가 불편"(19~20쪽)했다는 식이다. 그러나 '나'의 기분 따위는 안중에도 없이 매일 저녁 술집과 노래방으로 끌고 다니는 선배의 과도한 친절 또한 어떤 관계의 실패를 보여주기는 마찬가지이며, 그런 의미에서라면 선배의 행동에서도 그 분출의 양상은 다를지언정 타자에 대한 불안과 불편의 증상을 읽는 것은 어렵지 않다. 그러니까 지금 이승우 소설이 문제삼고 있는 것은 개개인의 성격과 선택의 영역을 넘어선 세상의 병리인 셈이다. 만일 그것이 일견 특정한(혹은 예외적인) 개인의 문제인 것처럼 보인다면, 드러내면서 숨기는 이승우 소설의 변증법적 위장술이 그만큼 뛰어났다고도 할 수 있겠다. 그러나 동시에 그 '세상의 병리'가 고유하고 구체적인 현실로 감지되는 지점을 포착하는 것이야말로 소설의 몫일 터인데, 「리모컨이 필요해」는 「신중한 사람」과 비슷한 경로를 밟아가는 듯하다가 종내 또다른 질감의 낯설고 이물스러운 현실 앞에 우리를 대면시킨다. 선배의 일방통행식 강권에 의해 들어간 단란주점에서 '나'가 보이는 불안과 초조, 편집증적인 자의식에 대한 묘사와 기술은 그 자체로 이승우 소설의 진경이라 할 만하거니와, 그날 밤 대취 후 여관에서 깨어났을 때 '나'의 옆에는 단란주점의 여인이 누워 있었다. 그리고 그제야 새벽이면 켜지는 텔레비전 알람 설정의 비밀이 암시된다. 여인은 5시 반에는 일어나야 된다고 하고, '나'는 그 이유를 묻는다.

> 여자는 잠꼬대하듯, 집에 가야죠, 하고 대답했다. 이번에는 묻지 않았는데 그녀가 덧붙였다. 애가 깨기 전에 들어가야죠. 들어가서 밥해주고 학교 보내야죠. 나는 밥과 학교, 라는 단어를 처음 들은 것처럼 입술 위에 올려놓고 가만히 굴려보았다. (……) 리모컨이 없던데, 하는 말은 그녀가 이불을 뒤집어쓰고 다시 잠 속으로 빨려들어가기 직전에 한 말이었다.(39쪽)

기실 텔레비전의 비밀은 이렇게 암시될 필요가 없었는지도 모른다. 그 부분을 공백으로 남겨놓는 편이 '나'가 겪는 곤경의 미궁을 좀더 현대적으로 세련되게 보여주는 방식일 수도 있다. 그런데 이승우 소설이 지금 우리 현실의 비참한 일부를 여기에 '낯설게'(이 대목에서 "밥과 학교, 라는 단어를 처음 들은 것처럼" 받아들인 것은 소설 속 '나'의 느낌만은 아닐 것이다) 들여와 연접시킬 때, 그것은 '나'의 섬약한 편집증적 의식을 반성적으로 충격하는 것 이상으로 이승우 소설의 윤리에 대한 자기 심문이 된다. 이승우 소설의 반성하는 의식은 결국 그 자신에게 회귀하는 의식이라고 할 수 있는데, 비판의 대상이 되는 현실의 내용보다 그 비판의 자리와 위치가 더 문제시되는 이유도 그래서일 것이다. 면제되는 자리는 없다. 현실의 비참과 부조리는 환기되어야 하지만, 그것이 최종적으로 가능한 지점은 연루된 의식의 부끄러움 속에서다. 인용한 소설의 결말에서 '나'가 느끼는 부끄러움은('나'는 "서글프고 묘하고 쓸쓸한 느낌이 퍼져나갔다"고 하고 있지만 이게 부끄러움이 아니고 무엇이랴) 이상한 방식으로 도착한 '연루'의 위치 때문에 더 증폭된다. "조용하고 캄캄했다. 잠들기 좋은 환경이었다. 나는 눈을 크게 뜨고 어둠 속에서 작은 짐승처럼 몸을 웅크리고 있는 검은 텔레비전을 노려보았다." 앞의 인용 뒤에 이어지는 소설의 마지막이다. 이 시선의 행방을 거슬러올라가면 한 젊은이의 소극적이고 폐쇄적인 자아를 품어주던 그 어둡고 눅눅한 방(『생의 이면』)이 나올지도 모르겠다. 이승우 소설의 기원이자 원풍경 말이다.

타자와의 대면, 소통이 불안과 초조를 야기하고, 대개 실패로 귀결될 수밖에 없는 데는 욕망의 문제도 있다. "모든 욕망은 타자의 욕망"이라는 널리 알려진 이야기는 자기 욕망과의 정직한 대면이 쉽지 않다는 것을 새삼 일깨운다. 뒤틀린 인정 욕망은 환상의 덮개를 필요로 한다. 그 환상이 지나치면 망상이 되고, 심각한 자기기만이 일어난다. 「딥 오리진」은 그 망상과 자기기만을 정교한 소설적 아이러니로 보여준다. 작가는 신뢰할 수 없는 화자(incredible narrator)를 최대한 활용하면서 망상 안에 망상을 넣는 방식으로 언표의 표층적 진위를 확정 불가능하게 만든다. 이 소설은 통상 '진실게임'이라고 불리는, 세상의 추문들이 생산되고 확산되는 메커니즘에 대한 뛰어난 소설적 사례 보고서다. 그 추문의 메커니즘은 자기기만이라는 혹독한 대가를 필요하지만, 대부분 그 당사자들은 바로 그 자기기만 때문에 그 사실을 모른다. 아마도 그들은 끝내 자신들이 정말로 원한 것이 무엇인지 모를 것이다. 그러나 비슷한 자기기만의 이야기를 담고 있으면서도 좀더 섬뜩하고 무섭기로는 「오래된 편지」 쪽이다. 꽤 명망 있는 작가이기도 한 이 소설의 화자 윤에게도 자기기만이 없는 것은 아니지만, 그에게는 그 기만을 어느 만큼 대상화하고 분석할 힘이 있다. 그는 망상으로까지 도피하지 않는다. 그는 스승이기도 한 작가 J의 유고를 정리하는 과정에서 스승의 명성에 치명적일 수 있는 사진들을 발견한다. 처음에 그는 스스로의 허영심을 만족시키는 방향으로 그 사진들을 처리하기로 마음먹는다. 달리 말하자면 이 소설의 화자 윤은 망상에 자신을 내어준 「딥 오리진」의 별 이름 없는 작가인 '그'보다 훨씬 강하고 치밀하다. 물론 그가 보이는 아이러니의 화술도 더 교묘하다. 그리고 그가 그 '귀중한 유물'을 "혼자서 온전히 소유하기 위해 도로 묻어두는 편을 택했다"(100쪽)고 했을 때 그것은 아마 (그의 욕망과 허영심에 어울리는) 진심이었을 것이다. 그런데 선생의 편지 상자에서 등단 전 자신이 익명으로 부친 '오래된 편지'가 발견되었다면? 자신보다 먼저 등단한 소설 동아리 회원 '후'에 대한 "화와 질투"(107쪽)의 추악한 감정을 '진실'이란 명분으로 분장한 19년 전의 고발장 말이다. 그때 그 친구의 소설을 표절이라고 믿으면서 그는 무엇을 원했던가. 라캉의 유명한 발언을 빌린다면, 아마 '진짜 그'(그런 게 있다면)는 그가 생각하는 곳에는 존재하지 않을 것이다. 그러나 소설 「오래된 편지」는 통상적인 욕망의 정신분석을 비껴 봉인된 기억을 둘러싼 거래와 타협의 이야기로 넘어간다. 그리고 이 거래에서 그가 발휘하는 '신중함'은 너무도 간교해서 세속의 일반적 윤리 감각으로는 비판의 지점을 찾기가 쉽지 않다. 우리 역시 그만 이 거래를 승인해주고 싶어진다. 섬뜩함이 배가되는 이유다.

그는 위악을 다듬었다. 그 사진들을 꼭 공개하겠다거나 반드시 공개해야 한다는 건 아니지만 공개할 권리와 능력이 자기에게 있다는 사실을 거듭 주입함으로써 그는 흥정을 위해 필요한 조건들을 쌓았다. 그는 신중해야 했고, 신중했다. 그는 J선생이 그 사진들만 아니라 그 편지 역시 공개되기를 원치 않는다고 판단하기에 이르렀다. 사진들만 아니라 그 편지들도 만인이 아니라 자기에게만 남겼다고 생각하기로 했다. (……) 그러니까 순전히 나쁘기만 한 것은 아니다.(109쪽)

이 거래는 '순전히 나쁘기만 한 것은 아니다'. 그래, 그럴 것이다…… 곤혹스럽지만, 당위가 아니라 실제 우리가 감당할 수 있는 윤리는 이 어름에 있는 게 아닌가 하는 생각마저 든다.

이승우의 이번 소설집은 편편이 모두 꼼꼼히 따라가보고 싶은 욕망을 불러일으킨다. 황순원문학상 수상작이기도 한 「칼」이 어둠과 밝음의 강렬한 대비 속에 풀어내는 오이디푸스 드라마는 이미지와 사유를 통합하는 강인하고 군더더기 없는 문체의 힘이 너무도 매혹적이다. 그러나 어설픈 첨언을 더 늘이는 것보다는 독자의 몫으로 남겨두는 것도 좋지 않을까. 다만 '위로가 불가능한 고통'의 이야기, 「하지 않은 일」에 대해서는 한두 마디 첨언을 붙이지 않을 수 없을 것 같다. 작가가 근자에 겪은 어처구니없는 횡액을 떠올리지 않을 수 없게 하는 이 작품은 그러나 그 성찰의 깊이와 소설적 기품에서 이승우 소설의 한 정점을 보여준다. 작가는 '당신'이라는 이인칭 화자를 호명하며 자신의 글쓰기, 그 기원에 자리잡은 어두운 심연과 대면하려고 한다. 그러나 소설 속에서 욥의 이야기를 인용하며 '위로가 불가능한 고통'에 대해 이야기하고 있기도 하지만, 바로 그 반대편 자리에 선 우리로서도 그 고통의 시간을 따라가기는 너무 힘들다. 사태는 명백하다. "사람은 자기가 한 일에 대해서만 이야기할 수 있"고, "자기가 한 일에 대해서만 추궁받을 수 있다."(267쪽) 그러나 부당하고 불가능한 일이 일어나는 게 세상이다. 그리고 그런 일이 일어났다. 추궁의 증거에 대해 '당신'은 조금은 온건하게 "도무지 관계가 있다고 할 수 없거나 그 관계가 너무 빤해서 특별하게 다뤄지기 어려운 것이었다. 예컨대 그것은 카시오페이아자리의 어느 별과 페가수스자리의 어느 별의 관계만큼 무관하거나 빤했다"(271쪽)고 이야기한다. 그러나 소설에 대해 조금의 상식이라도 있는 사람이라면(이승우 소설에 대한 이해는 차치하고라도), 논의의 대상조차 될 수 없는 일이라고 단호하게 선을 그을 사안이다. 상황은 하지 않은 일을 증명해야 하는 어처구니없는 지경으로 치달았고, 이니셜의 가면을 쓴 판관(이들은 과연 누구일까. 소위 '문학 전문가'로 내세워진 이들은 왜 이니셜의 가면 뒤에 숨어 있는 것일까)까지 나타나서 '하지 않은 일'을 자신들이 보았다는 확신에 찬 증언까지 내놓기에 이른다. 이후 '당신'이 몸과 마음으로 겪은 그 지옥의 시간은 차마 따라 읽기가 힘들 지경이다. 두 개의 삽화가 있다. 군대 내무반에서 겪은 그 치욕의 순간, "당신은 이를 악물고 입술을 깨문다. 입술에서 피가 나고 이빨이 부러진다".(282쪽) 열한 살의 어느 날 겪은 모함과 모욕으로 '당신'은 창문도 없는 퀴퀴한 골방의 어둠 속에서 신음 같기도 하고 주문 같기도 한 중얼거림을 토해내며 사흘을 지낸다. 우리는 여기에 『생의 이면』(문이당, 1992)에서 신학생 박부길이 프락치로 몰려 동료 학생들에게 당하는 린치의 삽화를 추가할 수도 있을 것이다. 그 소설 속의 소설(「사막의 밤」)에서 박부길은 쓴다. "결국은 나 자신만이 적이고 이방인이다. 가능한 유일한 대극은 형식과 개혁, 또는 신과 인간이 아니라, 지상의 세계와 지하의 세계이다. 그대들의 세계와 나의 세계이다."(235~236쪽) 우리는 이 '지하'의 세계가 이승우 소설이 처음 쓰이던 그 어두운 자취방, 혹은 열한 살의 골방의 환유임을 안다. 그리고 '당신' 역시 지금 골방에 스스로를 유폐하고 있다. 벌이 먼저 있고, 죄를 찾아야 하는 곳. 그 죄의식의 염결과 깊이가 이룬 이승우 문학의 진경. 거짓 화해 따위는 가능하지 않은 세계. 그 골방의 중얼거림은 신음(고통)이자 주문(복수)이었을 것이다. 이것은 어쩌면 '자유의 질서로 지배하는 복수의 꿈'(이청준)보다 더 원초적이고 더 뜨거운 자리일지 모른다. 이청준 문학이 끝내 극복하지 못한 과제가 '자생적 운명'(『당신들의 천국』)이었다면, 이승우 문학은 바로 그 자리에서 시작되었던 것은 아닐까. 그 끝낼 수 없는 싸움의 진경을 우리는 지금 보고 있다. 소설가 이승우가 우리 곁에 있다는 사실이 자랑스럽다.

(이승우 소설집 『신중한 사람』 해설, 문학과지성사, 2014)

느릅나무 책상에서 태어나다

— 조해진 소설집 『목요일에 만나요』

「영원의 달리기」는 고립과 궁핍에 지쳐 삶을 놓아버린 젊은 날의 연인을 가슴 한구석에 묻어두고 살아온 사내의 이야기다. 여기서 '묻어두고'라는 표현은 '망각하고'라고 바꾸어야 할 것 같은데, 신문 배달을 하며 보급소에서 잠자리를 해결하던 연인 J의 참담한 곤궁을 그녀의 자살 이후에야 알게 되었던 남자에게 이 기억은 차라리 삭제되거나 망각되어야 할 아픔이었을 테니 말이다. 실제 사내는 그렇게 살았던 것 같고, 지금은 9시 출근에 목을 매는 직장인이다. 그런데 사내는 언젠가부터 이상한 꿈을 꾸기 시작한다. "하얀 원피스를 입고 긴 갈색 머리칼을 휘날리며 어딘가로 달려가는" "맨발의 여자"가 꿈속에 들어와 사내를 고통받는 사람, 참혹한 장소와 대면하게 한다. 종잡을 수 없는 악몽의 출현이자 틈입이다. 소설은 악몽을 거부하려는 사내의 시점과 사내의 꿈속으로 들어가려는 '맨발의 여자'의 시선을 번갈면서 얼어붙은 망각의 호수를 향해 나아간다. '억압된 것들의 귀환'을 둘러싸고 전개되는 의식/무의식의 이야기는 흔하다면 흔한 소설적 모티프이고, 조해진의 「영원의 달리기」 역시 그런 맥락에서 보면 그다지 특별할 게 없는지도 모른다. 그러나 이 작품은 섬세하고 정교한 문장으로 고전적 스타일의 서사를 구축하면서도, 절실함에 기반한 상상의 밀도를 구성과 형식의 미학적 탐구로 꾸준히 전화시켜온 조해진 소설의 완미(婉美)한 성취를 확인할 수 있다는 점에서뿐만 아니라 조해진의 소설쓰기를 추동하고 지속시키는 마음의 풍경을 엿볼 수 있게 한다는 점에서 조금 상세히 들여다볼 필요가 있다.

이 작품의 말미에는 "이 소설은 김행숙의 「세월」(『이별의 능력』, 문학과지성사, 2007)과 스테판 말라르메의 소네트 「순결하고, 강인하고, 아름다운……」(『시집』, 황현산 옮김, 문학과지성사, 2005)을 읽으며 시작되었음을 밝힌다"라는 작가의 짧은 말이 붙어 있다. 슬픈 세상의 시간을 계속 달리며 지나가는 비인칭적 주어의 자리를("나는 달리기예요.") 상상하며 쓰인 김행숙의 시로부터 "영원 속을 달리"며 누군가의 상처와 고통의 이야기를 찾아내고 듣고 옮기고 흩뿌리는 형상 없는 꿈속 여인에 대한 생각이 시작되었고, 얼어붙는 강에서 벗어나려 필사적으로 날개를 퍼덕이다 끝내 얼음에 결박된 하얀 새의 이미지(소설 속 죽은 연인 J의 이미지)는 하늘을 향한 비상을 꿈꾸지만 망각과 유적(流謫)의 호수에 결빙된 백조의 운명(시인 자신의 운명)을 노래한 말라르메의 소네트로부터 도움을 받았다는 이야기일 테다. 그런데 여기서 선행 텍스트가 제공하는 구체적인 이미지의 영향보다 더 중요해 보이는 것은 두 시편이 슬픔에 대해 취하는 태도가 사뭇 대조적이라는 사실이다. 말라르메의 시에서 망각의 호수에 결빙된 백조의 운명은 거의 절대적인 허무에 붙잡혀 있는 듯한 반면, 김행숙의 시는 발이 보이지 않는 달리기를 통해 그 세월의 나쁜 꿈 또한 지나가는 어떤 가볍고 빠른 속도의 경이를 아이러니한 어조로 노래한다("나는 지나갔어요. 가장 슬픈 마음도 나를 붙잡지 못해요."). 세상의 슬픔이나 고통, 특히 말할 기회를 부여받지 못한 사회적 '타자들'에 대한 지속적인 관심은 익히 알려진 조해진 소설의 특징적 좌표인데, 그 좌표가 '타자들'을 향한(혹은 '타자들'의 출현으로 촉발되는) 일방향의 벡터를 가지고 있지 않았다는 점은 그리 많이 말해지지 않은 듯하다. 가령 평판작이기도 한 장편 『로기완을 만났다』(창비, 2011)는 한 탈북 청년의 삶을 뒤따르는 형식을 취하고 있지만, 중요한 소설적 질문은 그 사회적 타자의 재현을 통해서가 아니라 재현의 담당자인 소설 화자 '나'(방송작가)의 윤리적 자기 심문을 통해 이루어진다. 타자를 향한, 혹은 타자를 받아들이는 공감·환대의 윤리가 실패하는 지점에서 그 심문은 조해진 스스로 자기 소설의 근거를 묻는 질문과 포개진다.

그러나 『로기완을 만났다』처럼 전면화되지 않았을 뿐이지 애초부터 조해진 소설에 그 질문이 빠졌던 것은 아니다. 물론 다른 방식이긴 하다. 그 질문을 이미 통과했다고 믿는 방식 말이다. 말하자면 첫 소설집 『천사들의 도시』(민음사, 2008)에 나오는 조해진 소설의 인물들은 '타자'의 자리나 '타자'와의 거리를 이미 숙지하고 있거나 어쩔 수 없이 받아들이고 있는 것처럼 보인다. 표제작 「천사들의 도시」의 '너'와 '나'처럼 아픔에 너무 깊이 침윤되어 있는 그들은 적절한 소통의 언어와 행동을 모른다. 사랑에 근접하는 감정은 뒤늦게 발설되지만 전달되지 못한다. 쓰이지 않은 여백을 환기시키는 데 민감한 조해진 특유의 문체와 함께 이런 정황은 소설의 울림에 어느 정도 기여했던 것 같다. 그러나 입양아나 결혼 이주 여성, 에이즈 감염자, 노숙자, 실명 위기의 여인, 억울한 전과자 등, 육체적·사회적으로 약자의 자리에서 고립과 단절의 삶을 사는 여러 인물들의 이야기가 꽤 절실한 표현을 얻고 있음에도 결국에는 현대적 실존의 고립이라는 다소간 일반적이고 익숙한 구도로 흘러가는 듯한 느낌을 주었던 것은 왜일까. 아마도 거기에는 '타자'에 대한 질문을 이미 '비관적인' 지점에서 수행해버린(혹은 수행했다고 믿어버린) 작가의 시선이 완강히 버티고 있었기(여기에 왜 이유가 없겠는가마는) 때문인지도 모른다. 첫 소설집에 해설을 쓴 신형철이 적실하게 꼽은 것처럼 「기념사진」에서 시력을 잃어가고 있는 여배우와 이웃한 사내가 나누는 불가능할 것 같은 희미한 교감의 이야기가 특별히 빛났던 이유도 거기에는 '이미' 닫혀버린 문이 없었기 때문일 터인데, 그 문을 여는 '열쇠'가 앞을 거의 보지 못하는 사정을 알게 된 사내가 여자를 집까지 부축하고 안내했던 날의 우연한 선물이었다는 사실 또한 적절한 이완과 열림의 길을 예시하는 믿음직한 소설적 세목이었던 것 같다. 그러니 말라르메의 치열한 무거움과 김행숙의 경쾌한 가벼움 사이 어디쯤에서 조해진 소설의 '달리기'가 상상되고 시작되어야 할 이유가 있었던 셈이다.

「영원의 달리기」에서 타인의 꿈속으로 들어가 끊임없이 달리는 '맨발의 여자'는 그녀 자신에 대해 흥미로운 진술을 내놓는다. "내게는 다리를 제외하곤 정형화된 육체조차 없다. 발가락이 시려, 속삭이면 발가락이 생기고 온몸이 타들어가는 것 같아, 생각하면 그제야 화상 입은 살갗이 만져지는 식이다. 어쩌면 없을지도 모르는 육체를 뒤집어쓰고 나는 달리고 또 달린다." 그러니까 상처나 아픔이 있어야 그만큼의 육체가 생겨난다는 말인데, 에두를 것도 없이 이는 조해진이 생각하는 문학 혹은 소설의 형상이 아닌가. 이제 성(性)조차 확정할 수 없는 이 '맨발의 존재'는 자신의 출현을 거부하는 사내에게 말한다. "당신에게 고통을 주려 한 건 아니었다. 병들게 하고 싶지도 않았다. 내가 들려주는 이야기를 통해 보이지 않는 세계를 보고, 느끼고, 알아가면서 조금씩 내 모습을 완성해주기를 바랐을 뿐이다." 여기서는 좀더 명료하게 조해진식 문학관이 펼쳐지는 느낌이다. 인상적인 것은 보이지 않는 세계를 보게 될 때, 정형화된 육체 없는 존재 역시 조금씩 모습을 갖추게 된다는 사실이다. 단순히 쌍방향성을 이야기하는 차원을 넘어, 여기에는 그 '보이는(make visible)' 순간만큼만 존재할 수 있다는 절박성이 있다. 담담하게 전개되는 듯하지만 늘 절실성, 절박성의 호소를 숨겨 가지고 있는 조해진 소설의 특별한 힘을 생각해보게 되는 대목이다. 그러나 이 소설에서 사내가 격렬하게 거부하는 것처럼, 왜 요청도 초대도 없는데 이런 이상한 '존재'가 필요한 것인가. 사실 작가 조해진에게 다음과 같은 반문처럼 오래 스스로를 괴롭힌 게 있었을까.

> 많은 시간이 지난 후, 내가 선택했던 대부분의 사람들이 그러했던 것처럼 당신은 내게 물을지도 모른다. 미친 자와 미칠 정도로 괴로운 자의 차이는 뭐지? 폭력과 죽음, 공포와 분노, 슬픔과 고통, 이런 것들을 예민하게 느낀다고 해서 내 인생이 뭐가 달라지는 거냐고, 어?(117쪽)

자기 자신의 아픔, 막막함에서 출발하고 거기서 한시도 발을 뗄 수 없는 것이지만, 그 이야기는 타자 속으로 들어가 섞여야 한다. 그래야만 한 줄의 형체나마 얻을 수 있는 게 소설이다. 그러나 여기에 초대나 요청이 있는가? 조해진의 소설에는 어린 시절 낯선 이국 가정으로 보내진 입양아나 자기 땅을 떠나 살아야 했던 이민자의 이야기가 많이 나온다.(이번 소설집만으로 국한해도 「PASSWORD」 「밤의 한가운데서」) 성 소수자랄 수 있는 동성애자들의 아픔도 빠지지 않는다.(「북쪽 도시에 갔었어」) 외국에서 온 이방인이나 이주 여성들의 사연도 있다.(「이보나와 춤을 추었다」) 앞서 말한 대로 장편 『로기완을 만났다』는 낯선 유럽 도시에서 살아남기 위해 몸부림치는 탈북 청년의 이야기다. 이번 소설집에 실리지는 않았지만 최근 많은 비평적 지지를 받은 「빛의 호위」(『한국문학』 2013년 여름호)에는 홀로코스트 생존자의 이야기가 액자소설 형식으로 들어 있다. 「영원의 달리기」에서 사내는 나치의 절멸수용소로 가는 지옥의 기차를 타거나 줄무늬 죄수복을 입고 '잿빛 수용소'에 갇히는 악몽을 꾸기도 한다. 어떤 형태로든 작가의 관심이나 경험 반경과 연결되어 있는 테마들일 테고 이즈음 한국소설의 탈경계적 흐름으로 보면 오히려 익숙하다고 할 수도 있겠지만, 어쨌든 여기에는 통상의 기준에서 보기에 '감응의 거리(距離)' 같은 게 있다. 그럼에도 "폭력과 죽음, 공포와 분노, 슬픔과 고통"의 이야기를 이처럼 널리 분주하게 찾아내어 "타인의 꿈으로 이어진 수많은 문"을 열고 "이야기 한줄을 풀어놓"아야 할 필연성은 어디에 있는가? 요청은커녕 "고통을 강요하지 마"라고 외치는 완강한 거부만 있는데 말이다.

사실 이런 질문에 마땅한 답을 구한다는 것은 무망한 일이다. 「영원의 달리기」의 '맨발의 존재'는 겨우 이렇게 말한다. "언어도 없고 언어를 조직할 수 있는 혀와 입술도 없는 나는 아무 대답도 하지 못할 것이다. 그저 당신이 거기 있었고 내가 당신을 발견했다는 것을 당신이 알아주길 기도할 뿐, 위로가 되기를 간절히 염원하면서." 그러니까 '위로'다. 언어가 있다 하더라도 사정은 마찬가지일 터이다. 한쪽은 고통인데 한쪽은 위로를 염원하는 이런 상황이 성립될 수 있는 근거는 무얼까. '위로'를 염원하는 쪽 역시 고통과 상처의 시간을 살아왔고 살고 있다는 사실이 아닐까. 「영원의 달리기」에서 '맨발의 존재'는 세상의 고통과 상처, 그 시간들이 지나가고 현현하는 자리다. 사내는 그 시간들이 지나가는 꿈의 방문을 통해 망각 속에 묻어두었던 J의 죽음과 다시 만난다. 신문 배달을 하겠다며 뒤늦게 찾아갔던 보급소의 그 방. '스물한 살'의 여자가 묵기엔 지나치게 춥고 적막했을 방의 얼룩진 벽지에는 J의 글이 남아 있었다. "이응이 점처럼 작고 모음이 길쭉한 그녀의 글씨체를 당신은 뚜렷하게 기억하고 있었다." 그리고 당신은 달리지 않았는가. "신문 배달을 가야 하는 시각, 당신은 아무도 몰래 그 방을 빠져나와 심장이 터지도록 달리고 또 달렸다."

그러고 보면 이번 소설집에는 J의 자리에 환치될 만한 쓰라린 고립의 이야기가 더 있다. 「이보나와 춤을 추었다」의 소설 화자 '나'는 가장 소중하고 애틋했던 시절의 자신에게 '이보나(Jiwona)'라는 이름을 선물로 준다. "이보나는 나와 함께 대학 시절을 보냈던 내 자취방의 고독한 책상에서 태어났다." 폴란드에서 온 친구들로부터 '지원'의 폴란드식 명명인 '이보나'로 불리던 '스물한 살' 무렵을 회상하는 형식으로 쓰인 이 소설에서, 그 시절의 '나'는 신문 보급소 방의 벽에 무언가를 쓰며 추운 밤을 견뎌야 했던 「영원의 달리기」의 또다른 '스물한 살' J와 그다지 멀지 않은 것 같다. "오래된 다가구 주택의 냄새나는 화장실에 쭈그리고 앉아 속옷을 빨다가도, 먼지 묻은 거울을 보며 머리를 빗을 때나 나쁜 꿈에서 깨어나 새벽까지 침대에 오도카니 앉아 있을 때도 나는 이보나를 생각했다." 캐나다 교포라고 속이고 보습학원에서 영어를 가르치며 생활비와 등록금을 벌던 그 시절의 '나'에게 대학 입학 후 상경하여 처음 구한 자취방의 중고 책상은 아마도 어떤 꿈이 태어나고 자라난 자리였을 테다. "느릅나무, 책상, 태초의 여자, 엠블라, 거인들……"과 같은 북유럽 신화 속의 단어들을 모아 쓴 아버지의 시를 기억하고 있는 그녀에게 그 '느릅나무 책상'은 글쓰기의 꿈을 키우던 자리였을까. 언어의 테두리 안으로 안착되지 못하는 조각난 삶의 파편들에 둘러싸인 채 혼잣말로만 소모되는 "테두리 없는 언어"에 지쳐가던 그 시절의 '나'에게 '이보나'의 존재는 단순히 자존감의 회복을 넘어, 폴란드에서 온 교환 학생 미하우와 요안나, 그리고 러시아에서 온 불법 체류 여성 파니(알렉산드라)와 젠시나와 나눈 부서질 것 같은 희미한 소통과 연대의 가능성일 수도 있다. 그런데 파니를 도우러 갔던 바닷가 도시에서 혼자 돌아오는 길, '나'가 만난 기차의 환상은 조해진 소설의 뿌리에 있는 것으로 짐작되는 어떤 고립과 상처, 결핍의 경험이 '이보나'와 같은 자리를 끊임없이 호명하고 있었다는 증거처럼 보인다. 그리고 그 자리는 보다 근본적이고 격렬한 '타자'의 도래를 예감하고 있다.

> 마침 기차 한 대가 내 앞에 섰다. 물도, 식량도 없는 비참한 기차라고 누군가 악을 쓰며 알려주었지만 나는 주저 없이 그 기차에 올라탔다. 기차 안은 비좁았고 탑승객들의 얼굴은 하나같이 어둡고 슬퍼 보였다. 그곳에 오래 있을 수는 없었다. 도망치듯 기차에서 내렸을 때, 창가 자리에 앉아 있던 이보나는 현실과 상상의 접점에서 어리둥절한 표정으로 서 있는 나를 바라보며 손을 흔들어주었다. 그때 이보나는 웃고는 있었지만 눈가에 흘러

내리는 검은색 눈물을 나는 놓치지 않고 보았다.(101쪽)

아우슈비츠행 죽음의 열차를 떠올리게 하는 "물도, 식량도 없는 비참한 기차"의 환상이 뜬금없는 것은 아니다. 직전에 게토의 이야기를 농담처럼 꺼내 '나'를 화나게 한 미하우는 절반은 유대인의 피를 물려받았으며 요안나와 함께 아우슈비츠의 땅 폴란드에서 왔다. 그렇긴 해도 아우슈비츠에서 저질러진 악행과 거기에 묻힌 절규와 슬픔은 어딘지 범접 못 할 절대적 거리를 요구하는 것도 사실이다. 그것은 21세기 아시아 땅에 사는 보통 사람의 감각과 상상을 초과하는 지점에 있는 것 같다. 지리나 인종적·역사적 거리의 문제도 있지만 절대악으로서 함부로 발설되기에는 너무 무겁기도 하다. 그냥 쉽게 말해, 우리가 비장하고 흥분된 어조로 아우슈비츠 문제를 거론하는 것은 조금 어색하다. 탈영토 탈경계의 상상력이 세를 얻고 있고, 악이나 인간 타락의 한계에 대해서라면 엄청난 문학적 테마를 제공해줄 사건이지만 한국문학 역시 부분적 소재 이상으로 아우슈비츠를 다루지는 못해왔다. 조해진의 소설 또한 단편적인 삽화나 간접화된 이미지로 아우슈비츠의 악과 슬픔을 기입하며 자신의 이야기에 어떤 긴장을 부여하는 정도라고 하는 게 옳을 것이다. 그러나 「빛의 호위」는 좀더 본격적인 경우라고 할 수 있고, 「영원의 달리기」와 「이보나와 춤을 추었다」에서 아우슈비츠행 열차의 이미지가 반복되는 것은 그리 예사로워 보이지 않는다.

'나'가 마주친 이상한 환상-악몽에서 '이보나'는 계속 '슬프고 어두운' 기차에 탄 채 금방 내려버린 '나'를 바라보며 손을 흔들어주고 있다. 그리고 웃고는 있지만 '이보나'의 눈에서 흐르는 검은색 눈물을 '나'는 놓치지 않고 지켜본다. 새벽 거리에서 혼자 '이보나'를 볼 때 그녀의 이미지는 "바람의 방향에 따라 출렁이는 풍만한 머릿결"로 묘사된다. "갈색 머리칼을 휘날리며 어딘가로 달려가는" 「영원의 달리기」의 "맨발의 여자"를 겹쳐 보게 만드는 대목이다. 적어도 '이보나'와 '맨발의 여자'는 어떤 '진리의 과정'(알랭 바디우), 그 '계속'의 충실성을 요구하는 '사건'의 자리라는 점에서 하나로 만난다. 조해진에게 그 '사건'은 무엇보다 글쓰기 혹은 문학(그러니까 바디우식으로 하면 '예술적 진리 공정')과 관련된 것이었던 듯하다. 신문 보급소 방의 벽에 쓰인 J의 글("이응이 점처럼 작고 모음이 길쭉한 그녀의 글씨체")과 '이보나'가 태어난 느릅나무 책상은 글쓰기의 열망이 스러져간 흔적일 수도 있다. 미하우와 요안나, 파니 등과 헤어진 후 '나'는 더이상 '이보나'로 불릴 일도 없게 되었지만, 느릅나무 책상 쪽에도 '이보나'는 보이지 않는다. "그녀가 내 느릅나무 책상에서 태어난 날부터 이미 예감했던 일이었으므로, 아버지와 같은 부류가 되지 않기 위해서는 그녀를 떠나보내는 것이 맞았기에, 자연스러운 절차라는 듯 나는 그녀를 정지된 시간 속으로 덤덤히 보내주었다." 소설 속의 아버지는 실패한 시인이었다. 그런데 그 '이보나'가 다시 나타난다. 대학 졸업 후 공무원 시험에 합격해 C시의 구청에 다니고 있을 때다. "나는 이전보다 더 뚱뚱해져갔고 무심결에 혼잣말을 내뱉는 질 나쁜 습관도 고치지 못했다." 우리의 관심을 끄는 것은 '이보나'가 다시 나타났다는 사실보다, 그 '나타남'의 방식(물론 환상)이다. 그녀는 기차와 함께 나타난다. "지난 5년 동안 한 번도 그 기차에서 내린 적 없다는 듯"한 지치고 수척해진 얼굴로. 그러니까 창가에서 검은색 눈물을 흘리며 '나'에게 손을 흔들어주던 그 "물도 식량도 없는, 비참한 기차"다. '맨발의 여자'가 그러했듯 '이보나'의 재출현 역시 슬픔과 고통의 기차와 함께다. 그 순간 '나'는 '이보나'에게서 '태초의 여자'를 본다. '나'가 알고 있는 북구 신화에 따르면, 거인들이 사라진 세상에서 태초의 여자 엠블라는 느릅나무에서 태어난다고 한다. 강과 바다가 난폭해지고 꽃과 나무가 바람에 휘날리면 그건 죽어서도 영혼을 갖지 못하게 된 거인들이 우는 시간이기 때문이다. 태초의 여자 엠블라는 거인들의 죽음과 슬픔 위에서 태어난 셈이다. "거인들이 울 땐, 그저 가만히 서서 그들의 슬픔이 잦아들 때까지 기다려주어야 한다. 이것이, 이보나가 내게 가르쳐준 세상에 대한 예의였다." 그러니 세계의 비참과 슬픔을 기억하고, 거기에 조용히 감응하는 존재가 '이보나'다. 우리는 이 느릅나무 책상에서 태어난 '이보나'를 조해진 소설의 기원적 주체라고 부를 수 없을까. 얼어버린 강에 결박된 채 긴 울음을 우는 하얀 새의 이미지, J와 함께 말이다. 그러니까 거부하고 망각하고픈 악몽의 기억들에 언어와 형체를 내주며, 슬픔으로 진동하는 거인들의 대지를 잊지 않는 자들만이 출 수 있는 '춤'과 '영원의 달리기'.

바디우는 나치의 악행을 절대적이고 근본적 악으로 전제하는 사유가 초래하는 역설을 지적한 바 있다.(알랭 바디우, 『윤리학』, 이종영 옮김, 동문선, 2001) "그래서 인종 말살과 나치는 생각될 수 없는 것, 말해질 수 없는 것, 전례가 없었고 앞으로도 인지 불가능한 것으로 선언된다." 여기에는 모든 악의 척도로 기능하면서 정작 그 척도인 절대적 악은 측정될 수 없는 자리에 놓이는 역설이 있다. 이 역설의 논리 안에서 인종 말살이라는 악의 환원 불가능한 개별성은 추상화의 위험에 빠진다. 물론 절대적 악의 테마, 측정되지 않는 척도의 테마를 폐기하고, 악을 선의 관점에서, 진리 과정의 파탄으로 파악할 것을 제안하는 바디우의 논의는 발본적이고 명료한 만큼이나 접근하기가 쉽지 않다. 다만, 조해진 소설이 자신의 문학적 주체를 형성하는 기원의 자리에서 거듭 조심스럽게 환기하는 아우슈비츠의 이야기가 세상의 악이나 슬픔에 대한 자신만의 척도를 찾거나 버리려는 안간힘이라는 느낌은 이와 관련해 덧붙일 수 있을 듯하다. 아우슈비츠행 기차나 절멸수용소를 상기시키는 짧은 삽화들은 세상의 실패나 비참을 절대화하고 추상화하는 차원이 아니라, 조해진 소설의 인물들이 겪는 곤경을 세계와의 연관 속에서 좀더 객관화하려는 마음에서 비롯되었을 가능성이 크다. 그러면서 조해진 소설은 스스로에게 "잊을 수 없는 것으로 남아 있어야 하는 것"에 대한 요청을 그 마음 위에 새기고 싶었는지도 모른다. 아감벤은 벤야민이 『백치』의 무이쉬킨 공작에 대해 한 말을 인용하며 '요청'을 재정의한다.(조르조 아감벤, 『남겨진 시간』, 강승훈 옮김, 코나투스, 2008) "벤야민은 (……) 무이쉬킨 공작의 생을, 설령 누구 한 사람도 그것을 회상하지 않더라도 잊을 수 없는 것으로서 계속 남아 있어야 한다고 적고 있으며, 이것이 다름아닌 요청이라는 것이다." 이때의 '요청'은 돌이킬 수 없이 망각되거나 상실되는 세계의 우연성을 무시하지 않는다는 점에서 섬세하게 이해될 필요가 있는데, 망각된 것이 상기되어야 한다는 의미라기보다는 '잊을 수 없는 것으로 남게 되는 것'에 강조점이 주어지는 것 같다. 좀더 정확히는 상실되고 잊힌 상태이지만—의식적인 기억이라는 형태로는 측정할 수 없지만, 그럼에도 어떤 식으로든 존재하고 있다—그런 상태로 우리들 속에서 우리들과 함께 남는 것을 말한다. 그러니 「영원의 달리기」나 「이보나와 함께 춤을 추었다」에서 다소는 '느닷없이' 나타나는 비참한 기차의 이미지가 조해진 소설에서 갖는 의미는 이런 요청의 차원을 품고 있다고 이해해볼 수도 있겠다. "끝없이 잊히면서도 잊을 수 없는 것으로서 남아 있어야 하는 것, 어떠한 형식으로 우리들과 함께 머물 것을 요청하고, 게다가 우리들에게 있어서 어떠한 형식으로 가능한 것을 요청하는 것." 조해진 소설은 지금 그 요청을 스스로에게 부과하면서 '함께 머물 수 있는' 형식을 찾고 있는 것은 아닐까.

그런데 5년 만에 다시 만난 '이보나'와 '나'가 두 손을 꼭 맞잡고 춤을 추는 장면을 보자. 조금 이상하다. 옛 친구들인 미하우와 요안나의 시디에서 흘러나온 음표들이 날아올라 기분좋은 허밍을 하며 주변을 맴돈다. 오래전부터 잊고 지냈던 음표들이다. 흥겹고 즐거운 분위기다.

이상했다. 웃어야 하는데, 충분히 반가워해야 하는데 나는 웃지 않았다. 아무런 표정 없이 그저 메마른 얼굴로 이보나의 손길을 따라가다가 이보나와 시선이 마주쳤다. 웃지 않는 나를 본 순간, 그녀는 주저 없이 내 손을 놓

아주었다.(108쪽)

소설에는 여기에 어떤 설명도 주어져 있지 않다. 차들의 클랙슨 소리와 오가는 사람들의 발소리가 다시 선명하게 들려오고, C시 특유의 텁텁한 바람이 뺨을 할퀴고 지나갔다고 되어 있을 뿐. 그리고, "어디로 가야 하는 건지 알 수 없었다." 조금만 생각해보면 이상할 게 없는 일이다. '함께 머문다는 것'은 그렇게 잊힌 상태로, 돌이킬 수 없이 사라진 상태로, 혹은 사라져가면서, 그렇게 잠시 우리와 함께 있는 것을 확인하는 것일 테니까. 그러나 그 '만남' 이후에 우리는 '아주 조금은' 다른 시간을 살 수 있을지도 모른다. '이보나'가 다시 사라진 거리에서 '나'가 "어디로 가야 하는 건지 알 수 없었다"면, 그래서일 것이다.

사실 문학에 도착하는, 혹은 문학이 이르는 문(門)이란 그런 것이 아닐까. 마침내 열리는 '진리'는 지극히 개별적이고 무력한 한에서만 어떤 진실의 포착에 이르는 것일지도 모른다. 그리고 하나의 '진리'가 있는 게 아니라 '진리들'이 있을 뿐인지도. 그것은 가령 저마다의 '패스워드' 같은 것일 테다. 어릴 때 네덜란드 가정으로 입양된 「PASSWORD」의 화자 '나'는 양부모의 마음에 들기 위해 스스로에 대한 체벌과 학대까지 서슴지 않으며 강박적으로 자신을 몰아붙인다. 그러나 양부모의 입양 결정이 친딸 J의 신부전증에 대한 대비였다는 사실을 알게 되면서 '나'는 다시 한 번 버림받은 자의 자리를 뼈저리게 깨닫는다. '나'는 자신의 삶을 열어갈 '패스워드'를 찾지 못하고 자살을 생각한다. 생모를 찾아 귀국해 머물게 된 고모집, 그 고층 아파트 계단에서 우연히 보게 된 소년. 혼자 자신의 머리를 주먹으로 때리고 있던 다운증후군 소년은 바로 과거의 '나'가 아니었던가. 버림받은 자들. 소년의 아파트 문을 열 수 있도록 여섯 개 숫자의 패스워드를 알려준 이는 사촌 M이었다. 그녀는 그 패스워드를 어떻게 알고 있었을까. 생모에 대한 이야기를 꺼낼 때마다 침묵하던 M. "위로의 필요성을 느끼면서도 그 무엇도 위로해줄 수 없는 자신의 무력함을 인정해야 했던 그 순간의 영원성을 M은 어떤 방식으로 견디고 있었을까." M은 앞집 소년에게도 그러지 않았을까. 패스워드를 알아내 소년을 도우면서도 그 '무력함'은 사라지지 않았을 테다. 그러나 패스워드를 둘러싼 이 희미한 연대를 기억하게 된다면 '나'는 살아갈 수 있을지도 모른다. 소설은 생모의 등장으로 끝나는데, 그러지 않았다 하더라도 '나'에게 여섯 자리 '패스워드' 하나가 주어진 것은 분명한 사실이니 말이다.

그러나 그렇게라도 '패스워드'를 손에 쥐는 경우는 그나마 나은지도 모른다. 초등학생 시절 겪었던 참혹한 짓밟힘과 폭력의 기억 탓에 "열네 살 이후 품었던 단 하나의 열망은 꿈도 없고 눈물도 없는 숙면뿐"인 「유리」의 화자를 생각해보자. 도망쳐 달려나온 세상마저 서로를 속이고 짓이기는 환멸 그 자체일 때 출구는 어디 있는가. 사실 '패스워드'라는 게 영원히 반복되는 듯한 환멸의 굴레를 잠시 잊게 만드는 자기 연민의 환각일 수도 있다. "그저 주어진 시간을 견딜 수 없어 여기까지 온 것임을, 이제 남은 것은 스스로를 향한 모멸뿐이란 것도 그녀는 확연하게 깨닫게 될 것이다. 조금만, 아주 조금만 더 기다렸다가 그녀는 울 생각이다." 그녀는 더이상 내려갈 데 없는 자기 모멸의 바닥에서 어린 시절 폭력이 자행되었던 운동장 뒤편 소각장으로 간다. 소녀는 그때 그 아이들을 향해 벽돌을 휘둘렀던가. "자신이 깨지지 않으려면 상대를 깨뜨려야 하는 유리 도시"에서 깨어지면 한낱 광물 조각이 되는 그 '유리'의 세상을 향해. 성인이 되어 다시 돌아간 그 자리에서 그녀는 그 유리의 세상을 가루가 될 때까지 부순다. 그러나 정작 그녀가 부수어야 할 대상은 '어린 그녀'다. 그래야만 그 견딜 수 없는 장면은 완벽하게 지워질 수 있을 테니 말이다. 그러나 그녀가 휘두른 벽돌은 소녀의 머리를 비껴가고 '투명한 귀 한쪽'만 바닥에 떨어진다. 이 실패는 '완벽한 망각의 불가능'을 입증하는 것인가. 그런데 떨어진 '귀'는 무언가? 그 귀는 심장박동 소리를 하나하나 새길 수박에 없던 그날 그 자리에서 소녀의 짓눌린 가슴의 절규가 들어주는 이 없는 세상을 향해 간절히 찾던 '수신의 자리', 그 좌절의 흔적일까. 유리로 된 세상은 부서져야 한다. 거기에 봉합의 가능성은 없다. 여자아이의 흐느낌과 울부짖음만 남은 세상. 어서 빨리 빠져나가 어딘가에 전화를 걸고 싶지만 "입구도 출구도 없는 밀폐된 유리알 속 같"은 곳. 그러나 '투명한 귀 한쪽'은 남아 있다. 왠지 이 귀는 낯익다. 『로기완을 만났다』에서 수술 중 오른쪽 귀를 잃은 윤주에 대해 자책하던 소설 화자 '나'는 '로기완'이란 탈북 청년의 아픔을 따라가는 과정에서 윤주의 잃어버린 귀를 세상의 슬픔을 듣는 자신의 귀로 보존하겠다는 환각의 결의를 다지지 않았던가. 아무런 '패스워드'도 보이지 않는 「유리」의 세상에서 소각장 바닥에 떨어진 '투명한 귀 한쪽'은 소설의 서사에 통합되길 거부한 채 남아 있다. 다만 이렇게는 되어 있다. "맥없이 바닥에 떨어진 여자아이의 투명한 귀 한쪽을 그녀는 눈이 아프도록 노려본다"고.

그러고 보면 조해진의 소설이 눈이 아프도록 노려보아야 할 곳은 아직도 많다. '통곡의 의자'를 마련해놓고 죄의 고백을 강요하는 세상.(「목요일에 만나요」) 그런 세상에서 사람들은 만들어진 죄를 고백하고, 가짜의 방식으로 위로받는지도 모른다. 죄의 목록을 추가하는 자기 처벌은 넘쳐나지만 그것은 자기기만이나 자기 연민에 불과할 수 있다. 차량 전복사고 후 뇌사 상태에 빠진 어머니에 대한 자책으로 사라져버린 동생 K는 '통곡의 의자'에서 내려와야 한다. K의 이름으로 자신에게 엽서를 보내고 있는 '여자'는 마지막 다섯번째 엽서의 문장을 준비해두고 있다. "너의 잘못이 아니야." 그러나 다소간 예상할 수 있는 진행을 보이는 이 소설에서 죄를 만드는 자기 처벌의 테마보다 「유리」의 '투명한 귀 한쪽'처럼 읽는 이를 낯설게 공명시키는 작가 특유의 에두름은 따로 있다. 목요일 저녁의 농구 게임은 남매의 오랜 습관이었다. 농구공을 사들고 혼자 찾은 운동장에서 여자는 스탠드 구석에서 울고 있는 새끼 고양이를 본다. 어머니의 인공호흡기를 제거하지 않겠다는 결정을 의사에게 통보한 뒤, 여자는 목요일이 아직 끝나지 않았다는 사실을 깨닫고 동생 K와 쓰던 낡은 농구공을 집어 들고 다시 학교 운동장으로 간다. 연갈색 새끼 고양이는 여전히 거기 있었다. 아까와 달리 손을 뻗자 다가와 안긴 고양이는 "내장을 감싸고 있는 작은 뼈가 손가락 끝으로 느껴질 만큼 굶주린" 상태였다. 고양이의 울음은, "여자가 해석할 수 없는, 여린 분홍빛의 언어였다."

아마도 조해진 소설은 앞으로도 더 많이 이런 "해석할 수 없는" 울음이나 언어와 마주해야 하리라. 그 해석할 수 없는 것들은, 사고 순간 K가 품었을 어떤 희망에 대해 "진실에 눈멀게 하고 하고 이성적인 사고를 불허한 그 부질없는 위로의 순간을 여자는 영원히 용서하지 못할 것 같다는 생각이 들었다"고 단호하게 말하는 것보다 조금은 낮은 자리에서 세상의 슬픔이나 아픔으로 조해진 소설을 스며들게 할 것이다. 그리고 그것이 조해진 소설이 특별한 간절함 속에 이르고자 하는 타자로의 열림, 그 불가능해 보이는 개시의 순간들을 '이보나'의 '느릅나무' 책상에 새겨줄 것이다. '이보나'와 추는 춤은 늘 그 막막한 헤어짐의 자리에서 다시 시작되어야 할 테다. 「영원의 달리기」의 마지막에는 마치 작가의 마음처럼 보이는 문장이 놓여 있다. "내 사랑은 늘 시작된 순간 끝났다는 것을 상기하며 나는 한 발 한 발 느리게, 아니 온 힘을 다해 빠르게 내딛기 시작한다. 나를 증명할 수 있는 것은 오직 하나, 달리기뿐이다." 그런데 비상을 위해 날개를 퍼덕이다 끝내 얼음에 결박된 하얀 새의 이미지로 남은 J는 보급소 방의 그 얼룩진 벽지 위에 뭐라고 쓴 것일까. "이응이 점처럼 작고 모음이 길쭉한 글씨체로" 말이다. 그 얼어붙은 글들이 이제 조금씩 녹아 풀리고 있다.

(조해진 소설집 『목요일에 만나요』 해설, 문학동네, 2014)

세상에 대한 묵묵한 응시의 시간과 '성장'

— 김금희 소설집 『센티멘털도 하루 이틀』

김금희 소설은 인물들을 극단적인 지점까지 데려가지 않는다. 그러니까 한정 없이 무너지지도, 격렬하게 폭발하지도 않는다. 우리 시대의 어떤 소설이 그렇지 않겠느냐마는, 사람들을 옥죄고 막아서는 현실의 암울이야 여기에도 빼곡하다. 그럼에도 김금희 소설의 인물들은 과격한 정념을 분출하며 스스로를 내몰지 않는다. 그렇다고 무력감을 과장하지도 않는다. 대개 제대로 된 입사(initiation)가 좌절되었거나 무망한 이삼십대 젊은이들의 자리에서 전개되는 이야기들은 그 이야기가 끝날 때쯤, '그럼에도 불구하고' 다시 채워질 자신만의 새로운 이야기의 시간을 어떻게든 찾아낸다. 세상의 구조는 쉽게 바뀌지 않고, 무력하면 무력한 대로 개인의 자리는 지켜진다. 조금 소박하지 않으냐고 물을 수도 있겠다. 좀더 격한 부딪침과 탈주가 있어야 하는 것 아니냐고. 현실 개진의 차원에서든, 소설 미학의 차원에서든 말이다. 그렇게 해서 부서지고 파열하는 자리를 보여주어야 하는 것 아니냐고. 그러나 김금희 소설이 보여주는 어쩌면 소박한 '여기까지'에는 격렬한 부딪침과 탈주 대신 세상에 대한 묵묵한 응시의 시간이 있다. 거기서 김금희 소설은 자신이 보아온 세상의 진실만큼 언어의 집을 마련하고 이야기의 길을 연다. 그게 미덥다. 등단 오 년 만에 첫 소설집을 상재하는 김금희의 세계로 들어가보자.

이 소설집에는 모두 10편의 단편이 수록되어 있는데, 읽어나가다보면 아직 형성중인 세계이긴 하나 김금희 소설의 개성이 조금씩 시야에 들어온다. 우선, 대부분의 작품에서 희미한 '성장의 마디' 같은 게 소설의 변곡점을 이루고 있다. 폭력적이고 가망 없는 세상에 대한 환멸과 거부로부터 생겨난 반(反)성장의 서사가 젊은 세대의 소설에서 뚜렷한 흐름으로 부각되고 있는 만큼, 이러한 '성장'의 모티프는 인상적이다. 물론 전통적인 '성장소설'의 그것이라기보다는 인물의 연령대를 넓게 포괄하는 가운데 세상의 숨은 이치나 질서를 집약적으로 내면화하면서 '성숙'의 시간을 지나간다는 의미에서 그렇다. 분노와 환멸로 세상을 거절하는 데 만만치 않은 용기와 강렬한 이지가 필요한 것만큼이나, 답답하고 막막한 대로 지금의 세계를 믿고 그 안에서 사람살이의 가능성을 타진하는 일이 단순한 순진성의 발로일 수는 없다. 그것은 무엇보다 지금의 세계를 만들고 거기서 버텨온 어떤 이들의 시간을 믿는 일이기 때문이다. 김금희의 소설에는 그 믿음을 껴안는 희미하지만 절실한 순간이 있고, 그것이 어떤 '성장'의 매듭을 만든다.

흥미로운 것은 등단 초에 발표한 네 편의 작품이 그런 점에서 특히 유사한 소설적 흐름을 보여주고 있다는 사실이다(이 가운데 「우리 집에 왜 왔니」를 뺀 나머지 세 작품―「너의 도큐먼트」 「아이들」 「장글숲을 헤쳐서 가면」―은 인천이라는 소설적 공간을 공유한다는 점 말고도 아버지의 경제적·육체적 곤경을 딸의 시선에서 그려낸다는 점 등 연작으로 묶어서 읽을 여지가 많다).

한국일보 신춘문예 당선작인 「너의 도큐먼트」는 가출한 아버지를 찾아 인천 시내 이곳저곳을 헤매는 딸의 이야기다. 소설에서 아버지의 가출은 사업 실패, 신용불량, 위장이혼 등 저 구제금융 시기 이후 거의 무감해지기까지 한 공인된 '사회어'의 사태와 고스란히 겹친다. 그러나 소설의 화자인 딸은 이삼 개월에 한번씩 몰래 집에 들렀다 사라지는 아버지를 '뤄빵'이라는 자기만의 언어로 부른다. 사실 이런 개인어의 개발에서 2000년대 이후 한국소설은 특별한 재기들을 보여주었는데, 여기에 대해서는 '정신승리법'이라든가 '빈곤하고 왜소한 주체의 자기방어법' 같은 비평적 표현이 주어지기도 했다(물론 이러한 표현은 개개인의 대응 지점이 잘 보이지 않는 총체적 불행의 시대를 전제한 만큼 깊은 안쓰러움을 동반하고 있었다). 그런데 신인의 출사표에 해당하는 이 작품이 자신의 이야기를 구축하는 방법에서 도드라지는 것은 그런 재기 쪽이라기보다는 '아버지 찾기'의 테마를 또다른 '찾기'의 테마에 겹쳐놓는 균형감각이 아닌가 싶다. 그러니까 집 밖을 떠돌고 있는 아버지의 문제 말고도 지금 화자를 괴롭히는 사안이 하나 더 있다. 친구 '여미'의 죽음이 그것이다. '80년대 운동권 여학생'을 연상시키는 '여미'는 대학 때 같이 중국 여행을 하며 알게 된 친구다. 여미는 남자친구 주용을 사이에 두고 화자와 삼각관계에 얽혔고 그러면서 사이가 멀어졌다. 이 일로 화자는 오랫동안 여미를 괴롭혔던 터인데, 갑자기 여미가 죽었다는 소식을 듣자 죄의식에 사로잡히게 된다. 화자는 지도를 들고 아버지를 찾아 인천 시내를 헤매는 틈틈이 여미의 집을 찾는다. 여미의 주소를 전하는 주용의 이메일은 암호 같은 사진과 문장, 약도로 구성되어 있다. 그리고 여기에 대학 동창 채주의 이야기가 끼어든다. 90킬로그램이 넘는 거구의 채주는 식도와 위 경계를 밴드로 묶는 시술을 받았으며, 다이어트에 성공하고 나면 과거 사진을 모두 태워버릴 작정을 하고 있다.

이렇게 요약하고 보면 짧은 분량의 단편에 이야기가 다소 어수선하게 담겨 있지 않나 싶은데, 「너의 도큐먼트」는 적절한 생략과 배열의 서사 리듬을 통해 화자를 둘러싸고 있는 착잡하고 복잡한 세상의 풍경을 압축적으로 전달하는 데 성공한다. 그리고 그것은 아버지의 떠돎이나 여미의 죽음 같은 여러 문제들과 화자인 '나' 사이에 버티고 있는 현실적 거리감을 소설 내부에 성공적으로 들여놓았다는 말도 된다. 이를 확인할 수 있는 대표적인 두 장면이 화자가 여미의 집 앞에서 쫓겨나듯 뒤돌아서는 순간과 노숙자 자활센터에서 만난 아버지와 헤어지는 대목이다. 여미의 집 앞에서 남동생으로 짐작되는 청년으로부터 문전박대를 당한 화자는 그러고도 한참을 그 자리에서 서성인다. 이 대목의 묘사는 뛰어나다. 이해되지 않고 받아들이기 힘든 세상의 이면을 통과해 어떤 '성장'의 시간 속으로 들어가는 인물의 모습이 선명하게 포착된다. 이 순간 그녀는 세계 안에 있으면서 동시에 밖에 있지 않았을까.

> 한 시간 정도 더 서성이는 동안 집안에서는 불이 켜지고 텔레비전 소리가 새어나왔다. 생선을 굽고 된장찌개를 끓이는 냄새가 풍겨왔다. (……) 누군가 쫓아오는 것 같아 몇 번이나 뒤돌아봤지만 아무도 없었다. 가방을 한쪽 어깨에 바짝 붙이고 뛰었다. 구두 뒤축에 발뒤꿈치가 닿을 때마다 욱신욱신 아렸지만 멈출 수는 없었다. 잊는 거다. 빰을 한 대 맞은 듯 붉어지던 남자의 볼이 떠올랐다. 아니, 기억하는 거다. 형광 불빛처럼 생선 냄새처럼 된장찌개처럼 텔레비전 소리처럼 가볍게 사라진 비닐봉지처럼. 얼굴이 젖었다 마르는 동안 길은 사라졌다 다시 나타났다.(54쪽)

비유 없이 담담한 사실의 연쇄로 이루어진 문장들. 그러나 잊는 것과 기억하는 것 사이, 땀과 눈물 탓에 사라졌다 나타나는 길들 사이 그 어디쯤에서 화자의 또다른 시간이 시작되고 있다는 느낌을 갖게 하기에 충분하다. 작가는 여기서 한 행을 띄운 다음 일주일 뒤 아버지와 만나고 헤어지는 소설의 마지막 장면으로 우리를 데려간다. 그런데 여미의 집을 찾는 것과 아버지 찾기는 사실상 같은 일의 반복이었던 걸까. 이렇게 물어볼 수도 있는 것이, 자활센터에서 우연히 아버지를 발견한 뒤 남긴 화자의 독백("아버지를 잡아당겨 채우려는 것은 내 도큐먼트일까, 아버지의 도큐먼트일까")을 우리는 기억하기 때문이다. 그리고 얼마쯤은 그런 것도 같다. 화자는 자전거를 밀고 있는 아버지를 도로 저편에 두고 혼자 버스에 오르면서 "걸어오는 내내 아버지가 묵직하게 밀어냈던 것은 자전거가 아니라 나였다"는 생각에 이른다. 그리고 여미의 집과 아버지의 자활센터가 표시된 해진 지도를 버스 창밖으로 버린다. 이제 '텅 빈 도큐먼트'만이 남는다. 그 텅 빈 '너의 도큐먼트'는 당연히 화자인 '너'가 채워가야 할 것이리라. 졸업한 대학가를 어슬렁거리고 옛 친구의 원룸 주변을 배회하기도 하면서 무작정 인천 시내 곳곳을 돌아다니는 어정쩡하고 하릴없고 막막한 걷기의 리듬이 배음으로 산포되어 있는 가운데 희미한 성장의 켜를 지나가는 우리 시대 젊음의 풍경이 선연하다. 여기에는 무력하면 무력한 대로 감상을 뿌리치고 자신의 현실 앞에 서보려는, 그러나 너무 무겁지는 않은 태도가 있다. 그런데 김금희의 첫 소설이 보여준 이러한 좌표는 2000년대 이후 한국소설의 감각적 영토에서 우세종이 된 '쿨함'(그 어쩔 수 없는 사회적 제약을 포함해서)의 거리(距離), 그 관습적 자장에서 얼마나 자유로운 것일까. 아버지나 여미의 '도큐먼트'는 처음부터 얼마간 거리를 전제하며 남아 있었던 것은 아닌가. '너의 도큐먼트'가 하나의 고유한 파일명을 얻기 위해서라면 '너' 쪽에서 무언가를 더 치르거나 버리거나 했어야 하지 않았을까.

그런 점에서 「아이들」은 김금희 소설만의 고유한 '도큐먼트'의 생성 가능성을 좀더 튼실하게 확인시켜준 작품이라 할 수 있다. 「아이들」은 가구매장 매니저로 일하는 서른 살 여성 화자가 '생의 부력(浮力)'에 대해 생각해보는 이야기다. '부력'이라고 했거니와, 이 소설을 떠받치고 있는 것은 바다에 뗏목처럼 떠 있는 원목의 이미지다. 그리고 그 원목은 문학적 비유의 차원에서 제시된 것이 아니라 삼십 년 넘게 부산과 인천의 목재공장에서 일하며 가족을 건사해온 아버지의 삶 자체다. 그러니까 사회적이고 역사적인 압력을 고스란히 감내한 개인의 자리에 응결된 그 무엇이다. '부산'이나 '인천'과 같은 고유명사가 'P시'나 'I시'처럼 익명으로 처리될 수 없는 이유이기도 하다. 사정은 이렇다. 부산 토박이인 아버지가 다녔던 합판 공장은 70년대 '수출왕'으로 이름을 날린 굴지의 목재회사였다. 80년 신군부의 집권과 함께 그 회사는 공중분해되었고, 직장을 잃은 아버지는 비슷한 직종을 찾아 가족을 거느리고 인천으로 흘러들었다. 그리고 88올림픽 중계가 한창이던 때 화자의 가족은 인천 변두리 '새가정아파트'에 집을 마련해 이사를 하고, 주택 대출금을 갚기 위해 어머니는 학습지 영업에 나선다. 소설 제목의 '아이들'은 그 황량한 변두리 산비탈의 아파트 단지에서 중산층의 꿈을 키웠던 세대의 자식들인 셈이다. 이후 '아이엠에프'를 거치며 그 중산층의 꿈이 어떻게 부서져나갔는지 모르는 사람은 없다. 그렇다면 이런 사회사적 배경을 가진 이야기에서 작가는 어떤 소설적 질문을 찾아냈는가. 그것이 바로 '가라앉지 않고 떠 있기'라는 '생의 부력'에 대한 물음인데, 작가는 이 막막한 물음을 아버지의 삶으로부터 꺼내어 자신의 이야기로 옮기는 데 성공한다. 그러면서 다시 그 부력의 진실을 아버지의 노동이 감당해온 지난 세월의 항해에 온당하게 돌려준다. 병상의 아버지가 떠올린 '숭어'의 기억은 인천 앞바다로 뗏목처럼 묶여 들어오던 원목이 만들어내는 풍경의 장관이기도 한데, 그때 어린 화자는 이렇게 물었다. "그러면 물에 젖잖아." 아버지는 나무에는 함수율(含水率)이라는 게 있어 어느정도 물을 흡수하고 나면 더이상 젖지 않는다고 대답한다. "너도 밥을 다 먹으면 숟가락을 놓잖아. 그것과 같은 이치지." 그래서 가라앉지 않고 떠 있을 수 있다는 것이다. 이 이야기가 이십년의 세월을 건너 다시 음미되어야 할 상황에 이른다. 지금 아버지는 중환자실에 누워 오른쪽 발목 절단 수술을 앞두고 있다. 지각 한 번 하지 않고 성실하게 목재공장을 다녔지만, 결국 정년 전에 회사를 그만두어야 했고 몸은 망가질 대로 망가졌다. 이십 년 세월이 흐르면서 '새가정아파트'는 이제

재개발지구 선정만 기다리고 있고, 아버지의 수술과 함께 그 낡은 아파트조차 팔아야 할 것이다. 목재단지는 불황이고 가구 매장 역시 마찬가지여서, 서른 살인 '나'는 폐가구 처리로 하루를 보낼 때가 많다. 이십 년 전 어머니가 새 아파트를 지켜줄 성물(聖物)로 정육점에 부탁해 코뚜레를 구해왔을 때, 힘센 황소의 코뚜레가 새집을 지켜준다는 어머니의 믿음을 이해하기에 화자는 너무 어렸다. 그런데 지금은 어떤가. 서른은 그런 것들을 이해하기에 충분한 나이일까?

> 하지만 서른은 생각보다 그리 많은 나이가 아니라서, 여전히 나는 매장을 가득 채운 고급 가구들과 코뚜레와 뗏목 사이를 위태롭게 오갔다. 할인매장으로 팔려가거나 땔감이 될까 전전긍긍하다보면 푸르고 차가운 바닷물이 발목을 휘감기도 했다. 그때마다 완전히 가라앉지는 않을 것이다, 자신도 없으면서 그렇게 말했다.(135쪽)

소설의 마지막 대목이다. 어머니의 '코뚜레'와 아버지의 '원목', 그리고 화자의 '가구'는 다 나무다. 이것은 우연이기 쉽겠지만, 그 낱낱의 나무는 어떤 세월의 진실을 품고 있는 사실들의 세계로 서로를 비추고 있다. 아마도 아버지는 그 함수율 이야기를 바다에 떠 있는 원목의 사실 너머로 데려갈 생각이 없었을 것이다. 아버지에게 그것은 그저 바다를 건너오는 원목의 생리이자 자연이었을 테다. 아마도 어머니의 코뚜레 역시 그러하지 않았을까. 코뚜레에 의탁한 마음과 무관하게 삶의 시난고난은 언제나 어머니 자신의 몫이었다. 코뚜레의 행방을 묻는 화자의 전화에 어머니는 대답하지 않던가. "진작 버렸지." 다만 김금희의 소설은 우리에게 알려준다. 그 함수율과 코뚜레를 기억하는 '서른 살 먹은 아이들'이 있을 수 있다는 걸. 그리고 이 순간 원목의 함수율과 황소의 코뚜레는 사회적 의미의 분절을 얻는다. "나는 네가 상상할 수도 없는 나이부터 일을 해왔다."

스물한 살 때 다단계 회사에 다니던 화자를 집으로 데려가며 아버지가 한 말이다. 그러나 그날 화자는 아버지를 따라 집으로 가지 않고 두 달을 더 그곳에서 성공의 꿈을 꾸며 버텼다. 이제 '서른 살 아이들'의 세상에서 함수율의 이야기는 원목 사이로 숭어가 뛰어오르는 행복한 기억을 모른다. 화자의 '가구'는 "할인매장으로 팔려가거나 땔감이 될까 전전긍긍"해야만 한다. "그때마다 완전히 가라앉지는 않을 것이다, 자신도 없으면서 그렇게 말했다." 겨우 이렇게밖에 말할 수 없는 '아이들'의 세계. 우리는 지금 앞선 세대의 시간과 지혜를 품어안으려는 간절한 마음과 그것을 배반하는 사회적 현실의 엄혹한 얼굴을 함께 보고 있다. 김금희의 소설에 따르면 그 곤경의 주어는 성장의 길이 막혀버린 '서른 살 아이들'이다. 그런데 그 곤경 속에서나마 성장의 마디가 없다고 할 수 있을까. '서른 살'과 '아이들' 사이에는 이제 '원목의 이야기'가 있으니 말이다. 「아이들」은 부산에서 인천으로 원목을 따라 이어진 한 가족사를 사회사의 맥락에서 요령 있게 압축하는 가운데 '생의 부력'과 관련된 아주 특별한 '성장'의 물음을 깊은 소설적 울림 속에서 빚어내고 있다.

그런데 너무 심각하게 생각할 일은 아닌지도 모르겠다. 어떤 경우든 "명랑을 잃지 않으려고 애를" 쓰는 것은 「아이들」의 화자가 늘 되새기는 마음자리이기도 하지만, 김금희 소설을 따라 읽다보면 힘겹고 막막한 이야기를 감싸고 있는 어떤 낙관의 시선 같은 것을 느낄 수 있기 때문이다. 가령 1997년 '아이엠에프'의 해에 인천을 무대로 펼쳐지는 또하나의 성장담 「장글숲을 헤쳐서 가면」의 여고 3학년 화자가 소개하는 난파 직전의 가족 표랑기(漂浪記)는 왁자하게 이야기를 꾸려가는 문체와 서사의 활력에 얼마간 그 낙관이 배어 있어 "웃어도 된다고 생각했다. 우리는 곧 스무 살이니까" 하고 말하는 '명랑소설적' 결말을 그 자체로 수긍하게 만든다. 물론 여기서 '명랑'은 스무 살 화자에게 너무 일찍 닥친 인생 항로의 막막함, 그 비애를 비트는 '감정교육'의 사회적 맥락을 튼실하게 품고 있다. 그리고 이에 덧붙여 신인답지 않은 작가의 균형감을 생각해볼 수도 있겠다. 누구나 짐작할 만한 인천의 한 사학재단에서 쫓겨난 뒤 허세뿐인 월남 참전 용사의 낡은 나침반으로 대책 없는 가족의 항해를 이끌고 있는 '아버지' 캐릭터가 일방적 풍자의 시선에서 벗어나 있는 점이 그렇다. 사수생 아들과 고3 딸을 데리고 아버지가 '칠십계단' 위에서 밤이면 벌이는 줄넘기와 토끼뜀의 의식은 분명 우스꽝스럽고 서글프지만, 거기에는 근자 젊은 세대의 소설이 종종 너무 극단적으로 지우고 있는 '아버지의 자리'에 대한 온당한 대접도 있는 것 같다. 「너의 도큐먼트」나 「아이들」에서도 확인할 수 있었던 것처럼, 김금희 소설에서 '아버지의 자리'는 여전히 지금-이곳의 삶을 맥락화하는 중요한 사회적 실재로 남아 있다. 한때 인천에서 왕국을 구축했던 사학재단에 얽힌 이야기나 월남전 특수로 성장한 운수기업 직원들이 형성한 '월남촌' 이야기 등 한 도시의 사회사를 적절한 소설적 배경으로 활용하는 점도 인상적이다.

이 '인천 3부작'은 성장의 모티프뿐 아니라 작가의 이야기꾼적 자질을 길러낸 소설적 토양이라는 점에서도 김금희 소설의 기원, 원점의 풍경을 보여준다. 가령 「장글숲을 헤쳐서 가면」만 해도 월남전 때 하역 인부로 일하다 죽은 아들을 둔 공씨 할머니며, 입시 따위와 무관하게 씩씩하게 고3 생활을 꾸려가는 라영이처럼 주변 인물들이 가세하며 만들어내는 이야기의 층이 두텁다. 「아이들」에서 인천항의 원목이 단순히 소설의 소재 이상이 될 수 있었던 것처럼, '칠십계단'이나 '월남촌' 또한 그런 지점을 머금고 있을 것이다. 김금희 소설의 수원(水源)은 이 어름 어디에 있는 것은 아닐까. 소설집의 표제작이기도 한 「센티멘털도 하루 이틀」에서는 그 수원에서 연원한 듯한 김금희 소설 고유의 이야기 방식이랄까 서사의 특징이 잘 드러난다. 소설의 화자는 재수에 실패한 스물한 살 여성이다. 수능만 망친 게 아니라 덜컥 임신까지 한 상태다. 상대는 재수학원 친구 '표'로, 수능 결과도 보지 않고 외국으로 사라져버렸다. 대책 없는 청춘들의 이야기라 할 만한데, 소설의 초점은 낙태수술을 미루는 삼수생 화자의 불안하고 막막한 마음에 맞추어져 있다. 그러나 소설을 읽다보면 그게 그다지 심각하게 다가오지 않을 정도로 화자 주변으로 뻗쳐 있는 인물들과 그들이 저마다 품고 있는 이야기의 다발이 풍성하다. 임대사업자 외할아버지, 다세대주택 소유주인 어머니 '홍', '홍'보다 아홉 살 어린 새아빠 '김', 재수생 친구 '마', 다세대주택 세입자인 태국인 아누차, 화자의 어린 시절 지하방 세입자 '긴 머리칼 여자' 등등. 그렇게 화자를 둘러싼 여러 인물들을 이리저리 기웃거리며 툭툭 앞으로 나가는 소설의 리듬이 특별하다. 물론 그 리듬은 '자기 연민'의 '센티멘털리즘'을 상대로 치러내는 화자의 말없는 싸움과 어느 만큼 어울린다. 그런 의미에서 화자 주변의 인물들은 다들 조금씩 인생의 교사이고 거울인 셈이다. 의수를 낀 남자와 동거하던 지하방의 긴 머리칼 여자는 아름다운 글씨체로 '쥐덫' '바퀴' '박멸'과 같은 글자를 쓰곤 했는데(짐차 행상을 위한 소도구였을 것이다), 그걸 보며 느꼈던 슬픈 감정에 '연민'이란 이름을 붙여준 것은 새아빠 '김'이었다. 재수학원 동기들 중 가장 볼품없던 표와 연애를 하게 된 것은 바로 그 '연민' 때문이었다. 그리고 그 '연민'의 대가가 지금 화자가 직면한 곤경이다. 그러나 한편으로 이 소설을 읽는 즐거움은 그렇게 분명하게 중심 서사에 통합되지 않고 남아 있는 인물들의 캐릭터나 이야기에서 온다. 뭔가 '진보적'이고 개성적인 삶을 추구하는 것 같지만 이주노동자 아누차를 쫓아낼 때 보면 어머니 '홍'에게 빌붙어 사는 별 볼 일 없는 사내에 불과한 것으로 드러나는 '김'이 그렇고, 수능시험은 포기하고 트위터 팔로어들의 상갓집을 찾아다니는 '문상맨' '마'가 그렇다. 고향 음식을 잊지 못해 부엌 없는 방에서 몰래 밥을 해먹는 아누차의 이야기도 시대 현실의 한 단면을 예리하게 비춘다. 이는 결국 인물들의 삶을 짧든 길든 이야기로 포착해내는 작가의 능력과 관계된 것일 텐데, 시대 현실과 개인 진실의 복합적이고 두터운 포착에서 김금희 소설이 이루어낼 앞으로의 성취에 기대감을 갖게 한다.

지나가고 잊히는 것들, 버려지고 밀려나는 것들에 대한 애틋하고 지긋한 응시 또한 김금희 소설의 중요한 바탕인 듯하다. 옥탑방에 사는 고단하고 아픈 청춘들의 시간을 위트 있게 그려낸 「릴리」를 보자. 바닥 문을 통해 아래층 주인집으로 몰래 내려가 기름을 조금 '빌려오려던' 화자는 뜻밖의 광경과 맞닥뜨린다. 바닥 문과 연결된 아래층 방은 지난 수십 년간 나사점과 옷 수선집을 운영했던 주인집 할아버지의 옷 보관처였던 것. 거기에는 찾아가지 않은 옷들이 동별로 꼼꼼하게 분류되어 있었다. 당뇨 후유증으로 시력을 잃고 귀도 어두운 할아버지는 이 옥탑방 세입자들의 옷 도둑질(그래봤자 몰래 가져다 입고 돌려놓는 수준)을 알고 있었을까. 그이는 1978년이나 1982년의 손님들에게까지 옷을 찾아가라는 편지를 쓰고, 녹음기를 앞에 두고 자신의 일생을 구술한다. 이 특별한 삽화는 이복동생이 보내오는 아버지의 유품 처리 문제와 겹치면서 화자에게 '별것 아닌 것들'로 이루어진 인생의 무게를 생각해보게 한다. 그리고 그것은 오래되고 쓸모없는 것들이라면 서둘러 폐기와 망각의 영역 속으로 보내버리는 부박하고 냉혹한 세상의 질서에 대한 묵묵한 항변이 된다. 기실 옥탑방 서울 시민으로 서른 살의 하루하루를 위태롭게 버티고 있는 화자 '나'와 '계아' 둘 다 언제 폐기되고 밀려날지 모르는 처지임을 암암리에 자각하고 있음에랴. 바로 그렇기에 항우울제 제약회사 이름인 릴리(Lilly)와 백합의 릴리(lily)를 무심히 뒤섞어 쓰는 계아의 '낙관'(이 이야기는 소설의 처음에 나온다)은 소설이 끝날 때쯤 '자기 보존'의 안간힘으로 애잔한 울림을 남긴다. 옥탑방에서 쫓겨나듯 나온 두 사람이 임시 거처로 몰래 쓰고 있는 화자의 사무실, 어두운 밤거리로 내리는 스티로폼 가루가 '봄눈'이 되고 '꽃잎'이 되어야 할 이유를 우리가 납득할 수 있는 것도 그 때문이다. 그러고 보면 '워킹'과 '홀리데이' 사이를 새기는 것이 어찌 언어의 감각일 수만 있겠는가. 노인의 카세트테이프에서 자신의 인기척을 찾는 화자의 행동은 이 소설이 탐사하고 있는 깊고 섬세한 마음의 층으로 우리를 데려간다. 테이프에 남아 있는 노인의 희미한 웃음소리가 암시하듯, 그이는 그 외롭고 추운 밤들에 찾아올 어떤 인기척들을 기다리고 있었을 테다. 밀려나고 버려지는 것들의 자리에서 세상의 풍경을 응시하는 김금희 소설의 전선(戰線)이 뭉클하고 아름답다.

'나라(奈良)'의 사슴공원 이야기를 우리 시대 막막한 젊음의 배경화로 그려내고 있는 「당신의 나라에서」는 관광객들이 사라진 밤의 공원에서 듣는 사슴들의 소리로 끝난다. "낮과는 전혀 다른, 새로운 나라"에서 어둠에 몸을 숨긴 채 찌르르 울고 있는 사슴들. 사슴들은 어둠 속에서 형광의 눈동자와 진동하는 울림만으로 자신들의 존재를 알린다. 그런데 그것은 어떤 다급한 타전일 수도 있다는 느낌을 남긴다. 이 대목은 「차이니스 위스퍼」의 전화 저편에서 들려오는, 말이 되지 못한 '무슨 웅얼거림'을 떠올리게 한다. 그리고 「집으로 돌아오는 밤」의 사라진 할머니가 담벼락과 외상장부에 적어놓은 불가해한 편물기호도 있다. 철거가 진행중인 서울에서 마지막 남은 판자촌, 텅 빈 동네의 밤의 한가운데에서 '미희'라는 여성은 할머니를 기다리며 '밤의 소리'를 듣는다. 죽은 이들, 떠난 이들, 사라진 이들의 기척일까. 그녀는 지금 "불행한 누군가를 안아올리는 밤의 소리"를 생각하고 있다. 이것은 아마도 김금희 소설이 인간의 시간, 세상의 고통을 느끼고 상상하는 방식일 것이다. 그러나 여기에 모종의 상투나 감상의 위험이 없는 것은 아니다. 「릴리」의 계아가 지녔던 '무심한 낙관'을 자주 돌이켜볼 필요가 있을지도 모르겠다. 그러니까 어둠은 어둠인 채로 태연하게 꽃 피는 '백합'의 세상 말이다(계아는 '복스러운' 얼굴 사진을 팔아 기어코 호주행 비행기 표를 마련한다). 뗏목처럼 묶여 항구로 흘러드는 원목들, 그 사이로 뛰어오르는 숭어들의 장관에 아버지들의 행복한 시간이 있었다면, 또다른 '함수율'의 세계를 기억하고 증언하는 것은 이제 김금희 세대의 몫일 테니까. 할머니의 알 수 없는 편물기호들 앞에서 「집으로 돌아오는 밤」의 '미희'는 이렇게 말해놓았다. "불가해한 기호들인데도 여러 번 읽자 어떤 온도가 느껴졌다." 이 심심한 표현이 미덥다.

(김금희 소설집 『센티멘털도 하루이틀』 해설, 창비, 2014)

피에타, 그 영원한 귀환
— 신경숙 장편소설 『엄마를 부탁해』

1

신경숙의 장편소설 『엄마를 부탁해』는 글을 향해 서서히 몸을 기울일 시간을 주지 않는다. 소설 속 '너'의 가슴 치는 후회와 자책은 곧장 소설을 읽는 '나'의 그것이 된다. 그 누구도 숨을 곳이 없다. 지하철 서울역 구내에서 동행하던 남편을 놓친 뒤, 길을 잃고 사라져버린 칠순의 늙은 엄마. 텅 빈 고향집으로 내려가 아내를 기다리고 있는 무력한 늙은 아비에게 전단지를 들고 서울 거리를 헤매고 다니는 큰딸이 신새벽에 전화를 건다. 그리고 마침내 터져나오는 울음. "어- 어어어." 소설은 이어서 적어놓았다. "딸의 울음소리가 점점 더 커졌다. 당신이 붙잡고 있는 수화기 줄을 타고 딸의 눈물이 흐르는 것 같았다. 당신의 얼굴도 눈물범벅이 되었다." 수화기 줄을 타고 흐르는 눈물은 그리고 우리에게도 온다. 그런 게 있다면, 그 눈물은 인간이라는 생명의 골짜기를 하염없이 적셔온 누대의 그것일 터이다.

그러니까 사정은 생일상을 받으러 상경한 노모의 실종이라는 충격적이고 참담한 사건과 무관한 것인지도 모른다. 소설이 진행되면서 조금씩 드러나지만, 가족들은 엄마를 잃어버리기 이전에 이미 엄마를 거의 '잊고' 있었다. 그리고 그들은 엄마의 실종을 계기로 '잃다'와 '잊다'가 같은 말이었음을 뼈아프게 깨닫는다. "엄마를 잃어버린 지 일주일째다"는 문장은 소설의 처음에 놓여 있지만 실상 그 문장은 뜯어고쳐지기 위해, 아니 가혹하게 고발당하고 심문받기 위해 거기 그렇게 놓여 있어야 했던 것이다. "엄마를 잃어버린 지 오래였다" 혹은 "엄마를 잊은 지 오래였다"가 맞는 말이어야 했다. 『엄마를 부탁해』는 그 잘못에 대한 처절한 고해성사다. 여기서 '처절한'은 전혀 흔한 수사가 아니다. 어느 정도인가 하면, 신경숙이 들려주는 한 가족의 고해성사는 첫 문장의 잘못을 "너는, 그는, 당신은, 엄마를 한번도 그이가 지닌 인간의 존엄 위에서 대하고 생각한 적이 없다"는 지경까지 몰아간다. 어떻게 그럴 수가 있는가. 평생을 가족에 대한 헌신과 배려의 고단하고 고단한 노동으로 채워온 엄마를. 그러나 정말 그렇지 않은가. 나도, 당신도. 우리는 한없이 자책하며 우리의 죄를 고해할 수밖에 없다.

그러고 보면 소설 속 '너'가 마침내 미켈란젤로의 피에타 상과 만나고 그 앞에 무릎 꿇는 게 어찌 우연일 수 있으랴. 이것은 죄와 구원을 둘러싼 아득한 심연, 그 심연을 사이에 둔 인류의 오랜 탄식의 이야기다. 그러면서 이것은 「감자 먹는 사람들」과 『외딴방』의 작가 신경숙만이 들려줄 수 있는 지금 이곳의 간절하고 간곡한 이야기다.

2

소설은 모두 네 개의 장과 에필로그로 구성되어 있다. 앞의 세 장은 큰딸, 큰아들 그리고 아버지가 고해의 주체다. 그런데 그 고해는 '나는'으로 진행되지 않는다. 그들은 '너' '그' 그리고 '당신'으로 호명되며 엄마의 실종, 그 부재의 자리에서 간단없이 솟구치는 엄마의 기억과 고통스럽게 대면한다. '너'가 호명되는 1장이 더 그렇지만, 여기에는 심문의 분위기마저 있다. 그렇다면 누가 그들을 그렇게 호명하며 고해의 장으로 불러낸 것일까. 원리적으로 보면 엄마여야 한다. 실제, 마지막 4장은 사라진 엄마가 일인칭 화자로 등장하여 둘째딸의 집, 평생 숨겨왔던 마음의 의지처인 곰소의 그 남자 집, 남편과 아이들 고모가 있는 고향집, 그리고 마침내 자신이 태어나 자랐던 '엄마'의 집을 차례로 돌며 세상과의 마지막 작별인사를 나누는 것으로 되어 있다. 그리고 여기에서 엄마는, 비록 중음신처럼 육신을 허공에 띄운 채로이긴 해도, 평생 처음 한 사람의 온전한 개인의 자리로 다가가서 '나는'을 발화하고 가족과 숨겨둔 마음의 사랑에게 말을 건넨다. 그녀는 이제 처음부터 엄마로 태어난 사람이 아니다. 그녀는 가족노동의 무한 대리인도 아니며 가족을 향한 마르지 않는 사랑의 화수분도 아니다. 그러나 거기에 자신의 고독과 수고를 몰라준 가족들을 향한 문책은 없다. "나는 몇해 전에 세워놓은 선산의 가묘로는 안 갈라요. (……) 오십 년 다 되게 이 집서 살았응게 인자는 날 쫌 놔주시오." 한 가족의 엄마로만 살았던 세월에 대한 착잡한 회한을 토로하는 대목에서 그 문책의 기미를 우회적으로 느낄 수 없는 것은 아니지만, 그 정도가 다다. 그러니까 엄마에겐 가족들을 불러내 그이들의 무심함을 질책할 마음이 처음부터 없다. 오히려 장남의 이야기가 전개되는 2장의 제목이 '미안하다, 형철아'인 것처럼, 엄마는 그저 미안할 뿐이다. 작가는 이 점에 자각적이었다. 그러므로 엄마의 음성이 그 문책의 시선으로 소설의 표면에 노출될 수 없었던 것은 단지 형식적인 소설적 장치의 문제일 수 없었다. 그 호명과 문책의 시선은 엄마의 몫이되, 엄마가 그 몫을 거절함으로써 텅 비어버린 자리였던 것이다. 그 호명이 생성되는 빈자리를 두고 전지적 작가시점이나 신의 시선이라 쉽게 말하기 힘든 것도 그 때문이다.

작가는 이 작품의 연재를 시작하면서, 6년 전부터 묵혀왔지만 좀처럼 글쓰기의 진전을 보지 못했던 이번 소설이 실마리를 찾게 된 과정을 밝힌 바 있다. "어느날 '어머니'를 '엄마'로 고쳐보았다. 신기한 일이었다.

어머니를 엄마로 고치고 나니 바로 첫 문장이 이루어졌다"(『창작과비평』 2007년 겨울호, 348쪽)고. 신경숙 소설이 늘 그 전체에서 뿜어내는 친밀성의 자장에 감싸여본 독자라면 깊이 고개가 끄덕여지는 대목이 아닐 수 없다. 여기에 더해, 『엄마를 부탁해』는 그 두번째 문장을 "오빠 집에 모여 있던 너의 가족들은"으로 시작하면서 지금과 같은 소설적 견고성을 획득했다고 볼 수는 없을까. 그러니까 작가의 분신이기도 한 큰딸 '나'는 '너'여야 했던 것이다. 감상성과 주관성을 견제하는 소설 기술적 장치 이상으로 이 '너'의 자리는 중요하다. '너'를 부르는 자리가 비어 있고, 그 비어 있음이 소설의 윤리를 생성시키는 힘이기에 그것은 그러하다. 다시 말해, '너'를 부르는 자리는 엄마의 몫이기도 하고 신의 시선이기도 하겠지만, 동시에 '나'가 가닿으려는 불가능한 고해의 기원이 아니겠는가. 사정이 이렇다면, 그 비어 있는 자리는 하나의 시선으로 고정되기를 거부하며 차라리 들끓고 있다고 해도 좋겠다. 실제 우리는 소설을 읽어가며 그 세 시선의 단속(斷續)이 만들어내는 뜨거운 스파크를 '너'의 자리에서 아프게 겪게 된다. 큰아들이 '그'가 되고 아버지가 '당신'이 되는 호명의 질서도 여기에서 비롯했다. 흥미로운 것은 '그'와 '당신'이 호명된 2장과 3장이 엄마의 이야기를 더 절실하고 더 풍성하게 받아내고 있는 것처럼 보인다는 점일 텐데, 여기서 장남과 남편의 자리가 이야기의 구체에 기여하는 측면을 지적하기는 쉽다. 그러나 작가의 분신이자 내포작가이기도 한 '너'의 자리가 '그'와 '당신' 속에 매개되고 간접화되면서 소설의 숨은 층위로 버티고 있다는 점을 놓쳐서는 안 되리라. 우리가 결국 이 소설에서 읽고 견뎌내야 하는 것은 '너'다.

엄마의 실종으로 '너'의 가족들이 겪는 일차적 시련은 잊고 있던 엄마에 대한 기억의 분출이다. 엄마 자신 떠도는 영혼으로 찾아온 고향집에서 "아, 봄날 새싹들처럼 솟아나는 이 기억들을 어디서 멈춰야 할지를 모르겠네"라고 말하고 있기도 하지만, 여기서 아련한 행복의 표현 '봄날 새싹들처럼'을 지운다면 그것은 그대로 제어할 수 없는 기억의 습격 앞에서 '너'의 가족들이 토해내는 고통스런 탄식이 아니고 무엇이겠는가. 그러니까 엄마에게 솟아나는 기억들은 시동생 균의 죽음이나 평생 숨겨야 했던 남자의 존재처럼 고통과 회한의 순간이 없는 것은 아니지만, 전체적으로는 온갖 생명을 기르고 받아냈던 고향집 마당의 그 충일한 햇살 아래 있는 것이며, 그러한 한 지워지고 망각된 존재성을 회복하는 쪽으로 열려 있다고 할 수 있다. 그러나 '너'와 '그' 그리고 '당신'에게는 어떠한가. 엄마가 실종된 뒤, 시도 때도 없이 솟구치는 기억들은 상실의 환기며, 자책과 후회로 점철되는 통절한 시간이다. 그것은 돌이킬 수 없다는 의미에서 진정 가혹한 시련이며, 엄마의 귀환으로만 중단될 수 있는 지극히 물리적인 곤경이다. 그동안 신경숙 소설에서 고향집을 둘러싼 모성의 세계는, 그 훼손의 가능성을 이야기하고 현대인의 실존적 정황에 대한 마땅한 탐색을 수반하면서도, 전체적으로는 가족적 인륜성의 온기로 충만한 기억의 행복한 처소가 아니었던가. 그런데 『엄마를 부탁해』는 엄마의 실종을 가운데 놓고 그 기억의 행복이 엄마라는 한 온전한 개인의 '존재적 실종'을 조장하고 은폐하고 있었던 것은 아닌지, 근본에서 되묻는 자리로 간다. 이것은 고통스런 질문의 자리다. '너'의 가족들을 무시로 급습하는 기억들은 엄마의 실존에 대한 자의적인 삭제와 이기적인 전유(專有)의 구체적인 증거로 제출되면서 인간 윤리의 허술한 바탕, 그 자기기만을 고발한다.

그러나 『엄마를 부탁해』는 자칫 엄숙하고 우울한 잿빛 단색으로 뒤덮이기 쉬웠을 이 기억의 법정으로부터 착잡하면 착잡한 대로, 나날의 인간사에 의연한 삶의 리듬과 결을 현전시키는 소설적 인내와 경이를 보여준다. 작품을 읽는 처음부터 우리는 달리 상상하기 힘든 생생한 사실감과 핍진성에 거듭 빠져들게 되거니와, 하염없이 열어둔 듯한 마음의 자리에서 세계의 구체와 정화(精華)를 포착하는 신경숙 소설언어의 연금술이 정말 놀랍다. 그리고 이것은 특정한 문장, 단락의 문제가 아니다. 하나하나의 단어와 문장은 오히려 무명옷처럼 소박하다 해도 좋다. 알려진 대로, 신경숙 소설은 단어와 문장의 축조가 아니라 흐름이다. 사실감과 핍진성은 일물일어(一物一語)의 숨가쁜 대응에서 오는 것이 아니라 그 흐름에서 온다. 그리고 그 흐름은 머뭇거리고 주저하는 가운데 조금씩 소설적 진실을 이룬다. 우리는 하나의 유동하는 덩어리로, 흐름의 전체에서 그것을 느낄 수밖에 없다. 『엄마를 부탁해』에서 그 흐름은 더없이 간곡하고 순정한 평명(平明)의 질서에 이르고 있다.

그리고 그 흐름은 『엄마를 부탁해』의 텍스트 안에 국한되어 있는 것도 아니다. 신경숙 문학의 오랜 독자라면 누구라도 금방 느꼈겠지만, 등단작인 「겨울우화」부터 저 「풍금이 있던 자리」의 세계를 거쳐 『외딴방』 「감자 먹는 사람들」 「모여 있는 불빛」 「새야 새야」 「종소리」 『바이올렛』 『리진』으로 이어져온 신경숙 소설의 거의 모든 텍스트가 이번 장편 『엄마를 부탁해』에 흐르고 있다. 가령, 신경숙 글쓰기의 기원적 풍경으로 자주 이야기되는 고향집 마당의 헛간. 숨어서 오빠가 빌려온 『인어공주』를 읽던 곳. 그 소녀는 헛간 두엄을 헤집던 쇠스랑으로 자신의 발등을 찍지 않았나. 지금 그곳 헛간 평상에 소녀의 늙은 엄마가 고단했던 세월의 무게를 이기지 못하고 고통스런 표정으로 누워 있다. 불쑥 고향집에 들른 성장한 소녀가 텅 빈 집에서 그 모습을 내려다보고 있다. 소녀는 쇠스랑을 마당 한쪽의 우물에 빠뜨리고 서울로 와 '외딴방'의 시간을 살았고, 이제는 소설가라는 '글씨 쓰는 사람'이 되어 P시의 점자도서관에서 점자로 된 자신의 소설책을 기증받고 막 엄마가 있는 J시의 고향집으로 온 참이었다. 『엄마를 부탁해』는 이렇게 작가가 자신의 이전 텍스트를, 그러니까 자신의 삶을 필사(筆寫)하며 다시 한 줄 한 줄 써내려간 소설이다. 어떤 작가를 두고 평생 한 작품만을 쓰고 또 고쳐 쓴다고 말하는 것이 더없는 경의의 표현이 될 수 있다면, 이 경우가 그렇지 않을까. 그런 의미에서 『엄마를 부탁해』는 신경숙 문학의 오랜 흐름을 한 곳으로 모아낸 빼어난 소설적 결정(結晶)이면서, 언젠가는 다시 고쳐 쓰여질 신경숙 소설의 운명적 표정을 가장 강하게 드러내고 있는 작품은 아닐 것인가.

3

"엄마를 잃어버린 지 9개월째다"로 시작되는 소설의 에필로그에서 '너'가 벼락처럼 만나게 되는 성 베드로 성당의 피에타 상은 어디에 있다 나타나 마치 엄마가 돌아온 듯한 깊은 위로와 "엄마를, 엄마를 부탁해-"의 탄식 어린 갈구를 우리 모두의 것으로 남기는가. 물론 "어미됨을 부정당하고도 아들의 주검에 무릎을 내준 여인" "창세기 이래 인류의 모든 슬픔을 연약한 두 팔로 끌어안고 있는 여인상"은 미켈란젤로가 스물네 살의 젊은 나이에 조각한, 예수의 주검을 안고 있는 성모 마리아의 모습이다. 그러나 『엄마를 부탁해』를 읽은 우리는 이 조상(彫像) 속의 인물이 1938년 한반도 J시의 진뫼라는 한 산골마을에서 태어나 세 살 때 아버지를 잃었으며, 빨치산과 토벌대의 낮밤이 뒤바뀌던 휴전 직후의 혼란기 열일곱의 나이에 10여 리 떨어진 이웃마을로 시집갔던 박소녀라는 여인임을 안다. 글을 배울 겨를이 없어 캄캄한 세상을 살았으나 박소녀 그녀는 누구보다 큰 품으로 남편과 자식들을 챙기고 한 해 여섯 번의 제사를 지내며 부엌을 지켰다. 집 마당은 늘 온갖 생명 가진 것들을 기르고 받아내는 그녀의 노동으로 환했다. 남편의 무심과 출분을 견뎌야 했고, 사산한 어린 생명과 시동생 균의 죽음을 가슴에 묻었다. 늘 자랑이고 기쁨이기만 했던 장남에 대한 미안함 역시 평생 그녀의 가슴을 눌렀다. 비단 장남에게만 그러했으랴만, 실종 후 간간이 전해진 목격담 속에서 그녀의 모습은 한결같았는데, 소처럼 큰 눈에 상처투성이 발등이 다 보이는 파란 슬리퍼를 신고 있었다. 30여 년 전 한겨울에 장남의 고등학교 졸업증명서를 들고 아들이 근무하는 서울 용산의 동사무소 숙직실을 찾았던 한밤중 그녀의 모습이 그렇지 않았던가. 자식들이 출가하고 난 노년의 허허로움 속에서 고아원 아이들을 돌보고, 고아원에 갈 때면 그곳의 젊은 여인에게 소설가인 큰딸 '너'의 책을 읽어달라고 했다던 그녀. 그러니까 한반도 진뫼라는 산골에서 태어나 여사여사한 내력의 삶을 살아온 '너'의 엄마이자, 조선 땅 어디에서나 만나는 우리의 엄마 그리고 엄마라는 보편적 삶 그 자체. 어머니라는 자리. 여기에 무슨 설명이 필요할까.

소설의 1장에는 큰딸 '너'가 고향집에 들렀다가 헛간 평상에 고통에 짓눌린 처참한 표정으로 혼절하듯 누워 있는 엄마를 발견하는 장면이 나온다. "너는 너도 모르게 평상 위에 올라 엄마의 비참한 얼굴을 너의 무릎 위에 올려놓았다. 어떻게 이렇게 엄마를 혼자 두는가." 3장에서 한 마리 새의 형상으로 둘째딸의 집을 찾은 엄마는 아이를 품에 안고 재우다 지쳐 잠든 딸을 바라보며 작별의 말을 읊조린다. "내가 신고 있는 굽이 다 닳아버린 파란 슬리퍼를 벗고 싶어. 내가 입고 있는 먼지투성이인 여름옷도. 이제는 나도 이게 나인지 알아볼 수 없는 나의 몰골로부터도 벗어나고 싶어. 머리통이 깨지는 듯하고나. 자, 얘야. 머리를 들어보렴. 너를 안고 싶어. 내 무릎을 베고 누워라. 난 이제 갈란다." 이 두 장면이 이미 피에타 상이 아니라면 달리 무엇을 일러 피에타 상이라고 불러야 하는 걸까. 미켈란젤로가 죽음 직전까지 조각하다 미완성으로 남긴 또하나의 피에타 상이 있다는 걸 우리는 안다. 론다니니의 피에타 상. 기괴한 모습이다. 미완성의 흔적인지 예수의 한쪽 팔은 몸에서 떨어진 채 옆에 덩그러니 세워져 있다. 몸과의 비례도 전혀 맞지 않다. 성모가 예수의 주검을 뒤에서 안아 쓰러지지 않게 버티고 있는 것 같다. 죽은 예수가 슬픔에 빠진 성모를 자신의 몸으로 가까스로 버티고 있는 것처럼도 보인다. 어느 쪽일까. 아마도 둘 다가 아닐까. 론다니니의 피에타 상에서 애도의 시선을 어느 한쪽으로 특정하기 어려운 것도 그 때문이다. 이 또다른 피에타 상의 존재를 작가가 몰랐을 리 있겠는가. 헛간 평상에서 엄마의 고통스런 얼굴을 올려놓은 '너'의 무릎은 슬픔과 애도의 자리가 하나의 몸으로 묶여 있는 피에타의 진실을 조용히 웅변한다. 여기서 엄마는 딸이고, 딸은 엄마다. 4장에서 엄마의 발길이 마지막으로 향하는 곳은 어디인가. 그곳은 엄마가 태어난 산골마을 진뫼의 고향집이다. 거기서 엄마는 어두운 집 마루에 앉은 '엄마'를 본다. 이제 그녀는 딸이다.

> 엄마가 파란 슬리퍼에 움푹 파인 내 발등을 들여다보네. 내 발등은 푹 파인 상처 속으로 뼈가 드러나 보이네. 엄마의 얼굴은 슬픔으로 일그러지네. 저 얼굴은 내가 죽은 아이를 낳았을 때 장롱 거울에 비친 내 얼굴이네. 내 새끼. 엄마가 양팔을 벌리네. 엄마가 방금 죽은 아이를 품에 안듯이 나의 겨드랑이에 팔을 집어넣네. 내 발에서 파란 슬리퍼를 벗기고 나의 두 발을 엄마의 무릎 위에 끌어올리네. 엄마는 웃지 않네. 울지도 않네. 엄마는 알고 있었을까. 나에게도 일평생 엄마가 필요했다는 것을.(251쪽)

우리는 지금 또하나의 압도적인 피에타 상 앞에 서 있다. 여기에 무슨 말을 덧붙이랴. 서울역에서 사라진 엄마는 이처럼 스스로 피에타 상이 됨으로써 영원한 귀환에 이른다. 그곳은 '너'와 '그' 그리고 우리가 마침내 돌아가 지친 얼굴을 뉘어야 할 곳이 아닌가. 하고 보면 엄마는 언제나 그런 존재가 아니던가. 자신의 수난을 세상의 무릎과 품으로 돌려주는 존재. 그러므로 "엄마를, 엄마를 부탁해－"의 탄식 어린 갈구는 기실 여기서 그 대답을 얻었다고 해도 좋을 것이다. 깊은 문학적 감동을 전해준 작가의 수고에 경의를 표한다.

(신경숙 장편소설 『엄마를 부탁해』 해설, 창비, 2008)

소설의 조율과 승경의 발견
— 구효서 소설집 『저녁이 아름다운 집』

1

소설집의 첫머리에 수록된 작품, 「승경(勝景)」. '빼어난 경치'라는 말이겠다. 구효서 소설에 익숙한 독자라면 작품 속에 제목에 값하는 경치가 나오리라는 걸 안다. 작가의 각별한 장인정신이 독자의 기대를 저버리는 일이란 좀처럼 없기 때문이다. 일본 규슈 지방 타테노 마을의 산과 호수 그리고 인간의 이야기가 어울려 빚어내는 풍경은 과연 승경이라 할 만하다. '피아노 월인천강지곡'을 부제로 달고 있는 「조율(調律)」은 어떨까. 작가는 어김없이 회청색의 하늘과 흰 달, 그리고 바람에 흔들리는 검은 나뭇잎들이 벽계수(碧溪水) 수면과 주고받는 한밤의 슬픈 피아노 선율을 들려준다. 그런데 이 말을 작가가 반듯한 소설적 모범답안을 제출하는 데 능하다는 이야기로 오해하지 않았으면 좋겠다.

일찍부터 구효서는 그런 모범답안을 거부하며 자신의 소설적 이력을 쌓아왔다. 소설 장르에 대한 메타적 물음을 내장한 다양한 소설적 실험과 소설가의 삶을 화두로 삼은 많은 소설가 소설을 통해 구효서는 하나의 관습(convention)으로 고정되는 소설에 대한 거부감을 형식과 그에 담긴 이야기 모두에서 적극적으로 표현해왔다. 흔히 소설가의 서명으로 불리는 고유한 문체나 반복·변주되는 서사적 원체험의 동심원 역시 그에게는 피할 수 있으면 피하고 싶은 자리였다. 대신 그는 문체의 다기한 확산을 꾀했고 소설적 서사의 발견과 구성에 가로놓인 관습적 장벽을 열심히 흔들었다. 어느 자리에선가 작가는 종결어미 '다'로 끝나는 우리말 문장에 대한 갑갑함을 토로한 적이 있는데, 소설의 묘사와 지문을 이미 세상을 떠난 한 영가(靈駕)의 구어체 말속에 녹여낸 「조율」의 전반부 '피아니시모'의 장은 한두 군데 불가피한 경우를 제하고는 모든 문장에서 종결어미 '다'를 찾을 수 없다. 사람이 아닌 나무의 시점으로 이야기를 전개하는 「명두(明斗)」의 예는 '스프링클러'의 시점을 차용한 두 편의 연작을 쓰기도 한 구효서에겐 특별할 것도 없는 소설적 방법의 가벼운 자유다.

다분히 강박적이라 부를 만도 한 이 같은 구효서의 소설적 관습에 대한 완강한 저항과 이야기의 다양한 추구 이면에 그다지 우호적이지 않은 세상의 조건 속에서 소설을 써서 밥을 벌고 가족을 건사해야 하는 '소설 노동자'의 강팍한 자의식이 도사리고 있음은 작가 스스로 여러 차례 발설한 바 있다. 그리고 이 쉽지 않았을 다기한 탐험과 모색, 단련의 이력이 곧 누구나가 인정하고 신뢰하는 구효서 소설의 장인적 견고성의 다른 이름임은 물론이다. 그러나 "각각의 소설들이 저마다의 완성도를 위해 독특한 방식으로 작가에게 요구하는 주제랄지 구성이랄지 문체에 적절히 대응해 줄 수만 있다면, 그럴 능력이 정말로 나한테 있기만 하다면 전 미련 없이 절 버릴 각오가 돼 있습니다"(『문예중앙』 1995년 봄호)라는 한 대담에서의 발언을 굳이 인용할 필요도 없이, 구효서 소설의 세련된 장인성은 다만 소설 노동자의 역설적 비애로부터만 구축된 것은 아니다. 그것은 당연히 그의 예술적 자아와 실존의 현실이 한몸으로 밀어올린 그만의 문학적 의지의 결과다. 우리는 '잘 빚어진 항아리'를 기리지만, 그것은 거기에 인간 욕망의 불가해한 그림과 삶의 시난고난한 실패와 좌절이 예술의 현상학으로 괄호쳐져 있을 때의 이야기다. 그렇다면 구효서는 누구보다 이 괄호에 자각적인 작가는 아닐까. 앞선 소설집 『시계가 걸렸던 자리』(창비, 2005)에 수록된 가작 「이발소 거울」을 보면 다음과 같은 대목이 나온다. 구효서의 경우라면 여기 나오는 '이발소'에 '문학' 혹은 '소설' 언저리를 겹쳐 떠올리는 게 그리 억지는 아니리라(물론, 이 대목의 소설 내적 맥락은 별개다).

> 본의 아니게 이발소는 띄엄띄엄 그런 내 심난한 삶의 도정을 봐온 거였다. 누구라도 그런 속내를 보여주고 싶지 않았을 것이다. 나도 그랬다. 이발사와 속을 터놓고 얘기하지 않았다. 힘들거나 속상한 일이 있으면 이발소 의자에 앉아 눈을 꾹 감았을 뿐이다. 이발사도 그의 아내도 내게 묻지 않았다. 그들은 말없이 내 머리를 깎았고, 감았다. 나는 돈을 지불하고 이발소를 나왔다. 그랬을 뿐인데, 이십 년을 그랬던 것이다. 말을 하지 않아도 내 기분과 감정은 저절로 조금씩 새어나와 이발소 안을 돌아다니거나 어느 한 귀퉁이에 쌓였을 것이다.(153쪽)

20년을 그랬다고 한다. 그럼, 그 "눈을 꾹 감"는 광경과 "조금씩 새어나"오는 모습이 이번 소설집에서 어떤 승경을 이루고 있는지 살펴볼 차례다.

2

사실 이번 소설집의 작품들도 예의 구효서의 세계가 그렇듯, 어떤 하나의 색깔로 규정짓기 힘들다. 자근자근한 이야기들이 말 그대로 다채롭게 펼쳐져 있다. 다만, 앞선 소설집 『시계가 걸렸던 자리』에서 두드러졌던 '죽음 앞에 선' 혹은 '죽음과 함께하는' 삶의 풍경이 이번 소설집에 와서도 여기저기, 때로는 안타까운 애도와 함께 때로는 조용한 수락과 함께 고즈

넉이 놓여 있는 점은 지적해둘 만하다. 한 평론가는 근자에 구효서 소설에서 자주 발견되는 "죽음의 감각과 상상"이 "삶의 그늘에 대한 허심한 수락"과 한몸임을 지적하면서 이로부터 "긍정의 허무"를 읽어낸 바 있다(김영찬, 「그늘 속으로, 허무와 탈아(脫我)의 윤리」, 『시계가 걸렸던 자리』 해설). 비슷한 이야기가 되겠지만, 죽음과 삶의 그늘에 대한 작가의 이 같은 속 깊은 응시가 역설적으로 되비추는 삶의 환한 자리들이 새롭게 구효서 소설의 진경을 이루고 있음을 우리는 이번 소설집에서도 새삼 확인할 수 있다. 이와 함께, 인간살이의 미세한 속내를 포착하는 구효서 특유의 장인적 혜안도 곳곳에서 빛을 발하고 있다. 그러면서 그 혜안이 모종의 과잉이나 과장을 경계하며 지극히 평명하다 싶은 균형을 얻고 있음도 주목할 만한 대목으로 보인다. 거창한 이야기는 없되, 인간 진실의 만화경엔 하나같이 빠뜨리고 싶지 않은 세밀하고 소중한 삽화들이 그득하다.

가령 소설가 소설의 외양을 취하고 있는 「승경」에서 그 '빼어난 경치'는 어디에 있는가. 소설가인 화자가 나가사키를 무대로 한 소설의 집필을 위해(하긴, 2008년 작가 구효서는 일본 나가사키를 배경으로 '아버지 찾기'의 화두를 유사가족의 이야기 속에 경쾌하게 녹여낸 장편 『나가사키 파파』를 출간한 바 있다) 찾은 일본 규슈의 작은 마을 타테노. 나가사키 피폭 이후 귀국을 포기하고 타테노 마을에서 어머니와 살고 있는 재일교포 야마가와(한국명 김상호)와 역시 피폭 이후 원자병을 앓고 있는 아버지와 함께 마을로 들어온 일본 여성 하루미의 이야기가 20년 묵은 장에 담근 후안테(황태)절임을 사이에 두고 흥미진진하게 전개된다. 듣지도 말하지도 못하는 '조센징' 김상호와 하루미 사이의 만남과 결혼에 이르는 과정도 그렇지만, 마을의 유일한 산 오기야마 정상의 바위가 피폭 때 굴러떨어진 후 마을이 중심을 잃게 되고 나라쓰케(절임식품)로 돈을 번 야마가와가 혼자 힘으로 인공호수 긴린코를 만들어 마을의 균형을 찾아주게 된다는 믿기 어려운 설화 같은 이야기를 전해주는 작가의 솜씨는 그 능란함이 과연 고수의 그것이다. 그렇게 해서 야마가와 부부의 사랑과 노동으로 균형을 찾은 오기야마 산과 긴린코 호수의 풍경이 아름답지 않을 이치가 있겠는가. 가히 승경이다. 그러나 여기에서 그친다면, 「승경」은 흥미로운 한일간 음식 교섭사를 내장한 아름다운 지역 설화의 소개 이상일 수 있겠는가. 이 작품이 소설가 소설의 형식을 취하고 있다고 했거니와, 화자인 소설가 '나'가 3개월간의 집필 체류를 마치고 마을을 떠나기 앞서 하루미의 집을 찾아 황태절임이 맺어준 이들 부부의 숨은 사연을 직접 듣는 것으로 소설은 전개된다. 그런데 첫 대면의 자리에서 화자는 뜻밖에도 57세의 이 일본 여성에게 성적으로 매혹되고 마는 게 아닌가. 수척한 팔 위로 지나가는 푸른 정맥을 본 순간이었다. "터무니없어. 나는 고개를 흔들 뻔했다. 그녀의 관능을, 불현듯 보았고, 내치려 했다. 나보다 스무 살이나 많은 미망인." 소설의 마지막 대목에 이르면 사정은 더욱 확연해진다. "그녀의 원피스 자락이 커튼처럼 흔들렸다. 가늘고 흰 종아리가 눈부신 햇빛에 녹아버릴 것 같았다"고 작가는 쓰고 있는데, 이 순간 우리는 야마가와 부부의 사랑이며, 긴린코를 둘러싼 이러저러한 이야기란 한 삼십대 후반 소설가의 백일몽 같은 상상일 수 있겠다는 생각을 하지 않을 수 없다. 50대 후반의 미망인 일본 여성에게 느낀 느닷없는 성적 매혹. 여기서 강세는 '50대 후반' '미망인' '일본 여성', 모두에 주어져도 좋다. 기실 어느 한 요소도 빠져서는 안 되는 것이리라. 이 낯설고 미묘한 관능이 규슈 시골 마을의 정적 속에 갇혀 있던 한 한국인 소설가를 급습했을 때, 긴린코와 오기야마 산은 승경의 이야기가 되어 한 편의 소설 속으로 들어왔던 것이 아닐까. 이 경우 긴린코 이야기의 사실 여부는 중요한 게 아니다. 여기엔 57세 일본 여성의 푸른 정맥과 가늘고 흰 종아리에 전율하는 소설가의 고독이 있을 뿐이다. 그렇다면 이 작품의 '승경'은 긴린코와 오기야마가 어우러진 타테노 마을의 풍경이면서 동시에 그 풍경을 낯선 관능의 감각으로 상상하고 재구성하는 소설쓰기의 승경이 아니겠는가. 두 개의 승경, 혹은 하나의 승경. 중립적인 이야기 전달자인 것처럼 거리를 두고 있는 듯하지만, '푸른 정맥'과 '흰 종아리'에 슬쩍 숨겨놓은 소설가의 시선이야말로 구효서 소설의 장인적 견고성과 세련성의 뚜렷한 지표가 아닐 수 없다.

이번 소설집의 표제작 「저녁이 아름다운 집」은 죽음의 자리에 대한 작가의 사유가 잔잔하게 녹아 있는 작품이다. 사정은 소설 화자의 아내가 시골 집터 한쪽을 차지하고 있는 이웃 주민의 산소 이장을 고집하다 마음을 바꾸며 내놓는 "죽음이야 늘 도처에 있는 건데 마당 곁에 좀 있은들 어때요" 하는 말속에 압축되어 있다. 그런데 이 말이 각별한 울림을 갖는 것은, 이 순간 아내는 남편에게 임박해 있는 죽음을 모르고 있기 때문이다. 시골을 다녀오는 길에 남편은 혼자 남게 될 아내를 생각해 억지로 아내의 손에 운전대를 쥐여주지만 아내는 그 마음을 알지 못한다. 그리고 여기에 두 가지 사연이 겹친다. 하나는 그 산소에 묻힌 사람이 자식 없이 외롭게 세상을 떠났다는 것인데, 공교롭게도 소설 화자 부부에게도 아이가 없다. 다른 하나는 미국에서 잠시 다니러 온 매제 부부의 이야기다. 매제의 미국인 남편 브루스는 매제보다 서른다섯 살 연상으로, 한국전쟁 때 포로로 잡혔다 구사일생으로 살아난 과거를 가지고 있다. 그 역시 이번 한국행이 생의 마지막 여행이었음이 뒤늦게 밝혀진다. 소설 화자 부부의 시골 집터 진입로에 자신의 이름으로 사둔 낙엽송 한 그루를 한국에 대한 기억으로 남겨둔 채. 죽음이 도처에 있다는 인식을 마음 한편에 품을 수는 있겠지만, 그 죽음이 자신 혹은 가까운 이에게 닥쳤을 때, 대개 그런 인식은 무력해지게 마련이다. 「저녁이 아름다운 집」은 그 메우기 힘든 낙차 사이에 인간의 애정과 배려로 가능한 무언가는 없는지 안타깝게 물어보는 작품이랄 수 있다. 아마도 시골집이 다 지어지고 서향인 그 집에 저녁노을이 들 때, 혼자 남은 아내는 마당 한쪽 알지 못하는 이의 산소와 진입로 낙엽송을 바라보지 않겠는가. 혹 또하나의 산소가 그 마당에 자리했을지도 모를 일이다. 아내는 이제 제법 혼자 지프를 모는 데도 익숙해졌을 것이고,

보일러 수압 맞추는 일도 어렵사리 해낼 것이다. 남편은 이야기하지 않았던가. 서향은 아내의 사주에도 꼭 맞다고. 이것은 죽음 쪽의 사람들과 남은 사람들이 서로를 거들고 배려하며 만들어낸 풍경이다. 이 저녁의 풍경이 아름답지 않다면 이상한 일일 터이다. 왜냐하면 여기 배어 있는 슬픔은 고상한 허무가 아니기 때문이다. 그러고 보면, 부부는 이미 이 집의 이름을 지어둔 바 있다. '석가헌(夕佳軒)', 아니 한글로 풀어 '저녁이 아름다운 집'.

한국사회 '테레비'의 풍속사이자 가슴 아픈 제망매가인 「TV, 겹쳐」에서 구효서 소설의 '죽음'은 산업화 시대의 어둠과 가난을 순정하고 견결한 가슴으로 헤쳐온 '여공' 출신 누이의 일생을 살아남은 자들의 세계로 돌려주는 제의의 자리에 놓여 있다. 여기서 막내누이 영주의 죽음을 삶의 공간으로 되비추는 영사기사는 고등학교 3학년 때 사고로 열두 살 지능으로 퇴행해버린 두 살 아래의 남동생이다. 이른바 '순진한 시선'의 아이러니가 자칫 비장한 단조의 애도에 머물기 쉬웠을 이야기에 의뭉스럽고 질박한 여백의 탄력을 부여한다. 그리고 이 여백의 탄력을 타고 이농과 상경의 대열이 간신히 비집고 찾아든 서울 변두리 구로공단 주변의 신산한 삶, 그 뿌리 뽑힌 혈거가족의 고단한 세월은 흔들리고 겹치는 '테레비' 화면의 이야기 속에 적절히 전경화된다. 이런 계열의 소설이 거부하기 힘든 리얼리즘의 기율을 자기만의 고유한 소설적 방법과 문체 속에 녹여낸 작가의 솜씨가 약여한 작품이다. 저임금 여성노동의 착취구조가 70년대 한국 산업화의 지울 수 없는 그늘임은 다 아는 이야기지만, '공순이'라고 불렸던 그 시대 우리들 누이의 전형이라고 해도 좋을 영주 누나는 사회학적 계급의 대변자로 이 소설에 모습을 드러내고 있지는 않다. 노조를 만들어 싸우고, 경찰서에 끌려가고, 공장에서 해직되고, 구치소에 들어가고, 복직투쟁에 나서고, 결혼 뒤에는 이주노동자들의 누이로 맹렬히 살다 중년의 나이에 위암에 걸려 죽음을 맞게 된 영주 누나는 열두 살 지능의 동생인 소설 화자 '나'의 눈에는 세상을 바꾸려 한 거창한 투사가 아니다. 동생이 보기에 누나는 그저 설탕을 한 자루나 훔쳐 먹고 탈이 나 허벅지에 손바닥만한 부스럼 흉터를 남길 만큼 배고픔에 한이 맺힌 천하의 먹보고, 싸움도 공부도 반공웅변도 잘했지만 초등학교가 최종학력이 될 수밖에 없었기에 진학한 친구들을 만나고 온 날이면 엉엉 울어대던 울보일 뿐이었다. 남진과 김상진을 좋아했던 누나는 열일곱 나이에 공장에 취직한 뒤론 소설을 읽고 혼자 영어 알파벳을 공부했다. 가끔 뒷집 '테레비'를 안테나 없이 맡으면서 개막된 집안의 '테레비' 시대와 함께 나날이 똑똑해지고 서울내기가 되어갔던 누나는 팝송을 배우고 펜팔을 하면서 "이그지 같은 나라를 떠나버리"겠다며 의지를 불태웠다. '테레비'를 보며 세상을 꿰던 누나가 언제부터 '테레비'를 끊었는데, 그 무렵 경찰서 출입이 시작되었다. 누나는 말했다. "때가 어느 땐데 테레비만 보냐?" 구치소를 나온 뒤 "영, 벨로"인 남자와 결혼할 때는 청첩장에 본명 미순을 영주라 쓴다는 조건을 내걸었다. 안산으로 이사하고서는 이주노동자 한살림방에서 자원봉사를 하다가 아예 그곳의 안주인이 되었다. 영안실에서는 이주노동자들이 일을 도맡아 했다. 그러니까 동생의 시선으로 그려진 이 억척누이의 '전(傳)'은 과학적 개념과 추상적 이론이 가닿을 수 없는 인간 심성의 개활지, 그 이름 없는 풀들과 돌멩이들의 이야기를 품어내는 드문 소설적 성취에 이르렀다. 물론 다 아는 대로, 여기에 있는 동생의 '순진한 시선'은 작가 구효서의 소설적 방법이며 그 작위를 탓할 일은 아니다. 근대소설은 영웅서사가 끝난 자리에서 시작되고, 근대의 삶은 그런 영웅을 위한 자리를 좀체 마련해주지 않기도 하지만, 그렇다고 우리에게 기릴 만한 삶이 없는 것은 아닐 것이다. 그리고 우리 시대의 소설은 '영웅서사'의 과장과 허세를 기억하는 만큼은 기릴 만한 삶의 발굴에 적극적으로 기여할 수도 있을 것이다. 「TV, 겹쳐」의 '억척누이전(傳)'은 그런 소설의 기여를 새삼 생각하게 만드는 작품이다. 안테나 없이 보아야 했던 뒷집의

'테레비'는 당연히 흔들리고 겹쳤지만, 복덕방 질 나쁜 유리창 너머로 보던 〈여로〉의 화면 역시 언제나 떨리고 겹쳤다. 어머니가 운영하던 만화방이 망하면서 집안으로 들어온 동남샤프 '테레비' 역시 경부선 열차가 지날 때면 흔들리긴 마찬가지였다. 그러니 한살림방 컨테이너 사무실에 차려진 분향소 한편에서 생전 누나의 활동 모습을 비디오로 상영하고 있을 때, 동생의 눈에 그 화면이 흔들리고 겹쳐 보이지 않았다면 그거야말로 이상한 일일 테다. 그 순간 미스터 네팔 찬드라가 말한다. "안 겹쳐요. 형이 울어서 그래요." 참으로 근사한 제망매가가 아닐 수 없다.

살아서 150년, 죽어서 20년을 한자리에 서서 세상을 지켜본 나무가 있다. 「명두(明斗)」 이야기다. '명두' 혹은 '명도(明圖)'는 한을 품고 죽은 어린 계집아이의 유골을 일컫는 것으로, 이를 통해 원혼을 부려 어린아이의 목소리로 길흉화복을 점치고 치병을 하는 무속 세계의 말이다. 소설은 이 나무의 시점에서 6·25 어름부터 한국 현대사 50여 년의 세월이 스쳐간 한 궁핍한 빈촌의 삶과 죽음의 드라마를 그려낸다. 찢어지는 가난이 지배했던 이 빈촌의 세월은 "죽음이 끝없이 생명을 만들고, 삶은 끝없이 죽음을 낳았다"라는 말로 요약될 법하다. 그러니까 「시계가 걸렸던 자리」(『시계가 걸렸던 자리』, 창비, 2005) 전후로 구효서 소설의 주요 화두가 되어왔던 '죽음'은 이 소설에 이르러 한 개인의 실존적 차원을 넘어 역사와 집단의 테제로 확장되고 있다. 작가는 단편소설이 감당하기 쉽지 않은 긴 역사의 시간과 근대소설이 떠나온 무속의 세계까지 끌어들이면서 삶과 죽음이 서로의 꼬리를 물고 이어지는 선악의 경계 없는 자연의 리듬이 궁극에서는 이 근대의 시간과 인간사의 현실에 엄연히 개재해 있음을 새삼 확인시키는데, 이 과정에서 도드라지는 세목의 건너뜀과 설화적 어조에는 다소간 유보가 있을 수 있겠다. 그러나 50년을 한결같이 나무를 찾은 명두집의 사연을 통해 작가가 제기하는 '불망(不忘)'의 윤리는 삶과 죽음이 한몸으로 이어진 자연의 시간에 맞서, 그것을 감싸 인간의 시간과 역사를 성찰하고 의미 있게 만드는 기억해둘 만한 테제가 아니겠는가.

3

5년 전 「시계가 걸렸던 자리」가 문예지에 발표되었을 때, 어쭙잖은 월평을 쓰고 있던 나는 이 작품을 언급하면서 "가슴이 아픕니다. 하긴 육신을 받은 이상 죽음을 피할 길은 없습니다. 그 사내는 나이고 너입니다. 죽음과의 대면 없이 소설이 소설일 수 있을까요. 구효서 소설의 능란함은 이제 이런 서늘함까지 안겨주는군요. 하회가 두렵습니다"라고 쓴 적이 있다. 죽음을 앞두고 고향집을 찾은 소설 속 화자 '나'에게서 작가의 그림자를 너무 많이 본 내 아둔함의 소치였지만, 그만큼 작가의 솜씨가 감쪽같았다는 이야기도 되겠다. 가령, 실연으로 상처 입은 스물한 살 여대생이 가평 달빛 아래, 말하지도 듣지도 못하고 시력까지 잃은 늙은 외할머니의 묵고 묵은 신산의 너른 품에서 아픔을 치유받는 이야기인 「사자월(獅子月)」을 보라. 젊은 여대생의 감성을 스타카토의 언어로 문체화하는 작가의 기예가 정말 놀랍지 않은가. 게임에 빠져 있는 「막내고모」의 소년 화자가 구사하는 언어는 또 어떤가. 그러면서 이 많은 "절실하고 간절한"(「화사(花蛇)」) 이야기들은 다 어디서 길어내는 걸까. 조율사의 숨은 노동을 짐작해볼 뿐이다.

구효서의 소설에는 한결같은 보폭을 유지하려 애쓰며 쓰고 또 쓰는 장거리 주자의 고독이 있다. 성마른 비평적 췌언을 삼가고 싶은 이유다. 그렇긴 해도 그의 소설이 주는 특별한 안정감이 좀더 불편하고 이물스런 세계의 실재와 부딪치며 깨어져나가길 바라는 마음까지 접을 일은 아니다. 파열과 균열의 틈새에서 새삼 간절해질 인간 진실의 조율은 또다른 승경의 발견으로 이어질 터이니 말이다. 하고 보면 「조율」에서 남자를 피아노와 조율의 세계로 이끌었던 게 그 너머의 음악이고 사랑이었듯이, 소설이 조율해내는 아름다움은 언제나 그 '너머'를 향한 그리움이 아니고 무엇이 겠는가.

(구효서 소설집 『저녁이 아름다운 집』 해설, 랜덤하우스, 2009)

운명의 형식, 자화상으로서의 글쓰기
— 함정임 장편소설 『내 남자의 책』

1

2004년에 발표된 함정임의 장편 『춘하추동』(민음사)은 한국 최초의 여성 서양화가이자, 소설가로도 활동한 나혜석의 삶을 추적하는 여성 화자 '나'의 이야기다. 가은이라는 이름의 삼십대 초반의 화자는 지금 나혜석의 생애를 다큐멘터리로 만드는 작업에 참여하여 다큐멘터리의 대본을 쓰고 있다. 나혜석의 이야기를 액자로 감싸는, 이른바 액자소설의 구도인 셈이다. 소설의 구도가 이렇게 짜일 경우, 액자 안팎의 상호 긴장이 중요한 관건으로 떠오르게 마련이다. 화자가 지인의 요청으로 나혜석의 생애를 다큐멘터리 대본으로 다시 쓰게 된다는 소설적 설정은 방편에 불과하며, 화자의 실존적 궁지가 나혜석에 투사되고 되돌아 나오는 질문과 응답의 구도가 소설적 진실의 차원에서 구축되어야 하는 것이다. 우리가 작품에서 확인할 수 있는 지점은 크게 두 가지다. 하나는 화자가 겪고 있는 실존적 위기로서, 유부남 사진작가 M과 지속해온 사랑의 문제와 20여 년의 시간을 건너 죽음의 소식과 함께 나타난 '작은어머니'의 존재다. 평생 아버지의 숨겨진 여자로 살아야 했던 작은어머니의 존재는 화자에게 늘 죄의식의 원천이었던 것. 또하나는 문학과 예술 전반에 대한 관심이나 시나리오 공모에 입선한 이력, 다큐멘터리의 대본인 「R의 이야기」를 쓰는 과정, 미완으로 끝난 같은 이야기의 시나리오 작업 등에서 알 수 있듯 화자에게는 상당한 미적 감수성과 함께 모종의 표현 욕구가 내연하고 있다는 사실이다. 그러니까 사랑의 시련, 가족사의 상처, 글쓰기의 욕망 등으로 집약될 수 있는 화자의 실존적 위기의식이 나혜석의 생애를 호출하는 소설적 근거로 제시되어 있다. 그러나 그 호출의 성격은 어떤 존재론적 대결 구도를 요청하는 것이 아니다. 그것은 차라리 모종의 그리움, 혹은 연민과 연결되어 있다. 여기에는 본능적으로 서로를 알아보고 서로를 향해 손짓하는 정신적 친족성의 세계가 있다. 이 정신적 친족성은 화자와 M의 사랑과 나혜석과 유부남 최승구의 좌절된 사랑 사이의 운명적 유사성(작은어머니의 존재 역시 공인받지 못한 사랑의 자리라는 점에서 마찬가지다)에서 오는 것일 수도 있다. 그러나 함정임 소설의 고유성과 관련해서는 다른 층위의 요인이 좀더 본질적인 것으로 보인다. 그것은 함정임 소설의 인물들을 그 근원에서 추동하는 낭만적 열정의 자장이다. 이른바 '먼 곳에의 그리움(Fernweh)', 혹은 낯선 곳을 향한 끝없는 동경. 『춘하추동』의 화자는 나혜석의 자취를 찾아 도쿄로, 파리로, 고흥으로, 수덕사로 끝없이 길을 떠난다. 이때 나혜석은 하나의 실체이기도 하지만 화자의 내면이 불러낸 환각일 수도 있다. 도쿄에서 화자의 행로를 이끄는 것은 까마귀 소리다. "귓속을 후벼파는 저 소리, 심장이든 뇌든 날카로운 바늘이 되어 박히는 저 소리." 최승구와의 사랑이 좌절된 뒤 나혜석이 김우영과 결혼식을 올린 정동교회를 찾아가던 날도 도쿄의 그 까마귀 소리는 어김없이 하나의 환청으로 화자의 귓속을 파고든다. "뒤에서, 옆에서 혹은 위에서 나를 따라붙던 것은 다름 아닌 까마귀 소리였다. 그것은 오랫동안 비명(悲鳴)을 끌어안은 우물 속 메아리처럼 한꺼번에 내 안에서 터져나오려 했다."

화자의 내면에서 터져나오는 이 비명의 메아리란 무엇인가. 그것은 혹시 화자 그 자신보다 더 '먼 곳'에서 온 것은 아닌가. 그 자신에 속하되, 영원한 결여로밖에는 존재할 수 없는 어떤 갈망. 이때 '먼 곳'은 그 갈망의 형식 속에서만 언뜻언뜻 기원이자 대상의 자리를 내보일 뿐, 고정된 시공간의 좌표와 무관하다. 도달했다고 생각한 순간, 그 자리는 미끄러져 사라진다. 갈망은 증폭되고, '먼 곳'의 부름은 더 강렬해진다. 환각의 메아리는 불가피하다.

이 지점에서 다시 한번 묻자. 『춘하추동』의 화자를 나혜석의 삶 속으로 이끌고 가고, 가장 깊숙한 곳에서 결속시킨 결정적인 사건 혹은 매개는 무엇인가. '최초의 여성 서양화가' '비극적인 사랑' 등의 전기적인 사실을 뒤로 물리고 보면 여기에는 단 하나의 그림만이 남는다. 나혜석이 1928년 파리 체류중에 그린 것으로 짐작되는 유일한 자화상 한 점. 루오의 「성안(聖顔)」이나 마티스의 「마티스 부인의 초상」과 어딘가 닮은 듯하면서도 나혜석 고유의 터치로 그려진 슬픈 자화상이다. "R의 초상화는 가슴에 꽉 찬 어둠을 불러내놓은 듯 갈색 톤이 무겁게 화폭에 스며 있고 우수에 찬 검은 눈동자는 방향으로 보면 정면을 향하고 있으나 내용으로 보면 닿을 곳 없이 허공중에 떠돌고 있었다."(153쪽) 나혜석이 머물렀던 파리의 한 호텔을 찾아 그곳에 묵으면서 화자는 "허영과 자기기만에서 깨어난 한 여자의 자화상"을 응시하고 있다. 자화상의 이야기는 계속 화자의 주변을 맴돈다. 17세기에 최초로 여성의 이름을 화가의 명부에 올린 아르테미시아 젠틸레스키의 자화상, 20세기 멕시코의 여성 화가 프리다 칼로의 자화상, 렘브란트의 자화상 그리고 M이 사진으로 찍은 마다가스카르의 자화상. 화자는 말한다. '자화상'은 결국 자기 구원의 형식이라고. 자화상은 원리적으로 상처와 균열, 좌절과 실패의 흔적으로만 도착하는 영원한 미완의 형식일 수밖에 없다. 자화상의 승자는 언제나 공허하고 잔혹한 시간으로서의 세계 그 자체다. 자화상이 말할 수 없는 슬픔을 안겨주는 것도 그래서일 것이다. "사람은 언제 소설을 쓰게 될까" 하는 화자의 물음이 되돌아오는 곳도 같은 지점이다. "자기 자신을 제물로 삼아서라도 치유해야 할 상처가 있을 때 쓰게 되는 것"이라는 이야기인데, 사실 그 상처는 소설 쓰기로도 자화상 그리기로도 치유될 수 없는 것이다. 다만 어떤 이들은 근본적으로 패배할 수밖에 없는 그같은 자기 구원의 싸움으로 나아가는데, 거기에 그들의 운명이 있다고 믿기 때문이다. 그러므로 이들이 그림으로, 문학으로 붙잡으려 하는 것은 최종적으로 그 운명의 형식이다. 이제는 진부한 상투구처럼 되어버린 감도 있지만, 이른바 '저주받은 영혼'의 존재로 스스로를 고양시키고 그 고양의 대가로 주어지는 처벌과 고독을 감수하고자 하는 이들. 『춘하추동』의 화자가 나혜석의 자화상에서 보고 있었던 것도 바로 이러한 영혼의 존재라고 할 수 있다. 그리고 이 화자는 가장 깊은 의미에서 작가 함정임의 페르소나라 할 만한데, 함정임의 소설쓰기를 추동하는 갈망이자 동력의 한 축이 여기에 있기 때문이다.

그러나 보들레르의 에피고넨들은 얼마나 많은가. 더구나 보들레르적 의미의 '불행한 의식'은 어느 면, 문학적 박제화의 길로 들어선 지 오래다. 과연 우리 시대에도 '저주받은 영혼'의 글쓰기가 가능할 수 있는가. 함정임 소설은 어떻게 해도 이 질문을 피해갈 수 없다. 그리고 기실 그간 함정임의 소설은 이 질문을 피해온 적도 없다. 그렇다면 함정임 소설은 어떤 길을 걸어왔는가. 함정임은 소설을 삶 쪽으로 최대한 밀어붙이고, 삶을 소설 쪽으로 최대한 끌고 온다. 이것은 전혀 비유적인 의미가 아니다. 둘 사이에 얇은 막이 없는 것은 아니지만, 둘은 종종 하나가 된다. 여기서 소설의 형식이 발견되고 구성되는데, 이는 동시에 함정임이 찾고 있는 운명의 형식이기도 하다. 그리고 그것을 하나의 분리되기 힘든 전체로 만들어놓고, 그 글쓰기의 운명을 받아 적으며 삶을 밀어간다. '먼 곳에의 그리움' '저주받은 영혼의 존재'는 끝없는 환각으로 이 길을 이끈다. 이름 붙인다면, '자화상으로서의 글쓰기'다.

이제, 8년 만에 나온 장편 『내 남자의 책』(2011)을 통해 이 이야기를 진전시켜보도록 하자.

2

『내 남자의 책』은 '자화상으로서의 글쓰기'라는 함정임 소설의 방법론이자 구도를 아주 선명하게 품고 있는 작품이다. 작가는 작품 안팎 여러 곳에서 인상적인 소설 첫 문장의 매혹에 대해 이야기한 바 있거니와, 그 매혹을 스스로 보여주는 문장으로 소설의 서두를 연다. "그날, 나는 그 남자의 책을 훔쳤다." 어떻게 보면, 이 짧은 문장 안에 이 소설 전체가 집약되어 있다고도 할 수 있다. 경제지 문화부 기자로 근무하는 삼십대 중반의 여성 화자 임현준이 소설의 일인칭 화자인 '나'인데, '나'는 출장차 떠난 아일랜드행 비행기에서 동승한 옆좌석 남자의 책을 자기도 몰래 집어 들게 된다. 한 줄기 할로겐 불빛 아래 펼쳐진 책에서 눈에 띈 "그는 미친 사람이 아니었다"는 한 문장 때문이었다. 그 문장에는 연필로 밑줄이 그어져 있었다. 화자가 잠든 남자 몰래 집어 든 그 책은 잔혹극의 창시자 앙토냉 아르토가 죽기 직전에 발표한 반 고흐에 대한 평론이자 에세이 『사회가 자살시킨 사람 반 고흐』였다. 나중에 알게 되지만, 책의 주인인 박동주는 중년의 대학교수로 아르토 연구에 '영혼'을 건 사람이었다. 그리고 아르토의 책, 더 정확히는 아르토라는 '저주받은 광기의 영혼'을 사이에 둔 소설 화자 임현준과 박동주의 만남과 사랑의 이야기가 펼쳐진다.

"그는 미친 사람이 아니었다"는 문장이 눈에 들어온 순간에 대해 소설은 이렇게 쓰고 있다. "이 한 문장이 눈에 닿는 순간 고압선에 감전이라도 된 것처럼 나는 꼼짝할 수가 없었다. 그것은 (……) 나에게 필연적인 힘을 발휘했다." 화자 나이 다섯 살 때 가족을 버리고 사라진 생부의 존재가 '감전'의 이해할 만한 배경으로 제시된다. '마약, 정신분열, 광란' 등의 단어를 신문의 헤드라인에 남기고 사라져버린 유명 가수였던 아버지. 어머니의 재혼과 계부 가정에서의 성장. 첫사랑 경후와의 만남은 생부의 정신병력을 알고 있던 경후 어머니의 완강한 반대로 파탄에 이르고 경후는 목숨을 버린다. 화자에게 '미친 사람' 혹은 '광기'라는 단어가 얼마만한 정신적 외상으로 자리하고 있을지 충분히 짐작할 수 있는 대목이다. 평생 정신 장애에 시달리며 극심한 정신적·육체적 고통을 겪었고, 생애 마지막 시기 9년 동안 정신병원에 감금되어야 했던 광기의 시인이자 극작가 앙토냉 아르토의 존재가 화자의 삶 속으로 불쑥 찾아든 순간이 이 소설의 처음에 놓일 수밖에 없는 이유이기도 하다.

그러나 우리는 이렇게 되물을 수 있다. 왜 하필 아르토인가, 하고. 언어를 포함한 모든 오염된 형태의 중개를 거부하고 소유할 수 없는 의식의 절대성을 그 자체로 물질화하고 예술화하려는 불가능한 기획을 온몸으로 밀고 나갔던 아르토의 존재는 '광기'의 차원은 물론이고 다른 어떤 범주로도 쉽게 환원되어 설명되기 힘든 20세기 예술사의 '사건'으로 알려져 있다. 특히 연극에 집중되었던 그의 예술적 기획은 암흑과 혼돈, 은폐된 세계의 진실과 날것 그대로 마주한다는 점에서 '잔혹극'이 되지 않을 수 없었다. 기관 없는 신체를 꿈꾸며 타락한 육체의 구원을 희구했던 그는 "나는 다른 삶을 갈망한다"고 절규했다. 수전 손택은 아르토가 "문학의 역사 내에 엄청난 분량의 고통을 남겼다"(수전 손택, 「아르토에게 다가가기」, 『우울한 열정』, 홍한별 옮김, 이후, 2005)고 쓴다. 그러나 아르토의 텍스트는 그 난해성 탓에 접근하기가 쉽지 않다. 수전 손택의 결론은 인상적이다. "사드와 라이히처럼, 아르토는 그의 생각만 언급하고 그의 작품은 많이 읽지 않았을 경우에만 타당하고 이해 가능한 문화적 기념비다. 그렇다. 아르토를 통독하는 사람에게, 아르토는 지독하게 멀리 있는, 도무지 흡수할 수 없는 목소리이고 존재이다." 기실 『내 남자의 책』은 아르토의 삶을 녹여낸 예술가소설로 볼 수 있다는 점에서 나혜석이라는 예술가의 생을 추적하는 『춘하추동』의 연장선에서 읽을 수도 있다. 게다가 소설 속 남녀 주인공의 사랑과 액자 없는 액자소설의 형태로 구조화된 예술가의 이야기가 일정한 반영적 관계를 이루고 있다는 점도 두 작품의 형식적 동족성을 보여준다. 그런데 '액자' 속 예술가에 대한 소설 화자(혹은 작가)의 매혹이라는 차원에서 보면, 『내 남자의 책』의 열도가 더 높은 듯하다. 작품 말미 맨해튼과 부산에서 주고받는 두 연인의 편지글이 소설 속에 삽입되어 있는 것은, 두 사람의 진전된 관계를 보여주기 위한 서사적 필요에 의한 것이겠지만, "설명적인 글과 몽환적 묘사 사이에 편지글을 종종 집어넣"(수전 손택)은 단절과 혼종의 아르토적 글쓰기에 대한 오마주로 보이기도 한다. 수련의 시절 의사와 환자로 만나 반 고흐에 대한 아르토의 글을 받아적었고, 아르토 사후(死後) 전집의 책임 편집자로 평생을 아르토의 그림자가 되었던 여의사 폴 테브냉의 존재에 아르토 연구자 박동주에게 영감과 자극을 주는 존재로서 소설 화자 자신을 겹쳐 투영시키고자 하는 욕망에 이르면, 그 매혹의 열도는 상승한다. 그러나 앞의 질문으로 돌아가, 우리는 '감전'과도 같은 매혹의 출발에 대해서는 과잉과 과도함을 느낄 수밖에 없다. 그 '감전'이 '광기'라는 말의 깊은 트라우마와 연결되어 있다고 하더라도 그렇다(경후의 죽음이라는 극단적 사건이 있지만, 그 원인이 된 아버지 임인영의 광기는 소설에 충분히 그려져 있지 않다. 이것은 이상하다). 혹은 '광기'의 문제라면, 왜 횔덜린이 아닌가. 네르발이나 니체는 아닌가. 함정임 소설의 고유성을 이야기하는 자리라면, 이 질문은 우문이 될 수 없다. 소설은 거의 우기고 있지 않은가. 아르토는 대체될 수 없는 고유명이라고.

이 소설에서 아르토는 환유의 자리에 있지 않다. 다시 말해, 그 책은 거기, 그 자리에 있어야 했고, 그 책은 다른 누가 아닌 아르토가 쓴 책이어야 했다. 여기서 소설이 준비한 대답을 들어보자.

> 나는 수없이 그날 그의 책에 손을 댄 순간으로 돌아가곤 했다. 그것이 해

명되지 않는 한 그날로부터 시간은 일분일초도 흐르지 않는 것처럼, 나는 그 순간에 집착했다. 그것은 이유를 몰라서가 아니었다. 또한 이해 불가능한 것이라서가 아니었다. 어쩌면, 나는 그것을 이미, 잘 알고 있었다. 그러니까 그것은, 그 순간은 미리 나에게 주어진 것이나 마찬가지였다.(21쪽)

이어지는 대목에서 소설은 "그는 미친 사람이 아니었다"는 책의 문장과 아버지의 광기에 얽힌 가족사의 이야기로 넘어가지만, 소설의 진실은 "그 순간은 미리 나에게 주어진 것"이라는 대목에 있을 것이다. 왜냐하면 광기와 관련된 트라우마가 어떠하든 여기서 화자의 행동은 설명될 수 없는 과도함을 품고 있기 때문이다. 그 과도함을 설명할 수 있는 유일한 키워드는 '운명'이 아닐 수 없다. 아르토가 묵었던 아일랜드 골웨이의 호텔에 투숙했을 때 화자는 자기가 묵게 된 219호에 아르토 역시 묵었으리라는 근거 없는 확신으로 설렌다. 그러면서 말한다. "이건 환상이 아니라 일종의 짜여진 프로그램이다. 운명이라는 프로그램. (……) 저 너머(우리는 그것을 운명이라 부른다)에서 작동되는 프로그램." 그렇다, '운명.'

2009년에 나온 함정임 소설집 『곡두』를 읽은 독자라면, 거기 실린 세 편의 단편 연작—「곡두」「자두」「상쾌한 밤」—과 장편 『내 남자의 책』의 연속성을 어렵잖게 짐작할 수 있다. 두 남녀의 결혼과 관련된 삽화를 섬세한 자의식으로 기술하고 있는 이들 작품에서 가령 「자두」에는 "그가 이십 년째 연구하고 있는 자아의 배우 아르토가 머문 곳이 아일랜드, 더블린이었다"는 문장까지 나온다. '그'/박동주의 유사성은 물론 허구 속의 그것이지만, 우리는 함정임 소설이 어떤 운명의 형식에 대해 반복적인 소설적 호명을 하고 있다는 사실은 뚜렷하게 확인할 수 있다. 경후의 존재에 대해서도 비슷한 이야기가 가능하다. 그는 세상을 뜨기까지 '육' 년 동안 화자에게 매년 새 반지를 선물했고, 그의 유품 속에는 별도로 '여섯' 개의 반지가 들어 있었다고 소설은 쓴다. 여기서 반복되는 '6'이라는 숫자가 그의 죽음과 함께 지시하는 대상이 무엇인지 함정임의 「동행」(1997)을 읽은 독자라면 모를 수 없다. 「곡두」 연작에서 '그녀'가 새로운 결혼에 앞서 만나려고 하는 배다른 오빠 '하린'의 존재 역시 동일한 대상을 가리키고 있음은 물론이다. 하린이 '그녀'에게 보낸 "심장 두 쪽이 한 몸처럼 엉겨붙은 형상의 붉고 푸른 자두"(「상쾌한 밤」)의 지두화 그림은 『내 남자의 책』에서 경후의 기억과 이어져 있는 돌멩이의 삽화에서 비슷하게 반복된다. "날개 접은 비둘기, 꼭 심장 같네." "잃어버리지 마. 내 심장이니까." 아일랜드 게일 유적지의 돌무덤, 산타모니카에서의 임현준의 꿈 등, 새로운 운명적 결합을 앞두고 앞선 운명을 떠나보내는 애도의 제의가 「곡두」 연작과 『내 남자의 책』에서 되풀이 계속되고 있다는 점은 분명하다.

그리고 여기에 운명과 현실을 소설화하는 함정임 소설 고유의 태도와 방법이 있다는 사실 역시 잘 알려져 있다. 함정임에게 소설은 허구적 서사를 발명하는 공간이 아니다. 앞서도 말한 것처럼, 함정임은 소설을 삶 쪽으로 최대한 밀어붙이고, 삶을 소설 쪽으로 최대한 끌고 온다. 허구적 서사는 삶과 운명을 소설로 옮기는 최소한의 장치일 뿐, 함정임 소설은 서사의 욕망에 소설의 지배권을 넘기지 않는다. 모든 소설은 궁극적으로 '자전소설'일 수밖에 없겠지만, 함정임 소설에서 '자전' 혹은 '운명'의 구심력은 유독 강하다. 함정임 소설은 끊임없이 자화상의 형식에 도전한다. 그리고 이때 소설적인 것의 대부분은 그 운명 자체로부터 뿜어져 나오고 구성된다. 함정임 소설에서는 운명의 형식을 찾는 일이 동시에 소설의 형식을 찾는 일이 된다. 어느 날 불쑥 아르토의 책이 화자의 삶 속으로 들어왔다면, 그것은 그럴 수밖에 없는 일이며, 소설은 바로 거기에서부터 쓰여질 수밖에 없다. 『내 남자의 책』은 박동주에게 보낼 편지를 쓰려고 하다가 소설을 쓰게 될 것 같은 예감에 사로잡히는 화자의 모습으로 끝난다. 그리고 임현준의 이름으로 쓰이는 소설의 첫 대목이 나온다. 정확히, 지금 우리가 읽은 함정임 소설 『내 남자의 책』의 첫 페이지다. 소설이 쓰여지는 과정 자체를 소설의 내용이자 형식으로 삼는다는 점에서 부분적으로 메타소설적 층위를 포함하고 있는 이러한 방식은 사실 그리 새로운 것이 아니다. 그러나 『내 남자의 책』의 경우 이러한 형식은 소설이 맞서고 있는 운명으로부터 온 것인 만큼, 어느 정도는 필연적이기도 하다. 소설과 운명이 서로를 향해 달려가고 몸을 섞는 마지막 장면에서 함정임 소설은 스스로를 투명하게 비추어 보여주고 있다.

함정임 소설은 '자기를 찾아가는 여로'라는 소설의 고전적 정의에 누구보다 충실하다. 함정임 소설은 끊임없이 길을 떠난다. 결국 내면의 여로가 될 수밖에 없겠지만, 그것은 실제의 길 떠남이기도 하다. 이 소설만 하더라도 화자는 아르토의 흔적을 좇아 아일랜드의 골웨이와 애런 군도, 코브항, 프랑스의 파리와 로데즈, 네덜란드의 암스테르담, 미국의 뉴욕과 캘리포니아를 떠돈다. 임현준과 박동주의 사랑이 타오르는 곳도 수많은 여행객들이 오가는 서울역 역사 라운지다. 화자는 고백한다. "하늘이 훤히 보이는 유리 철골 구조와 출발 시간을 기다리며 도열해 있는 열차들과 방금 300킬로로 달려온 초고속열차에서 내린 사람들이 플랫폼을 점점이 걸어오는 모습은 언제 봐도 가슴 떨리는 풍경이었다." 소설 속 한 인물은 이렇게도 말한다. "세상에는 태어나면서부터 여행자인 사람들이 있다는 거지. 꼭 그 사람이 아르토나 보들레르가 아니어도!" 멕시코 원시 부족의 종교의식에서 마술적 힘을 목격한 뒤, 아르토가 찾아온 세상의 한 끝 애런 섬. 그 '먼 곳을 향한 동경', 어딘가 있을 '진짜'에 대한 타는 갈망은 기실 함정임 소설의 소진될 수 없는 갈망이자 동력이기도 하다. 소설 화자 임현준은 바다 건너 애런 섬을 세상의 끝으로 둔 모허 절벽에서 생각한다. "바로 지금 저 앞, 절벽에 와서 부딪치는 물결을 바라보는 이 순간의 의식 이외에 아무것도 확실하지 않다"고. 그럴지도 모른다. "대낮의 환각"처럼 아득하기만 한 마법의 순간. 그러나 돌아서면 그저 밋밋한 현실이 있을 뿐이다. 아르토가 멕시코 여행 끝에 쿠바의 아바나에서 성물(聖物)로 알고 사온 지팡이는 아일랜드에서 아무런 마법도 부리지 못하고 그저 한갓 소동의 소품이 되었을 뿐이다. 화자는 알고 있다. "그가 말하는 잔혹이란 지금처럼 저 부서지는 에메랄드빛 순수의 파도 앞에서까지 현실을 이야기해야 하는 것, 그것이 바로 잔혹이란 생각이 드네요." 함정임 소설은 이 잔혹한 거리(距離)를 운명으로 품고 끝없이 길을 떠나는 여로의 문학이다. 그때 그 운명의 형식으로 현상하는 자화상은 언제나 미완이고 잠정적일 수밖에 없다. 다만 다음과 같은 물음만이 계속되리라. "그러니 어제도, 어제의 어제도, 그 어제의 어제, 또 그 어제도 말끔히 지워지고, 과거도 현재도, 나라는 존재감마저도 물거품처럼 사라지고 오직 물결 앞에, 바람 앞에 그저 떠도는 혼으로만 서 있을 뿐이라는 것. 나는 무엇을 좇아 여기까지 왔는가. 어제의 나는 누구였던가. 아니, 지금 나는 누구인가."(63~64쪽)

(『문학웹진 뿔』 2012년 4월호)

‘그리움’이라는 생의 송가
— 박완서 소설집 『그리움을 위하여』

1

박완서는 자신의 글쓰기가 증언의 욕구로부터 비롯되었다는 것을 여러 차례 밝힌 바 있다. 등단작 『나목』(1970)이 화가 박수근에 대한 전기 형식의 글로 구상되었다가, 결국 소설이라는 허구의 마당에서 좀더 자유로운 ‘증언’의 형식을 찾게 되었다는 사실 또한 우리는 익히 알고 있다. 그런데 나는 이 대목에서 작가가 토로한 ‘증언의 욕구’를 통상의 문학적 수사(修辭)나 주관적 의지의 영역에서 빼내어 박완서 문학을 정초하고 구성하는 내적 형식으로 호명하고픈 마음이 든다. 그러니까 작가의 삶과 글쓰기를 하나의 문학적 벡터로 묶어내는 중요한 누빔점의 자리에 놓이는 내적 형식으로서의 ‘증언’. 『기나긴 하루』(문학동네, 2012)에 실린 세 편의 단편소설과 함께 사실상 박완서 문학의 종착지에 해당하는 이번 소설집 『그리움을 위하여』(박완서 단편소설전집 7)를 읽으며 『나목』에서 시작된 거대한 증언의 여로가 하나의 원환적 형식을 이루며 박완서 문학을 떠받치고 있다는 느낌을 떨치기 어려웠다. 어쩌면 이것은 박완서 문학이 이루어낸 ‘소설’에 대한 새로운 명명, 재정의의 이야기가 될 수 있을지도 모르겠다.

두말할 것도 없이 박완서 문학에서 증언의 핵심은 6·25 전쟁 체험이다. 그 체험의 실체는 "단지 살아남기 위해 온갖 수모와 만행을 견디어내야 했다"(『두부』, 창비, 2002, 191쪽)는 한 문장 안에 가늠할 길 없는 무게로 얹혀 있다. 등단작 『나목』에서부터 「부처님 근처」(1973), 「카메라와 워커」(1975), 「엄마의 말뚝」 연작(1980, 1981, 1991), 『그 많던 싱아는 누가 다 먹었을까』(1992), 『그 산이 정말 거기 있었을까』(1995) 등을 거쳐 마지막 장편소설 『그 남자네 집』(2004)까지 처절하리만치 집요하게 반복된 그 비인간의 시간에 대한 증언은, 작가의 6·25 체험이 시간의 망각과 치유를 허락하지 않는 지대에 날것 그대로 꽁꽁 얼어붙은 채 떨칠 수 없는 현실로 지속되고 있었다는 것을 말해준다. 심지어는 이렇게까지 물어보고 싶을 정도다. 박완서 문학의 증언은 그 집요한 반복과 정밀한 재현에도 불구하고 작가가 체험한 비인간의 시간의 끔찍함에 도달하지 못했던 것은 아닐까. 온전한 진실의 참혹한 얼굴은 항상 그 증언 너머에서 기갈 들린 형상으로 작가의 도전을 부추기며 조소하고 있었던 것은 아닐까, 하고 말이다. 그러나 박완서 문학의 원점이자 최전선이랄 수 있는 이 난망한 기억과의 싸움은 박완서 문학이 그 증언의 폭과 시야를 확대할 수 있는 내적 동력이기도 했다.

우리가 아는 대로 박완서 문학은 일상의 평강과 욕망의 성채를 향해 질주하던 산업화시대 한국사회의 인심과 풍속, 세태에 대한 가차없는 증언과 비판으로 나아갔는데, 이는 실상 살아남은 자로서 자기 자신의 부풀어 오르는 일상에 대한 도덕적 윤리적 심문이 아니었던가. 『휘청거리는 오후』(1977)로 대표되는, 한국사회의 속물성에 대한 박완서 문학의 증언과 비판이 세태소설의 차원을 넘어설 수 있었던 내적 근거가 바로 여기에 있었다. 그 속물성이 작가 자신이 그토록 갈구했던 범상한 일상의 이면이라는 사실은 '(증언을 위한) 살아남기'의 윤리적 위기였을 것이다. 그것은 동시에 견딜 수 없는 부끄러움으로 엄습해왔을 터인데, 이런 의미에서 박완서가 낸 첫 소설집의 표제작이기도 한 「부끄러움을 가르칩니다」(1974)에 나오는 화자의 고백은 작품의 개별 맥락을 떠나서도 다분히 상징적이다. "아아, 그것은 부끄러움이었다. 그 느낌은 고통스럽게 왔다. 전신이 마비됐던 환자가 어떤 신비한 자극에 의해 감각이 되돌아오는 일이 있다면, 필시 이렇게 고통스럽게 돌아오리라. 그리고 이렇게 환희롭게. 나는 내 부끄러움의 통증을 감수했고, 자랑을 느꼈다."(박완서 단편소설전집 1 『부끄러움을 가르칩니다』, 327쪽) 그리고 소설의 마지막 문장은 이러한 박완서 문학의 실존적 위기가 시대성과 만나는 지점을 예비하고 있다. "아아, 꼭 그래야 할 것 같다. 모처럼 돌아온 내 부끄러움이 나만의 것이어서는 안 될 것이다."(같은 곳) 중요한 것은 위기의식과 부끄러움으로부터 비롯된 박완서 문학의 속물성 비판이 선악 이분법이나 도덕적 일도양단의 차원을 넘어 한결 깊은 곳에서 사안의 착잡한 복잡성을 들여다보고 있었다는 점이다. 그러니까 박완서 문학은 세상의 속악에 대해 고개 숙일 생각이 전혀 없지만, 그렇다고 해서 자신만의 고고하고 우월한 자리가 마련되어 있지도 않다는 것을 안다. 초기 대표작 중 하나인 「카메라와 워커」(1975)가 그 뚜렷한 증거다. 작가의 개인사가 짙게 투영되어 있는 이 작품에서 화자의 오빠 부부는 이념적 선택의 문제로 인해 전쟁중에 목숨을 잃는다. 이념이나 체제 비판과는 무관한 이공계에 진학시킴으로써 홀로 남은 조카를 한국사회에 순조롭게 착근시키고자 하는 화자의 집요한 노력은 '살아남기'라는 문제에 걸린 박완서 문학의 윤리적 딜레마를 아이러니하게 보여준다. 가까스로 이공계 대학을 졸업하지만 조카에겐 휴일날 카메라를 메고 야외에 나가 가족과 함께 사람 사는 낙을 누릴 가능성은 요원해 보인다. 그에게는 고속도로 공사판의 먼지 구덩이 워커의 현실만이 버겁게 주어져 있을 뿐이다. 이 실패를 목도한 뒤 화자가 내뱉는 소설의 마지막 진술에는 근대 한국인의 삶의 방향성에 대한 막막한 질문과 함께 도덕적 선택의 문제를 넘어서버린 현실에 대한 착잡하지만 묵직한 통찰이 담겨 있다. "뭐가 잘못된 것일까. 나는 가슴이 답답해서 절로 한숨을 쉬었다. 그러나 후회는 아니었다. 훈이를 키우는 일을 지금부터 다시 시작할 수 있다면 이러이러하게 키우리라는 새로운 방도를 전연 알고 있지 못하니, 후회라기보다는 혼란이었다."(박완서 단편소설전집 1 『부끄러움을 가르칩니다』, 382쪽) 여기서 '후회는 아니었다'는 진술은 박완서 문학의 속물성 비판이 자신의 6·25 원체험과 연결되어 있되, 그 연결이 관념이나 이념적 전망의 차원이 아닌 생리적이고도 물리적인 '삶의 현재'를 통해 그러하다는 점을 웅변한다. 그것은 후회하거나 후퇴할 수 있는 사안이 아니다. 조금 과장되게 말한다면 6·25 전쟁 체험 이후 박완서 문학에서 더이상 물러설 수 있는 전선은 사라져버렸다고 해야 옳다. 그런 만큼 속물성에 대한 윤리적 자기 심문이 6·25 원체험에 대한 근본적인 의미에서의 증언의 실패, 애도의 실패와 한 몸의 아이러니를 이룬 채 때로는 길항하고 때로는 연대하면서 지속되었다는 점이야말로 박완서 문학의 문제성이라고 할 수 있을 것이다.

2

박완서 문학이 증언의 자리를 고수하려고 할 때, 자기 정직성은 필수적인 조건이 된다. 박완서 문학에서 자기 정직성은 기억과의 싸움으로 현상한다. 밀어내고 싶고 떨쳐버리고 싶지만 낱낱이 떠올려 증언하지 않으면 안 된다는 점에서 그 '싸움'은 언제든 새로운 진실의 형식을 요구한다. 아마도 그 진실의 형식을 찾아내는 과정이 박완서에게는 소설쓰기였고, 이야기를 빚어내는 일이었을 것이다. 그리스어에서 '증인(martis)'은 '기억하다'라는 의미의 동사에서 파생된 말이라고 하는데, 살아남은 자의 소명으로서 기억하기는 박완서 문학의 본질인 동시에 형식이라고 할 수 있겠다. 박완서 문학의 가장 깊은 이해자인 김윤식은 박완서 문학의 핵심을

'기억과 묘사'로 요약하고, 박완서 소설의 "유려한 문체와 빈틈없는 언어 구사"에 '천의무봉'이라는 표현을 얹어준 바 있다. 이때 '천의무봉'은 문체나 구성의 문제이기도 하지만(김윤식은 '천의무봉'이란 곧 박완서의 창작 방법론이라고 말한다) 동시에 체험적 진실의 자기표현이 도달한 모종의 순수를 일컫는 것이라고 한다면, 그 순수는 훼손되어서는 안 될 박완서 문학의 물러설 수 없는 윤리이기도 하지 않았을까. '문학은 작가의 삶과 함께 나아간다'는 일반적 진술이 박완서 문학에 이르러서는 특별한 의미를 지니게 되는 이유도 이 때문이다. 박완서 문학은 삶에서 얻거나 잃은 것 너머로 나아가지 않았고, 이 완강한 금칙은 박완서 문학의 리얼리티를 유례없는 밀도와 순도로 완성시켰다.

1990년대부터 본격적으로 펼쳐지기 시작한 박완서 문학의 새로운 진경이란 그러므로 작가에게 다가온 새로운 인생의 시간 그 자체였다고 해도 크게 어긋난 이야기는 아닐 것이다. 그런데 다 아는 대로, 작가는 1988년 한 해에 35년을 함께했던 부군을 암으로 잃고 연이어 참척의 아픔까지 겪는다. 이 두 죽음은 작가에게 문학을 놓아버리게 할 수 있을 정도의 충격이었을 테다. 그러나 작가는 한동안의 은거 뒤에 다시 창작 현장으로 복귀했고, 저 6·25의 죽음과 지옥도의 시간에 이어 다시 찾아온 참혹한 절망의 시간을 자신의 문학으로 증언한다. 1990년부터 「한 말씀만 하소서」란 제목으로 통곡의 일기를 『생활성서』에 연재하기 시작했고, 부군과의 사별의 시간을 기록한 「여덟 개의 모자로 남은 당신」(1991), 그리고 참척의 아픔을 시대의 환부에 담아낸 「나의 가장 나종 지니인 것」(1993)을 발표한다. 그리고 박완서 문학의 숨은 증인이자 동반자인 어머니의 마지막 시간을 다룬 「엄마의 말뚝 3」(1991)이 비슷한 시기에 발표되기도 한다. 이제 '살아남은 자의 증언'으로서 박완서 문학은 역사의 폭력뿐만 아니라 생로병사의 덧없고 무자비한 인간 운명을 상대로 한 또다른 성좌를 그리게 된 것이다. 이 무렵 육십대에 접어든 작가의 연령은 차치하고라도 시종 '인간에 대한 의문부호'를 놓지 않고 진행되어온 박완서 문학의 인간학은 참으로 다사다난했던 세월의 더께와 함께 새로운 증언의 시간으로 진입하고 있었다. 그런데 여기서 「여덟 개의 모자로 남은 당신」의 '여덟 개의 모자'가 하나도 더하거나 뺄 수 없는 사실의 숫자라는 점은 새삼 강조해둘 필요가 있다. 항암치료 탓에 남편이 민둥머리가 되자 머리를 가릴 모자가 필요해졌고, 그렇게 해서 하나둘 사들인 모자가 여덟 개가 되었다. 그런데 여기에 하나의 사실이 더 제시된다. 휴전 직후의 그 황량한 서울에서 화자가 장만한 유일한 혼수가 직장(미군 PX)의 마지막 월급으로 산 고급 중절모였다는 것. 이 순간 화자가 남편의 죽음 직전까지 예전의 그 중절모에 가까운 모자를 찾는 이야기는 아무런 상상적 휘장 없이도 문학적 울림을 증폭한다. 그리하여 미국에 있던 막내아들이 귀국길에 화자의 마음속 원형에 가장 가까운 모자를 사오고, 테가 너무 넓어 카우보이모자를 연상시키던 그 '장고 모자'가 "그의 여덟번째 모자이자 마지막 모자가 되었다"는 이야기가 담담히 술회될 때 우리는 삶과 문학 사이의 빗장이 풀려버린 박완서 문학의 진경에 전율하지 않을 수 없다. 소설적 진실과 체험적 진실의 경계가 사라지는 비슷한 상황이 「엄마의 말뚝 3」에도 나온다. 개성 박적골에서 상경해 서울 땅에 뿌리내리려 했던 엄마의 '말뚝'이 박완서 문학의 기원적 풍경임은 누구나 아는 바이지만, 어머니의 장례식 후 삼우날 다시 찾은 산소에는 "어머니의 성함이 한 개의 말뚝이 되어 꽂혀 있"었다는 것. 소설의 마지막 문장은 이렇다. "어머니의 함자는 몸 기(己)자, 잘 숙(宿)자여서 어려서부터 끝자가 맑을 숙자가 아닌 걸 참 이상하게 여겼었다." 여기에 제시된 어머니의 함자는 실명이거니와, 그 '기숙'이라는 함자가 본래의 의미를 찾아 '말뚝'으로 꽂혀 있는 이 장면은 이른바 '상상력' 따위로는 도무지 땅띔도 해볼 수 없는 영역이 아니겠는가. 적어도 박완서 문학에는 체험적 사실(진실)과 소설적 진실 사이에 영도(零度)로 수렴되는 미학의 순금지대가 존재하는바, 증언과 기억의 형식으로 빚어지는 그 장관을 일러 '천의무봉'이라 한다면 이는 기실 소설에 대한 새로운 명명, 재정의의 문제가 되는지도 모를 일이다.

3

『그리움을 위하여』에서 우리는 노대가가 증언하는 인간학의 정화(精華)와 만난다. 수록작은 2001년부터 2006년까지 발표된 작품들인데, 문학적 기품과 통찰의 그윽함에 고개를 숙이는 한편으로 거칠 것 없는 정념이나 생동하는 욕망을 전하는 감각적 활력에서 박완서 문학의 늘 푸른 젊음에 새삼 감탄하게 된다. 문학적 기율은 전혀 흐트러짐이 없지만 공식화와는 거리가 먼 유연함 속에서 그러하다. 모든 작품들이 그저 물 흐르듯이 흘러가되, 암중모색의 저 고독한 시간들을 거쳤을 낱낱의 단어와 문장들은 두터우면서도 엽엽하다. 이야기를 풀어내는 리듬은 딱 그렇게 우리 삶이 맺히고 풀리면서 흘러간다는 것을 말해주는 듯하다. 작가는 마지막 산문집 『못 가본 길이 더 아름답다』(현대문학, 2010)에서 스스로를 "스무 살에 성장을 멈춘 영혼이다"라고 말하기도 했거니와, 그 '스무 살'은 단 한 발짝도 벗어날 수 없었던 6·25라는 고통스러운 기억의 원점을 가리키는 동시에 타협을 모르는 젊음의 열정으로 시종한 박완서 문학의 상징적 자리가 아닌가 하는 생각도 든다. 그러긴 해도 일제강점기, 6·25, 산업화, 민주화, 휘황한 전자문명의 세기까지 '오백 년을 산 것 같다'고 술회하기도 한 작가 세대의 삶이 노년의 시간에 이르면서 박완서 문학이 새로운 성찰과 이야기의 장을 보여주게 된 것은 지극히 자연스러운 일일 것이다. 박완서 단편소설전집 6 『그 여자네 집』부터 본격화되기 시작한 노년의 시선과 욕망, 노년의 삶에 대한 이야기가 그것인데, 당연하게도 작가가 풀어놓는 그 이야기들은 으레 그러하리라 싶은 어떤 고정관념들을 부수면서 전혀 간단하지 않은 인간의 진실들을 풍성하게 보여준다. 그리고 그러는 한 이것은 굳이 노년이라는 범주에 국한될 수 없는 박완서 문학의 증언으로서의 인간학이 될 터이다.

우선 이번 소설집에도 6·25의 시간을 둘러싼 증언의 문학은 계속된다. 전쟁중에 찾아왔던 첫사랑의 기억을 50년의 시간을 두고 이야기하는 「그 남자네의 집」(2002)이 그것인데, 작가는 이 작품을 두 해 후 장편소설로 다시 쓰기도 한다. 작가의 마지막 작품이 어린 시절 아버지의 죽음, 전란 중 오빠와 삼촌의 죽음, 그리고 조금 살 만해진 세월에 닥친 남편과 아들의 죽음 등 고단했던 생을 돌아보는 말 그대로의 자전소설 「석양을 등에 지고 그림자를 밟다」(2010)이고, 직전에 발표한 작품 역시 이념 갈등에 찢겨나간 우리네 삶의 어두운 바닥을 되새기는 「빨갱이 바이러스」(2009)라는 점을 상기해보면 원점의 기억에 대한 박완서 문학의 싸움이 얼마만큼 본질적이고 운명적인 것이었는지 새삼 놀라게 된다. 그렇기는 하지만 「그 남자네 집」은 떨치고 싶은 기억이라기보다는 세월의 너울에 기대 품어내고자 하는 기억의 이야기라는 점에서 회한의 배음이 없는 것은 아니지만 기본적으로 소설의 정조는 따뜻하다. 소설의 백미는 화자 스스로의 마음을 밀고 당기면서 조금씩 '그 남자'에 대한 기억으로 다가가고, 다시 50년 세월이 흐른 현재로 담담히 돌아오는 절묘한 마음의 리듬이라 할 만한데, 그 리듬의 한가운데 놓인 것이 '보리수나무'이다. '그 남자네 집'이 50년의 세월을 이기고 조선 기와집 그대로 남아 있는 것을 확인한 뒤, 화자를 안타깝게 한 것은 바깥마당에 빽빽하게 심은 나무들 탓에 그 집의 얼굴이랄 수 있는 홍예문을 들여다볼 수 없다는 사실이었다. 동행한 후배로부터 그 나무가 보리수라는 이야기를 듣고도 화자는 언젠가 여행중에 보았던 보리수를 떠올리며 고개를 젓는데, 화자는 이렇게 말한다. "그가 보리수라면 보리수가 맞을 것이다. 그러나 내가 아는 보리수하고는 얼토당토않았다." 그러니까 풍성한 그늘을 드리운 보리수의 이미지가 아니었다는 이야기다. 조금은 억지스럽기까지 한 이러한 마음의 저항은 지금 화자에게 순금의 기억을 일깨우고 감쌀 환상의 자리가 필요하다는 사실을 웅변한다. 보리수는 바로 '단꿈'의 기억을 품어낼 환상의 자리, 바로 그것인 셈이다. 이제 홍예문을 가리고 있는 나무는 반드시 보리수여야 하는바, 그러기 위해서는 "단꿈을 꾸기에는 너무 옹졸"한 현재의 모습이 무성한 녹음의 환상으로 덮여야 한다. 물론 그 환상의 완성은 '시간'의 개입 없이는 불가능하다. 여기서 한번 물어보자. 화자는 같은 서울 하늘 아래 살면서 왜 이제야 이 집을 찾아왔던 것일까. 우연히 같은 동네에 집을 마련한 후배의 초대는 한갓 핑계일 터이다. 이유는 단 한 가지, 50년의 세월이 흘렀기 때문이다. '그 남자'의 기억을 소환하기 위해 박완서 문학이 스스로에게 설정한 시간의 기율은 이처럼 완강하다. 아마도 이것은 너무도 소중한 '단꿈'의 기억에 대한 예의일 것이다. 보리수라는 환상은 그러니까 이 시간, 세월의 다른 이름이다. 수목도감에서 가을이면 보리수의 작은 열매가 붉은색으로 변한다는 사실을 챙겨둔 화자는 가을을 기다렸다가 '그 남자네 집'을 다시 찾는다. 이 대목은 참으로 아름답다.

> 그러나 이파리 사이로 삐죽삐죽한 잔 가장귀엔 서너 개씩 빨간 열매가 달려 있었다. 아마 여름엔 이파리하고 같은 색이어서 눈에 안 띄었나보다. 이 나무들은 얼마나 있어야 그 밑에서 단꿈을 꿀 만큼 자랄까. 한 오십 년쯤. 나는 보리수나무가 세월을 거꾸로 먹어 오십 년 전엔 그 무성한 그늘에서 관옥같이 아름다운 청년이 단꿈을 꾼 것 같은 착란에 빠졌다.(「그 남자네 집」, 『그리움을 위하여』, 61쪽)

여기서 '보리수나무가 세월을 거꾸로 먹는' 시간의 역행은 '진실'의 지위에 올라선다. '무성한 그늘'도 '관옥같이 아름다운 청년'도 '단꿈'도 한갓 '착란'일 수 없는 이유다. 기억의 봉인을 여는 데 걸린 50년의 시간은 '단꿈'의 기억에 대한 예의이자 포기할 수 없는 자존심이 아니었겠는가. 기억의 정화가 보리수의 '빨간 열매'로 스스로를 입증하는 순간은 그러므로 박완서 소설의 미학과 윤리가 한몸으로 밀어올리는 진실의 장관이다. 그리고 기억의 한가운데 가곡 〈보리수〉가 있다. 그 시절 '그 남자네 집'에서 전축으로 가장 많이 들었던 노래가 〈보리수〉였던 것인데, 〈보리수〉의 가사는 또한 고3 독일어 교과서에 나오는 시이기도 했다. 물론 박완서 소설에서 이러한 이야기는 너무나 견고한 사실의 질서로 제시되고 우리 또한 기꺼이 그 질서를 받아들인다. 그리고 〈보리수〉는 그 사실의 자리에서 전란으로 찢긴 청춘의 황망한 진실을 전한다. 화자는 묻는다. "그 시절부터 우리는 얼마나 멀리 와 있나. 그 시절이 우리에게 정말 있기나 있었을까. 여긴 어딘가." 혼동하지 말아야 한다. 여기서 '그 시절'은 기억 속의 현재, 그러니까 전시이긴 하나 온갖 5월의 꽃들이 흐드러지게 피어난 '그 남자네 집' 사랑마당에서 돌아보는 불과 몇 년 전의 여고 시절이다. 전쟁과 함께 '그 시절'의 꿈은 참담하게 파괴되었다. 〈보리수〉의 '단꿈'은 이미 파괴된 '단꿈'이다. 암담하고 흉흉한 전란의 도시 한가운데 피어난 꽃들 옆에서 〈보리수〉를 듣는 청춘의 사랑이 참을 수 없이 외설스러운 향유가 되는 까닭이 여기 있다.

> 홍등가의 등불 같은 석류꽃, 숨가쁜 치자꽃, 그런 것들이 불온한 열정—화냥기처럼 걷잡을 수 없이 분출했다. (……) 그런 꽃들을 분출시킨 참을 수 없는 힘은 남아돌아 주춧돌과 문짝까지 흔들어대는 듯 오래된 조선 기와집이 표류하는 배처럼 출렁였다. 우리는 서로 부둥켜안고 싶을 만큼 아슬아슬한 위기의식을 느꼈다. 돈 안 드는 사치는 이렇게 위험했다.(76쪽)

지금 우리는 만년의 박완서 문학이 50년의 세월을 기다렸다 기억의 봉인을 풀고 터뜨리는 성애학의 절정을 보고 있다. 그 표현의 농염함이라니! 그런데 그 외설스러운 욕망의 분출은 정확히 절망의 현실 앞에 선 생명의 위기의식이었다. 이 사실을 노년의 화자는 분노와 회한의 감정을 숨기지 않고 항변하듯 이렇게 정리한다. "그 암울하고 극빈하던 흉흉한 전시를 견디게 한 것은 내핍도 원한도 이념도 아니고 사치였다. 시였다." 이미 파괴된 단꿈을 다시 꾸어야 했던 〈보리수〉는 '시'이자 사치였다. 그 시와 사치는 불가피했을지언정 결국 '착란'이었으리라. 휴전 후 화자가 '그 남자네 집'과 '그 남자'에게 등을 돌려야 했던 것도 그래서였다. '착란'의 시간이 지나자 화자에게 간절했던 것은 생활의 요구, "작아도 좋으니 하자 없이 탄탄하고 안전한 집에서 알콩달콩 새끼까고 살고 싶"은 '그저 그런 꿈'이었으니까. 이 '단꿈'보다 더 집요한 생존의지는 『나목』에서 '옥희도/황태수'의 대립구도를 통해 처음 모습을 드러냈고, 「카메라와 워커」에서 다시 한번 "그러나 후회는 아니었다"는 진술과 함께 확인되지 않았는가. 특히 후자의 경우, '카메라'로 환유된 일상의 안락에 대한 의지는 '민주화'라는 1970년대의 시대정신조차 왜소하게 만들 정도였다. 결혼 사실을 알리며 '그 남자'에게 이별을 통보하는 장면에서 이 작품은 시종 '낭만적 허위'에 맞서야만 했던 박완서 문학의 '소설적 진실'을 가혹할 정도로 투명한 아이러니 속에서 다시 한번 상연한다.

> 나도 따라 울었다. 이별은 슬픈 것이니까. 나의 눈물에 거짓은 없었다. 그러나 졸업식 날 아무리 서럽게 우는 아이도 학교에 그냥 남아 있고 싶어 우는 건 아니다.(76쪽)

다만, 어떤 차이가 없는 것은 아니다. 아마도 그 차이는 '그 남자네 집'을 찾아보게 만든 '50년의 세월'이 불러올 것일 텐데, 박완서 단편소설전집 7권의 표제에도 들어 있는 '그리움'의 이야기다. 가령 '그 남자'와 함께 드나들었던 포장마차의 칸델라 카바이드 냄새 섞인 구공탄불의 추억 같은 것. "카바이드와 연탄불 냄새를 그리워하며 천천히 걸어가는 늙은이가 눈에 선하다. 그는 누구일까. 애무할 거라곤 추억밖에 없는 저 처량한 늙은이는." 그러나 아무리 스스로의 처량함을 적나라하게 드러내더라도 그리움은 그리움인 것. 그리움은 이미 승패와는 무관한 지점이 아니겠는가. 거기에 싱싱한 젊음을 향한 질투가 동반된다 한들 뭐 어떠랴. 50년을 기다려 품어낸 「그 남자네 집」의 그리움에는 범접하기 힘든 인간적 기품이 있다. 그러면서 그 그리움에는 인간의 자리에서는 도저히 어째볼 수 없는 슬픔(悲)이 깃들어 있다. 역사나 이념의 횡포, 운명의 개별성을 포함하면서도 어느 면 그런 것들과는 무관한 지점에서 비롯되는 생로병사의 인간 슬픔. 박완서 만년의 문학이 증언하는 인간의 이야기에는 이 그리움, 슬픔의 자리가 그려내는 그윽하고 도저한 원무(圓舞)가 있다.

「그 남자네 집」에서 우리는 그 '그리움'의 자리에 이르기까지 박완서 문학이 스스로에게 부과한 기율과 자존의 위엄을 충분히 지켜보았지만, 표제작 「그리움을 위하여」 역시 '그리움'의 느낌이 인생의 시간에서 쉽게 도달하기 힘든 '마음의 향연'임을 알게 해준다. 일단은 박완서 소설 특유의 도남의재북(圖南意在北)이 압권이다. 집안일을 도와주던 사촌여동생의 느닷없는 개가(改嫁) 선언에 화자(화자도 사촌동생도 모두 육십을 훌쩍 넘긴 과부)가 경악하며 내뱉는 말을 보자. "더 들을 것도 없었다. 삼십여 년을 해로한 제 영감 차례를 내팽개치고, 어느 개뼉다귀인지 모를 늙은 뱃사람의 죽은 마누라 차례를 지내러 가겠다는 게 어디 제정신인가. 너 환장을 했구나." 이것이 참을 수 없는 질투의 감정임은 말할 것도 없다. 「대범한 밥상」에서 우리는 사돈영감과 한집살이를 하는 경실이라는 여인의 이야기를 듣게 되고, 「마흔아홉 살」에서는 오십을 앞둔 두 중년 여성의 뜻밖의 마음자리를 들여다보게 되는데, 으레 그러려니 싶은 세상의 관념이나 시선으로 덮을 수 없는 개개의 사정과 진실이 있다는 것을 작가는 세심하고 날카롭게 살펴 보여준다. 심지어 "나한테도 내가 모르는 면이 많더라구"(「마흔아홉 살」) 하는 대목에서 드러나듯, 도무지 요령부득이랄 수밖에 없는 '마음의 오지'에 대한 탐사는 특히 이번 박완서 단편소설전집 7권의 작품들에서 대가의 연륜과 원숙이 빚어내는 너르고 깊은 인간학의 결정(結晶)으로 빛을 발하고 있다. 열두 살 연상의 유부남과 연애해서 결혼하고, 이후 그닥 여유롭지 못한 삶을 살아 지금은 여름이면 젖은 옷을 입고 자야 하는 찜통 옥탑방에서 노년을 맞은 「그리움을 위하여」의 사촌동생을 화자인 '나'는 대등한 자매의 자리에서 바라본 적이 있었던가. 타인의 고통에 대해서도 그렇지만 타인의 행복을 지레 판정할 권리가 누구에게 있을까. 사촌동생이 찾아낸 새로운 사랑은 그녀 자신의 욕망과 생명에 대한 충실성일 것이다. 사촌동생은 묻는다. "외로움을 이기지 못하는 게 왜 나빠." 화자는 사촌동생의 개가를 저지하기 위해 이리저리 전화를 돌리는 와중에 전쟁통에 떼과부가 된 집안의 여자들을 생각한다. "어쩌면 그 많은 떼과부들이 하나도 개가를 안하고 수절을 했을까. 말을 하면서도 끔찍한 생각이 들었다." 하긴 박완서 문학은 얼마나 오랫동안 이 '역사의 과부들'을 지키고 옹호해왔는가. 그렇다면 이제 박완서 문학은 만년에 이르러 생명의 충실성, 그 욕망의 긍정으로 선회했다고 말해야 할까. "질투로 분기탱천한" 화자의 마음에서 사촌동생의 욕망과 겹쳐지는 화자의 욕망을 읽는 것은 너무도 쉬운 일이니 말이다. 그러나 박완서 문학은 이 욕망을 긍정하는 만큼, 그 욕망으로부터 거리를 둘 수밖에 없는 또다른 운명의 자리를 지키고자 한다. 그것은 아마도 '보리수'의 단꿈에 대한 놓을 수 없는 원망이자 예의일 것이다. 그리고 자존심일 것이다. 박완서 문학이 만년에 보여준 인간에 대한 어떤 심오한 통찰이나 문학적 원숙보다 우리를 숙연하게 하는 것은 이 운명의 자리에 대한 가슴 시린 수락이자 승인이다. 그리고 그 수락의 대가로 박완서 문학이 우리에게 돌려주는 것은 '그리움'의 기품과 위엄이다. 여기서 '그리움'은 슬픔과 함께하는 생의 진정한 송가일 것이다.

칠십에도 섹시한 어부가 방금 청정해역에서 낚아 올린 분홍빛 도미를 자랑스럽게 들고 요리 잘하는 어여쁜 아내가 기다리는 집으로 돌아오는 풍경이 있는 섬, 그런 섬을 생각할 때마다 가슴에 그리움이 샘물처럼 고인다. 그립다는 느낌은 축복이다. 그동안 아무것도 그리워하지 않았다. 그럴 것 없이 살았으므로 내 마음이 얼마나 메말랐는지도 느끼지 못했다. 우리 아이들은 내년 여름엔 이모님이 시집간 섬으로 피서를 가자고 지금부터 벼르지만 난 안 가고 싶다. 나의 그리움을 위해.(「그리움을 위하여」, 43~44쪽)

(박완서 단편소설전집 7 『그리움을 위하여』 해설, 문학동네, 2013)

역사의 공백과 공허를 가로지르는 진리의 정치학

— 이청준 장편소설 『춤추는 사제』

1

이청준 소설은 흔히 '자유와 꿈' '사랑과 화해'와 같은 인간 행복의 조건을 탐구하면서 끊임없이 세상의 이념적 질서를 문제삼는(그의 소설에서 '정치학'이 중요해지는 것도 이 때문이다) '관념소설'로 불린다. 그런데 이 느슨해 보이는 비평적 호명은 궁사나 매잡이, 소리꾼 등 토착적 장인의 세계를 다룬 이청준 소설의 또다른 중요한 계열에 대해서도 근본적으로 유효하다. 이청준 소설에서 중요한 것은 인물과 그를 둘러싼 세계의 사실적 재현이 아니기 때문이다. 이청준 소설이 인물과 세계의 사실적 층위를 외면하는 것은 아니지만, 그 층위의 진정한 의미는 모종의 지향성 속에서 결정된다. 궁극적으로 문제가 되는 것은 개개의 체험이나 현실의 사건이 아니라, 지향성으로서의 이념이다. '환부 없는 아픔'이라는 초기 소설의 테마에 50년대 전후문학의 진부한 언어로는 포착될 수 없는 실존적 고통이나 문학주의적 자기 구원의 화두를 내세우고자 한 4·19세대 작가로서의 은밀한 자부심이 없었다고 할 수는 없을 것이다. 그러나 등단작 「퇴원」(1965)에서 시작하여 「병신과 머저리」(1966), 「소문의 벽」(1971)으로 이어지는 이 계열의 작품들에서 소설의 인물들이 앓고 있는 아픔은 기본적으로 당대 한국사회의 억압적 현실에 대한 이청준 소설 고유의 응전 속에서 발견된 것이었다. 다만 이청준의 소설적 방법은 현실의 억압을 그 자체로 그리기보다는 억압의 조건과 정황을 이념화하여, '전짓불 앞의 진술'과 같은 좀더 포괄적이고 추상도 높은 물음으로 바꾸어놓았다. 그렇게 함으로써 가령 '진술 불가능한 상황에서의 진술'이라는 궁지는 한 개인의 정신적 외상의 차원 위에 '소설이 불가능한 시대의 소설쓰기'라는 자기 언급적 상황을 포개고, 당대 현실을 포함하는 억압의 보편적 조건과 정황을 다시 포개어 복합적이고 중층적인 소설적 질문을 만들어내었다. 통상적 의미의 리얼리즘과 구분되는 이러한 미학적 방법으로부터 이청준 소설 특유의 정치학이 펼쳐졌음은 두루 아는 대로다.

가령 대표작으로 꼽히는 『당신들의 천국』(1976)에서 그 정치학의 핵심으로 선명하게 떠오른 것은 '천국', 그러니까 유토피아를 향한 꿈이다. 5·16 군사혁명이 일어난 1961년, 나병환자들의 집단 거주지인 소록도에 권총을 찬 현역 의무장교 조백헌 대령이 병원 원장으로 부임하면서 시작되는 이 소설은 소록도를 '문둥이들의 천국'으로 만들겠다는 조백헌 원장의 꿈과 좌절을 그리고 있다. 그런데 여러 평자들이 지적한 것처럼, 조백헌이라는 인물이 어떻게 해서 이런 천국의 꿈을 갖게 되었는지 소설에는 아무런 설명이 없다. 이와 관련해서는 지배와 억압의 질서 너머를 꿈꾸어온 이청준 소설의 일관된 문제의식과 함께, 조백헌 원장의 모델이 된 실제 인물이 있으며, 그의 이야기를 다룬 논픽션 르포가 선행 텍스트로 존재한다는 사실을 고려에 넣어야 할지도 모르겠다. 그러나 종교의 천년왕국설에서 현실 정치의 이념에 이르기까지 인류사의 오랜 꿈이 각인된 유토피아의 테마가 이로 인해 어느 정도 제한된 영역 안에서 다루어진 측면도 없지 않다. 물론 『당신들의 천국』이 탐구하고 있는 것은 유토피아의 갈망 그 자체라기보다는 유토피아의 정치학을 가능하게 하는 조건으로서 구체적인 인간적 실천의 자리다. 유토피아의 정치학은 언제든 억압과 배반의 현실로 바뀔 수 있다. 지배자와 피지배자 사이에 힘의 행사와 수용을 둘러싼 갈등이 불가피하기 때문이다. 조백헌 원장이 가진 천국에 대한 신념과 소록도 주민들을 향한 절대적인 선의가 혹독한 배반과 비판을 거쳐 자유와 사랑에 기초한 힘의 행사와 수용이라는 정치학에 이르고, 그 정치학이 다시 '성한 자'와 '문둥이' 사이의 운명적 간극이라는 자생적 운명의 자리와 만나게 되는 과정은 끊임없는 반성적 사유의 서사 속에서 자기 인식의 자리를 찾아가는 이청준 소설의 고유한 형식을 유감없이 보여준다. 그러면서 자생적 운명에 기반하지 않는 '당신들의 천국'을 부재하는 '우리들의 천국'의 시선으로 비판하는 지점까지 그 유토피아의 정치학을 타협 없이 밀어붙임으로써 근본적이고 급진적인 좌표 위에 자신의 정치학을 정립한다.

1970년대 중반에 제출된 이 '자생적' 정치학의 폭과 깊이는, 에고와 타자의 매개 수준이 높을 경우 권력과 자유가 하나로 수렴되며 절대적 권력은 자유와 복종이 서로 완전히 합일되는 순간에야 가능하다는 최근의 '권력' 논의(한병철, 『권력이란 무엇인가』, 김남시 옮김, 문학과지성사, 2011)를 어느 면 선취하고, 또 어느 면 넘어서고 있다는 점에서도 뚜렷이 드러난다. 그러나 그보다 더 중요하게 생각되는 것은 이 작품의 정치학이 자유를 향한 4·19의 열망과 성취를 짓밟고 들어선 5·16 집권세력의 개발독재 정치학과 정면으로 맞서고 있다는 사실이다. 조백헌 원장은 소설 서두의 등장 장면이 압축적으로 보여주고 있는 것처럼, 그 개발독재 정치학을 온몸으로 체화하고 있는 인물이다. 민족중흥과 근대화의 집단적 구호 아래 개인의 자유와 꿈을 압살하며 불도저처럼 밀어붙인 개발독재의 현실이 어떠했는지 우리는 안다. 소설에서는 조백헌 원장이 이상욱과 황장로의 비판을 통해 자신의 정치학을 수정하고 '당신들의 천국론'을 폐기하는 데까지 나아가는 반면, 현실에서는 무수한 비판에 재갈을 물린 채 진행된 일방적인 힘의 행사가 중단될 기미는 전혀 보이지 않았다. 그런 만큼 『당신들의 천국』이 1974~1975년에 쓰이고 1976년에 출간되었다는 연대기적 사실은 거듭 음미되고 환기되어야 한다. 이청준 소설의 정치학은 언제든 당대 한국인의 현실로부터 솟아나와 다시 그곳으로 돌아간다. 돌아가되, 끈질기고 치열한 매개와 우회의 소설적 성찰을 통해 드러나는 다른 삶, 다른 세상의 가능태와 함께 돌아간다. 원장의 지위를 내려놓고 한갓 조력자로 돌아온 조백헌은 병력자인 윤해원과 건강인 서미연의 결혼을 거들면서 자생적 운명 위에 건설될 '우리들의 천국'의 미미한 가능성을 보고자 하지만, 기실 서미연 역시 미감아 출신이라는 점에서 이 천국론 역시 시작부터 균열을 품고 있다. 그러나 이 균열은 유토피아 정치학의 아포리아를 난경 그 자체로 껴안고 있는 균열이다. 이 균열을 포함하는 자리에서 이청준 소설의 유토피아 정치학은 거듭 새롭게 다시 쓰일 것이었고, 「비화밀교」(1985), 『인간인』(1992), 『신화를 삼킨 섬』(2003) 등을 거쳐 마지막 소설집 『그곳을 다시 잊어야 했다』(2007)에 이르기까지 지배와 억압의 질서를 자유와 사랑의 그것으로 탈구축하기 위한 끊임없는 모색과 탐구를 보여주게 된다. 승자의 관점에서 일방적으로 기술되고 전유된 백제 패망사를 그 영욕의 본디 자리로 되돌려놓음으로써 과거의 시간과 현재의 시간을 동시에 구원하고자 한 또다른 야심작 『춤추는 사제』(1979) 역시 그 지난한 도정을 함께하고 있음은 물론이다.

2

1977년 1월부터 1978년 2월까지 『한국문학』에 연재되었고, 70년대의 끝자락인 1979년 4월에 출간된 장편 『춤추는 사제』는 공식적 역사가 억누르고 삭제한 꿈의 자리로 돌아가 그 꿈의 상상적 되삶을 통해 인간 진실의 온전한 회복 가능성을 묻는 작품이다. 그런데 역사의 어둠 속에 봉인된 꿈의 이야기는 아픔으로 시작한다. 아픔이되, 이청준 소설의 기원적 메타포이기도 한 '환부 없는 아픔'의 형식으로 현상한다. 그리고 그보다 앞서 천년을 넘는 침묵이 있다. 이 침묵의 자리가 아픔의 현상학을 거쳐 꿈의 이야기로 풀려나오고 마침내 그 꿈을 되살게 되기까지, 『춤추는 사제』는 현재와 과거의 동시적 일깨움 혹은 구원이라는 목표를 향해 더디지만 집요한 사유의 제의를 펼쳐 보인다.

부여 능산리 고분군 서하총 내부에 숨겨져 있던, 의자왕의 것으로 추정되는 비밀 능실의 존재는 이 소설의 상상적 발화점이다. 역사의 기록에 의하면, 나당연합군에 항복한 백제의 의자왕은 태자와 왕자, 신하들, 백성 만이천여 명과 함께 당나라로 붙잡혀 갔고 거기서 죽음을 맞아 뤄양 시 북망산에 묻힌 것으로 되어 있다. 함께 끌려간 의자왕의 아들 융의 묘석이 1920년 그곳 북망산에서 출토된 것도 이런 역사적 사실을 뒷받침한다. 그런 만큼 당나라로 끌려간 바로 그날 조성된 것으로 묘석에 기록된 의자왕의 묘가 부여 땅에 남아 있을 수는 없는 노릇이다. 그렇다면 작가는 일종의 대체역사소설을 구상했던 것인가. 의자왕이 부여 땅에서 죽음을 맞았고 그의 묘가 부여 땅에 남아 있다는 역사적 가정이 백제 멸망사를 완전히 다시 써야 할 정도의 계기가 아니라는 점은 차치하고라도, 대체역사소설적 구상은 전혀 이 소설의 겨냥점이 아니다. 작가가 소설의 발화점으로 끌어들인 부여 땅 의자왕 능실의 존재는 역사를 고쳐 쓰려는 '대체'나 '가정'의 차원에서 마련되었다기보다 역사의 음지로 추방된 진실의 시간을 뒤늦게나마 호명하고 마주하려는 깊은 원망(願望)에서 솟아난 것이다. 실제로 그러한 작가의 원망이 뜨겁게 배어 있는 소설 안으로 들어가보면, 그 위치가 딱히 서하총 내부의 숨겨진 공간이 아닐지라도 백제 땅 어딘가에 왕의 영가(靈駕)를 모셔두려고 했던 백제 유민들의 간절한 마음을 떠올리기는 그리 어렵지 않다. 작가 역시 이 점을 분명히 하고 있다. "지난 역사를 다시 고쳐 지을 수는 없는 노릇이다. 그러나 그것을 다시 꿈꾸어볼 수는 있을 것이다. 그 꿈을 통하여 그것을 좀더 창조적이거나 다른 방법으로 살아낼 수는 있을 것이다."(이청준, 「작가 노트」, 『춤추는 사제』, 열림원, 2002, 267쪽)

소설의 주인공이자 화자는 윤지섭이라는 인물로, 애초에는 백제 와당의 연꽃무늬를 좋아하는 평범한 기왓장 수집가였지만 점차 자신이 나고 자란 백제의 역사와 문화에 깊은 관심과 애착을 지니게 된 사람이다. 그 과정에서 그는 통일신라 중심의 공식화된 역사 기술(최근, '통일신라'라는 관념 자체가 일제강점기 일본인 동양사가들에 의해 발명된 것이라는 논쟁적 주장이 제기되기도 했음을 상기해볼 일이다) 속에서 백제사에 대한 폄훼와 배제, 왜곡이 적지 않게 이루어져왔다는 문제의식을 날카롭게 벼려 갖게 된 것으로 보인다. 그리고 이러한 의식은 그가 소설 속의 현재인 1970년대 남한 땅에서 백제인의 후손이자 동시에 '광의의 호남인'으로 살아가고 있다는 사실과 깊숙한 곳에서 이어져 있다. 소설에서 윤지섭이 겪는 아픔을 이해하고 돕기는 하나 그 아픔의 동참에 이르러서는 어떤 운명적 거리를 두는 인물이 민영서 경위인데, 그는 "별로 큰 긍지를 못 지닌" "신라인의 후예"로 되어 있다. 다른 말로 하면 그는 '영남인'인 것이다. 박정희의 등장 이후 한국 현실에서 '호남인'/'영남인'의 구도가 어떤 정치적·정서적 약호인지는 첨언이 필요없는 일일 테다. 이 소설이 출간된 이듬해인 1980년, '5월 광주'의 참상을 겪으면서 앞의 빗금 사이로 다시금 엄청난 폭력적 간극이 발생한 점을 떠올릴 때, 이청준 소설의 예언자적 지성에 새삼 전율하게 된다. 어쨌든 『춤추는 사제』가 윤지섭과 민영서 경위를 '피해자/가해자'의 손쉬운 대립 구도에 놓지 않고, 일정한 운명적 거리에도 불구하고 서로 동정적인 이해를 나누는 관계 속에 배치하고 있는 점은(소설의 결말에서 이 두 사람은 운명의 합일 혹은 나눔이라는 상징적 제의에까지 이른다) 이청준 소설의 정치학이 이른 원숙한 깊이라 할 만하다. 앞서도 말했듯, 그 정치학은 『당신들의 천국』에서 사랑과 자유의 실천적 화해, 자생적 운명에 대한 승인과 배려의 차원에까지 이르렀거니와, 이청준 소설이 거듭 이 정치학의 심화를 모색하고 있었음이 이로써 분명해진다. 그러니까 의자왕과 나라를 잃은 백제 유민들의 아픔과 꿈을 온몸으로 앓고 꾸는 윤지섭의 어느 면 과도해 보이기까지 하는 일련의 행동은 백제사의 바른 정립을 향한 재야 사가의 열정만으로는 설명될 길이 없는 것이다. 소설에서는 직접적으로 충분히 진술되어 있지 않지만, 그가 겪고 있는 호남인으로서의 현재적 아픔(이 아픔 역시 객관화하기 힘들다는 점에서 '환부 없는 아픔' 혹은 '알 수 없는 아픔'이다)이 이 소설의 또다른 심층의식이 될 수밖에 없는 이유가 여기에 있다. 그리고 이 소설의 정치학은 이처럼 과거와 현재 양쪽에서 오랫동안 내연해온 '알 수 없는 아픔'의 대면에서 생성되고 있다.

천삼백여 년 동안 역사의 음지 속에 봉인되어 있던 의자왕의 비밀 묘소를 발견한 뒤, 윤지섭은 그 능실의 존재가 전해줄 대왕의 말을 기다리지만 돌아오는 것은 침묵뿐이다. 계백 장군의 기마상 건립을 준비하는 과정에서 윤지섭은 문화원장 홍은준 박사의 소개로 기경대(騎警隊) 민영서 경위의 도움을 받는다. 민경위가 말을 탄 계백 장군의 모습을 실연하고, 윤지섭이 그 모습을 촬영하는 도중 사고가 일어난다. 다리와 어깻죽지를 다친 윤지섭에게 부상 부위가 아닌 겨드랑이 밑에서 정체 모를 통증이 엄습한다. 여기서 윤지섭의 앓음이 정신적 차원의 그것이 아니라 명백한 육체적 통증을 수반한 앓음이라는 사실은, 작가가 이 소설에서 힘주어 강조하고 있는 대목이다. 작가는 그 통증을 여러 차례 반복적으로 묘사하는데, 윤지섭의 앓음이 그의 전 존재를 건 싸움으로 이어지리라는 예감을 갖게 한다. 민경위가 부쳐온 사진 속 말의 모습은 윤지섭에게 하늘을 나는 한 마리 용마의 비상을 연상시킨다. 아기장수 설화나 용마의 전설에서 겨드랑이는 날개가 돋는 자리다. 윤지섭의 통증이 겨드랑이 쪽으로 엄습하는 것은, 아픔의 기원에 비상하지 못한 백제의 꿈이 있음을 암시한다. 윤지섭은 꿈에서도 아픔을 느끼게 되고, 마침내 스스로도 예감하고 있던 대답

에 이른다. "아픔은 바로 왕에게서 온 것이었다./ 아픔이 곧 대왕의 말이었다."(93쪽)

물론 그 아픔은 대왕의 말이기도 하지만, 망국의 한을 품은 백제 유민들의 말이기도 하다. 역사는 660년 8월 17일, 의자왕이 부여 백강을 떠나 당나라로 끌려갔으며 거기서 죽음을 맞았다고 기록하고 있다. 그런데 서하총에서 발견된 비밀 능실은 다른 말을 전하고 있다. 역사의 기록 밖에 있는 그 다른 말에 따르면, 왕은 그날 부여를 떠나지 않았고 자신의 땅에서 최후를 맞았다. 그리고 망국의 백성들이 왕의 유해를 수습해 서하총 내부 은밀한 곳에 모셔두었던 것이다. 혹은 유해를 수습하기 쉽지 않았을 수도 있다. 아마도 이편이 더 가능성이 높을 것이다. 그랬다면 훗날 백제 유민들이 마음을 모아 유해 없이 가묘 형태로나마 왕의 능실을 몰래 조성했을 수도 있다. 말할 것도 없이 이 모두는 작가 이청준의 소설적 상상이다. 그런 능실은 작가가 소설을 구상하고 집필하던 시점에도 그렇고, 그 이후에도 전혀 발견되지 않았으니 말이다. 그렇다면 '다른 말'의 존재는 다만 역사의 다른 가능성을 살아보는 상상의 탈주일 수 있겠다. 혹은 소설적 상상을 지지해주는 표준적 개념을 좇아 '허구적 진실'의 영역으로 보면 그만이다. 물론 이 정도로 짚고 넘어가도 소설을 이해하는 데 큰 무리는 없을지 모르겠다. 그러나 알랭 바디우에 기대어, 주체를 구성하도록 소환하는 사건으로서의 진리라는 차원에서 이 문제를 생각해볼 수도 있다.

바디우에 따르면(알랭 바디우, 『윤리학』, 이종영 옮김, 동문선, 2001), 어떤 정황들에 의해 주체가 되도록 소환될 수 있는 동물은 '인간-동물'뿐이다. 그리고 바로 그때 그의 존재의 모든 것은 진리가 자신의 길을 펼치는 데 사용되며, 인간 동물은 비로소 불사의 존재가 되도록 독촉받는다. 그 정황들이란 진리의 정황들인데, 문제는 기왕에 주어져 있는 것들로는 그러한 정황을 규정할 수 없다는 점이다. 그러므로 '이미 주어진 것' 속의 일상적 기입으로는 환원될 수 없는 무엇인가가 일어났다고 가정하지 않으면 안 된다. 이 잉여적 부가물이 바로 바디우가 말하는 진리로서의 사건이다. 사랑이나 혁명, 물리학의 창조, 예술 양식의 발명 등이 그러한 사건에 해당한다. 진리의 과정은 사건적인 잉여적 부가물의 관점에서 상황에 관계하려는 결정으로부터 유래하는데, 이를 일러 충실성이라고 부른다. 다시 말해 충실성이 상황 속에서 생산하는 것이 바로 진리인 셈이다. 그리고 상황 속에서 전개되고, 기존의 지식들로는 사고할 수 없다는 점에서 진리는 '내재적 단절'이다. 그렇다면 『춤추는 사제』에서 작가 이청준이 의자왕의 마지막 행로를 두고 펼쳐 보인 상상의 결단은 이러한 진리 과정에서의 충실성의 개입으로 이해할 수도 있다. 『삼국사기』나 『삼국유사』가 기록하고 있는 것처럼 의자왕의 방탕과 실정이 백제 패망의 원인이든, 소설 속 윤지섭의 분석처럼 외교적 판단의 실수가 중요 변수였든, 망국의 왕이 된 의자왕의 마지막은 치욕 그 자체였다고 할 수 있다. 가령 그해 8월 2일, 나당연합군의 전승연에서 왕과 태자 융이 적장들 앞에 술잔을 따라 올려야 했던 장면 하나만으로도 그 치욕의 어떠함은 충분히 짐작 가능한 것이지만, 당나라 소정방 군에 끌려 망국의 백성들을 뒤로한 채 적국으로 가는 배를 타기 위해 백강 포구로 내디뎠던 그 한 걸음 한 걸음은 정녕 어땠을까. 이 순간의 치욕과 모멸은 거의 생사의 결단을 요구하는 지점까지 왕을 뒤흔들었으리라. 그리고 이 순간 백제 망국민 모두의 치욕과 아픔이 왕의 한걸음 한걸음과 동행하고 있었을 것이다. 『춤추는 사제』는 어쩌면 이 장면을 다시 살기 위한 상상적 결정에서 시작되지 않았을까.

그러니까 이청준의 소설적 구상은 두 가지 상상의 모티프에 의해 성립되었다고 볼 수 있다. 하나는 숨겨져 있던 의자왕 묘지의 발견이라는 모티프이고, 다른 하나는 마지막 치욕의 순간에 대한 되삶이다. 두 모티프는 서로를 감싸고 지탱하면서 『춤추는 사제』의 상상적 서사에 단순한 리얼리티의 차원을 넘어서는 소설적 진실의 힘을 부여한다. 그리고 두 모티프 중에서도 특히 후자의 모티프가 사건으로서의 진리가 출현하고 펼쳐지는 순간에 이어지고 있다는 점에서 좀더 결정적이다. 아마도 의자왕은 역사의 기록이 알려주는 것처럼 그날 그 견딜 수 없는 치욕 속에서 조국을 떠났을 것이다. 그러나 그날 그 순간, 치욕의 임계점에서 사건으로서의 진리가 충실성의 결단과 함께 생성되고 있었다면? 만일 그렇다면, 그 진리의 사건은 '내재적 단절'의 형식으로 도래하는 진리의 속성상 기존의 역사나 앎의 언어에는 기입될 수 없었을 것이다. 『춤추는 사제』는 그 진리의 사건을 현전시킬 충실성의 결단을 소설의 언어로 상상하고 재현하려 한 야심찬 시도이다. 이청준 문학에 대한 가장 깊은 이해자이기도 했던 김현은 이 소설이 출간된 뒤 작성한 짧은 평문에서 진실의 존재론을 통해 이 소설의 정치학을 옹호하는데, '진실을 꿈꾸려는 의지' 밖에 실체로서의 진실이 있는 것이 아니라는 그의 비평적 통찰은 진리 과정의 충실성이라는 자리에서 『춤추는 사제』의 상상적 결단을 이해하려는 관점에도 시사하는 바가 적지 않은 듯하다. "진실은 진실을 꿈꾸려는 의지의 표현 속에 있지, 그 의지 밖에 실체로 존재하는 것이 아니다. 진실이 진실을 꿈꾸는 의지 밖에 있다면, 인간에게는 진실을 아는 단 하나의 안내자만이 필요할 것이다. 그러나 진실이 진실을 꿈꾸는 의지 속에 있다면, 인간은 그 진실을 추구하는 사람이면서, 그를 안내하는 안내자이어야 한다. 사람이 사람답게 사는 것이 힘든 것은, 안내하는 사람과 길을 찾는 사람 역할을 동시에 해야 하기 때문이다."(「이청준의 두 개의 장편소설」, 『우리 시대의 문학 / 두꺼운 삶과 얇은 삶』, 문학과지성사, 1999, 81쪽)

3

그런데 우리는 정작 이 소설에서 진리 혹은 진실이 생성되고 펼쳐지는 결정적 장면이 구체적으로 어떠한지 말하지는 않았다. 기존 역사의 지식에는 포착되지 않았지만, 불멸의 존재로 태어나는 인간 진리의 장에서는 도래했을 수도 있는 그 장면은 끝까지 미루어지다 소설의 마지막 순간에야 실체를 드러내 보이는 만큼, 우리 역시 작품의 웅숭깊은 호흡을 존중하는 게 예의일 것이다. 그러나 결국 그 장면을 이야기하지 않고는 이 글을 맺을 길이 없다. 대왕이 당신의 아픔을 전하기 위해 천년을 지하에서 참고 기다려왔음을 알게 된 후, 윤지섭은 그 아픔을 세상에 널리 전해야겠다고 마음먹는다. 그의 결의는 자못 비장하기까지 한데, 가령 다음과 같은 독백은 독자의 감정이입을 어렵게 할 정도로 과잉된 열기에 휩싸여 있다. "그 아픔으로 나의 영혼과 육신을 채워서 뼈를 비틀고 살을 짓찧은 고통으로 당신의 말들을 전하게 하라……"(150쪽) 앞서 잠깐 언급하기도 한 소외된 특정 지역민으로서의 정체성에 대한 민감하고 고통스런 자의식을 감안하더라도, 이 과잉된 열기를 소설 안에 제시된 윤지섭의 삶으로부터 자연스럽게 도출해내기는 쉽지 않다. 그가 보여주는 진리에의 절대적인 헌신과 사명감은 『당신들의 천국』의 조백헌 원장의 그것에 견줄 만한데, 이 소설이 모종의 이념형적 질문을 통해 구성되었다는 방증일 수도 있겠다. 그러나 소설의 결말에서 충격적으로 도래할 진리의 순간을 포함하여 작가가 이 소설에서 던지고 있는 질문의 층위에 이미 리얼리티의 초과를 전제하는 이념적 계기가 내포되어 있다는 사실을 이해할 필요도 있을 것이다.

윤지섭은 아픔의 확산과 공유를 위해 '백제문화제'를 구상하고 추진한다. 이 과정에서 '부끄러움의 정직한 수락' 혹은 '패배의 적극적인 확인'이 중요한 문제로 떠오르고, 때로는 홍박사와 주로는 군청 공보실 나병환 실장과의 갈등과 대립 국면이 조성된다. 이청준 소설의 근원적인 화두이기도 한 '부끄러움' 혹은 '패배'의 테마가 여기서도 특유의 성찰적 사유의 언어로 전개된다. 부끄러움의 실재나 패배의 역사를 '거짓 화해'의 이데올로기로 분식하고 봉합하려는 움직임에 대해 윤지섭이 보이는 단호한 거부의 몸짓은 이청준 소설의 정치학이 더디고 힘든 대로 인간 진실의 전면적 동행 위에서 추구되는 과제임을 분명히 한다. 망국의 역사를 둘러싼 백제와 신라 사이의 구원(舊怨)이 기나긴 역사의 경과 속에서도 완전히 씻겨나가지 않은 현실을 두고, 관의 입장을 대변하는 나실장은 '화해'의 제의를 강조하며 '지역감정'의 매듭을 상징적으로 해소하는 쪽으로 문화제 행사를 진행하도록 종용한다. 그러나 윤지섭이 보기에 매듭을 풀기 위해서라도 그 매듭은 있는 그대로 드러나야 한다. 매듭의 진실을 보지 않고 매듭을 풀 수는 없다. 부끄러움이나 아픔의 문제도 같은 차원에서 접근해야 한다. 그러지 않을 때 그것은 '거짓 화해'의 이데올로기로 부끄러움이나 아픔을 덮으며 진실을 또 한번 왜곡하는 일이 될 것이다. 기실 나실장으로 대표되는 세력은 '화해'와 '원망의 해소'를 명분으로 내세워 의자왕의 묘를 급조하려는 역사 위조의 계획까지 감행한다. 망국의 한을 품은 백제 유민들이 후대에 만든 의자왕의 묘(윤지섭이 발견한 묘는 그중 하나일 것이다)와 관이 꾸미려는 의자왕의 묘는 둘 다 거짓 무덤이라는 점에서는 같다. 그리고 둘 다 사실을 넘어선 모종의 지향을 품고 있다는 점에서 동렬에 놓을 수도 있다. 그렇다면 이 둘을 갈라놓는 경계는 무엇인가. 소설의 질문을 중층화하고 그 속에 섬세한 아이러니의 켜를 쌓아두는 작가 특유의 성찰적 화법이 선명한 대목이다. 말할 것도 없이 그 경계에는 전면적 인간 진실을 향한 의지, 진리를 향한 충실성의 결정이 있다.

이제 윤지섭은 그 충실성의 결정으로 나아간다. 먼저 그는 서하총에서 발견된 비밀 능실의 문을 다시 봉인하기로 결정한다. 그것은 '거짓 화해'의 이데올로기로 역사의 아픔을 덮으려는 세력으로부터 의자왕과 백제 망국민의 아픔, 그 침묵의 진실을 지키기 위한 결단이다. 그리고 최후의 결정과 결단이 남아 있다. 그러나 이 결정은 사실 그 자신도 알 수 없는 결정이다. 그것은 그 순간으로 가서 그 순간을 살아보아야만 내릴 수 있는 결정이고 결단이다. 백제문화제의 전야제 행사를 책임지게 된 지섭은 막연한 예감을 품고 그 순간으로 간다. 다만 그에게는 다시 찾아든 겨드랑이께의 그 알 수 없는 통증으로부터 새로운 화두가 떠올랐으니, "떠남이 없으면 돌아옴이 없게 된다거나, 다시 돌아옴이 없으려면 떠남부터 없어야 한다"(289쪽)는 생각이 그것이다.

3천 명을 헤아리는 하얀 소복 차림의 망국의 여인들이 손에 손에 등롱을 들고 부소산을 넘어 낙화함 절벽 쪽으로 움직이고 있다. 그 행렬을 이끌어온 것은 의자왕 차림을 한 윤지섭과 태자 효로 분한 민경위, 그리고 여섯 좌평이다. 부소산 정상의 기로에서 의자왕이 된 윤지섭은 산마루를 넘어간 여인들이 절벽 끝에서 등롱으로 떨어져 내려 백마강을 낙화로 흘러가는 것을 보고 있다. 윤지섭의 의식은 술을 탐했다는 의자왕처럼 술기운에 헐거워져 있다. 방심(放心)의 상태이겠다. 역사의 기록에 따르면 의자왕 행렬은 부소산을 오르지 않고 공주 쪽으로 몸을 피해 간 것으로 되어 있다. 그러나 소설의 이 순간 의자왕의 결단은 철저히 역사의 공백 혹은 구멍으로 남아 있다. 그 구멍-공백을 찾아낸 것은 진실을 향한 이청준 소설의 의지, 불사의 존재로 인간 진리를 실현하려 한 이청준 소설의 충실성이다. 이제 의자왕의 결단은 천년의 세월을 넘어 윤지섭의 결단이 된다. 아픔과 아픔이, 꿈과 꿈이 그렇게 불사의 시간 속에서 만난다. 의자왕-윤지섭은 절벽 끝에서 몸을 던진다. 그러고 보면 그가 남긴 마지막 말은 어쩌면 췌언이었을지도 모른다. "사직을 능히 보전하지 못하게 된 임금이 그 백성의 떼죽음을 두고 어찌 혼자서 목숨을 도모코자 하겠느냐. 내 이제 저들과 함께 수중 혼령으로나마 이 땅을 지켜간 군왕으로 남고자 함이니, 왕자는 뒷일에 더욱 부끄러움이 없어야 하리라."(297~298쪽) 그러나 굳이 왕자-민경위를 향해 이 말을 남겨둔 것은 이청준 소설의 섬세한 정치학으로 보아야 하리라. 진정한 화해를 향한 또다른 의지와 충실성이 펼쳐져야 할 또다른 주체의 자리가 거기 있기 때문이다.

『춤추는 사제』는 이청준 소설의 정치학이 품고 있는 진실(진리)에의 의지와 윤리적 깊이를 보여주는 야심찬 작품이다. 여기에는 역사의 꿈과 아픔을 그 진실의 자리에서 되살고자 하는 불가능한 시도가 있다. 그 되삶은 윤지섭의 투신이 보여주듯 생사를 건 결단과 도약을 요구한다. 물론 윤지섭의 죽음은 소설 속의 그것이다. 그러나 그렇다고 해서 그 죽음이 허구의 차원이나 상징적 차원에만 머무는 것은 아니다. 그것이 사건으로서의 진리의 차원에서 펼쳐질 때 우리는 가장 깊은 윤리적 결단 앞에 선 인간의 형상과 마주한다. 지금 우리가 딛고 있는 현실 혹은 역사는 그런 불사의 존재들을 통해 공허와 무의미를 넘어왔다. 그러나 다른 한편 우리는 이 작품의 절절한 호소를 삼켜버린 역사의 폭력을 알고 있다. 이 소설이 쓰이고 출간된 것은 유신정권 말기인 70년대의 끝자락이었다. 그 이듬해인 1980년에 소설 속 윤지섭이 온몸으로 메우고자 했던 공허의 시간은 또다시 역사의 폭력에 노출되며 회복되기 힘든 지경으로 굴러떨어졌다. 그 참상 앞에서 왕의 유훈을 받아들였던 신라의 후예 민경위는 무슨 말을 할 수 있었을까. 4·19세대 이청준 소설의 정치학은 여기서 앞이 보이지 않는 막막한 패배를 예감했을 수도 있다. 그러나 다 아는 대로 이청준 소설은 여기서 멈추지 않았다. 80년대를 거쳐 다음 세기에까지 이어진 이청준 소설의 그 아프고 웅숭깊은 정치학의 심화를 이해하기 위해서라도 『춤추는 사제』는 거듭 다시 읽혀야 할 중요한 텍스트다.

(이청준 전집 14 『춤추는 사제』 해설, 문학과지성사, 2012)

3부

한 번도 말해지지 않은 고독을 위하여

한 번도 말해지지 않은 고독을 위하여

— 배수아, 정미경, 김주영, 이병천, 김진규

1. 참을 수 없는 부재—배수아 소설집 『올빼미의 없음』

낭송 배우가 주인공인 장편 『북쪽 거실』(2009)도 그러하지만, 이번 소설집 『올빼미의 없음』(2010)에도 여러 차례 등장하는 '낭송'의 모티프를 배수아 소설을 향유하는 방법에 대한 작가의 무의식적 암시로 볼 수는 없을까. 그렇게 보기로 하면, 꿈과 무의식의 흐름을 따라 이어지는 자유롭고 종잡기 힘든 기나긴 언어의 행렬은 묵독의 의식적 집중보다는 흘러드는 소리의 물성과 리듬에 몸을 맡긴 채 자유롭게 풀려나가는 연상의 세계를 즐기는 청자의 느슨하고 열린 태도에 더 어울리는 것 같기도 하다. 이때 낭송되는 언어의 파편이 텍스트와 희미하게 단속(斷續)되면서 저자나 청자를 넘어 몰주체의 비인칭적 환상을 개시하는 지점을 떠올려볼 수도 있겠다. 그렇게, 해석의 욕망을 접고 고독한 언어의 울림을 따라 의식과 무의식의 경계나 몽중몽의 세상 위를 "낮고 미지근하게 날면서" "자신에게 속하며 자신에게 무관심한 슬픔과 평온"(「양의 첫눈」)의 도래를 천천히 기다려보는 것도 썩 근사한 일이 될 수 있으리라.

그러나 배수아의 이번 소설집은 무엇보다 '올빼미'의 없음, 그 참을 수 없는 부재에 대한 절규이자 애도이기도 하다는 점에서 어느 정도 해석의 수고를 피해가기도 어렵다. 「올빼미」를 비롯, 표제작인 「올빼미의 없음」과 「무종」으로 이어진 세 편의 작품은 최근 작가의 관심이 집중되고 있는 꿈과 무의식의 글쓰기이기도 하지만, '올빼미'라는 사랑의 출현과 사라짐 그리고 애도의 이야기다. 인간적 정념의 회피와 소거를 향해 움직여온 배수아 소설의 전반적 흐름에서는 이색적이라 할 만큼 꿈과 무의식 속에 전위되고 산포되어 있는 그 사랑의 열도는 강하다. 그러면서 '올빼미의 없음'의 사태는 배수아의 글쓰기를 정신주의의 절대적이고 자발적 고독 속으로 더 깊이 밀어붙이는 듯하다. 이쯤 되면 '올빼미'는 무엇이며, '올빼미의 없음'은 또 무엇인지 조금 물어보아야 하지 않겠는가.

기실, 배수아라는 작가의 실명을 작품 속에 그대로 노출시키고 있을 뿐 아니라, '자서전'이라는 표현까지 거듭 쓰고 있는 「올빼미의 없음」을 「올빼미」와 나란히 읽고 나면, '올빼미'는 최근 3년간 작가 배수아와 특별한 친교를 나눈 독일의 문학평론가 외르그 드레프스라는 인물임이 드러난다. 그 친교는 "너의 문학적 아이"라는 표현을 쓸 정도이니, 외르그라는 정신적 "멘토"의 존재는 배수아의 글쓰기와 삶에 상당한 영향을 주었던 것 같다. 「올빼미의 없음」은 외르그의 갑작스런 사망 소식을 접한 작가가 독일 뮌헨으로 가서 그의 장례식에 참석한 이야기다. 외르그와 나눈 추억 사이로 받아들일 수 없는 죽음, '외르그의 없음'에 대한 격렬한 자책과 항변이 외르그를 '멘토'로 둔 또 한 명의 문학적 친구 베르너와의 대화 형식으로 펼쳐진다. 사정이 이렇다면 이 작품의 경우 소설의 허구적 변용은 최대한 억제되어 있다고 보는 게 맞을 것이다. 여기서 외르그의 집 앞으로 해질녘이면 찾아들던 '올빼미'의 존재는 놀라운 "육체의 정적"을 통해 외르그의 내면을 충일케 했던 자연의 선물이지만, 그 올빼미의 사진이 먼 이국 땅 작가의 우편함으로 날아든 순간 그것은 외르그의 표상이자 두 사람의 결속에 대한 공고한 기억의 육체가 된다. 군이 '미네르바의 부엉이'를 떠올리지 않더라도 올빼미의 표상이 외르그의 존재를 감싸는 것은 자연스러워 보이는데, 배수아의 소설에서 '새'가 갖는 그 이례적인 친밀성과 환한 자유의 이미지를 떠올려볼 일이다. 그리고 이 특별한 표상은 배수아만이 쓸 수 있는 연가(戀歌) 「올빼미」와 또 한 편의 애가(哀歌) 「무종」의 원풍경을 이루면서 「올빼미의 없음」을 기어코 다시 읽게 만든다. 그 반대방향의 독서 역시 그러하다.

「올빼미」는 화자인 '나'의 꿈과 꿈에 대한 사유를 매개로 '너'로 지칭되는 외르그를 향한 화자의 마음을 간접화하는 방식으로 쓰여 있다. 화자는 꿈과 자신의 욕망과의 현실적 연관을 부정하고 '너'는 욕망의 누설로서 꿈의 해석을 지지하는데, 이 표면적 대립은 실상 화자의 꿈이 '너'를 향하고 있다는 점에서 소설적 아이러니에 다름아니다. 그런데 외르그와의 교류와는 별개로 두 명의 작가와 "두 번의 연애감정에 빠졌었다"는 화자의 고백은 꿈을 둘러싼 은폐와 누설의 긴장을 교묘하게 증폭시키면서 그 욕망의 미끄러짐이 종내 '글쓰기'로 귀결될 성질임을 암시한다. 앰뷸런스, 산소마스크를 쓴 노인, 꼬리를 높이 치켜든 파충류, 서점, 흠모하는 작가와의 만남, 입안의 흉한 배설물, '너'와 '나'가 지상에서 사라진 뒤의 시간을 가리키고 있는 강가 나뭇가지 위의 손목시계로 이어지다 "흑백의 몸으로 서로의 구멍 속으로 깊숙이 파고들어가 누워 있는" "껍질만 남은 나무 풍뎅이 화석"으로 "페이드아웃"되는 꿈의 행렬은 해질녘이면 '너'의 집 가문비나무 위에 날아드는 올빼미의 존재로 응결되고, 마침내 몬순의 어느 날 오후, "방 한구석" 그늘 속 침대에 태아처럼 누워 잠을, 그리고 꿈을 기다리는 '나'의 모습은 올빼미의 '육체의 정적'이 된다. 마치 괴테의 입에서 흘러나올 '언어'를 기다리는 "방구석의 남자"처럼, 이제 '나'는 그 잠이 들려줄 꿈의 언어를 받아적기만 하면 되지 않겠는가. 사랑의 욕망과 글쓰기의 욕망이 겹치고 섞이며 이루는 이 마지막 기다림은 아름답다. 가히 배수아식 '연가'의 근사한 도래라 할 만하다.

그런데 사태는 그렇게 단순한 것 같지 않다. 그렇다면 「올빼미」의 꿈의 행렬에 언뜻언뜻 드리워져 있는 '죽음'의 그림자는 무엇이란 말인가. 그것은 "무심코 내뱉은 말이나 아무런 의도 없이 문득 떠오른 비유들이 저절로 형성하는, 예감이 배제된 암시들"이자 "한 조각의 징후도 없는, 서로에게 무관하면서 순수한 암시들"(「올빼미의 없음」)의 세계인가. 아니면 그저 불안한 마음의 투사였나. 에로스의 쌍생아로서 타나토스의 욕망인가. 혹은 흔한 '부친살해' 욕망의 누설인가. 외르그의 죽음은 문학의 공간에서라면 모종의 심미적 가능성일 수도 있는 이 모든 지점을 무화시킨다. 간단히 말해 「올빼미의 없음」은 「올빼미」라는 텍스트를 사후적(事後的)으로 내파한다. 사정이 이럴진대 작가는 정신주의의 고독한 시선 위에 구축해온 자신의 글쓰기가 얼마나 위태롭고 무력한 것이었는지 고백하지 않을 수 없었으리라. "한 사람이 가고, 그런데 그 사람을 하데스로부터 결코 데리고 나오지 못한다면, 한 인간의 모든 정신적 행위는 결국 생을 향한 허망한 교태 이상의 그 무엇이 될 수 있겠는가."(「올빼미의 없음」) 그러니까 배수아가 뒤늦게 깨달았듯, 카프카의 「변신」은 한갓 악몽의 암시가 아니라, 한 인간이 벌레가 되었다는 '사실' 그 자체의 기술이었다. 하고 보면 블랑쇼적 의미에서 진정한 글쓰기가 '죽음'의 공간에서 시작된다고 했을 때, 그것이 어떻게 레토릭 차원의 이야기일 수 있겠는가. 베를린 슈프레 강변에서 외르그와 함께했던 긴 산책을 회상하며 작가가 "자의적으로 출입할 수 없는" "정신의 어떤 반대편 해안"을 떠올리는 장면은 그래서 아프다. "자신의 장소와 시간을 자연과 물리적 세계로부터 임의로 분리시"킬 수 있다고 믿으며 "걸어라, 울어라, 그리고 써라"고 되뇌었던 "가난한 여행자"의 글쓰기는 이제 심각한 위기에 봉착한 것인지도 모른다.

이미 미래에 그 죽음이 완료된 모형비행기 수집가와의 몽환적 동행을 그리고 있는 「무종」의 마지막에서 우리는 화자 '나'의 지난밤 꿈 이야기를 듣는다. '나'의 꿈속, 마인 강변 저편에서 걷고 있는 사람은 '나'와 함께 택시를 타고 '무종의 탑' 낭독회를 찾아가던 모형비행기 수집가다. 그러나 그의 "검은색 야구모자"와 "트렌치코트"는 "항상 그렇듯이 검은 뉴질랜드 야구모자를 눌러쓰고, 밝은색 트렌치코트 자락을 펄럭이며 걷던"(「올빼미의 없음」) 외르그의 것이기도 하다. 그 야구모자는 "부산의 한 노점에서 산"(「올빼미」) 것일 수도 있다. 건너편 숲에서 어린 시절 어머니의 유모차에 실린 자신의 모습을 떠올리던, 슈프레 강변에서의 그 외르그. 그를 하데스로 떠밀던 '나'의 순진한 "소설"이 거기 있지 않았나. "추락하는 조종사의 절규"를 "꿈속을 지나가는 그림자"로 문학의 꿈, 자유를 향해 열릴 "비현실"의 "통증이나 부자유"로 믿었던 글쓰기의 착시. 잊힌 50년 전 편지를 오빠의 일흔세번째 마지막 생일날 읽어줄 수 있었던 홀바인 거리 집주인 여자의 행복은 여기에 없다. 「무종」은 그렇게, 다시 애도의 불가능으로 배수아의 글쓰기를 좌절시킨다. 그러나 이 '불가능'이야말로 문학이 표현하고자 하는 "한 번도 말해지지 않은 고독"(모리스 블랑쇼, 『문학의 공간』)은 아닐 것인가. 마인 강변의 모형비행기 수집가는 "이미 깊이 잠든 얼굴로" "소리 없이 말"한다. "마치 새처럼" 하고. 이 소리없는 말, 쓰일 수 없는 말, 침묵의 말. 그렇다면 흰빛 구두로 반 뼘 땅 위를 걸으며 날고 있는 새는 '나'도 아니고 '외르그'도 아닌 그저 '올빼미'일 수도 있으리라. 그러니 다시 이렇게밖에 말할 수 없겠다. "걸어라, 울어라, 그리고 써라."

2. 사막이라는 은유, 혹은 환각—정미경 장편소설 『아프리카의 별』

북아프리카 모로코의 마라케시, 그곳 중심부 자마 알프나 광장은 해가 사막의 지평선으로 향하는 시간이면 북소리와 함께 하루를 시작한다. 광장의 북쪽 끝은 9천 개의 골목이 있다는 메디나의 입구와 연결된다. 그리고 아틀라스 산맥과 사하라 사막. 정미경의 장편 『아프리카의 별』(2010)의 무대다. 친구 K에게 거액의 사기를 당하고 아내마저 빼앗긴 '승'이라는 남자가 주인공이다. 그는 딸 보라와 함께 K와 아내를 쫓아 서울에서 이곳 북아프리카까지 날아왔고 불법 체류자 신분으로 여행 가이드를 하며 죽음 같은 하루하루를 보내고 있다. '승'은 이곳 사막의 도시에서 절망의 탈출구를 찾을 수 있을까. 그 출구는 자신의 삶을 처참하게 무너뜨린 두 사람을 찾아내는 일이 될 수도 있겠고, 막막하나마 자기 치유의 어떤 계기를 붙잡는 일이 될 수도 있겠다. 어쨌든 서사의 배경과 인물에 대한 정보가 어느 정도의 윤곽을 그리는 소설의 서두를 지나면서 『아프리카의 별』의 마스터 플롯이 이 지점을 향해 구성되리라는 기대를 품는 것은 자연스럽다. 그리고 그 기대는 추적과 복수의 극적인 서사가 작가의 관심이 아님이 금방 드러나면서, 북아프리카 사막의 풍경과 연관된 내적 치유의 가능성 쪽에 모인다. 그런데 여기에 고대 유물을 수집하는 로랑이라는 서양 유명 디자이너의 탐미적 행태가 소설의 서브 플롯처럼 끼어든다. 흥미로운 것은 이 '아름다움에 눈먼 자의 이야기'가 소설의 어느 지점에 이르면 한국인 '승'의 이야기를 밀어내고 전경화된다는 사실이다. 물론 이 두 이야기는 메디나를 무대로 한 유물 암시장을 고리로 이어져 있고, 승의 딸 보라와 무스타파의 아들 바바를 통해서도 접점을 갖기도 하지만 그 연관이 필연적이고 긴밀하다는 느낌은 적다. 그러니까 얼핏 한국인 '승'의 자기 치유의 서사와 아름다움에 매혹된 로랑의 서사는 느슨하게 연결된 채 각기 두 개의 궤도를 달리며 앞서거니 뒤서거니 하는 것처럼 보인다. 소설을 다 읽고 나면 우리는 묻게 된다. 작가가 정작 하고 싶었던 이야기는 둘 중 어느 것이었을까. 아니, 혹 이 두 이야기는 처음부터 하나였던 것인가.

사막의 유적지, 흰 젤라바를 입고 거대한 사암기둥의 그늘에서 나타난 한 사내가 새장 속의 카나리아를 가리키며 '승'을 향해 "내 새가 너무 예쁘지 않나요?" "사랑한다면, 놓아주어야 하는 걸까요?" 하고 질문하는 소설의 첫 장면은 그런 의미에서 새겨둘 만하다. '작가의 말'을 읽어보면 이 대목은 북아프리카 여행 중 겪었던 인상적인 삽화로 오랫동안 작가의 머리를 맴돌았고, 『아프리카의 별』을 쓰게 만든 중요한 "존재론적 질문"이 되었던 것 같다. "아름다움에 매혹된 자들. 우리 모두는 자신의 주관 속에서 절대적인 아름다움을 찾아 헤매는 자들이 아닌가. 그것이 가져다줄 영광 혹은 파멸 사이의 스펙트럼 따위 안중에도 없이. 몽환적인 열기에 정신이 아득해지던 그 유적지에 서 있던 나 역시." 그러니까 우리 각자를 사로잡고 있는 '새' 혹은 아름다움에 대한 질문. 아마도 작가는 그 질문이 가닿을 수 있는 가장 먼 극단을 생각해보지는 않았을까. "인생 전부를 훼손당한 채" 증오와 분노만을 마지막 삶의 끈으로 지니고 있는 인물 '승'. 과연 친구와 아내의 추악한 배신으로 삶의 지옥을 헤매고 있는 '승'에게도 그 질문은 어떤 존재론적 파문을 일으킬 수 있을까. 당연하게도 '승'의 반응은 가차없다. "새장을 던져버리라는 말을 해주었어야 하는데. 새장을 패대기치고 꼼지락거리는 놈을 밟아버리라고 했어야 하는데." (16쪽) 그러나 단지 생업을 위해 사막 가이드 일에 나선다고는 하지만, 해서는 "자기 안에 사막을 갖고 있는 자" 그러니까 "사막 중독자"들을 혐오한다고는 하지만, 기실 '승' 자신이야말로 갈데없는 사막 중독자다. "극한의 황량함에 조응하는 폐허를 가슴에 감추고 있는 사람만이 그 지독한 사막 자체를 견뎌낼 수 있다. 승 역시 그랬다"(104쪽)는 진술이나, "간격이 뜸하면 어느새 그곳을 그리워하는 나를 발견하곤"(217쪽) 한다는 고백이 없더라도 '승'의 이러한 사막 중독은 이해할 만하다. 그것은 황폐함이나 황량함의 위안이기 이전에 분노나 두려움으로부터의 도피였을 것이다. 혹은 시간의 풍화만이 있는 곳에서 꾸는 소멸의 꿈("이렇게 누워 있으면 산 채로 미라가 되고 풍화해가겠지.")이었을 것이다. 그런 만큼 이 중독에 대해서도 "치명적인 극단"으로서 "삶의 균형을 잃게 하고 때로는 사람을 미치게 만드는"(16쪽) 알 수 없는 매혹을 말해볼 수도 있으리라. 그러나 어떻게 말해도 이 매혹은 '승'의 자리에서 보면 공소할 수밖에 없는 것이다. '승'은 지금 혼자서 북아프리카 사막을 떠도는 것이 아니다. 그에게는 자마 알프나 광장에서 헤나 타투로 돈을 벌며 아비를 기다리는 열여섯 살 딸 보라가 있다. 그는 자신을 삶 쪽으로 붙들어놓은 게 딸 보라가 아니라 "다이아몬드 같은 증오"(210쪽)였다고 하지만, 보라의 존재는 이러한 주관적 진술과 무관하게 '승'의 삶을 지탱하는 현실의 축일 수밖에 없다. 자칫 사막의 풍경에 압도되어 관념적으로만 흐를 수 있었던 이 소설에 삶의 구체적 이야기와 활기를 불어넣고 있는 인물이 보라라는 점도 여기서 환기해둘 만하겠다. 어쨌든 사막에 대한 '승'의 매혹 한편에는 현실의 막중한 압력이 작동하고 있으며, 그런 만큼 사막 암각화나 고대 유물의 아름다움에 대한 로랑의 맹목적 집착과는 그 차원을 달리한다. 새의 아름다움을 이야기하면서 "사랑한다면, 놓아주어야 하는 걸까요?" 하고 묻던 사내의 질문이 끝내 '승'에게 가닿을 수 없다면, 그에게는 '새'가 난파한 삶 전체이기 때문일 것이다. 삶에서 분리된 미를 상정할 수는 있겠지만, 그때 그 미는 절대적 관념이나 종교적 세계에 속한 것이기 쉽다. '승'에게 미의 가능성이 남아 있다면 떨치고 싶은 삶의 무게, 보라와 함께하는 고단한 시간 속에 있을 것이다. 디자이너 로랑이 그렇게도 집착한 황제의 유물을 두고 광장의 아이 바바는 말하지 않던가. "그건 절대 아름답지 않아." 바바는 동양에서 온 새침한 소녀 보라에게서 아름다움을 본다. "타투를 하고 있는 보라를 바라보고 있노라면 북소리도 호객하는 이들의 소란스러운 외침도 아련히 사라져버린다. 오후의 열기에 지쳐 있을 때조차 보라는 몹시 아름답다."(54쪽) 혹은 로랑이 바바와 보라 앞에서 옷 만드는 일을 해 보일 때, 보라는 그의 빠르고 정교한 손놀림을 홀린 듯 바라본다. 그때 그는 지하실 수집품 앞에서의 초조한 표정과는 달리 가득차 보였다고 보라는 기억한다. 보라는 로랑의 죽음 이후 이 순간을 떠올리며 뒤늦게 혼자 묻는다. "당신, 왜 이 일을 두고 다른 것을 찾아 헤매지요?"(252쪽)

아마도 '승'이나 로랑이 겪은 세속도시의 시간은 보라와 바바의 무구한 시선 너머에서 추악한 배반이나 채워지지 않는 공허로 점철되어왔을 것이다. 세계의 악마성이나 무의미에 노출된 시간들. 어떤 형태로든 치명적인 중독이 불가피했을 수도 있다. 정미경은 예의 그 뛰어난 균형감각으로 이 불가피한 미혹을 이해하고 감싸려 한다. 그러나 이 두 사람만 해도 사막에 이른 삶의 궤적이 너무도 다르듯, 이 중독을 삶의 불가해성이나 아름다움에 대한 설명할 수 없는 매혹과 연결시키는 일에는 세심한 소설적 우회가 필요했을 것이다. 그 우회의 소설적 여로는 가령 "아름다움이 그를 죽일 거야"와 같은 진술을 좀더 억누르는 차원에서 찾아야 하지 않았을까. 우리는 '승'이든 로랑이든 너무 빨리 사막의 도시에 도착해 있다는 느낌을 받는다. 그리고 거기서 그들이 헤매며 찾고 있는 것은 너무 아득하다. 하긴 북아프리카 사막의 그 끝 간 데 없는 풍광이 그러했으리라. '승'은 말한다. "사막은 은유를 헤아릴 수 있는 장소는 아니다. 사막엔 칼로 자른 듯 선명한 두 개의 세계 외엔 없다. 빛과 어두움. 그러니 운명의 모호함에 질린 사람이라면 누구든 중독될 수밖에 없는 거지."(23쪽) 이 선명함은 압도적인 느낌을 준다. 그러나 과연 그럴까. 사막의 선명함 역시 하나의 '은유'이거나 한갓 환각은 아닌가. 그러고 보면 『아프리카의 별』에는 사막의 자연에 기댄 흔한 치유의 서사가 없다. 작가가 사막의 '은유'에 굴복하지 않았다는 증거이리라. 『아프리카의 별』은 그렇게 사막이라는 거부하기 힘든 은유와 싸우며 운명의 모호함에 대한 또하나의 막막한 질문에 이르고 있다.

3. 가족, 절멸의 풍경—김주영 장편소설 『빈집』

『홍어』(1998) 『멸치』(2002)로 이어지던 김주영의 가족 서사가 이제 『빈집』에 이르렀다. 집 나간 아비나 어미를 기다리는 가족의 이야기라는 점에서는 기본적인 서사 구도에서 전작들과 닮았지만, 소설의 진행은 많이 다르다. 이번 소설에는 '홍어'나 '멸치떼'로 표상되던 회복과 조화의 시간에 대한 기대가 없다. 전작들에서 부재와 결핍의 자리를 채우고 있던 그리움은 『빈집』에서는 좀체 서사의 흐름을 얻지 못한 채 뚝뚝 끊어진다. 대신 제목이 암시하는 것처럼 끝내 '빈집'에 이르고 말 상처 입고 부서지는 암담한 가족의 시간이 소설 화자인 배어진이라는 여성에 의해 일인칭 시점으로 회상된다. 희미하나마 가족 유대의 회복 가능성을 기대하게 만들던 이복언니 안성댁(배수진)과의 동해안 여행마저 그녀의 느닷없는 자살로 마감되고 소설 화자 '나'(배어진) 혼자 남게 되는 소설의 끝에 이르면, 『홍어』나 『멸치』가 끝내 놓지 않고 있던 가족이라는 최후의 보루는 거의 형해화된 느낌도 든다. 물론 이것은 가족 이데올로기의 해체나 비판과는 다른 차원에서의 이야기다.

앞서 언급했거니와 『빈집』의 기본적인 구도는 『홍어』와 별반 다르지 않다. 평생 노름판을 전전하며 밖으로 떠도는 아비(배용태)가 있고, 시골 외딴집에서 그 아비를 기다리는 어미와 딸이 있다. 『홍어』에서도 아비를 기다리는 산골 모자는 외부와 최소한의 교류만 나누는 것으로 설정되어 있지만, 『빈집』에서는 그 정도가 심하다. 사기도박 혐의로 배용태를 검거하려는 조형사라는 인물만 이 집을 드나들 뿐, 모녀는 거의 외부와 단절된 생활을 하고 있다. 당대 한국사회의 시간은 최소한의 배경으로 멈춰 있고 인물들의 삶과 교섭하는 사회역사적 맥락도 많이 거세되어 있다. 다분히 의도적으로 보이는 이러한 설정에서 소설적 리얼리티의 약화를 얼마간 감수하고서라도 가족이라는 화두를 원형적 공간에서 탐구하려는 작가의 의지를 읽기는 어렵지 않다. 그렇긴 해도 이 과정에서 '빈집'으로 은유되는 가족의 파탄 혹은 붕괴가 움직이기 힘든 선행관념으로 인물과 서사를 지배하고 있는 듯한 느낌은 지우기 힘들게 되었다. 어쨌든 『홍어』와의 연속성은 기다림의 구도에서 멈춘다. 『홍어』의 인내하는 어미는 『빈집』에 없다. 남편에 대한 격렬한 애증을 딸을 향한 악다구니와 가혹한 매질로 해소하곤 하는 『빈집』의 어미는 사실, 성격에 대해 일관된 요약을 하기 힘들 만큼 종잡을 수 없는 인물이다. 하긴 잠든 어린 딸을 뒤뜰 오동나무에 매단 그물침대에 아무런 대비 없이 방기하고 며칠씩 출분을 일삼는 이 여인의 행동을 어떻게 이해할 수 있겠는가. 소설이 진행되면서 그 출분은 남편의 전처를 전국 각지로 쫓아다니고, 남편의 검거를 막기 위해 형사와 사통한 시간으로 드러난다. 무책임한 남편으로 인한 고초와 수난으로 보아야 할 테지만 병리적이라는 느낌을 떨치기 힘들다. 딸 어진이 정확히 이름 붙인 대로 그녀는 아비와 마찬가지로 "정신적 조난자"다. "내가 어머니에게서 물려받은 것은 아버지로부터 비롯된 어머니의 상처였다. 그래서 어머니와 나의 관계는 감정과 혼란의 파괴로 이루어진 최악의 결합이라고 말할 수 있었다. 겉치레뿐인 사랑이라는 미명 아래 모든 것이 가능했고 모든 것이 정당화되면서, 결국은 모든 것이 괴멸되어버린 결과를 낳았다."(109쪽) 놀라운 것은 이 괴멸의 과정에서 딸 어진의 삶에 어떤 성숙의 계기도 주어지지 않는다는 점이다. 돌아온 아비의 죽음과 어미의 떠남(죽은 남편이 남긴 채무 탓이라고 설명되어 있다) 이후 부모의 악연을 상징하는 오동나무가 베인 '빈집'에 남은 여진은 4년을 그렇게 '혼자' 산다. 그러나 이 '혼자'의 삶에 대해 그녀는 어떤 적극적 행동도 개입시키지 않는다. 어미가 방기한 자신을 스스로도 방기한 채 그저 산다. 그리고 4년 뒤 그 '빈집'을 어미로부터 사게 된 어떤 여인의 주선으로 열아홉의 나이에 결혼을 하게 되었을 때도 그 방기는 되풀이된다. 물론 이 과정에 어미는 한 번도 모습을 보이지 않는다. 이 '이상한' 결혼을 앞에 두고 어진은 어떤 자의식도 보여주지 않는다. 욕망의 분출도 없다. 그녀의 자아는 정말 '빈집'을 닮았다. 텅 비어 있다. 그녀의 결혼은 당연히 '궤멸'의 수순을 밟는다. 어느 정도인가 하면, 그녀는 시어머니와 남편이 사는 안채로부터 격리된 채 외딴방에서 혼자 지낸다. 그것도 1년 동안. 이 징벌의 이유를 묻는 일은 무의미하다. '혼자'와 '수난'은 어미의 삶이 물려준 그녀의 운명일 뿐이다. 그렇다면 이 모두는 여인 이대의 그 흔하디흔한 수난사인가. 그러나 여기에는 『천둥소리』(1986)의 신길녀가 보여준 바 있는, 수난을 끌어안고 넘어가는 질긴 생명력의 세계가 없다. 체념과 방기만이 있을 뿐이다. 예정된 '빈집'의 폐허를 향한.

그러므로 다시 '혼자'가 된 그녀가 아비의 유언을 좇아 이복언니 수진을 찾아 나서는 대목은 이상하다. 그녀의 텅 빈 자아에도 결단의 기적이 찾아들 수 있다면, 이제 그것은 가족의 폐기여야 하지 않겠는가. 혼자인 삶은 그녀의 운명에 깃든 저주이기도 했지만, 뒤집어보면 그것은 그녀에게 유일한 위안의 가능성이기도 했다(어미가 그녀를 버려둔 오동나무의 그물침대가 그녀에게 "하늘침대"라는 더없이 편안한 잠자리이기도 했다는 점을 떠올려보자. 그녀는 거기서 처음으로 자위행위에 눈뜬다). 그러나 작가는 가혹하게도 "온전히 혼자"가 되기까지 어진에게 한번 더 시련의 시간을 마련한다. '빈집'의 폐허는 다시 반복되어야 한다. 두 자매가 함께 떠난 동해안 여행길, 두 사람은 수진이 그녀의 어미와 2년을 살았던 작은 어촌의 셋집을 찾는다. "집은 그 자리에 있었다. 그러나 볼썽사납게도 그 집은 언제부턴가 버려진 폐가로 남아 있었다. 대들보가 지붕을 껴안고 내려앉아 안방의 구들장에 정통으로 박혀 있었다. 누군가가 살고 있겠거니 하는 기대가 있었다. 그러나 그런 참혹한 모습과 마주칠 거라고는 예상하지 못했다."(320쪽) 수진, 그러니까 안성댁은 그 순간 망가질 대로 망가진 자신의 삶을 그 처참한 폐가에서 겹쳐 본 것일까.

소설의 마지막, 전날 밤 사막 여행의 꿈을 이야기했던 안성댁은 방파제 끝에 푸른색 재킷을 남기고 사라진다. 어진은 다시 '혼자'가 된다. 그렇다면 이제야말로 그녀는 정말 '온전히' 혼자가 된 것일까. 소설은 어진의 입을 빌려 그렇다고 말한다. 마지막 문장이다. "이제 사막으로 떠난 수진이 언니처럼 바다 끝에 서 있는 나 어진이 역시 온전히 혼자가 된 것이다." 미묘한 울림으로, '온전히'라는 부사는 그녀가 느끼는 모종의 안도감을 전해준다. 아마도 그녀는 이제 조금 쉴 수 있으리라. 사막으로 떠난 언니처럼. 그러나 그녀가 그 '혼자'인 삶으로 무너진 생을 일으켜세울 수 있으리란 조짐은 여기에 없다. 오히려 '온전한 혼자'조차 종내 부서지고 말 것 같은 폐허의 예감만이 이 삭막한 바닷가 사막의 풍경에는 있다. 어떤 위로도 가능하지 않은 지점, 어떤 회복의 기미도 깃들 수 없는 세상의 끝. 가족에 대한 대가의 탐사가 도달한 이 절멸의 풍경에 대해 어떤 말을 덧붙이랴. 탄식의 반문밖에는. 그러니 이것이 정녕 우리 시대 가족의 초상인가. 아프다.

4. 유토피아와 환멸 사이에서—이병천 장편소설 『에덴동산을 떠나며』

이상향, 유토피아의 꿈은 유구하다. 그것은 한갓 헛된 망상일망정 어느 수준에서는 주어진 현실을 비판하는 부정의 변증법이 되면서 인류사를 추동해왔다. 그러나 이 부정의 변증법은 유토피아가 비현실의 꿈의 자리에 남아 있을 때만 가까스로 작동한다는 점 또한 분명하다. 그러지 않을 때 어떤 파탄과 비극이 도래하는지 인류의 역사는 숱한 사례를 보유하고 있다. 소록도에 나병 환자의 천국을 건설하려 했던 한 인물의 실패를 기록하고 있는 이청준의 『당신들의 천국』(1976)은 한국문학이 도달한 가장 야심적인 유토피아의 정치학이다. 사랑과 자유의 변증법, 자생적 운명의 한계 등을 통해 유토피아의 신념을 시험하고 있는 이 소설에서 이청준은 끝내 '우리들의 천국'을 보여주지 못한다. 그리고 이 실패의 지점이야말로 『당신들의 천국』의 사유의 깊이와 문학적 성숙도를 말해주는 것이리라.

소설집 『홀리데이』(2001) 이후 근 10년 만에 작가 이병천이 '유토피아'라는 묵직한 과제를 들고 장편 『에덴동산을 떠나며』(2010)로 돌아왔다. 첫 소설집 『사냥』(1990)을 통해 일찌감치 그 문학적 성가를 알리기도 했지만, 단단하기 이를 데 없는 문체의 힘은 이병천의 소설을 이야기할 때

빠지지 않는 특장이다. 주로 단편 작품을 통해 그의 문학을 기억하는 독자들이 많은 것도 그 때문일 것이다. 장편의 특성상 그 밀도가 다소 약화되어 있기는 해도, 이번 작품의 곳곳에서 문체의 여전한 힘을 느끼는 즐거움은 적지 않다. 그러나 이번 작품의 경우 아무래도 우리의 관심은 '유토피아'라는 화두를 소설적으로 맥락화하는 작가의 문제의식에 집중될 수밖에 없겠다.

모악산 서남쪽 능선 아래 사람들이 '에덴동산'이라고 부르기도 하는 '다솜터 공동체'가 있다. 3백 명 가까운 독신 남녀들이 "지상에 별천지를 세우"려고 초가집 오두막을 짓고 산다. '다솜대학'이라는 대안학교가 있고 공동체 안에서만 유통되는 고유 화폐도 있다. 토종닭을 치는 유기농 농장과 유황온천 등을 운영하고 외부 관광 손님을 받아 구성원들 모두가 풍족한 생활을 꾸려가는 곳이다. 아내와의 이혼 후 폭음으로 하루하루를 버텨가던 소설 화자인 대학 철학과 시간강사 구문보는 어느 날 이 공동체로부터 함께 들어와 살자는 초대를 받는다. 동양철학을 전공한 구문보는 평소 묵자의 대동사회에 관심이 많았던 터이긴 하다. 소설의 뒤에 가면 이 초대가 처음부터 구문보를 이용하려는 공동체 내부의 음모였던 것으로 밝혀지기도 하는데, 사실 이러한 작위적인 설정은 그 개연성 여부와 관계없이 이 소설에서 그다지 중요한 문제가 아니다. 작가는 '다솜터 공동체'라는 곳을 유토피아의 열망으로 충전시킬 매개적 인물이 필요했던 것뿐이다. 그리고 구문보는 그 역할을 충실히 수행한다. 다솜대학의 교수가 된 그는 다솜터 곳곳에 상징물이나 사당 등의 건립을 제안하면서 유토피아로의 지향성을 부여하기 위해 노력한다. 그리고 이 과정에서 공동체 내부의 기득권 세력을 대표하는 오천규 촌장과의 갈등이 드러난다.

그러나 아쉽게도 이 갈등은 유토피아의 지향과 현실태의 가능한 모순을 복합적인 층위에서 질문하는 방식으로 드러나지는 않는다. 기실 '다솜터 공동체'라는 곳이 유토피아를 지향하기는커녕 대안적 삶의 실험 공간인지도 모호하거니와 유토피아를 사유하고 상상하는 구문보의 문제의식 역시 깊지 않다. 그런 만큼 처음부터 그런 질문은 이 소설의 겨냥점이 아니었다고 보는 것이 옳겠다. 대신 구문보와 촌장의 딸 오초혜의 사랑이 서사의 중심에 놓이면서 구문보가 제기하는 문제는 한 가지로 집중된다. 독신자들만 거주가 허용되는 '다솜터 공동체'의 원칙을 폐기해야 한다는 것. 결국 구문보는 그 자신의 절실한 사랑의 욕망을 토대로 공동체의 금기에 도전하고 마침내 그곳에서 추방되는 것으로 소설은 끝난다.

물론 이 작품에는 구문보나 프랑스 입주민 샤를 파르디 같은 인물을 통해 유토피아에 대한 여러 가지 담론이 소개되고 있기도 하다. 인도의 공동체 마을 오로빌에 대한 여행기 형식의 보고도 들어 있다. 그러면서 구문보는 묻기도 한다. "설립자는 혹시 자신 스스로 다솜터의 신이 되려는 것은 아닐까……? 문득 그런 의문이 든다. 세상의 모든 독재는 신을 지향하는, 신전으로 가기 위한 지름길과 출발점을 같이한다고 나는 믿고 있다."(161쪽) 그러나 유토피아의 정치학에 대한 탐구로 이어질 수도 있었을 이런 질문은 소설의 서사에 더이상 맞물려들어가지 않는다. 오히려 구문보의 유토피아는 오초혜와의 성애적 사랑 속에서 집중적인 표현을 얻는다. 가령 두 사람이 캄캄한 빗속 차 안에서 처음 몸을 섞은 뒤, 차 밖으로 나와 알몸으로 쏟아지는 비를 맞으며 나누는 또 한번의 섹스 장면. "우리는 거기 끈적끈적 흘러내리는 황토 흙탕물에 잠겨 두번째 섹스를 벌였다. 그것은 모든 현생인류의 섹스들을 거슬러올라 인류 계보로서는 최초였을 것 같은, 아주 원시적인 교접이었다. 그러니까 그 어느 누구도 인간에게 섹스를 가르쳐주지 않았던 시절, 흙탕물에 빠져 서로 몸을 부딪치다가 문득 터득해낸 듯한, 저절로 이루어진 몸짓 같은 그런 섹스……"(132쪽) 그러니까 구문보에게는 지금 이곳이야말로 '에덴동산'이 아니고 무엇이겠는가.

그런데 오초혜가 설립자 서평재의 여인임이 드러나고 구문보를 그곳으로 불러들여 사랑을 나눈 일 등이 그녀의 음모로 밝혀지는 소설의 끝에 이르면, 이 모두는 결국 환멸의 서사로 귀결되고 만다. 그러니 이것은 실낙원의 이야기가 아니다. 여기에는 처음부터 유토피아도 없었고 사랑도 없었다. 그렇다면 유토피아를 향한 환각만이 있었던 걸까. 모를 일이다. 다만 마지막 문장으로 놓여 있는 구문보의 독백을 음미하는 일만이 우리의 몫으로 남는다. "다솜터는, 나를 기다려, 아직도 거기 있다."

5. 정념의 애사, 한국어의 가능성 — 김진규 장편소설 『저승차사 화율의 마지막 선택』

김진규의 등단작 『달을 먹다』(2007)에는 생활사나 풍속의 재현이 섬뜩한 가공의 추상적 아름다움으로 전도되는 순간이 종종 있다. 이 전도는 소설의 재현이 박물지적 세목의 뛰어난 구체를 심화할수록 더 뚜렷해지곤 한다. 재현의 초과를 통해 재현 그 자체를 심미적으로 사물화하려는 무의식적 욕망. 인물들이 내뿜는 비극적 정념의 과잉과 마주보고 달리는 듯한 이 심미적 욕망의 자립화를 적절히 제어하는 일이 이 작가에게는 앞으로의 과제일 수도 있겠다는 생각을 했다. 그러나 『남촌 공생원 마나님의 280일』(2009)에서 작가는 풍속의 재현을 서사의 해학적 가능성으로 풀어내면서 우리의 우려를 덜어주었다. 이 작품에서 작가가 보여준 활달한 이야기꾼의 능력은 굳이 역사소설에 한정될 것 없는 문학적 개성의 가능성이기도 했다.

조선 영조 시대를 배경으로 이승과 저승, 현생과 전생을 오가는 기이한 이야기 『저승차사 화율의 마지막 선택』(2010)은 『달을 먹다』의 극단적 정념의 애사(哀史)를 잇고 있다. 근대적 삶의 탐구는 여전히 이 작가의 관심이 아닌 모양이다. 소설 속 인물들의 비극은 당쟁과 같은 시대적 제약을 밑그림으로 하고 있지만 결국은 그 제약을 무화하는 영겁회귀의 운명에 귀속된다. 정념의 비극이 끝날 수 있는 가능성은 오로지 인간의 육신을 받고 다시 태어나지 않는 길뿐이다. 그러나 이 가능성은 인간의 '선택' 속에 있는 것이 아니다. 백제 사반왕의 몸에서 시작해 거듭 전생의 기억을 가지고 다시 태어나는 염색장 채관은 자신의 기억이 담긴 책을 태움으로써 그 기억의 윤회를 끊고자 한다. 그는 말한다. "아무 탓도, 어디 탓도 아니거든. 쉼 없이 이승을 선택한 건 나 자신이니까. 하니 그만두는 것도 내가 할 바느니."(287쪽) 그러나 이승과 저승에 동시에 속한 채관의 존재가 불가능한 것이듯 그의 이러한 '선택'은 종교의 가능성을 제한다면 인간의 의미망을 벗어나 있다. 채관의 죽음 이후에도 하나의 자연으로서 정념의 실재는 사라지지 않을 것이다. 그럼에도 이 소설은 거듭 선택에 대해 말한다. 저승차사 화율은 이승에서의 자신의 진심이 뚜껑별꽃 아씨와 설징신 사이에서 분열되어 있었음을 뒤늦게 깨닫자 선택의 기로에 자신을 세운다. 그는 대차사 앞에서 마지막 원을 말한다. "진심을 또 낳고 싶지 않습니다."(319쪽) 그러니 그의 '마지막 선택'은 무엇인가. 채관으로 하여금 거듭 생을 선택하게 한 인연의 뿌리이자 최수강과의 비극적 사랑의 현신인 연홍. 그녀의 뱃속에서 자라고 있는 또 한번의 참혹한 인연의 씨앗이며 이 모든 애사의 끝이어야 하는 작은 생명. 그것이 그의 선택이었다. 참으로 아득한 이야기의 세계가 아닐 수 없다. 눈감고 가만히 귀기울일 일이겠다. 숨 막히는 정념과 끊어지지 않는 인연의 비극에 전율하며.

저승차사의 세계까지 태연하게 하나의 풍속적 실감으로 제시하는 작가의 언어적 외연은 놀랍다. 채관과 최수강의 이야기를 통해 면목을 드러내는 조선시대 염가(染家)의 세계 또한 기실 전통과 현재를 잇는 한국어의 현란한 가능성을 과시하는 방편으로 부족함이 없다. 이른바 '색(色)'의 언어들. "쪽빛을 검은빛이 나도록 푸르게 애벌로 들이고 나서 그 위에 황벽을 진하게 먹이면 봄날 버들잎 빛깔이 되느니. 내 보기엔 연두색보다 나아. 부드럽거든. 아녀자들은 팥유청이라 하고 글 꿰는 이들은 유록(柳綠)이라고 하지."(128쪽) 전작들에서도 어느 정도 확인된 바지만, 작가의 이러한 풍속의 탐구와 언어의 궁구에는 이제 이야기를 잣고 푸는 리듬감까지 스며들어 어느 정도의 자재로움마저 느껴진다. 그러고 보면 소설 속 채관이 울금이라는 약초를 두고 말하는 오감의 세계는 기실 작가가 가닿고 싶어하는 언어적 진경 혹은 문학적 경지와 그리 멀지 않은 것도 같다. "채관은 유독 울금을 편애했다. 울금, 하고 발음할 때마다 줄렁이며 차오르는 밀물 같은 통증이 그를 더 그렇게 했다. 색을 다루면서 소리까지 거들다니. 아닌 게 아니라 소리 때문에 색을, 색 때문에 향을, 향 때문에 맛을, 그렇게 이것 때문에 저것이나 저것 때문에 그것을 취하고 버리는 것이 사람이었다. 사람의 오감이라는 것이 얼마나 미묘하고 복잡한 것인지, 그 오감 때문에 사람은 또 얼마나 더 복잡하고 미묘해지는지, 채관은 때마다 절감했다."(96쪽) 그러니까 색과 소리를 아우르고 오감의 복잡 미묘함을 놓치지 않는 문학 언어의 가능성. 문제는 시적 비약과 장식 과잉의 위험을 얼마나 피해갈 수 있느냐 하는 점일 텐데, 『달을 먹다』에서 시작된 내간체 문장의 실험이 한국적 정념과 풍속의 특별한 천착과 함께 일구어내고 내고 있는 이 개성적 언어의 세계에 대해서는 기대를 품어봐도 좋을 듯하다.

그런데 『저승차사 화율의 마지막 선택』은 저승이나 전생과 같은 불가지의 마법적 세계를 덜고 보면 영조 시대 당쟁의 와중에 멸문의 화를 입은 양반 가문 두 젊은 남녀 연홍과 수강의 좌절된 사랑 이야기로 모인다. 온갖 참혹한 시간이 그들을 밟고 지나간 뒤 불한당의 아이를 밴 연홍은 음악을 관장하는 장악원 관비로, 혀 잘린 수강은 염가의 직공으로 살아가고 있다. 두 사람의 사랑은 회복될 수 있을까. 혹은 두 사람에게 어떤 선택의 길은 없는가. 다시 말해 이 두 사람의 절망적이고 폐쇄적인 '로맨스'에 '소설'의 자리에서 건네는 선택의 언어는 없는가. 그러니 나는 고백해야겠다. 한갓 저잣거리의 사람이 된 연홍의 다음과 같은 범속한 말이 없었다면, 『저승차사 화율의 마지막 선택』을 끝내 편하게 덮지 못했으리라는 걸. "신은 멀었다. 사람을 위로하는 건, 사람을 돕는 건, 결국 사람이었다. 멀리 있는 신도 아니고 죽어 가버린 사람도 아닌, 살아남아 곁에 있는 사람./ —그래, 수강도 살아남은 사람이지."(337쪽)

(『문학동네』 2010년 겨울호)

우연의 마주침, 그리고 이야기
— 윤성희 장편소설 『구경꾼들』

윤성희의 소설적 상상은 인간사의 사소한 길목에서 이야기를 찾고 발명하는 데 능하다. 대개의 소설에서라면 그런 길목은 더 긴요하게들 여겨지는 이야기의 대로를 따라 전진하느라 눈길이 닿기 힘든 곳이기도 한데, 이야기의 전진에 무심한 만큼 윤성희의 소설은 이야기의 크기와 우열을 생각하지 않는 것 같다. 윤성희의 소설적 상상이 인물의 도덕적 우열을 가르는 쪽으로 향하지 않는 것도 비슷한 맥락일 것이다. 윤성희의 소설에 갈등하고 다투는 인물들이 없는 것은 아니지만 그 싸움의 내용은 전혀 거창한 것이 아닐뿐더러 거기서 도덕의 우위를 선점하려는 위세나 허세를 찾기는 힘들다. 그리고 여기에 세상의 질서 혹은 인간사에 대한 윤성희 소설만의 고유한 이해가 있을 것이다.

장편 『구경꾼들』(문학동네, 2010)을 예로 든다면, 그 이해는 '쓸쓸함'이라는 단어의 언저리에 주소를 두고 있는 듯하다. 소설 화자인 소년의 아버지는 결혼 전 어머니에게 자신의 마음을 고백하면서 어린 시절 소년소녀세계문학전집을 읽다 쓸쓸하다,라는 단어를 처음으로 본 순간 단번에 그 뜻을 이해할 수 있었다고 말한다. 화자의 작은삼촌은 고교 육상대회 같은 관객이 별로 없는 경기를 보러 다니는 걸 좋아했는데, "포환던지기나 장애물 달리기를 보면 쓸쓸하다는 말을 하는 게 얼마나 사치스러운지 알 것 같다고 삼촌은 생각했다." 두 예에서 알 수 있듯, 윤성희 소설의 인물들에게 '쓸쓸함'은 성장의 정도와 무관한, 즉각적으로 이해 가능한 정서이다. 그것은 그들의 나날이 그러하기 때문일 것이다. 사실 '고독'으로 바꾸어 불러도 될 이 쓸쓸함의 이야기는 유구하며 특별하지 않다. 그러나 윤성희 소설의 쓸쓸함은, 모순된 표현이긴 하지만, 창이 있는 모나드의 세계라 할 만하다. 세상에 던져진 이상 모나드의 고립은 불가항력의 사태이고 얼마큼의 고독, 즉 쓸쓸함 역시 불가피하다. 윤성희 소설의 인물들은 이런 상황을 일찌감치 수긍한다. 그러나 체념하지는 않는데, 부단히 그 쓸쓸함을 견딜 만한 쓸쓸함으로 바꾸면서 그렇게 한다. 아마도 창 없는 모나드에 창이라 부를 만한 어떤 공간이 마련된다면, 이 변환의 노동이 일어나는 순간일 것이다. 그리고 그 노동의 시작은 창으로 물끄러미 건너편 모나드의 쓸쓸함을 바라보거나 '구경하는' 일이며, 그 구경의 쓸쓸함을 견디는 일일 것이다. 종종 이 쓸쓸함은 윤성희의 소설에서 심심함과 구별할 수 없게 되는데, 가령 화자의 어린 아버지가 저녁을 짓는 할머니 곁에서 부엌 문지방에 걸터앉아 시간을 보내는 장면이 그렇다. 문지방에서 작은 구멍을 발견한 어린 아버지는 낮잠을 자고 있는 증조할머니의 머리에서 실핀을 뽑아 구멍에 넣는다. 실핀 끝에 나뭇밥이 묻어 나온다. 곱고 부드러운 나뭇밥을 만지다 엄마, 하고 부르지만 식구들 세끼 식사를 챙기는 게 성가신 어머니한테서는 지청구가 돌아온다. 어린 아버지는 쪼그리고 앉아서 구멍에서 벌레가 나오길 기다린다. 기다리다 지친 아버지는 구멍을 혀로 핥는데, 쓰다. 그때 밥물이 끓어넘치고, 마당으로 나와 뱉은 아버지의 침은 자신의 그림자 안으로 떨어진다. 그리고 바로 이 어린 시절의 기억 뒤에 아버지는 소년소녀세계문학전집에서 쓸쓸하다, 라는 단어를 처음 본 이야기를 하며 어머니의 손을 잡는다. 사실 윤성희 소설은 심심함과 쓸쓸함이 몸을 바꾸는 이 기원의 풍경에서 좀처럼 멀리 가지 않는다. 고독과 결핍을 사회적 현실이나 실존의 층위에서 정색하고 심각하게 다루는 일이 없다. 사람들은 그저 공평하게 쓸쓸할 뿐이다. 그런데 윤성희 소설이 보기에 그 쓸쓸함은 공평하게 발화되고 있지 않다. 어떤 이야기들은 크고 요란하게 세상을 흘러다니지만 어떤 이야기들은 정작 이야기될 기회조차 얻지 못한다. 윤성희 소설은 그런 사각의 이야기들을 찾아 나서고 그런 이야기들에 귀를 기울이고자 한다. 이때 모나드의 창은 바라보면서 듣고 말하기 시작한다. 그리고 당연히도 윤성희 소설에서 그 이야기 찾기의 여정은 자주 탈중심적이고 비위계적인 리좀적 형상을 그리며 이야기의 꼬리를 물고 접속 변형된다.

예컨대 증조할머니까지 아홉 명의 대식구가 이층집을 구해 이사를 가게 되었을 때, 소설은 그 집을 처음 지은 사람부터 그곳에 살았던 여러 사람들의 사연을 하나하나 전하고 집수리를 맡은 목수의 버릇까지 소상하게 들려준다. 더구나 수리한 집 어딘가에 자신의 이름 초성 'ㅎㅇ'을 새겨넣는 목수의 버릇은 이 대목에서 이야기의 소임을 마치지 않는다. 훗날 2층 마룻장에서 처음 그 초성을 발견한 화자의 고모는 방송국 라디오 프로그램에 사연을 보내고 DJ는 'ㅅㅇ'과 'ㅇㅇ'을 발견한 또다른 청취자들의 사연이 잇따르자 자신이 상상한 이야기를 들려준다. 그 상상의 이야기 속에서 목수에게는 세 아들이 있고, 자라서 목수가 된 그 아들들은 아버지처럼 자기 이름을 새겨넣는다. 목수의 우연한 버릇에서 시작된 이야기는 고모의 삶에서 계속 나타나고 증식한다. 고등학생 때 짝사랑했던 영어선생님과 그 이후 고모가 사귄 여섯 명의 남자는 모두 이름에 같은 초성 두 개가 들어가고 고모는 그들 모두와 이별을 겪는다. 이것은 한 가지 예일 뿐, 『구경꾼들』의 어느 페이지를 펼쳐도 우리는 비슷한 이야기의 접합과 증식을 만날 수 있다. 흥미로운 것은 이러한 이야기의 생성 과정에서 윤성희 소설이 상당한 정도로 우연에 대해 열린 태도를 취하고 있다는 사실이다. 이는 체계적이고 유기적인 서사의 구축, 인과율을 바탕으로 하나의 목표점을 향해 수렴되는 서사의 진행을 윤성희 소설이 외면하고 있다는 말이기도 한데, 윤성희 소설은 일탈과 우연의 마주침을 당당히 서사의 전면에 내세우면서 우리에게 묻고 있는 듯하다. 우리의 존재가 아찔한 우연이듯이 세상 역시 근원적으로는 목적 없는 우연의 과정에 내맡겨져 있는 것이 아니냐고. 물론 윤성희의 소설은 이런 질문을 쓸쓸함을 둘러싼 이야기 너머로 확대할 생각이 없으며, 우연에 대한 속 깊은 승인을 쓸쓸함을 견디는 장삼이사의 세속적 이야기 속으로 부지런히 숨길 뿐이다.

『구경꾼들』에서 화자의 큰삼촌은 병원 마당에서 커피를 마시다 옥상에서 떨어져내린 사람에게 깔려 죽음을 맞는다. 전신 화상을 입고 입원해 있던 여인이 옥상에서 자살하기까지 윤성희 소설 『구경꾼들』은 그 참사를 피할 수 있었을 수많은 갈림길들을 탐사하지만 우연적인 순간의 마주침은 너무나 정교해서 여인의 자살과 큰삼촌의 죽음은 필연처럼 세상에 도착한다. 큰삼촌의 죽음 뒤, 소설화자 '나'는 큰삼촌이 마지막으로 서서 하늘을 보았던 장소로 간다. 언젠가 큰삼촌과 함께 바닥에 귀를 댄 채 마당에 엎드렸던 것처럼 '나'는 병원 마당 바닥에 귀를 댄다. 희미하게 남아 있는 핏자국 위에 떨어진 단추 하나를 줍고 그 순간 우연히 굴러온 병뚜껑도 함께 주머니에 넣는다. 이제 큰삼촌의 책상서랍을 열 때마다 단추와 병뚜껑이 가장 먼저 눈에 들어오게 될 것이다. 말하자면 이것이 윤성희 소설이 쓸쓸한 우연의 세상을 살아가는 법인데, 큰삼촌의 죽음을 두고 외할머니가 할머니를 위로하며 건네는 "우리가 할 수 있는 일은 최선을 다해 기억하는 거예요"라는 말 역시 여기에 해당한다. 이 기억하기는 "큰삼촌이 얼마나 늦게 걸음을 걷기 시작했는지" 잊지 않는 일인 것처럼, 결국 이야기를 잃어버리지 않는 일이며, 계속 이야기를 만들어내는 일이 될 것이다. 그런데 『구경꾼들』에서 죽음은 여기에 그치지 않는다. 할아버지가 죽고, 아버지와 어머니가 죽는다. 그렇게 해서 소설의 후반에 이르면 여덟 명의 가족 중 절반이 이 세상에 없다. 그러나 윤성희 소설『구경꾼들』은 그 와중에도 부지런히 세상사의 우연한 마주침을 기록하고 그 이야기들에 하나하나 귀를 기울인다. 물론 떠난 가족을 둘러싼 작은 오해의 교정과 뒤늦은 깨달음, 자책의 순간들도 또다른 이야기들의 다발을 이룬다. 기억하기는 종종 중단되지만, 이야기는 계속되고 그 계속되는 이야기 속에서 기억은 다른 세목들을 가지고 다시 찾아온다.

시작도, 끝도 없는 이야기. 심각한 질문도, 근사한 해답도 없는 이야기. 세상에 대한 비판도, 분노도, 원망도 없는 이야기. 그저 눈앞의 쓸쓸함과 동행하는 이야기. 그런데도 윤성희 소설을 읽고 있으면 그냥 고개가 끄덕여지고 마음이 환해진다. 소설에 대한 규범적인 요구는 웬만큼 내려놓고 그저 이만큼이면 좋지 않나 말하고 싶어지는 것이다. 그 비밀이 나도 궁금하다. 아마 나도 얼마큼은 쓸쓸한 모양이다.

(『문장웹진』 2010년 11월호)

타자는 어디에 있는가
— 전성태 소설집 『늑대』

전성태의 두번째 소설집 표제작이기도 한 「국경을 넘는 일」에는 동남아 여행중 만난 한국인 남성 '박'과 일본인 여성 나오꼬가 정사를 나누는 장면이 나온다. 소설화자인 박은 그 특별한 잠자리에서 '육체의 열락'을 비집고 피어나는 '불온한 쾌감'에 당황한다. 나오꼬라는 여성은 그가 인생에서 가장 멀리 있다고 생각해온, 상상도 해보지 못한 낯선 존재였다. 그러니까 '일본 여자'. 서구의 독자에게라면 상당한 이해의 주석이 필요할 법한 이 기묘한 거리감은 "너는 그냥 어린 계집아이일 뿐이야"라는 소설 화자의 공허한 외침 이후에도 '어정쩡하게' 남는다. 그런데 이 '어정쩡함' 속에 '타자를 향한 열림'이나 '경계 넘기'라는 레토릭에 자신의 소설적 진실을 넘기지 않으려는 전성태의 저항선이 있는 것은 아닌가.

몽골에서의 체류 경험을 집중적으로 소설화하고 있는 세번째 창작집 『늑대』(창비, 2009)에 와서도 타자 혹은 경계 앞에 선 작가의 어정쩡함은 여전한 듯하다. 아니, 이러지도 저러지도 못하고 비칠대는 모습이 제대로지 싶다. 광활한 대지와 유목의 땅이자 사회주의의 실패가 각인되어 있는 나라, 그리고 북한의 오랜 동맹국이었던 몽골. '작가의 말'에서 전성태는 "몽골은 내게 특별한 고통과 영감을 주었다"고 쓰고 있다. 여기서 '고통'이란 무얼까. 불편함을 넘어 통증을 안기는 무엇이 몽골에 있었단 말인가. 인식이나 이해의 대상으로 놓일 때 타자의 타자성은 소멸되거나 해소된다. 이 경우 타자성은 주체의 소유 목록에 추가될지언정 주체를 아프게 하고 곤경에 빠뜨리지 못한다. 그리고 통증과 곤경 없이 주체의 진정한 성찰이나 갱신의 모색이 가능할 리 없다. 사정이 이렇다면, 몽골은 작가 전성태에게 광활한 대지의 충격이나 착잡한 현실 역사의 살아 있는 유비이면서, 그 이상의 무엇이었다는 이야기가 된다. 그것은 개념화하거나 이름 붙이기 힘든 고통의 출현이나 내습(來襲)이 아니면 안 된다. 그럴 때만 자기 보전의 집요한 의지에 둘러싸인 주체를 뒤흔드는 타자라는 사건이 발생하기 때문이다. 우리가 『늑대』에서 찾아내고 읽어내야 하는 것은 바로 이런 사건, 혹은 사건의 징후다. 그러나 그게 쉬울까. 이것은 작가가 말한 '고통'의 진정성을 회의하는 이야기가 아니다. 그 반대다. 지금 우리가 살고 있는 세계는 그런 사건의 가능성을 도래시키기 힘든 조건들로 가득차 있다. 몽골은 외부가 아니다. 지금 이 세계에 외부는 없다. 마찬가지로 몽골이 특별한 타자의 공간일 수도 없다. 베트남도 히말라야도 마찬가지다. 그런 만큼 외부를 사유하고 타자의 시선에 자신의 주체성을 여는 일이 쉬울 이치가 없다. '사건'이 있다 해도 아주 미미하거나, 어정쩡하거나, 우스꽝스러울 수밖에 없는 것도 그 때문이다.

이번 소설집의 수록작 「코리언 쏠저」는 그런 의미에서 정직한 작품이다. 안식년을 맞아 몽골에 온 한국의 대학교수 창대가 이방인이자 단기 체류자의 처지에서 겪는 이러저러한 곤경을 은근한 풍자적 어조로 그리고 있는 이 작품에서 그 풍자의 화살이 향하고 있는 과녁은 무엇인가. 그것은 시인이기도 한 화자 창대가 몽골의 전형적인 러시아식 아파트를 소개받을 때 떠올리는 '북방' 혹은 '시원(始原)'의 이미지 따위의 이국에 대한 여행객의 환상이기도 하겠지만, 보다는 몽골을 '헐벗은 타자'의 자리에 놓아두려 하는 자기기만의 환상이다. 창대가 몽골의 재래시장과 인터넷 카페에서 '야만적' 행패를 겪은 뒤 아파트 8층에서 현관문을 이중으로 잠근 채 두문불출하며 두려움과 경멸 그리고 아마도 연민의 마음으로 내려다보았을 뿌연 모래바람의 도시. 이 시선의 구도는 「남방식물」에서 몽골 청년 돈얼과 그의 친구가 한국으로의 유학과 취업을 위해 도움을 청했을 때 한국인 병섭의 불편함을 숨긴 어정쩡한 손길에도 약간의 변주가 없는 것은 아니지만, 여전하다. 결국 「코리언 쏠저」의 창대는 30개월의 군복무 경험을 내세우며 '코리언 쏠저'로서 아파트 꼭대기층에서 전선줄에 몸을 감고 강하(降下)해야 할 딱한 처지가 된다. 이 장면에서 집요하게 되살아나 오히려 악화일로에 있는 한국사회의 군사문화를 떠올려야 한다면 그보다 더 처량한 독법이 어디 있으랴. 오만한 시선의 자기 처벌이 전성태다운 정직하고 적실한 풍자의 표현을 얻었다고 해야 할 것이다. 가족에게 버림받고 오도 가도 못할 처지에서 문 닫기 직전의 호텔을 지키며 몽골 울란바토르의 이방인으로 부유하고 있는 전직 미술교사 병섭(「남방식물」)은 또 어떤가. 그는 북한에서 직영하는 목란식당의 평양처녀 명화가 귀국을 앞두고 '간절한 표정으로' 건네준 편지를 탈북과 관련된 메시지로 지레짐작하고 외면한다. 몽골의 성황당 격인 '어워' 한 귀퉁이에 버리듯 놓고 온 그 편지에는 정중한 작별인사와 함께 동료인 목란식당의 몽골 여성 오카의 한국 입국을 도와달라는 부탁이 들어 있었던 것. 병섭이 뒤늦게 어워를 찾아 그 편지를 열었을 때, 몽골 초원의 바람은 그 편지를 낚아채듯 빼앗아가지 않겠는가. 작가는 북방 울란바토르까지 올라와 뒤틀린 모습으로 자라난 남방식물 올리아스처럼 정처를 잃은 병섭의 처지를 소설의 시선으로 삼음으로써 애당초 '헐벗은 타자'에 대한 우월적 지위를 거절하려 하고 있지만, 어쩔 수 없이 남는 병섭의 부끄러움은 그 완강한 구도를 역설적으로 증거한다. 그렇긴 해도, 한 개인의 실존적 자리 이전에 세계화 시대 분단 한국의 현실과 정치적 좌표로부터 알게 모르게 강요되는 이러한 윤리적 부끄러움을 어떻게든 감당하려는 마음은 전성태 소설의 뚜렷한 미덕이 아닐 수 없다.

그러나 좀더 복합적이고 미묘한 소설적 진실의 울림이 시작되어야 할 곳은 가령 「두번째 왈츠」에서 몽골을 방문한 한국의 소설가 '나'가 매력적인 몽골 미망인 냐마에게 느끼는 한갓 바람 같은 연애의 감정이어도 좋지 않겠는가. 몽골에 귀화한 '북한 여인'을 찾아가는 두 사람의 여로가 실은 숨겨둔 감정의 줄다리기에 불과하다 해도, 몽골 북부 초원의 게르에서 그 북한 여인의 죽음을 확인한 뒤 두 사람에게 엄습한 알 수 없는 '그리움'은 정말 느닷없는 타자의 급습으로 그럴 법하지 않은가. 몽골 시인 바르갈이 말한 대로 "추억이 없어도 그리움은 오는 법"일 터. 전쟁을 겪지 않은 화자와 같은 '젊은 세대'에게도 전쟁고아로 동맹국 몽골의 보살핌을 받았고 30여 년 만에 다시 찾은 몽골에서 볼 강의 양치기와 결혼한 뒤 초원의 게르에서 생을 마감한 북한 여인을 아프게 그리워할 권리는 있지 않겠는가. 그 그리움은 사회주의 시절 명망 있는 원로 작곡가의 세번째 부인이었다는 과거의 후광 속에서 고독을 앓고 있는 몽골 여성 냐마에게도 닥칠 만한 것이다. 소설가인 화자 '나'는 울음을 터뜨린 냐마를 품에 안고 "사랑할 자격이 있을까" 하고 자문하고 있지만, 사랑에 무슨 자격이 있겠는가.

자본의 '검은 혓바닥'이 삼켜버린 몽골의 초원에서 그 검은 탐욕의 시선이자 그것을 초과하는 욕망의 실재로서 '검은 늑대'의 자연과 숭고를 탁월하게 그려낸 표제작 「늑대」의 소설적 성과는 그러니까 몽골에 대한 사유를 상투적인 윤리적 구도에서 해제하고 외부 없는 세계현실을 고통과 실패 그 자체의 원풍경으로 포착함으로써 가능했다. 이 작품에서 우리는 본다. 타자는 목마른 사랑의 대상이면서 몽매에도 죽이고 싶은 상대임을. '검은 늑대'는 그렇게, 그 생생한 몰락의 얼굴로 실패한 세계의 알레고리가 되어 어두운 영혼의 울림을 남긴다.

결론을 맺자. 타자에 대한 인정이나 열림, 혹은 경계에 대한 사유가 어느 수준에서 긴절한 현실적 요구가 되고 있는 상황을 문학이 외면할 수는 없다. 마찬가지로 몽골이든 베트남이든 '외부적' 시선의 가능성에 대한 탐구는 좀더 깊은 소설적 표현을 기다리고 있다고 해도 좋을 것이다. 그러나 바로 그렇기 때문에도 이러한 문학적 과제는 윤리라는 시대의 강박에 들리기 쉽다. 물론 이 강박은 쉽게 뿌리칠 수 있는 게 아니며, 더 큰 인간 진실의 발견을 통해 지양되어야 하는 것이리라. 문예지에 '자전소설'로 발표된, 이번 소설집의 숨은 백미라 할 「아이들도 돈이 필요하다」는 용의주도한 순진무구로 거창한 타자의 이야기를 무색게 한다. 그런데 몽골 이야기의 정색과 '자전소설'의 무구 사이에는 누르스름한 곱슬머리와 갈색 눈동자의 '나-타자'에 대한 슬픈 이야기 「이미테이션」이 있다. 한국사람처럼 생기지 않은 특이한 외모 탓에 늘 놀림의 대상이 되어야 했던 아이가 게리 워커 존슨이라는 한 혼혈인의 인생(그 역시 완벽한 미국인 행세를 하는 또하나의 짝퉁 인생이다)을 이름까지 베껴 가짜 영어 원어민 강사로 살아가는 이야기. 여기서 원본과 이미테이션의 서열 혹은 경계가 전도되고 지워지는 지점이 자생적 자기 운명의 시선에서 포착되고 있다는 사실은 드문 소설적 개가가 아닐 수 없다. 이 미묘한 중간지대의 발견이야말로 리얼리즘의 심화가 아니겠는가.

(『창작과비평』 2009년 가을호)

우리에게는 누이가 있다

— 고종석 장편소설 『해피 패밀리』

오즈 야스지로의 영화에 가장 많이 나오는 공간은 다다미가 깔린 전통 일본식 가옥의 거실이다. 가족들은 거실에 모여 앉아 밥을 먹고 학교나 직장으로 간다. 저녁이 되면 드르륵 현관문을 열면서 "다녀왔습니다" 하고는 다시 거실로 들어선다. 영화가 끝날 때쯤이면 그 거실의 풍경에 빈자리가 생긴다. 주로 혼기에 이른 딸이 어렵사리 결혼을 결심하게 되면서 그렇게 되는데, 변함없는 거실의 구도와 정물들 사이에 스며든 부재의 자리를 응시하는 일은 언제든 아리고 느껍다. 그 거실은 지극히 세속적인 일상의 공간이지만, 나고 지는 자연의 시간에 순응하는 방식으로 어떤 성스러움과 연결된다. 일견 단순하고 절제된 정적(靜寂)과 금욕의 오즈적 화면에서 이질적인 것들의 병렬과 공존이 일으키는 다채롭고 자유로운 생의 약동을 짚어낸 하스미 시게히코의 통찰은 유명하다. 허문영은 가족이라는 서사의 울타리를 포함해 극도로 양식화된 오즈의 영화가 그 강박적 양식을 통해 생의 잔혹함, 외설성, 음울함을 방어하고 있다고 말한다.(허문영, 「죽음의 시학, 삶의 시학」, 『문예중앙』 2012년 겨울호) 하긴 아버지와 딸이 함께 잠자리에 든 〈만춘〉의 그 유명한 교토의 여관 장면에서 어떤 금기의 욕망을 느끼지 못한다면 그게 이상한 일일 테다. 허문영에 따르면 〈도다가의 형제자매들〉에도 비슷한 장면이 있는데, "아버지가 돌아가시자 우는 여동생에게 오빠가 모자를 씌워주는 기묘한 숏은 너무나 에로틱해 둘의 근친상간을 부인하기 힘들 정도다." 많이 알려진 이야기지만, 오즈는 평생 독신으로 살았다.

고종석의 『해피 패밀리』(문학동네, 2013)는 제목이 알려주는 대로 가족 이야기다. 고종석의 소설 세계에서 '누이'는 가장 아름다운 말이자 대상이다. 워낙 여러 작품에서 '누이'(친누이든 이종사촌 누이든 '누이' 같은 아내든 입양을 통해 맺어진 누이든)에 대한 육친애를 넘어선 사랑이 반복적으로 흘러넘치고 있는 터라, '누이 콤플렉스'라는 잘 알려진 탐침을 찔러보고 싶은 유혹을 이기기 힘들 정도다. 그러나 이 지면은 그럴 자리도 아니거니와, 실은 별로 그러고 싶지도 않다. 나는 그저 고종석 소설에 등장하는 '누이'라는 인간형의 그 반복된 호명 둘레에서 연약하고 작은 것들을 보듬고 감싸고 어루만지려는 연민과 유대의 인간적 정화(精華)를 느낀다. 타고난 천성과 기품으로서의 '이타성'의 세계가 거기에는 있다. 나는 고종석의 초기작 「제망매」의 이야기를 따라 읽은 뒤, 소설의 화자가 페르-라셰즈 묘지 코뮌 전사들의 벽 앞에서 이종사촌 누이에게 "자신이 투사인 줄 몰랐던 박애의 투사. 우리 별에 머물렀던 서른두 해 동안 소리 소문 없이 사랑을 실천하다"라고 묘비명을 헌사할 때 그 말들이 내게로 번지며 흘러오던 감흥을 기억한다. 그게 그 사랑 넘치는 '박애의 투사'가 '5월 광주'를 겪은 뒤 갖게 된 전라도 말투에 대한 자기 검열의 가슴 아픈 사연을 들었기에 더 그랬던 것일까(나는 경상도 사람이다). 잘 모르겠다. 어쨌든 고종석 소설에서 '누이'는 연약하고 밀려난 것들을 둘러싼 모든 아름다운 마음이 흘러들고 퍼져나가는 자리임에 분명한 것 같다. 가끔은 너무 이상화되어 있다는 느낌이 들 정도로 말이다. 내게는 『해피 패밀리』의 주인공이랄 수 있는 한민형이라는 사내조차 내내 그 '누이들'의 또다른 분신으로 읽혔다. 그러니 그 인물이 손위누이와 나눈 사랑은 '이타성의 포괌'을 향한 상상의 갈망일 가능성이 높다. 그때 그 포괌을 금지하고 있는 것이, 혹은 그 사랑의 덧셈을 거듭 좌절시키는 게 우리의 인간 현실이라면 이야기가 어떻게 되는 것일까. 소설은 그 금지된 사랑의 자기처벌로 손위누이 한민희를 '소거'시키고는, 그 자리에 서현주라는 또다른 '누이'를 아내의 형식으로 돌려준다. 이 힘겹고 간곡한 방어가 소설의 기품을 지탱하고 있다는 것은 알겠다. 한 가족을 뒤흔든 금기의 사랑이 일종의 미스터리 구조로 서사의 아래 깔려 있지만 거의 발화되지 않는 것도 그래서일 것이다. 그러나 그 '이타성의 포괌'이 금기의 서사가 되는 순간, 이 소설은 이미 인간의 심성과 세계 현실에 대한 가장 커다란 비관을 누설하고 있다. 이 비관의 크기가 섬뜩하고 무섭다. 오즈에게 가족이 그러했던 것처럼, 고종석에게도 '누이'는 무언가를 방어하기 위한 안간힘의 양식(樣式)인 것일까.

(창비문학블로그 『창문』 2013년 2월 18일)

당신은 들을 수 있는가
— 공선옥 장편소설 『그 노래는 어디서 왔을까』

비 그친 뒤의 신록은 한층 맑고 푸르다. 색색의 꽃들과 함께 비현실적인 느낌마저 준다. 기상이변이 일상이 된 지도 오래지만, 그래도 5월은 5월이다. 달력을 보니 18일 칸 아래에 '5 · 18민주화운동기념일'이라고 적혀 있다. 광주의 이야기는 고등학생이었던 그때 신문 1면에서 그리 크지 않은 기사로 처음 접한 기억이 난다. '소요사태'라는 낯선 한자 단어가 이상할 정도로 선명하게 기억에 남아 있다. 30년이 넘는 시간이 흘렀다. 공선옥의 신작 장편 『그 노래는 어디서 왔을까』(창비, 2013)는 다시 우리를 그 5월의 시간으로 데려간다. 돌아보면 시민군 출신 사내의 이야기를 다룬 등단작 「씨앗불」(1991)에서부터 '5월 광주'는 단 한 번도 공선옥의 문학을 떠난 적이 없다. 그것은 단지 소설 서사의 차원에서만 그런 것이 아니라 쑥대밭 같은 현실에서 곧장 끄집어낸 공선옥 특유의 도발적이고 반란하는 생생한 언어에 떼어낼 수 없는 화인처럼 새겨져 있었던 것 같다. 김정환은 시 「지울 수 없는 노래」(1981)에서 "불현듯, 미친 듯이/솟아나는 이름들은 있다 (……) 사라져버린/그들의 노래는 아직도 있다"고 4 · 19에 기대 5월을 뜨겁게 함께 불러내기도 했지만, 공선옥에게 '5월'은 언제나 '지울 수 없는 노래'이지 않았을까.

그리고 이번에는 정말 '노래'다. 동시에 '소리'다. 앞선 소설집 『명랑한 밤길』(창비, 2007) 어름부터 말이 되지 못한 소리, 말을 넘어서는 울음과 노래에서 세상의 고통을 받아 적고 공명시키는 소설의 길을 집중적으로 찾아온 공선옥은 『그 노래는 어디에서 왔을까』에서 발화되지 못한 아픔과 슬픔에 자신의 언어와 미학을 모두 던져 길을 틔워주려고 작정한 듯 보인다. 소설은 새마을운동이 한창이던 70년대 중반 남도의 시골 마을 '새정지'와 80년을 전후한 광주를 배경으로 진행되는데, 정애와 묘자라는 두 소녀가 고향 '새정지'와 광주에서 겪은 짐승 같은 폭력의 시간을 일인칭 시점을 번갈며 증언하는 형식으로 되어 있다. 물론 여기서 '짐승 같은' 이라는 흔한 비유는 이 소설에서 두 소녀(와 가족)에게 가해진 마을 남자들의 더럽고 추악한 폭력과 두 소녀를 포함하여 직간접적으로 수많은 희생자를 낳은 80년 광주에서의 야만적인 폭력을 담아내기에는 턱없이 부족하다. 정애의 어머니가 일찌감치 반 실성한 상태가 된 것이나, 묘자 할머니가 자신의 한쪽 눈을 스스로 찌른 것도 다 빨치산 이야기와 이어져 있으니 폭력과 비극의 역사 또한 길다. 그런데 작가는 이 가혹한 여성 수난극에서 한국 현대사를 관통하는 폭력의 구조를 새로이 적발해내거나 그 구조의 이면을 정치하게 파고들 생각은 없었던 듯하다. 오히려 그 폭력의 구조에 관해서라면 가해의 자리에 있는 남성 인물들의 평면성이나 수평적 폭력의 배치에서 어떤 익숙함을 감지할 수도 있다. 두 여성 화자를 중심으로 진행되는 '순진한 시선/세계'의 구도 또한 상황의 비극성을 고조시키는 대가로 어느 만큼은 현실의 복잡성을 사상할 수밖에 없었으리라.

대신에 작가의 관심과 미학이 집중 투하되는 지점은 폭력과 비극을 받아내는 자리다. 그 자리에서는 정말 어떤 일이 일어나고 있는가. 아픔과 슬픔은 발화되거나 전달될 수 있는가. 그리고 이에 관한 한, 이번 소설은 어떤 정점을 친다. 작가는 거기서 무슨 소리를 듣는다. 그리고 온몸을 기울여 그 소리를 받아 적는다. '묘사'는 중단된다. 그게 이 소설이다. 가령 어린 딸에게 집안을 맡기고 객지로 떠나야 하는 정애의 아버지는 가슴에 가득찬 울음 대신 이상한 말을 토해낸다. "융구 쇼바 슝가 아리따 슈바 슈하가리 차리차리 파파." 어머니는 울음소리로 말을 대신하는데, "흥응으으으" 하고 울거나 "꺽꺽꺽" 하고 운다. 정애는 마을의 사내에게 몸을 짓밟힐 때 노래를 부른다. "열다섯의 나는 울고 싶었으나 서른 살의 내가 울지 말라고 했다. 그리고 쉰 살의 나는 노래를 불렀다. (……) 그러자 백 살의 내가 노래를 받았다."(슬픔을 받아내는 정애 안의 여러 정애들은, 나중에 정애의 죽음과 재생/부활의 이미지가 펼쳐지는 환상의 장면에서 다시 한번 등장한다. 먼지처럼 작아져 아주 사라졌다가 다시 태어난 아이가 세 살의 자신을 밀어올리고, 계속해서 열 살, 열다섯 살의 아이로 자라나 서른 살의 정애가 뛰어오고 쉰 살의 정애가 노래하고 백 살의 정애가 춤을 추며 모든 정애가 달빛을 타고 강을 넘고 산을 넘어가는 장면은 이 소설에서 가장 아름다운 환상을 이룬다.) 묘자가 광주 어머니의 식당에서 무채를 썰다 슬그머니 아무도 몰래 '시집을 가는' 박용재는 이른바 '오일팔 또라이'다. 카센터 직원 박용재는 폭도로 몰려 상무대와 감옥, 삼청교육대를 거친 뒤 온전한 정신을 잃고 돌아온다. 그는 우는 것처럼 울고 웃는 것처럼 우는데, 말끝마다 이상한 소리를 낸다. "키욱키욱파파라파휴우라." 공수부대원에게 몸을 짓밟힌 뒤 또 한 명의 '오일팔 또라이'가 되어 시장통을 떠돌다 고향 '새정지'에서 죽음을 맞는 정애는 실성한 남편 박용재를 살해하고 감옥에 있는 묘자를 '소리'로 불러낸다. "아바아바사융기샹가바." 이 '소리'이자 진언은 짓밟히고 버려진 연약한 것들, "천지에 기댈 곳 하나 없는 마음"들이 나누는 교신이다. 그 교신을 좇아 묘자가 고향 새정지로 날아가는 꿈길의 환상은 아름답다. 주르련히, 서숙밥, 다무락, 씨부갈, 자군누나, 애까심, 구슬붕이, 나생이국, 싸랑부리, 하납씨, 잠밥 등 곳곳에 하층의 고단한 삶 속에서 익어온 살아 있는 우리말이 사금처럼 빛나고, 딱히 어디랄 것 없이 서럽고 느꺼운 삶의 가락이 사이사이에 배어 나오는 가운데 소설은 세상의 모든 소리 내는 것들을 향해 귀를 연다.

작가는 묻고 있다. 당신은 들을 수 있는가? 소설의 마지막, 흰머리 듬성한 묘자의 식당으로 맨발에 생채기 가득한 여인이 들어선다. 텔레비전 자정 뉴스에서는 철거를 반대하다 불에 타 죽은 사람들의 가족이 울고 있다. 그 울음 앞에서 또 한 명의 '정애'가 홍얼홍얼 소리를 내고, 노래를 한다. 그 '소리/노래'는 이렇다. "아아아아아이이이리리리링이이이이이오오오오이이이리리리……" 이것은 무의미한 기호가 아니다. 한 자도 틀려서는 안 되는 온몸의 말이고 노래다. 공선옥의 물음은 간곡하고 단호하다. 당신은 들을 수 있는가?

(창비문학블로그 『창문』 2013년 5월 21일)

그들만의 고유명을 위하여

— 박솔뫼, 「그럼 무얼 부르지」

성급한 일반론을 경계하면서 사회역사적 경험치가 개개의 실존과 교섭하는 지점을 세대 단위에서 섬세하게 따져보는 일은 언제든 소설의 인간학에서 중요한 질문이 되어왔다. 가령 '5월 광주'만 하더라도 이제 30년의 시간이 경과하면서 그것을 동시대의 사건으로 경험한 세대부터 역사의 기록으로 마주하는 세대까지 상당한 진폭이 생겼다. 이 시간의 간극 사이에는 여전히 남아 있는 '5월'의 시와 노래도 있지만, 그 시와 노래의 울림을 가로막는 '장막'도 있지 않을까. 박솔뫼의 단편 「그럼 무얼 부르지」(『작가세계』 2011년 가을호)는 그 장막 앞에 선 세대의 이야기다.

소설 화자 '나'는 몇 년 전 미국 여행 중에 버클리 대학 근처에서 우연히 어떤 모임에 참석하게 된다. 한국에 관심 있는 사람들이 모여 한국어를 배우는 모임인데, 한국어에 익숙지 않은 교포들이 주요 참석자들이었다. 그 날의 발표자는 교포 3세인 '해나'였고, 해나가 같이 읽을 텍스트로 꺼낸 것은 "May, 18th", 그러니까 5·18 관련 영문 자료였다. 광주가 고향인 '나'(작품 속에는 '나'와 '해나'의 나이나 성별이 명시되어 있지 않다. 그러나 소설의 정황으로 미루어 이십대 중후반의 젊은 여성들로 짐작된다)는 뜻밖의 장소에서 지난 시대의 일에 대해 듣게 된 셈인데, 영어로 말하고 중간중간 한국어로 옮겨지는 그 5월의 이야기는 화자에게 "아일랜드의 피의 일요일이라거나 칠레의 피노체트가 저지른 일"에 대한 이야기처럼 다가온다. "마치 영어가 사건에 객관을 주고 있기라도 한 것처럼 말이다." 이러한 낯선 거리감은 그날 해나로부터 건네받은 김남주의 시 「학살 2」를 읽을 때도 되풀이된다. '나'는 그 5월의 시에서 1960년대 중남미의 폭정이나 1947년 타이페이 2·28 사건의 이야기를 먼저 떠올린다. "한국어와 영어로 각각 타이핑된 그 시는 외국 사람의 시 같았다." 왜 '나'에게 '5월'과 '5월의 시'는 대체될 수 없는 고유성과 단독성을 지닌 하나의 사건으로 체험되지 않고, '객관'과 보편의 이야기로 곧장 넘어가는가. 이것은 한국어와 영어 사이의 거리 혹은 광주와 버클리 사이의 거리 때문인가. 박솔뫼의 「그럼 무얼 부르지」가 우리를 보다 착잡하고 복잡한 상념으로 이끄는 것은 바로 이 대목인데, 우리는 소설을 읽어가면서 화자 '나'의 자리와 시선이 이미 그 '영어'의 거리감을 내면화하고 있다는 사실을 점차 확인할 수밖에 없기 때문이다.

버클리 여행 2년쯤 뒤, '나'는 일본 교토로 여행을 가는데 거기서도 비슷한 상황이 반복된다. 교토의 한 술집에서 '나'는 다시 '광주'에 대한 이야기를 듣게 된다. 한국 광주에서 왔다는 말에 일본인 술집 주인은 말한다. "거기 어딘지 알아. 내 친구는 〈코슈 시티(光州 City)〉라는 노래도 만들었어." 이어지는 술자리에서 오간 대화는 인용해둘 만하다. "어떻게 다 알아요?/ 뭐를?/ 광주에서 사람들이 죽은 거요. 거기에 사람들이 있었던 거요./ 다 알지./ 우리는 나이가 많은 사람이니까. 그때 살아 있던 사람이니까. (……) 그 두 사람은 내게 너는 광주 사람이니까 너도 다 아는 사람이지 했는데 나는 그런가? 하고 혼잣말을 내뱉으며 실실 웃었다." 단지 그때 살아 있었던 사람이면 일본인도 잘 아는 명확한 이야기가 '5월 광주'다. 그러나 '나'는 아니다. "나는 그런 명확한 세계에 없었다." 왜인가. 그

때 태어나지 않아서? 이 소설의 화자인 '나'에게는 이러한 혼돈을 해명할 이성의 언어가 없다. '나'는 어떤 느낌만을 되풀이해서 토로할 뿐인데, 그것은 답답하고 이상한 눌변으로 소설 곳곳에 등장한다. 가령 이런 식이다. "마치 아주 복잡한 지도를 보고 있는 것처럼 거기는 어디지? 하고 들여다보아야만 했는데 그렇다고 무언가가 보이는 것도 아니었다. 나는 그렇게 들여다보는 사람이었으므로 당사자는 아니며 또한 명확한 세계의 시민도 아니었다. 내 앞에는 장막이 있고 나는 장막을 걷을 수 없으므로." 도대체 이 장막의 정체는 무언가.

3년 만에 '나'와 해나는 '5월 광주' 30년을 맞은 광주에서 만난다. 서울의 대학 어학당에서 한국어 공부를 하고 있는 해나는 전날 내려와 망월동 묘역을 참배한 뒤다. 두 사람은 '5월'의 영상이 상영되고 있는 구도청 안을 거닐고, 도청 이층의 텅 빈 어두운 복도에도 서본다. 그리고 그날 저녁 들른 충장로의 술집에서 다시 이상한 풍경이 반복된다. 한 남자가 '그 노래'를 틀어달라고 한다. 그러자 또 한 남자가 "그 노래를 들어서 뭐 해?" 라고 대꾸하며 대화가 오간다. "왜 들으면 안 돼요? 안 되는 거야?/ 듣기 싫으니까. 정말 듣고 싶지 않으니까./ 그럼 무얼 듣지? 무얼 불러야 하지?" 서울 광장에서 부를 수 없게 된 노래라고만 밝혀져 있는 그 노래는 아마도 〈임을 위한 행진곡〉일 것이다. 그리고 술집 주인은 두 사람에게 근처에 있는 맛있는 죽집과 떡집, 국수집 이야기를 한없이 늘어놓는다. 작가는 광주 한복판에서 보낸 이 기묘한 밤의 시간을 거의 부조리극처럼 묘사하고 진술한다. '나'는 지금 광주에 있지만 '5월'의 그 시간과는 전혀 만나지 못한다. 장소는 그곳이지만 시간은 겹쳐지지 않는다. 부조리극의 뉘앙스는 좁혀지지 않는 거리감을 극대화한다.

'나'는 거듭 이 거리감과 간극에 대해 해명하려 하지만 우리는 그 불가능성 혹은 실패만 목도한다. '나'의 결론은 이렇다. "다만 내 앞으로는 몇 개의 장막이 쳐져 있고 나는 그 앞으로 직선으로 나아갈 수 없다는 것, 그것만은 확실하다는 이야기다. (……) 나는 모든 시제를 지울 수 있으며 그렇게 볼 수 있는 시간들은 점점 늘어나지만 나의 시선은 김남주가 이야기한 '광주 1980년 5월 어느 날'에는 가닿지 않는다는 말인데 이건 좀 신기할 수도 있지만 실은 당연한 이야기다. 확실한 이야기다." 어쩌면 그럴지도 모른다. 이 간극은 너무도 당연한 이야기일 것이다. 5월 광주는 '나'에게 '캔커피의 쓴맛'처럼 확실하게 감각되는 세계가 아니다. 그것은 내 몸이 모르는 시간이다. 거기에는 내가 겪은 시간이 없다. 민중 학살의 이야기를 외국 영화 혹은 번역된 세계문학으로 접한 세대에게 김남주의 「학살 2」와 김정환의 「오월곡(五月哭)」은 영화 〈블러디 선데이〉(혹은 〈비정성시〉)나 칠레 작가 로베르토 볼라뇨의 세계보다 멀다. 그런데 잠깐. 이런 이야기라면 그다지 "신기할" 것도 없는 일반론에 불과하지 않는가. 그러나 꼭 그런 것만은 아닌 듯하다. 이 소설에는 버클리와 교토 그리고 광주라는 세 장소에서 비슷하게 반복되는 기억의 시간들이 있다. 그 기억의 반복과 중첩이 이 불안하고 어눌한 소설의 유일한 미학적 형식인 듯이 말이다. 그러나 여기에서 반복은 조금씩 차이를 만들며 어디론가 나아가고 있다. 그 차이는 "그럼 무얼 듣지?" 하는 남자의 말을 따라서 중얼거려보는 '나'의 무심한 행동에도 새겨져 있고, 「오월곡」과 「학살 2」의 문장 아래로 밀고 가는 검지손가락의 안타까운 노동에도 담겨 있다. 해나가 준 김남주의 시 다음 페이지는 "누군가 눌러쓴 선언문"이다. 해나는 그 선언문에서 "단기 ####년"을 "19**년"으로 고쳐놓았다. 이 같지만 다른 시간의 기표에는 '장막'과 대면하는 순간이 기입되어 있다. 이를 장막과 함께 살아가야 하는 세대의 또다른 윤리가 개시되는 지점으로 볼 수는 없을까. 그리고 그렇게 볼 수 있다면, 이제 그들은 그들만의 언어로 된 노래와 시를 듣고 부르며 5월에 대한 그들만의 고유명을 작성할 권리 또한 있지 않겠는가.

(창비문학블로그 『창문』 2011년 11월 11일)

걷고 또 걸으며, '하나 그리고 둘'의 세계

— 조경란 소설집 『일요일의 철학』

황지우의 시 「파리떼」에는 "장승백이 삼거리에는, 봉천동 방면과 신림동 방면을 화살표로 갈라놓은 이정표가 걸려 있다. 그 奉天을 볼 때마다 나는, 가슴이 설레었다. 아, 나는, 몇 번이고 마음의 두만강을 건너간다"는 대목이 나온다. 왠지 나도 그 표지판을 볼 때마다 간도로 간 『토지』의 길상이를 떠올렸던 기억이 난다. 봉천(奉天)이라는 지명도 그랬지만, 신림(新林)이라는 지명도 어딘지 아득히 먼 곳, 시간을 거슬러오르는 느낌을 주었지 싶다. 서울생활 두 해째 거기 봉천동에 자취방을 구하고, 봉천 중앙시장에서 친구와 함께 호마이카 밥상이며 냄비 등속을 샀던 기억도 난다. 그 동네를 오르내리면서 훗날 소설가가 될 한 여중생을 스친 적도 있을까. 그 소녀는 그 무렵 신대방동에 있는 한 여중으로 학교를 배정받아, 처음으로 봉천동 밖으로 벗어나게 된다. 그런데 그때부터 시작된 소녀의 '탈(脫)봉천동'의 꿈은 이상한 방식으로 또다시 유예되는데, '봉천동'이라는 지명이 아예 사라져버리기 때문이다. 조경란의 소설집 『일요일의 철학』(창비, 2013)에 수록된 단편 「봉천동의 유령」은 이제는 더이상 사용할 수 없게 된 한 주소로 끝난다. "서울시 관악구 봉천 10동 41-762 4통

2반." 몇 년 전 주민들의 찬반 투표를 거쳐 동의 명칭이 바뀐 것이다. 통반까지 붙어 있는 주소를 나도 한참 들여다보았는데, 조경란 소설의 독자라면 이 주소를 감싸고 있는 모종의 아우라를 가슴 시리게 음미하지 않을 도리가 없을 테다. 이제, 김소진의 길음동 산동네와 함께 조경란의 봉천동은 문학의 기억으로 남게 된 것인가.

생각해보면 세상과 격절된 고독한 의식을 섬세한 문체로 버텨내면서 현대적 실존의 내밀한 드라마를 구축해온 조경란의 소설 세계는 그 밀도와 긴장의 지속에서 유달리 많은 존재론적 수고의 노동과 사유의 시간을 요구했을 가능성이 높다. 일상의 작은 기미를 놓치지 않으면서 불가피한 삶의 결여를 넉넉히 감싸안는 소설의 기품과 성숙을 새삼 확인하게 되는 이번 소설집이 더욱 반가운 것도 그래서일 것이다. 5년 만에 나온 여섯번째 소설집 『일요일의 철학』에 유독 많이 나오는 단어가 '생각한다'와 '걷는다'이다. "나는 죽음만 생각하는 것은 아니다. 삶에 대해서도 생각한다. 단 하루도 생각하지 않은 적이 없다. 날마다 아홉 걸음 걷는다."(「봉천동의 유령」) 조경란 소설의 그 유명한 '봉천동' 집에서 새로 마련한 작업실까지의 아홉 걸음! 동경 우에노에서도(「파종」), 버클리 쏠라노에서도(「일요일의 철학」) 소설의 화자는 걷고 또 걷는다. 그리고 생각한다. 그러니까 세상 속에 있되, 그 세상과의 단절을 대가로만 얻을 수 있는 의식의 불꽃을 찾아 길을 헤매는 세계. 몇 가닥 가녀린 사유와 문체의 힘으로 지탱되며 금방이라도 바스라질 것 같았던 이 정신의 모험은 '봉천동'이라는 조경란 소설 고유의 서사의 기원과 육체를 발견하면서 성숙의 계기를 맞은 바 있다. 우리는 보름달이 뜬 추석날 봉천동 집 옥상에서 부녀가 나눈 대화를 잊지 못한다. "너는 작가가 아니냐. 모든 사람의 생에는 구멍으로 남아 있는 부분이 있니라. 그 구멍을 오래 들여다보너라." "아버지, 전 어느 때 양말이나 신발 신는 것부터 다시 배워야 하지 않을까 하는 생각이 들 때가 있어요."(「나는 봉천동에 산다」, 2002) 그리고 딸은 그렇게 떠나고 싶어했던 '봉천동'에 눌러살기로 한다. 그렇게 궁핍의 냄새가 떠나지 않는 동네, 때론 서로에게 '송곳니'를 보여야만 했던 가족과 함께 조경란 문학은 다시 시작되지 않았나. 그러니까 조경란의 세계는 '하나'로부터 출발했으되, 그 '하나'를 거듭 다시 써나가는 과정에서 '하나'의 품을 자기도 모르게 키워온 것이라고 할 수 있지 않을까. 동경판 봉천동 이야기라 할 수 있는 「파종」에서 아버지가 우에노 아메요꼬 시장에서 꽃씨로 알고 잘못 사온 '시금치' 씨를 베란다에서 키우는 과정은 저마다의 상처로 신음하는 한 가족이 보이지 않게 서로의 등 쪽으로 손을 뻗는 시간이기도 한데, '먼산바라기'를 하는 듯한 여백의 문체는 시금치의 노란꽃을 기다리는 생의 리듬을 더없이 담담하게 감각화한다. 산책길에 들른 아메요꼬 시장 메밀국수집에서 딸이 '히또리'(한 사람) 하고 주문을 하는 순간, 뒤에서 포개져오는 아버지의 '후타리'(두 사람) 소리는 아마도 이미 도착한 봄날의 시금치꽃 같은 생의 환함일 테다. 두 사람 모두 알코올중독으로 힘들어 하고 있긴 하나, 이럴 때는 어떻게 해야 하는 걸까. "그러니까, 딱 한 잔만 마실까?" "……그럼 딱 한 잔만." 소설의 화자인 딸은 그렇게 "울고 싶은 마음으로 웃으면서 대답했"다고 적어놓았으나, 정말 그랬을까. 이 기가 막힌 맥주의 맛 말고도 이번 소설집에는 키쯔네 우동(「밤을 기다리는 사람에게」)이나 옥수수빵(「옥수수빵 구워줄까」), 초콜릿 케이크(「일요일의 철학」)와 같은 음식의 풍미도 기다리고 있는바, 이를 두고 그저 '인생의 맛'이라고 하기에는 뭔가 부족한 듯도 하다. 조경란의 소설은 깊어지고 있다.

(창비문학블로그 『창문』 2013년 3월 21일)

신뢰할 만한 어둠들
— 정미경 소설집 『프랑스식 세탁소』

일본 시코쿠의 작은 섬 나오시마에는 미술가 제임스 터렐과 건축가 안도 타다오가 함께 작업한 설치미술 '미나미테라(南寺)'(1999)가 있다고 한다. 신사를 개조해 만든 그 절의 내부는 빛이 차단된 칠흑 같은 어둠의 공간으로, 관람객들은 일상에서는 접할 수 없는 거의 완벽한 암흑 속에서 어둠과 빛의 의미를 새롭고도 낯설게 체험하게 되는 모양이다. 정미경의 단편 「남쪽 절」(『프랑스식 세탁소』, 창비, 2013)은 그 설치미술에서 제목과 소설의 모티프 일부를 따온 작품이다. '미나미테라'가 "태양 아래서보다는 어둠 속에서 더 멀리, 더 깊이 볼 수 있다는 걸 알려주는 공간"이고, "그 안에서 진짜 자기 자신을 보"는 체험이 가능하며, "바깥으로 나오는 순간에 공기와 햇살의 질감까지 이전과는 다르게 느껴"진다고 해도, 결국 그 암흑은 일상을 충격하는 각성과 성찰의 계기 이상일 수는 없다. 우리가 살아가는 곳은 '미나미테라' 바깥, 그러니까 뒤죽박죽인 채로의 일상이다. 먹고살기 위한 하루하루의 고단함 앞에서 어둠은 피곤한 몸을 누일 시간이고, 빛은 그러한 하루의 되풀이를 알리는 지겨운 호출의 신호로 다가오기 쉽다. '더 멀리' '더 깊이' 보거나 '자기 자신을 보는' 일 따위에 마음을 쓰기란 그저 난망할 따름이다.

조그마한 출판사를 운영하는 김이라는 소설 속 인물의 일상이 그러하다. 출판사를 차려 독립한 지 5년, 어찌어찌 운 좋게 몇 년을 버텨왔지만 한계에 다다랐다. 네 명의 직원은 초보 편집자 한 명으로 줄었고, 교정부터 출판사 안살림까지 도맡아하는 아내 은애의 무임금 노동에 의존하여 간신히 버티고 있다. 소설은 2009년 1월, 용산구 한강로 2가 남일당 건물의 철거민들을 강제 해산하는 과정에서 철거민 5명과 경찰 1명이 사망하고 24명이 부상한 대참사의 날, 우연히(이게 어찌 우연이랴!) 그 현장을 지나게 된 김의 하루를 중심에 놓고(소설에서는 실제 사건이 일어난 시간을 조금 변형해놓았다) 우리 일상에 이미 '설치'되어 있는 어둠의 낱낱을 세심하고 간곡하게 부각한다. 그러니까 자존심을 내건 아내의 반대를 일축하고 대필 추문이야 어떻든 유명필자 '백'과의 계약에 출판사의 명줄을 걸고 있는 김의 입장에서 보면, 돌과 불덩이가 날아드는 어떤 아비규환의 어둠과 화염에 내어줄 마음의 자리는 없다. 약속시간에 대기 위해 분초를 다투고 있던 김은 소방차 한 대가 머리를 디밀고 들어오는 걸 보며 택시기사에게 소리친다. "먼저 치고 나가세요, 저 차가 들어오기 전에. 죽고 사는 문제라니까요?" 출판사 근처 미술관에서 순회전으로 열리고 있던 안도 타다오의 그 '암흑의 공간'도 김에게는 "세상이 다 어두운데 새삼 무슨" 하는 감상 이상의 것이 될 수 없다. 그런데 여기까지라면 정미경의 「남쪽 절」은 김이라는 인물이 지나고 있는 개인적 현실의 어둠을, 국가권력의 폭력이 개입한 사회적 재난의 현실이나 어둠에 대한 존재론적인 성찰을 환기하는 예술의 어둠과 상투적으로 대비시키는 데 그쳤을 것이다. 대개 그러한 대비는 개인의 어둠을 좀더 넓고 깊은 차원에서, 그러니까 사회적 맥락이나 존재론적 울타리로 감싸안는 안이한 소설적 결말로 치닫곤 하지 않았던가. 대신 이 소설은 어떻게든 김이라는 인물의 개별적이고 고유한 어둠의 자리에서 버티고자 하는데, 그 완강함과 견고함이 예상치 못한 울림을 남긴다. 그리고 여기에 손쉬운 윤리적 호소나 굴절된 미학의 강박은 없다.

김은 백과 두번째로 만나 계약을 마친 뒤, 그날 택시를 타고 지나쳤던 그 참사의 현장으로 가본다. 사실 김은 그날 소방차보다 먼저 좌회전하던 택시 안에서 아주 짧은 순간 '그 건물'을, 떨어져내리는 검은 덩어리를 보았다. 다만 그 자신의 절박함으로("무너지는 건 뒤편에 두고 온 세계가 아니었다. 자신이 서 있는 지층이었고 막 내디딜 앞쪽이었다") 그것을 덮었을 뿐이다. 김은 그 기괴한 '불꽃놀이'의 현장에서 혼자서 되뇐다. "죄의식 같은 건 아니다. 다만 자꾸 생각이 났다." 사무실로 돌아오는 길에 김은 다시 한번 미술관에 들러 전시된 어둠 속으로 들어가보는데, 좀체 익숙해지지 않는 그 어둠 속에서 흐느낌을 누르는 듯한 흐트러진 숨소리를 듣는다. 들깨알 크기의 빛을 따라 어둠의 밖으로 나온 뒤 머리를 고무줄로 묶은 앞서가는 여자의 뒷모습에서 그 흐느낌의 자취를 본 김은, 문득 그녀에게서 아내 은애를 환각처럼 겹쳐 본다. 늘 화장도 안한 추레한 모습의 아내는 어제 김의 책상 위에 포스트잇 하나를("당신 하고 싶은 대로 해. 화나서 하는 말 아니야. 피임에 실패한, 은애.") 붙여놓지 않았던가. 김은 손에 쥔 전시회 팸플릿을 펼쳐본다. 거기에는 설치물의 외부와 직사각의 입구 사진만이 실려 있다. "김은 그것이 부당하다고 잠깐 느꼈고, 계약서가 든 가방의 손잡이를 꼭 쥔 채 (……) 차도로 내려섰다."

물어보자. 부당하다니? 무엇이 부당하다는 말인가. 팸플릿의 사진인가. 전시된 어둠인가. 어둠과 화염의 현장인가. 아내가 남기고 간 포스트잇의 현실인가. 이 대답하기 힘든 '부당한' 뒤엉킴의 현실이야말로 김이란 인물이 도달한 어둠의 막막함일지 모르겠다. 그러나 그는 알고 있다. 어쨌든 여기서 시작할 수밖에 없다는 것을.

소설의 제목은 일본어 '미나미테라'가 아니라 우리말 '남쪽 절'이다. 말하자면 제임스 터렐이나 안도 타다오의 어둠 따위는 땅띔도 할 수 없는 고유한 어둠을 정미경 소설은 발견해낸 셈이다. 소설집 『프랑스식 세탁소』에는 이 같은 '남쪽 절' 이야기가 모두 일곱 편 들어 있다. 일컬어, 신뢰할 만한 '어둠들'이라고 하면 어떨까 싶다.

(창비문학블로그 『창문』 2013년 7월 2일)

고해의 자리

— 권여선 장편소설 『레가토』

『레가토』에서 작가가 가장 공들여 그리고 있는 인물은 오정연이다. 그런데 전라도 시골 출신으로 1979년 서울의 대학에 입학한 후, 학생운동 서클 가입, 서클 선배의 성폭행, 임신, 휴학, 귀향, 출산, 이듬해 1980년 5월 광주에서의 실종으로 이어지는 오정연의 행적은 폭압적이고 '지랄 같았던' 당시의 시대적 상황을 감안하더라도 예외적인 비극으로 보아야 할 것이다. 여기서 '예외적'이라는 말은 광주에서 자행된 무차별적인 폭력의 시간 속에 오정연이 놓여 있게 된 결과적인 상황과 관련된 언급이 아니다. 그때 그곳에 무슨 '예외'가 있었겠는가. 단지 그날 그곳에 이르기까지, 서울에서의 짧은 대학 생활 동안 겪었던 그녀의 특별한 경험이 그렇다는 말이다. 그럴 만큼 선배의 성폭행과 그 이후 오정연의 임신을 둘러싸고 전개되는 일련의 정황에서 소설적 개연성의 문제를 지적하기는 쉽다. 작가는 조금 더 극적으로 오정연을 80년 5월 광주의 현장에 있게 하고 싶었던 것일까.

이 지점에서 나는 모욕과 상처, 회한과 반성이 여전히 진행형으로 뒤섞인 상태에서 한 세대의 삶을 돌아본다는 일이란 과연 무엇인지, 그 돌아봄은 소설적으로 어떻게 가능한지 생각해보게 된다. 그리고 이 문제에 관한 한은 그간의 권여선 소설이 바로 직접적인 참조 사항이기도 하다. 생각해보면 권여선의 소설적 행보에서 후일담의 자리를 둘러싼 돌아봄의 자의식은 특히 착잡하고 예민했던 것 같다. 권여선 소설은 기억을 믿기보다는 단연 회의하는 쪽이었다. 우리는 종종 그녀의 소설에서 뒤틀리고 주관적인 기억의 재구성들 사이로 비스듬히 드러나는 어둡고 불편한 진실의 잔해 혹은 파편과 마주하곤 했다. 뒤늦은 분노와 모욕의 방식으로 구성되는 권여선 소설 특유의 질문 역시 가지런하고 단일한 기억의 서사를 배척해왔다. 그러고 보면 권여선 소설의 인물들 앞에 도착해 있는 것은 늘 '반죽의 형상' 같은 시간의 덩어리였다. 80년대적 상실의 경험을 공유하면서도 권여선 소설은 바로 이 지점에서 통상적인 후일담 문학과 갈라졌다고 할 수 있다. 권여선 소설에서 상실은 어떤 기원의 형상으로 착실하게 남는 것이 아니라, 매번 새롭게 발견되고 뜯어 헤쳐져야 하는 것이었다. 상처와 죄의식은 반죽의 형상에서 진물처럼 흘러내리고 있었다. 급한 대로 이쪽을 닦아내면 저쪽에서 백주의 태양 아래 또다시 폭발하는 그 더러운 진물은 거의 불가항력의 사태였다. 이런 점들을 염두에 둘 때, 권여선식 후일담 문학을 결산하는 성격을 띠고 있는 이번 장편에서 작가가 택한 방식은 정공법의 고해에 가깝다고 할 수 있지 않을까. 그렇다면 오정연이라는 인물은 권여선 혹은 권여선 세대의 죄의식이 불러낸 어떤 결여의 자리인지도 모른다. 이것은 소설적 개연성의 어떠함이나 표면적 리얼리티의 차원 이전의 정직성을 필요로 하는 문제이다. 차라리 이렇게 말하고 싶어진다. 오정연은 그 시절을 이미 살아냈던 인물이 아니라, 소설 속 현재의 자리에서 1979년과 1980년을 다시 살아야 하는 인물이라고. 무슨 말인가.

정연의 서클 동기였던 진태는 30년 만에 오정연의 휴학과 잠적에 얽힌 진실을 알게 된 뒤, 깊은 자책 속에서 자문한다. "그들이 그 시절 그녀와 나눈 것은 무엇이었나. (……) 왜 그들은 그토록 메마르고 무지한 정신으로, 왜 그렇게 근본적인 단절의 포즈를 고수했나." 문제는 폭압적인 독재정권과의 싸움이기도 했고 민중해방을 향한 포기할 수 없는 열망이기도 했지만, 또다른 한편에서 문제는 '그들'의 미숙하고 경직된 관념 덩어리의 젊음 그 자체였다. 운동권 지도부라는 그 대단한 박인하조차 지금 돌아보면 한갓 유치한 이십대 초반의 청년에 불과하지 않았나. 물론 그 젊음의 무지와 관념성, 순수가 아니라면 어떻게 그렇게 싸울 수 있었겠는가. 그러나 그 싸움은 그들 자신뿐만 아니라 주변의 많은 이들을 상처 입혀야만 했다. 운동을 하지 않았던 친구들 혹은 "전, 전, 피쎄일이 무서웠어요"라고 말하는 오정연과 같은 이를 경멸하고 모욕할 권리를 누가 주었는가. 그리고 가슴에 못을 박아야 했던 많은 어머니, 아버지들. 이것은 무슨 '괴물' 운운하는 이야기가 아니다. 그들은 그때 좁디좁은 골방에서 삶 전부를 알아버린 듯, 세계 전체와 맞서 싸우고 있다는 듯 착각하고 있지 않았나. 역사의 진전에 바쳐진 숱한 고난과 희생의 이야기는 여기서 잠시 접기로 하자. 진태는 다시 스스로에게 묻는다. "모든 시대의 청춘들과 마찬가지로 그 역시 어디서건 제 운명을 읽어내고야 말겠다는 광적인 과잉에 사로잡힌 영혼으로 한 시절을 살아냈을 따름인데, 신진태, 그를 구성하는 기억의 허구는 무엇인가." 그들은 민중의 아픔에 대해 공부하고 고민했다. 그러나 그들은 바로 옆에 있는 친구의 부끄러움과 두려움, 허기를 몰랐다. "그들은 저마다 무엇이 그토록 다급하고 분주해 그녀의 변화를 살피지 못했는가. 통닭집에서 미안하다는 말을 하고 떠날 때 그녀의 눈빛에 담긴 비애와 슬픔을 왜 일제히 외면했는가." 사실 근본적으로 무리한 요구인지 모른다. 그들은 단지 그들의 젊음으로 그 시절 그 자리에서 어떤 당위에 쫓기며 나름대로 최선을 다했다고 하는 게 이치에 맞을 것이다. 그러나 권여선의 『레가토』가 고해의 자리에서 쓰여야 했다면 이러한 자책과 탄식의 자문은 피할 도리가 없었을 것이다. 그 고해의 바닥을 드러내기 위해서 오정연은 하나의 시대적 표상으로(혹은 무수한 환유의 연쇄로) 호명되어야 할 운명이었고, 그 사후적 호명을 통해 신진태를 비롯한 그들 세대의 현재와 '레가토'의 형식으로나마 겹치고 이어져야 하지 않았겠나. 그 돌이킬 수 없는 단절과 죄의식을 새삼 증거하기 위해서라도 말이다.

말을 바꾸어야 할 것 같다. 이 소설에서 작가가 가장 공들이고 애정을 기울여 그린 인물은 오정연이 아니라 그녀가 이모라고 부르는 권보살이다. 얼굴은 온통 마마 자국으로 얽고 반벙어리인 권보살은 흡사 천사인 양 이 소설 속에 깃들어 있다. 고향집에 돌아온 오정연은 권보살의 헌신적인 돌봄 속에 몸과 마음을 추스르고 아이를 낳는다. 찬 기운을 옮길까 저어하여 열이 난 정연의 이마에 차가운 손 대신 자신의 얽은 이마를 대어보는 권보살의 마음. 임산부의 입에 밀가루 음식이 당길까 싶어 준비한 권보살의 국수. 그 순간 정연은 뱃속의 아기가 "아, 행복해" 하고 속삭이며 구르는 느낌을 받았다고 소설은 전한다. 그러나 정말 권보살이 이 서글픈 레가토의 시간을 보살피고 있는 지점은 따로 있는 것이 아닐까. 늘 한참의 애태움 끝에야 간투사처럼 나오는 권보살의 첫마디이자 때로는 말의 전부. "왜냐믄요잉." 그 엉터리 세월과 엉터리 삶들에 대한 변명조차 권보살은 자신의 몫으로 감당하고 있는 것은 아닌가. 그래, 그러면 됐다.

(『문학과사회』 2012년 가을호)

진정성, 그리고 청춘의 호명

— 신경숙 장편소설 『어디선가 나를 찾는 전화벨이 울리고』

회고적(retrospective) 시선에 의해서만 포착 가능한 청춘의 시간은 그 표상의 과정에 어느 정도의 환상과 과도함을 요청한다. 환유적으로 대체 가능한 시간을 절대적 좌표로 고정시키려 할 때 은유적 동일화의 욕망은 불가피하기 때문이다. 봄이나 신록 같은 자연의 풍경이든, 불안과 고독의 인간 내면 풍경이든, 그 표상은 원천적으로 부재하는 좌표에 대한 안타까운 호명일 수밖에 없다. 그러나 내성적 자아의 여로를 통해 인간 존재의 자기 증명에 이르려 했던 근대적 의미의 '문학'의 자리에서 보면 청춘은 그 환상적 욕망을 포함해서 끊임없이 재현될 수밖에 없는 시간이기도 하다. 시간과 존재의 불일치가 눈먼 비등점을 향해 끓어오르는 듯 보이는 결핍과 공허의 순간들이 거기에는 있기 때문이다. 그러면서 혹간 사태는 전도되기도 하는 것이, '문학'은 청춘의 재현이 아니라 청춘의 기원 혹은 발명이 되기도 한다. 적어도 어떤 세대들에게는 그러하다고 할 수 있는데, 거기에는 사회학자 김홍중이 "진정성의 레짐"으로 불렀던 지난 1980년대에 청춘의 경과를 두고 있는 사람들도 포함될 수 있을 것이다.

신경숙의 장편 『어디선가 나를 찾는 전화벨이 울리고』(문학동네, 2010)는 작가가 된 사십대 중반의 화자 정윤을 통해 80년대 중반 대학 시절을 돌아보면서 정윤과 그녀의 세 친구들이 걸어갔던 '고유한' 청춘의 행방을 묻는 작품이다. 여기서 80년대라는 시간은 그 고유함의 중요한 맥락인데, 시위, 실종, 분신, 의문사와 같은 단어는 시대적 지표를 넘어 소설 속 인물들의 행로에 깊숙이 개입되어 있다. 그렇기는 하나 『어디선가 나를 찾는 전화벨이 울리고』는 이처럼 시대적 연관을 중시하면서도 소설 속 인물들의 방황과 모색을 진정성을 향한 내성적 자아의 시련이라는 좀더 보편적인 자리에서 바라보려 한다. 그리고 이 작품에서 이러한 시선의 자기 언급적(self-referential) 동일성을 구성하는 것이 곧 '문학'이다. 이때 '문학'은 어떤 실체라기보다는 다분히 내향적 진실로서 진정성에 존재를 기투(企投)하는 지향성으로서의 의식 그 자체라고 할 수 있다. 소설의 주요 공간이 이들 젊은이들의 정신적 사표인 시인 윤교수가 재직하는 예술대학 문창과에 놓여 있고, 정윤과 그의 연인 이명서가 이 대학 학생이며, 타대학 청강생 윤미루 역시 윤교수를 따르는 진심의 사도가 된다는 표면적인 사실은 이 경우 부차적일 수 있다. 정윤의 고향 친구 단이까지 포함해서 소설의 주요 인물 네 사람은 자신들의 주체성과 삶의 지향을 바깥에서 주어지는 기준이 아닌, 내면과의 한없는 대화에서 찾으려는 사람들이며, 그 점에서 이미 그 '마음의 체제'에서 '문학'의 자발적 신민(臣民)들이기 때문이다. 지방 소도시 출신의 소설 화자 정윤이 어머니의 죽음으로 휴학했다 다시 서울로 돌아오면서 에밀리 디킨슨의 시집과 함께 서울의 상세지도를 사는 장면은 그 '문학'이 살아내기, 곧 실존의 형식임을 웅변한다. 『바이올렛』의 오산이가 그런 것처럼, 신경숙 소설의 많은 인물들이 그런 것처럼 정윤은 도시 서울을 걷고 또 걷는다.

"걷는 일은 스쳐간 생각을 불러오고 지금 존재하고 있는 것들을 바라보게 했다. 두 발로 땅을 디디며 앞으로 나아가다보면 책을 읽고 있는 듯한 느낌이 든다. (……) 타인과 풍경이 동시에 있었다"(86쪽)고 정윤은 말하거니와, 그녀에게 걷는 것은 생각하는 것이며, 읽는 것이며, 또한 쓰는 것이다. 곧 '문학'이다. 그런데 이때 타인과 풍경을 보았다고 느낀 것은 어쩌면 그 '문학'이 불러온 환상은 아닌가. 그것은 아직 진정한 타자의 자리에 있는 '타인과 풍경'일 수 없다. 원리적으로 타자는 '나'라는 동일자를 찢거나 파괴하지 않고서는 현상할 수 없기 때문이다. 정윤이 서울 생활을 시작하며 처음 서점에서 샀던 『말테의 수기』나 디킨슨의 시집, 그리고 윤교수의 강의안인 『우리는 숨을 쉰다』가 정작 '문학'으로 무기력해지는 시간은 불가피하다. 세계의 폭력 앞에 직접적으로 노출되는 시간이 도래할 것이기 때문이다. 이제 '문학'은 그 자신의 언어이기도 한 상실과 죽음의 실재에게 자리를 내어줘야 한다. 물론 '문학'은 다시 귀환할 테지만 그와 함께 청춘의 자리는 덧없이 사라지고 없을 것이다.

신경숙의 『어디선가 나를 찾는 전화벨이 울리고』는 이 덧없고 아픈 청춘의 경과를 성숙한 시선으로 돌이키는 소설이다. 소설의 현재 시점, 임박한 윤교수의 죽음을 알리는 이명서의 8년 만의 전화로 시작된 이야기는 스무 살 정윤의 시간으로 돌아간 뒤, 다시 현재로 돌아와 윤교수의 수목장(樹木葬)으로 끝난다. 중간중간 가슴 설레는 사랑과 환희의 순간이 없는 것은 아니지만, 스무 살 정윤이 겪는 두어 해의 시간은 상실의 연속이라고 해도 무방할 정도로 죽음과 헤어짐의 이야기로 가득하다. 어머니, 단이, 윤미루 자매의 죽음, 그리고 숱한 실종과 의문사들. 신경숙 문학의 원점 중 하나인 단편 「외딴방」에 그려진 희재 언니의 죽음을 새삼 떠올리게 만드는 대목이기도 하다. 생각해보면 80년대적 진정성의 윤리는 살아남은 자의 죄책감 혹은 부끄러움의 다른 이름이기도 하지 않았는가. 예컨대, 정윤이 나스카 평원의 1500년 전 거미 도형 위로 죽은 단이의 얼굴을 겹치는 대목은 그 진정성의 윤리가 힘겹게 도달한 성숙의 언어를 전한다. "그때 겨우 나는 나 자신만으로 이루어진 것은 아니다, 라는 생각을 했다. 내가 보는 것, 내가 느끼는 것은 단이의 것이기도 하다는 생각을. 미루의

것이기도."(368쪽)

그런데 사회학적 진단의 도움을 받지 않더라도 이러한 진정성의 마음이 지금 우리 사회의 우세종이 아님은 분명하다. 조금 가혹하게 말하면 그것은 상실되고 망각되고 있는 마음의 체제일 것이다. 신경숙의 『어디선가 나를 찾는 전화벨이 울리고』의 소중함은 사라지고 있는 내향적 윤리를 청춘의 시간과 함께 복원해낸 데 있는 것이 아니라, '걷고 읽고 쓰는' 그리고 '죽음'과 함께하는 '문학'의 시선과 언어야말로 그 진정성의 마지막 형식임을 그 자신의 글쓰기로 증명해낸 데 있다고 해야 할 것이다. 요컨대 이 작품의 마지막, 정윤이 8년간 봉인되어 있던 갈색노트에 이명서의 글 다음에 이어 쓰는 한 문장 "내.가.그.쪽.으.로.갈.게."는 정확히 돌아갈 수 없는 한 시대에 대한 불가능한 사랑의 표명이 아니겠는가. 그 시대를 밝혔던 마음의 성좌는 이제 스러지고 있다. 이 소설이 혹 무겁게 느껴지는 이가 있다면 바로 그 숨막히는 사랑의 밀도 때문이리라. 전화벨은 지금 간곡하게 울리고 있다.

(『세계의문학』 2010년 가을호)

기억의 육체

— 김소진, 「자전거 도둑」

1991년 경향신문 신춘문예로 등단하여 1997년 4월 서른다섯의 나이로 세상을 뜨기까지 김소진의 작품 활동 기간은 7년이 채 안 된다. 그러나 김소진은 이 기간에 네 권의 소설집과 두 권의 장편소설을 펴냈다. 여기에 두 권의 콩트집, 한 권의 동화, 한 권의 산문집을 더해야 그의 작품 목록은 완성된다. 놀라운 작품 생산력이다. 마치 시간이 얼마 남지 않았다는 것을 알기라도 했던 것처럼, 김소진은 쓰고 또 썼다. 그럼에도 그에게는 이른바 태작이라 할 만한 작품을 찾기 힘들다. 김소진 문학이 그의 육신의 생명과 함께 멈추었을 때, 그의 문학이 90년대 한국문학에서 지켜내고 감당해온 자리가 결여의 공백과 함께 뚜렷이 떠올랐다.

한국의 80년대는 이른바 변혁운동의 시대였다. 민주주의의 회복이라는 최소한의 요구를 포함해서 노동자와 농민으로 표상되는 민중의 세상에 대한 열망이 최고조로 달아올랐다. 이러한 열망을 직접적인 문학의 언어로 표현하든 그렇지 않든 80년대 한국문학은 전체적으로 '좋은 세상'에 대한 꿈의 자장 안에 있었다. 그러나 80년대 말 현실사회주의의 붕괴와 함께 진행된 일련의 세계사적 흐름 속에서 거대 담론에 대한 냉소와 환멸

이 빠른 속도로 한국문학을 뒤덮기 시작했다. 개인, 내면, 욕망의 자리가 민중, 역사, 공동체의 꿈을 순식간에 밀어냈다. 지금 돌아보면 80년대와 90년대는 쌍생아였는지도 모른다. 과도한 편향이 그 반동으로 또다른 과도한 편향을 불러왔다. 사실, 제대로 된 문학은 관념화된 이항대립의 틀을 넘어서서 삶의 구체성을 포착하는 일에 다름아닐 것이다. 김소진 문학은 조용히, 어떤 깃발도 내세우지 않고 바로 그 작업을 90년대 내내 해오고 있었다. 김소진에게 민중은 이념적 표상이 아니라 그가 자라면서 보아왔던 길음동 산동네의 살아 있는 이웃들이었고, 무엇보다 자신의 무능한 아버지와 억척같은 어머니였다. 그리고 그들은 눈앞의 이해에 휘둘리고, 인간적 정리를 따지기도 하면서 그들 나름의 개인의 드라마를 충실히 살고 있었다. 그러나 또한 그들은 세상의 요란한 흐름 밖으로 거듭 밀려나고 사라져가고 있기도 했다. 이 지점에서 김소진 문학은 '기억'이라는 빈약하고 불안한 장치를 가지고 그들의 삶을 붙잡고 복원하려고 했다. 김소진 문학의 현대성은 자신의 기억이 '소설적 창조 과정' 그 자체임을 뚜렷이 자각하면서 '기억의 기억하기'라는 방법론을 통해 그 기억의 의미와 실체를 거듭 반성한 점에 있다. 즉, 김소진에게 길음동 산동네 사람들의 삶을 복원한다는 것은 동시에 그토록 부정하고 싶었던 무능한 아버지의 자리를 그 자신의 현재적 운명으로 다시 사는 일이기도 했다.

「자전거 도둑」(1995)은 김소진 문학의 두 축인 '아버지의 자리'와 '기억'의 문제를 결합시킨 수작이다. 소설의 화자인 '나'는 신도시 아파트에 혼자 사는 신문사 기자다. 화자가 아파트 현관 문밖에 매어놓은 자전거를 몰래 타는 사람이 있는데, 알고보니 바로 위층에 사는 에어로빅 강사 서미혜다. 소설은 자전거를 둘러싼 젊은 남녀의 춘사(春思)를 액자의 '겉 이야기'로 놓고 그 액자 안에 두 사람의 유년 시절 아픈 기억을 '속 이야기'로 펼친다. 이른바 액자소설 형식을 취하고 있는 셈이다. 그리고 여기에 또하나의 텍스트가 기억의 촉매로 삽입되어 있는데, 이탈리아 네오리얼리즘

영화 〈자전거 도둑〉이 그것이다. 널리 알려진 대로 이 영화는 어린 아들 면전에서 자전거 도둑으로 붙잡혀 봉변당하는 아버지의 이야기다. 화자에게도 비슷한 기억이 있다. 구멍가게 물건을 떼어오는 수도상회 혹부리영감 앞에서 아버지는 화자인 아들에게 소주 두 병을 몰래 더 집어넣은 행동을 떠넘기고 아들의 뺨을 때려야 했었다. 작가는 특유의 핍진한 묘사로 무능과 치욕의 자리에서 흐르지도 못하고 괴어 있던 '아버지'의 눈물을 보여주는데, 그 순간 화자를 덮쳐왔던 감정을 이렇게 요약하고 있다. "차라리 죽는 한이 있어도 애비라는 존재는 되지 말자. 아마도 나는 그때 그런 끔찍한 다짐을 했는지도 모른다." 그러나 여기까지라면 이 소설은 한 시절의 가난과 무능한 아버지의 초상에 대한 가슴 쓰린 회고에 그쳤을 수도 있다. 김소진의 「자전거 도둑」은 여기서 기억의 재생술에 얽힌 문학의 현대적 자의식에 대한 이야기로 한걸음 심화된다. 서미혜의 아파트 거실에서 영화 「자전거 도둑」을 보며 풀어놓는 화자의 이야기는 아버지의 수난에 대한 아들의 복수담으로 이어지는데, 하수구를 통해 몰래 들어가 수도상회를 온통 분탕질쳐놓는 어린 화자의 활약담은 실로 흥미진진한 만큼이나 기억의 소설적 증폭, 그러니까 상상의 이야기일 가능성을 짙게 풍긴다. 그것은 오빠를 죽음에 이르게 했다는 서미혜의 어린 시절 기억을 듣고 있던 화자가 도망치듯 그 자리를 빠져나오는 장면에서 충분히 암시되고 있다. 지금 두 사람은 어느 정도는 기억을 만들고 변형시키고 증폭시키는 기억놀이를 하고 있었던 것이다. 그런데 영화 〈자전거 도둑〉까지 가세한 이 겹의 기억 놀이에서 사실과 허구를 가려낸다는 것은 무슨 의미가 있을까. 이것은 혹 얇디얇은 기억의 한 장면을 놓고 끊임없이 이야기를 발명해내야 하는 작가의 운명에 대한 알레고리는 아닌가. 사실이 그러하다면, 이 순간 작가 김소진은 그의 오랜 문학적 화두인 '아버지의 자리'를 그 자신 90년대를 살아낸 '소설가의 자리'와 겹쳐내고 있었던 것인지도 모른다. 김소진은 소설집 『자전거 도둑』(1996)의 '작가의 말'에서 이렇게 말해놓고 있다.

"어릴 적 내가 갖고 싶었던 은빛 자전거도, 버릇없는 도둑으로 몰렸던 누명도 (……) 이제는 다 닳아버린 기억일 뿐인데. 그것들은 애초부터 아버지라는 존재모양 실체가 없었던 게 아닐까."

(미발표)

실패하는 아버지의 운명
— 김원일 장편소설 『아들의 아버지』

『아들의 아버지』는 2012년 봄 연재를 시작할 때 '자전장편소설'이라는 명칭과 함께 '나의 시대, 나의 유년'이라는 제목을 달고 있었다. 450매 정도를 덜어내는 엄정한 퇴고 작업을 거쳐 단행본으로 펴내면서 지금의 제목을 얻게 되었는데, 50년에 걸친 김원일 문학의 핵심이 집약된 느낌을 준다. 그런데 '아들과 아버지'가 아닌 '아들의 아버지'라고 했을 때, 이 표현은 의미의 중복을 담고 있는 일종의 겹말 구조가 아닌가. 그러나 일찍이 김현이 김원일 소설의 '이야기의 욕망'을 살피면서 밝혀냈듯(「이야기의 뿌리, 뿌리의 이야기」, 1989) '가짜 아버지'와 '진짜 아버지' 사이의 내적 드라마가 김원일 문학의 근원에 자리잡고 있다는 사실을 염두에 둔다면, '아들의 아버지'가 하나의 고유명으로 김원일 문학 전반을 아우르며 자아내는 깊은 울림에 고개를 끄덕이게 된다. 한국전쟁을 전후한 혹독한 궁핍과 간난 속에서 부재하는 아버지를 대신하는 장자의 운명을 수락하는 일이 성장기의 김원일에게 얼마나 힘든 짐이었는지는 작가의 명편 『마당 깊은 집』(1988)에 집중적으로 그려져 있거니와, 생활과 실존의 막막함을 넘어 아버지의 부재 뒤에 드리운 역사와 이념의 실체를 찾기까지 김원일 문학은 아들의 자리에서 그려낸 '부재하는 아버지의 초상'이었다. '아버지'이되, '아들의 아버지'이어야 하는 이유다. 동시에 그 아들은 끊임없이 '아버지-되기'를 강요받으며 '가짜 아버지' 노릇을 해야 했다는 의미에서 '아들'이면서 '아버지'였다. "부재하는 아버지 대신에, 그는 그 자신이 아버지이며 아들이 되어야 한다. 어머니에게 있어서, 그는 아들이며 동시에 남편이다."(김현, 같은 글) '아들의 아버지'가 '아들의 아버지 되기' 혹은 '아들=아버지'라는 또다른 의미의 자장을 품으며 겹의 울림을 자아내는 것도 그래서다. 그런데 여기까지는 김원일 문학의 독자라면 누구나 쉽게 수긍할 수 있는 이야기일 텐데, 하나의 질문이 더 남아 있었던 게 아닐까. 그것은 그 부재하는 아버지의 '아버지-되기'를 묻는 일이 아니었을까. 아버지 역시 누군가의 아들이었고 시대와 역사의 아들이었을진대, 혹시 그 아버지 역시 감당하기 힘든 '가짜 아버지'의 운명과 싸우다 역사 저편으로 사라져간 것은 아니었을까. 물론 「어둠의 혼」(1973)과 같은 초기 단편을 비롯하여 『노을』(1978)과 『불의 제전』(1997) 등에서 김원일 문학이 고난의 한국 현대사와 마주하며 그려낸 '아버지의 시대'에 이러한 질문이 누락되어 있었다는 이야기는 아니다. 그렇긴 하나 소설 서사의 구축에 요구되는 상상의 개입이나 변용은 불가피한 것이었고, 단독자로서 김원일의 '아버지' 개인의 이야기는 어느 만큼은 보편적 진실과 공감의 차원으로 감싸여 들어가야 했을 것이다. 『아들의 아버지』 '머리글'에서 작가는 이 작품을 쓰게 된 마음의 계기를 밝혀놓고 있다. "어느 날 문득, 이 나이가 되도록 가물가물한 기억 저편에 있는 아버지를 제대로 알지 못했다는 느낌이 들었을 때, 당신의 면면을 내 소설 속에 더러 등장시키긴 했으나 내 문학에 절대적인 영향을 끼친 당신을 올곧게 그려본 적 없었다는 그 어떤 부채 의식을 뒤늦게 깨우쳤다." 1950년 9월 인천에 상륙한 국군과 유엔군의 서울 수복작전이 진행되는 와중에 퇴각하는 북한군을 따라 삼팔선을 넘으면서 자신의 가솔과 영원히 헤어져야 했던 아버지. 1914년생인 아버지의 나이는 그때 서른여섯, 서울 한복판에 남은 아들 김원일의 나이는 여덟 살이었다. 네 살 위의 누나가 있었고, 아래로는 다섯 살 터울의 첫째 아우와 전쟁 나던 그해 4월에 태어난 막내 갓난아기가 있었다. 전란의 한가운데에서 맨몸으로 세 자식을 건사하며 막막한 세월을 건너가야 할 운명은 어머니에게 주어졌고, 그이의 나이는 그때 서른다섯이었다. 다 아는 대로 분단과 전쟁이 낳은 이 난민 가족의 이야기는 김원일 문학의 출발점이자 뿌리이다. 작가가 되기로 마음먹은 것도 이 시절의 이야기를 해보겠다는 소망에서 비롯되었고, 스물한 살 습작기에 이미 『불의 제전』의 얼개를 구상하고 등장인물을 노트에 메모하여 300매 분량의 초고(이 초고에서 이야기를 추려 완성한 작품이 「어둠의 혼」이다. 1966년 등단 이후 가족사를 다룬 최초의 작품이 나오기까지 7년의 기간이 걸린 셈인데, 실존주의의 영향을 짙게 풍기는 초기 작품들을 발표하는 한편에서 이 가족사의 이야기는 아마도 자연스레 얼마간의 객관화와 함께 숙성의 시간을 가지게 되지 않았을까 짐작된다)를 완성했다는 작가의 증언 역시 이를 뒷받침한다. 그런 의미에서 김원일 만년의 문학이 50년 가까운 세월을 경유해 다시 이 문제와 마주서야 했다는 사실은 작가가 유소년기에 겪은 굶주림과 공포, 불안과 상실의 체험이 얼마나 깊은 실존적 화인(火印)이었는지 잘 말해준다. 그리고 그 상처가 다시 발화되고 이야기되어야 한다면, 거기에는 여전히 접근과 해명을 기다리는 심연이 존재하고 있다는 이야기가 된다. '아버지와 그의 시대'는 이렇게 다시 김원일 문학의 심부로 귀환했다.

그런데 태아에게 전해지는 DNA의 기억까지 상상하고, 최초의 기억으로 남아 있는 다섯 살 때의 토막 기억을 떠올리며, 돌아가신 어머니와 고모의 생전의 회고, 누이의 기억 등에 도움받는 한편, 당시의 시대적 움직임에 대한 종합적 조망을 밑그림으로 꼼꼼하게 재현된 이 특별한 기억과 상상의 기록에서 '아버지'는 공적인 차원이나 사적인 차원 모두에서 패배한 인물로 그려진다. 1930년대 명문 마산공립상업학교를 나와 금융조합

서기로 일하다 신혼의 어머니를 두고 3년간 일본 주오대에서 유학하고(이 때 아버지가 일본의 신문사 문예공모에 뽑힌 일화는 인상적이다), 돌아와서는 고향 진영에 사설 강습소를 열어 계몽운동을 펼친 김원일의 아버지는 식민지 민족현실을 자각하고 새로운 세상을 꿈꾼 당대 지식인의 한 전형을 보여준다. 그때 그들의 꿈에 이론적이고 실천적인 나침반이 되어준 게 사회주의 이념이었음은 두루 아는 대로다. 이후 아버지는 부산에서 항만 노동자들의 비밀독서회를 꾸린 게 문제되어 치안유지법(금융조합 대출과 관련된 문서위조 등의 죄가 추가되는데 사상범의 위신을 망가뜨리려는 전형적인 수법일 수도 있겠다) 위반 혐의로 2년 6개월의 실형을 선고받고 부산 형무소에서 복역하다 해방을 맞는다. 재건파 조선공산당 산하에서 해방 정국의 혼돈에 뛰어든 아버지는 남로당의 출범과 함께 경남도당 책임지도원(부위원장급) 자리를 맡게 되지만, 1948년 대한민국 정부 수립 이후 남한 좌익에 대한 일대 검거 선풍이 불면서 수배자의 신분으로 지하에서 활동하게 되고 소년 김원일의 집안은 "쑥대밭"이 된다. 작가는 '쑥대밭'이라는 표현을 썼거니와, 기실 '나라 찾기'나 '나라 만들기'에 투신한 아비들의 거창하고 비장한 행보 뒤에 아내와 자식들이 감내해야 했던 공포와 굶주림의 이야기는 많다. 작가가 처음 가족사의 아픈 이야기를 세상에 내보인 「어둠의 혼」에도 아버지로 인해 어머니와 어린 화자가 겪어야 했던 공포와 원망이 생생하다. "죽어뿌리라, 어데서든 콱 죽고 말아뿌리라. 나는 아버지를 두고 속말을 되씹었다. 순경들이 뜬금없이 한밤중에 밀어닥쳐 집안을 뒤지는 날이면, 나는 아버지가 밉다 못해 원수로 여겨졌다. (……) 어머니의 얼굴은 피멍이 들어 있었다. 어머니는 꺼져가는 소리로 아버지와 순경을 두고 욕설을 퍼부었다." 그런데 좌익 활동으로 집안을 '쑥대밭'으로 만들기 전에 이미 아버지는 외도로 어머니의 가슴에 못을 박고 집안을 팽개치다시피 했다. 작가가 태어났을 때 이미 아버지는 부산에서 딴살림을 살고 있었고, 해방 후 아버지가 데려온 진주 기생은 아예 어머니가 있는 집으로 들어와 건넌방을 차지하고 한동안 살기도 했다. 작가는 아버지의 행실을 한탄하는 어머니의 혼잣말 소리를 들으며 자라야 했다. "허구한 날 계집질하는 서방을 보아낼 동안 내 속이 새까맣게 다 탔어." 태어난 지 두 달 된 아들 김원일을 업고 부산의 그 여자 집을 찾아가는 어머니의 행보를 동행했던 고모의 기억에 작가가 상상을 덧입혀 재구성한 대목은 그대로 뽑아내면 한 편의 단편으로도 손색이 없을 만큼 밀도 있게 묘사되어 있는데, 남성 중심 가부장제의 횡포가 여성들의 삶을 아무렇지도 않게 망가뜨렸던 당시의 시대상이 잘 녹아 있다. 그러나 시대의 탓으로 돌리기에 어머니의 모멸과 고통은 너무도 컸을 것이다. 작가는 적고 있다. "고모는 어머니의 눈에서 무엇인가 반짝이는 물기를 터오는 먼동 속에서 보았다고 했다. '그때까지 말없이 참고 있었던 니 엄마가 마당으로 나설 때야 소리없이 울더라. 자기 신세를 두고 우는지, 그 여자 팔자가 불쌍해서 우는지, 어쨌든 성가 눈물을 그때 첨 봤어.'" 생각해보면 그때 그 '아비들'이 내걸었던 민족해방이니 평등세상이니 하는 이념이나 명분은 이런 눈물들 앞에서 얼마나 오만하며 또 허망한 것인가. 사실 아버지의 분신이랄 수 있는 남로당 간부 '조민세'를 중심에 놓고 한국전쟁의 거대한 벽화를 그려낸 『불의 제전』과 같은 작품조차도 소설의 무게중심이 만만찮게 실려 있는 곳은 봉주댁이나 아치골댁 같은 어머니들의 수난 사이다. "김원일 문학의 중심은 아버지의 행로가 아니라 어머니의 행로"이고, "어머니와 같은 약자의 수난과 견딤을 문제삼는 문학"이며 그로써 "한 시대 한국인 일반의 삶을, 그들의 슬픔과 고통을 담아내는 거대한 세계를 이룰 수 있었다"(정호웅, 「『불의 제전』 작가에게 듣는다」, 김원일 소설전집 15 『불의 제전』, 강)는 평가에 동의하게 되는데, 김원일 문학이 그렇게 '어머니'를 향해 갈 수밖에 없었다면, 고모가 전해준 '성가 눈물'의 이야기는 어쩌면 거대한 김원일 문학의 강을 이루는 기원의 풍경으로 끝내 지금 이 자리로 다시 돌아와야 할 운명이었는지도 모를 일이다. 그리고 아버지의 '사적 아버지-되기'가 실패한 지점에서 시작한 이 자전과 회고의 기록은 '전쟁 직전 서대문형무소 수감, 전쟁 직후 남한 해방구를 관장한 서울시당 재정경리부 부부장, 유엔군 인천상륙작전과 서울 수복 때 가족과 영원히 헤어져 퇴각하는 북한군을 따라 월북, 빨치산 유격대로 다시 남하해 후방투쟁, 1952년 재월북, 월북 후에는 남로당 출신에 대해 가해진 지속적인 사상검열을 받음, 연락부 대남사업 지도원, 재혼하여 1남 1녀를 둠, 해운총국 간부로 활동하다 1976년 예순두 살의 나이에 폐결핵으로 강원도 서광사 요양원에서 사망'으로 이어지는 아버지의 이력을 전하며 끝난다. 작가가 『불의 제전』에서 이야기했듯 남북 모두에서 버림받아 역사의 뒷길로 사라져간 남로당 계열의 실패가 아버지의 삶에 각인되어 있는 것이다. 다시 말해, 역사의 더 큰 차원을 전제하지 않더라도 아버지의 '공적 아버지-되기' 또한 실패로 끝났다고 말할 수밖에 없다.

그러나 조금만 생각해보면 '아버지-되기'란 누구나 각자의 방식으로 실패할 수밖에 없는 것이 아닌가. '아버지의 자리'는 '호명(interpellation)'된 것일 뿐. 그렇다면 누가 호명한 것일까. 여기서 '대타자' 따위의 이야기를 꺼내는 것은 너무 무책임한 일이 될 것이다. 김원일의 '아들의 아버지'에 대해 우리가 말할 수 있는 것은 그들의 역사가 너무 가혹했다는 사실뿐일지도 모른다. 그리고 어떤 전언이 있긴 하지만, 북으로 간 뒤 아버지의 생애는 사실 공백이 아닌가. 북에서 다시 가족을 이루고 사회주의 조국 건설에 어떤 식으로든 참여하면서 아버지가 품었을 마음의 여백은 영원히 쓰일 수 없는 것이다. 그 침묵의 건너편에서 '가짜 아버지'로 호명된 아들은 쓰고 또 썼다. 그 아들의 '아버지-되기'는 그러니까 '문학'이었다. 가혹한 시대와 역사는 그렇게 문학을 남겼다. 앞서 인용한 김현의 글은 마지막 대목에 이르러 그 '가짜 아버지'의 자리를 감동적으로 지지한다. 나는 이보다 더 뜨겁고 깊은 김원일론을 알지 못한다. "굶주리면서 잔뜩 매만 맞고 자란 가짜 아버지여, 진짜 아버지가 되어 편안하게 살지 말라, 그 편안함이 때로 너에겐 가시밭이리라." 김원일의 『아들의 아버지』는 두 명의 '가짜 아버지', 그 실패하는 운명의 묵묵한 수긍에 이름으로써 여기에 응답하고 있다.

(『문학과사회』 2013년 겨울호)

인간 조건의 원형적 성찰
— 김훈 장편소설 『남한산성』

김훈의 장편 『남한산성』(2007)은 1636년 병자년 겨울 청군의 침략으로(병자호란) 남한산성으로 피신했던 인조가 이듬해 정축년 1월 30일 청나라 황제 홍타이지에게 무릎 꿇고, 성을 나와 삼전도에서 치욕적인 항복의 예를 올렸던 정축하성(丁丑下城: 정축년에 성을 내려왔다는 뜻)의 이야기를 다루고 있는 역사소설이다. 그러나 작가의 문명(文名)을 떨친 『칼의 노래』(2001)가 임진왜란의 역사적 전개보다 생사의 허무와 싸우는 이순신 장군의 내면의 목소리에 집중한 것처럼, 『남한산성』 역시 주화론(主和論)과 주전론(主戰論)으로 맞선 이조판서 최명길과 예조판서 김상헌의 내면 깊숙이 들어가 길이 보이지 않는 참혹한 세상에서 삶의 길을 구해야 하는 인간의 근본 조건을 성찰하고 있다는 점에서 통상적인 역사소설과는 그 궤를 달리한다. 장식적 수사를 최대한 억제하고 인물의 움직임과 형용, 자연이나 상황의 어떠함을 건조한 단문에 담아내는 작가 특유의 문체는 그 내면의 정신적 드라마에 비장미와 시적 울림을 더하면서 약육강식의 잔인한 현실에 당면한 인간의 무력감을 곱씹게 만든다. 수만 명의 청군에 둘러싸인 채 빈약한 무력과 군량미로 버티며 살길을 모색해야 하는 인조와 그 신민들의 처지는 혹독한 겨울 추위에 대한 강박적인 묘사 속에 특정한 역사적 시공의 이야기를 넘어서서 살아간다는 일이 감당해야 하는 엄혹한 현실을 강렬하게 환기한다.

그런데 굴욕의 길일지언정 화친(和親)의 의사를 밝혀 살길을 열어야 한다는 최명길의 주장과, 싸움의 길을 통하지 않으면 그 화친의 길조차 열 수 없으리라는 김상헌의 주장은 일견 첨예하게 맞서는 듯 보이지만, 작가는 그 두 방책이 결국 하나의 뿌리로 얽혀 있다는 것을 섬세하게 보여준다. 최명길의 내면의 목소리는 말한다. "성 밖에 오직 죽음이 있다 해도 삶의 길은 성 안에서 성 밖으로 뻗어 있고 그 반대는 아닐 것이며, 삶은 돌이킬 수 없고 죽음 또한 돌이킬 수 없을진대 저 먼 길을 다 건너가야 비로소 삶의 자리에 닿을 수 있을 것이옵니다." 그렇다면 김상헌은 어떤가. "길은 사람의 마음속에 있는 것이며, 마음의 길을 마음 밖으로 밀어내어 세상의 길과 맞닿게 해서 마음과 세상이 한 줄로 이어지는 자리에서 삶의 길은 열릴 것이므로, 군사를 앞세워 치고 나가는 출성과 마음을 앞세워 나가는 출성이 다르지 않을 것이라고 먼 산줄기를 보면서 김상헌은 생각했다." 그 길의 처음이 마음에 있든 마음 밖에 있든, 공소한 대의와 말(語)들의 먼지를 걷어내고 삶의 길을 투철하게 궁리하는 자리에서 두 인물은 만난다. 그리고 그때 두 사람은 작가의 목소리를 나누어 가지고 있는 분신처럼 보인다. 이런 맥락에서, 초야에 물러나 있던 전 우의정 김상용이 강화도로 피신한 왕자와 빈궁 일행을 좇아 떠나면서 아우 김상헌에게 전한 편지 속의 한 구절은 이 소설이 버티고 서 있는 입각점을 핵심적으로 전한다. "참혹하여 무슨 말을 더 하겠는가. 다만 당면한 일을 당면할 뿐이다." 이것은 어떤 이상이나 이념에 대한 투사(投射)를 통해 현실의 불합리와 부조리를 비판하고 그것을 넘어서는 소망스러운 현실을 기대하는 태도와는 확연히 다르다. 익히 알려져 있듯, 김훈 소설은 현실에 투사되는 이념의 테두리를 완강하게 거부한다. 김훈 소설은 불완전한 언어의 한계를 의식하는 가운데 사실만으로 이루어진 세계를 그려내려는 (어쩌면 불가능한) 시도를 미학화해왔다. 그것은 몸으로 길을 내는 언어, 일하고 먹고 싸고 생육하는 인간의 자연에 부합하는 언어를 통해 세계를 이해하고 인식하려는 노력이라고 할 수 있다. 부당하든 참혹하든, 현실을 넘어서는 길은 현실 안에 있지 현실 바깥 어디에도 없다는 태도야말로 김훈 소설의 원점이고, 그 점에서 『남한산성』 역시 예외는 아니다.

그런데 어쩌면 『남한산성』의 진짜 주인공은 최명길이나 김상헌이 아닐지도 모른다. 쇠를 녹이고 두드려 농장기와 병장기를 만들고, 목수들의 연장까지 만드는 눈썰미 매서운 대장장이 서날쇠가 있다. 그는 자신의 근육과 눈으로 일하고 가족을 건사한다. 그는 지혜로운 농사꾼이기도 한데, 삭힌 똥물을 밭에 뿌려 벌레를 잡고 땅 힘을 돋운다. 작가는 역사의 기록 어디에도 남아 있지 않은 이 인물을 소설 속 다른 누구보다 생생하게 그려낸다. 심지어 삼남에 인조의 격서를 전하는 밀사의 역할까지 맡긴다. 소설의 끝을 감당하는 인물도 서날쇠다. 『남한산성』은 가족과 함께 다시 산성으로 돌아온 서날쇠가 장독 속의 똥물을 밭에 뿌리며 봄농사를 준비하는 장면에서 끝난다. 덧붙는 짧은 전언도 있다. 소설은 서날쇠가 김상헌의 부탁으로 거두어 기른 '나루'의 초경(初經) 소식을 전한다. "나루가 자라면 쌍둥이 아들 둘 중에서 어느 녀석과 혼인을 시켜야 할 것인지를 생각하며 서날쇠는 혼자 웃었다." 김훈 소설이 동의하면서 견뎌내려는 인간의 사실은 바로 여기에 있다. 노동하고 생육하고 번식하며 삶의 길을 이어나가는 것. 거기에는 거창한 대의명분도 없지만 참을 수 없는 치욕도 없다. 다만 당면한 것을 당면할 뿐이다. 이때 서날쇠는 이른바 '민중'과 같은 특정한 계층적 범주의 인물이 아니라 무심한 역사와 자연 앞에 서 있는 인간의 원형적 존재가 된다.

김훈의 『남한산성』은 치욕적 역사의 한 장(章)을 산성에 닥친 겨울 추위의 실제, 입성과 먹을 것의 구체에 이르기까지 세세한 디테일로 치밀하게 재현한다. 이것만으로도 이 작품은 어떠한 역사서도 이르지 못한 삶의 핍진한 진실을 전한다. 그러면서 『남한산성』은 진퇴양난의 현실 앞에서 삶의 길을 열어가려는 존엄한 인간 정신의 내적 드라마를 명징하고 아름다운 문체로 돋을새긴다. 삶의 복잡한 연관을 추상화한 측면이 없지 않고, 역사의 진전과 변화에 대한 모종의 허무주의에 비판의 여지가 없는 것은 아니지만, 『남한산성』은 자연과 역사에 연루된 인간 조건을 유례없는 깊이로 성찰하며 문학적 감동의 한 진경에 이르고 있다.

(『청춘의 탐독』, 동아대학교 교육원, 2014)

4부

노래는 저 너머에 있다

어떤 작가 연보의 감동
—「몰개월의 새」가 숨기고 있던 시간

월남으로 가는 남중국해의 뱃전에서 바닷속으로 던져버린 조잡한 오뚜기 인형 한 쌍. 출국 명령을 받고 떠나는 군용트럭 위로 포항 몰개월의 '똥까이' 미자가 던져준 유치한 이별의 선물을 받아들이기엔 소설화자 '나'는 아직 젊었고 인생의 시련을 몰랐다고 해야 할까.

> 몰개월 여자들이 달마다 연출하던 이별의 연극은, 살아가는 게 얼마나 소중한가를 아는 자들의 자기표현임을 내가 눈치챈 것은 훨씬 뒤의 일이다. 그것은 나뿐만 아니라, 몰개월을 거쳐 먼 나라의 전장에서 죽어간 모든 병사들이 알고 있었던 일이다.(황석영, 「몰개월의 새」 마지막 대목)

1976년에 발표된 이 짧은 단편소설의 소설적 성취와 육중한 문학적 감동에 대해서는 이미 많은 사람들의 언급이 있었거니와, 30년이 지난 지금 다시 읽어도 그 감동은 조금도 덜하지 않다. 사정은 의외로 단순한지도 모른다. 소설의 마지막 대목에 그 흔한 형용사나 부사의 도움 없이 담담하게 토로되어 있는 대로, 한 젊은이가 살아가는 일의 어떠함에 대해 알게 되는 것은 오직 그 자신의 시간과 시련을 통해서일 것이다. 대개 그것은 뒤늦은 깨우침일 수밖에 없고, 돌이킬 수 없는 것이겠지만, 인간의 성숙을 말하기로 한다면 달리 어떤 방법이 있을까.

문제는 누구나 한마디 거들 수 있을 법한 이 공공연한 사정에 도달하기까지 작가 황석영과 작품 「몰개월의 새」가 감당했을 고유한 시간일 것이다. 그 시간의 대체 불가능한 힘이 있었기에 우리는 소설화자가 "몰개월을 거쳐 먼 나라의 전장에서 죽어간 모든 병사들"을 자신의 뒤늦은 깨우침의 동료로 함께 호명하는 담대하고 슬픈 진실에 기꺼이 동참할 수 있었던 것이리라. 이 경우 체험적 진실의 힘은 필요조건일 수는 있겠지만, 「몰개월의 새」가 뿜어내는 문학적 감동의 광휘가 그 너머의 것이라는 사실 또한 달리 부연할 필요가 있을까.

흥미롭게도 작가 황석영이 최근에 발표한 『개밥바라기별』(문학동네, 2008)은 「몰개월의 새」의 전사(前史)에 해당하는 시기를 소설적 시간으로 다루고 있다. 베트남으로의 출국을 앞두고 서울로 무단이탈을 감행한 기간의 차이 등 사소한 소설적 변용이 없는 것은 아니지만, 전체적으로 두 소설의 화자 '나'는 동일인물이며 '나'를 둘러싼 소설적 정황 또한 하나로 보아도 전혀 무리가 없다. 심지어 우리는 두 소설에서 같은 정황을 묘사한 동일한 문장을 읽게도 된다. 작가 자신 『개밥바라기별』을 '자전적이고 개인적인' 소설이라고 밝히고 있기도 하거니와, 황석영에게 월남전 참전을 앞둔 이 시기가 젊음의 방황에서 특별한 구간임을 짐작하기는 어렵지 않다. 아마 돌아보아야 한다면 바로 거기서 돌아보아야 한다고 생각했으리라.

『개밥바라기별』은 그렇게 베트남의 전장으로 떠나기 직전, 몰개월로의 복귀를 위해 서울역을 떠나는 한 젊은이의 시간에서 일단 멈춘 뒤, 고등학교 시절로 소설의 시간을 길게 되돌렸다가 다시 서울역을 떠나는 열차칸으로 돌아와 끝난다. 덕분에 우리는 베트남의 전장에서 뒤늦게 "인생에는 유치한 일이 없다는 것을 알았다"고 되뇌게 되기까지 한 젊은이가 숨겨두었던 격렬한 성장기의 싸움을 관전할 수 있게 된 것이다.

『개밥바라기별』에서 명문고생인 주인공 유준과 주변 친구들의 정신적 성장을 지배하고 있는 것은 한마디로 잿빛 관념이다. 그것은 1950년대 후반 전후의 폐허를 지나며 조금씩 거리의 서점가로 나오기 시작한 세계문학전집이나 사상전집 속의 세계다. 거기에서 엿본 자아의 공간, 그 황홀한 자유의 가능성이 그들을 유혹하지 않았다면 그거야말로 기이한 일일 것이다. 『지상의 양식』을 그들도 읽지 않았을까. "나타니엘이여, 이제는 나의 책을 던져버려라. (……) 떠나라."

그러나 그 떠남과 일탈이 지불해야 할 대가 또한 그들은 알고 있었고 대개는 그 경계에서 떠남과 일탈의 흉내를 내보곤 자신의 궤도로 돌아가기 마련이었다. 그리고 그들은 "좌절하거나 아니면 살아남아서 요 모양의 산업사회를 이끌어갈 사회 지도층이 되었다"고 소설은 기록하고 있다. 유준은 어떠했나. 그는 궤도 이탈을 감행해서, 한차례 유급을 거쳐 학교를 자퇴했다. "어쨌든 내가 그때의 그 모퉁이에서 삐끗, 했던 것은 지금에 와서 보면 필연이었다. (……) 그러나 벗어났을 때의 공포는 당시에는 견디기 힘들었다"고 작가는 써놓았거니와, 아마도 정직한 고백이 아닐까. 예비 문사(文士)의 유치한 자부심 따위란 이 공포 앞에서 얼마나 무력한 것이었을까.

이후, 유준은 거친 방랑의 길로 들어서게 되는데 이 뒷배에 묵묵히 아들을 믿어준 어머니의 존재가 있었다는 점은 인상적이다. 의대에 가길 원했지만, 학교를 그만둔 뒤론 아들이 대학노트에 깨알같이 쓴 글을 읽어달라시던 어머니. 전처럼 노트를 치우거나 아궁이에 넣지 않았다. "책을 쓴다는 건 좋은 일이지만 제 팔자를 남에게 다 내주는 일이란다." 어머니의 존재 없이 유준의 싸움은 가능하지 않았다는 점을 확인하는 순간은 『개밥바라기별』의 가장 아름다운 대목이라 해야 하리라. 부랑노동자 장대위를 따라 오징어배를 타고, 공사판을 떠돌며 이른바 '날것'의 살아있는 세상과 만나던 행복은 중단될 수밖에 없는 일이었다. 스스로 벗어났다고 믿었던 것과는 달리, 유준은 여전히 궤도 위에 있었다. 문학이라는 궤도. "그렇다, 세상의 표면만이 또렷할 뿐 나는 아무것도 아니었다. 글을 쓸 수 없다면 내 존재는 없는 거나 마찬가지다. 잘못 돌아왔다." 유준은 자살을 감행하고 닷새 만에 깨어난다.

이쯤에서 우리는 유준, 아니 작가 황석영의 연보를 엿보아도 되지 않을까. "1962년 봄 경복고를 자퇴하고 가출하여 남도 지방을 방랑하다 그해 10월에 돌아옴. 11월 단편 「입석부근」으로 『사상계』 신인문학상 수상." "1966년 해병대에 입대하여 이듬해 청룡부대 2진으로 베트남전 참전." "1969년 5월 군에서 제대." "1970년 조선일보 신춘문예에 단편 「탑」 당선." 그러니까 「입석부근」에서 다시 「탑」으로 돌아오기까지 8년의 시간이 걸렸다. 그리고 그사이에 『개밥바라기별』과 「몰개월의 새」의 시간이 말없이 놓여 있다. 작가연보의 짧고 건조한 문장들 사이사이에 오래 눈길이 머물 수밖에 없는 이유다.

결론을 맺자. 문제는 궤도 이탈을 둘러싼 우승열패(優勝劣敗)의 이야기가 아닐 것이다. 자신의 궤도로 돌아갔던 젊은이들 역시 나름의 고투 속에 자신의 시간과 자신의 삶을 산 것일 테니까. 그 결과가 '요 모양의 산업사회'라 해도 쉽게 비난할 수 있는 성질의 문제는 아닐 것이다. 다만 이렇게 말해볼 수는 없을까. 어떤 젊은 영혼은 자신의 길을 애써 뒷길로 만들며 세상이 마련해놓은 궤도를 거절한다. 그가 그 막막한 뒷길에서 겪었을 아득한 공포의 대가로 한 사회는 아주 가끔 뛰어난 문학과 작가를 얻는다. 이것을 혹, 세상의 보이지 않는 균형이라고 말한다면 너무 가혹한 이야기가 될까.

(창비주간논평, 2008년 9월 17일)

어떤 기억의 방식

— 한강 장편소설 『소년이 온다』가 우리에게 묻는 것

한강 장편소설 『소년이 온다』(창비, 2014)에는 '기억'에 대한 너무도 고통스러운 이야기가 나온다. "더 기억하라고 나에게 말할 권한은 이제 누구에게도 없습니다. 선생도 마찬가집니다." 1980년 5월 27일 새벽 마지막까지 도청에 남았던 한 사내의 말이다. 우리는 교대 복학생 신분의 한 젊은이가 체포 후 겪었던 지옥 같은 고문과 짐승의 시간을 파편적으로 듣기도 했지만, '몸이 사라져주기만' 바랐던 그 참혹한 기억이란 기실 근본적으로는 '증언될 수 없는' 것일 테다. 그런데 그가 그렇게 절규하듯 조금씩 자신의 몸을 떼어내는 고통 속에 들려주는 기억의 한 끝에는 영원히 묻어두고 싶은 장면이 하나 더 있다. 도청에 숨어 있다 두 손을 들고 내려온 네 명의 고등학생과 한 명의 중학생을 향해 계엄군 장교는 M16을 조준해 발사한다. 그는 두 손이 뒤로 묶인 채 무릎 꿇고 앉아 도청 마당에서 그 장면을 목도한다. "그러니까 이 사진에서 이 아이들이 나란히 누워 있는 건, 이렇게 가지런히 옮겨놓은 게 아닙니다. 한 줄로 아이들이 걸어오고 있었던 겁니다. 우리가 시킨 대로 두 팔을 들고, 줄을 맞춰 걸어오고 있었던 겁니다." 열여섯 살 중학생 아이의 이름은 강동호. 계엄군의 총탄을 맞은 친구 박정대의 손을 놓치고 혼자 달아났다는 죄책감에 끝까지 도청에 남는, '소년이 온다'의 그 '소년'이다. 사내는 반문한다. "나는 싸우고 있습니다. 날마다 혼자서 싸웁니다. 살아남았다는, 아직도 살아 있다는 치욕과 싸웁니다. 내가 인간이라는 사실과 싸웁니다. 오직 죽음만이 그 사실로부터 앞당겨 벗어날 유일한 길이란 생각과 싸웁니다. 선생은, 나와 같은 인간인 선생은 어떤 대답을 나에게 해줄 수 있습니까?"

『소년이 온다』는 그때 죽고 사라진 이들의 이야기이면서, 더 많게는 그날 살아남은 사람들의 고통에 대한 이야기다. 죽은 이들은 말할 수 없다. 그리고 살아남은 이들에게 기억은 견딜 수 없는 형벌이다. 그날 새벽 가두방송을 맡아 하다 체포된 스물한 살 미싱사 임선주의(그녀는 석방된 뒤 학살과 고문의 악몽을 이기지 못해 스스로 목숨을 끊으려고 광주로 갔다가 학생들이 몰래 벽에 붙인 그날의 사진에서 도청 안마당에 모로 누워 있는 동호의 시신을 본다. 그는 '분노'의 힘으로 다시 살아가기로 하지만, 그날 동호를 집으로 돌려보내지 못한 자책은 계속된 악몽으로 돌아온다) 절규도 있다. "기억해달라고 윤은 말했다. 직면하고 증언해달라고 말했다. 그러나 그것은 어떻게 가능한가? (……) *소총 개머리판이 자궁 입구를 찢고 짓이겼다고 증언할 수 있는가?*" "그 여름 이전으로 돌아갈 길은 끊어졌다. 학살 이전, 고문 이전의 세계로 돌아갈 방법은 없다." 그렇다면 여기 이 소설에 나오는 소년 동호의 목소리와 살아남은 자들의 견딜 수 없는 기억들은 누가 대신하고, 들려주는 것인가. 물론 소설가 한강이다. 그런데 무슨 '권한'으로? 또 그게 어떻게 '가능'하단 말인가.

『소년이 온다』가 광주를 다룬 한 편의 뛰어난 소설을 넘어, 지금 우리에게 묻고 말을 거는 대목이 바로 여기에 있다고 나는 생각한다. 이 장편의 에필로그에는 갑자기 '나'라는 화자가 등장해서 소설을 쓰게 된 경위를 들려주거니와, 통상적으로는 '작가의 말'로 들어갈 부분일 테다. 그러나 에필로그를 읽어가면서 우리는 1970년대와 80년대 초, 광주 중흥동의 한 한옥을 둘러싼 소녀와 소년의 엇갈린 연대기가 이 소설의 오랜 뿌리로 놓여 있음을 알게 된다(물론 여기에 부분적으로 소설적 변용이 있을 수는 있다). 1970년 광주에서 태어나 그 한옥에서 8년여를 살다 1980년 1월 서울 수유리로 온 소녀는 예전 자신이 살던 집으로 이사 온 중학생 소년의 죽음에 대해 듣게 되고, 생각한다. "일가친척 중 누구도 다치거나 죽거나 끌려가지 않았다. 다만 그해 가을 나는 생각했다. 차가운 장판 바닥에 배를 대고 엎드려 숙제를 하던 방, 그 부엌머리 방을 그 중학생이 쓰지 않았을까. 내가 건너온 무더운 여름을 정말 그는 건너오지 못했나." 소녀는 이태 뒤 광주학살 사진집을 어른들 몰래 보게도 된다. "마지막 장까지 책장을 넘겨, 총검으로 깊게 내리그어 으깨어진 여자애의 얼굴을 마주한 순간을 기억한다. 거기 있는지도 미처 모르고 있었던 내 안의 연한 부분이 소리 없이 깨어졌다." 그러니 이 소설은 그 소년을 찾아가는 30여 년의 긴 기억의 여정인 셈이다. 에필로그가 소설의 몸체와 분리될 수 없는 이유이기도 하다. 그리고 우연이라고 말할 수밖에 없는(그러나 이게 정말 우연일까?) 이 사적인 인연으로부터 오랜 세월을 거쳐 우리 앞에 도착한 '죽은 자와 살아남은 자의 이야기'는 '살아남은 자'라는 말의 의미를 우리 자신에게 새삼 뜨겁게 되묻게 만든다.

5·18광주민주화운동은 그간 공적인 기억의 영역이나 역사적 평가에서라면, 여전한 일부의 왜곡되고 저열한 이념공세에도 불구하고 어느 만큼은 합당한 자리를 갖게 되었다고 할 수 있다. 그러나 공적인 기억은 언제든 얼마만큼은 박제화될 위험 또한 안고 있다. 그들은 우리가 쉽게 일컫는 대로 희생자였을까. "그들이 희생자라고 생각했던 것은 내 오해였다. 그들은 희생자가 되기를 원하지 않았기 때문에 거기 남았다." 자료를 읽다 악몽에 쫓기고, 디지털 계기판의 연도와 날짜를 그해 그 날짜로 입력하는 혼신의 대면 끝에 작가는, 그날의 그 행동이 '인간 존엄'을 지키기 위한 결단이 아니었을까 생각하게 된다(그러나 정작 그 비장해야 할 시

간에 다들 뭉클뭉클한 잠 속으로 빠져들었다고 앞서의 증언자는 전하기도 한다). 그리고 무엇보다 그 인간 존엄의 싸움은 불행히도 계속되고 있는지도 모른다. 2009년 1월 새벽, 용산 남일당 망루가 불타는 영상을 보다가 작가가 자신도 모르게 "*저건 광주잖아*"라고 불쑥 중얼거렸던 것처럼. "그러니까 광주는 고립된 것, 힘으로 짓밟힌 것, 훼손된 것, 훼손되지 말았어야 했던 것의 다른 이름이었다."

사태의 성격은 다를지언정 세월호 참사 이후 '잊지 말자'는 말이 분노와 탄식을 넘어 생생한 다짐이 되고 있다. 그러나 공적이고 정치적인 문제 제기가 개인의 기억과 진실의 이야기로 거듭 확인되고 보충되지 않는다면, 망각의 정치, 망각의 시간은 언제든 고개를 들지도 모른다. 『소년이 온다』가 보여주는 기억의 방식은 '그날의 광주'를 위해서도 '지금 이곳'을 위해서도 전혀 뒤늦은 것이 아니다.

(창비주간논평 , 2014년 7월 2일)

인간 열망의 한없는 연대기

—『밤은 노래한다』가 묻는 것

역사의 진보란 무엇일까. 김연수가 펴낸 장편소설 『밤은 노래한다』(문학과지성사, 2008)를 읽고 나면 자연스럽게 생겨나는 질문이다. 1930년대 일제 강점기 동만주 간도에서 식민지 조선의 해방과 혁명을 꿈꾸며 싸우다 죽어간 젊은이들의 이야기. 그들은 살아서 천국을 보고자 했으나 그들이 결국 본 것은 지옥이었다. 그들은 그 지옥에서 서로가 서로를 죽였다.

1930년대 초반 동만주 항일유격근거지에서 벌어진 '민생단 사건'이 소설의 역사적 배경이다. 해제를 쓴 한홍구 교수에 의하면 "이 참담한 사건을 통해 희생된 항일혁명가의 숫자가 최소한 500여 명"이며 "일제의 자료조차 토벌에 의해 희생된 숫자보다 혁명조직 내에서 서로가 서로를 의심해서 죽고 죽인 숫자가 훨씬 더 많았다고 인정하고 있다." 어떻게 이런 일이 벌어지게 된 것일까.

여기에는 코민테른의 일국일당 원칙에 따라 중국공산당의 지도와 통제를 받아야 했던 당시 간도 조선인 혁명세력의 조건을 비롯, 복잡한 역사적 요인들이 뒤얽혀 있다. 그 요인들을 하나하나 객관적으로 추적해들어가면 어느 정도 사태의 진상에 접근할 수 있을지도 모른다. 그러나 어떤 과학적 분석도 조선과 중국의 혁명에 목숨을 건 견결한 공산주의자들이 단 한순간의 호명으로 일제의 주구 민생단 간첩으로 탈바꿈되는, 그리하여 소설에 나오는 대로 "6개월에 걸쳐 60여 명의 간부 중 단 한 사람만 살아남고 모두 처형되는 피의 숙청", 그 지옥도의 광기를 남김없이 해명할 수는 없을 것이다. 온통 대답 없는 질문으로 뒤덮일지언정, 문학의 도전 영역이 있다면 아마도 이런 대목이리라.

'작가의 말'에 따르면 김연수는 소설가 등단 전후부터 비슷한 테마의 작품을 구상하기 시작했다고 한다. 조선왕조 부활을 꿈꾸며 무장투쟁에 나섰던 복벽주의자 전덕원 부대의 이야기가 그것인데, 공화주의자의 반발을 불러일으키게 된 이들의 움직임이 결국 항일독립군 내부의 유혈투쟁으로 이어지는 500매 분량의 소설 초고가 쓰인 게 1995년이었다. 최초의 구상이 실패로 돌아간 뒤에도 작가의 머리를 떠나지 않고 있던 이 테마는 이후 동만주 항일유격구 내부의 '반민생단 투쟁'을 다룬 국내외 연구성과들과 만나면서 좀더 구체화되고 작가는 2003년 연변 현지로의 취재 및 집필 여행을 감행하기에 이른다.

『밤은 노래한다』가 단순한 취재형 역사소설이 이를 수 없는 깊은 실존적 울림을 낳고 있는 것도 이 때문일 것이다. 그 울림은 1970년생 작가 김연수의 세대의식을 포함하고 있다는 점에서 소설적 진정성의 다른 이름이기도 하다. 그런 만큼, 1930년대 동만주 간도 항일유격근거지에서 벌어진 이해하기 힘든 역사적 참극의 시간을 소설로 온전히 복원하고 재구성하는 일은 『밤은 노래한다』의 최종적 목표가 될 수 없었다. 김연수는 책 뒤에 붙인 '작가의 말'에서 이렇게 자문하고 있다.

> "이게 다 뭔가? 더 좋은 세상을 만들자고 맹세했던 사람들끼리 결국에는 서로 죽이는 이야기라니. 이런 얘기를 책으로 묶어내서 뭣하겠는가. 내게 소설을 쓰게 만들었던 최초의 의문은 결국 마지막 순간까지도 해결되지

않았던 것이다. (……) 나는 고치다 만 원고를 던져버렸다."

그렇다면 우리가 지금 완성된 형태로 읽고 있는 『밤은 노래한다』는 무엇인가. 그 던져버린 원고인가. 연인이자 지하 혁명가였던 이정희의 죽음을 계기로 걷잡을 수 없는 역사의 격랑 속으로 빠져드는 소설의 주인공 김해연. 그는 소설이 시작되는 1932년 9월에는 조선인 신분으로 용정에 파견나온 만철 측량기수였지만, 소설이 끝나는 1941년 8월에는 또 한 명의 공산주의 혁명가가 되어 용정으로 돌아온다. 그는 동만주 간도의 항일 유격근거지에서 벌어진 광기 어린 반민생단 투쟁의 참극을 현장에서 겪고 목격했다. 그는 지금 연인 이정희를 죽게 한 혁명의 변절자 최도식이란 인물을 찾아 피의 복수를 감행하려고 하고 있다. 최도식과 이정희는 한때 함께 세상을 바꾸자고 맹세했던 혁명의 동지가 아니었던가. 시종 김해연을 일인칭 소설화자로 두고 진행되어온 소설의 시점은 이 장에 이르러 삼인칭 관찰자 시점으로 바뀌어 있다. '나' 김해연은 이제 '그'가 되어 저만큼 떨어져 있다.

그렇게 해서, 최도식의 집 앞에서 기다리던 김해연이 최도식을 만나 과거의 죄를 추궁한 뒤 외투 주머니에서 총을 꺼내려는 순간, 문이 열리면서 두 명의 남자아이들이 뛰어나온다. 작가는 이렇게 적어놓았다. "아직 열 살도 넘지 않은 게 분명한, 최도식의 아들들이었다. 자신의 아버지가 한때 어떤 사람이었는지 전혀 알지 못하는, 송어들처럼 힘이 넘치는 새 시대의 아이들."

'작가의 말'에 따르면, 2004년 연길에서 완성한 소설의 초고가 못내 마음에 들지 않아 출판을 망설이고 있던 작가는, 그 찜찜함의 이유가 정희를 죽인 자들을 김해연이 복수하지 않았기 때문이라 생각하고 김해연이 최도식을 죽이는 것으로 결말을 고쳤다고 한다. 그런데 그렇게 고치고 보니 더더욱 소설을 출판해서는 안 될 것 같았다고 작가는 밝히고 있다. 그리고 앞서 인용한 '작가의 말'에 바로 그 이유가 나온다.

그러니까 지금 우리가 읽고 있는 소설은 그렇게 '던져버린 원고'를 다시 고쳐 초고의 결말로 되돌아가서 완성한 것인 셈이다. 그사이에 무슨 일이 있었던 것일까. 작가는 두 가지 이야기를 들려준다. 『밤을 노래한다』를 묵혀놓은 상태에서 또다른 장편소설 『네가 누구든 얼마나 외롭든』(2007)을 쓰며 얻은 나름의 대답이 그 하나. "왜 우리가 간절히 열망하는데도 이 세계는 조금도 바뀌지 않는가?" 이십대에 세상을 보면서 품었던 이 의문에 대해, 김연수는 열망은 결과와 무관하게 열망 그 자체로 존재하는 것이 아닐까 하는 생각에 이르게 되었다는 것. "열망은 단지 열망하는 그 순간에 원하는 모든 것을 얻을 뿐이다."

그리고 또하나의 이야기는 올해 촛불시위 현장에서 목격했던 한 장면. 5월 31일 효자동 입구까지 밀고 들어간 시위대와 함께 전경들 앞에 연좌했을 때 89학번 김연수를 엄습해온 것은 공권력에 대한 무의식적인 공포였다. 그 순간 남총련 깃발을 든 학생들이 시위대 앞으로 나왔다. 그런데 그 학생들은 전혀 뜻밖에도 대중가요를 부르며 춤을 추는 게 아닌가. 이것은 분명 "어제와 다른 세계"였다.

결론을 맺자. 역사의 진보란 무엇인가. 좀더 나은 세상을 만들고자 하는 인간의 열망이 즉각적인 응답을 얻으며 그 실현에 이른 적은 없었다. 1927년 간도 용정에는 식민지 조선의 해방과 세상의 혁명을 꿈꾸었던 네 명의 중학생이 있었다. 안세훈, 박도만, 최도식, 이정희. 그러나 그들의 열망은 철저히 짓밟히고 찢겼다. 그들은 서로를 죽였고 그렇게 역사에서 가뭇없이 사라졌다. 그러나 "자신의 아버지가 한때 어떤 사람이었는지 전혀 알지 못하는, 송어처럼 힘이 넘치는 새 시대의 아이들"은 언제 어디서나 태어나며, 역사라는 괴물은 그들과 함께 시침 뚝 떼고 앞으로 간다. 그 새로운 세상은 용정 영국더기 언덕 아래에서 네 명의 중학생이 꿈꾸고 열망했던 세계는 아닐지언정, 그들의 짓밟힌 열망과 무관한 세계도 아닐 것이다. 그것은 가령 김해연이 영국더기 언덕에 올라 바라본 해란강의 잔물결과도 같은 것은 아닐까. 소설의 끝, "잔물결은 하나의 햇살을 무수히 많은 빛으로 나누고 있었다"고 작가는 김해연의 시선을 빌려 기록하고 있는바, 그 무수히 많은 빛 하나하나에서 가뭇없이 사라지고 다시 이어지는 인간 열망의 한없는 연대기를 본 것은 나만의 착각은 아니리라.

(창비주간논평, 2008년 11월 12일)

자기의 이름으로 살 수 없었던 사람들
— 루이 말과 전성태

1

지난 연말에 영화 한 편을 봤다. 프랑스의 루이 말(1932~1995) 감독이 1987년에 발표한 〈굿바이 칠드런〉이란 영화였다. 제목에서 비치는 대로, 소년들이 나누는 슬픈 우정의 전말이 차가운 겨울 풍경 속에 펼쳐지고 있었다. 그런데 프랑스 원제 '오흐부아 레장팡(Au rovoir les enfants)'은 같은 작별인사이긴 해도 '안녕, 또 보자'의 의미에 가깝다고 한다. 영화를 보고 나면 그 '또 보자'의 함의가 무겁게 가슴을 짓누른다. 1944년 친독 괴뢰정부인 비시 정권하의 프랑스가 영화의 역사적 배경이다.

열두 살 소년 줄리앙은 파리 근교의 가톨릭 기숙학교에 다니고 있다. '보네'라는 친구가 전학을 온다. 기숙사 옆 침대에서 생활하게 된 보네는 왠지 어둡고, 다른 세계에 속한 느낌을 준다. 아이들의 짓궂은 괴롭힘도 묵묵히 받아낸다. 줄리앙 못지않게 공부도 잘하고 읽은 책도 많다. 피아노 선생님 앞에서 슈베르트의 피아노곡을 능숙하게 쳐내는 모습을 줄리앙은 창문 너머 질투의 시선으로 바라본다. 루이 말 감독은 다가서고 물러나는 두 소년의 아슬아슬한 마음의 진동을 영화의 표면에 조용히 쌓아간다. 그 마음의 진동은 아직 어떠한 이름도 얻지 못한 채 막 태어나고 있는 연하디 연한 감정의 결일 터인데, 끝내 보호받지 못하고 세상에 의해 잔혹하게 파괴될 그것에 제대로 된 이름과 애도가 도착하기까지는 수십 년의 시간이 걸려야 한다. 사정은 이렇다.

어느 날 줄리앙이 보네의 사물함에서 알게 되는 것처럼, 보네는 유대인이었다. 본명은 장 키플스타인. 유대인 색출에 혈안이 된 게슈타포의 추적을 피해 기숙학교로 숨어들었던 것. 기실 기숙학교의 교장 장 신부님은 보네 외에도 몇몇 유대인 학생을 보호해오고 있던 참이었다. 유대인? 줄리앙은 기숙학교를 같이 다니고 있는 친형에게 묻는다. "형, 유대인이 뭐야? 왜 사람들은 유대인을 미워해?" "돼지고기를 안 먹는 사람들이지." "그게 무슨 죄야?" "유대인은 똑똑하고 위선적이고, 예수님을 죽인 사람들이야." 줄리앙은 이해할 수가 없다. 1944년 1월의 어느 날 아침, 수업 중인 교실에 게슈타포가 들이닥친다. 누군가의 밀고가 있었고, 장 신부님은 이미 체포된 상태였다. 게슈타포는 한 명 한 명 학생들의 얼굴을 살핀다. 교탁 쪽에서 지도를 보다 갑자기 뒤돌아서는 게슈타포의 눈길에 놀란 줄리앙은 자기도 모르게 고개를 돌려 보네 쪽을 바라보고 게슈타포는 보네를 향해 걸어간다. 보네는 책상을 정리하고 자리에서 일어난다. 보네는 친구들에게 손을 건네 악수를 한다. 줄리앙도 그 손을 잡는다. 기숙학교는 그날로 폐쇄되고, 학생들은 짐을 싸서 학교 마당에 모인다. 장 신부님과 보네를 포함한 세 명의 유대인 아이들은 친구들의 눈앞에서 독일군에게 끌려 기숙학교의 좁은 문을 빠져나간다. 아이들이 외친다. "안녕, 또 봐요, 신부님!" "안녕, 또 보자, 아이들아!" 어른이 된 줄리앙의 내레이션이 들려온다. "보네, 네귀스, 뒤프레는 아우슈비츠에서 죽었다. 장 신부는 마우타우젠 수용소에서 죽었다. 학교는 1944년 10월에 다시 문을 열었다. 40여 년의 시간이 흘렀지만 난 그 1월의 아침을 죽을 때까지 잊을 수 없을 것이다." 영화는 여기서 멈춘다.

이 영화는 루이 말 감독의 자전적인 이야기로 알려져 있다. 마지막 내레이션의 문장은 영화감독이 된 루이 말의 창작노트에서 오랜 시간을 기다렸고, 그는 그 내레이션을 자신의 육성으로 녹음했다. 그러니까 40여 년 만에 루이 말 감독은 그 겨울 아침의 시간으로 돌아가 영원한 작별의 순간과 다시 대면한다. 그러나 거기까지다. 영화 창작이 누릴 수 있는 예술적 상상의 자유가 있다 하더라도, 그날 학교를 떠나 아우슈비츠와 마우타우젠 수용소에서 죽은 신부님과 아이들을 다시 만날 수 있는 방법은 없다. "또 보자, 아이들아!"의 작별인사는 여전히 불가능한 소망으로 남는다. 영화는 그러므로, 또 한번 작별을 되풀이할 뿐이다. 그러나 이 무력해 보이는 반복의 자리에서 줄리앙과 보네의 우정을 파괴시킨 세상의 야만과 잔혹을 생각하고, 장 키플스타인으로 살 수 없었던 한 유대인 소년의 짧은 삶을 애도하는 것은 살아남아 어른이 된 줄리앙의 몫만은 아니게 된다. 극장을 나서며 나는 담배를 꺼내기 바빴고, 어린 줄리앙처럼 나도 간절히 묻고 싶었다. "유대인은 무언가?"

2

어린 시절 어디를 가든 양키 아니면 튀기라고 놀림을 받던 아이가 있었다. '아이노코'라고도 했다. 한국 사람처럼 생기지 않은 외모 때문이었다. 어떤가 하면, 부모님은 시골에서 농사짓는 평범하고 전형적인 한국 사람이었다. 탓을 하고 따지고 드는 아이에게 어머니는 말한다.

"하이고, 니가 아조 에미를 볶아묵는구나. 어짜냐? 니 에미도 좀 놀짱한 기가 있제? 엄마가 뭔 숭한 짓을 했겠냐. 그란다고 우리가 널 어디 다리 밑에서 주워왔겠냐. 분맹히 니는, 느그 아부지하고 나하고 하룻저녁에 맹근 잘난 내 새끼다."(전성태, 「이미테이션」, 『문학과사회』 2008년 겨울호)

고등학생 때 이 아이는 아예 자신을 미국계 혼혈아라고 생각해버리기로 마음을 먹고 영어 공부에 매진한다. 그러다 우연히 백인계 미군 아버지와 한국인 어머니 사이에서 태어난 한 혼혈인의 사연을 접하게 된 그는, 게리 워커 존슨이라는 그 혼혈인의 인생을 이름과 함께 온통 베끼기로 작정한다. 그는 지금 어린이 영어학원에서 게리 워커 존슨이라는 원어민 강사로 짝퉁 인생을 살아가고 있다. 틈틈이 짝퉁 명품가방 장사를 하면서.

물론 이것은 작가 전성태가 비정상적인 영어 교육 열풍이나 짝퉁 명품가방으로 상징되는 작금의 가짜 욕망의 세상을 비판하고 풍자하기 위해 빚어낸 허구의 이야기일 것이다. 그리고 혼혈 아닌 혼혈인의 삶을 살아가는 게리 워커 존슨이라는 인물의 창조는 이 소설을 한갓 세태 풍자의 차원 이상에 올려놓는다. 외국인과의 결혼이 더이상 낯선 일이 되지 않고, 동남아 이주노동자들이 한국사회의 주요 구성원으로 편입된 지 오래인 이즈음, 배제와 차별의 폭력으로 드러나기 일쑤인 단일민족이라는 순혈성에 대한 우리 안의 오래된 집착과 편견은 거듭 반성되어야 마땅하고, 이 소설은 그 지점을 에둘러 아주 섬세하게 비판하고 있기 때문이다.

(필자는 소설가 전성태 씨를 안 지가 조금 된다. 술도 여러 차례 마셨고 허물없이 농담도 한다. "전성태 씨는 아무래도 저 중동 쪽 같아." "안 그래도 조상을 캐는 소설을 한번 써볼 작정입니다. 새로운 실크로드가 발견될지도 모릅니다." 그는 사람 좋은 웃음으로 대답하곤 했다. 「이미테이션」을 읽으며 처음에는 웃다가 다 읽고는 담배 한 대를 피워물었다. 우연히 며칠 뒤 술자리에서 만났다. "소설 잘 읽었소. 정말 재미있네." "아, 자전소설 말이에요? 하하." 그의 웃음은 늘 상대를 편하게 한다.)

3

장 키플스타인도 게리 워커 존슨도 자기 이름을 숨기고 살아야 했다. 키플스타인에게 닥친 참담한 비극과 같은 층위에서 비교하긴 어렵다 하더라도 자신의 정체성을 버리고 가짜 인생의 옷을 입어야 했던 게리의 삶 역시 우리를 슬프게 하고 아프게 한다. 왜 이런 일들이 벌어지는 것일까.

이곳저곳 책들을 넘기다보면 유대인이란 무엇인가에 대한 이론적인 대답을 찾을 수 없는 것은 아니다. 서구 문명에서 유대인은 가장 불편한 타자라는 이야기. 그리고 그 타자성이 견디기 힘든 이유는 그것이 서구 문명 그 자신의 내부에 있기 때문이라는 것이다. 외부의 타자성이 아니라 이른바 '그들(우리) 안의 타자성' 말이다. 유대인이란 서구 문명, 혹은 서양인의 삶에서 가장 외설스럽고 더럽고 불편한 그 무엇이며, 그들 자신의 텅 빈 실재, 비존재를 상기시키는 흉물이라는 것. 그런 만큼 그 타자성은 끊임없이 배제되고 삭제되지 않으면 안 된다는 것. 그리고 그 배제와 삭제를 '최종적 해결'인 '절멸'의 방식으로 수행한 것이 바로 나치였다. 얼마나 우울한 이야기인가.

하긴 혼혈의 생김새 때문에 괴롭힘을 당한 뒤, 세상의 구획 바깥으로 걸어나가 비참한 가짜 인생을 살아가야 하는 게리의 경우가 아니라도 불편하고 쓸모없는 타자에 대한 배제의 이야기는 지금 이곳에서도 계속되고 있다. 가령, 구제금융사태 이후 일상어처럼 되어버린 '구조조정'이란 말은 얼마나 무서운가. 경제적 효율과 강자생존의 절대적 기준이 요구하는 신성한 구조가 새로 구축되는 동안, 무수한 사람들이 퇴출되고 쫓겨난다. 그들은 무능하거나 게으르거나 나이가 많거나 능력 이상의 임금을 받거나 등등의 이유로 새로운 구조에서는 불필요한 군살이며 가급적 사라져주어야 할 존재들일 뿐이다. 그런데 이 경우, 그 대단한 새로운 구조가 한국경제를 살리고 한국을 선진화하는 동안, 그들은 어디로 가야 하는가. 순진한 소리라고? 그러나 나는 문명이 숨기고 있는 '피의 번제(燔祭)'를 모를 정도로, 자본주의 세계체제의 냉혹한 현실에 맹목일 정도로 순진하지는 않다. 민주주의는 바로 그 냉혹한 세계 속에서 진전되고 확대되어왔다. 그러니 지금 우리가 목도하고 있는 것은 민주주의의 심각한 후퇴다.

가장 혹독한 한 해가 될 거라고 한다. 경제 정책을 책임진 정부의 고위 관료는 지금의 일자리에서 살아남는 게 관건이며, 강자만이 살아남을 거라고 무시무시한 말을 쏟아낸다. 다시 한번 묻자. 그렇다면 우리, 무능한 약자들은 어디로 가야 하나?

(창비주간논평, 2009년 1월 7일)

단순성의 힘

— 지금 이곳의 로제타 이야기를 기다리며

소문으로 듣던 좋은 영화를 뒤늦게 접하고 그 단순성의 힘에 놀란 적이 적지 않다. 내겐 일본 감독 오즈 야스지로나 대만 감독 허우 샤오시엔의 영화가 특히 그러했다. 두 사람의 '쉬운' 영화를 보고 있으면, 살아간다는 것은 저런 것이구나, 하는 느낌이 몸으로 그냥 흘러들어오는 듯했다. 그 느낌은 소설가 공지영의 언어를 빌린다면 '인간 혹은 세상에 대한 예의'를 환기시키는 영화의 깊은 시선에서 오는 것 같았다. 말할 것도 없이 영화로 표현된 이런 단순성이 쉽게 도달한 지점일 리는 없을 것이다. 삶의 모순과 복잡성을 오래 헤아리고 견뎌낸 인간적 예술적 실행의 성실한 누적이 그 쉽고도 깊은 화면으로 표현된 것이 아닐까.

최근 벨기에의 다르덴 형제가 만든 영화를 볼 기회가 있었다. 알려진 대로 각각 1951년과 1954년생인 이 형제 감독은 비디오카메라를 들고 빈민 거주지역이나 파업 현장, 공장 등을 돌며 다큐멘터리를 찍는 것으로 그들의 영상작업을 시작했고, 1986년에 극영화로 옮겨왔다. 노동자나 도시 하층민, 사회적 약자에 대한 그들의 오랜 관심은 극영화의 영역으로 넘어오면서 극한의 상황에 선 인간의 윤리적 선택이라는 좀더 무거운 주제와 화학적으로 결합하고 있는 듯하다. 아들을 죽인 소년범과 마주선 아버지의 고뇌를 다룬 〈아들〉(2002)을 극장에서 보고 나오면서 한동안 멍했던 기억이 지금도 생생하다. 자신의 아이를 불법 입양조직에 팔아먹는 소매치기 부랑아의 이야기인 〈더 차일드〉(2005)가 올초 극장에서 개봉했을 때는 서둘러 달려가기도 했다. 이들 '인간 구원 연작'의 시작으로 일컬어지는 다르덴 형제의 초기작 〈약속〉(1996)과 〈로제타〉(1999)를 뒤늦게 본 것이 얼마 전의 일이다.

그런데 다르덴 형제의 영화는 오즈나 허우 샤오시엔과는 또다른 맥락에서 단순성의 힘으로 가득차 있다. 가령 〈로제타〉의 경우를 보자. 이 영화는 로제타라는 십대 후반의 소녀가 필사적으로 일자리를 찾아헤매는 이야기다. 이들 형제의 영화가 늘 그렇듯 카메라는 주인공 로제타의 등뒤나 얼굴에 바싹 붙어서서 시종 흔들리며 인물의 호흡과 시선, 움직임을 따라간다. 관객은 많은 것을 보거나 들을 수 없다. 씩씩거리며 뛰어다니는 로제타의 숨소리와 함께 한겨울의 추위 속에 분노와 불안으로 달아오른 그녀의 얼굴이 화면을 가득 채우고 있을 뿐이다. 최소한의 상황묘사가 필요할 때를 제외하곤 카메라는 좀체 로제타로부터 떨어지지 않는다.

다르덴 형제의 요구는 쉽고도 분명하다. 관객은 주인공 로제타의 자리에 최대한 가까이 다가가서 그녀의 호흡과 시선으로 영화 속 사건과 시간을 겪어달라는 것이다. 이러한 영화의 요구는 결국 구경꾼일 수밖에 없는 관객을 윤리적으로 불편하게 만드는 것도 사실이다. 그러나 그 불편을 감수하고 극단적 클로즈업의 이물감이나 좁은 시야의 답답함을 조금씩 견디다보면 도시 외곽의 캠핑촌 트레일러에서 알코올중독에 빠진 엄마와 절망적인 하루하루를 이어가는 십대 소녀의 삶이 너무도 아프고 생생하게 다가온다. 20세기 말 서유럽의 한 도시에서 펼쳐지는 후기자본주의의 노동현실이 이렇다는 게 믿기 어려울 정도이다.

견습기간이 끝났다고 일방적으로 해고통보를 받는 로제타. 그녀는 와

플 한 조각과 수돗물로 배를 채우면서 이곳저곳 문을 두드려보지만 일자리는 없다. 헌옷을 수선해 팔고 캠핑촌 관리인 몰래 물고기를 낚아 두 모녀의 먹을 것을 마련한다. 와플을 파는 청년 리케의 도움으로 어렵사리 와플공장에 일자리를 얻게 된 로제타. 청년의 집에 초대받아 토스트 몇 조각의 초라한 만찬을 대접받던 로제타가 사양하던 맥주 한 병을 단숨에 들이켜는 장면은 생존의 벼랑에 서 있는 한 인간의 자존과 허기를 더없는 구체성 속에서 보여준다. 그날 리케의 집 한켠에서 하룻밤 잠자리를 얻게 된 로제타는 담요를 덮고 누워 자신에게 말을 건넨다. "네 이름은 로제타. 내 이름은 로제타. 넌 일자릴 구했어. 난 일자릴 구했어. 넌 친구가 생겼어. 난 친구가 생겼어. 넌 정상적인 삶을 산다. 난 정상적인 삶을 산다. 넌 시궁창을 벗어난다. 난 시궁창을 벗어난다. 잘 자. 잘 자."

그러나 사흘 만에 다시 일자리를 잃게 되는 로제타. 밀가루 포대를 껴안고 일자리를 놓지 않으려고 몸부림치지만 그녀는 이제 다시 시궁창으로 돌아가야 한다. 영화는 이 지점에서부터 다르덴 형제 특유의 윤리적 시련의 드라마로 치닫는다. 로제타가 빠뜨린 낚시 도구를 건져주려던 리케가 물에 빠져 진흙바닥에서 허우적댄다. 로제타는 그 순간 철조망 너머 숲속으로 뛰어간다. 도와달라는 리케의 목소리가 그녀의 뒤에서 숨가쁘게 들려온다. 30초쯤 시간이 흘렀을까. 그녀는 나뭇가지를 꺾어들고 리케에게 돌아간다. 그리고 며칠 뒤, 로제타는 몰래 자신이 만든 와플을 팔던 리케의 비리를 사장에게 알리고 그의 일자리를 빼앗는다. 왜 그랬냐고 따지는 리케에게 그녀는 절규한다. "날 때려. 일자리를 구하려고 그런 거야." 그리고 마음의 지옥에서 맴돌고 있던 말을 토해낸다. "네가 물에 빠졌을 때 꺼내주고 싶지 않았어."

그랜드캐니언이라는 아름다운 주소에서 사는 소녀. 차들이 질주하는 도로 저편 숲속의 낡은 트레일러가 술을 얻기 위해서라면 몸까지 파는 엄마와 함께 그녀가 사는 거처다. 구두를 벗고 장화로 갈아 신어야만 갈 수 있는 곳. 그곳에서 벗어나 도시 이쪽의 주소를 얻기 위해서라면 다른 사람의 목숨도 외면할 수 있는 걸까. 소녀 로제타가 던지는 질문은 절박하고 처절하다. 그리고 단순하다. 그러나 대답하기는 쉽지 않다.

영화의 마지막. 트레일러로 돌아온 로제타는 공중전화로 가서 전화를 건다. "더이상 일하러 가지 않을 거예요." 그러고는 관리사무소로 가서 취사용 가스통을 교환해 온다. 가스통은 로제타가 감당해야 하는 삶의 무게만큼이나 무거워 보인다. 리케가 스쿠터를 타고 다가오고 그녀는 리케에게 돌을 던지며 운다. 가스통 위에 쓰러져 우는 로제타를 리케가 일으킨다. 로제타는 흐느끼며 리케를 본다. 로제타의 견딜 수 없는 시선, 영화는 여기에서 갑자기 끝난다.

후기자본주의 세계의 실업과 가난의 현실과 도스토옙스키적 윤리의 곤경이 하나의 예술적 질문으로 선명하다. 얼핏 콜럼버스의 달걀 같다는 생각도 들면서, 왜 지금 이곳에선 로제타의 이야기를 만나기 힘든지 부끄러움 속에서 자문해본다. 혹, 다들 너무 어렵게만 생각하고 있는 것은 아닌가.

(창비주간논평, 2006년 12월 20일)

나의 80년대, 그리고 역사의 간지
—〈바더 마인호프〉를 보고

우리에게도 세상을 바꾸려고 하던 시간이 있지 않았나. 독일 적군파(RAF) 1세대 '바더 마인호프 그룹'의 10년여에 걸친 격렬한 투쟁과 처절한 붕괴의 기록인 영화 〈바더 마인호프〉(2008)를 보면서 절로 떠오른 생각이다. 그러니까 1980년대. 더 거슬러올라갈 수도 있으리라. 4·19와 한일협정반대투쟁의 1960년대 학생운동. 그리고 전태일의 죽음과 반유신투쟁으로 점철된 1970년대. 그러나 1980년대 초에 대학에 들어가 사복형사들의 감시 속에 학교를 다니고, 눈앞에서 떨어져 내리는 죽음을 목도하고, 경찰의 군홧발에 가위눌리고, 골방에서 레닌의 「무엇을 할 것인가?」를 읽고, 강제징집을 당하고, 구로 부평 안양 등지의 공장으로 '존재이전'을 감행해야 했던 세대에 속하는 나로서는 80년대의 시간이 영화를 보는 내내 마음 한편을 사로잡고 있는 걸 그저 내버려둘 수밖에 없었다.

그러나 이런 세대적 감상을 제하고 보면, 울리히 에델 감독의 영화 〈바더 마인호프〉는 폭력으로 점철된 현대 서구의 역사를 새삼 돌아보게 만드는 냉정한 기록물이라고 할 수 있다. 실상 민주주의는 한번도 자명한 실체로 역사에 존재한 적이 없다. 그것은 늘 더 많은 자유와 평등을 요구하는 힘과, 그 힘을 억누르려는 국가권력 간의 투쟁의 산물로 잠정적이고 유동적으로 그때그때 결정되어왔을 뿐이다. 가깝게는 숱한 희생을 동반하고 힘겹게 나아온 이 땅의 민주주의가 지금 겪고 있는 진퇴의 국면을 생각해볼 일이다. 파시즘과 제국주의의 폭력을 뿌리칠 수 없는 역사적 몸통과 기억으로 간직하고 있는 서구 제국의 경우 이 투쟁의 긴장과 열도가 만만했을 리가 있겠는가. 그러나 참으로 어려운 일은 이 투쟁 과정에서 저항 폭력의 한계를 어떻게 설정할 것인가 하는 문제가 아닐 수 없다. 〈바더 마인호프〉는 이러한 생각의 다발을 불가피하게 요청한다.

1967년 이란의 전제군주 팔레비 국왕의 방독(訪獨)을 둘러싸고 벌어진 서독에서의 격렬한 시위와 경찰의 무자비한 진압을 보여주는 영화 초반의 화면은 너무도 생생하다. 압도적인 음향 사이로 경찰이 쏜 총성이 들리고 한 젊은이가 쓰러진다. 이 사건을 계기로 학생과 지식인 들의 정부 비판이 잇따르고 여러 혁명그룹들은 반제국주의 반베트남전쟁의 기치 아래 새로운 반체제투쟁을 준비한다. 우파언론 슈프링거 그룹에 대한 항의 투쟁과 학생운동 지도자 루디 두치케의 피격 등 영화 〈바더 마인호프〉의 초반부는 숨돌릴 틈도 없이 적군파 탄생의 전사(前史)를 써내려간다. 그것은 또한 미국과 유럽 전역을 '인간해방'의 격전장으로 만든 '68운동'의 전사이기도 했다. 이 과정에서 테러를 가장 효과적인 저항이라 믿는 열혈 행동파 지도자 안드레아스 바더는 프랑크푸르트 백화점에 불을 지르며 도시게릴라식 무장혁명투쟁의 길로 들어서고, 비판적 지식인이자 좌파 신문 '콩크레트'지의 기자였던 울리케 마인호프는 우연찮은 계기에 이들과 합류한다. 이른바 '바더 마인호프 그룹'이 탄생하는 순간이었다.

그런데 이후 영화가 전하는 이들의 투쟁은 기껏해야 돌과 화염병, 극단적으로는 자신의 몸뚱어리가 투쟁의 무기 전부였던 이 땅의 경우는 상상도 할 수 없는 방식으로 전개된다. 무장 은행강도, 폭탄 테러, 탈옥, 암살, 비행기 납치…… 중동과 아프리카의 제3세계 혁명세력과 연계된 이들의 게릴라식 무력은 서독의 막강한 경찰력을 조롱하며 도시 곳곳을 피와 화염으로 물들인다. 베트남전 관련 영상이나 당시의 보도 화면을 삽입하면서 극히 사실적으로 이들의 투쟁을 재현하고 있는 영화는 그러나 아쉽게도 '바더 마인호프 그룹'의 내부 깊숙이 카메라를 비추지는 않는다(하긴 사태의 표면 아래로 깊이 들어가는 것은 애당초 감독의 의도가 아니었던 것 같다). 행동파 바더와 지식인 여성 마인호프 사이의 갈등은 충분히 예상 가능한 것임에도 영화는 단편적 암시에 그친다. 명배우 브루노 간츠가 열연한 독일연방경찰국장 캐릭터에 대한 균형있는 접근에 비한다면, 바더를 비롯한 적군파 그룹의 인물들은 다소간 평면적으로 묘사되면서 그렇게 해서라도 세상을 바꾸려 했던 젊은 열정들의 있을 수 있는 고뇌와 갈등은 가슴에 잘 닿아오지 않는다. 다만 체포 후 법정투쟁 과정에서 자살로 생을 마감하기 직전 공포와 회한, 혹은 알 수 없는 심연에 휩싸인 듯한 마인호프의 멍한 눈동자는 단연 이 영화의 백미라 할 만하다. 죽음의 순간 그녀는 무엇을 보았을까. 영화의 첫 장면은 마인호프가 두 아이와 남편과 함께 보내는 해변의 단란한 시간이었다. 도대체 무엇이 이 지식인 여성의 평온한 일상을 극단적 전사의 삶으로 내몰았을까. 극장을 나서는데, 정체를 알 길 없는 역사의 간지(奸智)에 대한 사념이 무겁게 가슴을 짓눌렀다.

(인천문화재단 『플랫폼』 2009년 9·10월호)

나를 찍는 나

— 양영희 감독의 〈가족의 나라〉를 보고

〈가족의 나라〉가 개봉된다는 소식을 접한 것은 『씨네21』의 '커밍 순(Coming Soon)' 지면을 통해서였다. 식탁에 둘러앉은 가족(이들이 가족이라는 것을 나는 대번에 알아보았다)이 행복한 표정으로 맥주잔을 들고 있는 스틸사진이 큼지막하게 실려 있었다. 식탁에는 맥주와 함께 이런저런 음식들이 차려져 있었는데, 주걱이 걸쳐져 있는 둥그런 나무 채반 같은 그릇이 유독 눈에 띄었다. 울긋불긋한 모양새로 보아 '지라시 스시'가 아닌가 싶었다. 게다가 맥주가 얼마나 맛있게 보이던지, 한참 동안 사진만 쳐다보다가 영화 소개 기사는 건너뛰고 말았다. 영화를 보니, 25년 만에 잠시 일본에 있는 가족의 품으로 돌아온 성호는 지금 말한 그 식탁에서 맥주를 한잔 쭉 들이켜고는 모처럼 밝은 표정으로 한마디 한다. "일본 맥주 맛있어요." 가급적 사전 정보를 덜 가진 상태에서 영화와 마주하고 싶다는 생각 때문이기도 했겠지만, 양영희 감독의 전작인 다큐멘터리 〈디어 평양〉(2006)을 보았던 것도 내 눈을 사진 속 식탁의 맥주와 음식에만 멈추게 한 이유일 수 있다. 곧 좋은 영화 한 편을 볼 수 있겠구나 하는 설레는 기대 한편으로, 그 짧은 순간에도 얼마간 영화의 상에 대해 지레짐작을 하고 있었다고나 할까. 이번에야 크게 분노하거나 울 일이야 있겠나 하는 생각도 스쳐갔을 것이다. 물론 〈가족의 나라〉가 다큐멘터리가 아니라는 것 정도는 알고 있었다.

운 좋게 개봉 전에 영화를 볼 기회가 있었다. 영화가 시작되고 얼마 안 되어서부터 연신 터져나오는 탄식을 누르느라 숨을 참아야 했다. 한두 번은 옆좌석 눈치를 봐가며 손수건을 꺼내다, 나중에는 무릎 위에 그냥 놓아두었다. 역시 지레짐작 따위는 하지 않는 게 좋았다. 영화는 1997년 여름 일본 도쿄에서 있었던 짧은 만남과 긴 이별의 이야기다. 30대 초반쯤으로 보이는 조선인 사내 윤성호는 북송선을 타고 떠난 지 25년 만에 부모와 여동생이 있는 '고향'(재일교포 2세에게 고향은 어디인가?), 어릴 적 추억이 서려 있는 도쿄의 동네와 집으로 돌아온다. 병 치료를 위한 3개월의 짧은 비공식적 체류다. 북한에서 함께 온 감시원이 늘 그의 주변을 맴돈다. 그러다 갑작스레 바뀐 북한 당국의 방침에 따라 그는 일주일 남짓(영화에 제시된 시간의 흐름만으로 이 기간을 정확히 계산하기는 어렵다) 만에 다시 평양으로 돌아가게 된다. 한마디로 도무지 말이 안 되는 상황이다(그러나 이 말이 안 되는 역사를 우리는 살아왔고, 그 역사는 지금도 진행 중이다). 영화 초반, 집 근처 어귀에서 차를 내려 멍한 눈빛으로 동네 골목을 하나하나 쓰다듬던 성호를 카메라는 한참 동안 지켜본 바 있다. 성호 역을 연기한 순하고 선한 눈매의 이우라 아라타는 고레에다 히로카즈 감독의 〈원더풀 라이프〉와 〈공기인형〉의 그 배우인데, 머리를 앞으로 내민 꾸부정한 자세로 큰 키를 힘없이 옮기는 모습에는 정확히 그 어처구니없는 역사가 올라타 머리와 어깨를 짓누르고 있는 듯하다. 누구든 이 가족의 아픔과 슬픔을 지켜보며 연민의 눈물을 참기는 어려울 것이다. 그것은 개인의 자기 책임을 넘어서 있는 세계이며, 대개 역사적 아픔 운운하는 무력한 말밖에는 건넬 게 없는 세계이다. 이런 아픔을 바라보는 일에 면역이란 있기 어려운데, 얼마간의 자기 연민을 포함해서 우리 역시 언제든 '호모 사케르'의 자리로 밀려나리라는 것을 알고 있기 때문일지도 모른다. 게다가 우리의 힘듦은 가급적 인물들의 말과 영화적 설명을 누르고 절제하려 한 양영희 감독의 어떤 의지 때문에도 배가된다. 몇 번의 폭발적인 감정 분출이 없는 것은 아니지만, 시종 가눌 길 없는 인물들의 막막한 마음은 화면의 여백과 디제시스(diegesis)의 빈 시간 사이에 스며들어 있다. 영화가 끝났을 때, 힘든 시간을 치러낸 듯했고 담배가 몹시 피우고 싶었다. 아마 엔딩 신의 전혀 예상치 못했던 '환함'이 없었다면, 갈증은 더했으리라.

어느 정도 영화를 본 흥분이 가라앉은 뒤, 나 자신 정작 그 '북송사업'에 대해 너무 모르고 있다는 사실을 깨달았다. 인터넷을 뒤졌다. 〈디어 평양〉을 다시 보고, 〈굿바이, 평양〉(2009)도 찾아서 보았다. 내가 과연 〈디어 평양〉을 보기는 했던 것일까. 이렇게 쉽게 세목을 감쪽같이 망각해버린 걸 보면. '재일조선인북송사업'은 1959년 8월 일본과 북한 사이에 맺은 '재일조선인송환협정'에 따라 시작되었다. 조총련이 쏘시개가 되어 1984년까지 진행된 이 '사업'으로 93,340명의 재일 한국인이 북한으로 건너갔다. 북한 입장에서는 자신들의 지위를 대외적으로 과시하는 한편 전후 재건을 위한 노동력과 조총련 동포들의 경제 원조가 절실히 필요했고, 일본 정부로서는 재일 한국인들의 해외 추방을 바라던 차에 양자의 이해관계가 맞았다. 한마디로 정치적 거래였다. 정치경제적으로 불안했던 남한 정부는 이를 제지할 힘이 없었다. 재일 한국인의 다수가 제주도를 비롯한 남한 출신이었지만, 부패하고 무능한 남한 대신에 재일 한국인의 민족교육과 차별폐지 운동을 적극 지원한 사회주의 북한에 희망을 걸고 있었던 것도 당시의 엄연한 현실이었다. 그러나 거주지 선택의 자유(돌아올 권리가 없는 자유라니!)라는 허울뿐인 인도적 원칙이나 '조국의 품'이니 '지상낙원'이니 하는 미명 아래 진행된 이 '북송사업'의 경과가 어떠했는지는 다 아는 대로다. 역사의 맹목이 작동할 수밖에 없었던 당시의 정황을 감안한다 하더라도, 국가 단위에서 진행된 '거대한 유괴사건'이라는 사업의 본질은 남는다. 그리고 일본이야 말할 것도 없지만, 한국에서도 이 '북송'의 진실은 망각의 역사가 된 지 오래다. 북한으로 간 당사자들은 증언할 수 없었고(일본의 가족들은 더더욱 침묵할 수밖에 없었다), 역사는 빠르게 이들을 망각의 장으로 넘겼다. 1971년 여섯 살 소녀 양영희는 바로 그 북송사업으로 세 오빠와 헤어져야 했고, 성장한 뒤 그녀 자신이 당사자이기도 한 가족 디아스포라의 이야기를 15년에 걸쳐 카메라에 담았다. '증언할 수 없는 것을 증언해야 한다'는 증언의 아포리아와 싸우며 만들어낸 그 두 편의 다큐가 〈디어 평양〉이고 〈굿바이, 평양〉이다. 지금 양영희 감독은 북한 당국으로부터 입국을 금지당한 상태다.

두 편의 다큐에서 양영희 감독이 들고 있는 카메라는 조총련 간부로서 북송사업을 주도했고 그 자신 세 아들을 보낸 아버지와의 화해를 향한 간절한 마음을 숨기지 않는다. 더 정확히 그것은 회한의 삶을 살아야 했던 늙고 병든 아비와 그 아비의 세월을 향한 해원과 진혼의 카메라였다. 그런 한편 양영희 감독의 카메라는 그 '이상한' 평양에서도 어떻게든 삶이 계속되고 있다는 사실을 담아낸다. 클래식을 좋아했던 큰오빠는 결국 우울증으로 세상을 등지지만, 조카 운신은 훌륭한 피아니스트로 성장한다. 둘째오빠의 막내딸 선화는 생모의 죽음 이후에도 밝고 건강하게 자라 대학생이 된다. 두 편의 다큐 모두 엔딩 크레디트와 함께 운신의 피아노 소리와 선화의 티없는 목소리를 들려주는데, 그 순간의 감흥을 잊기 어렵다. 과문한 탓이겠지만, 파행의 한국 현대사가 불러온 비극적인 이산의 가족사를 배경으로 이만큼 성숙한 시선을 보여준 다큐멘터리가 있었던가. 자, 그렇다면 된 것 아닌가. 뒤늦게 〈가족의 나라〉를 둘러싼 의문이 찾아든 순간이었다. 양영희 감독은 왜 같은 이야기를 '극영화'로 '다시' 만들려고 했던 것일까. 나는 지금 다큐멘터리와 허구적 서사를 필요로 하는 극영화 사이에 '진실'의 포착을 둘러싸고 진행되어온 오래된 경합의 이야기를 꺼내려 하는 것이 아니다. 나는 그저 〈가족의 나라〉를 보는 동안 내가 무언가를 놓치고 있었다는 사실을 뒤늦게 고백하려고 하는 것뿐이다. 짧은 체류 후 성호가 다시 집을 떠나려 할 때 동생 리애는 차에 탄 오빠의 팔을 붙들고 놓아주지 않는다. 심지어 리애는 그렇게 차 문이 닫히지 않은 상태로 움직이는 차에 버팅기며 끌려가기도 한다. 그러나 더이상 어쩔 것인가. 차는 떠나고 카메라는 리애에게로 천천히 다가가 분노와 절망이 뒤섞인 눈빛으로 망연히 서 있는 그녀의 모습을 비춘다. 그리고 공항으로 가는 차 안에서 흐린 하늘을 배경으로 성호가 조용히 첫사랑의 추억이 어린 '하얀 그네'라는 노래의 한 구절을 "아노 시로이 무랑코" 하고 읊조릴 때, 나는 이 힘든 영화의 엔딩을 받아들일 각오가 되어 있었다. 그런데 양영희 감독이 준비한 엔딩신은 그게 아니었다. 나는 아직 이 영화를 보지 못한 분들을 위해 그 장면의 묘사를 아껴두려고 한다. 다만 그 마지막의 환하디환한 신은 이 영화가 100분 동안 누구를 찍고 있었나 하는 사실을 돌연 일깨워주었다는 점만은 말하고 싶다. 그러니까 〈가족의 나라〉는 양영희 감독이 그녀 자신에게 바치는 영화다. 앞선 두 편의 다큐멘터리에서 양영희 감독의 자리는 카메라의 시선이었다. 그 시선으로 그녀는 아버지와 어머니, 오빠들 그리고 조카들을 찍고 그들에게 말을 걸었다. 그러면서 물었다. '가족이란?' '이 어처구니없는 역사란?' 하고 말이다. 아마도 그 과정 역시 깊은 곳에서는 양영희 감독 자신을 찍고 자신과 화해하는 시간이었을 것이다. 그러나 그렇다 하더라도 그 카메라의 시선이 그녀 자신을 직접 응시할 수는 없다.

〈가족의 나라〉를 찍으면서 그녀는 받아들일 수 없는 현실 앞에서 수없이 무너졌을 자신의 등을, 리애를 연기한 안도 사쿠라를 통해 본다. 귀신처럼 머리를 흩뜨리고 세상을 향해 분노와 절망을 쏘는 자신의 눈빛을 그녀는 그렇게 본다. 그 응시란 얼마나 낯설고 견디기 힘든 것이었을까. 또 얼마나 가슴 벅찬 일이었을까. 영화에서 리애는 자주 어머니가 운영하는 커피점의 바에 머리를 묻고 잠들어 있다가 슬며시 깨어난다. 그때의 그 눈. 나는 다시 마지막 장면을 떠올린다.

(『씨네21』 2013년 3월 21일)

밀양 할매들의 행복
— 박배일 감독의 〈밀양전〉을 보고

"추억이지. 기억나는 게 너무 많지. 쭈욱 우리가 사워온(싸워온) 거, 그거 이리 추억해보믄 아아. 여름에 저 땜(댐) 우에서 하루 저녁 잘 때는 세면 바닥에, 거게(그게) 팔월달 아이가, 세면 바닥에 누워 있으이까 밤중 넘어가이 밑이 뜨뜻하이, 군불 많이 여놓아(넣어놓아) 좋다 카고, 우리가. 그래 웃으민서 군불 많이 여조서(넣어줘서) 좋다 카민서, 그래 누워 가지고 있은 기억. 여자 너이가(넷이) 그래 드러누워 가지고 그렇게 짜드라 웃고. 아이고 우리가 이 철탑 아니라시몬(아니었으면) 우리 너이가 이래 같이 어깨 맞대가꼬 이래 누워 있겠나 카고."

밀양 송전탑 싸움을 기록한 박배일 감독의 다큐 〈밀양전〉(2013, Legend of Miryang 1)에서 정임출 '할매'가 행복한 표정으로 웃음을 머금고 들려주는 이야기다. 인분을 생수병에 담아 똥탄을 만들고, 팬티 바람으로 드러눕고, 헬기가 내려놓은 기름통에 몸을 묶어 버티고, 더러운 세상 싫다며 나무에 목을 매려고까지 했던 그 처절하고 서러운 시간들이 행복한 추억이 될 수 있는가. 그런 것 같다. 밀양 할매들의 '밀양전(戰)'은 생전 험한 욕 한번 입에 올리지 않고 살아왔던 할매들이 욕쟁이가 되고 투사가 되면서 그네들 스스로도 망각하고 살았던 인간적 자긍과 위엄을 되찾고, 지혜와 정의, 사랑과 행복을 나누는 이야기다. 한옥순 할매는 말한다. "우리는 3년 전부터 지금까지 한 번도 져본 적이 없다. 이게 억수로 중요하다. 우리 지혜가 앞서서 다 막아냈다." 누가 알려주기 전에 할매들은 안다. 어떻게 싸워야 하는지. 분뇨에 김치국물을 섞어 뿌리고, 옷을 벗고 싸운다.(곽정섭 할매는 칠부 속바지 '시치부'를 깜빡하고 안 챙겨 입는 바람에 삼각팬티 차림이 된다. 얼굴은 모자와 마스크로 감싼 채. "가룰(가릴) 거는 안 가루고…… 나중에 그 이야기 하면서 얼마나 웃었는지.") "주구가(저들이) 부끄럽지, 우리가 부끄럽나." 행여 어떤 일이 생기면, 당신들의 장례는 대책위의 결정에 맡기라고 자식들에게 당부한다. 그래야만 계속 싸울 수 있다고 말할 때는 보고 있기가 괴롭다. 할매들은 이 싸움을 당신들 대에서 끝내야 후손들이 편하게 살 수 있다고 말한다. 송전탑 싸움은 원전 문제와 연결되어 있다. '탈핵희망버스'를 타고 찾아온 이들을 반기며 할매들은 말한다. "우리 뒤에도 사람들이 있구나. 이기겠다는 마음이 솟았다."

현재 한전은 밀양 송전탑 경과지 30개 마을 중 27개 마을과 공사 합의를 완료했다고 한다.(〈머니투데이〉, 2014. 5. 25) 밀양 부북면 평밭마을, 상동면 여수·고정마을이 남아 있는 3개 마을이다. 밀양을 지나는 69개 송전탑 중 63개 송전탑에서 공사가 진행중이며 17개 송전탑은 공사가 완료된 상태다. 〈밀양전〉의 할매들은 부북면 평밭마을에 산다. 상영회를 마친 날 저녁 박배일 감독은 밤기차를 타고 할매들이 있는 평밭마을으로 내려갔다. 평밭마을을 비롯한 남아 있는 세 개 마을은 언제까지 버틸 수 있을까. 이 싸움은 이길 수 있을까. 〈밀양전〉은 이런 질문의 방식에 제동을 건다.

밀양의 할매들은 이미 이겼다. 국가와 관이 국민을 버린 자리에서 그들은 스스로를 구조하며 세상을 얼마간 바꾸고 그들 자신을 바꾸었다. 2011년 11월 27일, 공사 장비가 들어오는 걸 막기 위해 할매들은 삼거리목 시멘트 바닥에서 나흘 밤을 새우며 버틴다. 경찰이 들어내면 다시 들어가고, 들어내면 다시 들어갔다. 결국 정임출, 곽정섭, 한옥순 세 할매는 쓰러져 병원에 입원한다. 할매들은 마을 일이 걱정되어 병원에 누워 있을 수 없었다. 세 할매가 손수 링거를 뽑고 서로를 부축하며 마을로 들어오던 저녁, 〈밀양전〉의 싸움은 본격적으로 시작된다. 그 저녁의 일을 들려주는 정임출 할매의 목소리는 수줍은 듯 자랑스럽게 떨린다. 하긴 그 시간을 어떻게 잊을 수 있을까. 현실을 기다림의 시간에 묶어두는 숱한 거짓 희망의 구호와 이데올로기야 논외로 하더라도, 진정 더 나은 세상이란 언젠가 도래하고 실현될 미래의 시간 속에만 있는 것일까. 그날 저녁 서로를 부축하고 격려하며 걸어가던 시간 속에서 할매들은 이미 그런 세상의 행복을 얼마간 벅차게 살고 있었던 것은 아닌가. 진실과 지혜, 용기, 연대가 함께하는 시간. 고작 이렇게밖에 말할 수 없다는 게 부끄럽다. 할매들의 말은 어눌한 가운데 지혜로 빛나고 군더더기 없이 세상의 진실에 이른다. "벌금 같은 거 안 무섭다. 다 가져가라고 내놨다. 움막에서도 얼마든지 살 수 있다." "진실이 뭐꼬. 진실은 소외되고 못사는 사람들을 돌보는 게 진실 아이가. 없는 사람을 도와주는 것, 그게 진실인 기라." 밀양 부북면 평밭마을은 아름답고 평화롭다. 그 평화로운 마을 위로 헬기가 요란한 소리를 내며 난다. 송전탑 공사를 맡은 한전 측 노동자들이 산길 한쪽에 고개를 푹 수그리고 앉아 있다. 인분을 덮어쓰며 할매들과 씨름하는 전경들의 모습은 안쓰럽다. 여기, 국가는 어디에 있는가.

〈밀양전〉의 후반부에는 할매들이랑 주민들, 싸움을 함께하는 이들이 큰솥에 벌겋게 고깃국을 끓이고 오이를 무치고 밥을 해서 서로 걸지게 나누어 먹는 장면이 나온다. 정임출 할매는 막걸리 한잔을 마신 뒤 말한다. "아 맛있다. 쥑인다." 그 국밥에 막걸리 한잔을 얻어먹고 싶다.

(창비주간논평, 2014년 5월 28일)

성스러움의 존재 방식
— 빔 벤더스와 오즈 야스지로의 도쿄

빔 벤더스의 〈도쿄가(東京畵)〉(1985)를 처음 본 것은 2003년이었다. 당시 정독도서관 앞에 있던 서울아트시네마에서 빔 벤더스 특별전이 열렸고, 대학 때 보았던 〈파리, 텍사스〉의 기억을 떠올리며 몇 차례 그곳을 찾았다. 상영 프로그램을 살펴보던 중 〈도쿄가〉가 유독 눈에 들어왔던 것은 그 제목 때문이었을까. 사실 그때까지 나는 〈도쿄 이야기〉 말고는 오즈 야스지로의 영화를 본 게 없었다. '다다미 쇼트'라는 말을 귀동냥으로 들어본 정도였을 것이다. 그런 탓에 〈도쿄가〉에서 빔 벤더스가 오즈 영화의 부재하는 시간 위에 1980년대 초반 동경의 풍경을 겹치면서 사라져버린 영화의 진실을 향해 던지는 질문의 맥락을 따라가기 힘들었고, 깜빡깜빡 졸기도 했던 것 같다. 그러다 촬영조수로 시작해 평생을 오즈의 곁에서 카메라를 지켰던 아쓰다 유하루(물론 이 이름을 내 머릿속에 입력하게 된 것은 나중의 일이다)가 오즈에 대한 기억을 들려주다 갑자기 울먹이면서 인터뷰를 그만하자며 고개를 돌리는 장면에서 나는 어떤 전율과 함께 자세를 곧추세웠을 것이다. 한 인간에 대한 사무치는 존경과 그리움이 이제 그 자신도 초로의 나이에 접어든 아쓰다 유하루의 그 울먹임에는 있었다. 힘겹게 울먹임을 응시하던 빔 벤더스의 카메라는 쳐다볼 곳을 찾기 어렵다는 듯 아쓰다 유하루의 얼굴에서 내려와 그의 앉은 모습을 비추었고, 이윽고는 그의 얼굴을 지나 뒤편 하얀 커튼으로 올라갔다. 그리고 그의 울음은 〈도쿄 이야기〉 속 하라 세쓰코의 울음에 자리를 내어주고, 〈도쿄가〉는 시작이 그랬던 것처럼 〈도쿄 이야기〉의 마지막, 그 형언하기 힘든 무심하고 잔혹하고 아름다운 세상의 풍경과 함께 끝이 났다.

그러니까 내게는 어떤 남자의 울먹임이 오즈의 영화로 들어가는 문이었던 셈이다. 그리고 오즈의 세상 속으로 들어가게 되면서 일본 혹은 도쿄는 조금은 특별한 풍경의 장소로 변해갔던 것 같다. 일본에 처음 가본 것은 1990년이었다. 도쿄도서전 참관을 위한 3박 4일의 짧은 여행이었다. 미로처럼 얽힌 신주쿠 역의 지하도와 엄청난 인파는 초행자의 기를 죽이긴 했어도, 왠지 전철 주변의 풍경이 너무 낯익었다. 전철을 기다리고 있자니 영등포역이나 노량진역 어디쯤에 서 있는 기분이었다. 도심 뒤편의 주택가도 어디선가 많이 본 듯했다. 어릴 적 내가 나고 자란 부산에는 적산가옥이 많았다. 자주 드나들었던 이모집이 그랬다. 나중에 오즈의 영화에서 보게 되듯, 현관의 목조 미닫이문을 열면 바로 마루가 나오고 좁은 복도와 거실이 있었다. 어머니는 나를 세들어 살던 이층 다다미방에서 낳았다고 했다. 몇 년 전 가루이자와의 고급 일본식 가옥에서 며칠 묵는 호사를 누린 적이 있다. 다다미방이었는데 잠자리가 편했다. 물정 모르는 퇴영적 향수라고 나무란대도 할 말이 없다. 식민지 지배의 역사가 뒤틀어버린 한국의 근대사는 그 어두운 그늘에도 불구하고 동아시아적 시간의 공유를 불가피하게 만든 측면이 있었을 테고, 일본의 어떤 풍경들이 기시감 속에 친숙하게 다가온 것은 어쨌든 의식적 분별을 앞서는 일이었던 것 같다. 오즈 영화를 본격적으로 찾아보기 시작하면서 처음부터 거의 아무런 문화적 정서적 이질감 없이 그 미닫이 현관문을 열고 들어오는 "타다이마(다녀왔습니다)" 소리에 젖어들 수 있었던 것도 그 때문인지 모르겠다. 그러나 빔 벤더스도 〈도쿄가〉에서 여러 차례 되풀이 지적하듯 오즈의 세계는 급속히 해체되고 사라져갈 시간이었고, 그 자신 1982년의 동경에서 그 상실과 대면하고 있지 않았나. 물론 빔 벤더스의 탄식은 대도시 동경의 표면적 변화가 아니라 오즈가 포착했던 영화적 진실의 순간이 더이상 가능할 것 같지 않다는 안타까움에 닿아 있는 것이었지만 말이다. 그러나 한갓 여행객이 볼 수 있는 것은 철저히 도시의 표층일 수밖에 없다. 생각해보면 오즈의 영화는 언제나 그 표층의 변화—상실과 이별, 소멸의 움직이는 시간에 충실했다.

다시 도쿄에 갔을 때, 일본 황궁을 지나고 긴자 거리를 걸으며 난 〈도쿄 이야기〉의 그 유쾌한 유람버스를 떠올렸을까. 잘 기억나지 않는다. 흔들리는 버스의 움직임에 따라 승객들이 상하좌우로 어깨며 머리가 일제히 한꺼번에 움직이는 우스꽝스러운 모습은 오즈의 세계가 상실과 소멸의 비애감을 향한 일직선의 영화적 운동이 아니라는 뚜렷한 증좌겠지만, 내게는 언제든 오즈식 삶의 찬가로 남아 있다. 마루노우치 주변의 높이 솟은 빌딩들을 보면서 류 치슈나 사부리 신이 근엄한 표정으로 근무하던 무슨무슨 상사가 생각났을 수도 있다. 그이들은 이제 퇴근길에 신주쿠 뒷골목의 술집(가타가나로 '루나'라고 적혀 있던 바가 생각난다)이나 요정의 다다미방에 모여 앉아 사케나 삿포로 맥주를 마시며 과년한 딸의 혼사 문제를 걱정하게 될 것이다. 우에노 공원에서는 히로시마의 오노마치에서 상경한 〈도쿄 이야기〉의 노부부가 딸의 집에서 떠밀리듯 나와 우두커니 앉아 있던 벤치를 보았을까. 국립박물관 앞 정원에서 같은 방향을 보며 나란히 앉아 거의 같은 동작으로 빵을 먹던 〈맥추〉의 노부부가 하늘로 떠가는 풍선을 쳐다보는 장면은 또 어떠했던가. 그러나 기실 내게는 가보지 못한 오즈의 장소가 더 많다. 아타미의 바닷가, 그 제방. 하라 세쓰코와 류 치슈가 출근 전철을 기다리던 기타카마쿠라 역. 〈도쿄 이야기〉의 마지막에 나오는 오노마치의 텅 빈 선착장과 이물감이 느껴질 정도로 커다란 석등이 있던 정원. 다이와라는 곳이었던가. 출렁이는 보리밭 사이로 저 멀리 결혼 행렬이 지나가던 〈맥추〉의 마지막 장면. 그때 울려 나오던 음악. 〈가을 햇살〉의 여행지에서 두 모녀의 응시 너머로 갑자기 돌출하듯 나타나던 그 산. 누군가의 말을 빌리면, 그때 우리는 "아무런 이유도 없이" 감동하게 된다. 〈도쿄가〉의 첫머리에 빔 벤더스는 〈도쿄 이야기〉의 타이틀을 배경으로 이런 내레이션을 들려준다. "금세기에 여전히 성스러운 게 있다면 (……) 내게는 오즈 야스지로 감독의 작품이 될 것이다." 오즈의 그 성스러움은, 그러나 초월의 성스러움은 아니다. 그것은 "다녀왔습니다" 하고 드르륵 현관문을 열고 가방을 마루에 툭 던지는, 세상의 모든 저녁에 깃드는 성스러움일 테다. 그 아무렇지도 않은 성스러움을 향해 아이도, 아버지도, 과년한 딸도 그저 한 방향으로 물끄러미 바라보고 있는 세계. '무(無)'라는 묘비명을 보러 기타카마쿠라에 있다는 오즈의 묘소에 가보고 싶다.

(『씨네21』)

그래도 등대가 필요한 이유
— 홍상수와 함께한 시간

젊은 남녀가 시장통의 식당에서 삼겹살을 안주로 낮술을 마시고 있다. 두 사람은 오늘 기차에서 처음 만났다. 남자는 그렇게 알고 있다. 그러나 술을 마시며 여자가 하나씩 기억의 타래를 풀기 시작하자 두 사람은 어린 시절 알던 사이임이 드러난다. 남자는 긴가민가하면서도 이 상황이 너무 좋다. 여자도 연신 생글거리며 사태를 즐기고 있다. 화면에는 하나의 사물 혹은 물질처럼 홍감스런 낮술의 시간이 흐르고 사라져간다. 빈 소주병이 늘어나고 두 사람의 얼굴이 붉게 달아오르는데, 이 두 가지 사실은 시간의 경과를 알려주는 영화의 상투적인 표지가 아니다. 그것들은 사라지는 시간의 공허한 현존과 온전히 등가다. 말을 어렵게 할 필요가 없을 것이다. 두 사람은 거기 그 장소에서 그 시간만큼 정말 술을 마시고 있었다는 이야기다. 나는 온전히 그렇게 느꼈다. 식당을 나와 시장통 골목을 어기적어기적 걷는 두 사람을 카메라가 정면에서 잡는다. 아직도 한낮이다. 김상경과 추상미의 얼굴은 벌겋다. 두 사람은 취해 있다. 두 사람은 정말 술을 마신 것이다!

길을 걷다가도 〈생활의 발견〉(2002)의 이 장면이 떠오르면 그냥 좋다.

가슴이 환해지면서 문득 살아갈 수 있을 거라는 생뚱맞은 생각이 들기도 한다. 그러면서 가슴이 먹먹해지기도 한다. 왜일까. 내가 술을 좋아하기 때문일까. 삼겹살에 소주, 그것도 여자와 단둘이 마시는 낮술. 내 고상한 취향으로는 더이상의 조합이 잘 떠오르지 않는다. 게다가 내 기억이 맞는다면, 식당을 나온 두 사람은 택시를 타고 콩코드호텔인가로 갔을 것이다. 그래, 거기는 경주였다. 보문호반에 있던 호텔이었지 싶다. 그리고 낮술에 취한 젊은 남녀가 대낮에 호텔에 가서 무얼 하겠는가. 그런데 정말 이게 이유의 다일까.

나는 그 지겨운 '386세대'다. 80년대 초반에 대학을 다녔다. 어느 날 눈을 떠보니, 먹고사는 일 말고 내게 남은 것은 없었다(물론 지금은 '먹고사는 일'의 엄중함 앞에 깊이 머리를 조아리며 살고 있다). 무언가가 사라져버렸다. 80년대는 돌아보고 싶지 않은 시간으로 내 속에서 가파르게 공동화되고 있었다. 김홍중의 개념을 빌리자면 '진정성의 레짐'은 사회적 차원 이전에 내 마음에서 먼저 무너져내리고 있었다. 이 붕괴의 증상은 한두 가지가 아니었겠지만, 자존감의 급격한 해리도 그 증상의 앞머리 어디쯤 있었던 듯하다. 그러니까 나를 둘러싼 시간이라는 게 쳐다보기 민망할 정도로 오그라들어 있었다. 오그라들기만 한 게 아니라 뭉툭뭉툭 끊어지고 파인 채 겨우 눈앞의 지속이라는 최소한의 의무만 기신기신 감내하고 있었다. 물론 과장일 것이다. 머릿속엔 한번도 내 것인 적이 없었긴 해도 몇몇 어설픈 앎이나 관념의 덩어리들이 나름대로 작동하며 '라이트하우스' 따위를 찾고는 있었을 테다. 완전히 포기하지는 않았다는 말이다. 〈돼지가 우물에 빠진 날〉(1996)을 만난 게 이 무렵이었을 것이다.

평일 오후였던 걸로 기억한다. 친구가 서교동 사무실로 찾아와 둘이서 전철을 타고 종각 근처에 있던 코아아트홀로 갔다. 신문에서 영화 소개 기사를 보았던 것일까. 누가 먼저 보러 가자고 했나. 잘 기억나지 않는다. 영화를 보고 나오니 해가 남아 있었던 것 같다. 감상평이랄지 뭐라도 한마디 입을 떼야 할 것 같은데, 할말이 없었다. 겨우 내 입을 비집고 나온 한마디가 기억난다. "이런 걸 자연주의라고 하나?" 그때 왜 루카치가 떠올랐는지 지금 생각해도 이상하다. 하긴 나는 루카치 브레히트 논쟁을 '학습'하면서 이십대를 보냈다. 세계를 파편적으로 인식하는 모더니즘은 극복되어야 할 나쁜 세계관이었다. 80년대로부터 그렇게 튕겨나왔음에도 난 여전히 어떤 이즘이나 관념의 틀거리 없이는 세계를 보지 못하고 있었다. 무언가를 보았다는 느낌은 강하게 남았다. 아니, 무언가가 지나갔다고 해야 할까. 그게 무언지 알고 싶어서 혼자서 다시 영화를 보러 갔다. 그리고 그때 이후 내게는 홍상수 영화를 기다리는 증상이 하나 추가되었다. 웬만하면 개봉 첫날 첫회 상영분을 보고자 했다. 평일 오전이라 사람이 별로 없는 텅 빈 극장에 앉아 있으면 왠지 위로받고 있다는 느낌이 들었다. 홍상수 영화의 인물들과 함께라면 푸르른 신록이나 흐르는 강물을 견딜 수도 있을 것 같았다.

그러니까 홍상수 영화는 이상한 방식으로 우리에게 시간을 돌려준다. 〈생활의 발견〉의 낮술 장면을 다시 생각해본다. 두 사람은 이야기를 나누면서 연신 술을 들이켠다. 여자는 두 사람이 아는 사이라는 것을 일깨우기 위해 스무고개식 기억 놀이로 대화를 주도하지만, 기실 대화의 실제는 허접하기 짝이 없다. 그리고 두 사람이 예전에 아는 사이였다는 게 이 영화의 서사에서 관건적인 중요성을 갖는 것도 아니다. 이러나저러나 두 사람은 호텔로 갈 것이다. 사정이 이렇다면, 지금 대낮의 경주 시장통에서 두 사람 사이에 반복되는 허접한 말들이나 술잔을 채우고 비우는 무용한 노동은 단지 그 시간의 물질적 지속을 가리키는 것으로만 의미가 있는 것은 아닌가. 그런데 이 공허하고 동질적인 무의미한 시간의 지속 말고 우리가 가지고 있는 것은 또 무어란 말인가. 그렇다면 지금 빛의 환영으로 보여지는 이 시간의 현재적 지속처럼 사랑스럽고 견딜 수 없는 것은 없다. 물론 나는 이런 생각을 하면서 그 장면을 보지는 않았다. 그저 그 장면이 내게는 견딜 수 없이 아름답고 공허한 시간의 물리적 덩어리로 거기 있다는 현재적 느낌 속에 사로잡혀 있었을 뿐이다. 그리고 그 시간은 사라져갈 것이었다. 그렇다면 그 시간의 현전은 필연의 인과에 의해 거기 도착해 있는 것인가. 아니면 한날 덧없는 우연의 산물인가. 어느 쪽이어도 상관없지 않겠는가. 내가 보고 들은 것은 허접한 말들과 쌓이는 술병, 삼겹살, 벌겋게 달아오르는 두 사람의 얼굴뿐이었지만(나는 홍상수 영화가 어떤 마법을 부렸는지 알지 못한다), 그 두 사람이 벌건 얼굴로 백주의 시장통 길로 나서는 순간 나는 조금 울었던 것도 같다. 그들은 이제 '사랑'이라는 것을 하게 될 것이다.

운 좋게도 〈다른나라에서〉(2011)를 개봉 전에 두 번 볼 기회가 있었다. 처음 볼 때는 많이 웃었다. 두번째 볼 때는 그렇지 않았다. 앞서 '허접한 말들'이라는 표현을 썼지만, 사실 홍상수 영화의 인물들이 자기들 앞에 놓인 손바닥만한 시간 안에서 다른 이에게로 가려 할 때 그 말과 몸짓에는 필사적인 최선이 있다. 가령 지금 떠오르는 이런 대화. "이렇게 안아도 되는 거예요?/ 예, 그럴게요."(「극장전」이었나?) 그이들의 최선을 표준적인 한국어의 문법이나 화용론은 감당하지 못한다. 이 실패의 간극은 즉각적으로 웃음을 부르지만, 그 웃음은 곧장 다른 정서에 감싸이게 됨을 우리는 홍상수 영화에서 수없이 경험한 바 있다. 〈다른나라에서〉는 그 한국어의 자리에 영어가 끼어들면서 소통을 둘러싼 도약의 양상이 훨씬 즐겁고 가볍게 변주된다. "웨얼 이즈 라이트하우스?" "아, 라이트하우스, 라이트하우스. 아이 돈 노." 혹은 안전요원 유준상이 안느에게 불러주는 즉흥곡 "디스 이즈 송 포 유" 등만으로도 '다른나라에서'(여기서 '다른나라'는 어디인가. 이 제목은 생각할수록 슬프다) 벌어지는 반복과 차이, 스미고 접히는 변주의 모항 3부작은 잊기 힘든 영화적 음률을 선사한다. 그러나 이것은 결국 손바닥만한 시간 안에 갇힌 우리들의 이야기다. 세 명의 다른 안느는 거듭 자그마한 바닷가 마을 모항에 도착한다. 그리고 걷는다.

혼자 걷고, 둘이 나란히 걷고, 둘이 뚝 떨어져서 걷는다. 둘이 행진하듯 나란히 걸을 때 '오즈'스런 그 귀여운 모습은 꿈같다. 영화는 대개 걷는 뒷모습을 보여준다. 그것이 왜 그렇게 가슴이 아픈가. "아이 돈 노." 마지막 에피소드에서 우리는 모항을 떠나는 안느의 뒷모습을 본다. 그이는 걷고 있다. 그런데 두번째로 영화를 볼 때, 내게는 그 걸음이 제자리걸음 같았다. 제자리걸음이라면? 그래도 등대가 필요한가? 홍상수의 이번 영화는 "예스"라고 밝게 대답한다. 심지어는 "아이 캔 프로텍트 유"라고까지 말한다. 그러면서 이 조그만 장소와 시간 안에서 좋은 쪽만 보며 걷자고 말한다. 그렇다면 라이트하우스가 그렇게 클 필요도 없지 않겠나. 머리맡이나 발밑만 비추어도 된다. 라이프가드 유준상이 지키는 바다는 무릎 정도의 깊이다.

홍상수 영화를 두고 누가 상징을 말하겠는가. 그러나 텐트 안에 놓여 있는 그 작은 '라이트하우스'는, 그럴 수만 있다면, 손을 뻗쳐 한번 안아보고 싶었다. "이렇게 안아도 되는 거예요?/ 예, 그럴게요."

(『씨네21』)

노래는 저 너머에 있다

— 홍상수 감독의 <우리 선희>를 보고

다들 자기 자리에서 애를 쓴다. 뭔가 잘 풀리지 않아서들 그럴 것이다. 영화의 첫 장면. 상우(이민우)는 오랜만에 학교에 나타난 후배 선희(정유미)에게 최교수(김상중)의 행방을 두고 금방 탄로날 거짓말을 한다. 상우도 선희를 둘러싼 그 '우리'의 '잠재적' 일원으로 짐작되지만(문수(이선균)와 선희가 이층 호프집에서 만나고 있을 때 카메라는 문득 인서트 숏으로 횡단보도를 건너오는 상우의 모습을 보여준다), 그렇다고 해서 그가 작심하고 그런 거짓말을 한 건 아닐 것이다. 잠시 뒤 "선배, 왜 거짓말하고 다녀요?" 하며 길길이 화를 내는 선희에게 상우는 농담한 거라고 얼버무리려 하는데, 사실 그 자신도 그 순간 왜 그런 거짓말이 입 밖으로 빠져나왔는지 잘 모르고 있는 게 아닐까. 그런데 두 사람의 우스꽝스러운 실랑이에는 왠지 어떤 해소되지 않는 감정의 잔여가 있는 것 같다. '농담'은 커녕 두 사람은 각자의 자리에서 최선을 다해 아등바등하고 있는데, 우습다기보다는 안쓰럽다. 아슬아슬하고 힘들어 보인다. 그리고 이 느낌은 이제 선희를 가운데 두고 '우리'의 본격적인 일원들인 세 남자가 원무를 추듯 맴돌며 말, 생각, 정념 그리고 시간을 반복하고 겹치고 잇고 나누는 영화의 내내 인물들을 따라다닌다. 선희가 호프집 종업원에게 화를 내는 장면이나 재학(정재영)이 자신을 찾아온 문수에게 노골적인 짜증을 내보인 뒤("형, 뭐 해요?" / "……뭐 해.") 혼자 방 안을 서성이는 장면에서 홍상수의 카메라는 통상의 내러티브적 필요보다 좀더 길게 머문다는 느낌을 준다.

이렇게 말한다고 해서 홍상수의 첫번째(?) 가을영화 〈우리 선희〉의 전반적 정조가 어둡거나 우울한 것은 아니다. 짜증과 힘겨움이 인물들의 어쩌지 못하는 중력이 되고 있는데도, 화면에는 어떤 생성의 기운이 간지럼을 태우듯 뿌려져 있고 영화는 가을의 볕과 무심히 감응하며 통통 약동하는 리듬으로 출렁인다. 외국으로 출장 가셨을 거라는 상우의 말 다음에 우리는 바로 근처 벤치에 앉아 있는 최교수의 모습을 보게 되는데, 그는 하늘을 힐끗 올려다보더니 이내 가을볕이 좀더 잘 드는 바로 옆 벤치로 옮겨 앉는다. 그 모습이 아이처럼 귀엽다. 딱 그만큼 〈우리 선희〉는 가을의 볕과 공기, 풍광 속에 있다. 그러나 최교수도 그러하지만 영화의 인물들이 그 가을볕의 선물과 위안을 제대로 누리는 것 같지는 않다. '자신이 누구인지 알 때까지 끝까지 부딪쳐보고, 끝까지 파보는 게 중요하다'는 최교수의 말은 선희와 문수, 재학을 돌고 돌아 다시 최교수에게 돌아오지만("그거 내가 전에 말했잖아?"), 이 흉내와 반복의 시간과 의미를 정작 그들 자신은 모르고 지나쳐버리는 것처럼 말이다. 그들이 어떤 말을 흉내내며 자신의 말인 것처럼 반복할 때, 그들은 세상 안에 있다. 가령 그때 재학은 '파고 파도 아무것도 나오지 않을' 그 너저분하고 쓸쓸한 방에서 가을의 세상 속으로 걸어나온 것이다. 그래서 그 가을날 저녁 짜증나는 후배이자 사랑의 경쟁자 문수와 마시는 술집 '아리랑'의 술자리. 이때 그들은 선희를 가운데 둔 '우리'다. 다만 모르고 있을 뿐. 비스듬히 옆에 앉은 술집 주인 예지원의 존재, 선물처럼 도착하는 치킨, 사라진 꿈의 자리에서 거듭 돌아오는 흥겹고 구슬픈 노래, 그리고 쌓여가는 소주병. 그들은 지금 부딪치고 있다. 손짓까지 하며 "파고, 파고, 가고, 가고" 하는 문수는 바로 그 순간 선희에 대한 사랑을 '파고' 있으며 어딘가로 '가고' 있지 않은가. 취해서이겠지만 두 사람은 노래를 듣고 있는 것 같지 않다. 그리고 이상하게 그 노래는 영화 밖에 있는 것 같다. 그게 슬프다.

그리고 창경궁의 단풍과 연못, 가을볕이 이루는 말할 수 없이 환한 풍광 속에 모인 '우리 선희들'. 선희가 몰래 먼저 창경궁을 빠져나간 뒤, 고궁의 문을 넘어오는 세 남자의 모습. 풀 숏으로 세 남자의 전신이 나타날 때 나는 그 아름다움에 숨이 막혔다. 그러나 그들은 모른다. 이럴 수밖에 없는 걸까. 세 남자는 수백 년의 시간이 흘러와 쌓여 있는 명정전 쪽으로 삐쭉히 다가간다. 그리고 나란히, 어정쩡하게 떨어져 서 있는 그들은 명정전 안쪽으로 고개를 들이밀고 무언가를 들여다본다. 영화는 세 남자의 뒷모습을 멀리서 보여주면서(약간 부감인 듯한 이 시선은 누구의 것일까) 끝난다. 그들은 그 어두컴컴한 '전'에서 무엇을 보았을까.

(『씨네21』 2013년 9월 17일)

문학동네 평론집
흔들리는 사이 언뜻 보이는 푸른빛

1판 1쇄 2014년 8월 22일
1판 2쇄 2014년 11월 14일

지은이 정홍수
펴낸이 강병선
책임편집 이경록 | 편집 곽유경 홍진
디자인 김마리 유현아 | 마케팅 정민호 나해진 이동엽 김철민
온라인마케팅 김희숙 김상만 한수진 이천희
제작 강신은 김동욱 임현식 | 제작처 영신사

펴낸곳 (주)문학동네
출판등록 1993년 10월 22일 제406-2003-000045호
주소 413-120 경기도 파주시 회동길 210
전자우편 editor@munhak.com | 대표전화 031) 955-8888 | 팩스 031) 955-8855
문의전화 031) 955-3576(마케팅) 031) 955-3572(편집)
문학동네카페 http://cafe.naver.com/mhdn | 트위터 @munhakdongne

ISBN 978-89-546-2530-2 03810

* 이 도서의 국립중앙도서관 출판시도서목록(CIP)은 서지정보유통지원시스템 홈페이지(http://seoji.nl.go.kr)와 국가자료공동목록시스템(http://www.nl.go.kr/kolisnet)에서 이용하실 수 있습니다.(CIP 제어번호 : 2014019845)

www.munhak.com